流離

• 이 도서의 국립중앙도서관 출판시도서목록(CIP)은 서지정보유통지원시스템 홈페이지(http://seoji.
nl.go.kr)와 국가자료공동목록시스템(http://www.nl.go.kr/kolisnet)에서 이용하실 수 있습니다.
(CIP제어번호: CIP2016024287)

어느 아나키스트의 맨발에 관한 전설

유
流
離
리

박범신 장편소설

은행나무

차례

프롤로그—유리 할아버지   7

살부殺父   16

맨발   60

다시, 유리 할아버지   124

유리걸식단   141

길   194

다시 또 유리 할아버지   261

자학   281

맨발의 혀와 귓구멍 속 허공의 길   301

다시 또 나의 유리 할아버지   386

무국적자   406

자유인   450

또 나의 할아버지, 미스터 유리   496

사랑   513

나의 영원한 할아버지 미스터 유리   565

작가의 말   583

프롤로그—유리 할아버지

"세 살이 되었을 때 나는 읽을 줄 알았고, 다섯 살이 되었을 때 갖가지 악기의 소리를 들었으며, 그것들의 감미와 슬픔을 나는 온몸으로 이해했다. 일곱 살이 되었을 때, 내 머리맡엔 열 줄段의 책꽂이가 놓여 있었고 나는 그곳의 책들을 틀린 데 없이 읽고 썼다. 열세 살이 되었을 때 서가는 몇 배로 늘어났고, 나는 말재간으로 사람들을 자유자재 웃기고 울릴 줄 알았다. 사람들은 내 혀가 유난히 길다고 말했다. 그리고 열일곱이 되었을 때 나는 마침내 또렷이 보았다. 내가 본 그것은, 나의 죽음이었다."

나의 할아버지, 미스터 유리는 이렇게 말씀하셨다.

처음 유리流離 할아버지를 찾아갔을 때 할아버지는 숲속의 작은 방 안에 홀로 누워 있었다. 마을이 저만큼 내려다보였다. "내 손녀구나!" 할아버지는 단번에 나를 알아보았다. "그맘때의 네 어미를 쏙 빼닮았다." "어머니도 할아버지가 나를 금방 알아볼 거라 하셨어요." 나는 대답했다. 나의 할아버지 유리는 표정이 환해졌다.

구멍이 숭숭 뚫린 방이었다. 누비이불을 둘러쓰고 앉은 할아버지가 밖을 내다보았다. 숲길엔 눈이 하얗게 쌓여 있었다. "네가 손녀인 건 알겠다만, 나를 할아버지라고 부르진 마라. 낯설고 어색하다." 유리 할아버지가 빙긋 웃으며 덧붙였다. "그럼 뭐라고 부르면 되나요?" "내 이름이 유리다. 유리, 하고 부르면 된다. 미스터 유리! 하든지. 이제까지 모든 이가 나를 그렇게 불렀다." 그래서 나는 할아버지를 '유리' 혹은 '미스터 유리'라고 부르게 되었다.

'미스터 유리'는 또 다짜고짜 말씀하셨다.

"나는 한 달 후쯤 죽을 것이다. 봄이 오는 날이다. 그날 내가 죽는다. 내가 어떻게 죽는지를 나는 오래전에 보아서 이미 알고 있지만 네게 말해주고 싶진 않다. 죽음이란 닥칠 때까지 비밀이어야 하거든. 모두가 그것을 미리 안다면 염라대왕이 무슨 재미로 살겠니. 그 양반은 그거 하나로 만민을 갖고 노는 재미에 푹 빠져 사는데. 네가 내 죽음의 비밀을 알고 싶다면 한 달만 내 곁을 지키면 된다. 네가 과연 그럴 정도의 참을성이 있는지 모르겠다만."

나는 이내 기분이 언짢아졌다.

"사람들과 함께 있으면서 온종일 말을 하지 않을 수 있어요." 내가 말했다. "그것만으론 부족하다." "하루 동안 한자리에 앉아 한곳만 바라본 적도 있는걸요." "나는 한 달 넘게 눕지 않은 적도 있었다." 나는 약간 짜증이 났다. "그런데 왜 제게 참을성이 필요한가요?" 내 어조에 날이 섰다. "왜냐하면." 유리 할아버지는 한참이나 나와 눈을 맞췄다. "지금 내 혀가 굳어가고 있거든. 말은 점점 더 느려질 것이다. 머지않아 아예 말을 못하게될 수도 있다." 내 짜증이 상승게이지를 타고 올랐다.

미스터 유리의 말은 모두 요령부득이었다. "그게 나의 참을성하고 무슨 상관이 있냐고요?" "벌써 한참 전부터……" 할아버지는 당신의 방 안을 웅숭깊게 둘러보았다. 작은 단칸방이었고 살림살이 또한 버려도 좋을 만큼 남루한 것뿐이었다. "……나는 말을 하지 못했다. 네가 왔으니 이제 그동안 못했던 많은 말을 게워내야 하겠는데, 날이 갈수록 느려질 내 말을 네가 계속 들어주려면…… 참을성이 남달라야 한다." "할아버지, 아니 미스터 유리의 말을 내가 들어줘야 할 의무는 없다고 봐요. 미스터 유리는 할아버지로서 나를 한시도 돌본 적이 없으니까요." 나는 입술을 뾰로통하게 내밀고 대꾸했다.

나는 만나본 기억조차 없는 외할아버지를 찾아 먼 다른 나라에서 여기까지 왔다. "유리 할아버지를 찾아가봐. 그분을 만나면 네 길을 보게 될 게야." 죽어가면서 어머니가 한 말이었다. '네 길'이라는 말이 나를 사로잡았다. 어머니는 아직 젊은 나이에 스무 살 나를 두고 눈을 감았다. 이기적인 죽음이었다. 그 무렵 나는 '나의 길'을 찾지 못해 방황하고 있었다. 길을 찾지 못한 채 끝없이 걸어가야 하는 게 인생이라면 차라리 어머니보다 앞서 죽는 게 낫다고 생각했을 정도였다. 천지로 흐르는 물길의 이미지가 나를 사로잡고 있었다.

할아버지가 사는 이 나라 이름은 수로국水路國이었다.

미스터 유리는 냉큼 고개를 끄덕거렸다. "맞는 말이다. 넌 지금 당장 떠날 권리가 있다. 선택은 네 몫이지." "만약 미스터 유리의 이야기가 들을 만하다고 여겨지면 여기 머물게요." 나는 조건을 걸었다. "한 달이다. 혀가 굳어가는 한 달 동안…… 정말 내 말을 다 들어줄 수 있을 만큼…… 네게 그런 참을성이 있겠니." "그럼요!" 내 대답은 단호했다. "지금부터 한 시간 동안 나를 붙잡을 수 있을 정도로 이야기가 재미있다면 나도 참을성을 발휘할 수 있어요!"

참을성을 증명하기 위해 수첩을 꺼냈다. 일별로 숫자가 기록된 한 페이지를 나는 유리 할아버지에게 보여주었다. "요건요." 나는 설명했다. "지난달에 빠진 내 머리칼을 세어 일별로 기록한 거예요. 한 달 동안 방 안에만 있으면서 매일 빠진 머리칼을 헤아렸어요. 머리칼들이 제멋대로 제 주인인 나를 버리는 게 참을 수가 없었거든요." 내 길을 알 수 없다는 굴욕감 때문에 밖으로 나가지도 못했던 한 달이었다. "오!" 미스터 유리는 감탄했다. "칭찬받을 참을성이다. 그만하면 나와 계약을 맺을 자격이 있다. 그 대신 애야, 봄이 오는 날까지…… 이야기하는 중간에 너는 절대 떠날 수 없다." 유리의 눈에 번쩍 섬광이 지나갔다. "좋아요. 그 대신 이야기를 시작하고 처음 한 시간 안엔 내게 선택권이 있어요." "맛보기를 보여달라?" "우리는 미리보기라고 해요."

나는 미스터 유리와 그렇게 '계약'을 맺었다.

"그럼 이야기를 시작해보세요." 나는 재촉했고, "담요를 둘러쓰는 게 좋을 게다." 미스터 유리가 처음으로 할아버지 같은 말투를 썼다. "춥지 않아요." "하기야, 너만 할 땐 나도 추위를 몰랐다." "그런 허드렛말로 미리보기 한 시간을 대충 때우려 하진 마세요." "혀 이야기부터 하마." 날이 어두워졌고 미스터 유리가 책상 위의 작은 스탠드를 켰다. 아라비아풍의 스탠드였다. "이건 먼 사막의 끝, 실크로드에서 가져온 스탠드다." 어쩌다 발음이 불분명했지만 못 알아들을 정도는 아니었고 말이 그다지 느린 것도 아니었다. "혀가 어쨌는데요?" 나는 다잡아 물었다.

나의 할아버지 유리는 이어 말씀하셨다.

"서녘의 끝이었다. 광대한 산맥과 불모의 사막으로 이어지는 실크로드 변경에 한 오아시스 마을이 있었다. 그 마을을 다스리던 이는 키만 해도 여덟 자*가 넘는 거구의 '큰마님'이었다. '수운마님'이라고도 불렸다. 지혜가 깊고 자비심이 넓은 분이었어. 세상의 끝을 단박에 꿰뚫어 볼 수 있었던 그분에게도 단 하나 참을 수 없는 고통이 있었는데…… 귓병이었다. 언제부터 그 병이 생겼는지는 알 수 없었다. 그걸 병이라고 불러야 할지 어쩔지는 잘 모르겠다만, 암튼 큰마님의 고통은 종일 귓속이 가렵다는 것이었다. 미칠 지경이었다."

"긁으면 진물이 나고 진물이 나다보면 또 핏물이 나왔다. 그래도 고통은 줄어들지 않았지. 밤마다 큰마님의 비명이 마을 곳곳을 헤집고 다녔다. 특히 달이 뜨는 밤에 그 비명은 절정에 도달했다. 팽팽히 당겨진 현악기의 소리 같기도 하고, 근원을 알 수 없는 바람소리 같기도 하고, 또 정한 많은 어린 악귀가 우는 소리 같기도 하고…… 암튼 듣는 이의 폐부를 찌르고 달려드는 괴이한 비명이었다. 그 소리를 견디지 못한 사람 중에 제 고막을 스스로 찔러 터트리는 이까지 여럿 생겨났을 정도였다."

"마을 사람 전체가 밤새 잠을 이룰 수 없었지. 큰마님의 병이 낫지 않으면 샘의 물이 마를 거라는 소문은 더욱더 비극적이었다. 샘물이 마르면 모두 죽어야 할 참이었어. 공포감이 마을을 지배했다. 사막 너머로부터 수많은 술사들과 명의를 데려왔지만 큰마님의 귓병은 차도가 없었다."

"큰마님의 귀에 전적으로 매달려 사는 사람만 해도 여남은 명이 넘었다. 오로지 면봉만을 만드는 여자도 있었고 귀이개를 만드는 대장장이도 따로 있었으며 귓속을 파거나 닦아내는 일만을 전담하는 사람도 있었다. 귀를 파내다가 잘못해 큰마님의 귓속에서 피를 쏟게 만든 어떤 사람은 자책을 못 이겨 사막으로 떠났다가 죽음에 이르기도 했단다."

"어느 날 한 남자가 이 마을로 들어왔다. 모래함정이 촘촘히 감춰진 사막을 안내인 없이 살아서 건너온 유일한 사람이었다. 행색은 초라하기 그지없었고 얼굴은 역동적인 주름살로 덮여 있었으며 키는 난장이에 가까웠다. 남자에게서 바람 냄새가 난다고 말하는 사람들도 있었다. 풍진風塵의 바람이었다. 사람들은 그러나 남자가 가진 참된 권능은 제때 보지 못했다. 그는 세상에서 제일 긴 혀를 입속에 감추고 있는 나그네였다."

미스터 유리는 계속 기운차게 말씀하셨다.

한 시간이 금방 지나갔다. 나는 깊이 심호흡을 했다. 할아버지의 모습은 그 자체로서 사막이나 다름없었다. 사막에 뼈가 있다면 아마 그럴 터였다. 고요하지만 깊고 거칠지만 웅혼한 이야기들이 그물코를 이루어 할아버지의 얼굴에 덮여 있었다. 창밖에서 바람소리가 들렸다. 봄은 아직 멀다고 생각했다. 나의 할아버지 미스터 유리의 눈동자에 사구砂丘의 그림자가 아련히 들어앉는 게 환히 보였다.

살부 殺父

옛날,

호랑이가 금연을 강요받던 시절,

유리라는 한 남자가 세상으로 왔다.

유리는 일찍부터 총명했다.

그가 최초로 소리 내어 읽은 글자는 '하늘'이었다. 불과 세 살 때였다. 어떤 축제를 알리는 포스터 앞이었다. 어머니는 놀라서 또 물었다. "어머! 그럼 요건?" "땅!" 유리가 연이어 읽은 글자는 '땅' 그리고 '사람'이었다. 하늘, 땅, 사람이라고 유리는 읽었다. 어머니는 감탄해 그의 아버지에게 달려갔다. "얘가요,

글자를 읽어요." "에이, 무슨 그런……" 수재라는 소리를 듣고 자란 그의 아버지는 반신반의했다.

놀랄 일은 그것만이 아니었다. 다섯 살이 되던 어느 아침에 유리가 앉은 채 제 발로 머리를 긁적이는 걸 발견하고 어머니가 또 아버지를 소리쳐 불렀다. 어린 유리는 태연자약 발가락으로 귓구멍을 쓰다듬고 뒤통수를 긁었다. 굉장한 유연성이었다. 어머니는 홍조를 띤 채 박수를 쳤으나 "서커스에 나가도 되겠네!" 아버지는 그렇게 말하고 끙, 돌아앉았다. 아버지는 유리의 그런 재주를 탐탁하게 여기지 않았다.

그때만 해도 유리의 이름은 유리가 아니었다. 가문의 관행에 따라 돌림자를 넣은 다른 이름이 있었다. 유리의 할아버지가 지어준 이름이었다. 그러나 훗날, 깊은 밤이 아니면 차마 고백할 수 없는 일을 겪고 고향을 떠날 때, 그는 본래의 제 이름을 잊어버렸고 이후 다시는 기억해내지 못했다.

그는 그냥, 유리流離였다.

물의 나라라고 불리던 '수로국'은 그 시절 불의 나라 '화인국

火人國'의 지배를 받고 있었다. 벌써 오래전부터였다. 섬나라 화
인국은 수로국을 통해 대륙으로 나아가려는 오랜 욕망을 갖고
있었다. 화인국이 저들의 꿈을 이룬 데는 무엇보다 수로국 일
부 지배층의 공이 컸다. 그들은 사욕을 좇아 안으로부터 무너
져 내리기 시작한 제 나라를 화인국에게 수월하게 바쳤다. 유
리의 할아버지도 그중의 한 사람이었다. 화인국의 천황은 그
공적을 인정해 자작子爵이라는 작위와 함께 많은 전답을 유리의
할아버지에게 하사했다.

유리 할아버지는 대지주가 되었다. 총독부가 시행한 '토지
조사령'을 할아버지가 처음 입안했다는 소문도 있었다. 순진한
농민들은 하루아침에 전답을 빼앗겼고, 경작권을 주장하는 농
민들은 헌병대나 주재소에 붙잡혀 가 치도곤을 맞았다. 맞아서
죽는 사람도 더러 있었다. 할아버지의 토지는 그사이 더욱더
불어났다. 근동에서 권세와 재물로 유리의 할아버지를 따를 자
가 없었다.

유리의 할아버지에겐 아들이 둘 있었다.

두 아들이 다 총명했지만 큰아들과 작은아들은 사는 방법이

달랐다. 할아버지의 탐욕을 물려받은 것은 큰아들이었다. 큰아들은 할아버지가 만든 방직공장까지 야무지게 일구어 큰 성공을 거두었다. 할아버지의 드넓은 전답과 작위를 고스란히 물려받았을 뿐 아니라 총독부의 자문 역할을 맡기도 했다. 할아버지가 반타작으로 운영하던 소작료를 육 할로 올린 장본인이 유리의 큰아버지, 할아버지의 큰아들이었다.

육 할의 소작료에 종자값, 수리조합비, 비료값 등을 제하고 나면 경작하는 농부들의 몫은 이 할이 채 넘지 않았다. 큰아들은 그렇게 끌어 모은 돈의 일부를 총독부에 기꺼이 바쳤고 그로써 그의 재산은 날로 늘어났다. 화인국 본토로 질 좋은 백미를 실어 나르는 큰 배를 구입한 것도 큰 아들이었다. 어디에서나 양식이 턱없이 모자라던 시절이었다. 소작농에게 거두어들인 질 좋은 쌀은 화인국 본토로 넘기고 그것 대신 사료나 다름없는 기름 먹은 콩깻묵 등을 사다가 굶주리는 농민들에게 비싼 값으로 파는 계획도 큰아들의 머리에서 나왔다. 이재에서 그 재주를 따를 자가 없는 사람이었다.

그에 비해 할아버지의 작은아들은 정직한 책상물림이라 할 수 있었다. 화인국 본토로 유학까지 다녀왔지만 작은아들은 큰아들과 달랐다. 앞뒤가 꽉 막힌 사람이었다. 나라를 팔아먹고 그에 따른 부가적 권세와 재물로 호의호식하는 할아버지와 같은 자들을 작은아들은 오로지 증오했다. "아버지들을 죽여야 돼!" 작은아들은 중얼거리곤 했다. 작은아들은 바로 유리의 아버지였다.

작은아들은 할아버지는 물론 당신의 형이 되는 큰아들과도 사사건건 충돌했다. 화해의 기미는 전혀 보이지 않았다. "그럼 네놈이 나가면 되겠네!" 큰아들이 말했고, 작은아들은 한없는 부끄러움을 느꼈다. 자신이 먹고 입고 공부한 돈이 모두 소작농을 수탈해 얻은 기득권에 의해 가능했다는 사실에 대한 자각 때문이었다. 작은아들은 더욱 내적분열에 시달렸으며 그 때문에 사태는 더욱 악화됐다.

"네놈을 호적에서 파내야겠다!"

마침내 유리의 할아버지는 선언했다. 할아버지는 한번 한다면 하는 성정이었다. 호적에서 파내진 건 물론이고 고향에서 멀지 않은 도시변두리의 외딴 초가로 작은아들이 내쳐진 건 유리가 세 살 때였다. "너는 내 아들이 아니다!" 할아버지는 말했고, "세상의 아버지들을 죽여야 나라가 살아." 작은아들인 유리의 젊은 아버지는 대문을 나오며 중얼거렸다. 아내와 어린 유리를 달구지에 태운 채 작은아들은 두 시간 거리의 초가로 당신의 살림방을 옮겼다. 젊은 새댁이었던 유리의 어머니가 삯바느질을 시작한 게 그때부터였다.

단칸방에 살았으나 유리의 어린 시절은 크게 부족한 것이 없었다. 아버지는 자주 집을 비웠고 어머니는 늘 바느질거리를 들고 살았다. 음전했을 뿐 아니라 미색도 뛰어난 어머니였다. 거리로 나가면 모든 남정네들이 어머니를 돌아다보곤 했다. 아버지가 무엇을 하러 다니는지는 알 길이 없었다. 며칠씩 집을 비울 때도 많았다. 정말로 할아버지를 죽이려는 모의를 진행시키고 있는 것 같았다. 눈엔 늘 핏발이 서 있었다. 어머니는 그런 아버지에게 가타부타 말을 하지 않았다.

도회지는 집의 왼쪽 저 너머에 있었고 오른쪽으론 너른 벌판이 이어져 있었다. 모두 할아버지가 소유한 벌판이었다. 그 벌판 끝쯤, 우뚝한 운지산 기슭에 아버지의 본가가 있었다. 아버지는 그러나 한번 쫓겨나고 다시는 본가에 갈 수 없었다. 하루 종일 사람구경을 하지 못하는 날도 많은 외딴집이었다.

커다란 구렁이가 울타리 위에 몸을 걸치고 누워 해바라기를 하고 있는 걸 유리는 자주 보았다. 늠름한 황금색 자태였다. "집구렁이는 지붕에 살면서 우리를 지켜준단다. 무서워할 건 없어." 어머니는 말했다. "지붕에서 무엇을 먹고 살아?" "참새알을 먹고 살걸." 유리는 구렁이가 무섭지 않았다. 무섭기는커녕 얼마 후부터 자연스럽게 친구가 되었다. 불과 세 살 무렵부터 유리는 흙 마당에 앉아 하루 종일 구렁이와 마주 보고 노는 날이 많았다.

어머니는 나팔꽃을 특히 좋아했다. 나뭇가지를 엮어 둘러친 뒤란 울타리 밑에 나팔꽃을 촘촘히 심어 위로 올리는 것도 어머니의 일이었다. 나팔꽃이 피기 시작하면 하루도 빼지 않고 구렁이가 울타리 위로 나왔고 유리는 울타리 아래 흙 마당에서 놀았다. "안녕!" 구렁이가 말하면, "안녕. 햇빛이 좋네!" 유리도 혀를 날름거려 대답했다. 어머니는 잘 몰랐겠지만, 유리는 어느 날부터인가 말을 하지 않고도 구렁이와 말이 통하는 걸 느낄 수 있었다. 구렁이의 혀끝만 보아도 구렁이의 말이 유리에게 들렸고 유리의 혀끝만 보아도 구렁이는 유리의 말을 알아들었다. "네가 있어 다행이야!" 구렁이가 말했고, "나도 참 좋아!" 유리가 대답했다. 구렁이가 긴 혀로 나팔꽃에 맺힌 이슬을 핥아먹으면 울타리 밑에 앉은 유리 역시 긴 혀로 그것을 핥아먹었다. 구렁이가 혀를 날름거리면 당연히 유리도 혀를 날름거렸다. 말은 모두 혀끝에서 나왔다. 구렁이에게 혀의 마술을 전수받는 느낌이 들었다.

유리의 혀는 그래서 날로 더 길어났다.

"네 혀가 정말 길구나. 말재간이 특별할 게야." 유리가 혀를 내밀어 보이자 어머니는 미소 지었다. 유리는 어머니의 칭찬에 만족했다. 구렁이는 유일한 친구였으며, 친구를 닮아간다는 것은 좋은 일이었다. "가늘고 뾰족하게 만들 수도 있어. 내 친구처럼." 힘을 주면 혀끝이 쭉 늘어나는 것도 재미있었다. 쭉 늘어날 뿐 아니라 혀를 수직으로 세울 수도 있었다. 모두 구렁이 친구한테 배운 재주였다.

가끔 큰아버지가 차를 몰고 와 쌀가마니를 들여놔주기도 했다. 물론 아버지가 없을 때였다. 큰아버지는 머리칼이 거의 없었다. 툇마루에 앉아 담배를 피우고 있을 때면 머리 가운데에서 김이 나기도 했다. "큰아버지가 쌀을 갖다 주는 거, 네 아버지에겐 비밀이다." 어머니는 유리에게 입단속을 시켰다. 유리도 그 정도는 눈치로 알고 있었다.

이듬해 할아버지가 죽었다.

할아버지가 죽고 나서부터 아버지는 매일 술에 절어 살았다. "이곳을 떠나 대지국으로 가야겠어!" 아버지는 그 무렵 입버릇 처럼 말했다. 수로국의 북녘과 경계를 맞대고 있는 땅의 나라 대지국人地國은 몇 년을 걸어도 땅이 끝나지 않는 대국이라고 했 다. 죽여야 할 할아버지가 없어져 아버지로선 무료해 미치는 것 같았다.

어머니가 삯바느질로 번 돈은 대부분 아버지의 술값으로 들어갔다. 내적고통이 깊었겠지만 아버지는 아무것도 실천할 수 없는 무능한 타입이었다. 그런 아버지가 돌아가신 건 할 아버지가 죽고 난 그해 가을이었다. 한밤중 만취된 채 집으로 돌아오다가 낭떠러지 수로에 거꾸로 떨어진 것이었다. 죽은 아버지 얼굴에 엉겨 붙은 진흙더미를 유리는 보았다. 아무것 도 실천할 수 없는 것에 대한 징벌로 부여받은 무료를 견딜 수 없어 아버지는 낭떠러지 물길에 스스로 뛰어든 건지도 몰 랐다.

유리는 일곱 살에 천자문을 뗐다. 화인국의 글자도 읽고 쓸 줄 알았다. 바느질감을 들고 살았어도 어머니는 힘든 걸 내색하는 법이 없었고, 언제나 환한 표정이었다. 어머니가 이마를 찌푸린 것은 한 번뿐이었다. 유리가 바느질감을 손에 들었을 때였다. "너는 이런 일을 익혀선 안 된다. 큰일을 해야 한다." 큰일이 무엇인지 말하진 않았으나 돌아앉는 어머니의 눈가가 젖어 있는 걸 유리는 그날 처음으로 보았다.

어머니는 돈이 생기면 도시로 나가 유리가 읽을 책을 사왔다. 그런 날 역시 유리는 마당에 나와 종일 구렁이와 놀았다. 집 밖으로 나갈 일이 거의 없었다. 구렁이가 유일한 친구라면 책은 유일한 길잡이였다. 구렁이를 통해 말하지 않고도 말하는 법을 그는 배웠으며 책을 통해 보지 못하는 세계를 그는 이해했다. 유리는 어머니가 사오는 모든 책을 읽었다. 책은 나날이 늘었고 그럴수록 유리의 눈빛도 나날이 깊어졌다. 이해되지 않는 내용이 없을 정도였다. 문제가 있다면 도무지 키가 크지 않는다는 것이었다.

유리는 자신의 키가 왜 크지 않는지 알고 있었다.

유리네 초가는 방이 한 칸뿐이었다. 원래 두 칸이었으나 아버지가 어느 날 윗방 아랫방 사이의 벽에 발길질을 하는 바람에 흙벽 일부가 무너진 게 화근이었다. 아버지는 그 흙벽을 할아버지나 큰아버지로 생각했던가보았다. 아버지가 죽고 나서 어머니는 곧 사람을 시켜 그 벽을 완전히 헐어냈다. 볼썽사나운 벽을 보면 당신의 뜻을 한 번도 펴보지 못한 아버지의 울화병이 떠올랐기 때문이었다. 한 칸으로 변한 이간장방 한가운데 천장에 대나무로 횃대를 만들어 매단 것 역시 어머니였다.

평소엔 천장에 바싹 붙여져 올려놓았던 횃대를 조금 아래로 내려놓는 날이 종종 있었다. 횃대를 내린 뒤 그 위에 치마를 여러 겹 걸쳐놓으면 방은 자연스럽게 다시 두 개로 나뉘었다. 어머니는 유리의 키에 맞춰 횃대의 높이를 조정했다. "자다가 혹 무슨 소리가 나더라도 일어나지 말고 그냥 자거라." 횃대에 걸린 치마 너머로 유리의 잠자리를 깔아주는 날마다 어머니는 신신당부했다. 어머니가 유일하게 불안정한 눈빛을 보이는 날이었다. 깊은 밤에 가끔 누가 어머니를 찾아오는 것 같았다. 잠결에 남자의 목소리를 들은 적도 있었다. 그런 날 아침엔 못 보던 쌀가마니와 여러 물목의 살림들이 놓여 있는 걸 보기도 했다.

총명한 유리는 그것이 무엇을 의미하는지 곧 알아차렸다. 젊고 아름다운 어머니였다. 혼자 된 어머니에게 남자가 생길 수 있다는 걸 유리는 이해하고 있었다. 그러나 이해하는 것하고 받아들이는 것하고는 차이가 컸다. 호기심도 문제가 되었다.

유리는 얼핏 잠이 깼다. 한밤중이었다. 거친 숨소리가 먼저 들렸다. 어머니의 숨소리가 아닌 게 확실했다. 주먹 쥔 손에 저절로 힘이 들어갔다. 오줌이 마려워 아랫배가 터질 것 같기도 했다. "애가 잠든 게 확실해?" 잠시 후 그런 말이 들렸다. 분명 남자의 목소리였다. "자네 모자를 살릴 길을 찾고 있으니 조금 기다려주게." 어딘지 모르게 귀에 익은 목소리였다. 상반신이 저절로 일으켜졌다. 달이 밝은지 창호지문이 희부옇게 빛나고 있었다.

문이 열리는 소리가 난 것과 유리가 오금을 펴고 일어난 것은 거의 동시였다. 처음엔 횃대 너머가 보이지 않았다. 그러나 어머니는 유리의 자라나는 키를 제대로 계산하지 않았던 것 같았다. 깨금발로 키를 쭉 높이자 치마로 가려진 횃대 너머, 여닫이문을 막 나서는 남자의 옆모습이 한순간 눈에 들어왔다. 달빛을 정면으로 받은 프로필이었다. 유리의 오금에서 힘이 탁

풀렸다.

어머니가 무슨 낌새를 챈 요량인지 횃대에 걸쳐놓은 치마를 밀쳐보았을 때 유리는 옆으로 누운 채 눈을 감고 있었다. 어머니를 속이는 일은 하나도 어려울 게 없었다. 잠든 척했으나 가슴은 찢어졌다. 깨금발을 하고 횃대 너머를 바라본 자신이 죽이고 싶도록 미웠다. "따라 나올 거 없네. 누가 보면 어쩌려고." 속삭이는 남자의 말을 유리는 마지막으로 들었다. 그것은 분명히 할아버지의 큰아들, 큰아버지의 목소리였다.

유리의 키가 자라지 않은 게 그날 밤부터였다.

그날 어머니가 횃대의 높이를 반 뼘만 올려놓았어도, 달빛이 그리 밝지만 않았어도 그런 일은 없었을 터였다. 모든 게 횃대 높이를 넘긴 키로부터 비롯된 일이었다. 달빛이 미끄럼을 타고 있는 큰아버지의 대머리를 횃대 너머로 본 순간, 보이지 않는 누가 엄청난 힘으로 유리의 머리를 내려쳤는지도 몰랐다.

큰아버지는 그날 밤 어머니에게 한 약속을 지켰다. '자네 모자를 살릴 길'을 찾아 유리를 양자로 들이기로 결정한 것이었다. "너는 큰아버지 아들이 돼야 한다. 아버지는 이제 잊어버리는 거야. 큰아버지가 네 아버지다!" 어머니는 눈빛을 사금파리처럼 빛내며 말했다. 유리는 어머니의 눈빛에 찔릴 것 같아 끝내 한마디의 말도 할 수 없었다. 큰아버지의 아들이 된다는 건 큰아버지의 상속자가 된다는 말이라고 할 수 있었다.

"나는 도시로 간다. 어미도 죽었다고 생각해라!" 어머니는 단호히 말했다. 큰아버지와 어머니 사이에 어떤 계약이 맺어졌는지 유리는 알고 있었다. 선택의 여지는 없었다. "너는 특별한 아이야. 특별하게 태어났으니 특별히 살아야 한다. 나도 특별한 어머니의 길을 갈 것이다." 눈물조차 보이지 않은 채 어머니가 마지막으로 한 말이었다. 어머니는 분명 그 순간 특별한 꿈을 꾸고 있었다. 어머니에게 그것은 일종의 혁명이라 할 만했다.

나팔꽃에 둘러싸인 초가를 나와 어머니는 도시로 갔고 유리는 큰아버지네 대궐 같은 집 사랑채 끝 방으로 거처를 옮겼다. 달구지 뒤를 따라가며 눈물을 참으려는 듯 어머니가 짐짓 팽하고 코를 풀 때, 유리는 다시는 어머니를 볼 수 없을 거라는 강력한 예감을 느꼈다. 어머니의 임종을 본 것 같은 느낌까지 들었다.

자작님이자 대지주인 큰아버지에게도 부족한 게 하나 있었다. 자식 복이 없다는 사실이었다. 큰어머니는 시집올 때부터 병약했다. 유리가 그 집에 양자로 들어갈 무렵 큰어머니는 아예 누워 지내다시피 했다. 슬하에 아들을 하나 두었지만 아들 역시 병약하기 이를 데 없었다. 유리에게 사촌형이 되는 아들은 일찍이 대처로 유학을 떠났다가 병을 얻은 후 돌아와 시도 때도 없이 목구멍으로 피를 쏟았다. 자작님 댁에 대가 끊길 거라는 소문이 파다할 때 유리는 큰아버지의 양자로 들어갔다. "이제부터 나를 아버지라고 불러라!" 큰아버지는 말했다.

이제 '아버지'가 된 큰아버지는 기골이 크고 혈색이 불콰한 대머리였다. 큰아버지와 마주 앉을 때마다 유리는 나팔꽃 울타리로 둘러싸인 초가의 분합문을 열고 나가던 그이의 정수리를 떠올렸다. 달빛을 받아 번질번질 빛나던 정수리였다. 그날 밤의 비밀을 지키느라 자신의 키가 자라지 않는다고 유리는 생각했다. 가혹한 비밀이란 성장을 멈추는 검은 에너지가 될 수 있었다.

어머니는 그날 이후 다시 만날 수 없었다. 어머니가 그 도시를 아예 떠났다는 말이 얼마 후 풍문으로 들렸다. 어머니와 큰아버지가 자신을 두고 어떤 계약을 맺었든, 떠나온 모든 것에 유리는 관심을 두지 않으려고 애를 썼다. 도시의 학교에 적을 두긴 했지만 가는 날보다 안 가는 날이 더 많았다. 학교에 가서 도무지 배울 게 없었다.

대신 서가의 책은 나날이 늘어났다. 큰아버지, 아니 아버지 역시 그가 뛰어나다는 걸 인정했다. 천재라는 소문이 근동을 떠돌았다. "유학을 가는 게 어떠냐?" 큰아버지-아버지는 물었고, "후에요, 아버지." 유리는 대답했다. 유리는 소작쟁의에 대처하는 방법을 간간히 전수받았고 방직공장에 대해서도 학습했으며 화인국 본토를 오가는 큰 배의 구조를 익혔다. 유리는 학습 받은 것보다 늘 열 배를 깨우쳤다. 무엇보다 유리는 큰아버지-아버지의 말에 순종했다. "너는 천재이고 효자다!" 큰아버지는 만족한 표정으로 말했다. 평소 말수가 너무 적은 게 큰아버지-아버지에게 지적받는 유일한 유리의 결함이었다.

큰아버지-아버지는 그러나 모르고 있었다. 소작쟁의에 대처하는 방법을 전수 받거나 방직공장, 큰 배의 구조를 익히던 때야말로 유리가 당신의 죄를 낱낱이 확인하는 기간이었다는 것을. 큰아버지-아버지는 항의하는 소작인을 가두기도 했고 마름이나 머슴들을 시켜 가차 없이 몰매를 놓기도 했다. 골칫거리가 있으면 독립운동을 하는 사람들과 엮어 주재소로 넘겼다. 주재소로 넘겨지면 반신불수가 되기 십상이었다. 명목상 소작료가 육 할이었으나 갖은 구실을 대고 팔 할 이상을 거두어들이는 데 예외가 없었다. 보릿고개에 쌀을 빌려주고 가을에 몇 배로 받아내는 일도 상시적이었고 반반한 처녀를 별채로 불러들이는 일도 있었다.

게다가 큰아버지-아버지는 면장, 군수, 주재소장과 결탁해 화인국 본토나 방직공장에서 일할 사람들을 대대적으로 모집해 수시로 기차를 태워 보내는 일에도 관여했다. 잘살게 될 길이라 했으나 그것은 속임수였다. 온 가족을 살리겠다고 떠난 청년들과 처녀들은 거의 고향에 돌아오지 못했다. 본토의 탄광 막장이나 군수공장에 끌려가 노예처럼 일해야 하는 청년이 부지기수였으며 위안부로 전선에 끌려가는 처녀도 많았다.

화인국은 본래 사람들을 유괴해 팔아먹는 조직이 성행한 나라였다. 먼 곳으로 돈 벌러 가는 사람을 화인국에선 '가라유키상'이라고 불렀다. "팔자를 고치는 거야. 한 명이 가면 온 식구가 다 팔자를 고치게 돼!" 큰아버지는 강조했다. 큰아버지-아

32

버지는 수로국 출신 가라유키상들의 대부였고, 또 그것을 실행하는 조직의 수장이었다. 순진한 사람들은 '팔자'를 고칠 기회를 준 큰아버지와 군수와 면장에게 오히려 감사해했다. 큰아버지의 마름에게 제 자식을 보내달라고 청탁해 오는 농민들도 있었다. 우두머리 마름인 혹부리 아저씨는 잔인하고 수완이 좋은 사람이었다. 귓가에 밤톨만 한 혹이 달린 '혹부리'가 군수보다 힘이 세다고 말하는 사람들도 있었다. 큰아버지-아버지가 그의 뒷배였다.

유리의 확신은 날로 깊어졌다. "아버지들을 죽여야 돼!" 수로에 빠져 죽은 친아버지의 말은 틀린 데가 하나도 없었다. 그러나 유리는 착한 소인국의 소년이었고 큰아버지-아버지는 악한 거인국의 수장이었다. 죽일 방도가 없었으므로 유리는 무조건 '효도'의 길을 갈 수밖에 없었다.

운지산 정수리엔 언제나 구름이 걸려 있었다.

장대한 산맥과 이어진 웅혼한 산이었다. 운지산에서 내려오는 여러 갈래 물길이 하나로 모이는 지점의 산발치에 큰아버지-아버지의 저택이 있었다. 비옥한 들이 한눈에 굽어다 보이는 지점이었다. "보이는 논이 다 내 것이다. 유념해 봐두어라."
큰아버지는 자랑스러운 표정으로 말하곤 했다. 운지산에서 발
원한 강은 수백 리 들을 적시고 흘러가 백 리 밖에서 이윽고 바
다와 맞닿았다. 그 유역의 들을 모두 갖겠다는 것이 큰아버지-
아버지의 소망이었다.

산의 허리는 낭떠러지를 이룬 암벽들이 병풍처럼 둘러쳐져
있었다. 길을 아는 약초꾼이나 겨우 산 정수리에 발을 들여놓
는다고들 했다. 유리는 가끔 산의 허리춤을 호선弧線으로 가로질
러 어머니와 살던 초가에 아무도 몰래 다녀왔다. 들길과 달리
한 시간에 갈 수 있는 지름길이었고 또 자신만 아는 길이었다.

버려진 집을 여전히 구렁이가 지키고 있었다. 여름이면 나팔
꽃이 울타리를 기어올랐고, 구렁이가 나팔꽃 사이로 해바라기
를 하러 내려왔다. "안녕!" 유리가 인사하면, "왔네!" 구렁이가
혀를 날름거려 화답했다. "혹시 우리 어머니가 여기 찾아오진
않았든?" "아마도 네 어머니는 다시 오지 않을 거야." 구렁이와
그런 대화를 나눈 날도 있었다. 큰아버지의 저택에선 종일 닫
혀 있던 입이 구렁이와 만나면 저절로 열렸다.

한나절 내내 구렁이에게 쉴 새 없이 말한 적도 있었다. 목이 마를 때 나팔꽃을 따먹는 법도 구렁이가 가르쳐주었다. 구렁이가 울타리 상단의 나팔꽃들을 흔들어 이슬을 떨어뜨려주기도 했다. 유리는 풀섶에 누워 구렁이가 떨어뜨려주는 이슬을 긴 혀로 받아마셨다. 이슬 사이로 작은 무지개들이 떠올랐다 사라지는 걸 보는 일이 참 좋았다.

한 소녀를 만난 게 그곳에 있을 때였다.

검정 몸뻬바지에 흰 무명저고리를 입은 소녀였다. 울타리 밑에 누워 있는데 울타리 밖 들길로 종종걸음을 치는 몸뻬바지의 아랫단이 먼저 눈에 들어왔다. 바지가 짧아 종아리가 말쑥이 드러나 있었다. 햇빛을 통겨내는 듯한 가벼운 걸음새였다. 사립문을 열고 내다보았다. 바랑을 멘 소녀가 저만큼 멀어지고 있었다. 울타리 밑에서 내다볼 때 소녀는 귀여운 복사뼈로 햇빛을 통겨냈는데 사립문에서 내다보니 소녀는 뒤꼭지 붉은 댕기 끝으로 햇빛을 통겨내는 중이었다. 한순간 공연히 얼굴이 붉어지는 느낌을 유리는 받았다.

그러거나 말거나 소녀가 내처 길을 따라갔다면 그것으로 관심은 끝났을 터였다. 그러나 소녀는 곧 길을 버리고 오른편 산 쪽으로 잰걸음을 놓았다. 운지산 북쪽 끝자락이었다. 엉겅퀴와 붉은 동자꽃이 뒤섞인 틈새로 소녀의 뒤꼭지가 슬며시 스며들어갔다. 스며들어갔다고 유리는 생각했다. 가시 많은 엉겅퀴 밭을 그처럼 부드럽게 통과하는 건 쉬운 일이 아니었다. 야생의 소녀였다. 키 큰 상수리나무들이 무성한 숲 너머로 이어지고 있었다.

숲 사이로 한동안 소녀가 나타났다 사라졌다를 반복했다. 소녀는 길 없는 길을 들짐승처럼 빠르게 가고 있었다. 오직 유리 혼자만 다니던 비밀의 길이었다. 유리는 누군가에게 자신이 가진 비밀의 일부를 들킨 것 같은 기분이 들었다. 마을도 없는 산길을 통해 소녀가 어디로 가는 것인지도 궁금했다. 일정한 거리를 두고 '붉은댕기'를 따라간 건 그 때문이었다.

폭포가 있었다. 절벽의 모서리를 통과해야 닿기 때문에 사람들에게 거의 알려지지 않은 폭포였다. 소녀가 폭포 상단의 바위둔덕에 앉아 세수를 하고 있었다. 유리는 떡갈나무 그늘에서 소녀를 훔쳐보았다. 멀지 않은 거리였다. 유리보다 한두 살쯤 아래인 것 같았다. 얼굴색은 까무잡잡했고 이마는 야무지게 튀어나와 있었으며 눈엔 광채가 있었다. 잘 영근 대추알 같았다.

세수를 끝낸 소녀가 일어난 건 그다음이었다.

소녀가 가야 할 곳이 산의 위쪽이라면 물길을 우회해 바위 둔덕 사이의 급경사를 올라가야 할 터였다. 그러나 소녀는 반 대쪽으로 몸을 돌렸고, 그러곤 눈 깜짝할 새 폭포 아래쪽으로 사라졌다. 거짓말 같은 광경이었다. 발이 미끄러져 떨어진 모 양이라 여겼으나 아무리 폭포 아래쪽을 살펴보아도 소녀의 흔 적은 찾을 수가 없었다. 암벽이 비스듬히 기울어진 폭포의 상 단은 잡목들이 빽빽했다. 한참을 더듬은 끝에 발견한 것은 몸 을 한껏 오그려야 겨우 기어들어갈 수 있는 굴이었다. 잡목 뒤 로 교묘히 감춰진 굴은 젖어 있었고 캄캄했다. 무엇에 홀린 듯 한 느낌이었다. 소녀가 그 굴로 기어들어간 것 같았다.

유리는 무릎으로 기었다. 굴은 허리를 펼 만큼 넓어졌다가 이내 다시 좁아졌다. 한참을 기고 나서야 빛이 흘러들어오는 출구를 만날 수 있었다. 유리가 뒤따라온다는 걸 알고 있었던 지 소녀가 다가오는 유리에게 돌멩이를 던졌다. "오지 마!" 소 녀가 소리쳤다. "넌 여기 오면 안 돼. 돌아가. 제발!" 비명을 내

지르는 것 같았다. 소녀의 어깨 너머 숲 사이로 그 순간 얼핏 집들이 눈에 들어왔다. "마을이 있네." 유리는 중얼거렸다. 전에 본 적이 없는 마을이었다. 호기심을 참을 수가 없었다.

마을은 십여 가구 이상이었다. 뾰족뾰족한 산봉우리들이 둘러쳐진 우물 같은 분지에 자리 잡은 마을이었다. 사방이 절벽을 이루고 있었다. 숲이 울창해 산 위에서도 잘 뵈지 않을 만한 장소였다. 어떤 이는 자연동굴에 거적을 쳐 살림터를 잡았고 어떤 초가는 나뭇가지로 지붕을 덮어 위장했다. 계단밭에선 남새들이 한창 자라고 있었으며 사방으로 물이 흘렀고 여름 꽃이 지천으로 피어 있었다. 개 짖는 소리가 났고, 어디에선가 꼬끼오, 낮닭이 울었다. 꿈속 같은 마을이었다.

멀고 먼 나라 대지국 어느 곳에 무릉武陵이라는 마을이 있었다는 이야기가 불현듯 생각났다. 유리는 그 이야기를 열한 살 때 읽었다. 도연명陶淵明의 〈도화원기桃花源記〉에 나오는 이야기였다.

한 어부가 있었다. 고기를 잡으려고 계곡 깊숙이 들어간 어부는 차츰 어디가 어딘지를 구분할 수 없을 정도가 되었다. 복숭아꽃이 만발한 물가와 긴 동굴을 지났더니 사람살이 겉모습은 세상과 같으나 사람과 사람, 사람과 짐승 사이에 층하를 두지 않는 아름다운 마을이 나왔다. 생로병사조차 없는 이상적인 마을이었다. 어부는 그곳 사람들에게 흐뭇한 대접을 받은 뒤 배를 타고 돌아 나오면서 나중에 또 오려고 표시될 만한 것들을 눈여겨봐두었으나 다시는 그 마을을 찾을 수 없었다.

"그러지 않아도 어른들은 우리 마을을 도원동桃源洞이라고 불러." 붉은 댕기 소녀가 말했다. 마을 사람들이 우르르 모여들었다. "애, 자작영감네 양아들 아닌감?" 복숭아나무 밑에서 낮잠을 자다가 깨어난 흰 수염의 노인이 유리를 알아보았다. 둘러선 사람들의 얼굴빛이 일제히 어두워졌다. "따라오는지 모르고." 고개를 숙인 소녀가 기어들어가는 소리로 말했고 "그러게, 그리 다니지 말라고 했잖아!" 늙은 아낙이 소녀를 쥐어박았다. 그들은 세상을 피해 산으로 들어온 사람들이었다.

큰아버지-아버지에게 소작을 부쳐 먹다가 견딜 수 없어 도망쳐 온 사람도 있었다. 사람들은 소녀와 유리를 일단 옆방에 가두고 긴 숙의에 들어갔다. 유리를 그대로 돌려보낼 것인가 붙잡아둘 것인가 하는 게 논의의 핵심이었다. 외부에 마을

의 존재가 알려지는 건 화를 자초하는 것과 다름없었다. "그렇
다고 애를 붙잡아둘 수도 없잖나. 애가 돌아가지 않으면 순사
들을 쫙 풀어 찾을 텐데." '흰수염'은 말했고, "애가 돌아가 이런
곳이 있다고 말하면 어차피 순사들이 들이닥칠 거, 이판사판이
지." 늙은 아낙은 대꾸했다. 숙의가 길어졌다.

유리는 말재간이 있었다. "걱정하지 마세요." 유리는 그들을
안심시키기 위해 필사적으로 소리쳤다. 자신을 죽이려 하지
않는 게 다행이었다. 사람들이 다시 불러 유리의 말을 들었다.
"죽을 때까지 비밀을 지킬게요. 어차피 저는 비밀을 많이 갖고
있어요. 하나쯤 비밀을 보탠다고 해서 더 부담될 것도 없고요."
유리는 심지어 발로 머리를 긁고 귓구멍까지 쓰다듬는 숨겨온
재주까지 보여주었다. 감탄한 사람들은 돌아가며 유리의 맑은
눈망울을 들여다보았다. "이 아이, 구름이 떠다니는 것 같은 눈
을 갖고 있어요. 거짓말은 하지 않을 거예요." 늙은 아낙이 말
했고 흰수염은 고개를 끄덕거렸다.

본래 그 소녀에게도 이름이 있었을 터였다. 그러나 자신의
이름을 기억해내지 못한 것처럼 유리는 훗날까지 소녀의 이름
역시 기억해내지 못했다. 유리는 소녀를 그냥 '붉은댕기'라고

불렀다. 붉은 댕기가 가장 결정적인 소녀의 이미지였기 때문이었다.

사람들이 유리를 믿어보기로 한 것은 최상의 결론이었다. 유리는 신의를 얻을 만한 심지를 갖고 있었다. 폭포 아래쪽 굴은 폐쇄됐고 그보단 멀지만 더 안전한 다른 길을 소녀는 일러주었다. 유리는 그 후부터 가끔 그 길을 따라 마을로 들어갔다. 유리가 가면 마을 사람들이 빼놓지 않고 모여들어 바깥세상의 소식들을 들었다. 유리의 말재간에 탄복하는 사람도 있었다.

'붉은댕기'는 먼 곳으로 가는 게 꿈이었다.

"먼 곳, 어디?" 유리가 물었고, "그냥 먼 곳!" 소녀는 유리에게 손금을 보여주었다. 세 개의 굵은 선이 하나도 합쳐지지 않고 각자 다르게 흐르는 손금이었다. "아버지는 내가 세 살 때 돈 벌러 바다 건너로 갔고 어머니는 내가 일곱 살 때 아버지를 찾아온다면서 도시로 갔어. 저기 수염 난 할아버지가 나를 여기로 데려왔지. 아버지 어머니는 돌아오지 않을 거야. 이 손금이 그걸 말해줘."

또 붉은댕기의 뒷덜미에는 털이 송송 박힌 손톱만 한 점이 세 개나 있었다. 그녀는 그 점들도 유리에게 보여주었다. "큰 건 아버지 점이고, 그다음은 어머니, 작고 귀여운 점은 바로 나야. 자란다고 해서 이 세 개의 점이 합쳐질까. 이 점들이 하나로 합쳐지면 모를까, 그 전엔 아버지와 어머니가 나를 찾아오지 않을 게 확실해." 과장된 해석이라고 생각했지만 유리는 그것에 대해 아무 말도 하지 않았다.

먼 곳으로 가고 싶기로는 유리도 마찬가지였다.

"먼 곳으로 아버지와 어머니를 찾아가겠다는 거니?" 유리는 물었고, 붉은댕기는 아주 깊은 표정이 되었다. "아니." 그녀의 말이 조금 떨리는 것 같았다. "아버지 어머니를 만날 수 없을 거야. 나는 내 운명을 알고 있는걸. 죽음까지. 내가 죽는 곳은 낯선, 그러니까 아주 먼 사막이야. 이상한 옷을 입은 사람들이 죽는 나를 빙 둘러싸고 있어." "에이!" 유리는 웃었다. 그것은 있을 수 없는 일이었다. "자기가 어디서 죽는지 어떻게 안단 말이니?" 붉은댕기가 유리를 한참이나 바라보았다. "죽을 때까지," 그녀는 한참 만에 말했다. "네가, 변, 하, 지, 않, 을, 친, 구, 라고 믿어질 때, 너의 죽음을 볼 수 있는 비밀 장소를 일러줄

게!" 붉은댕기의 눈에서 쏴아, 바람 소리가 들렸다.

도원동에서 피붙이가 하나도 없는 건 붉은댕기뿐이었다. 모든 남자 어른을 붉은댕기는 아버지라고 불렀고 모든 아낙을 그녀는 어머니라고 불렀다. "여기에선 아버지 어머니가 많은 게 참 좋아." 그녀는 환히 웃었다. 소작을 부쳐 먹던 그녀의 아버지가 할아버지에게 불손하게 굴다가 멍석말이를 당한 뒤 고향을 등졌다는 말을 해준 건 흰수염이었다. 붉은댕기를 고아 아닌 고아로 만든 원죄가 할아버지에게 있다는 걸 알고 난 날엔 밤새 잠을 잘 수가 없었다.

유리는 이제 열일곱 살이 되었다.

전쟁이 났다는 말이 들렸다. 대지국의 북쪽 지역이었다. 화인국은 자신들이 관리하던 철도를 일부러 폭파시켰고 그걸 빌미 삼아 그 지역을 지배하던 대지국의 군벌세력을 일제히 공격했다. 그곳은 만주라고 불리는 대지국 변경이었으며 그 무렵 장씨張氏 일가의 군벌이 지배하고 있었다. 많은 물자와 군인들이 그곳으로 속속 집결했다.

화인국의 전략은 치밀했다. 명목이 그럴듯했으므로 다른 나라들도 화인국을 지지하는 형편이었다. 큰아버지-아버지는 전쟁이 하나의 기회라고 여겼다. 전쟁에 필요한 물자들을 끌어모아 바치는 한편 수많은 젊은이들을 꾀어 군수공장이나 전쟁터로 보냈다. 방직공장의 일부 여자 직공들을 더 대우해준다는 명목으로 전쟁 지역에 보냈다는 소문도 들렸다. 여자들이 그곳에서 무슨 일을 하는지 아는 사람은 거의 없었다. 큰아버지-아버지의 충성심은 깊고 깊었다. "대지국 전체가 항복할 날이 곧 올 게야." 큰아버지는 단정했고, 그것에 충실히 대비했다.

햇빛이 청량한 가을 어느 날이었다.

문틈으로 중문中門이 내다보였다. 큰아버지가 본토에서 온 중요 고위인사와 군수영감을 대동하고 중문을 지나 사랑마당으로 들어서고 있었다. 군수는 화인국인이었다. 양복장이 서넛이 그 뒤를 따랐다. 사랑채 앞쪽의 연못 가운데 자리 잡은 춘양정春陽亭엔 그들먹하게 점심상이 이미 차려져 있었다. 돌아가신 할아버지가 화인국 천황으로부터 작위를 수여받고 기념으로 지었다는 이 집은 행랑채, 사랑채, 안채, 별채를 두루 갖춘 대저택이었다. 배롱나무 붉은 꽃그늘이 중문을 감싸고 있었다. 꽃잎들이 하르르 하르르 바람에 흩날렸고, 유리의 시선이 그 순간 쭈뼛해졌다.

하얀 양산이 제일 먼저 보였다. 햇빛을 튕겨내며 양산이 배롱나무 꽃그늘 사이를 지나오고 있었다. 옹골차게 핀 백합꽃 한 송이가 흐르는 물에 둥실 떠서 내려오는 것 같았다. 아주 고요하고 부드러운 보행이었다. 치렁한 흰색 원피스 차림의 여자였다.

춘양정을 둘러싼 국화꽃들에게 반했던지 중문을 지나온 여자가 문득 모자를 벗어들었다. 유리는 여자가 모자를 벗어드는 광경을 느린 그림처럼 보았다. 햇빛을 가르며 흰 손가락들이 환영처럼 흐르는 그림이었다. 끈이 풀렸던지 안채마당에 있던 강아지가 쏜살같이 달려 나온 게 그때였다. 피할 새도 없이 강아지가 여자의 치맛자락을 물었다. 펄럭, 날리는 치맛자락 사이로 종아리가 말쑥 드러난 것과 여자의 손에 들렸던 모자가 연못으로 날아간 것은 거의 동시였다.

정자에 오르던 아버지 일행이 뒤를 돌아다보고 있었다. 여자는 그러나 아주 침착하고 너그러웠다. 날아간 모자는 제 것이 아닌 듯 무심히 버려둔 채 여자는 나붓하게 쭈그려 앉으며 강아지를 향해 가볍게 손짓을 했다. 유리는 홀린 듯 그 정경을 보았다. 마치 자신을 향해 여자가 수신호를 보내는 것처럼 느껴졌다.

"애야, 이리 온!"

여자가 그 말을 했는지 안 했는지는 상관없었다. 그러나 훗날에도 유리는 그 장면을 떠올릴 때마다 늘 여자의 나긋나긋한 목소리를 들었다. "애야, 이리 온!" 치렁한 원피스 자락이 쭈그려 앉은 여자를 둥글게 둘러싸고 있었다. "애야, 이리 온!" 햇빛이 여자의 손가락 끝에서 미끄럼을 타고 놀았다. 꼬리를 흔들며 다가든 강아지가 여자의 흰 손을 천방지축 핥고 있었다. 유리의 가슴 안에서 그때 둥, 북소리가 울렸다. "애야, 이리 온!" 여자에게 가고 싶어 가슴이 막 타는 것 같았다. 전쟁이 시작되던 그해, 열일곱 살의 가을날 풍경이었다.

여자는 그날부터 별채에 머물렀다.

이름은 알 수 없었다. 처음 본 이미지대로 유리는 그 여자를

'백합' 혹은 '흰백합'이라고 불렀다. 마주칠 때마다 여자는 유리를 향해 언제나 환히 웃었다. 하얀 덧니가 사금처럼 빛났다. 초목 옆에서 자란 사람만이 가질 수 있는 웃음이었다. 그런 그녀와 마주칠 때마다 유리는 어지럼증을 느꼈다. 군수의 조카뻘이라 했고 바다 건너 화인국 본토에서 건너왔다고 했다. 군수가 부탁해 아버지가 거두어 집 안에 들인 형식이었다.

본래 신분이 그리 높은 여자는 아니었던가보았다. 백합은 부엌일도 잘 거들었고 보기와 달리 험한 일도 마다하지 않았다. 바느질 솜씨가 특히 좋았다. 본토에서 양장 일을 하다가 살기가 어려워 친척뻘인 군수를 찾아온 눈치였다. 바느질감을 들고 앉은 백합의 모습은 고요하기 이를 데 없었다. 그녀의 모습 위로 매번 어머니가 겹쳐 떠올랐다. 어머니보다 더 음전하고 더 빛이 났다.

큰아버지 역시 백합이 아주 마음에 든 눈치였다. 백합은 곧 아버지의 침모 역할을 도맡아 감당했으며 붙임성이 좋아 여러 식솔들과도 불편 없이 지냈다. 근엄한 아버지조차 옷시중을 받으며 그녀를 향해 환히 웃는 광경을 유리는 자주 보았다. 백합의 나이는 유리와 동갑인 열일곱이었다.

앓아누웠던 큰어머니가 죽은 게 그 무렵이었다.

"아버지들이 문제야. 우리는 대대로 화인인의 노예처럼 살 걸." 도청의 고위직인 내무국장 아들이 한 말이었다. 주재소장의 아들이 거기에 동조했다. 그러나 그렇게 생각하는 아들은 많지 않았다. "나라를 구하기 위해 전쟁터로 우리 청년들이 자원해 가야 해"라고 역설하는 아들들도 있었다. 화인국에 들러붙어 권세를 얻은 아버지들의 아들들은 유리의 할아버지의 두 아들이 그랬듯이 둘로 갈렸다. 아버지가 따온 과실을 달게 나눠먹으려는 기생충 아들들과 아버지를 죽여야 세상이 밝아진다고 믿는 전사 아들들이었다.

"살부계殺父契를 만들어야 해!" 유리보다 두 살 많은 내무국장 아들 키다리 선배가 말했다. "살부계는 원시시대에도 있었대." 주재소장 아들이 초를 쳤다. 주재소장 아들은 이마에 사마귀가 있었다. 그들은 모두 전사 아들들이었다. "아주 옛날, 아버지들은 힘이 세니까 집 안의 모든 여자들을 혼자 차지했다는 거야. 딸들까지. 광야로 쫓겨난 아들들은 여자는커녕 굶주려 죽을 처지가 됐지. 그때 자구책으로 나온 말이 그거야. 계를 무어 차례로 아버지들을 한 명씩 죽이자는." "맞아, 젊은 우리는 아버지들로부터 세상을 구할 의무가 있어!" '키다리'가 탁자를 치고 부르르 몸을 떨었다.

문제는 누구의 아버지를 먼저 죽일 것인가 하는 것이었다.

"죄가 제일 무거운 아버지를 첫째로 죽여야지." 내무국장 아들 '사마귀'가 큰아버지의 이름이 적힌 두루마리를 확 펼쳐놓았다. 죄목이 깨알같이 적혀 있었다. 백 번 죽여도 싼 사람이 큰아버지라는 걸 유리는 새삼 느꼈다. 그러나 그는 자신의 '큰아버지-아버지'였다. "죄의 무게를 저울에 달아 순위를 매기는 건 불가능해." 둘러선 아들들이 유리를 바라보고 있었다. "심지 뽑는 게 제일 무난하다고 생각해, 나는." 유리는 말했고 전사 아들들은 각자 기침을 하거나 땀을 닦거나 코를 풀었다. "심지 뽑기 찬성하는 사람?" 코를 풀고 난 키다리가 할 수 없이 제안했다. 나머지 아들들은 모두 가만히 있었다.

심지 뽑기에서 유리는 세 번째를 뽑았다. 제일 첫 번째를 뽑은 건 주재소장 아들인 '사마귀'였다. 심지는 뽑았지만 그러나 실천하는 건 쉽지 않았다. 키는 땅딸막했으나 주재소장은 어깨 넓이만 해도 거의 세 자에 가까운 사람이었다. 독립군이라고 의심받던 사람을 고문할 때 주재소장이 손톱을 펜치로 뽑는 걸 직접 보았다는 사람도 있었다. 죽이기는커녕 죽이려고 생각만 해도 아들들은 공포에 질렸다. 두 번째로 뽑힌 내무국장도 마찬가지였다. 죽일 방도가 없었다. 세 번째 뽑힌 자작어른 유리의 큰아버지-아버지가 멀쩡한 것은 당연지사였다.

큰어머니가 죽고 얼마 되지 않아 그 여자, 백합이 은근슬쩍 안방으로 잠자리를 옮겼다. 유리 자신의 새 옷 한 벌을 만들어 말없이 방 안으로 밀어 넣어준 적도 있는 여자였고, 눈이 마주치면 소리 없이 배시시 웃어주어 많은 날 잠을 이루지 못하게 한 적도 있는 여자였다. 그런 백합이 큰아버지-아버지의 몸시중을 들기 시작했다는 걸 알았을 때 유리는 천 갈래 만 갈래로 가슴이 막 찢어졌다.

백합의 잠자리에 대해 말하거나 아는 체를 하는 사람은 아무도 없었다. 집안사람의 서열과 잠자리를 결정할 수 있는 권한은 오로지 자작어른인 큰아버지-아버지가 갖고 있었다. "아씨라고 부르면 된다." 큰아버지는 결정했다. '마님'이라고 불러야 할까 '작은 마님'이라고 불러야 할까를 고심하던 하인들은 찔끔했다. 안방으로 잠자리를 옮겼다 뿐이지 그렇다고 해서 어린 백합을 정식 마님으로 대우할 생각은 큰아버지에게 애당초 없었던 것 같았다.

백합이 잠자리를 안방으로 옮긴 다음 날, 유리는 어머니와 살던 옛집으로 곧장 달려갔다. 구렁이와 붉은댕기가 함께 있었다. 자신도 모르는 사이 구렁이와 붉은댕기가 가까워졌다고 느껴지자 화가 머리꼭대기까지 났다. 유리는 씨근씨근했다. "나만 빼고 뭐야, 너희들!" 유리는 소리쳤고, "우는 거야?" 붉은댕기는 물었다. "저 구렁이와 내가 신방을 꾸, 꾸민다면 네 마음은 어, 어떻겠어?" 목이 메어 말이 더듬어졌다. 구렁이가 큰아버지, 자신이 백합인 것 같기도 했다. "우는 것도 예쁘네, 오라버니는!" 붉은댕기는 동문서답을 했다. 그녀가 유리를 가리켜 오라버니라고 부른 건 그때가 처음이었다.

도원동이 완전히 사라진 게 그 이틀 후였다.

혹부리 마름 아저씨가 하루 종일 바쁘게 주재소를 오가는 걸 목격한 다음 날이었다. 운지산 자락으로 주재소 순사들과 헌병들이 바쁘게 들어가는 걸 본 날은 밤새 잠이 오지 않았다. 도원동에 큰 사달이 생긴 게 틀림없었다. 아침녘 부리나케 도

원동으로 갔을 때, 유리는 그만 비틀, 주저앉고 말았다. 집들은
다 불타고 사람들은 아무도 없었다. 전쟁이 휩쓸고 지나간 것
처럼 무참했다.

붉은댕기가 붙잡혀 가지 않은 건 천우신조였다. 그녀는 폭포
로 뚫린 굴 어귀에 암탉 한 마리를 안고 혼자 앉아 있었다. "조
사할 게 있다면 사람들만 잡아가면 되지, 집에 불을 지를 필요
는 없잖아." 순사들이 들이닥친 건 어제 오후였다고 했다. 사람
들이 모조리 붙잡혀 갔고 순사들이 집에 불을 지르는 걸 그녀
는 숲속에 숨어 직접 본 모양이었다. "오라버니를 의심하진 않
아. 죄를 지은 게 없으니 붙잡아 간 사람들을 죽이진 못할 거
야!" 그녀가 오히려 유리를 위로했다. "난 그때 비밀의 샘에 갔
다가 나오는 길이었어." "비밀의 샘?" "응!" 그녀는 울지 않았다.
"자신의 죽음을 미리 알면 울지 않아도 돼!" 그녀가 덧붙이고
있었다.

붉은댕기가 '비밀의 샘'을 보여준 게 바로 그날이었다.

폭포에서 도원동으로 이어진 굴은 한 가닥이 아니었다. 중간
에 가지를 치고 있었다. "몸을 더 오그려야 해!" 붉은댕기가 가

지 친 굴로 앞장서 기어가며 말했다. 어른은 도저히 들어갈 수 없는 굴이었다. 캄캄했고 미끈미끈했다. 어떤 곳은 납작 엎드려 애벌레 같은 형국으로 지나갔다. 앞서 기어가다 말고 그녀가 말했다. 그녀의 목소리가 어둔 굴속에 우렁우렁 울렸다.

"여기를 처음 알려준 게 바로 구렁이야. 황금색 구렁이. 우리 할머니네 집 지붕에도 누런 구렁이가 살았었는데 어쩌면 오라버니네 구렁이하고 형제간인지도 몰라. 우리 할머니는 구렁이를 용왕님이라고 불렀어. 어느 날 숲에 앉아 있다가 그 구렁이가 보인 것 같아 굴로 쫓아 들어왔더니 글쎄, 한 번도 가보지 않은 이쪽 굴로 구렁이가 쓰윽 들어가는 거야. 우리 할머니가 죽어 구렁이가 된 건지도 몰라. 구렁이를 따라 기어들어 갔더니 오라버니도 곧 보게 될 그 비밀의 샘이 나왔어. 전엔 들어가기 쉬웠는데 요즘 내 몸이 많이 커졌나봐."

드디어 비밀의 방, 비밀의 샘이 나왔다.

굴의 맨 끝에 이르자 천장이 꽤 높은 고요한 굴방과 만났다. 어디에서 오는지 알 수 없었으나 환한 빛이 들어오고 있었고, 사방으로 물이 흐르고 있었다. 어머니와 살던 외딴집 이간장방만

한 굴방이었다. 천장에서도 물방울이 뚝뚝 떨어지고 있었는데 물이 흘러나가는 길은 보이지 않았다. 방 한가운데 원통의 바위 하나가 천장 가까이 솟아 있는 게 제일 먼저 눈에 들어왔다.

원통바위 꼭대기는 세숫대야 같은 형국을 하고 있었다. 그 '세숫대야' 한가운데에서 물이 솟아나는 모양이었다. 세숫대야를 채우고 물이 원통바위 둘레를 쓰다듬고 계속 흘러내렸다. 천상의 음악 같은 물소리가 났고, 원통바위를 둘러싸고 작은 무지개들이 연달아 떠올랐다가 스러졌다. "저 바위 꼭대기가 바로 비밀의 샘이야." 붉은댕기의 말에 "저 세숫대야에?" 원통바위를 올려다보며 유리는 대답했다. "세숫대야 아니야. 비밀의 샘이라니까! 저기 올라가 샘을 들여다보면…… 운명을 보게 돼. 오라버니의 죽음, 그런 거!" 그러나 높아서 꼭대기의 샘을 들여다볼 수가 없었다. "저기까지 어떻게 올라가야 해?" "그거야 오라버니가 할 일이지." 붉은댕기는 웃었다. "올라가는 게 무서우면 관둬. 누구나 그걸 들여다볼 필요는 없으니까." 붉은댕기는 선택의 기회를 유리에게 주었다.

물은 차가웠고 바위는 잔뜩 젖어 있었다. 기어오르는 게 쉽지 않았다. 바위를 붙잡고 한 발 올려 딛자마자 몸은 이내 아래로 미끄러졌다. "나는 백 번도 더 미끄러졌었어." 떨어지는 유리를 향해 그녀가 말했다. 온몸이 물에 젖었고 금방 고드름이 될 것 같았다.

"참을성이 없다면 자기 운명을 보지 못해."

붉은댕기가 마지막으로 덧붙인 말이었다. '변하지 않을 친구, 라고 믿어질 때' 비밀을 보여주겠다던 그녀의 말을 유리는 상기했다. '변하지 않을 친구'로 남으려면 어떡하든 원통바위를 기어 올라가야 할 터였다. 유리는 참을성 있게 시도했다. '큰일을 할 특별한 사람'이라는 어머니의 말도 그에게 참을성을 요구하고 있었다. 바위 상단의 오목한 가장자리가 손가락에 간신히 걸려든 건 수십 번이나 미끄러진 다음이었다.

과연 원통바위 꼭대기는 둥근 샘을 이루고 있었다.

솟아나온 물이 샘을 가득 채우고 넘쳐흐르는 중이었다. 샘의 가장자리를 두 손으로 굳세게 잡고 유리는 마침내 물속을 들여다보았다. "뭐가 보여?" 밑에서 붉은댕기가 묻고 있었다. "아니." 숨을 헐떡이며 유리는 대답했다. 천장에 맺힌 물방울들

이 샘에 비쳐보였다. "천장이 비쳐 보이는데." "그거 말고." 그녀
가 비웃듯 대꾸했다. 손이 파르르 떨렸다. "더 기다려봐. 나는
한나절이나 거기 매달려 있었어. 뭐든, 모조리 잊어버려. 오로
지…… 오로지 샘만 봐야 돼!" 고요하고 긴 시간이 흘러갔다.

어떤 순간, 유리는 보았다. 천장의 풍경이 흩어지면서 천년
을 산 것 같은 노인의 얼굴이 갑자기 샘 한가운데 나타난 것이
었다. "누가 보여. 노인이야!" 미간을 모으자 노인의 얼굴이 점
점 뚜렷해지기 시작했다. "말하면 안 돼!" 붉은댕기가 황급히
외쳤고, 유리는 온몸을 관통해가는 서늘하고 신비한 기운을 그
순간 느꼈다. 아무것도 생각나지 않았다. 뚫어져라 유리는 물
속을 보았다.

샘은 하나의 거울이었다.

거울 속에 자신의 온몸이 금방이라도 빨려 들어갈 것 같았
다. 전율이 지나갔다. 냉기 때문인지 그 거울에 비쳐 보이는 노
인의 얼굴 때문인지 알 수 없었다. 수천의 주름살이 노인의 얼
굴을 뒤덮고 있었다. 천년을 산 것 같은 얼굴이었다. 황금색 구
렁이가 노인 곁에 나란히 앉아 있는 게 보였다. 흰 옷차림의 노

인은 가부좌를 튼 자세로 앉아 있었는데 숨 가쁠 만큼 고요하고 옹골찬 모습이었다. 눈부신 빛이 노인과 구렁이를 감싸고 있었다. 눈을 감지 않고선 감당할 수 없을 정도로 강력한 흰 빛이었다. 붉은댕기의 말이 그때 뒤통수를 때리고 날아왔다.

"지금 보는 그것은…… 그것은 오라버니의 죽음이고…… 그러므로 비밀이야. 누구에게든 지금 본 그것에 대해 말하면 안 돼. 나한테도. 앞으로도 절대로! 그걸 말하고 나면…… 오라버니는 자신의 운명대로 살 수 없게 될 거야!"

몸이 쏜살같이 아래로 쑤셔 박힌 건 잠시 후였다. 붉은댕기가 달려와 유리를 물속에서 건져냈다. 유리는 살아선 갈 수 없는, 세상 너머의 어떤 다른 세상을 보는 듯한 눈빛을 하고 있었다. "오라버니!" 그녀가 유리를 품에 안았다. 그는 눈을 감은 채 부르르르 몸을 떨었다. 어디서 오는지 알 수 없는 눈부신 빛이 자신의 몸통을 통과하고 있다고 유리는 느꼈다. 빛의 다발이었다.

유리는 그날 하루 집으로 돌아가지 않았다.

붉은댕기와 뽀송한 다른 동굴에서 밤을 보냈다. 그녀는 다음 날 스스로 주재소에 찾아가겠다고 했다. "주재소로 가면 먼 곳으로 갈 수 있거든. 나 같은 여자들을 모아 먼 데로 보낸다는 말을 들었어. 그곳에선 품삯도 많이 받을 수 있대. 여기서 붙잡혀 간 도원동 사람들도 만날지 몰라. 돈을 많이 벌 거고, 언젠가…… 아이를 많이 낳아 절대 버리지 않는 굳센 엄마가 될 거야." "그, 그렇지만……" 유리는 더 이상 말이 나오질 않았다. 붉은댕기가 알고 있는 게 틀렸다는 사실을 설명하는 건 쉽지 않았다. "떠나기 전에 오라버니를 친구로 삼아서 정말 다행이야." 그녀가 환히 웃고 있었다.

다음 날 붉은댕기는 정말 주재소로 갔고, 또 다음 날 그녀는 낯선 사람들과 함께 기차를 타고 떠났다. 유리가 역으로 달려갔을 때, 그녀를 태운 기차는 출발 직전이었다. 새카만 화물차였다. 사람들이 화물칸마다 빼곡하게 들어앉아 있었다. 세 번째 화물칸 어디쯤에서 그녀를 보았다고 느낀 순간 주재소 순사가 검은 철문을 쾅 닫았다. 수로국 북쪽 경계의 먼 곳까지 가는 기차라고 했다. 기차가 떠날 때 화물칸의 보자기만 한 창구멍으로 손이 하나 쑥 나왔다. 그 손이 흔들리는 걸 유리는 보이지 않을 때까지 보았다. 붉은댕기의 손이라고 생각했다.

가느댕댕하고 검은 손이었다.

아버지는 그 며칠 후 총독부의 훈장을 받았다. 혹부리 마름 아저씨의 목에도 덩달아 더 힘이 들어갔다. "네 아버지 죄목이 더 추가됐어!" 우연히 만난 주재소장 아들 '사마귀'가 말했다. '살부계'에서 첫 번째 죽일 자로 뽑혔던 주재소장 역시 도원동을 싹쓸이한 공으로 도의 표창을 받았다. 주재소장의 아들 사마귀가 화인국 본토로 유학을 떠난 것이 그날이었다.

유리는 가끔 큰아버지를 쫓아 사냥을 하러 가기도 했다. 사냥 솜씨에서도 큰아버지는 근동에서 제일 뛰어났다. 큰아버지-아버지는 여러 개의 총을 갖고 있었다. 재래식의 화승총도 있었고 독일제 권총과 러시아제 소총도 갖고 있었다. 큰아버지가 애지중지하는 건 러시아제 볼트액션 소총이었다. 유효사거리가 오백 미터 이상이었다. "이것으로 곰을 잡은 적도 있었다." 큰아버지-아버지는 자랑했다.

제 할 일에 대한 유리의 확신은 날로 깊어졌다.

맨발

아버지를 죽이고 떠나온 길이었다.

길은 없었다. 운지산을 벗어났는지, 방향은 제대로 잡았는지도 알 수 없었다. 암벽을 더듬어 올라 숲 사이로 전진했다. 밤이었다. 달빛이 밝은 게 그나마 다행이었다. 신발 밑창이 떨어져 나간 건 지난밤이었다. 그러나 추적자들을 따돌리려면 쉴 수가 없었다. 한 발 한 발이 납덩어리 같았다. 준비해온 먹을거리도 거의 남아 있지 않았다. 굶주림보다 무서운 건 시시때때 앞을 가로막는 벼랑이었고, 불쑥불쑥 나타나는 밤 짐승이었다. 포악스런 밤 짐승을 만나면 아버지, 아니 큰아버지의 서재에서 들고 나온 권총도 별 소용이 없을 터였다.

골짜기로 내려오자 계곡이 나왔다. 유리는 엎드려 한참 동안 물을 마셨다. 얼음처럼 차가운 물이었다. 겨울이 시시각각 들이닥치고 있었다. 머리 위로 나뭇잎들이 우수수 떨어졌다. 여명이 트는 중이었다. 허공으로 날아가던 큰아버지의 몸이 찢어발겼던 놀빛과 닮은 선홍색이었다.

큰아버지-아버지를 죽이고 집을 떠나온 지 벌써 사흘째였다.

큰아버지-아버지는 그때 놀을 향해 서 있었다. 춘양정이었다. 날이 좋은 날 놀이 질 무렵엔 큰아버지가 늘 정자에 올라 놀바라기를 한다는 걸 알고 기다려온 참이었다. 당신의 벌판을 향해 선 큰아버지-아버지는 놀빛을 역광으로 받아 기골이 더욱 장대해 보였다. 유리는 별채 담장 너머에 은신하고 있었다. 운지산과 맞닿은 인적이 드문 곳이었다. 담장 위에 수평으로 놓인 총신이 놀빛을 받아 반지르르 빛났다. "저분께 고통을 주고 싶진 않아. 네가 심장을 단번에 꿰뚫어줘야 해!" 총신을 쓰다듬으며 유리는 속삭였다. 소작료를 걷으러 나간 혹부리 마름과 그 수하들은 아직 귀가하지 않고 있었다.

러시아제 볼트액션 소총은 큰아버지-아버지가 가장 애용해

온 총이었다. "단 한 방에 호랑이도 쓰러트릴 수 있는 총이다. 심장을 단호히 꿰뚫어야 해!" 사격술을 가르치며 큰아버지가 한 말을 유리는 기억했다. 큰아버지-아버지는 미동도 하지 않았다. 총구는 큰아버지의 심장을 정확히 겨냥하고 있었다.

심호흡을 하다 숨을 멈추었다. 큰아버지-아버지의 어깨 너머 놀빛 속으로 그 순간 우르르 새떼가 날아올랐고, 그것은 강력한 감응을 유리에게 주었다. 큰아버지의 붉은 심장이 확 다가드는 느낌이었다. 배운 대로 충실하게, 거의 무의식적으로 유리는 방아쇠를 당겼다.

볼트액션 소총은 성능이 정말 좋았다.

날카로운 총성이 놀의 중심부를 거침없이 찢었고, 새들이 들까불며 일제히 울부짖었다. 휘청, 쓰러질 뻔한 큰아버지-아버지의 몸이 정자 기둥에 간신히 걸려 선 건 그다음이었다. 총알이 큰아버지의 심장을 정확히 관통했다고 느꼈지만 확실한 게 좋다고 유리는 생각했다. 두 번째로 방아쇠를 당겼다. 역시 명중이었다. 기대고 있던 기둥을 밀쳐내듯 하면서 놀빛 속으로 포물선을 그리며 날아간 큰아버지의 몸이 연못에 쑤셔 박히는 게 선연히 보였다.

안채 쪽에서 비명이 들린 게 그때였다. 유리는 반사적으로 시선을 돌렸다. 부엌문을 밀고 나오다가 비명을 지른 건 그 여자, 백합이었다. "애야, 이리 온!" 강아지를 향해 손짓을 하던 그 여자의 모습이 두서없이 떠올랐다가 꺼졌다. 여자의 시선이 유리의 그것에 쩍 들러붙어 있었다.

유리는 곧장 운지산으로 숨어들었고 밤을 새워 산을 넘었다. 도청 소재지가 있는 도시로 가는 가장 빠른 길이었다. 도시의 정거장은 고향 역과 세 정거장이나 멀리 떨어져 있었다. 안심해도 좋을 만한 거리였다. 추적자들이 고향의 역과 터미널을 수색하는 사이 그 도시에서 떠나는 화물차를 이용하면 될 거라고 유리는 생각했다. 역 구내에 숨어 들어가 있다가 문이 열린 화물칸 안에 은신해 수로국의 북쪽 경계까지 갈 계획이었다. 바로 붉은댕기가 간 그 길이었다.

그러나 추적은 예상보다 빨랐다. 헌병과 순사 들이 역의 외곽부터 쫙 깔려 있었다. 이 도시에까지 이미 강력한 수배령이 떨어진 모양이었다. 큰아버지의 충직한 종이자 마름인 혹부리의 얼굴도 보였다. 재간꾼 '혹부리'가 유리의 동선을 미리 꿰뚫어본 것 같았다. 유리는 역을 등지고 다시 도망쳤다. 운지산에 잇닿은 산맥으로 갈 수밖에 없었다. 수로국과 대지국의 경계까지 북진하는 장대한 산맥이었다. 유리는 운지산을 다시 넘었으며, 지난 사흘간 멈추지 않고 계속 걸었다. 길도 마을도 없는 산속이었다.

신발이 문제였다. 밑창이 달아난 신발은 앞부리에도 구멍이 뚫려 있었다. 바닥은 고무, 발싸개는 가죽으로 된 신발로서 아버지는 이런 신발을 '편리화便利靴'라고 불렀다. 먼저 밑창이 달아나더니 돌 모서리에 걸린 앞부리가 찢어지고 만 편리화를 유리는 칡넝쿨로 단단히 동여맸다. 영리한 혹부리는 유리가 산맥을 따라갔다는 걸 지금쯤 충분히 간파했을 것이었다. 아버지의 위상으로 보아 군인들까지 동원됐을 가능성도 많았다.

오르막이 또 시작됐다. 이번에도 급경사였다. 시간을 절약하려면 직진코스를 선택할 수밖에 없었다. 오른편에 해가 있으니 북진이었다. 반도를 거슬러 북진한 산맥은 최종적으로 대지국과 경계를 이룬 '두만강豆滿江'에 닿았다. 백두산에서 발원, 대지국과 수로국을 가르며 동쪽 대해로 흘러나가는 오백 킬로의

장강이었다. 그 강을 건너 대지국 동북방에 이르기 전엔 안심할 수가 없었다. 수백 리, 아니 천릿길이 넘는 길을 가야 할는지도 몰랐다.

한나절 내내 죽을 둥 살 둥 올라오니 정상이 나왔다. 운지산과 연접된 산으로 운지산보다 더 높은 봉우리였다. 산의 이름은 알 수 없었다. 원만한 봉우리였고, 그러면서도 아주 당당해 보이는 봉우리였다. 정상이란 수많은 길이 시작되고 모여드는 곳, 산의 정수리로 간신히 올라선 유리는 이내 털썩 주저앉고 말았다. 수많은 봉우리들이 환히 보였다.

아주 햇빛이 투명한 날이었다.

눈이 부셔 유리는 실눈을 떴다. 첩첩이 포개진 수백 수천의 산봉우리들이 일제히 눈 속으로 뛰어 들어오고 있었다. 봉우리들은 다른 봉우리들로 이어지고 능선은 또 다른 능선으로 포개졌다. 어떤 봉우리는 거세되지 않은 숫양처럼 뛰어올랐고 어떤 봉우리는 삽살개처럼 내달리고 있는 중이었다. 그 틈을 열고 있는 수만 갈래 골짜기의 주름살도 유리는 또한 보았다. 구름이 지나갔고 안개가 흘러갔고 바람 소리가 시나브로 들렸다.

수천의 기마대가 지나는 듯한 바람 소리였다. 첩첩한 능선 너머로 푸른빛이 아득히 내다보였는데 바다인지 하늘인지 알 수 없었다.

가슴속이 뻐근해졌다. 이처럼 존엄한 산맥의 전신을 유리는 일찍이 본 적이 없었다. 늙었으나 가차 없이 젊고, 거칠었으나 깊이를 잴 수 없을 만큼 웅혼한 산맥이었다. 거대 공룡의 그것 같은 반도의 숨은 등뼈를 유리는 보고 있었다. 뜨거운 기운이 갑자기 목울대를 타고 넘어왔다. 울음이라기보다 차진 구토 같았다.

유리는 엎드린 채 오랫동안 울었다.

암벽의 사면을 내려오다가 유리는 문득 발걸음을 멈추었다. 저만큼 떨어진 곳에서 고개를 드는 짐승과 딱 마주쳤기 때문이었다. 들개 같아 보였는데 들개가 아니었다. "여우야……" 올무에 걸려 오도 가도 못하고 있는 그것은 흰색과 은회색 털이 뒤섞인 귀여운 은여우였다. 멧돼지를 겨냥하고 놓는 사냥꾼들의 올무에 은여우가 걸려든 모양이었다. 적어도 한나절 이상 올무에 묶여 있었던 것 같았다.

너무 지쳤는지 은여우는 유리가 다가드는데도 소리조차 내지르지 못했다. 무릎 꿇고 앉아 피멍이 든 손으로 간신히 올무를 풀었다. 올무는 은여우의 발목에 이미 깊이 파고든 상태였다. 올무를 풀어주었는데도 은여우는 한참이나 그 자리 그대로 있었다. "괜찮아!" 그는 은여우의 눈을 보며 속삭였다. "올무의 주인이 오기 전에 네 갈 데로 가. 다리가 부러져도 살려면 걸어야 해!" 바로 자기 자신에게 하는 소리였다. 숲이 바람에 부드럽게 흔들렸다. 절룩거리면서 천천히 숲으로 들어가려던 은여우가 멈춰서더니 고개를 돌려 잠깐 동안 유리를 보았다. 떠나기 싫은 연인의 그것 같은 몸짓이었다. 붉은댕기가 오버랩 되어 떠올랐다. 붉은댕기의 그것처럼 예쁘고 간절하고 슬픈 눈빛이었다.

은여우가 떠난 자리에서 그만 잠이 들고 만 것은 사흘이나 눈을 붙이지 못했기 때문이었다. 잠든 게 아니라 실신해 있었던 것도 같았다. 산맥을 둘러싸고 다가오는 수많은 화인군들의 꿈을 유리는 반복해서 꾸었다. 대포도 있었다. 한 마리의 어린 은여우를 사냥하기 위해 동원된 대규모 추적대의 이미지였다.

잠을 깬 건 등에 맨 배낭이 풀려나가는 강한 느낌을 감지한

다음이었다. 수염투성이 한 남자의 얼굴이 바로 눈앞에 들이대져 있었다. 해가 서쪽으로 한껏 기울어진 시각이었다. 이 사람은 누구일까. 유리는 머리를 흔들며 눈을 깜박깜박해보았다. "너, 자작영감의 수양아들?" 남자가 말하고 있었다. 유리는 소스라쳐서 상반신을 불끈 들어올렸다. "그냥 있는 게 좋아!" 남자가 유리의 어깨를 짓눌렀다.

유리는 비로소 남자가 들고 있는 권총을 똑바로 보았다. 아버지의 서재에서 미리 훔쳐내 바랑에 담아두었던 독일제 권총이 이미 남자의 손에 쥐어져 있었다. "맞지, 자작영감 죽이고 떴다는?" 남자가 싯누런 이를 내고 웃었다. 잠들어 있는 사이 남자가 배낭을 뒤져 권총은 물론이고 쓸 만한 나머지 물건도 이미 제 배낭으로 옮겼다는 사실을 유리는 그제야 깨달았다. "자작어른이 사냥 갈 때 따라가던 너를 본 적이 있어. 자작양반 뒈진 거야 속이 시원하다마는, 그렇다고 네놈을 칭찬할 마음은 없다. 저를 거둔 아비를 죽여?" 남자가 머리를 총부리로 툭툭 쳤다. "게다가 내 올무를 풀고? 난쟁이 좆만 한 자식이 감히 내 올무를?" 남자가 또 웃었다. 햇빛이 남자의 입가에서 한순간 번쩍했다. 눈부신 광채였다. 유리는 찔끔 고개를 숙였고, 남자가 유리의 턱을 대뜸 받혀 올렸다. "잘 봐, 인마. 나야! 털보 금이빨!" 남자가 금이빨을 내보이며 계속 웃고 있었다.

남자는 털투성이 얼굴에 떡 벌어진 어깨를 갖고 있었다. 올
무나 덫으로 산짐승을 잡아 생계를 잇는 사냥꾼인 모양이었다.
화승총 하나 갖고 있지 않은 걸로 보아 사냥꾼으로는 하수임
에 분명했다. 그러나 '금이빨'은 터무니없이 기고만장한 제스
처를 썼다. "너는 뛰어봤자 벼룩이야. 너 잡으려고 헌병과 사냥
개까지 동원되는 걸 보고 왔어. 감히 내 올무를 허락 없이 풀었
으니 손모가지를 잘라야 할 일이나 어차피 뒈질 목숨, 내 손에
피를 묻히진 않을게. 하기야 뭐 이런 꼴로는 추적대가 오기도
전에 히힛, 밤 짐승들한테 먹힐걸." 금이빨은 내려놓았던 배낭
을 다시 추슬러 맸다. "권총만은 돌려주세요." 유리가 사정했고,
"헛, 내가 바보냐. 이래봬도 인마, 나, 금이빨 해 박고 사는 사나
이야!" 금이빨은 곧 뒤도 돌아보지 않고 비탈을 내려갔다.

숲은 이미 어두워지고 있었다. 난감했다. 권총은 물론 배낭
에 넣어온 칼 한 자루도 금이빨이 챙겨 갔다는 걸 유리는 깨달
았다. 여분으로 가져온 옷가지도 사라졌고 얼마 남지 않은 먹
을거리도 마찬가지였다. 몰인정한 인간이었다. 금이빨의 말대
로 추적자들에게 붙잡히기는커녕 당장 오늘 밤 안으로 짐승들

의 먹이가 될 참이었다.

다행히 은여우가 올무에 끼어 오도 가도 못했던 그곳은 처마가 튀어나온 바위 아래로 밤이슬을 피하기에 비교적 좋은 장소였다. 집 떠나고 며칠이 됐는지도 알 수 없었다. 몸은 만신창이였고, 잠이 자꾸 쏟아졌다. 저절로 눈이 감겼다. 어두운 숲에서 푸르스름하게 빛나는 또 다른 광채를 본 건 막 눈을 감을 때였다. 저것이 무엇이지? 비몽사몽 중에 유리는 죽어라 다시 눈을 부릅떴다.

푸르스름한 그 빛은 하나가 아니었다. 머리털이 쭈뼛 곤두섰다. 푸른빛이 슬금슬금 다가오고 있었다. 고양이는 아니었다. "늑대야!" 유리는 소리 내어 중얼거렸다. 둘이었던 광채가 셋이 되고 곧 넷이 되었다. 늑대의 대가족이 저녁거리를 찾아 나온 모양이었다. "밤 짐승들한테 먹힐걸." 금이빨의 말이 머릿속을 쾅쾅 울렸다. 무기라곤 돌멩이뿐이었다. 유리는 돌멩이 하나를 집어 들었다. 어머니는 살아계실까. 나팔꽃 모종을 옮겨 심던 어머니와 바느질감을 든 어머니와 머리를 쓰다듬어주던 어머니의 모습이 빠르게 눈앞을 스쳐지나갔다. 어머니를 향한 그리움 때문에 온몸이 불덩어리가 되는 느낌이었다. 유리는 그래서 겨우 돌멩이 하나를 들고 다가드는 늑대 가족을 향해 절박하게 소리쳤다.

"올 테면 와봐! 나도 엄마가 있어!"

바로 그때였다. 늑대 한 마리가 바싹 다가들었다고 느낀 순간, 느닷없이 광포한 총성이 귀청을 찢었다. 벼락을 치는 듯한 총성이었다. 단말마의 비명을 내지르면서 허공으로 솟구치다 납작하게 고꾸라지는 늑대의 실루엣이 동시에 보였다. 평지를 걷는 듯 사람의 그림자가 유연하게 급경사의 벼랑을 타고 내려온 건 그다음 순간이었다. 남자였다. 나머지 늑대들이 샤샤샤, 하고 풀섶을 스치며 도망치는 소리가 들렸다. 삽시간에 일어난 일이었다.

남자는 키가 컸다. 화인국 군인들이 흔히 메고 있는 아리사카 38식 소총이 남자의 손에 들려 있었다. "애잖아." 남자는 혼잣말하듯 중얼거렸고, "누구야, 너?" 허리를 굽힌 채 유리를 내려다보며 물었다. 유리는 반쯤 혼이 나간 상태였다. 남자의 어깨 너머로 맷방석만 한 달이 막 떠오르고 있었다. "젊은 애가 죽고 싶어 환장했나? 그게 아니라면 아무 방비도 없이 이 깊은 산중에 들어올 리가 없는데." 유리가 맨손이라는 걸 확인한 남자가 옆에 털썩 주저앉았다. 깡말랐지만 앉은키도 유리의 두배쯤은 되는 남자였다. 유리는 달빛을 받고 있는 남자의 검은 얼굴을 망연히 바라보았다.

남자의 집은 그곳에서 두어 시간 거리였다.

정확히 말하면 집은 아니었다. 자연 동굴의 입구를 나무울타리로 막아놓은 그곳을 남자는 '나의 집'이라고 불렀다. "나의 집일세!" 먼저 동굴 속으로 들어가 총을 내려놓으며 남자는 말했다. 집이라는 말이 유리의 가슴에 화살처럼 꽂혀 들어왔다. 구렁이와 함께 바느질감을 들고 앉은 어머니와, 황홀한 놀의 중심을 단호히 찢으며 날아가던 큰아버지-아버지의 모습이 두서없이 떠올랐다가 꺼졌다. "이놈 암컷일세. 저녁은 늑대고기로 해야겠네." 남자의 말이 아득해졌다.

남자는 익숙한 솜씨로 죽은 늑대를 손질하고 있었다. "산중에선 뭐든 걸리는 대로 먹고 살아." 남자가 말했다. 죽을 뻔한 뒤 남자를 따라 두어 시간이나 어둠 속을 걸어온 뒤끝이라 유리는 앉아 있을 기운도 없었다. 유리는 쓰러졌다. 혼절한 것과 다름없었다. 남자가 쓰러진 유리를 가만히 들여다보다가 혼잣말을 했다. "이 친구, 여러 날 헤맨 모양이군." 멀고 가까운 곳에서 밤 짐승들이 울고 있었다.

얼마나 쓰러져 있었을까. 눈을 떴을 때 남자는 울타리에 걸어놓은 늑대의 가죽을 막 뒤집는 중이었다. 밝은 한낮이었다. "제, 제가 얼마나 잤나요?" 유리가 간신히 묻고, "만 하루는 안 됐고." 남자는 사람 좋게 웃었다. "거기." 남자가 유리의 등 너머를 가리켰다. "어제 그놈, 늑대고기를 구워놨어. 나는 생고기를 주로 먹지만." 유리가 멍한 눈빛으로 동굴 안을 둘러보았다. "설마 밥을 찾는 건 아니겠지." 남자가 또 웃었다. "쌀을 먹어본 지 한참 됐네." 엉성하게 엮은 발이 깔려 있었다. 남자의 침상 위에서 내처 잠들어 있었던 듯했다.

"누구를 죽이고 온 건가?" 남자가 갑자기 물었다. 모든 걸 안다는 투였다. "그게…… 그러니까……" 아버지의 거구가 연못으로 쑤셔 박히던 그림이 그제야 간신히 떠올랐다. "누구를 죽였든, 그건 대답 안 해도 되네. 그래도 뭐, 내 집에 들어왔으니 통성명을 할 수 있겠지. 대체, 자네는 누구인가?" "저, 저는……" "이름 말이야, 자네 이름." 남자가 다시 물었다.

말문이 탁 막힌 건 그 직후였다.

"저는……" "저는……" "저는……"이라고, 유리는 간신히 말했다. 발음되어 나오는 건 그러나 거기까지였다. 어떻게 된 노릇인지 자신의 이름이 생각나지 않았다. 아버지의 이름, 어머니의 이름, 할아버지의 이름도 마찬가지였다. 겨우 생각난 고유명사는 운지산이었다. "저는…… 운지산……" 실어증에 걸린 것 같았다. 운지산 이외는 아무것도 발음해낼 수가 없었다. 볼트액션 소총의 총알이 아버지의 심장을 관통하는 순간 이름이 저장된 머릿속 회로 하나가 송두리째 날아간 모양이었다.

"쯧, 됐어." 기다리다 못한 남자가 혀를 차며 말했다. "운지산에서 왔다면 자네 걸음으론 일주일은 걸렸을 게야. 이런 산중에서 이름이고 뭐고, 물어본 내가 잘못이지. 나도 본래 내 이름은 잊었네. 산중군자들은 다 그래. 도둑질을 한 정도라면 이리 깊은 산중으로 안 와. 척 하면 삼천리지. 꿈자리에서 자꾸 아버지를 부르더군. 상관없어. 막말로 아비를 죽였든 어미를 죽였든 무슨 차이인가. 산중에선 피차 그런저런 거 묻고 대답할 거없지. 다 쓸데없이 토를 다는 일에 불과해. 죽이는 자 입장에서보면, 보태고 뺄 것 없이 모두 하나의 명줄일 뿐이라는 말일세.

모든 목숨 값은 하나라 치는 거야. 살생으로 먹고살아야 하는 산중계산법일세."

유리가 '유리流離'라는 새 이름을 얻은 게 그날이었다.

남자는 산에 들어오기 전 다섯 명을 죽였다고 했다. 그 자신의 말대로 남자는 왜, 누구를 죽였는지에 대해서는 설명하지 않았다. 산으로 들어온 지는 오 년이 넘었으나 이 부근에 자리잡은 건 채 한 달도 되지 않았다는 말도 남자는 덧붙였다. "더 북쪽에 있다가 겨울이나 보낼까 하고 남쪽으로 내려온 걸세." 놀라운 것은 남자의 나이가 유리보다 열 살 많은 스물일곱이라는 사실이었다. 누가 보아도 마흔 이상 됐음 직한 얼굴인데 남자는 자신이 겨우 스물일곱이라고 말했다. 주름살이 아주 많은 얼굴이었다. 청동빛 피부였고 쏘는 듯한 눈빛을 남자는 갖고 있었다.

"내가 팍 삭은 얼굴이지?" 남자의 목소리는 우렁우렁했다. "여기 살면 누구나 산의 주름살을 닮아." 시선이 절로 먼 산으로 갔다. 새들이 날고 있었다. "산에 들어왔으니 자네도 곧 나처럼 될걸. 산으로 들어오기 전, 나도 오래 세상을 흘러 다녔네. 빌어먹으면서. 묻는 사람들이 많더라고. 이름이 뭐냐, 고향이 어디냐, 그런 거. 그럼 나는 대답했지. 내 이름은 걸식乞食이고, 내 고향은 유리도游離道 걸식군乞食郡이라고. 흘러 다니며 빌어먹고 살았으니 딱 맞지 않은가. 내 이름, 걸식일세. 자네도 본래의 이름을 기억하고 싶지 않은 모양인데, 세상으로 금방 나갈 마음 없으면 나처럼 산중 이름 하나 짓든지." 그러고 나서 남자는 유리의 눈을 가만히 들여다보았다.

"보기와 달리, 떠돌이의 눈일세."

한참 있다가 남자가 덧붙인 말이었다. "내가 이름 하나 지어줄까." 남자는 깊은 눈을 갖고 있었다. 건너편 산봉우리가 남자의 눈동자에 들어가 있었다. "유리, 어떤가. 떠도는 사람. 허허, 유리걸식에서 따온 말일세. 걸식보다야 유리가 낫지. 뭐 싫으면 말고." '걸식'은 껄껄대고 웃었다.

"오래 자네와 함께 있을 마음은 없네. 쉬고 나면 가고 싶은 데로 가게나." 걸식이 말했고, "나는 대지국으로 갈 거예요." 유리는 퉁명스럽게 대답했다. "오, 대지국!" 걸식의 목소리가 쭉 올라갔다. "생각보다 포부가 크네, 이 친구. 그런 약골로 대지국이라. 산맥을 타고? 단언컨대 그런 꼴로 넌 사흘도 못 견뎌. 대지국으로 가려거든 당장 산을 나가서 기차를 타. 그게 좋아." "기차는 못 타요!" "도망자로 살려면 머리를 써야지. 정거장마다 개구멍도 많고." "그냥 사람을 죽인 게 아니에요. 자작어른을 죽였어요." "백작 남작 자작하는 그 자작?" 걸식이 벌떡 일어섰다. "예, 자작!" "이 자식!" 걸식의 목소리에 불현듯 쇳물이 섞였다. "야, 인마. 그걸 이제야 말하면 어떡해! 죽인 놈이 자작이라면, 당연히 헌병과 군바리들이 쫓아올 텐데. 아이구, 이 자식 때문에 이거, 나도 여길 떠야겠네. 아니, 차라리 널 죽여 나무에 걸어둬?" 걸식은 아주 낭패한 표정을 했다. 유리를 죽일 것인지 살릴 것인지, 망설이는 눈빛이었다.

침묵이 흘렀다. "그러고 싶다면 날 죽여요. 나를 살려주었으니 반항하지 않을게요." 유리가 다소곳이 말했고, "시끄러워!" 걸식이 빽 소리 질렀다. "산속에도 사람들이 살아. 나 같은 산사람들. 헌병이나 군인들까지 쫓아 들어오면 그 사람들 모두 온전치 못해. 네가 무슨 짓을 한 건지 몰라? 이 산맥에다 불을 지른 거야, 인마." 늑대의 살점을 발라낸 칼이 걸식의 손에 들려 있었다. "그러니까요." 유리는 목을 길게 빼 보였다. "그러니까 내 멱을 따고 가죽을 발라 널어놓으라고요. 내 주검을 확인하면 그들은 더 이상 쫓지 않을 거예요.""너를 죽여 가죽을 바를 틈이나 있을지 모르겠다!" 걸식은 이미 배낭을 싸고 있었다.

그로부터 꼬박 이틀간 북진했다.

늑대고기가 유일한 양식이었다. 유리는 산에 적응해 살아남는 방법을 걸식으로부터 틈틈이 전수받았다. 키가 반 토막 수준이어서 걸식을 따라가기 위해 유리는 종일 뛰다시피 해야했다. "밤엔 이동할 수 없다. 어두워지기 전에 짐승으로부터 너를 보호할 만한 잠자리를 찾아야 해." 걸식은 말해주었고, "동굴은 짐승들도 좋아하는 장소야. 동굴로 들어갈 땐 항상 조심해야 하고, 또 동굴을 잠자리로 쓰려면 다른 동물의 침입에 대비해 입구를 뭔가로 막아두어야 해." 걸식은 말해주었고, "도구를 가져야지. 없으면 만들어 써." 걸식은 또 말해주었다. 걸식은 칼과 도끼와 총을 갖고 있었다. "나는 활도 만들어 써." 간단한 활을 만드는 방법도 가르쳐주었고 칡넝쿨 따위로 그물을 만드는 방법도 일러주었다. "너처럼 준비 없이 산맥을 따라 올라가면 일주일 이내 죽어." 걸식은 단정했다.

드러난 뒤꿈치에선 피가 났고 앞부리의 엄지발톱은 새카맣게 변해 있었다. 걸식이 상처를 씻고 송진과 원추리 뿌리를 짓찧어 발라주었다. "원추리 잎이나 뿌리는 상처에 좋아. 이제 네 셔츠를 찢어 동여매." 걸식은 그러면서 자신의 발뒤꿈치를 유리에게 보여주었다. "만져봐!" 걸식의 뒤꿈치는 돌멩이보다 단단했다. "요 뒤꿈치로 네놈 머리통을 차면 어떻게 되겠어?" "어떻게 되는데요?" "이렇게 돼." 죽은 나무를 도끼로 내려치자 나무 밑동이 단번에 두 조각으로 갈라졌다. "산에 살아봐라. 뒤꿈치가 다 말굽 된다." 자랑스러운 표정으로 걸식은 말했다. "그분에 비한다면 내 뒤꿈치도 어린애에 불과하지만." "그분이 누군데요?" "너도 곧 만나게 될 게야. 그분은 장작을 뒤꿈치로 쪼개. 내가 산에 들어와 처음 만난 분이다. 오십여 년을 산에서 산 어른이야. 산사람들은 그 양반을 산신령이라 불러."

꼬박 사흘을 걸은 뒤 도착한 곳은 사방이 암벽으로 둘러싸인 작은 분지였다. 근동에서 제일 높은 어느 정수리였다. 벼랑과 벼랑 사이 좁은 틈새를 기어들어가자 오목한 그곳이 눈에 들어왔다. 암벽에 덧대 지은 작은 흙집이 있었고, 비탈을 따라 손수건만 한 밭도 조성되어 있었다. 걸식이 말한 '산신령'이 사는 곳이었다.

이상하게 생긴 노인이 문을 열고 나왔다. 노인을 온통 덮고 있는 털은 눈부신 백발이었다. 얼굴은 불콰했으나 주름살은 깊고 굵었다. 키는 크지 않았는데 눈빛은 걸식의 그것보다 더 형형했다. 온통 흰 털로 덮여 있어 늙은 백곰을 보는 느낌이었다. "인사드려!" 멍하니 서 있는 유리의 옆구리를 걸식이 쿡 찔렀다. 유리가 큰절을 올리자 날이 곧 저물었다.

'산신령'은 임오년의 군란 때 산으로 들어왔다고 했다. 임오년이라면 반세기나 되는 먼 옛날이었다. 왕실을 오래 지켜온 구식군대가 신식군대인 별기군別技軍과의 차별대우에 불만이 쌓여 폭발한 사건이 바로 임오년 군란이라는 걸 유리는 알고 있었다. 그 당시의 별기군은 왕실의 뒷배가 든든한 데다 화인국 장교가 훈련을 맡아 처우가 좋았으나 기왕에 왕실을 지켜온 구식군대는 찬밥신세를 면하지 못했다. '산신령'은 그때 구식군대인 무위영武衛營의 군졸이었다. 분노한 구식군대 군졸들은 왕비의 일족은 물론이고 파견 나와 있던 화인국의 군인까지 여럿 죽여 화를 자초했다. 근대화를 지향하는 개혁 세력과 전통을 고수하려는 수구세력의 대리전이라고도 할 수 있는 사건이었다. 산신령은 그 사건 후 목숨을 보전하려고 산에 들어왔다. 그때 그의 나이 불과 열여덟이었다니 산신령은 이제 육십 대 후반에 접어든 셈이었다.

유리는 벽에 기댄 채 반눈을 뜨고 있었다. "겨울이라 좀 그렇지만 산맥을 따라 두만강까지 못 갈 것도 없지." 산신령이 말하고 있었다. 목소리가 카랑카랑했다. "저놈을 잡아 군바리들에게 내주면 우리한테야 뭐 무슨 일이 있겠습니까." 유리를 가리키며 걸식이 대답했다. "그것도 한 방법이겠네마는." 산신령은 너그럽게 웃었다. "그러려면 어째 예까지 데려왔나." 자신을 두고 오가는 수작인데, 유리는 도무지 잠을 뿌리칠 수가 없었다. 암벽엔 호랑이가죽이 하나 걸려 있었다. "내가 저 호랑이를 잡을 때……" 산신령의 나머지 말을 채 듣지 못하고 유리의 몸이 옆으로 기울었다. "자네 처음 산에 들어왔을 때처럼, 잠이 많은 놈일세그려." 바로 눕혀주는 산신령의 손길을 유리는 반수면 상태로 느꼈다. 따뜻했다.

하루를 머물고 난 아침이었다. "그만 떠나게!" 산신령이 말했다. "어르신은 그냥 머물겠단 말씀입니까." "여기 터 잡은 게 벌써 십 년일세. 자네들이 갈 두만강까지 오간 게 열 번이 넘을 거네만 여기만큼 좋은 데는 없었네. 내년 봄에 심을 종자씨도 다 마련해두었겠다, 내가 왜 떠나겠는가." "화인군 놈들이 들어오면……" "개들 별거 아냐. 군란 때 호리모토라던가, 화인국 교관을 죽인 게 나야. 그것들 안 무서워. 벌써 오십여 년이 지난 일, 그것들이 온다고 해도 그렇지, 이런 늙은이를 어떻게 하겠나." "집을 불태울지도 몰라요." "헛, 태우면 또 짓지 뭐!" 산신령은 아주 태평했다.

산신령은 또 여우가죽으로 기워둔 옷 한 벌을 유리의 배낭에 넣어주었다. "이대로 가다간 얼어 죽어." 인자한 할아버지 같았다. "능선 길에선 늘 산군자山君子를 조심해야 하네." 산군자는 호랑이를 이르는 말이었다. "그이는 능선을 좋아해. 거기서 내려다보면 사냥감이 잘 보이거든. 얼마 전 산군자께서 저 언덕까지 납신 일도 있었네. 나를 쓰윽 내려다보더니 늙어서 고기가 질기겠다 싶었는지 헛, 재수 없다는 표정으로 슬그머니 사라지더라고." 유리는 산신령의 뒤꿈치를 눈여겨보았다. 영락없이 쇠망치였다.

막 빈지문을 열고 나온 참이었다. 저만큼 은신해 있던 짐승이 후다닥 뛰쳐나와 잡목 숲으로 사라졌다. 유리가 제대로 볼 겨를이 없을 만큼 재바른 걸음새였다. "여우네. 다쳤는지, 그놈 다리를 저는데." 산신령이 말했다. "은여우였어요?" 유리가 물

었고, "맞아, 은회색 여우." 산신령이 고개를 끄덕였다. 혹시 그
놈? 자신이 올무를 풀어준 은여우의 마지막 모습이 눈앞을 흘
러갔다. 간절하고 슬픈 듯했던 눈빛이 눈에 선했다. 유리는 그
러나 이내 고개를 저었다. 그놈을 풀어준 곳은 이곳에서 사나
흘 이상 걸릴 먼 길이었다. 발목을 다친 은여우가 여기까지 따
라올 리 만무했다.

산꼭대기까지 배웅 나온 산신령이 북쪽 끝을 가리켰다. "저
기, 맨 뒤로 뾰족한 봉우리 뵈지?" 산신령의 손가락 끝에 삼각
주 같은 정수리 하나가 아련히 집혀 나왔다. "영묘산 말씀인가
요?" 걸식이 아는 체를 했다. "그래. 영묘산. 열흘은 걸어야 할
걸세. 계속 저걸 보고 능선만 따라가게. 그 사이 화전민 마을도
몇 개쯤 나올 것이고. 영묘산 우측 봉우리 노송 뒤로 아주 흡
족한 암굴이 하나 있네. 내가 삼 년을 의탁했던 곳일세. 화인군
놈들, 거기까진 못 와. 겨울을 그곳에서 보내면 좋을 것이야."

헤어져야 할 시간이었다. "그나저나 자네도 대지국으로 가려
나?" 산신령이 물었다. "글쎄요. 어디든 상관없지요. 여기도 뭐
내 나라라 여긴 적 없으니. 어르신과 달리 저야 오래 한곳에 머
무르는 건 질색이지만요." 걸식의 눈에 처연한 빛이 잠깐 떠올

랐다. "그래서 젊은 게야. 젊으면 떠나고 싶고 늙으면 머물고 싶지." 산신령의 눈에도 바람이 지나갔다. "머물고 싶으시면 이제 아예 산을 내려가 살지 그러세요?" 걸식의 말에, "예끼 이 사람. 저는 신령처럼 살 거면서 나만 짐승들 사는 데로 내려가라고?" 산신령이 낄낄 웃었다.

내려가고 오르는 일의 끝없는 반복이었다.

뒤꿈치엔 기어코 화농이 든 모양이었다. 쉴 때마다 걸식이 약초를 구해 덧대주었으나 특별히 효험은 없었다. 신발은 더 이상 신을 수 없는 지경이 되었고 열까지 났다. "이게 나을 게야." 걸식이 나무껍질을 벗겨다가 여러 겹 대고 꽁꽁 묶어주었다. "형님이나 산신령 어르신 뒤꿈치처럼 되려면 얼마나 기다려야 할까요?" 유리는 걸식을 처음으로 형님이라고 불렀다. "길이 하는 일을 내가 어찌 알겠나." "반드시 내 뒤꿈치를 말굽처럼 만들 거예요." 유리는 다짐을 했고, "장한 결심이다!" 걸식은 비웃었다.

양지바른 바위 위였다. 유리는 가부좌 자세로 앉아 있었다. 햇빛에 둘러싸인 산들은 하나같이 웅혼했으나 제 몫몫 경계가 거의 없었다. "보세요, 형님!" 유리는 심호흡을 한 뒤 숨을 멈추고 가만히 발을 들어올렸다. 두 개의 발이 포물선을 따라 수평으로 올라갔다. 발끝이 어깨에 닿았고, 목을 지나고 나자 곧 머리였다. 핏물이 엉겨 붙은 엄지발가락으로 유리는 자신의 머리를 긁적긁적했다. 붉은댕기가 살던 도원동 사람들에게 보여주었던 재주였다. "오!" 걸식은 탄복했다. 걸식의 발은 허리께까지도 올라갈 수 없었다. 내친김에 긴 혀를 자랑할까 했지만 그것만은 꾹 참았다. 모든 비밀을 다 털어놓을 건 없었다. 긴 혀는 붉은댕기에게도 보여주지 않은 그 자신만의 깊은 비밀이었다. 비밀은 비밀로 간직할 때만 힘을 발휘한다는 게 유리의 생각이었다.

산은 한 가지 모양 한 가지 빛깔이 아니었다. 얼른 보면 천의무봉天衣無縫이고 자세히 보면 만학천봉萬壑千峰이었다. 시시각각 색깔도 다른 것이, 어떤 때는 붉고 어떤 때는 푸르스름하고 어느 때는 희고 어느 때는 검었다. 붉은가 하면 붉지 않고 푸른가 하면 푸르지 않으며 희고 검은가 하면 희고 검은 것만도 아니었다. 세상의 모든 색이 깃든 놀라운 스펙트럼을 만날 때도 있었다. 물은 천 갈래 만 갈래로 갈라져 흐르고 갈라진 물은 굽잇길에서마다 하나씩 둘씩 다시 떼를 이루었다. 산은 그러므로 비어 있으면서 빈 데가 전혀 없었다.

온갖 산 것들이 거기 깃들어 살고 있었다.

놀 지는 하늘가에 새떼들이 날면 눈물이 날 것 같았고, 맑은 물을 들여다보고 있으면 알 수 없는 그 무엇이 끝 간 데 없이 그리웠으며, 포개진 봉우리를 차례로 드러내고 해가 뜰 때면 주먹이 불끈 쥐어졌다. 온화하고 험상궂고 힘차고 정갈한 반도의 내경을 유리는 보고 또 보았다. 숨겨진 지구의 참 안뜰이었다.

초가집 지붕을 지키고 있을 구렁이와 야무진 붉은댕기의 이마, 백합의 긴 손, 음전한 어머니의 귀밑머리를 산의 형상에서 하나하나 찾아내기도 했다. 까맣게 잊었던 어머니의 젖내를 산에서 느끼고 소스라친 순간도 있었다. 어머니의 이름조차 생각나지 않는데 어머니의 젖가슴 그 속내는 너무도 명징했다. "무서운 꿈을 꾸거든 눈을 뜨고 나를 봐. 밤새 네 머리맡을 지키고 앉아 있을게." 어머니는 말하곤 했다. 마당으로 데리고 나가 처음 별자리를 가르쳐준 것도 어머니였다. 산맥의 중심에서 보는 별자리는 어머니가 가르쳐준 그것과 차원이 달랐다. 긴 사다리가 있다면 별에 걸쳐놓을 수도 있을 것 같았다. 붉은 별도 있었고, 노란 별 푸른 별 흰 별도 있었고, 아버지의 별 어머니의 별도 있었다. 여러 개의 별똥별이 사방으로 떨어지는 유성우를 보기도 했다. 성운의 빛 잔치였다.

깊은 밤 바위 사이에 은신해 누워 있으면 더러 산맥이 내는 소리를 듣는 날도 있었다. 어떤 날엔 둥, 큰북 치는 소리가 났고 어떤 날은 쩌렁, 땅이 갈라지는 소리가 났으며 또 어떤 날은 재재재, 올망졸망하고 얄궂은 소리가 산에서 났다. 그 모든 소리는 듣는 것에서 끝나지 않았다. 눈을 감으면 산의 소리가 이내 하나의 구체적인 형상이 되어 나타났다. 무엇인지도 모르면서, 그러나 사무치게 그리워해온 것들의 형상을 유리는 산을 통해 매일 보고 느꼈다. 이처럼 천만가지로 깊고 아름다운 등뼈에 기대 사는 사람들의 세상이 왜 그리 혹독한지 정말 모를 일이었다.

"내가 처음 죽인 건 형이다." 어떤 날 깊은 밤에 걸식은 말했다. 다섯 살이나 많은 배다른 형이었다고 했다. 수문에 서 있는 형을 슬쩍 밀었을 뿐인데 물속으로 떨어지더니 나오질 않더라고 걸식이 말할 때 사방에서 별똥별이 지고 있었다. "그 형은 있지, 나보다 덩치가 두 배 이상이었어. 몸이 무거워서 물밑으로 가라앉은 거지. 그게 뭐 내 책임이냐." 누가 뭐라고 한 것도 아닌데 걸식은 볼이 부은 목소리를 냈다.

걸식이 두 번째로 사람을 죽인 건 집에서 도망친 한 달쯤 후였다. 묻지도 않은 걸 걸식은 자진해 실토하고 있었다. "하룻밤 쉬어갈까 해 어떤 다리 밑으로 내려갔다가 거적에 말린 채 죽어가는 할머니를 보았지. 피골이 상접한 게 차마 눈뜨고 볼 수가 없더라. 겨우 입만 살아있을 뿐, 주먹질을 당한 듯 멍 자국도 있었고." 군청에 주사主事로 근무하는 아들이 모시고 있던 할머니였다. 주사라면 시골에선 세도가나 다름없었다. 노망이 든 할머니는 똥오줌을 못 가릴 때가 많았다. "그 주사 아들놈, 그래서 제 어미를 굶기기 시작한 거야. 똥 싸지 말라고. 두들겨 패기도 하고, 그러다가 어미가 죽을 지경이 되자 고려장을 시킨 거였어. 거적으로 싸서 인적 없는 다리 밑에 내다버린 거지. 손을 싹싹 빌면서 그 할머니가 내게 사정을 하더라고. 제발 적선하는 셈치고, 당신 자신을 좀 죽여달라는 거야. 혼자 있으니 무서워 죽겠다면서." 걸식의 목소리는 담담했다.

은하수의 한 자락이 사뭇 기울어져 있는 걸 유리는 보았다. "나는 적선을 한 거야." 걸식의 말끝에 별똥별이 또 떨어졌다.

"그 할머니를, 그러니까 그 할머니, 내가 죽인 게 아니란 말이야. 그건 적선이었어!" 할머니의 목은 한 줌도 되지 않았다. 잠시 목을 쥐고 있었더니 숨이 끊어졌고, 걸식은 숨이 끊어진 할머니 옆에서 "할머니가 무서워할까봐 하룻밤을 함께 보냈다"고 고백했다. "다음 날 그 아들놈을 찾아갔지." 다음은 들으나 마나였다.

걸식이 물어물어 간신히 찾아간 건 저물 때였다. 커다란 기와집이었고, 때마침 주사 아들놈은 제 새끼 제 마누라와 저녁 식사를 하고 있었다. 누가 찾는다는 전갈을 듣고 주사가 우물우물 고기를 씹으면서 대문간으로 나왔다. "단칼에 그 자식의 목을 땄어. 그 자식에게서 나는 고기 냄새를 참을 수가 없었거든. 정말이야. 그 고기 냄새!" 걸식이 흠흠, 콧김을 들이마셨다. "할머니 명줄을 끊은 건 적선이지만, 그놈은 내가 죽인 게 맞아!" 걸식이 말의 아퀴를 지을 때 유리는 까무룩 잠이 들었다.

산 아래 화전민 마을이 보였으나 그냥 지나쳤다. 가을의 끝물이라 먹을 건 아직 얼마든 구할 수 있었다. 걸식이 할머니에게 행한 '적선'에 대해 고백한 다음 날에는 산토끼를 잡아 산고기로 먹었다. 다섯 명을 죽였다고 한바, 나머지 살인에 대해 걸식은 더 이상 말하지 않았고 유리도 묻지 않았다. 별빛이 더 휘황찬란하면 저절로 터질 입이라는 걸 유리는 알고 있었다. 뒤꿈치에서 고름이 터져 나와 걸식이 칼로 째어 고름을 빨아냈다. "자식, 보기보단 참을성이 많네. 고름이 빠졌으니 아물 거야." 걸식이 어깨를 다독거려주었다. 뒤에서 무엇인가 쫓아오는 듯한 소리가 난 게 그때였다. 걸식이 재빨리 총을 들었다. 허겁지겁 비탈길을 올라오고 있는 사람의 모습이 눈에 들어왔다.

놀랍게도 유리의 권총을 앗아갔던 '금이빨'이었다.

유리는 단번에 금이빨을 알아보았다. 산짐승에게 먹히라고 자신을 버리고 떠난 자니 몰라볼 수가 없었다. 산속을 얼마나 헤맸는지 며칠 사이 금이빨은 놀라울 정도로 늙어 있었다. "다 이 자식 때문이야." 여차여차 마주 앉게 되자 금이빨이 먼저 유리에게 통바리를 놓았다. "당신이 권총이랑 다 빼앗아갔다고 들었는데 웬 적반하장?" 걸식이 대꾸했다. 금이빨이 들고 온 권총은 빈총이었다. "그까짓, 겨우 총알 다섯 개!" 금이빨은 여전히 유리를 잡아 족칠 듯 으르렁댔다.

금이빨이 추적대의 선봉대와 마주친 건 운지산 북쪽 자락에

막 당도했을 때였다. 주의력이 부족한 금이빨은 빈산인 줄 알고 권총을 든 채 굽잇길을 기세당당 돌아 나갔던 모양이었다. 피하고 말 새 없이 딱 마주친 화인군이 금이빨의 손에 권총이 들린 걸 보고 먼저 총을 쏘았고, 얼결에 금이빨도 마주 총을 쏘았다. 화인군의 소총은 긴 것이 단점이었고, 독일제 권총은 단거리에서 명중률이 높았다. 군인 한 놈은 즉사했고 나머지 한 놈은 다리에 총상을 입은 채 비틀거리며 도망쳤다. 돌발적으로 일어난 일이었다. 화인군을 죽인 데다 한 놈을 놓쳤으니 금이빨로선 세상으로 나가 살아갈 방도가 없었다. 그길로 죽어라, 산맥을 따라 도망쳐 왔다고 금이빨은 말했다.

금이빨은 어깨 한쪽에 빗맞은 총상을 입고 있었다. 산중에서 금이빨은 여러 가지 점으로 걸식보다 한 수 아래였다. 사격 솜씨도 좋은 게 아닌 것 같았고, 걸음속도 또한 생각보다 느렸다. 동네 가까운 산이나 돌아다니며 덫이나 놓고 살았던 금이빨로서는 당연히 걸식을 능가할 수가 없었다. 걸식은 암벽을 오를 때에도 달리는 듯한 사람이었다.

"몇이슈?" 걸식이 물었고, "서른여덟인데." 금이빨이 대답했다. "산중에서 나이가 무슨 소용이겠소마는 이 몸, 올해 마흔이

오!" 유리를 향해 한쪽 눈을 끔뻑해 보이며 걸식이 천연스럽게 거짓말을 했다. 유리는 아무 내색도 하지 않았다. 자신보다 실제로는 겨우 열 살이 많은 걸식이었다. 그러나 워낙 주름살이 많은지라 설령 쉰 살이라고 하더라도 누구든 깜박 속았을 터였다. "그럼, 형님이라 불러야겠네." 금이빨의 자세가 다소곳해졌다. "화인군을 죽였으니 훈장 단 거네. 훈장 단 아우님이 어디, 앞장서시게나." 히죽거리면서 걸식이 대꾸했다.

걸식은 그렇게 세 사람의 '큰 형님'이 되었다.

"잠깐만!" 어떤 기척을 느낀 걸식이 걸음을 멈춘 건 막 저물기 시작할 무렵이었다. 걸식이 먼저 바람처럼 바위 뒤로 들어갔고 금이빨과 유리가 뒤를 따랐다. 눈앞의 구릉지대는 떡갈나무와 관목들이 잔뜩 우거져 있었다. 낮은 관목 사이로 곧 희끄무레 움직이는 물체가 보였다. 걸식은 총을 겨누었고, 유리는 눈을 크게 떴다. 절룩거리며 물가로 나와 물을 먹고 있는 그것은 분명히 은여우였다. "안 돼요!" 걸식의 총구를 밀치면서 유리가 다급하게 "어이!" 소리칠 때 은여우는 벌써 관목 숲으로 내빼고 있었다.

"뭐야?" 걸식이 소리쳤고, "딱 저녁거리였는데, 이 자식이 돌았나!" 금이빨이 유리의 멱살을 잡았다. "내가 아는 애예요." 유리는 대꾸했다. "아는 애?" "다시 나타나도 쟤, 잡지 마세요. 절룩거리잖아요." "은여우 가죽, 무지 비싼데." 걸식은 입맛을 다셨다. 산신령의 처소를 떠나는 날 아침에 얼핏 본 것도 그 은여우인 게 확실했다. "쟤, 나를 따라왔어요. 우리, 친구가 될 거예요." "놀고 있네, 자식!" 금이빨이 퉤, 하고 침을 뱉었다. 유리는 은여우와 자신이 깊이 맺어져 있다고 그 순간 느꼈다. 영묘산으로 가는 길이 아니라면 느낄 수 없는 영묘한 감정이었다.

영묘산에 당도한 건 '산신령'의 집을 떠나고 거의 열흘 만이었다. 정상 부근의 위성봉 한쪽에 휘어져 자란 노송이 있었다. 거대한 바위가 벼랑을 이루고 있는 가장자리였다. 걸식은 전에 가본 것처럼 소나무 뒤의 덤불 사이를 더듬어 내려갔다. 간신히 찾은 동굴의 입구는 이리저리 얽힌 나뭇가지들 뒤로 살짝 숨어 있었다.

걸식이 멈추라는 손짓을 했다. 동굴의 입구를 막고 있는 나뭇가지들 모습이 자연스럽지가 않았다. 걸어 내려온 길가의 넝쿨들도 사람의 발길이 닿은 흔적이 역력했다. "안에 누가 있어.

짐승이 아니야." 걸식이 총을 들며 속삭였다. 해는 많이 기울어져 있었지만 아직 놀은 번지지 않은 시각이었다. 아니나 다를까, 굴 안에서 사람의 기척 소리가 났다. "쏘지 마시오!" 아주 쉰 목소리로 굴 안에서 누가 소리치고 있었다.

아늑하고 넓은 동굴이었다. 암벽 틈으로 빛이 들어오고 있어 아주 어둡지 않은 것도 좋았고, 동굴의 한편에 물이 흐르고 있는 것도 좋았다. 사람이 머무는 데 모든 걸 맞춤하게 갖춘 천연 동굴이었다. 산신령 이외에도 그동안 여러 사람들이 머문 듯했다. 자질구레한 살림도구들도 있었고 불을 피운 그을음도 있었으며 부지깽이로 그린 그림이나 돌에 새긴 낙서도 있었다. '을숙아, 잘 있냐.' 그렇게 새긴 문장을 유리는 보았다. '개 같은 나라!' 그런 문장도 있었다. 개 같은 나라가 망한 수로국인지, 수로국을 삼킨 화인국인지는 알 수 없었다.

동굴 속엔 두 사람이 있었다.

"쏘지 마시오!"라고 말하면서 스스로 동굴에서 나와 그들을 맞이해준 사람은 삼십 대 후반쯤 돼 보이는 대머리였다. 터럭이라곤 귓가에 몇 올뿐이었다. 같은 대머리라고 해도 큰아버지와 달리 착하게 생긴 인상이었다. 다른 한 사람은 동굴 안쪽에 사색이 되어 누워 있었는데 군복 차림이었다.

"총상이야. 총상을 입었어!" 군복 차림을 살피고 난 걸식이 말했고, "어젯밤, 저기 쓰러져 있는 걸 내가 이리 옮겨왔소." '대머리'가 설명했다. 출혈이 많았었는지 회백색 얼굴인 '군복'은 죽을 것처럼 가쁜 숨을 몰아쉬고 있었다. 화인군의 군복이었다. "총알이 박힌 것 같아." "그럼 총알을 빼내야지." 금이빨은 동료 사냥꾼의 몸에 박힌 총알을 두 번이나 빼낸 경험이 있다고 했다. "그럼 총알을 빼내보게, 동생. 난 약초를 찾아볼 테니." 걸식이 일렀다. "화인군 놈인데 돼지게 놔두지 총알을 왜 빼누." 금이빨이 토를 달았으나 걸식은 이미 약초를 구하러 동굴을 나가고 있었다.

총알이 박힌 곳은 왼쪽 어깨뼈 아래였다. 어둡기 전에 일을 끝내야 했다. 좀 더 밝은 곳을 찾아 군복을 동굴 밖으로 옮겼다. 해가 기울고 있었다. 금이빨이 칼을 화톳불에 달군 다음 상처 부위의 옷을 찢어냈다. "입에 뭘 좀 물리고, 양쪽에서 이놈을 꽉 잡아. 칼로 쩰 때 지랄발광을 할 거야." 금이빨은 진지한 표정이었다. 엎어놓은 군복을 대머리와 유리가 나누어 잡았고,

금이빨이 쥔 칼끝이 피딱지를 헤집고 안으로 들어갔다. 군복이 비명을 지르면서 용을 썼다. "아이구, 찾았네그려. 바로 요것!" 고개를 돌리자 금이빨의 손에 들린 총알이 눈에 들어왔다. 때마침 되돌아온 걸식이 마른 약초를 짓찧어 상처에 바르고 묶어주었다. 쑥과 한련초였다. "지혈에 좋아." 출혈만이 문제가 아니었다. 군복의 몸은 불덩어리나 다름없었다. "그럴 줄 알고 이걸 가져왔네. 삶아 먹이면 될 거야." 노린재나무가 해열에 좋다는 건 유리도 알고 있었다. 곧 해가 졌다.

대머리는 한 말이나 되는 보리쌀도 준비해두고 있었다. 화전민 마을까지 내려가 약초, 버섯 등과 바꿔왔다고 했다. 군복은 다시 잠이 들었고, 네 사람은 모처럼 보리밥을 해서 늑대고기와 함께 먹었다. 동굴 안엔 양은냄비도 있었고, 소금도 수월찮았으며, 시래기도 있었다. 대머리는 겨울을 여기서 날 셈으로 이틀이나 걸리는 화전민 마을을 두 번이나 연거푸 다녀왔다고 했다.

대머리가 이 동굴로 들어온 건 달포 전이었다.

"구리광산에서 내, 발파를 맡아 했수다." 구리광산은 산맥의

96

동쪽 끝 바닷가에 있었다. 암석에 구멍을 내서 폭약을 쟁여 넣고 불을 붙이는 게 대머리의 직업이었다. 그는 이를테면 폭약 전문가였다. 그러나 목숨을 걸고 하는 작업인데도 입에 풀칠하기조차 어려웠다. 비싼 노임을 준다고 꾀어 들어왔으나 노임을 제대로 받아본 적도 없었다. 감시조가 있어 도망가기도 어려웠다. 화인국 군부에서 구리를 더 조달하라고 밤낮없이 닦달을 해대던 시절이었다.

열 명이 넘는 동료들이 무너진 갱 안에 갇힌 건 작업의 무리가 불러온 필연의 결과라고 할 수 있었다. 광부들의 목숨은 당연히 구리의 생산량보다 중요하지 않았다. 그런 곳이었다. 화인국은 헌병사령부를 앞세워 수로국에서의 모든 생산과 그 수탈을 관리 감독하고 있었다. 헌병의 나라라고 해도 과언이 아닐 정도였다. 광업소장은 당연히 현지 헌병대의 지시를 받았다. 사람들과 장비만 동원하면 살릴 수 있는 광부들도 생산량에 지장이 있으면 그냥 죽게 내버려두는 판이었다.

갱 안에 갇힌 사람들은 모두 대머리와 특별히 친했던 동료들이었다. 광업소장 앞에 무릎 꿇고 앉은 채 사람부터 구해야 하지 않겠느냐고 울고불고 했으나 소용없었다. 열 명 이상의 동료들이 그 사고로 생매장되었다. "참다못해, 소장 놈 사무실 밑에다가 폭약을 쟁이고 내가 불을 붙였소." 헌병대도 날려야 할 일이었으나 그곳은 군인들이 지키고 있어 어쩔 수가 없었다. 원래 사고무친한 터라 돌아갈 곳도 없었고, 세상에 나가면 어디로 가든 조만간 오랏줄에 묶일 신세였다. "산이야 뭐, 나보고 나가라고 쫓아내진 않으니." 대머리는 풋, 하고 웃었다.

군복이 깨어난 건 다음 날 아침이었다. 열도 많이 내려가 있었다. 군복은 본토에서 건너온 화인인이었다. 징집당한 뒤 수로국으로 건너온 게 일 년쯤 됐다고 했다. 산으로 들어온 내력에 대해선 쉽게 입을 열지 않았다. 그게 문제였다.

군복만 남기고 동굴 밖으로 나온 네 사람이 토론에 들어갔다. "죽여야 돼." 금이빨이었다. "참내, 아저씨가 살려놓고 아저씨가 먼저 죽이자 하시네." 유리가 응수했다. "이 자식은 왜 나한테만 아저씨, 아저씨 하나. 나보다 두 살 많은 저 형님한텐 형이라고 하면서." "그렇잖아요. 총알을 빼내 살려놓고 이제 와 죽이자니." "이 새끼야, 내가 뭐 살리고 싶어 살렸냐. 이래봬도 인마, 나, 금이빨 해 박고 사는 사람이야. 저 화인군놈 몸 추슬러봐. 곧장 산을 내려가서 군인이며 순사며 떼로 몰고 올 게 뻔해. 미워서 죽이자는 게 아니라 우리가 살려니까 죽이자는 거지. 안 그렇소, 형님!" 걸식은 암말 없이 벌렁 드러누웠다. "그렇다고, 생사람을 어찌 잡누. 누가 죽일 것이고?" 대거리를 하고 나선 건 대머리였다. 결정권은 '큰 형님'인 걸식이 갖고 있었다.

결론은 좀 더 두고 보자는 것이었다. 화인국 군인이 왜, 무슨 일이 있어 총알이 박힌 상태로 이 깊은 산중에 도망쳐 왔는가 하는 것이 관건이었다. 그것을 알기 전에 죽이든 살리든 결정하는 건 섣부른 판단이라고 걸식은 말했다. "그 대신 다들, 재 한테서 눈을 떼지 마. 밤에도. 총은 뺏어놓고. 사람 사는 데까지 가려면 여기서 최소한 이틀길이야. 도망쳐도 우리는 충분히 이틀 안에 놈을 잡을 수 있어. 그땐 뭐 사람 사냥을 하는 거지." 걸식의 말에 반대하는 사람은 아무도 없었다.

이틀이 더 지나갔다. 여우가 우는 듯한 소리에 유리는 잠을 깼다. 다른 사람들도 그 소리에 벌써 상반신을 일으키고 있었다. 여우가 아니라, 그것은 군복이 우는 소리였다. 대머리가 관솔에 불을 밝혔다. 군복의 울음소리가 더 높아졌다. 유리는 암벽에 등을 기댄 채 꺼이꺼이, 울고 있는 군복을 보았다. "씨팔, 남들 잠도 못 자게." 금이빨이 구시렁거렸고 걸식이 금이빨에게 눈총을 주었다. 동굴 안을 휘도는 바람은 섬뜩할 만큼 찼다. 바람결을 따라 군복의 울음소리가 어두운 동굴 안을 음습하게 휘돌고 있었다. 울음 밑은 길었고, 둘러앉은 사람들의 얼굴빛은 한없이 침울했다.

"금광에…… 있었어요……"라고 '군복'은 드디어 입을 열었다. "금광? 금 캐는 금광?" 금이빨이 반문했고 군복이 눈물을 닦으며 고개를 끄덕였다. "여기서 북서쪽이에요." 총상을 입은 채 산봉우리를 넘은바, 생각보다 먼 곳이 아닌지도 몰랐다. 본래 아연광이었는데 갱을 파고 들어가다가 금맥을 발견했다고 했다.

수로국은 원래 금맥이 많았다. 금만이 아니었다. 나라를 강제 병합한 후, 화인국은 광물의 효과적인 수탈을 위해 '광업령'을 발동했다. 전국의 모든 광산을 일제히 장악한 것이었다. 금은 그중에서도 제일 중요한 품목 중 하나로 취급됐다. 병합하기 전부터 갖은 명목으로 수로국의 조정을 겁박해 금광의 조광권을 수탈해온 화인국이었다. 새로운 금맥이 발견되었다면 총독부로선 침을 흘리며 달려들었을 게 뻔했다. 아연광산이라고 위장하는 것도 나쁘지 않았다. 비밀리에 금광석을 채굴하는 일을 독려하고 감시하기 위한 헌병대분소가 들어섰다. "가까운 곳에 금광이 있단 말은 못 들었는데 화인국 새끼들 이거, 대가리를 많이 썼네." 금이빨이 아는 체를 했다.

금이빨은 한때 사금 채취에 종사한 적이 있었다. 남부 지방이었다. 사금은 주로 들녘에서 채취했다. 겉흙을 걷어내면 검은흙이 나오고 그 아래에서 금이 섞인 사질토가 나왔다. "그걸 우리는 감이라고 해." '감'을 떠내 나무판대기 체에 걸러내어 남은 걸 제련하면 순도 높은 금이 되었다. 금이 섞인 금광석과 달리 사금은 수은만 있다면 손쉽게 제련할 수 있는 장점이 있었다. "감을 채취하는 거야 정식으로 광산조합에서 인부시켜 하는 일이고." 금이빨은 계속 설명했다. 사질토를 거르고 버려진 흙이 바로 '버럭'이었다. 아무리 정밀하게 걸러낸다 하더라도 버려진 사질토, 버럭엔 미량의 금이 남아 있었다. 버려져 있는 버럭을 향해 요행을 바라는 뜨내기들이 몰려들었다. 이른바 '버럭꾼'들이었다. 버럭꾼들이 몰려드는 곳엔 어김없이 임시막사로 된 밥집, 목로주점, 색시집이 들어섰다. 왁자지껄하고 시끌벅적한 사람살이 한 터가 만들어지는 셈이었다. 한 지역의 버럭을 다 뒤지고 나면 버럭꾼들, 밥집 아줌마, 작부들이 일제히 새로운 버럭을 찾아 옮겨가는 진풍경이 벌어졌다. 남부여대

男負女戴의 풍경이 따로 없었다.

"바로 그거요. 사금." 군복의 말이 이어졌다. 아연광은 당연히 금광 중심으로 그 체제가 전환되었고, 총독부는 그걸 비밀에 부쳤다. 하루 세 근이 넘는 금이 출토되는 노른자위금광이라 했다. 광부들은 그곳에서 금이 나온다는 사실을 발설하지 못하도록 명령받았고, 외출은 제한되었다. 드물게 질 좋은 석금石金이었다. 제련소까지 이어질 새 도로공사가 시작됐으며 경비를 위한 군인이 파견됐고 헌병대분소도 설치됐다. 분소장은 계급이 대위였다. "나는 헌병대분소로 파견됐어요." 광업소장을 지휘 감독하는 헌병분소장의 수족 역할이었다.

돌로 된 석금은 즉각 제련소로 실어 날랐다. 석금의 제련은 손쉽게 할 수 없었다. 그러나 사금은 달랐다. 탐욕이 많은 헌병분소장은 금광에서 흘러나오는 지하수에 주목했다. 근처의 물길을 수색해 사금자리를 찾아냈는데, 총독부나 광산조합 본부에 알리지 않으면 그만일 정도로 소량이었다. 분소장이 사금을 개인적인 착복의 수단으로 삼은 건 그 때문이었다. 현지 광산소장 역시 기꺼이 분소장의 욕망과 배를 맞췄다.

다섯 명의 노련한 수로국 광부가 헌병분소장 개인에게 따로 배속됐다. 다른 인부들에겐 철저히 비밀로 부쳐진 일이었다. 다섯 명의 인부들은 인사기록에서 지워졌으며 식사도 따로 하고 잠도 따로 잤다. 공식적으로 그들은 광산에 없는 사람들이었다. 그들은 오직 분소장의 지시를 받고 물길을 따라다니면서 사금만을 채취했다. 채취에서 제련까지가 다 그들 몫이었고, 그렇게 얻은 금은 아무런 기록을 남기지 않고 모두 분소장의 개인 금고로 들어갔다.

그 모든 일을 실질적으로 맡아 하는 이는 분소장의 심복인 헌병 오장伍長이었다. "그 오장 밑에서 광부들을 감시하는 게 내 일이었어요." 군복이 말했다. 밤낮으로 사금 채취하는 광부들과 함께 생활하며 그들을 감시하는 것이 군복의 일이었다. "나는 아예 그들과 잠도 같이 자고 밥도 같이 먹었지요. 여섯 달이나요. 나중엔 내가 군인인지 광부인지 잘 모르겠더라고요. 정이 많이 들밖에요. 만갑이란 분은 내 아버지와 동갑이었는데, 노래를 참 구슬프게 불렀어요. 수로국 말을 가르쳐준 영철이라는 형은 얼마나 웃기던지." 군복의 어조에 다시 물기가 서렸다.

확실한 연유는 모르지만 암튼 상부에서 이상한 낌새를 눈치챘던 모양이었다. 총독부 직원과 광업조합 감찰부가 합동 감사를 하러 들이닥칠 거라는 첩보가 들어왔다. "그러니까 자네가 헌병소장새끼 부정을 꽈 바쳤던 게로군." 금이빨이 초를 쳤고, 군복은 고개를 가로저었다. "감사 나올 거라는 말이 돌고 나서 분소장이 불러 갔더니……" 군복은 목이 메어 말문을 잠시 닫았다. 오장과 군복이 받은 헌병대분소장의 명령은 간단했다. 그동안 부려온 다섯 명의 인부들을 새벽에 산 너머로 데려가 총살한 뒤 암매장하라는 것이었다. 그래야 자신의 부정을 완전히 감출 수가 있었다. "저런!" 대머리가 혀를 찼고, "그러고도 남을 종자들이지!" 금이빨이 이를 갈았다.

사금 채취를 하러 가자며 다섯 명의 광부를 깨워 데리고 나온 새벽에 오장은 자신이 두 명을 맡을 테니 나머지 세 명을 군복에게 맡으라고 일렀다. 군복은 사격 솜씨가 좋았다. 오장과 군복은 광부들을 앞세우고 산을 넘었다. 사살해야 할 시각이 다가왔다. 노래 잘하는 만갑 아저씨와 잘 웃기는 영철이가 다 군복의 차지였다.

헌병 오장이 먼저 앞서가는 광부의 등에 총을 쏘았다. 이제 군복이 방아쇠를 당겨야 할 순간이었다. "처음부터 그러자고 마음먹은 건 아니에요. 오장이 쏜 총에 광부 한 명이 쓰러지는 순간, 저절로 내 총이 그 오장을 향해 겨누어져 있더라고요. 내가 먼저 쏘았고, 오장도 내게 총을 쏘았어요." 군복은 땀을 흘렸다. "그럼 그 광부들은?" 금이빨이 물었다. "도망가라고 내가 소리쳤지요. 오장의 총에 맞은 한 명은 죽었고, 다른 네 명은 흩어져 도망갔어요." "그자들을 죽이고 나면 그다음 너를 오장이 죽였을 거야. 너까지 처리해야 비밀이 유지될 테니까." 금이빨이 말했다.

군복은 이름이 '켄타'였다. 건강하다는 뜻이었다. "붙잡히면 넌 무조건 총살이야. 앞으로 어떻게 할 텐가?" 걸식이 켄타에게 물었다. "갈 수만 있다면," 켄타의 눈에 아득한 빛이 서렸다. "대지국으로 가고 싶어요. 만주滿洲 지역요. 철도회사에 다니는 형이 거기 가 있거든요." 만주 지역에선 화인국의 야욕을 위한 대대적인 철도 공사가 시행되고 있었다. 수로국과 국경을 맞댄 지역으로서 그들이 지금 가고자 하는 곳이고 또 붉은댕기가 간 곳이었다. "이놈 데리고 다니면 우리까지 더 위험해져." 금이빨이 말했고, "이 겨울에 북으로 갈 순 없어. 호랑이밥이 되든지 얼어 죽을 거야. 겨울을 여기서 보내고 나서 각자 흩어질 밖에." 걸식이 딴청을 부렸다.

다섯 사람이 긴 겨울을 산에서 나려면 준비해야 할 일이 많았다. 땔감도 양식도 필요했다. 햇빛 좋은 데로 모두 나와 둘러앉은 건 그것을 상의해 일을 분담하자는 뜻이었다. 만약 금이빨이 뜻밖의 제안을 하지 않았다면 그들은 그렇게 그곳에서 겨울을 났을 터였다. 모든 건 금이빨의 뚱딴지같은 제안에서 비롯되었다.

"우리 모두, 이판사판 인생." 금이빨이 말했다. "겨울 준비를 한다 한들 이게 뭐 사람 사는 거야? 그럴 바에야, 차라리 말이야, 거길 터는 게 어때?" "거기?" 대머리가 냉큼 반문했고, "거기, 금광!" 금이빨은 배시시 웃었다. "헌병분소장 새끼가 그동안 도둑질한 사금이 그놈 숙소에 있을 텐데." 걸식의 눈가에서 순간 번쩍하고 지나가는 섬광을 유리는 보았다. 유리는 가슴이 두근거리는 걸 느꼈다. 두려웠다. 대머리 한 사람이 반대했고, 나머지는 다 가만히 있었다.

그때 유리의 눈에 별안간 그것이 떠올랐다. 붉은댕기가 안내해준 운지산 동굴 속 비밀의 샘에서 보았던 자신의 주검이었다. 샘에 비친 주름살투성이 늙은 얼굴을 유리는 상기했다. 어떻게 그걸 잊어버리고 있었단 말인가. 나는 그때 분명히 나의 주검을 보았어. 유리는 속으로 중얼거렸다. 그것은 유리 자신이 금광을 터는 과정에서 죽을 리 만무하다는 확고한 보장이기도 했다. 그 샘에 비친 자신의 주검은 수많은 주름살로 뒤덮인, 아주 늙은 얼굴이었다. 그렇다면 죽음을 두려워할 필요가 없었다.

갑자기 모든 풍경이 하나하나 새로워졌다.

자신이 언제, 어떻게 죽는지 분명히 알았으므로 유리는 이제 죽음이 두렵지 않았다. 샘에서 볼 때 막연했던 그림이 광합성의 어떤 과정을 거쳐 아주 단단해진 느낌이었다. "자기 죽음을 알면 두렵지 않아!" 붉은댕기의 말도 뚜렷이 기억났다. 가슴이 이내 가라앉았다. 유리는 그래서 말했다. "나도, 금광을 털자는 금이빨 아저씨 제안에 찬성이에요!"

화인국인 켄타의 상처가 아물 때까지 그들은 기다렸다. 계획을 다듬는 과정이었고 각자의 의지가 여무는 시간이었다. 금광 뒷산까지 정찰을 다녀오기도 했다. 석금은 소용없으므로 목표는 당연히 헌병대분소장의 금고였다. 분소장이 모아온 사금이 지금도 숙소 금고에 있다는 보장은 없다고 켄타가 말했지만 이미 여물기 시작한 그들의 의지는 꺾을 수가 없었다. 심지어 걸식은 "금이 있든 없든 상관없다"고 잘라 말하기도 했다. 금에 관심이 많은 건 금이빨이었다. "금이 없으면 널 죽일 거야!" 금이빨이 켄타를 향해 으름장을 놓았다.

광업소 사무실과 광부들의 숙소, 식당 등은 몰려 있었고 헌병대분소의 사무실과 숙소는 숲속으로 물러난 곳에 있었다. 산에서 들이치고 산으로 빠져나오기 좋은 위치였다. 울타리는 허술했다. 도로 공사를 지원하는 군대의 막사는 아예 산 너머에 있었다. 광업소에 상주하는 헌병대원과 파견 나온 군인은 도합 대여섯 명밖에 되지 않았다.

계획은 단순했다. 대머리에겐 구리광산에서 들고 나온 다이너마이트와 폭약이 있었다. 유리와 대머리가 사무실 폭파를 맡기로 했다. 사무실은 바닥에서 조금 떠 있는 조립구조였다. 폭파의 효과를 극대화하기 위해 건물 밑바닥에 폭약을 설치하는 일은 체구가 작은 유리가 적임이었다. 사무실이 폭파되면 광부들과 군인들이 모두 그쪽으로 몰릴 터였다. 금이빨은 웬만한 금고는 다 열 수 있다고 큰소리쳤다. 헌병대분소의 실내구조를 잘 아는 켄타가 금이빨과 함께 금고를 맡았다. "나는 이를테면 게릴라 노릇을 할게!" 걸식이 말했다. 어둠 속에서 옮겨가며 총을 쏘아 군인들과 광부들을 유인하는 일이 걸식의 차지였다. 광업소 사무실, 광부 숙소, 헌병대분소, 군인 숙소 등을 설정하고 하루 몇 차례씩 연습을 했다. 호흡은 잘 맞았고 맡은 일도 충분히 숙지했다.

마침내 준비가 모두 끝났다.

유리는 광업소 사무실 밑의 좁은 틈새로 몸을 밀어 넣었다. 대머리가 도화선을 풀어주며 어둠 속에 앉아 있었다. 사무실은 비어 있는 것 같았다. 켄타와 금이빨, 그리고 걸식도 각자 약속한 위치를 잡고 있을 터였다. 사무실 폭파가 작전의 실행을 알리는 신호탄이라 할 수 있었다. 대머리가 일러준 대로 건물 받침대 기둥에 폭약을 설치하고 몸을 비벼 후진했다. "됐어!" 대머리가 등을 툭 쳤다. 이제 안전한 거리까지 물러난 뒤 도화선에 불을 붙일 일만 남아 있었다.

"잠깐만요!" 대머리의 팔을 한순간 유리가 잡았다. 뒤로 물러나 막 도화선에 불을 붙이기 직전이었다. "누가 안에 있어요. 저기 좀 봐요." 건물의 오른편 끝 방에 갑자기 불이 켜졌고 그 불빛을 역광으로 받고 선 사람의 그림자를 유리가 본 것이었다. 군용침대와 소파가 놓여 있다는 광업소장의 휴게실이었다. "냅둬! 소장새끼는 죽어도 싸. 숙소로 안 돌아간 것도 제 팔자지." 대머리가 속삭였다. "소장이 아닌 것 같아요." 휴게실 창가를 서성거리던 그림자가 돌연 드르륵, 창을 연 것은 그다음이었다. 유리와 대머리는 반사적으로 소나무 그늘 속에 납작 엎드렸다. "혹시, 거기 누구 있어요?" 그림자가 말했다. 뜻밖에 앳된 여자의 목소리였다.

켄타와 금이빨은 그때 헌병대분소의 뒤쪽 바위 뒤에 은신하고 있었다. 이윽고 굉음이 울리며 광업소 사무실의 한쪽 편이 확 주저앉았다. 폭발은 연이어 일어났고 불길이 솟구쳤다. 군인 숙소와 광부 숙소의 문이 차례로 열리면서 사람들이 우르르 달려 나오는 게 보였다. 헌병대분소만이 잠잠한 걸로 보아 다행히 그곳엔 사람이 없는 모양이었다. "가!" 금이빨이 켄타의 등을 밀었다. 도어의 잠금쇠를 여는 건 금이빨에겐 식은 죽 먹기였다.

켄타와 금이빨은 헌병대분소로 들어갔다. 사무실은 예상대로 비어 있었다. "서둘러요." 켄타가 속삭였고, 금이빨이 금고에 들러붙었다. 금이빨은 젊을 때 금고털이와 함께 지낸 적이 있었고, 실제 남의 사무실에 들어가 금고를 턴 일도 있었다. 밖에서 총소리가 계속 났다. 걸식이 군인들을 유인하려고 어둔 숲에서 총질을 시작한 모양이었다. 몇 차례의 시도 끝에 이윽고 금고 문이 열렸다. 켄타는 금이빨을 등진 자세로 출입문을 지키고 있었다. 금이빨이 배낭 안으로 금고 안의 것들을 쓸어 담기 시작했다.

작전은 대성공이었다. 폭약은 제때 터졌고, 군인들과 광부들은 우왕좌왕했으며, 금이빨은 금고를 여는 데 성공했다. 미리 약속해둔 장소에서 만나는 일만 남아 있었다. 이미 갈 길을 정해 봇짐까지 옮겨놓은 터라, 제때 만나 더 높고 깊은 산들이 즐비한 북쪽으로 가면 추적대를 얼마든 따돌릴 수 있었다.

제일 먼저 약속 장소에 도착한 것은 걸식이었다. 여명이 틀 무렵 유리와 대머리가 다음으로 도착했다. 그들은 뜻밖에 낯선 여자를 대동하고 있었다. "뭐야, 이 여자는?" 걸식이 놀라서 물었고, "광업소장실에 딸린 휴게실에 있었는데." 유리가 대답했다. "이 판에 여자를 데려와?" "막 터뜨리려고 하는 참에 이 여자가 안에 있는 걸 발견해서." 대머리가 여자를 데리고 올 수밖에 없었던 상황을 구구절절 설명했다. 그들을 먼저 따라나선 건 여자 쪽이었다. "죽인다고 많이 얼러보고 따돌리려고 걸음을 빨리해보기도 했는데 얼마나 악착같이 따라오는지." 대머리가 고개를 절레절레 저었다. 켄타가 허겁지겁 그때 비탈길을 올라왔다. 혼자였다.

해가 떠올랐다. 산 아래 광업소 마당에선 추적대를 꾸리느라 그런지 먼지가 뽀얗게 피어오르고 있었다. 총독부에서 직접 관리하는 금광이 털린 꼴이니 보나마나 근처의 모든 병력이 동원될 것이었다. 방향을 정확히 잡는다면 추적대의 선봉대가 이곳까지 오는 데는 한나절 정도일 거라고 걸식은 예상했다. 문제는 금이빨이 계속 약속 장소에 나타나지 않는다는 사실이었다.

"산중턱까진 분명히 함께 왔어요. 뒤따라오는 줄 알고 걸었는데 언제부터인가 뵈질 않더라고요. 캄캄하기도 하고……" 켄타가 울상을 지었다. 무슨 일이 생긴 게 아니라면, 몸도 성치 않은 켄타에 비해 사냥꾼 출신 금이빨의 발걸음이 더 뒤처질 리는 없었다. 근처를 샅샅이 뒤져봤으나 금이빨의 자취는 보이지 않았다. "이놈, 그냥 저 혼자 내뺀 거야!" 대머리가 중얼거렸다. 해가 점점 더 높이 떠올랐다. 걸식은 말이 없었다. 금이빨은 충분히 그럴 만한 인간이었다.

해가 중천까지 솟았다. "사람 같지 않은 놈. 이런 놈은 그냥 폭파시켜야 하는데." 대머리가 씨근덕거렸고, "더 지체할 수는 없어!" 걸식이 말했다. 금을 챙긴 금이빨이 의도적으로 켄타를 따돌리고 다른 방향으로 혼자 줄행랑을 놓은 게 확실해졌다. 죽 쑤어 개한테 바친 꼴이었다. '금광을 털자'고 제언할 때부터 금이빨은 아마 이럴 작정을 하고 있었던 모양이었다.

여자는 이름이 '분이'라고 했다. 유리보다 한 살이 많은 여자였다. 켄타는 분이를 잘 알고 있었다. 광산 막장에서 일하는 아버지를 찾아온 모녀가 급식소의 일자리를 얻어 눌러앉은 게 비극의 시작이었다. 얼마 지나지 않아 아버지가 매몰 사고로 죽었고, 또 얼마 지나지 않아 어머니가 어떤 남자광부와 눈이 맞아 광산을 등지고 도망쳤다. 혼자 남은 분이는 갈 데가 없었다. 사분사분한데다 광산에서 제일 젊은 처녀였고 얼굴도 반반한 편이었다.

먼저 분이를 건든 건 광업소장이었다. 자기 지분을 갖고 시작한 아연광산에서 난데없이 금이 나오는 바람에 강압을 못 건너 총독부에게 광산을 강제 헌납한 후 헌병대분소장의 하수인으로 전락한 불운한 광업소장이었다. 소장은 날로 횡포해졌고, 젊은 분이는 당연히 그의 먹잇감이 됐다.

분이의 고통은 그러나 거기서 끝난 게 아니었다. 젊은 처녀가 분이 하나뿐이었으므로 외진 곳에 파견 나와 있는 헌병대분소장의 욕망이 분이에게 닿지 않을 리 없었다. 분소장은 화인국인이었고 광업소장은 수로국인이었다. 소장이 이미 분이를 차지한 걸 알았겠지만 분소장은 그런 걸 상관할 위인이 아니었다. 분이는 그래서 곧 광업소장과 헌병대분소장 사이를 오가는 탁구공 같은 신세로 전락했다. "앞쪽에 소장새끼가 길을 내서 히잇, 나는 뒷구멍으로 길을 냈지." 술에 취한 분소장이 킬킬거리며 하는 말을 켄타는 직접 들은 적도 있었다.

말리는 대머리를 뿌리치고 폭약의 도화선에 불을 붙이기 직전 유리가 분이를 끌어낸 것은 백번 잘한 일이었다. 유리는 그렇게 믿었다. 오히려 죽기를 바랐던 광업소장은 그때 그곳에 없었다. 분이와 관계를 끝낸 다음 불편한 군용침대에서 나와 제 숙소로 돌아간 뒤였기 때문이었다. 광업소장을 죽이지 못한 게 아쉬웠다.

대규모 추적대가 쫓아오고 있었다. 이제 떠나야 할 시점이었다. 북진하는 방향엔 험산이 연접되어 있을 뿐 아니라 골짜기마다 짐승과 추위가 매복하고 있었다. 화전민 마을조차 거의 없는 지역이었다. 총상이 완전히 아물지 않은 켄타는 물론이고 분이도 부담이 되었다. "저를 쳐다볼 건 없어요!" 일행이 부담을 느끼고 있다는 걸 눈치챈 분이가 볼통하게 말했다. "저를 돌볼 일은 없을 거예요. 저는요, 강해요. 누구보다도 더 빨리 걸을 수 있어요." 침묵이 지나갔다. "원한다면, 저를 데리고 놀아도 좋고요. 이 몸뚱어리, 누구에게든 줄 수 있으니까요. 더럽겠지만." 분이의 눈에 눈물이 고였고 켄타의 눈에도 눈물이 고였다. "출발하자!" 걸식이 딴 데로 시선을 돌리고 말했다. 쉴 틈이 없었다.

분이를 포함한 다섯 사람이 곧 길을 떠났다.

유리가 멈칫한 건 굽잇길 하나를 막 돌았을 때였다. "너니?" 유리는 속삭였다. 분명히 그 녀석, 은여우였다. 올무를 풀어주었던 은여우가 이젠 도망칠 생각도 하지 않고 가까운 관목 밑에서 빤히 유리를 보고 있었다. 올무를 풀어준 게 벌써 두 주일 전이었다. 두 주일이나 절룩거리며 따라왔으니 놀라운 경배가 아닐 수 없었다. "이리 온!" 유리는 손짓을 했다. 달려오는 강아지를 향해 손짓하던 백합의 모습이 눈앞을 스쳐갔다. 그처럼 고혹적인 여자를 유리는 그 이전에 본 적이 없었다. 유리는 그래서 짐짓 백합처럼 앉아 이편을 보고 있는 은여우를 향해 다시 손짓을 했다. "애야, 이리 온!" 은여우는 말똥히 유리를 보고 있었다.

희끗희끗 눈발이 날리기 시작했다.

산속은 이미 겨울이었다. 밀가루를 뿌리는 듯한 세설이 금방 함박눈으로 둔갑했다. 멀고 가까운 준봉들이 차례차례 눈 속에 침몰하는 걸 유리는 보았다. 그것은 세상과 시간으로부터 온전히 빠져나온 초월의 풍경이었다. 얼마나 먼 길을 가야 하는 걸까. 유리는 생각했다. 바람 불고 눈 내리고, 그리고 산맥이 통째로 돌아눕는 걸 보게 되는지도 몰랐다. 그러나 유리는 더 이상 두렵지 않았다. 이미 자신의 주검을 명백히 보았기 때문이었다.

은여우가 따라오고 있다는 사실도 큰 위로가 되었다. 은여우는 일정한 거리에서 계속 유리 일행을 따라왔다. 길을 안내하려는 듯 우회해 앞장서 가기도 했다. 산맥이 끝나는 곳까지 안내자 역할을 할 모양이었다. "우리들의 수호천사야." 유리가 말했고 "은혜를 알다니 사람보다 백번 나아!" 대머리가 대꾸했다.

근처에 있는 굴 하나를 걸식이 기억해냈다. 더 이상 가는 건 무리였다. 그곳에서 하룻밤을 머물기로 했다. 미리 준비해온 먹을거리를 간단히 나누어 먹었다. "대지국으로 가면 뭐하고 살 건데?" 대머리가 분이에게 말을 걸었고, "거긴 독립군이 많다고 들었어요. 저는 독립군이 될 거예요. 독립군이 돼서 화인국 놈들, 다 죽이고 싶어요!" 분이가 소년처럼 주먹을 쥐어 보였다. 만주 지역에 흩어져 활동하던 수로인들의 무장 단체들이 통합되고, 대지국의 사령관과 수로인 무장 단체 우두머리가 만나 연합군을 결성했다는 소문이 회자되던 시절이었다. "훌륭하네. 나는 아무런 꿈도 없거든." 대머리가 씁쓸하게 웃었다.

만주 지역에서 수로국과 경계를 대고 있는 광활한 지역을 사람들은 '간도間島'라고 불렀다. 노야령 산맥과 흑산령 산맥 사이의 광대한 분지였다. 아주 오래전에는 수로인 왕조가 지배한 적도 있었으나 결국 대지국이 차지한 된 땅이었다. 그곳은 아무도 드나들 수 없는 '봉금封禁 지역'으로 지정돼 있었다. 그러나 세상을 등진 사람들에게 그런 지정은 아무것도 아니었다. 나라의 핍박과 수탈을 견디지 못한 수로인들이 이곳에 들어가 땅을 일구고 산 건 오래전부터였다.

나라가 화인국에게 강제 병합된 뒤엔 이주민이 더욱더 늘었다. 토지를 빼앗겼거나 강압을 견디지 못한 수만 명의 난민難民들이 목숨을 걸고 강과 산맥을 넘어 이곳으로 들어갔다. 강설과 한파가 몰아치는 땅이었지만 부지런하기 이를 데 없는 수로인들은 어디에서든 불모의 대지를 옥토로 바꿀 줄 알았다. 화인국이 언필칭 '토지조사령'이라는 걸 발동, 대규모로 토지를 수탈한 후엔 더욱 그러했다. 토지조사령이 발동되던 그해만 해도 간도에 사는 수로인이 오만 가구가 넘었을 정도였다. 간도는 자연 수로인 독립운동의 구심점이 됐다.

처음엔 평화적인 운동으로 시작됐지만 화인국의 제국주의적 만행을 그것으로 관철할 수 없다는 걸 자각한 뒤엔 곧 무장투쟁으로 돌아섰다. 한때 독립군의 전과는 눈에 띌 만큼 컸다. 수로국 본토의 북부 지방 일부를 점거한 경우도 있었다. 화인국이 이른바 불법적인 '간도출병'을 감행한 이유의 하나이기도 했다. 대규모 정규군이 투입됐다. 전투는 간도 곳곳에서 벌어졌다. 유명한 '봉오동전투'도 그 무렵 일어난 일이었다.

그러나 지난가을에 벌어진 '만주사변'은 화인국과 독립군의 국지전이 아니었다. 광대한 만주 지역을 통째 먹으려고 화인국이 대지국을 정면으로 치고 나온 대규모 전쟁이었다. 그 바람에 삶이 더 고단해진 건 그곳에 정착한 수로인들이었다. 귀동냥으로 들은 바에 따르면 전쟁은 화인국의 승리가 확실하다고 했다. 대지국 군벌들은 분열되어 있었고 화인군의 전략전술은 치밀했다. 기껏 도망쳐온 수로국 난민들이 또 도망가야 할 참이었다. 독립군의 위상도 쭈그러들 수밖에 없었다. 그러므로 그들이 설령 산맥을 지나 간도에 당도한다 하더라도 화인국의 아가리 속으로 들어가는 꼴이 될 가능성이 많았다.

하지만 그들 중 그런저런 판세를 정확히 아는 사람은 없었다. 유리만이 어렴풋이 상황을 짚어 알 뿐이었다. 독립군이 되고 싶은 분이나 '꿈이 없다'고 고백한 대머리나, 그들에겐 막연히 간도가 하나의 꿈이었다. 대머리의 입에서 나온 '꿈'이라는 낱말 때문에 모두들 먼 앞날을 내다보는 고즈넉한 표정이 됐다. 산맥을 지나고 얼어붙은 강을 건너면 굶주리거나 빼앗기지 않고 살 꿈같은 곳이 있을 것이라고 그들은 모두 믿고 싶었다. 그렇게 믿지 않고선 설한풍 몰아치는 산맥을 따라갈 용기가 생기지 않기 때문이었다. 그러나 판세를 읽고 있는 유리는 간도에 희망을 두지 않았다. "나는," 그는 중얼거렸다. "산맥이 끝나기 전에 반드시 나의 뒤꿈치를 말굽처럼 만들고 말 테야!" 유리의 소망은 오직 하나, 그것뿐이었다.

밤새 눈 한번 붙여보지 못한 상태였다. 켄타가 먼저 쓰러져 누웠고, 대머리와 분이가 뒤를 이었다. 둘만 남게 되자 걸식은 불현듯 물었다. "우리처럼, 세상에서 쫓겨나 떠도는 사람을 뭐라 하나. 유랑자? 아니면 유리걸식자?" 유리는 밖을 내다보고 있었다. 변덕이 심한 날씨였다. 그새 서편 하늘 일부가 벗겨지면서 붉은 기색이 고요히 스며들어왔다. "높으신 자작님 아들이니 공부도 하고 그랬겠지. 유랑자가 맞는 거냐?" 걸식이 계속 물었고, "글쎄요, 난민?" 유리는 반문했다. "난민이라. 그나저나 가만히 있었으면 자작어른 밑에서 잘 먹고 잘 살았을 텐데, 너는 왜 사서 난민이 된 거냐." 걸식의 기습적인 말이 빙, 유리의 가슴 어딘가를 울리고 지나갔다. 그것은 왜 자작인 큰아버지를 죽였느냐는 질문과 다름없었다. 대답은 준비되어 있지 않았다. 단지 죄 많은 큰아버지를 응징하자고 생각해 한 짓도 아니었다. 독립운동에 마음을 기울여본 적도 없었고 친아버지의 유지를 받들자는 마음도 애초 없었다. 친아버지는 나약한 지식인에 불과했다. 더구나 진짜 나라를 팔아먹은 원흉은 큰아버지가 아니라 기실 할아버지였다. 큰아버지가 나쁜 인간인 건 맞지만, 꼭 자신이 죽여야 할 사람이었는지에 대한 확신은 크지 않았다.

어머니 방을 나서던 달빛 아래의 큰아버지와 안방으로 거처를 옮긴 백합이 생각났다. 그런 일로 분노했던 건 사실이었다. 그렇지만 그 역시 큰아버지-아버지를 죽인 결정적인 이유라고 단정하기엔 어딘지 모르게 미흡했다. 큰아버지는 자신에게 먹을 것과 입을 것을 주었고, 가르쳐주었으며, 전도유망한 앞날에의 보장을 주었다. 꼭 큰아버지를 죽여야 한다면 당신에게 전답을 빼앗겼거나 물고를 당한 소작인들이 감당하는 게 사리에 맞았다.

나는 왜, 큰아버지를 죽였을까.

앞은 보이지 않았다. 확실한 건 큰아버지-아버지를 죽였으니 다시는 고향으로 돌아갈 수 없다는 자각이었다. 큰아버지는 물론 어머니와 할아버지와 자신의 이름까지 깡그리 잃어버린 것도 무의식적인 그 자각에서 비롯되었을 것이었다. 아비를 죽인 자에겐 고향이 있을 수 없었다. 그것은 명백했다. 그렇다면,

나는 도대체 왜, 큰아버지를 죽였단 말인가. 평생 찾아 헤매야 할 과제였고, 길이 끝나는 곳에서야 비로소 해답을 얻을 수 있을 것 같은 자문이었다.

걸식이 총을 안은 채 끄덕끄덕 졸기 시작했다. 금광에서 총질을 하는 와중에도 유리를 위해 군용신발을 하나 짊어지고 온 사람이었다. 속정이 깊은 사람이 아닐 수 없었다. 유리는 신발을 벗고 발바닥을 살펴보았다. 뒤꿈치의 갈라진 틈새마다 피딱지가 엉겨 붙어 있었다. 걸식의 뜨거운 속정에 비한다면 사소한 고통이었다.

구름 사이로 놀이 짙어지고 있었다. 생피처럼 붉은 놀이었다. 봉우리들이 툭, 툭, 툭, 도미노로 살아나 서로 맺어지고 서로 분리되는 풍경에 새삼 가슴이 먹먹해졌다. 유리는 크게 기지개를 켰다. 산에 들어온 후부터 자신이 급격히, 아주 강해지고 있다고 새삼 느꼈다. 이름 모를 평원을 걸어가고 있는 맨발의 사내가 환영처럼 떠오르다가 꺼졌다. 사내의 발뒤꿈치엔 말굽이 달려 있었다. 바로 자신의 모습이었다.

땅거미가 시시각각 짙어졌다. 암갈색으로 변한 놀빛의 잔영을 어두운 산들이 속속들이 빨아들여 제 키를 높이는 걸 유리는 보이지 않을 때까지 보았다. 하나의 잠언이 등불을 켜듯 반짝하고 떠오른 게 그때였다. 니체였던가, 어느 책에서 읽었는지는 기억나지 않았다. 그 잠언은 이러했다.

"타인의 자유를 훼손하지 않는 범위 내에서,
자신의 자유를 계속 확장하는 것, 이것이 자유의 유일한 법칙이다."

다시, 유리 할아버지

"그래서, 모두 두만강을 건너 간도까지 가긴 갔나요?" 나는 유리 할아버지의 무릎을 베고 누워 있었다. 좁은 창구멍으로 맑은 햇빛이 흘러들어오고 있었다. "갔지!" 할아버지는 대답했다. "가고말고!" 미스터 유리답게, 할아버지의 목소리에 젊은 기색이 보태졌다. 미스터 유리는 벽에 등을 대고 앉아 있었다. 나는 할아버지의 발뒤꿈치를 만져보았다. 그것은 정말 말굽과 한가지였다.

나의 할아버지, 미스터 유리는 말씀하셨다.

"산맥을 지나 두만강에 닿았을 때엔 봄이 오고 있었다. 걸식 형이 앞장섰고 우리들이 뒤를 따랐다. 다섯 명이 아니었어. 산맥을 지나는 동안 동행은 이미 수십으로 불어나 있었다. 그 추운 겨울에도 세상을 등지고 산에 들어와 있던 백성들이 그리 많았던 게야. 사람이 무서워 도망쳐 왔지만 사람에게 기대어야 살아갈 수 있는 게 또 사람인 법, 한 명이 더해 여섯이 되고, 열 명이 더해 열여섯이 되고, 스물을 더해 서른여섯이 되는 식으로 식구가 불어났다. 지주를 죽이고 온 농부도 있었고, 관의 가렴주구를 견디지 못한 장사꾼도 있었고, 징집되어 끌려가다 탈출해 온 대장장이도 있었고, 심지어 마님과 눈이 맞아 마님을 동행해 도망쳐 온 머슴놈도 있었다. 상상해봐라. 길 없는 산맥을 헤쳐 나갈수록 목숨 섞어 함께 견디어야 할 식구들이 나날이 불어나는 광경, 근사하지 않니."

강의 얼음이 다 풀리지 않아 다행이었다.

강을 건널 방법은 얼음 위를 걸어가는 수밖에 없었다. 막 풀리기 시작한 얼음장이 많은 사람의 무게를 견디어줄는지는 의문이었다. "한 사람씩 건너면 되잖아요?" 내가 말했고, "맞아. 우리의 캡틴, 걸식 형님도 그걸 강조했지. 두세 사람씩 짝을 지어 차례로 건너야 한다고." 할아버지가 냉큼 대답했다.

처음 건너기로 한 세 사람이 얼음 위를 기어나가기 시작했다. 강 건너편 어느 산 아래 마을에서 저녁밥을 짓는 연기가 솟아오르기 시작한 건 그들이 강을 반쯤 건넜을 때였다. 저녁연기로 초가지붕들이 아스라이 덮여지는 광경은 목숨 걸고 산맥을 지나온 모든 사람에게 울컥하는 감응을 절로 일으켰다. 고향동네가 바로 거기 있다고 그들은 상상했다.

국경수비대 움막이 근처에 있었다.

두 명의 군인이 갑자기 강안에 나타난 게 그때였다. 남은 사람들은 일제히 엎드렸고 얼음장 위로 기어가던 사람들은 건너편 강안을 목전에 두고 있었다. 땅거미가 내리는 시각이었다. 화인군의 막사는 꽤 멀었다. 그대로 있다가 화인군이 막사로 돌아간 뒤 차례로 강을 건넜으면 아무 일도 없었을 터였다. 그러나 겁에 질린 건지, 아니면 강 건너편 마을의 저녁연기가 부르는 향수 때문이었는지, 한 남자가 갑자기 얼어붙은 강으로 달려 나간 게 비극의 시작이 되었다. 폭발적인 충동에 따라 열 명이 그 뒤를 따랐고, 뒤질세라 또 스무 명, 서른 명이 그 순간 한꺼번에 강으로 뛰어든 것이었다. 걸식이 제어하고 말고 할 겨를도 없었다.

유리 할아버지는 비장한 어조로 계속 말씀하셨다.

"수많은 사람들이 강의 얼음 위로 몸을 던졌어. 미끄러지는 사람, 기는 사람, 배밀이로 가는 사람, 그들은 얼음 위를 각개 약진하는 구더기 떼 같아 보였다. 달려오던 군인이 총을 쏘았지. 다행히 멀어서 그들을 직접 맞힐 수는 없었다. 그러자 군인들이 강의 얼음층에 대고 무차별 총질을 시작했다. 먼 곳에서부터 얼음장이 갈라지기 시작했고 그 기세는 사람들이 건너가는 얼음장 위로까지 삽시간에 뻗어 나왔다. 갈라진 얼음장 밑으로 사람들이 너나없이 쑤셔 박힐밖에. 아비규환, 목불인견目不忍見이었다. 얼음장을 붙들고 흘러가는 사람, 허우적거리는 사람, 다른 사람의 목과 허리춤을 죽어라 붙잡아 함께 죽어가는 사람들도 있었다. 살아서 강 건너편에 닿은 사람은 대여섯도 되지 않았어."

"할아버지는요?" 나는 물었다. "할아버지라고 하지 말라니까." "네, 미스터 유리의 안부가 궁금해서요." "나야, 걸식 형님 곁에 꼭 붙어 있었지. 우리는 다시 숲으로 숨었다. 새벽까지 숨어 있다가 살아서 함께 강을 건넌 사람은 불과 여덟 명에 불과했구나. 수십…… 명의 사람들이 그날 언…… 강에…… 수장됐다." 할아버지의 말이 느려지고 있었다.

할아버지는 그러나 고집스럽게 계속 말씀하셨다.

"은여우…… 이야기를 할게. 수많은 사람들이 수장되는 걸 보고 나서 나와 걸식 형님을 비롯한 나머지는 밤새 좀 더 상류로 이동했다. 새벽이 왔다. 강폭도 좁아졌고 얼음층도 더 두꺼웠다. 한꺼번에 건너도 좋다고 생각하고 낮은 포복 자세로 일제히 얼음 위를 건너기 시작했는데, 반쯤 건넜을까, 이번에도 갑자기 화인군 한 놈이 불쑥 나타난 거야. 은폐된 국경수비대의 움막을 보지 못해서 생긴 일이었어."

"우리에겐 남은 총알도 없었다. 가까운 거리였고, 화인군은 당연히 우리를 향해 총을 겨누었다. 꼼짝없이 모두 총알세례를 받을 지경에 빠진 그때, 숲으로부터 전속력으로 무엇인가 달려나왔다. 아, 바로…… 그…… 은여우였어. 우리의 수호천사. 달려 나온 은여우가 총을 겨눈 화인군의 팔소매를 물고 늘어지는 걸 나는 똑똑히 보았다. 정말…… 사람보다 짐승이 나아. 그런 감동적인 보은은 사람들의 세상에서 거의 보지 못했으니까."

"우리가 강을 다 건넜을 때, 제 할 일을 끝낸 은여우는 벌써 강 너머 언덕꼭대기에 올라서서 우리를 내려다보고 있더라. 놀랍게 민첩한 녀석이었어. 해가 때마침 떠올랐다. 그날 아침 햇빛을 역광으로 받고 선 은여우의 모습은 얼마나 늠름하던지. 그 녀석 얼음 위를 건너 우리를 따라 올 법했는데 끝내 따라 오지는 않았다. 아마도…… 제집으로 돌아갔겠지. 사람도 나라를 버리는 세상에서, 제 목숨을 구해준 내가 무사히 강을 건너도록 마지막까지 지켜주고, 멀고 험한 산맥을 되짚어 고향집으로 돌아가는 은여우를 상상해봐라. 진짜로 멋지잖니."

감동으로 미스터 유리의 눈가가 촉촉하게 젖었다.

"좀 쉬세요, 미스터 유리. 이제 저녁거리를 생각해야 할 시간이에요." 내가 말했고, "죽기 전까지 몸무게를 더 줄여야 한다. 너나 먹어." 할아버지가 옆으로 돌아누웠다. "나는…… 살이 썩을 때 구더기들이 생겨날 걸 상상하면 비위가 상한다. 그래서 죽을 날까지 최대한 살을 줄일 생각이다." "그동안에 줄인 살도 너무 많아요. 보세요. 뼈만 남으셨잖아요." "사람들, 너무 많은 살을 짊어지고 다녀. 내 젊은 시절엔 비만이란 말이 없었다. 그래도 얘, 우리는 꿈꾸었어. 거리에 좀 나가보렴. 그렇게들 많이 먹고 살찌우니 생각의 집을 지을 공터가 어디 남아 있겠냐."
"꼭 나를 비난하는 소리처럼 들려요, 미스터 유리!" 내가 볼통
하게 메어다 부칠 때 할아버지는 이미 코를 골고 있었다.

나는 잠시 마을로 나가 부피는 작고 열량은 높은 음식 재료
들을 구해왔다. 많이 먹지 않으려는 할아버지를 오래 살도록
하려고 나름대로 나는 머리를 썼다. 나의 할아버지였고, 아직
들어야 할 이야기가 많이 남아 있었다.

밤이 이슥해진 다음 할아버지, 미스터 유리가 잠을 깼다. 나
는 준비해둔 음식을 할아버지가 화내지 않게 조금만 담아드렸
다. 낮보다 할아버지의 눈망울이 더 초롱초롱해졌다고 느꼈다.
"이렇게 음식을 맛있게 만들면 나에 대한 반역이다." 미스터 유
리는 웃으면서 그래도 내가 준 것보다 한 숟가락을 더 먹었다.
마음이 흡족했다. 웃을 때 수많은 물살이 생기는 할아버지의
눈가를 보는 것도 좋았다. "소년 같으세요." 정말이었다. "네 엄
마는 그런 칭찬 한 번도 안 해줬다. 고집스러웠어." "언제 엄마
를 마지막으로 만났는데요?" "네 아비와 연애할 때였던가. 남
자를 소개할 때도 내내 뚱한 표정이었어." 할아버지는 환한 표
정이었다.

그들이 강을 넘은 그해 봄에 화인국이 실질적으로 지배하는 '만주국'이 만주지역에 들어섰다. 대지국의 군벌들을 꺾은 화인국이 실효적으로 지배할 수 있도록 꼭두각시 정부를 만주에 세운 것이었다. 그것은 거대한 대지국을 삼키기 위한 교두보를 확보했다는 뜻이나 다름없었다. 그 가운데 죽어나는 건 수로국에서 쫓겨 온 수많은 이주민들이었다. 화인군은 만주 지역 전체를 장악했고, 더 큰 전쟁 준비에 돌입했다. 먼 길을 걸어 겨우 화약 더미 속으로 들어온 셈이었다.

할아버지, 미스터 유리는 이어서 말씀하셨다.

"우리가 도착한 곳은 '룽징龍井'이라고, 꽤 큰 마을이었어. 함께 살아남은 사람들은 자연 한 식구로 무리를 이루었다. 캡틴은 걸식 형님이었고, 나는 아는 게 많아 일테면 책사 격이었다. 제일 먼저 무리를 떠난 건 켄타, 그다음으로 떠난 건 분이와 대머리였다. 켄타는 철도회사에 다니는 형을 찾아간다 했고, 분이와 대머리는 독립군을 찾아가겠다고 했다. 꿈이 없다고 쓸쓸해했던 대머리도 산맥을 지나오면서 조국의 독립이라는 꿈을 찾은 셈이었어. 남은 사람들은 입에 풀칠을 하는 것이 급선무일밖에. 봄이라 일꾼이 많이 필요한 시기여서 다행이었다. 다들 농사일로 팔려 다녔지. 농사짓는 사람들이 주로 수로인이니 일거리야 많았어. 잠은 뭐, 다리 밑에서 자고."

낮과 달리 이젠 할아버지가 내 다리를 베고 누워 있었다.

수로국 사람이 발견한 우물 때문에 마을 이름이 용의 우물, 룽징이라고 했다. "〈선구자〉라는 노래를 들어봤냐." 할아버지가 이내 흥얼흥얼 노래를 불렀다. "용두레 우물가에 밤새 소리 들릴 때 뜻 깊은 용문교에 달빛 고이 비친다." 나는 처음 듣는 노래였다. 마을을 휘돌아 강이 흘렀고, 용문교 밑에선 산맥을 지나온 그들의 고단한 삶이 시나브로 흘렀다. 달빛이 밝은 날엔 서로 부둥켜안고 누워 각자의 고향 노래를 시들어지게 불렀다고 할아버지는 회상했다. "밤이 길었거든. 바람은 차고, 배는 고프고, 달빛은 시들어지게 밝고, 잠은 오지 않으니 서로 등 대고 돌림노래를 밤새워 부르는 거지." 할아버지의 눈이 가늘어졌다.

미스터 유리, 나의 할아버지는 또 말씀하셨다.

"갈 곳 없는 사람들이 다리 밑으로 하나 둘 더 모여들었다. 우리는 벌어오는 품삯을 다 모아서 필요에 따라 함께 상의해

지출했다. 캡틴인 걸식 밑에 서기와 총무를 두었고 조금 더 후엔 물품조달책도 따로 정했어. 다리 밑에 하나의 공동체가 생겨난 거지."

"공평하게 먹고 공평하게 쌌다. 문제는 농사일이 영 서툴고 싫은 사람들이었어. 걸식 형과 내가 그랬지. 나는 농사일이 싫어서 다리 위에 앉아 두 다리를 들어 머리를 긁는 재주로 밥을 빌었다. 그 짓이 농사일보다 벌이가 좋았어. 어떤 늙수그레한 남자가 내 재주를 눈여겨보고 나서 다가와 그러더라. 차라리 곡마단에 들어가라고. 자기가 곡마단 접시돌리기 출신인데 소개해줄 수 있다면서. 싫다고 했다. 식구들과 헤어지기 싫었거든. 그러던 어느 날인가, 걸식 형님이 선언했어. 장사를 해야겠다고. 농사일 못해먹겠다고. 그 양반, 우직했지만 머리는 좋은 사람이었다. 형이 말한 장사가 뭐였냐 하면 바로 아편장사야."

대지국인들은 아편에 중독된 사람들이 많았다.

오죽하면 '아편전쟁'이 다 생겼겠는가. 조정에서 아편금지령을 아무리 내려도 막을 길이 없었다. 국제아편조약이 체결된 후에도 그러했다. 화인국은 수출입허가증을 가진 사람에겐 아편수입을 공식 허용했다. 대지국인들이 아편중독에 빠지는 것도 나쁠 것 없었고, '아편세'를 거두어 세수를 늘리는 것도 필요했기 때문이었다. 화인국으로선 일석삼조가 아닐 수 없었다. 대지국 본토에선 미미하나마 단속이 있었으나 화인국이 꼭두각시로 세운 만주국에선 아편이 오히려 권장되는 분위기였다. 아편장사로 떼돈을 버는 사람도 많았다.

밑천은 식구들이 벌어오는 품삯에서 최소한의 경비를 지출하고 남은 돈이었다. 처음엔 소소했으나 매출은 금방 늘어났다. 공급업자에게서 얻은 신뢰로 돈이 없어도 아편을 공급받게 된 건 걸식의 공이었다. 판매 지역도 넓어졌다. 아래로는 백두산에서부터 북으로는 무단강牧丹江까지 물건을 팔러 다녔다. 고객은 주로 대지국인이었으나 필요하면 화인국 군인들에게도 공급했다. 아편을 피우는 것이 대유행이던 시절이었다.

얼마 후 형이 본국으로 돌아갔더라면서, 켄타가 다시 합류했다. 신분을 교묘히 세탁한 켄타를 아편장사의 형식적 우두머리로 내세웠다. 화인국인을 대표로 내세웠으니 아편장사는 더욱 거칠 것이 없었다. "삼 년이 지나지 않아 우리는 대성공을 거두었어. 옌지시延吉市에 있는 큰 건물을 샀을 정도였으니까." 겨울

134

철새가 우는 소리가 났다. 나는 나의 무릎을 베고 누운 할아버지, 미스터 유리의 머리를 쓰다듬었다. "그 일만 없었으면 우리 모두 거부가 되었을 거야." 미스터 유리가 그 대목에서 말을 끊고 한참 동안 뜸을 들였다. 중요한 고백이 이어질 모양이었다.

잠시 후에, 나의 할아버지 유리는 또 말씀하셨다.

"주로 수로인들이 모여 살던 외곽의 한 마을이었다. 걸식 형과 나는 말을 타고 산을 넘어 그 마을에 들어갔어. 대지국 지주 고객이 있었거든. 여러 명의 화인군들이 마을 공회당을 에워싸고 있더라. 우리는 마을 어귀 숲 그늘에 엎드려 그 광경을 보았다. 지휘하는 헌병 중위는 나도 얼굴을 몇 번 본 자였어. 마을 사람들 중 수로인들만 모조리 그 공회당에 모여 있었다. 아이와 여자 들을 합해 수십 명이었다."

"믿을 수 없는 광경이 곧 벌어졌다. 마상 위에 우뚝 앉은 중위의 손짓 명령을 받은 군인들이 달려들어 공회당 문을 밖에서 닫았고, 열지 못하도록 지렛대를 걸었고, 건물 여기저기 기름을 뿌렸고, 그리고 곧 공회당에 불을 지른 것이었다. 끔찍한 짓이었지. 불이 붙은 채 뛰쳐나오는 사람들을 향해서 화인군

놈들은 조준사격을 했다. 헌병 중위도 웃으며 마구 총을 쏘았고. 그놈이 쏜 건 여자였는데 불붙은 여자가 총을 맞고 쓰러지자 놀랍게도 여자의 품안에서 갓난아이가 떨어져 나왔다. 불구덩이 속에서도 품에 깊이 안아 아이를 보호하려 했던 건데, 말도 마라, 헌병 중위 놈이 그 갓난아이에게까지 총질을 할 때 나와 걸식은 전율했다. 독립군 몇을 그 마을에서 숨겨주었다는 걸 안 것은 그다음 날이었고."

걸식과 유리 일행은 그날 밤 남몰래 무장했다. "그놈을 죽이지 않고선 내가 죽을 것이다!" 걸식은 이를 갈며 선언했고, 유리와 동료들은 기꺼이 동의했다. 금광을 털었던 것처럼 모의는 치밀했으며 의지 역시 곧 단단했다. 며칠 지난 다음 일행은 검은 복면을 하고서 계획하고 준비한 대로 헌병대분소를 급습했다. 다행히 갓난아이에게 총질을 한 헌병 중위도 그곳에 있었다. 걸식이 놈에게 총을 쏘았고 유리가 두 발을 더 쏘았다. 작전은 성공이었다. 그들은 한 명도 상하지 않았고 화인국 헌병은 일곱 명이나 죽었다.

소문은 금방 만주국의 전 지역으로 퍼졌다.

사람들은 검은 복면을 한 그들을 가리켜 흑두군黑頭軍이라 불렀다. 오랜 세월을 걸쳐야 전설이 꼭 만들어지는 건 아니었다. '흑두군'은 삽시간에 만주 지역의 전설이 되었다. 악독한 헌병 중위만 죽이자고 시작한 일이 전설에 밀려 다른 작전으로 이어졌다. 주재소를 급습한 일도 있었고, 수탈로 악명이 높은 화인국 상인을 처단한 적도 있었다. 관할 지역 주둔부대는 흑두군을 잡으려고 혈안이 되었다. 언제까지나 도시 한복판에 머물러 있을 수는 없었다. 걸식은 사두었던 건물과 재산을 정리했고, 아편장사를 그만두었으며, 식구들을 이끌고 외곽의 은밀한 곳으로 이주했다.

　흑두군을 독립군이라고 불러도 좋은지에 대해 유리는 회의적이었다. 그들은 물론 일종의 무장 게릴라라고 할 수 있었다. 그러나 어떤 무장 세력과도 연계하지 않았으며, 조국의 독립을 특별히 앞세우지도 않았다. "독립군이라기보다 구태여 말하자면, 하나의 공동체라고 불러야 맞을 게야." 미스터 유리는 말했다. 그들은 굳건한 공동체를 이루고 더 북쪽으로 올라갔다. 산맥 안쪽 깊은 골이 그들의 거점이었다. 아편장사로 벌어둔 것이 있어 돈은 충분했다. 그들은 무단령牧丹嶺 산맥 벼랑 끝에 있는 자연동굴을 중심으로 굴을 이리저리 늘려 파서 은거지로 삼았다.

  습격을 해야 할 곳이 결정되면 각자 봇짐장수, 아편꾼, 거지, 농부로 위장하여 약속된 위치로 흩어져나가 집결하고 작전이 끝난 다음에도 각자 걸어 산맥 어귀의 약속된 장소에서 만나는 방식이었다. 누구는 그것을 '어사출또 작전'이라고 불렀다. 작전은 유리가 짰고 실행은 걸식이 맡았다. 유리는 뛰어난 머리를 지녔으며 걸식은 구름보다 빠른 발을 갖고 있었다. 일을 도모할 땐 모두 검은 두건으로 얼굴을 가렸다. 장대한 산맥과 얼어붙은 강을 맨발로 지나온 사람들이었다. 전투에 나갈 때조차 맨발을 고집하는 사람이 많았다. 육박전을 치를 경우 그들의 발길질은 총알만큼 치명상을 입힐 수 있었다.

  할아버지 미스터 유리는 계속 말씀하셨다.

  "마치 영묘산 그 동굴 같았어. 수십 명은 넉넉히 둘러앉을 수 있는 동굴이었고, 물도 충분히 흘렀거든. 특기가 다양한 사람들이 모였으니 가지 쳐 굴을 파는 것도 쉬웠다. 굴이 굴의 방을 낳고 또 굴이 굴의 방을 낳는 격이었다고 할까. 여러 개의 환기구를 조성해 안에서 불을 때도 연기가 수십 갈래 흩어져 나가게 고안했다. 내 머릿속에서 나온 생각이야. 처음엔 한 이십여 명쯤 되었는데 하나 둘씩 늘어나 나중엔 굴 마을 주민이 수십 명을 훌쩍 넘겼다. 작전을 위해서 두 개의 부대로 편제를 나누었어. 작전과 첩보와 물품조달을 맡은 부대와 직접 전투에 나가는 부대. 전투를 담당한 부대는 걸식 형님이 맡아 걸식대, 작전 등을 짜는 부대는 내가 캡틴을 맡아 유리대라고들 불렀지. 우리 유리대엔 목사 출신, 대학교수를 하던 자도 있었다."

유리 할아버지의 목소리에 점점 더 신명이 실렸다.

유리는 그 시절이 "아주 행복했다"고 술회했다. "나만 그런 게 아니야. 모두들 행복해했어. 일종의 이상적인 해방구였다고나 할까." 미스터 유리의 얼굴에 화색이 돌았지만 나는 잠이 와 견딜 수가 없었다. "자리를 바꿔야겠어요." 내가 말했고, "나를 베고 눕겠다?" 유리가 웃으며 내 무릎에서 몸을 일으켰다. 미스터 유리의 다리는 깡말랐으나 단단했다. 나는 할아버지, 미스터 유리의 다리를 베고 누웠다.

창 너머 골짜기엔 눈이 하얗게 쌓여 있었다. 도시 근교지만 암벽들의 위용이 남달라 보이는 역동적인 골짜기에 할아버지의 오두막이 자리 잡고 있었다. "유리의 다리, 퇴침 같아요." 킥킥대며 내가 말했다. "너는 네 길을 찾아왔다고 하지만, 우선 눈을 떠야 길이 보이는 법이다. 눈을 제대로 뜨면, 찾고 말고 할 것 없이 천지사방이 다 길인걸." 할아버지의 목소리가 아득히 멀어졌다.

유리걸식단

시간은 빠르게 흘러갔다.

화인국의 군대는 만주국을 넘어 빠른 속도로 대지국 본토를 유린하고 있었다. 화인국 본토는 물론이고 수로국과 만주 지역에도 전쟁을 위한 국가총동원령이 내려졌다. 만주 지역에 머무는 관동군 역시 엄청나게 숫자가 늘어났다. 수로인 독립군들은 더 이상 힘을 쓸 수 없었다. 일부는 해체되고 일부는 임시정부를 따라 내륙으로 내려갔다.

화인국의 진격은 파죽지세였다. 대지국의 베이징은 물론 난징까지 화인국의 손안에서 손쉽게 무너졌다. 대지국의 두 세력, 이른바 국민당과 공산당이 합작을 결의했으나 화인군의 예봉을 꺾을 수는 없었다. 난징에서 수십만의 시민들이 무자비하게 학살됐다는 소문이 들려왔다. 죽이고 불태우고 빼앗는 것이 천황의 기치를 든 화인군의 기본 전략이었다. 그들은 그것을 '삼광三光 작전'이라고 불렀다. 마구 죽이는 살광殺光이 첫째요, 깡그리 불태우는 소광燒光이 둘째요, 무차별로 날뛰며 빼앗는 창광搶光이 그 셋째였다. 천만 명 이상의 대지국인이 이미 죽임을 당했다는 소문이 파다했다.

무단령 산속 깊이 자리 잡은 걸식과 유리의 '흑두군'이 추적을 모면할 수 있었던 것도 전선의 남진에 힘입은 바가 없지 않았다. 더구나 그들은 일을 자주 벌이는 법도 없었고 언제나 신중했다. 작전은 늘 성공적이었다. 세상 사람들은 그들을 흑두군이라 불렀으나, 그들은 자신들을 가리켜 '유리걸식단琉璃'이라고 불렀다. 그들이 이룩한 공동체의 강령은 한 가지로 요약됐다. 조국의 독립을 염원한다거나 화인국과 오로지 맞서야 한다거나 하는 내용은 강령에 없었다. 걸식과 동료들의 말을 종합해 유리가 초를 잡은 강령은 이러했다.

"역사 이래, 수많은 죄 없는 이들이 단지 자신을 방어할 힘이 없어 살림터에 쫓겨나왔다. 우리는 더 이상 내쫓기지 않을 것이다. 우리가 지켜야 할 제일의 맹세는 반유리反流離 반걸식反乞食이다. 첫째, 더 이상 떠돌지 않을 것이고, 다시 첫째, 우리는 더이상 얻어먹지 않을 것이다. 무릇 모든 인간은 머물러 살 권리가 있고 제 먹이를 스스로 구할 자유가 있다. 머물러 살 집과터가 우리의 유일한 자산이고 스스로 마련한 먹을거리가 우리의 고귀한 목숨이다. 이걸 지키는 일이 유일한 도덕, 유일한 양심, 유일한 윤리라는 걸 우리는 굳게 믿는다. 이에 다시 다짐하거니와 우리는 더 이상 떠돌지 않을 것이고, 더 이상 빌어먹지않을 것이며, 그러므로 우리는 더 이상 유리걸식하지 않을 것이다."

나라의 독립 여부는 둘째 문제였다. 구태여 말하자면 유리걸식단의 식구들은 모두 무정부주의자라고 할 수 있었다. 그들은아침마다 모여서 걸식의 구호에 맞추어 만세삼창과 함께 요약된 강령을 복창했다. 걸식이 "유리!" 하고 외치면 모두가 일제히 소리 높여 "우리는 더 이상 떠돌지 않는다!" 외쳤고, 걸식이 "걸식!" 하고 외치면 "우리는 더 이상 빌어먹지 않는다!" 외쳤고, 걸식이 마지막으로 "유리걸식!" 하고 외치면 "우리는 더 이상 유리걸식하지 않는다!" 함께 외쳤다.

모든 식구의 의견을 모아 그들은 공동체를 위한 세부적인 규칙을 만들었으며, 그 규칙은 공평하게 적용됐다. '캡틴 걸식'은 물론이고 그 누구의 어떤 특권도 존재하지 않았다. 나라의 독립여부를 공식적으로 입에 담은 적은 없었다.

　'유리대원'은 서른 명쯤 되었고 '걸식대원'은 쉰 명에 가까웠다. 역할은 세분화되었으며 충분히 숙지할 수 있게 반복해 교육됐다. 사유재산은 원칙적으로 인정되지 않았다. 많든 적든 모든 걸 공평히 나누어 가졌고 나누어 먹었다. 중요한 일은 다섯 명의 '장로회의'에서 식구들의 여론을 좇아 결정했다. 심각한 사항은 직접비밀 투표에 부쳤다. 식구들 중에는 여자도 여럿 있었으나 아이는 없었다. 아이가 있는 사람은 장사꾼 농사꾼 막일꾼 등으로 위장해 옌지나 룽징, 창춘, 지린까지 흩어져 나가 살면서 정보를 모아오는 역할을 맡았다.

　남녀 관계 역시 공평한 규칙을 따랐다. 독점적 소유의 개념은 철저히 배제됐다. 성욕도 식욕과 동일한 층위의 순수욕망으로 다루려는 유리의 생각이 반영된 결과였다. 교합을 위해선 '꿀방'을 이용할 수 있었다. '꿀방'이라고 이름을 지은 건 켄타였다. 중앙동굴로부터 가장 안쪽으로 들어간 동굴이 '꿀방'이었다. 암벽 틈으로 빛이 들어왔고 침상엔 푹신한 동물의 가죽이 깔렸으며 머리맡엔 언제나 켤 수 있는 남포가 준비되어 있었다.

동침의 기회는 누구든 한 달에 두 번뿐이었다. 남자는 선택할 수 있고 여자에겐 거부권이 허용됐다. 합의에 이른 남녀는 순서에 따라 '꿀방'을 차례로 이용했다. 똑같은 파트너를 선택할 권리는 육 개월 기준으로 딱 한 번이었다. 한 사람에게 희망자가 몰리거나 집착이 생기는 걸 미연에 방지하기 위해서였다. 사사롭고 은밀한 교접은 허용되지 않았다. 기회는 자연스러우면서 균등하게 분배되었다. 피임을 할 권리 역시 남녀가 동등했다. 그런데도 아기가 생기면 아기엄마와의 심도 있는 면담을 통해 장로회의에서 아버지를 가려내어 생활자금과 함께 도시로 내려 보냈다. 터 잡고 살며 할 일도 많기 때문이었다. 두 사람만의 눈이 맞아 일부러 피임을 하지 않는 쌍도 있었다. 소소한 문제가 더러 생겼으나 결정적인 큰 문제는 없었다.

캡틴이 있고 장로회의도 있지만 그것은 역할의 분담일 뿐 권리에 있어선 모두 평등했다. 동굴에 모여 사는 사람은 너나없이 '식구'라고 불렀고, 아이가 생겨 세상으로 들어가 신분을 위장한 채 사는 사람은 '가족'이라고 불렀다. 식구들 사이에서 호칭이라곤 오로지 '형님' '아우님' '언니' '오라버니' '동생'뿐이었다.

유일하게 허용되는 서열로는 장유유서長幼有序가 있었다. 이를테면 나보다 연장자가 숟가락을 들어야 아랫사람이 비로소 숟가락을 들었고, 나보다 연장자가 기침을 하면 아랫사람이 옷깃을 여미고 연장자의 안색을 살피는 식이었다. 권리에선 그러나 연장자를 따로 배려하지 않았다. 밥은 각자 제 양에 맞추어 먹었고 잠자리 역시 심지를 뽑아 정했다. '꿀방'을 사용할 권리에서도 연장자를 따로 배려할 필요는 없었다. 취미에 따라 동아리를 만들 수 있는 권한도 똑같이 부여받았다.

모두가 '한 식구'였다.

간혹 분란이 있기도 했지만 해결 안 되는 일은 없었다. 대부분 너무나 정이 그리웠던 사고무친한 사람들이었다. 어린 시절부터 떠돌아다녀 형제자매가 어떤 건지 경험해보지 못한 사람도 많았다. 정에 굶주린 사람들이었다. 막걸리에 취해서 너나없이 얼싸안고 춤추는 밤이면 경험해보지 못했던 정이 주는 감흥으로 우는 사람들도 있었다. "맞아. 이게 바로 형제야!" 그렇게 소리치는 사람도 있었고, "그동안 얼마나 언니 있는 사람들이 부러웠던지" 하면서 우는 아낙도 여럿이었다. "영원한 내 오라버니!" 얼싸안으며 손가락을 걸고 나면 모든 사람이 박장대소, 왁자하게 맴을 돌았다.

먹을 것과 입을 것의 반은 자력으로, 반은 세상에서 들여왔다. 간혹 화인국인들의 병참기지나 화물 창고를 들이쳤으므로 물자가 부족하진 않았다. 바느질을 잘하는 사람은 옷을 기웠고, 목수나 대장장이 출신은 도구를 만들었고, 농사꾼은 양지바른 비탈에 씨앗을 뿌려 가꾸었고, 의술을 아는 사람은 약초를 모아 관리했다. 밤마다 글을 가르치는 사람도 있었다. 유리걸식단의 야학교장은 당연히 유리가 맡았다. 취미 동아리들도 자생적으로 생겨났다.

그곳에 외지인이 당도하려면 적어도 십 리 이상의 좁은 골짜기를 통과하는 수밖에 없었다. 인적이라곤 없는 골짜기였다. 유리는 줄과 깡통을 이용해 아주 기능적인 연락체계를 만들었다. 보초는 일정한 간격으로 밤낮없이 돌아가며 순번대로 섰다. 나무와 나무 사이로 이어진 연락체계가 골짜기 초입의 상황을 본부에 전달해 오기까진 오 분이 채 걸리지 않았다. 소수의 민간인, 다수의 민간인이 접근해 올 때 그 신호가 달랐고, 군인들과 순사들이 접근해 올 때 역시 그 신호가 달랐다. 굴의 반대쪽을 뚫어 일시에 도망칠 수 있는 출구를 고안한 것도 유리였다.

가장 자주 나가는 곳은 룽징과 옌지시였다. 유리는 연중 반 이상 옌지나 룽징에 나가 거주했다. 정보를 얻어내고, 세상 속에 터 잡고 사는 '가족'들을 관리하거나 뒷바라지할 일이 적지 않았다. 그런 일엔 걸식보다 유리가 적임이었다. 유리는 우선 난쟁이에 가까웠다. 사람들이 많이 다니는 곳에서 양재기를 앞에 놓고 두 발을 수평으로 들어 올려 머리를 긁거나 귓구멍을 쑤시거나 하는 재주로 돈을 빌었는데, 그것은 물론 순사나 군인들을 속이기 위한 위장술에 불과했다.

많은 사람들이 유리를 알았으나 주목하는 사람은 없었다. 유리는 그냥 좀 모자란, '난쟁이 거지새끼'에 불과했다. 심지어 헌병대 앞에서 양재기를 놓고 돈을 비는 것도 마다하지 않았다. "난쟁이 거지새끼!" 헌병들이 웃으며 양재기에 동전을 던져주기도 했다.

유리가 세상으로 내려와 기거하는 경우가 많은 것과 달리 걸식은 은거지에 주로 머물며 '식구'들을 책임졌다. 필요한 일용품을 만들거나 재배하는 일은 물론이고 전술을 연마하고 사격을 가르치고 육박전에 대비하는 솜씨를 연마시키는 일이 다 걸식의 몫이었다. 사람들은 걸식을 가리켜 '흑두장군님'이라고 불렀다.

엔지 주변의 수로인들에게 '흑두장군님'은 존경의 대상이었고, 독립군의 소탕을 책임진 주재소나 헌병대원들에게 '흑두장군님'은 반드시 잡아 죽여야 할 불온의 표상이었다. 그러나 그 누구도 '흑두장군님'이 누구인지는 알지 못했다. 장군님의 나이가 백 살이라고 말하는 사람도 있었고, 심지어 달리는 말 잔등 위에 서서 총을 쏘는데도 백발백중 화인군들을 쓰러트리는 걸 직접 보았다고 말하는 사람도 있었다.

또 걸식은 유리의 조언을 들어 여러 종류의 무기들을 고안하거나 만들기도 했다. 표창도 만들었고 간편한 신식 활도 만들었다. 걸식이 만든 것 중엔 좁은 대나무 통을 이용, 힘주어 불면 수십 개의 작은 바늘이 확 퍼져 날아가는 '아구 활'도 있었다. 입으로 불 때 볼이 아구처럼 부푼다 하여 걸식은 그걸

'아구 활'이라 불렀다. 독을 바른 바늘들을 잔뜩 쟁여 넣고 볼이 터지도록 가두었다가 일시에 좁은 통로로 숨을 불어내어 날리는 방식이었다. 아주 작은 바늘이기 때문에 피부 속으로 꽂혀 들어가 혈관을 따라 재빨리 독이 퍼지도록 고안했다. 멀리 날아가지 못하는 단점이 있었지만 가까운 적을 제압하는 데 요긴하게 사용할 수 있었다.

타고난 싸움꾼인데다가 연습도 게을리 하지 않아 걸식은 여러 가지 싸움 기술을 자유롭게 활용할 줄 알았다. 웬만한 거리면 표창으로 단번에 상대편의 눈을 맞힐 수가 있었다. 나뭇가지를 던져 산토끼의 눈알에 꽂아 넣은 적도 있었다. 쇠망치처럼 딴딴한 발뒤꿈치도 강력한 무기였다. 걸식의 뒤꿈치에 정확히 맞으면 누구든 두개골이 함몰되거나 뼈가 부러졌다.

걸식의 어머니는 본래 첩이었다. 지주였던 아버지가 부엌데기로 들어온 처녀를 건드려서 임신하자 첩실로 들어앉힌 것이었다. 어머니는 딸을 낳은 뒤 연년생으로 걸식을 낳았다. 병약한 어머니가 일찍 작고한 것이 비극의 시작이었다. 아버지의 집으로 들어가 살게 된 후 오누이의 삶은 정말 참담했다. 안방마님과 그 자식들은 그들을 벌레처럼 보았고 종처럼 부렸다.

특히 살집이 많았던 바로 위의 이복형은 개차반으로서 비열하기 이를 데 없었다. 책임을 모면할 요량으로 주재소의 젊은 순사 보조까지 꼬드겨 걸식의 누님을 유인해 윤간한 것이 바로 그 이복형이었다. 누님은 수문 위에 올라 치마폭을 뒤집어쓴 채 저수지 물로 뛰어들어 자결했다. 걸식의 나이 불과 열여섯에 일어난 일이었다. 걸식은 기회를 살펴 살집 좋은 이복형을 저수지로 밀어 넣었고, 순사보조는 부엌칼로 난도질을 해죽였다. 걸식이 길로 떠돌기 시작한 연유였다.

일 년에 한두 번쯤, 금광에서 따라온 분이와 폭약전문가 대머리하고 우연히 부딪치는 일도 있었다. 그들은 수시로 본거지를 옮겨 다니는 무장 단체 '수로혁명당' 소속이었다. 혁명을 통해 가난뱅이와 부자가 따로 없는 독립 조국을 세우는 게 그 단체의 꿈이었다. 분이와 대머리는 단기 군사학교를 마친 후에 수로혁명당의 어엿한 전사로 활동했다. 분이는 명사수였고 대머리는 폭탄제조 전문가였다. 유리는 그러나 그들에게까지도 흑두군의 실체에 대해 말하지 않았다. 걸식의 안부를 묻는 그들에게 "아편장사 할 땐 함께 지냈는데, 그거 그만두고부터는 그 형님하고도 소식이 끊겼어요." 유리는 대답했다.

유리는 붉은댕기를 영 잊을 수가 없었다.

친숙해진 사람에겐 늘 대놓고 물었다. "손금 세 개가 따로 떨어져 흐르고, 귀 뒤에 요만한 점이 세 개 있는 처녀예요." 사람들은 고개를 저었다. 그것만으로 사람을 찾는 건 백사장에서 바늘 찾기였다. 어떤 사람은 "손금도 변해"라고 대답했고, 또 어떤 사람은 "귀 뒤에 있는 점을 무슨 수로 보나, 데리고 자지 않고서야" 하며 유리를 비웃었다. 기차가 떠날 때 화물칸 창살 밖으로 나와 흔들리던 검고 가느댕댕한 손이 영 잊히지가 않았다. "팔은 가늘고 손은 검을 거예요." 유리는 덧붙였고, "일하는 처녀들 손이 다 시커멓지." 사람들은 더욱 크게 웃었다.

기차를 타고 왔다면 북간도보다 서간도에 당도했을 가능성이 많았다. "서쪽이든 북쪽이든 그건 뭐 중요할 것 같지 않네." 유리에게 일찍이 곡마단을 소개해주겠다고 말했던 남자의 말이었다. 곡마단에서 접시돌리기를 맡아 하다가 손가락이 굽는 병이 생겨 곡마단에서 쫓겨나온 남자였다. 옌지가 남자의 고향이었다. "자네가 두 손 두 발을 다 높이 들어 접시돌리기를 해봐. 인기를 독차지할 걸세." 남자는 권유했다.

곡마단을 따라 세상 끝까지 다녀봤으므로 '접시돌리기'는 모르는 것이 없었다. "자네가 찾는 게 누구인지는 모르지만 어린 처녀가 여기로 왔다면 살 길은 대강 세 가지야. 하나는 위안소, 하나는 대지국 지주의 첩으로 들어앉는 것, 하나는 식모지. 그중에서 가능성이 제일 많은 건 위안소야. 사변 후에 위안부가 부쩍 늘었거든. 순사들과 민간 업자들이 정거장 앞에다 버젓이 책상을 가져다놓고 위안부를 모집하곤 했으니까." 군인과 헌병이 대놓고 위안부 모집을 독려하기도 했다.

　　위안부 모집광고를 유리도 본 적이 있었다. 광고엔 삼백 원 상당의 수당을 지급한다고 되어 있었고, 선불을 준다는 말도 있었다. 집안에 빚이 많아 부모가 딸을 보내거나 본인 스스로 자원하여 가는 경우도 있었는데, 기실 그것은 속임수였다. 선불로 준 돈은 옷값, 밥값, 방값 등의 명목으로 곧 회수했고, 그돈은 중간업자나 관리자들 호주머니 속으로 몽땅 들어갔다. 그나마 초기에 있었던 일일 뿐, 사변 이후에는 그런저런 과정도모두 삭제됐다. 민간업자들에게 맡겨 운영하는 공창제도만으로는 군의 사기를 높이는 일에 한계가 있었기 때문이었다.

　　시베리아출병 때, 7개 사단 중 무려 1개 사단이 성병으로 폐인이 되다시피 했던 참담한 경험을 화인국 군부는 갖고 있었다. 더구나 사변 이후 주둔군의 숫자는 엄청나게 불어났다. 헌병대, 주재소, 군부대가 직접 위안소 설치에 조직적으로 간여할 수밖에 없는 상황으로 내몰린 것이었다. "군부가 수로국 여자 이만 명을 총독부에게 공식적으로 요청했다는 소문도 들었네. 도라지꽃이라고 하던가. 도라지꽃 이만을 총독부에게 대라 했는데 조달이 어려워 만 명만 됐다든가, 뭐 그런저런 말." 접시돌리기는 말했다.

아예 사냥하듯 어린 처녀를 유괴하는 일도 다반사였다. 처녀의 유괴를 전문으로 하는 조직이 곳곳에서 활동하고 있었다. "그곳 일터로 가면 품삯도 많이 준대. 먼 곳으로 가면…… 열심히 일해 돈을 벌 거야." 도원동에서 헤어질 때 붉은댕기가 했던 말을 유리는 상기했다. 돈을 책상 위에 쌓아놓고 모집책들과 주재소 순사들이 기차에서 내리는 처녀들을 홀리는 것을 유리도 보았다. 그들은 모두 헌병대의 지시와 감독을 받고 있었다. 붉은댕기가 그들 앞에 서 있는 환영이 가끔 유리의 눈앞을 스쳐 지나갔다.

엔지의 북쪽 공터엔 늘 노점들이 진을 치고 있었다. 장사할 수 있는 자리를 잡지 못한 최하층으로 나물반찬을 한두 가지 만들어 전을 편 수로국 출신 여자들이었다. 도라지무침과 고사리나물이 담긴 함지박을 앞에 둔 아낙이 눈에 들어온 것은 저물녘이었다.

유리는 걸음을 멈추었다. 낯이 익은 얼굴이었다. 어디서 보았더라. 깜박이던 전구에 불이 켜지듯 기억의 회로에서 스파크가 일어난 것은 그다음이었다. "아주머니!" 유리의 목소리가 깜짝 솟아올랐다. 붉은댕기를 따라 처음 운지산 산속 마을 도원동에 갔던 날, 낯선 사람을 달고 왔다고 그녀를 쥐어박던 여자였고, 유리의 눈을 들여다보고 "이 아이, 구름이 떠다니는 것 같은 눈을 갖고 있어요. 거짓말은 하지 않을 거예요"라고 말했던 바로 그 '도원동 아낙'이었다.

"아이고, 오래 살다 볼 일이네. 총각을 여기서 만나다니!" 도원동 아낙 역시 유리를 만난 게 감격적인 일인 듯했다. 그사이 많이 늙어 아낙은 거의 노파의 얼굴을 하고 있었다. "작년에 남편이 콩 팔러 가시고, 뭐 해 먹고 살 길이 있어야지." 아낙은 눈시울을 붉혔다. 슬하에 남매를 두었으나 아들은 강제 징집되어 군대로 갔고, 딸은 대지국 본토로 떠났다고 했다. 산으로 다니며 약초나 나물을 뜯어다가 팔아 겨우 입에 풀칠을 하고 있다고 말할 때, 아낙은 기어코 눈물을 주르륵 쏟았다. 도원동에서의 몇 년이 자기 평생 가장 행복했었다고 도원동 아낙은 회상했다.

붉은댕기의 이야기를 아낙에게서 처음으로 들었다.

확실한 정보는 아니었다. 위안부들이 성병검사를 받으러 가끔 군용트럭을 타고 시내로 나올 때가 있는데 그 무리 속에서 붉은댕기를 본 사람이 있었다고 했다. "그걸 본 사람이 누구예요? 어디 있어요?" 유리는 물었고, "그 사람, 여기 없어. 그사이 세월이 얼만데. 도원동 사람들 몇이 이 근처에 모여 살았었지만 하나씩 둘씩 다 떠나고 이제 나만 남았는걸." 아낙은 고개를 저었다.

시내에 자리 잡은 위안소는 보통 '구락부'라고 불리었다. 그런 곳은 대개 군에서 위탁받은 민간업자가 하는 공창公娼이었다. 화인국인이 운영하는 곳도 있었으나 더러 수로국 사람이 운영하는 곳도 있었다. 화인인 사장에게서 하청을 받는 경우였다. 그들은 대개 사냥꾼이나 다름없는 모집책을 여럿 거느렸

156

다. 오로지 제 배를 불리기 위해 동족의 처녀들을 기꺼이 유인하거나 납치하는 비열한 인간들이었다.

사변 이후엔 위안소를 직접 부대 안에 설치하는 경우가 급속히 늘었다. 그런 곳은 넘어다볼 방도가 없었다. 가건물의 한 평도 못 되는 방에 갇혀서 하루에 화인군 수십 명의 정액을 받아내는 것이 위안부들의 일이었다. 강요된 살육을 수행하느라 화인군들 중엔 반미치광이가 많았다. 구타는 보통이고 담뱃불로 지지는 놈, 채찍질을 하는 놈, 심지어 국부에 총구를 쑤셔 넣는 놈들도 있었다. 성병과 폭력과 영양실조로 사망하는 위안부도 있다 했고, 결핵에 걸렸다는 이유로 사살되는 일도 있다고 했다. 모두 부대 안에서 일어나는 일이었다. 외부에 알려질 턱이 없었고 책임지는 사람도 없었다. 아시아 대륙을 통째로 먹어버릴 야욕을 채우는 데 도움이 된다면 그런 죽음이 수천 수만에 이른다고 하더라도 화인국 군부로선 눈 하나 깜박하지 않을 사소한 일에 불과했다.

유리의 제안으로 한번은 엔지 외곽에 자리 잡은 공창가公娼街를 들이친 적이 있었다. 화인인이 운영하는 위안소였으나 관리인은 수로인이었다. 위안부를 다루는 데 화인인보다 더 혹독하기로 소문난 놈이었다. 유리는 칼을 들고 달려드는 놈의 머리통에 발길질을 날렸다. 말굽이나 다름없는 발이었다. 두 번의 발길질에 놈의 머리에서 뇌수가 흘러나왔다. 발로 사람을 죽여본 건 그때가 처음이었다. 그곳에 갇혀 있던 처녀는 열아홉 명이었는데 열넷이 수로인, 다섯이 대지국 여자였다. 열네 살짜리 여자애도 있었다.

만주 지역의 관동군은 다투어 대지국 본토로 이동하고 있었다. 전선은 날로 확장되었다. 경우에 따라 위안부들도 군대를 따라 이동했다. 기차에 실려 떠나는 여자들도 있었지만 군인들과 함께 군용트럭에 실려 떠나는 여자들도 있었다.

유리는 자주 대지국 본토로 이어진 길가에 나와 앉아 시간을 보냈다. 혹시라도 트럭에 실려 떠나는 여자들 중에서 붉은 댕기가 있을까 하는 요행수를 바라고 하는 짓이었다. 대포를 실은 트럭과 군인들을 실은 트럭이 끝없이 남진할 때면 흙먼지가 뽀얗게 일어 한참씩 아무것도 뵈지 않았다. 전선이 대지국 본토를 넘어 남지나해 근처까지 확대되고 있다는 소문이 들렸다. 불의 전선이었다.

유리는 어언 스물일곱 살을 목전에 두고 있었다.

행여나 하는 마음으로 남진하는 길가에 앉아 있을 때였다. 여자들을 실은 트럭이 보인 건 수십 대의 군용트럭이 지난 다음이었다. 뽀얗게 피어오른 먼지 때문에 얼굴은 확실히 보이지 않았으나 그만그만한 나이의 여자들이 무개트럭 바닥에 앉아 있었다. 유리는 얼른 몸을 일으켰다. 요철이 심한 비포장도로였다. 차가 들까부는 데 따라 여자들이 트럭 바닥에서 솟았다 꺼졌다 하고 있었다.

들썩하며 솟아오른 한 여자가 눈에 들어온 것은 뒤꼭지에 달린 댕기 때문이었다. 불그스레한 댕기였다. 여자의 머릿단이 댕기와 함께 햇빛을 튕겨내며 들까불고 있었다. 혹시 너, 붉은댕기? 갑자기 가슴이 요동쳤다. 흙먼지 때문에 여자의 얼굴이 또렷이 뵈지 않아 미칠 지경이었다. 유리는 트럭을 쫓아 전속력으로 달리기 시작했다. 트럭 위의 여자들 사이에서 탄성이 일었다. 유리를 향해 박수를 치는 여자도 있었다. 그러나 아무리 비포장도로라 하더라도 트럭을 따라잡을 수는 없었다. 돌부리에 걸려 유리는 결국 쓰러지고 말았다. 흙고물이 엎어진 유리의 콧구멍과 입술을 비집고 들어왔다. 눈두덩이 한쪽이 찢어져 눈가로 피가 흘렀다.

　유리의 시선 끝에 하나의 단심丹心처럼, 무엇인가 나부껴 날
아든 건 그다음이었다. 반사적으로 쳐든 손가락에 감겨든 그것
은 댕기였다. 색이 바랠 대로 바래서 붉은 것인지 노란 것인지
도 잘 구별이 되지 않는 댕기였는데 유리는 그냥 붉은 댕기라
고 생각했다. 누가 일부러 풀어 자신에게 날려 보낸 것인지, 아
니면 우연히 댕기가 풀렸던 것인지는 중요하지 않았다.

　"트럭 위의 그 여자가 바로 운지산의 붉은댕기, 개였어." 유
리는 중얼거렸다. 그녀가 자신을 알아보고 "오라버니!" 하고 부
르짖었을지도 몰랐다. 댕기를 풀어 바람 속에 날려 보내는 그
녀의 손짓이 보이는 것 같았다. 트럭을 붙잡아 세울 수 없는 자
신의 무력함이 가슴에 사무쳤다. 유리는 그래서 햇빛 쏟아지는
도로 한가운데 무릎 꿇고 앉은 채 눈을 부비며 조금 울었다.

　"미친 놈!" 걸식이 비웃었다. "언젯적 헤어졌는데 그 댕기
가 그 댕기라는 거냐. 머리 좋은 놈이 이런 면도 있구나. 상사
병인가?" "상사병 아니야, 형. 그 앤 내 친구이자 누이라고. 내
가 세상에서 최초로, 그러니까 형보다 먼저 만난 진짜배기 식

160

구." "네가 반한 여자는 따로 있다 하지 않았어?. 백합이라던가
하는 화인국 년!" "그 여자하고 걔는 달라. 붉은댕기는 진짜 식
구라고. 핏줄 같은!" "암튼 자식아, 가서 그 더러운 댕기나 안고
자!" 걸식이 침을 찍 뱉었다.

유리는 그날부터 그 댕기를 손목에 언제나 묶고 다녔다.

세상에는 수만 가지 꽃이 있고 그 모든 꽃이 하나도 똑같은
게 없듯이 사랑도 그렇다고 유리는 생각했다. 육체적인 교합은
사랑의 작은 표상에 불과할 뿐 온전한 표상은 아니었다. 붉은
댕기를 찾아 위안소를 염탐하며 유리는 남자의 성욕이라는 게
얼마나 믿을 수 없는 야만적 욕구인지 충분히 보고, 또 알았다.
사랑이 어떻게 그처럼 야만적 충동에 매이겠는가.

사랑에서 유리는 남녀구별을 하지 않았다. 예컨대 그 무렵의
유리는 걸식을 분명 사랑하고 있었다. 사랑이라고 유리는 생각
했다. 총을 든 채 말을 타고 황야를 가로지르는 걸식을 보면 자
주 가슴이 두근거렸다. 주름투성이이지만 떡 벌어진 그의 가슴
에 이마를 기대고 싶어 가슴이 타는 듯한 느낌을 맛본 적도 있
었다. 그것을 왜 사랑이라고 부르면 안 된단 말인가.

또 유리는 붉은댕기를 사랑했다. 태어나기 오래전부터 그녀와 자신이 맺어져 있다고 느낄 정도였다. 그러나 그 역시 육체의 교합과는 상관없었다. 피를 나눈 오누이 같은 사랑이었다. 품에 안고 그녀의 가슴에 코를 비빈다고 하더라도 결코 본질이 훼손되지 않을 해맑은 사랑이었다.

'백합'에의 감정은 그런 것과 전혀 다른 감정이었다. 백합을 떠올리면 이상하게 호흡이 딱 멈춰지는 느낌이었다. 온몸의 세포들이 열씩 스물씩 짝을 짓다가 마침내 하나의 덩어리로 우뚝 서는 것 같은 느낌을 유리는 맛보았다. 그거야말로 욕망이라 할 수 있었다. 이를테면 백합이 화인국인이라거나 늙는다거나 하는 걸 유리는 상상할 수 없었으며, 그런 상상을 받아들이지도 않았다. 유리에게 있어 그녀는 화인국인이 아니었다. 늙거나 변하지 않을 불멸의 가치를 지닌 미혹의 심지라고 할 수 있었다.

그 무렵에 유리는 또 다른 사랑도 경험했다.

대상은 '접시돌리기'의 딸이었다. 접시돌리기가 손가락이 굳어 곡마단에서 나온 다음에도 딸은 계속해서 그 곡마단 단원으로 남아 있었다. 곡마단에서 그네를 타던 여자와의 사이에서 얻은 딸이었고, 곡마단에서 낳아 곡마단에서 기른 딸이었다. "내 유일한 핏줄일세." 접시돌리기는 말했다.

곡마단에서 공중그네를 타던 접시돌리기의 대지국 여자는 곡마단 대기실 어두운 구석에서 딸을 낳다가 죽었고, 딸은 어미와 아비의 삶을 따라 곡마단에서 자라며 곡예를 익혔다. 광대한 대지국의 전역을 돌아다니면서 공연하는 소규모 곡마단이었다. "공중그네를 시키는 게 아니었는데." 그 말을 할 때마다 접시돌리기는 눈시울을 붉혔다. 말려도 소용없었다. 어미를 닮았는지 딸은 자라면서 공중그네를 고집했고, 연습 중에 공중그네에서 떨어지는 불상사를 당하고 말았다. 불과 열세 살의 어린 나이에 겪은 일이었다.

목숨은 건졌으나 한쪽 다리에 마비가 왔다. 그러나 해보고 아는 게 그뿐이니 딸은 곡마단을 떠날 수가 없었다. "별수 없이 내가 접시돌리기를 가르쳤네. 내 뒤를 이어 접시돌리기 일꾼이 됐지. 다리 한쪽을 못 쓰니까 두 손과 한쪽 다리, 그리고 머리로 접시를 돌려. 머리로 접시를 돌리는 덴 걔가 제일일세. 관객은 오히려 나보다 그 애를 더 좋아해. 한쪽다리를 못 쓰는 불구자가 접시돌리기 하는 게 더 희한해 뵈거든."

'천지곡마단'의 본향은 옌지였다.

전국을 떠돌던 곡마단은 늦가을쯤 되면 옌지 시내로 꼭 돌
아왔다. 황막한 변두리 공터에 천막을 먼저 쳐놓고 나서, 곡마
단 재주꾼들이 무개트럭을 타고 시시때때 골목마다 마을마다
돌면서 곡마단 선전을 했다. 확성기 소리만 들어도 사람들은
궁둥이가 들썩거린다고 했다. 확성기를 통해 울려나오는 곡마
단 단장의 목소리는 늘 활달하고 달짝지근했다.

"우리 옌볜이 낳은 천하제일의 천지곡마단이 전국순회공연
을 마치고 드디어 돌아왔습니다. 할아버지는 손녀, 할머니는
손자의 손을 잡고, 아버지는 딸, 어머니는 귀여운 아들의 손을
잡고, 우리 천지곡마단의 레코오드 소리에 발을 맞추어 왕림하
시면 죽어도 잊을 수 없고, 보아도 믿을 수 없는 비상한 재주를
보게 될 것입니다. 옌볜인 필견의 마술, 손에 땀을 쥐는 서스펜
스와 스릴의 주옥편. 아, 곡마단은 천하제일의 천지! 서커스는
세계제일의 천지! 천지곡마단이 옌볜으로 돌아왔습니다!"

확성기 소리를 따라 고개를 돌리면 흔들리는 무개트럭 위에 앉아 접시를 돌리고 있는 그 여자, 접시돌리기 딸의 기형적인 모습이 보였다. 한쪽 다리를 쓰지 못하기 때문에 그 여자는 나머지 다리 하나와 양손, 그리고 머리꼭대기로 접시를 돌렸다. 돌아가는 접시 위엔 늘 환한 햇빛이 담겨 있었다. 잘하면 태양도 머리로 돌릴 수 있을 것 같았다.

곡마단은 옌벤 공연을 끝으로 혹독한 추위가 엄습하는 겨울 달포 동안을 쉬었다. '접시돌리기'가 접시돌리기 딸과 함께 생활할 수 있는 행복한 기간이 오는 셈이었다. 유리가 그 여자를 자주 만날 수 있는 시기이기도 했다. 키는 컸고 마비된 다리는 뼈만 남아 새의 그것 같았다. 여자는 잘 걷지 못할 뿐 늘 웃는 빛이었으며 담대했다. 옌벤 지역의 중심도시 옌지 시내 이층 건물 옥탑건물에 접시돌리기 부녀가 머무는 방이 있었다. 유리가 머무는 곳과 지척이었다. 접시돌리기 딸의 성씨와 이름은 황 금희였다.

어떤 날 저녁이었다. 접시돌리기는 날품을 팔기 위해 룽징에 건너가 있었다. "너, 나하고 하고 싶지?" 갑자기 금희가 물었다. "하다니 뭘?" "하고 싶잖아?" 금희는 웃으면서 말리고 말 사이도 없이 옷을 벗었다. 젖가슴은 튼실했고 성한 다리는 살집이 좋았다. 마비된 다리만이 앙상해서 그 부조화 때문에 유리는 쿡, 웃었다. 슬프고 웃겼다. "내 다리가 우습지? 하긴, 나도 그래. 웃겨!" 금희의 말에 "보기에 그리 언짢진 않아." 유리는 대답했다. "나도 네가 일부러 거지꼴로 다니는 게 웃겨. 검정 칠을 해서 그렇지, 자세히 보면 너, 잘생긴 얼굴이야. 눈빛도 쨍쨍하고." 금희가 유리의 손을 잡아 제 가슴에 대주었다.

정사를 할 때 키가 작은 유리의 얼굴은 언제나 금희의 젖가슴 사이에 겨우 놓였다. 그녀의 머릿단을 나누어 붙잡고 몸을 굴러 그 짓을 할 때도 있었다. 이마와 코와 입술이 그녀의 가슴 사이에서 오르락내리락 미끄럼을 탔다. 그 모습은 슬프고 우스웠다. 침과 콧물이 그녀의 젖가슴에 범벅 될 때도 있었다. "후훗, 좋아. 재미있어!" 깔깔대고 금희는 웃었다. "너를 가슴 위에 올려놓고 접시처럼 돌릴 수도 있을 것 같아. 귀여워." 그녀의 웃음소리는 언제나 샘물처럼 찰랑찰랑 넘쳤다. 경험이 많은 그녀는 여러 가지 사랑의 기술을 유리에게 알려주기도 했다. 유쾌했고 서로 간에 늘 막힘이 없었다.

금희의 아비인 접시돌리기는 수로국 사람이었고 금희의 어머니였던 '공중그네'는 대지국 여자였다. 그녀는 그러므로 반은 수로국, 반은 대지국 피를 받고 태어났다. "보진 못했지만 울 엄마 진짜 예쁘다고 들었어." 그녀는 그런 말도 했고, "난 곡마단이 좋아. 길에서 길로 떠돌아다니잖아. 서녘 끝까지 갈 때도 있어. 무대 위에서 사람들의 박수소리를 받을 땐 늘 꿈속 같은걸." 그런 말도 했다.

"너는 언제 제일 행복하니?" 어느 날 정사를 끝낸 뒤 금희는 물었다. "내 앞에 놓인 양재기에 사람들이 돈을 던져줄 때." 유리의 대답은 진실이 아니었다. 유리 역시 길로 나서 떠돌아다닐 때가 제일 좋았는데, 그렇다고 말하면 행여 그녀의 행복감이 줄어들까봐 유리는 거짓말을 했다.

하나의 원주圓周에 수백수천의 선을 그을 수 있듯이 크든 작든 세상에도 수백수천의 길이 있고, 그것들은 또한 한시도 머무는 법이 없었다. 맺어지고 흩어지면서 길은 밤낮없이 흐르고 있었다. 땀과 눈물, 고통에 찬 환란과 유쾌한 속임수, 무성한 생성과 쓸쓸한 소멸이 덩어리 덩어리져 하나로 흐르는 게 바로 길이었다. 누구인들 어찌 그것에 홀리지 않겠는가.

"사실은," 윤기 나는 금희의 긴 머릿단을 쓰다듬으며 유리는 덧붙여 말했다. "네 머릿단을 쓰다듬을 때 젤 행복해. 이렇게 감미로운 길은 다른 데 없을 거야." "머리를 두고 길이라니, 너는 시인이 되면 좋겠다." "시인은 금희 너!" "내가 무슨." "길로 떠돌잖아. 길에서 길로 떠돌면 그게 시인이지. 길이 곧 시인이거든." "나는 네가 무슨 말을 하는지 모르겠어. 그래도 그런 말들으니 행복해져." 금희가 환히 웃고 있었다.

특별한 정보가 들어온 건 그해 가을이었다.

옌볜 시내 은행에서 청소부를 하는 어떤 '가족'이 가져온 정보였다. 옌볜 일대에서 채취하고 제련한 금괴를 마지막 주 수요일마다 만주국 새로운 수도인 창춘長春의 중앙은행으로 옮겨 간다고 했다. 헌병차가 맨 앞에 서고, 그다음엔 은행원과 금괴가 실린 트럭이 따르고, 마지막으로 분대병력을 실은 군용차가 뒤를 쫓아가는 게 금괴 수송대의 편제였다.

유리걸식단 장로회의가 열렸다. 전선의 확장으로 만주 지역 경비가 전보다는 느슨해진 시점이었다. "이번 금괴를 털면, 그거 수로학교들에게 나누어 보내지요. 나라 독립은 둘째치더라도, 애들 가르치는 건 열심히 해야지 않겠소?" 평소에 걸식은 배우지 못한 게 한이었고, 그런 사람은 식구들 중 한둘이 아니었다. 간도 일대엔 수로인들이 세운 학교가 여럿 있었으나 형편이 좋지 않았다. 그사이에도 알게 모르게 학교로 돈을 보냈지만 이번엔 전과 달리 거금이 될 터였다. 반대하는 사람은 아무도 없었다.

"전에 못 만져본 금을 이번엔 기어이 만져볼 모양이다." 걸식이 백발을 휘날리며 흐흐 웃었다. "학교에 보내자면서?" "실컷 만져보고 보내면 되지 뭐." "만져보면 갖고 싶은 게 금인데도?" "금이빨처럼?" 웃는 걸식의 표정은 늘 옛날이야기 속에서 빠져나온 소년 같았다. 주름살은 백수를 넘긴 노인보다 많았으나 몸은 전보다 더 단단했고 눈가의 총기는 더 여실해졌다. 걸식은 여전히 본래의 제 나이보다 열넷이나 많은 나이로 행세하고 있었다. 금이빨을 제압하려고 반 장난으로 시작했던 거짓말이 아예 굳어진 셈이었다.

"괜찮을까?" 유리는 고개를 갸웃했다. 화인군의 수색 범위가 확장되고 있는 터라 산맥의 초입에서 수색대와 부딪치는 횟수가 늘어나는 요즘이었다. "마지막 작전이라 생각하자. 우리 유리걸식단, 거처를 더 북쪽으로 옮겨야 해. 이번 일 끝내고 새 터를 찾아봐. 놈들이 눈을 까뒤집고 무단령 턱밑까지 들어와 있어." "계획을 세워볼게, 형." 성공여부는 실천보다 치밀한 작전에서 갈린다는 게 유리의 평소 생각이었다.

더 섬세한 정보를 얻기 위해 유리는 계속 옌지 시내에 머물렀다. 유리는 야채가게를 하고 있는 '남천댁'의 안채 뒷방을 사용하고 있었다. 남천댁과 그녀의 남편은 유리걸식단의 핵심적인 '가족'이었다. 은거지에서 살다가 둘 사이에 아이가 생겨 시내로 나와 야채가게를 연 것이었다. 장사밑천은 물론 유리걸식단에서 댔다. 아이는 그사이 네 살이 되었고, 남천댁은 둘째 애를 임신 중이었다.

옌지에서 창춘까진 먼 길이었다. 옌지에서 멀어질수록 작전엔 불리해졌다. 먼 곳으로 나가면 큰 규모의 주둔 부대가 많을 뿐 아니라 무엇보다 숨을 데가 없기 때문이었다. 가능하면 옌지 외곽 멀지 않은 곳에서 들이쳐 금괴를 빼앗은 다음 각자 흩어져 시내로 잠입했다가 적당할 때 은거지로 합류하는 게 좋았다. 대규모 인원을 동원할 수 없었다. 최소한의 인원으로 번개처럼 빠르게 치고 빠지는 게 관건이었다. 수송차량을 선도하는 헌병 지프엔 운전사를 포함해 헌병 오장과 그 수하 한 명이 타고 있었고, 금괴수송차엔 순사와 은행원이 탔으며, 맨 뒤를 따르는 군용트럭엔 대강 여남은 명의 화인군이 무장한 채 탑승했다. 그들은 일거에 제압할 만큼 병력을 동원할 수 없으므로 작전의 핵심은 맨 뒤에 따라가는 병력을 수송차량에서 분리시키는 것이었다.

엔지 시내에서 빠져나온 도로는 삼십여 분을 지난 다음 강을 건너가도록 되어 있었다. 협곡을 흐르는 강이었다. 강을 가로지른 다리는 얼마 전에 2차선으로 새로 놓았으며 경비병이 배치되어 있었다. 유리는 하류 쪽에 남아 있는 예전의 좁은 다리에 주목했다. 일반인들이 지금도 사용하는 예전의 다리엔 경비병이 없었다. 새로 놓은 다리와 옛날의 좁은 다리로 갈라져 나가는 삼거리는 상수리나무들이 우거진 언덕 아래였다. 만약 새 다리로 가는 초입에 장애물이 있다면 시각을 다투어야 할 수송차량으로선 당연히 예전의 다리로 우회할 터였다.

"장애물을 어떻게 만들 건데?" 걸식이 물었고, "채석장에서 돌을 실어 나르는 일을 하는 우리 가족 있잖아. 트럭의 짐칸이 열려버리면 새 다리로 가는 길의 초입에 돌들이 우르르 길로 쏟아질 거야." 유리가 대답했다. "걔들이 속을까?" "옛길이 코앞이잖아. 한시가 급한 수송인데 당연히 예전 다리로 돌아갈밖에." "그다음은?" "그들이 예전 다리를 지날 때, 헌병차와 수송차 뒤에서 다리를 폭파해 끊는 거야. 병력이 실린 맨 뒤의 트럭과 앞의 수송차를 분리하자는 것. 병력은 강에 쑤셔 박히거나 끊어진 다리 너머에 남을 거고, 헌병차와 수송차만 다리를 넘어오게 되는 거지. 헌병 한둘이야 간단히 제압할 수 있고." "새 다리의 경비병들한테까지 폭발 소리가 들릴 텐데." 걸식이 그 대목에서 머리를 갸웃했다. 새 다리와 옛 다리 사이는 멀지 않았으나 길이 없었다. "걔들이 거기까지 쫓아오는 시각에 약초꾼이나 농사꾼 등으로 위장한 우리는 흩어진 채 이미 옌지 시내로 들어서고 있을 거니 걱정 마. 문제는 딱 한 가지야." 유리가 말했다.

문제는 유리걸식단 식구 중에 정밀하게 폭약을 다룰 만한 전문가가 없다는 것이었다. 수류탄을 집어던지는 수준으론 곤란했다. 폭약이 터지는 시간, 터지는 위치, 터지는 범위를 주도면밀하게 계산하고 설치하고 실행해야 할 일이었다. "섬세한 전문가가 필요해." 유리는 지적했다. "대머리를 찾아야겠구나." 걸식이 대꾸했고 "맞아, 대머리!" 유리가 고개를 끄덕였다. "근데 분이랑 대머리가 여기 어디 남아 있을까 모르겠다. 독립군들 거의 모두 본토로 내려갔다던데." "찾아봐야지. 식구들을 여럿 동원하는 대규모 작전은 너무 위험해. 무슨 수를 쓰더라도 대머리를 찾아야 해." 결론은 그것이었다.

최근의 전투에서 큰 손실을 입은 '수로혁명당'이 대지국 내륙으로 내려가 재결성을 하려고 뿔뿔이 흩어졌다는 정보가 들어왔다. 분이와 폭약전문가 대머리가 소속된 무장 혁명단체였다. 다행인 것은 분이와 대머리가 때마침 엔지 시내에 잠입해 있다는 정보였다. 분이가 대머리의 아이를 가졌기 때문에 출산을 기다리고 있다고 했다. 산맥을 지나올 때 처음 만난 이후 무장투쟁의 긴 시간까지 줄곧 함께해왔으므로 나이 차이를 넘어 그들은 기어코 하나로 맺어진 모양이었다.

분이와 대머리가 은신하고 있다는 곳은 수로인들의 달동네였다. 그 정보를 전해 온 건 남천댁의 남편이었다. 남천댁의 남편 '육손이'는 은거지에 살 때 배운 기술로 목공일을 하러 다녔다. 말이 많은 사람이었다. 애초 유리걸식단의 장로 중 하나인 '털십자가' 목사가 천거해 합류한 사람이었는데, 은거지의 '꿀방'에서 남천댁과 사랑을 나누다가 아이가 생겨 엔지로 내려와 살림터를 잡은 지 이태쯤 되었다. 털십자가 목사는 육손이와 동향이었다.

유리걸식단의 장로 '털십자가'는 가슴이 온통 털로 뒤덮여 있었고, 늘 십자가 형상으로 그 털을 깎고 다듬었다. "주님의 십자가가 내 가슴에 깃들어 있다오." 그는 털로 된 가슴 속의 십자가를 내보이며 자랑스럽게 말하곤 했다. 그래서 별칭이 털십자가였다. "에이, 상스럽게 털십자가가 뭐야. 모 십자가라면 또 모를까." 누가 말했고, "모가 뭐예요. 윷놀이할 때의 그 모?" 또 누가 반문했다. "무식하긴. 윷놀이가 왜 나와, 여기서. 털 모 毛 몰라?" 사람들은 박장대소했다.

털십자가는 목사 출신이라고 했다. 사실 여부는 확인할 길이 없었다. 유리걸식단 대원들은 누구나 숨긴 사연을 갖고 있었다. 화인군이 젊은 새댁인 자신의 아내를 겁간하는 걸 목격하고 충격을 받아 떠나왔다고 털십자가는 고백했다. 나무를 깎아 십자가를 만들어 은거지의 식구들에게 빠짐없이 돌린 적도 있었다. 점잖은 사람이었으나 작은 일에서든 큰일에서든 "오, 주여!"를 달고 살았으며 남들처럼 '꿀방'을 이용하는 일도 전혀 없었다. 금욕주의자로서 그는 식구들의 존경을 받았다.

꿀방을 만든 것에 크게 반감을 표시한 것도 털십자가였다. "여기를 소돔으로 만들 생각인가." 털십자가는 소리쳤다. 소돔이 무엇인지 아는 사람도 없었다. "내 가슴의 십자가를 보시오. 회개합시다. 여기 구원의 십자가가 있소!" 웃통을 벗어젖히고 가슴의 털십자가를 가리키며 그는 광야의 선지자처럼 외쳤다. 사람들은 그냥 웃었다. 그럴 때면 그의 눈에 슬픈 빛이 가득했다. 함께 모여 노는 날에도 자기 동굴에서 나오지 않고 혼자 기도를 드리는 사람이었다. 술 마시는 사람들을 향해 "사탄의 공동체"라며 질타하기도 했지만 그 말 역시 귀담아 듣는 사람은 없었다. 그를 따라 함께 기도하는 사람은 남천댁의 남편, 육손이뿐이었다.

육손이를 앞세우고 분이와 대머리가 숨어 있는 곳을 찾아갔을 때 유리와 걸식은 소스라쳐 놀랐다. 산맥을 종단해 오며 화인국이 관리하던 금광을 털었을 때 혼자 내뺐던 '금이빨'이 그들과 함께 있었기 때문이었다. 철천지원수를 외나무다리에서 만난 격이었다.

"날세, 금이빨!"

대머리보다 앞장서 방을 나와 손을 내민 게 금이빨이었다. 대머리가 금이빨 뒤를 따라 나왔다. 세월이 많이 흘렀지만 수염을 깔끔하게 깎은 걸 빼고 금이빨은 별로 변한 것이 없었다. 걸식이 먼저 그자의 멱살을 와락 잡아 쥐었다. 유리 역시 벌린 입을 다물지 못했다. 기막힌 조우도 놀라웠지만 손을 내밀고 나서는 그 뻔뻔함에 치가 떨렸다. "오랜만에 만난 산동무를 반가워하진 못할망정 이거 왜 이래!" 금이빨이 씩씩거렸다. "이러지들 마. 우리가 오해를 했더라고." 대머리가 두 사람을 간신히 떼어놓았다. 금이빨이 침을 튕기면서 열렬히 설명했다.

"헌병대분소장 새끼 금고엔 금이 없었어. 안 믿겠지만 사실이야. 켄타라고 했던가, 화인군 새끼가 말했었잖아. 광산조합과 총독부에서 합동으로 감사를 나왔었다고. 어떤 새끼가 감사 나오는데 금을 사무실 금고에 그냥 두겠어? 안 그래? 이래봬도 나, 금이빨 해 박고 사는 사람이야. 거짓말이면 당장 멱을 따도 좋아. 켄타 새끼를 뒤쫓아 산으로 올라오다가 씨팔, 암벽 사이 구멍에 빠져 정신을 잃었던 거라고. 진짜 화를 내야 하는 건 당신들이 아니야. 동지를 찾아보지도 않고 저희들 살 궁리에 바빠 내뺀 당신들에게 내가 화를 내야지. 실신했다가 깨어나 기어 올라왔더니 저만큼 우리를 추적해온 군인들이 새카맣게 올라오고 있었어. 꼼짝없이 죽을 판이었지."

다리를 삐끗해 도망칠 수도 없었다고 했다. 에라, 모르겠다 하는 마음으로 배낭만 절벽 아래로 던져버리고 금이빨은 스스로 추적해온 화인군들 앞으로 나아가 투항했다. "먹고살 길이 없어 광부나 하려고 산을 넘어오다가 길을 잃었다고 애원했다네. 이리 죽으나 저리 죽으나 마찬가지인데 내게 무슨 선택권이 있겠어? 놈들이 속아주어 간신히 목숨을 건졌지." 그 바람에 팔자에 없이 그 금광에서 삼 년이나 광부로 있었다고 금이빨은 설명했다. "내가 일한 곳이 발파반이야. 여기 대머리 형님처럼. 폭파라면 그 광산에서 내가 최고였지." 금이빨은 어깨를 으쓱해 보였다.

금이빨의 설명에 따르면 금광을 탈출한 뒤에도 여기저기 다른 광산에 발파반으로 팔려 다니며 폭약을 다루다가 뜻한 바 있어 해안을 따라 북진해 간도로 들어온 모양이었다. "내 뜻이 무엇이냐! 이 금이빨이 왜 간도로 들어왔느냐!" 금이빨은 제 가슴을 힘차게 쳐 보였다. "바로 조국의 광복에 몸 바치기 위해서야! 화인국 놈들이라면 이가 갈려. 그날 이후 십여 년간 나는 매일 또렷이 보고 매일 뼈저리게 느꼈어. 쪽발이 새끼들이 얼마나 잔인한 놈들인지. 나라 없는 백성이 얼마나 비참하게 살아야 하는지." 금이빨의 어조가 너무도 절절해 가슴속에서 쏴아, 하고 비바람이 지나가는 것 같았다.

"몇 달 전에 처음 만났어." 대머리가 설명을 보탰다. "화인국 보병중대와 맞붙었다가 도망치는 길에 이 친구와 우연히 만난 거야. 나와 분이가 불심검문을 받을 때." "맞아요. 이 아저씨가 우리를 살렸어요." 분이가 끼어들었고, 대머리가 고개를 끄덕거렸다. 불심검문을 받아 위태로운 지경에 빠진 분이와 대머리를 구한 게 바로 금이빨이었다고 했다. 수로혁명당 소속인 분이와 대머리를 구하려고 금이빨은 그때 화인국 순사를 두 명이나 죽였다는 것이었다. 분이와 대머리가 직접 겪은 일이라니 안 믿을 수도 없었다. "우리와 헤어진 후 이 양반도 정말 고생을 많이 했더라고. 나라 없는 백성이 다 그렇지." 대머리가 계속 말했고, "과거의 금이빨은 잊어줘! 새로 태어났어, 내가!" 금이빨이 가슴을 쭉 폈다. "금이빨 해 박고 사는 사람으로서, 두고 봐. 저 화인국 놈들 다 망할 때까지 난 싸우고 또 싸울 거야!" 금이빨이 싯누런 금니를 다 드러내고 웃었다. 금이빨은 대머리 이상의 폭약전문가였다.

유리는 그래도 금이빨을 믿을 수가 없었다. 사람이란 환경에 의해서 변하지 않는 제 몫몫의 본성을 갖고 있다고 유리는 믿는 편이었다. "금이빨, 믿어져요?" 둘만 남게 되자 유리가 걸식에게 물었다. "순사를 두 명이나 죽이고 분이와 대머리를 구했다지 않아!" 걸식이 대답했다. "그래도 그자가 그동안 어디서 무엇을 하며 굴러다녔는지 확인할 길이 없으니." "제 말대로 광산에서 광산으로 떠돌아다녔겠지. 여기서 순사를 두 명이나 죽였다면 목숨을 건 일이야. 목숨 걸고 거짓말할 이유가 뭐 있겠냐. 믿어보자." 걸식은 말했다.

때마침 분이가 아이를 출산했다. 대머리는 감격해 눈물까지 보였다. 막 아이 아빠가 된 대머리에게 위험한 일을 강권할 수도 없었다. 찜찜한 구석이 없는 건 아니었지만 금이빨을 작전에 합류시킨 것은 그 때문이었다.

작전은 대성공이었다.

광산의 발파반에서 일했다는 금이빨의 말은 사실인 것 같았다. 금이빨은 다이너마이트를 비롯해 여러 가지 폭약을 자유롭게 다룰 줄 알았다. 모든 건 작전대로였다. 새로운 다리로 이어진 길 가운데 화강석들이 쏟아져 있는 걸 본 헌병대의 선도 차량은 곧 예전 다리를 향하는 길로 방향을 바꾸었다. 정해진 시간 안에 수송차량이 목적지에 닿아야 한다는 명령을 받고 있었기 때문이었다. 예전의 다리엔 미리 폭약이 설치되어 있었다.

헌병차량과 수송차량이 두 번째 교각을 통과한 뒤 폭발음이 울렸다. 금이빨이 득의만면 엄지손가락을 척 세워 보였다. 호위 병력을 태운 트럭은 끊어진 다리 끝에 간신히 멈춰 섰고 아슬아슬 다리를 건너온 헌병차량은 걸식과 유리 일행이 제압했다. 호위 병력은 그들이 금괴를 강탈해가는 걸 다리 너머에서 속수무책 보고 있었다. 완전한 성공이었다. 유리걸식단은 늘 그랬듯이 모두 검은 두건을 쓰고 있었다.

수송차량엔 금괴가 잔뜩 실려 있었다. 대원 각자의 배낭에 금괴를 나누어 담았다. 유리의 배낭에도 금괴 일부가 담겼다. 차를 이용해 단체로 움직이는 건 위험했다. 옌지 근교엔 곧바로 비상이 발동될 터였다. 일단 흩어져 시내로 잠적해 금괴를 은닉한 다음 각자 산길을 타고 이동, 사흘 이내 은거지로 모인다는 게 작전의 마지막이었다. 주둔군의 수색 범위가 넓어졌으므로 이번 일이 끝나면 대지국 북쪽 경계의 쌍야산雙鴨山 주변으

로 은거지를 옮길 생각이었다. 우수리강과 쑹화강 사이의 불모
지였다.

작전 후 유리는 대원들과 헤어졌다. 걸식이 대머리와 함께
움직였다. 걸식은 엔지 시내에 하룻밤만 머물렀다가 약초꾼으
로 위장해 은거지로 떠날 예정이고 뒤처리를 위해 유리는 며
칠 더 엔지에 머물 예정이었다. "절대 금이빨을 따로 떼어놓지
말아요. 형님 옆에 딱 붙여서 데리고 다니라고." 유리는 말했고,
"너는 아직도 그 친구를 의심하냐." 걸식은 태평한 얼굴로 웃었
다. 수색에 대비해 유리는 그날 밤 자기 배낭의 금괴를 유적지
부근에 따로 숨겼다. 인적이 드문 곳이었다.

다음 날 유리는 은거지로 먼저 떠나는 걸식과 금이빨을 다
리 위에서 배웅했다. "너도 곧 따라 들어와야 한다. 새로운 은
거지를 함께 찾아봐야지." 걸식이 말했고, "유리대장 없으면 심
심할 텐데." 금이빨은 히죽 웃었다. 다른 대원들 역시 따로따로
엔지 시내를 벗어나고 있을 시각이었다. "그럼 곧 보자." 걸식
이 유리의 손을 잡았다가 놓았다. 햇빛을 등 뒤로 받으며 걸어
가는 걸식의 그림자가 유독 길게 느껴졌다. 듬직하고 쓸쓸하고
사랑스런 그림자였다. "형!" 유리는 무심결에 달려가 걸식을 등

뒤에서 안았다. "자식, 어떻게 된 놈이, 너는 나이 들수록 더 어리광이 늘어나냐." 걸식이 잇몸을 있는 대로 다 드러냈다.

티끌 하나 섞이지 않은 환한 웃음이었다.

그 며칠 후였다. 시내의 '가족'들을 두루 살피고 나서 저물녘에 유리는 도원동 아낙을 만나러 갔다. 은거지를 옮기고 나면 유리 역시 엔지에 나올 일이 거의 없을 것이므로 작별 인사라도 나누자는 뜻이었다. 노점상들이 밀집한 북쪽 공터는 다른 데보다 지대가 높아서 시내 중심 거리가 비스듬히 내려다보였다.

"아이고, 유리 총각!" 앞에 놓인 고사리를 다듬다 말고 아낙이 반색을 하며 허리를 폈다. "군대 간 아드님한테서는 여전히 소식이 없어요?" 허드렛말로 유리가 묻고, "소식은 무슨. 화인 군들이 글쎄, 대지국을 지나 남십자성 있는 데까지 내려가고 있대. 대지국처럼 큰 나라가 그리 힘을 못 쓸 줄 누가 알았겠어?" 도원동 아낙은 한숨을 쉬었다. 날이 저물고 있었다.

혼잣말하듯 덧붙인 아낙의 말에 유리의 귀가 쫑긋해진 건 그다음이었다. "그나저나 유리 총각이 왜 그런 사람하고 다니는지, 원." "그런 사람이라니요?" "얼마 전 지나가다 저기서 봤어. 키 큰 사람하고 금니장이하고 서 있는 거." 키 큰 사람은 걸식일 것이고 금니장이는 금이빨일 터였다. "금니장이? 금이빨 해 박은?" "으응, 금이빨." "그 사람이 어째서요?" 유리의 어조가 볼퉁해졌다. "아이고, 아니야!" 아낙이 금방 말꼬리를 흐렸다. 무슨 사연을 알고 있는 게 확실했다. 예감이 좋지 않았다. "나, 그 사람 잘 몰라요. 우연히 만난 사람인데 조심해야 할 구석이 있는 사람이면 말씀을 해주셔야지요." 유리가 설득했고, "나한테 그런 말 들었다고 말하면 안 돼." 아낙의 목소리가 금방 낮아졌다. "흉악한 종자야, 그놈. 조심해. 순사들 따라다니며 밀대 노릇도 하고 위안소에 처녀들도 팔아먹고 하던 놈이라고. 내가 백산白山 살 때 분명히 봤어. 위안소 운영을 위임 맡았다는 말까지 들었는데, 아따 그런 놈이 무슨 짓을 더 하려고 여기까지 흘러들어 왔을꼬!" 아낙의 말이 쾅 고막을 울렸다.

더 듣고 말고 할 틈이 없었다. 분이와 대머리가 속했던 수로혁명당의 마지막 전투가 완전한 패배로 끝난 게 적의 매복 때문이었다던 대머리의 말을 유리는 상기했다. 금이빨이 화인군의 숨겨진 '밀대'라면 그 일 역시 그자가 수로혁명당의 정보를 미리 화인군에게 빼돌려 생긴 비극일 가능성이 많았다. 그러고 보면 대머리와 분이를 구한 것도 유리걸식단을 찾아내기 위해 처음부터 금이빨이 부린 술수였을 것이었다.

금이빨을 대동한 채 걸식이 은거지로 떠난 게 벌써 며칠 전이었다. 이미 무슨 일이 일어나고도 남을 시간이 지나 있었다. 유리는 밤길을 달리고 또 달렸다. "걸식 형." 유리는 중얼거렸다. "제발, 그놈, 금이빨을 좀 돌아다봐." 화인군의 기습으로 처참하게 살육되는 '식구'들과 불타는 은거지의 모습이 눈앞을 어른거리며 지나갔다. 미칠 것 같았다.

유리가 만난 건 너무도 허망한 종말이었다. 은거지를 중심으로 화인군의 바리케이드가 겹겹이 둘러쳐진 걸 유리는 보았다. 은거지에 접근조차 할 수 없었다. 아직 작전이 끝나지 않았는지 은거지 쪽에서 포탄 터지는 소리가 연이어 났다. 경비는 삼엄했다. 대포까지 여러 문이 배치된 대규모 토벌작전이었다. 유리걸식단의 근거지를 알아내려고 화인군이 처음부터 의도적으로 금이빨을 밀대로 박아 넣은 결과임이 확실했다.

전설적인 '유리걸식단'은 그렇게 임종을 맞았다.

유리는 거지 행색을 하고 은거지 주변의 산과 강변 마을을 떠돌며 여러 날을 보냈다. 먹지 않았고, 잠도 자지 않았다. 밤이슬에 젖은 채 눈 감고 누워 있으면 천지사방에서 죽어가는 식구들의 비명이 들렸다. 차라리 밤 짐승들이 나타나 자신을 포악하게 물어뜯기를 유리는 간절히 바랐다. 혼자 살아남았다는 사실이 견딜 수가 없었다. 가을 단풍은 나날이 황홀한 붉은빛이었다. 유리걸식단 식구들의 살림터였던 동굴은 폭파됐고, 살아서 기어나오는 몇몇 식구들은 그 자리에서 모두 사살됐다는 소문이 들렸다. 화인군의 군속들에게서 흘러나오는 소문이었다.

열흘 후에야 군인들이 모두 철수했다. 유리는 비틀거리며 동굴이 있었다고 생각되는 곳으로 찾아들어갔다. 동굴이 있던 암산 자체가 주저앉아 원래의 입구조차 찾을 수 없었다. 남새밭도 포탄으로 완전히 날아간 다음이었다. 반대편의 탈출구도 마찬가지였다. 긴 그림자를 앞세우고 걷던 걸식의 마지막 뒷모습이 눈에 선했다. 허리를 안았을 때 전달돼 오던 걸식의 체온이 아직 가슴에 생생히 남아 있었다. "형! 걸식 형!" 유리는 소리쳐 불렀다. 들리는 것은 골짜기를 휘돌고 되돌아오는 메아리뿐이었다.

유리는 무단강의 지류를 따라 걸었다.

댓잎처럼 시리고 푸르른 강이었다. 살아서 가족이라고 느꼈던 이들이 이제 모두 곁을 떠나고 없었다. 어머니가 키워 올린 나팔꽃들이 자주 꿈에 나타났다. 구렁이도 보았고, 붉은댕기도 보았고, 걸식 형도 보았다. 가족 이상으로 가족이었던 모든 사람들이 강과 산맥을 따라 끝없이 맨발로 걷고 있는 환영이 자꾸 떠올랐다. 벼랑 끝에서 뛰어내리고 싶기도 했다.

그러나 유리는 죽을 수도 없었다. 어디엔가, 금이빨이 살아남아 있을 것이기 때문이었다. 금이빨을 떠올리면 실신상태로 쓰러져 있다가도 벌떡 일어났다. "그놈을 죽이지 않고선 내가 죽을 것이다." 유리는 소리 내어 말했다. 옌지 외곽 어느 마을에서 수로인들을 공회당에 가둔 채 불을 질러 죽인 헌병 중위를 보고 걸식이 했던 말이었다. 걸식과 유리가 아편장사로 남부럽지 않게 살 수 있는 환경을 팽개치고 새로운 인생길로 접어든 계기가 됐던 사건이었다.

강은 산으로 이어졌고 산은 산맥으로 이어졌다. 쑹화강을 건너고 싱안링 산맥의 발치를 돌았다. 겨울이 다가오고 있었다.

큰아버지를 죽이고 걸어온 반도의 등뼈, 그 장대한 산맥이 떠올랐다. 그때처럼 다시 맨발이었다. 수없이 찢어지고 아물고를 반복해온 맨발이었다. "내 뒤꿈치는 마침내 쇠말굽이 됐어!" 유리는 자신의 맨발을 들여다보며 중얼거렸다. 믿고 의지할 것은 말굽이 된 맨발뿐이었다.

헤이룽장성의 성도 하얼빈까지 올라갔다가 일주일 만에 다시 창춘까지 내려왔다. 그사이 유리는 살이 쏙 빠졌다. 키도 더 줄어든 것 같았다. 햇볕 속에 앉아 있으면 옷 밖으로 이가 떼를 지어 꼬물꼬물 기어나왔으며 산발한 머리엔 서캐가 들끓었다. 맞부딪친 사람들은 유리의 행색에 놀라 누구나 멀찍이 물러났다. 얻어먹는 밥도 주인은 여러 걸음 떨어진 곳에 겨우 놓아주었다. 사람의 행색이 아니었다.

"역사 이래, 수많은 죄 없는 이들이 단지 자신을 방어할 힘이 없어 살림터에 쫓겨나왔다. 우리는 더 이상 내쫓기지 않을 것이다. 우리가 지켜야 할 제일의 맹세는 반유리反流離 반걸식反乞食이다. 첫째, 더 이상 떠돌지 않을 것이고, 다시 첫째, 우리는 더 이상 얻어먹지 않을 것이다. 무릇 모든 인간은 머물러 살 권리가 있고 제 먹이를 스스로 구할 자유가 있다. 머물러 살 집과

터가 우리의 유일한 자산이고 스스로 마련한 먹을거리가 우리의 고귀한 목숨이다. 이걸 지키는 일이 유일한 도덕, 유일한 양심, 유일한 윤리라는 걸 우리는 굳게 믿는다. 이에 다시 다짐하거니와 우리는 더 이상 떠돌지 않을 것이고, 더 이상 빌어먹지 않을 것이며, 그러므로 우리는 더 이상 유리걸식하지 않을 것이다."

유리걸식단의 강령이 떠오르면 가슴이 마구 탔다. 두려운 건 없었다. 다만 유리는 자신이 초를 잡았던 그 강령이 얼마나 무모하고 헛된 꿈이었는지 확연히 느꼈다. 강령 따위를 두고 집단화해서 생긴 비극이 아닌가. 이제 혼자 남은 자신만을 위해 새로운 강령을 써야 할 것 같았다. '첫째 나는 결단코 떠돌 것이고, 또 첫째 나는 결단코 빌어먹을 것이며, 그러므로 또 다시 첫째 나는 영원히 유리걸식의 길을 가겠다!' 새로 고쳐 써야 할 강령이었다. 머물러 살 집과 안락하게 얻는 먹을거리가 오히려 자유를 훼손할 수 있다는 걸 새삼 깨달았기 때문이었다.

엔지로 돌아온 것은 한 달여 만이었다.

화인국이 미국을 공격했다는 걸 유리는 엔지에 도착해서야 알았다. 하와이의 진주만이 불탔다고 했다. 이른바 태평양전쟁이었다. 미국은 그 무렵 화인국에게 여러 가지 경제제재와 함께 석유수출을 금지하는 조치를 시행하고 있었다. 대지국과 이미 장기전에 돌입, 더 많은 전쟁 물자를 조달해야 되는 화인국으로선 다른 선택의 여지가 없었다. 화인국의 권력을 하필 그 무렵 군부가 장악한 것도 전쟁의 확장에 한몫했다. 화인국의 기세는 파죽지세였다. 동남아에 주둔하던 미군과 연합군이 화인국의 진격에 속수무책으로 도망치고 있다는 소문이 휩쓸고 있는 판이었다.

유리는 그러나 세계정세엔 관심을 두지 않았다. 홀로 남은 유리가 꿈꾸는 삶은 모두 길에 있었다. 패를 지어 자유를 얻을 수 없으며 머물러서 안락을 지킬 수 없다는 걸 그는 이제 알고 있었다. 그것은 야만의 시대를 지난 먼 훗날에나 가능한 꿈이었다. 유리가 옌지 시내로 되돌아온 것은 단 하나, 금이빨을 찾아 처단하기 위해서였다. 그 일만 끝낸다면 유리는 그 무엇에도 마음을 내려놓지 않고 멀리 떠날 참이었다.

아직 신분이 드러나지 않은 '가족'들이 옌지와 룽징 등에 꽤 남아 있었다. 금이빨은 위안소의 관리운영을 화인군에게서 상으로 받았을 가능성이 많았다. 얼마 지나지 않아 몇몇 가족들을 통해 여러 정보가 들어왔다. 군부대 내의 위안소 두 곳의 운영을 금이빨이 위탁받았다는 내용이었다. 금이빨이 숨은 자산가라는 말도 들렸다. 유리는 금이빨의 동선을 파악하는 일에 심혈을 기울였다. 금이빨은 낮에 제가 위임받아 운영하는 위안소를 돌고 밤엔 옌지의 제집으로 돌아온다는 정보가 입수된 건 접시돌리기의 딸 황금희가 일 년 공연을 끝내고 옌지로 돌아온 한겨울이었다.

금이빨의 집을 마침내 찾았다. 담장이 아주 높은 신식 저택이었다. 무장한 경비병이 두 명 있었으나 그 정도 처리하는 건 유리에게 어려운 일이 아니었다. 옌지에 사는 젊은 '흑두군' 가족이 유리를 도왔다. 키가 유난히 커서 '장대'라고 불리는 젊은이였다. 경비병들은 총 한 번 쏘지 못했다. 한 명은 유리의 발길질에 나가떨어졌고 다른 한 명은 동행한 장대가 뒤에서 접근, 목을 졸라 처리했다.

금이빨은 안채 밀실에서 술을 마시고 있었다.

반라의 젊은 대지국 여자들과 함께였다. 유리는 문을 박차고 들어갔다. "아니!" 유리의 입에서 외마디소리가 흘러나왔다. 목사 출신이라고 자신을 소개했던 유리걸식단의 장로 중 한 명인 털십자가가 금이빨과 함께 있었기 때문이었다. 유리는 충격을 받았다. 털십자가 옆에는 남천댁의 남편인 육손이가 앉아 있었고, 맞은편에 웃통을 벗은 금이빨이 앉아 있었다. 상상조차 하지 못했던 광경이었다.

술에 취한 금이빨이 총을 집어 드는 순간 유리의 몸이 허공으로 날아올랐다. 여자들은 비명을 내질렀고 털십자가와 육손이는 온몸을 와들와들 떨었다. 금이빨의 두개골에서 핏물과 함께 뇌수가 비죽이 흘러나왔다. 털십자가가 털썩 무릎을 꿇고 앉았다. "오, 주여!" 털십자가는 부르짖었다. "당신이었어, 금이빨과 한패가 되어 식구들 팔아먹은 것이?" "나도 그, 그렇게까지 되리라곤 예상 못했네. 타, 타락을 막고자 혼이나 내려 했는데 저자가 일, 일을 이 지경으로 만, 만들어서……" 털십자가가 더듬으며 말할 때, "이런 배신자들 말은 들을 것도 없어요!" 장대가 개머리판으로 육손이의 정수리를 먼저 내리쳤다. "사, 살려주시게!" 방구석으로 물러나면서 털십자가가 애원했다. "당신 주님한테 살려달라고 하지그래." "제, 제발…… 걸, 걸식대장은……" 털십자가의 나머지 말을 들을 여유가 없었다. 뒤꿈치가 털십자가의 머리통에 꽂혔다. 내부에 은닉돼 있던 야수가 장렬히 폭발한다고 유리는 느꼈다.

해머로 내려치듯이 그의 뒤꿈치가 여러 번 털십자가의 머리를 내리쳤다. 털십자가의 몸이 곧 잠잠해졌다. 유리는 털십자가의 윗옷을 찢어냈다. 십자가 형상으로 깎은 가슴털이 불빛을 받아 반짝거리고 있었다. 촛불을 들이대자 십자가털이 금방 불타 없어졌다. "더 이상 당신 가슴에는 십자가가 없어!" 유리는 으르렁대며 속삭였다.

금이빨은 그때까지도 숨이 끊어지지 않은 채 두 눈을 희뜩번뜩하고 있었다. "날 봐, 금이빨!" 장대가 금이빨의 깨어진 머리를 양손으로 단단히 잡았다. 금으로 해 박은 이는 양쪽으로 도합 세 개였다. 펜치는 준비되어 있었다. 유리는 펜치를 단단히 물려서 세 개의 금이빨을 차례차례 생으로 뽑아냈다. 어떤 금니는 여러 번 용을 쓰고 나서야 간신히 빠져나왔다. 버둥거리던 금이빨의 몸이 축 늘어졌다. "이제 너는 금이빨 해 박고 사는 놈이 아니야!" 유리가 마지막으로 한 말이었다.

눈이 내리는 날 유리는 엔지를 떠났다.

새 신발을 선물해준 황금희가 외곽까지 배웅을 해주었다.
"우리 천지곡마단, 새봄이 올 때 첫 공연을 창춘에서 시작해."
금희는 말했다. "그다음은 선양沈陽, 또 그다음은 베이징이야. 봄
꽃이 다투어 필 때쯤 베이징에 있게 된다고." 유리는 말없이 웃
기만 했다. "간밤에 꿈을 꾸었어. 선양이었는지 베이징이었는
지는 확실하지 않아. 봄꽃들 사이를 맨발로 걸어 네가 우리 천
지곡마단을 찾아오는 꿈." 유리는 금희가 무엇을 말하는지 금
방 알아들었다. "더 이상 맨발로 다니진 않을 거야." 유리가 말
했고, "신발이 꼭 맞네." 금희는 환히 웃었다.

　눈 내리는 먼 길이 유리 앞에 놓여 있었다.

길

유리는 그해 겨울에 남진하여 반도의 끝 다롄大連까지 내려갔다가 다시 랴오둥만을 휘돌아 진저우錦州, 진황다오秦皇島, 탕산唐山을 거친 뒤 바다를 건너 톈진天津으로 들어갔다. 눈바람이 몰아치는 길이었다.

키는 더 줄어든 것 같았고 손가락 발가락은 동상에 걸렸으며 머리는 봉두난발이었다. 빛나는 건 눈빛, 단단해진 건 뒤꿈치뿐이었다. '난쟁이 거지새끼'라고 놀리던 사람들도 그의 눈빛과 마주치면 찔끔 시선을 피하곤 했다. 주름살이 늘어 삼십 대, 사십 대, 심지어 오십 대로 보는 사람도 있었다. 실제론 스물여덟에 불과했는데 흐르는 길이 유리의 얼굴에서 나이를 지운 것이었다. 누가 신분에 대해 물으면 유리는 웃으며 대답했다.

"나는 유리流離. 길에서 태어나 길로 흐르는 사람이오."

붉은댕기가 무개트럭에 실려 지나갔을지도 모를 길이었다.
어디를 가든 길에서 떠도는 수많은 사람들이 있었다. 제 살림
터에서 쫓겨난 사람들이었다. 화인국 군대에 의해 집이 불탄
사람도 있었고 군벌이나 지방 토호들의 가렴주구를 견디지 못
해 식솔을 이끌고 떠나온 사람도 있었고 이편저편에 잘못 끼
어들었다가 사랑하는 사람을 잃고 길로 나선 사람도 있었다.
화적떼도 창궐했고 굶주려 죽어가는 아이들, 길가에서 몸을 팔
려는 여자들도 많았다. 그중엔 물론 수로인들도 끼어 있었다.

위안소에서 구사일생으로 살아나온 수로 여자를 만나기도
했다. 위안소에서 도망쳐 나왔다고 스스로 밝힌 건 그 여자가
처음이었다. 반도의 서쪽 산마을이 여자의 고향이었다. 봄나물
을 뜯으러 나왔다가 친구와 함께 붙잡혀 기차에 태워져 온 게
일 년쯤 전이라고 했다. "내 친구는 총 맞아 죽었어요." 여자는
말했다. 외곽에 파견 나와 있던 부대에 딸린 위안소였다. 남쪽
으로 출동하라는 명령을 받은 부대장은 위안부까지 함께 데려

갈 여력이 없었다. 그 여자가 있던 위안소엔 열일곱 명의 여자들이 있었다.

군인들이 여자들을 강 위에 아슬아슬 걸린 출렁다리로 끌고 갔다. "총을 맞든지 강물로 뛰어내리든지 둘 중 하나를 택하라면서." 여자는 말을 잇지 못했다. 일부는 총 맞아 죽고, 일부는 치마폭 뒤집어쓰고 까마득한 강으로 몸을 던져 죽었다. 강으로 떨어지는 여자를 향해 총을 난사하는 화인군도 있었다. "나만 빼고 열여섯이 다 죽었어요." 떠돌이가 된 여자는 대지국 남정네들이 건네는 밥 한 끼에 제 몸을 바꾸어 내주며 그곳까지 온 모양이었다. "이런 꼴로 어떻게 고향에 가겠어요. 더 먼 곳으로 가고 싶어요." 대륙의 남쪽 끝까지 가겠다고 했다.

겨우 스무 살 된 여자였다.

탕산에서 만나 이틀을 함께 걸은 남자는 창춘 변두리 농촌 마을 태생이었다. 수로인이었으나 아버지 때 대지국으로 넘어들어와 버려진 땅을 일구고 살았으니 그의 본래 고향은 바로 창춘인 셈이었다. 그래도 본디 수로국 출신인바 대지국인의 괄시를 받지 않을 수가 없었다.

남자의 아버지가 개간해 일궈온 땅을 자기 것이라면서 갑자기 소작료를 징수하겠다고 나선 사람은 그 지역 토호의 수하 중 한 명이었다. 아버지가 그것에 항의하다가 총 맞아 죽은 것이 이산離散의 시작이었다. 누이는 늙은 대지국 지주의 첩실로 팔려갔고 어미는 가슴앓이를 하다 자진했다. "나는 엄연히 대지국에서 태어났는데 수로국 핏줄이라 발붙일 데가 없는 신세예요. 개밥의 도토리 같은." 남자는 자조 섞인 표정으로 히힛, 웃었다.

그 남자는 떠돌면서 주워들은 것이 많았다. 위안부 이야기도 있었다. "남쪽 어디에 희한한 마을이 있대요." 유리가 위안부에게 관심을 보이자 해준 말이었다. "무이산이라던가, 암튼 화인국 놈들은 물론 국민군이나 공산군조차 닿은 적이 없는 깊은 산속에 여자들만 사는 마을이 있는데, 그 여자들이 모두 위안소 출신이라는 거예요. 봄이면 사방에 복사꽃이 만발하는 꿈같은 마을이라 했어요. 거기서는 병들거나 늙지 않는대요." "무이산이 확실합니까." 유리는 반문했다. "그리 들은 것 같아요."

무이산武夷山이라면 주자학을 집대성한 주희朱熹가 후학을 가르치며 은거했던 것으로 유명한 산이었다. 큰아버지의 사랑방

병풍 속 그림에 무이산의 사계四季가 담겨 있었던 걸 유리는 기억했다. 그림과 함께 주희의 〈무이구곡가武夷九曲歌〉도 함께 쓰여 있는 병풍이었다. 그 첫 소절은 이러했다.

무이산중유선영武夷山中有仙靈(무이산 중에는 신선한 영이 있고)
산하한류곡곡청山下寒流曲曲淸(산 아래 차가운 물은 굽이굽이 맑구나)
욕식개중기절처欲識箇中奇絶處(그중에서 가장 빼어난 곳을 알고 싶다면)
도가한청양삼성櫂歌閑聽兩三聲(먼저 뱃노래 두세 마디 한가히 들어보시게)

곧 베이징이었다. 봄꽃들이 다투어 피어나기 시작했다. 잠깐 피어나는 것에 일 년 농사의 성패가 달렸으니 꽃망울 하나하나가 모두 필사적이었다. 유리는 베이징 곳곳을 거지 행색으로 흘러 다녔다.

베이징은 흥망성쇠를 다채롭게 겪어온 대도大都답게 볼 것도 많았고 느낄 것도 많았다. 장성엔 잡초가 말라 비틀어져 있었고, 화려했던 자금성엔 화인국 깃발이 내걸려 있었으며, 황제와 하늘이 한통속으로 교접하던 천단天壇엔 늙은 개들이 해바라기를 하고 누워 있었다. 쓰러진 거대 공룡의 그림자를 보는 것 같았다. 그래도 봄꽃은 피어났고, 그래도 목숨줄을 이어가려는

사람들의 아귀다툼은 거리마다 여일하게 넘쳐흘렀다. 화인국
이 일으킨 악마적인 불길도 유장한 역사에서 보면 잠깐 솟아
올랐다가 한순간 꺼지는 한순간의 물보라 같은 것일는지도 몰
랐다.

'천지곡마단'을 찾는 건 어렵지 않았다.

쓰레기들이 바람에 마구 나부끼는 변두리 황막한 공터에 천
지곡마단의 천막이 들어서 있었다. "어젯밤 네가 저쪽으로 걸
어오는 꿈을 꾸었는데." 황금희는 어제 만나고 오늘 만나는 사
람처럼 히힛, 하고 웃었다. "나를 접시돌리기 제자로 받아줄 수
있어?" 유리가 물었고, "몸이 그래가지고 접시나마 돌리겠니.
우선 뭐든 먹여 살부터 찌워야겠다." 금희가 대답했다. 베이징
에서의 공연이 끝날 즈음이었다.

유리는 처음 얼마 동안은 말을 돌보았고, 조금 지난 후엔 곡
마단 문 앞에서 두 다리를 머리 위까지 들어올린 채 손바닥을
짚고 이리저리 움직이며 손님을 안내하는 피에로 역할을 했으
며, 여름에 비로소 접시돌리기 재주를 가지고 금희와 함께 무
대에 올랐다. 사람들은 유리가 천부적인 재능을 타고났다고 침

이 마르도록 칭찬했다. 불과 삼 개월여 만에 양손과 두 발과 머리로 동시에 접시를 돌렸기 때문이었다.

유리가 처음 무대에 오른 곳은 상하이上海였다. 천지곡마단은 남진을 거듭하고 있었다. 규모가 크지 않아 곡마단이라기보다 사당패와 한가지였다. 상하이에 닿은 건 여름이었다. 더 남쪽까지 내려갈 걸 생각하면 만 리 가까운 길이었다. 길에서 길로 떠돌아 곡마단이 좋다고 한 금희의 말을 유리는 실제적으로 이해하고 경험했다. 흙먼지 피어오르는 공연장 어둔 그늘에서 밥을 먹고 말이나 원숭이와 더불어 헛간 잠을 잔다는 점에서, 공연을 하고 있을 때에도 유리는 자신이 늘 길로 흐르고 있다고 느꼈다. 사소한 일로 단원들의 지청구를 듣는 일이 종종 있었지만 동료들과 섞여 노는 것 역시 대체로 좋았다.

상하이에서 곡마단을 찾아온 대머리를 만나기도 했다. 출산한 분이와 아이는 옌지에 둔 채 혼자 수로혁명당의 동지들을 찾아온 모양이었다. 해체된 수로혁명당의 남은 단원들은 모두 무정武亭 장군이 이끄는 '화베이청년연합회'에 합류했다고 했다. 무정 장군은 대지국 공산군에서 최초로 포병부대를 창설했고 마오毛 주석과 함께 대장정大長征에도 참여한 전설적인 수로인

200

장군이었다. "태행산으로 갈 거야. 거기 가면 무정 장군님을 진짜 만날지도 몰라." 태행산은 화베이 지역에 있었다. 대머리는 무정 장군을 만날 상상에 들뜬 표정이었다.

화인국에게 공식적으로 선전포고를 한 수로국 임시정부는 그때 까마득한 내륙인 충칭重慶으로 옮겨가 있었다. 그러나 상하이에는 여전히 수로인들이 많이 거주하고 있었고 독립운동 단체들도 갈래갈래 많았다. 국민당의 지원 아래 비교적 안온하게 살며 독립을 외치는 자들이 있는가 하면 그런 부류를 '봉건 영수'나 '민족 파시스트'라고 강력 비판하는 열혈청년들도 있었다. 내륙 깊이 들어간 임시정부에 불만을 표출하는 청년도 많았다. 그들이 지향하는 곳은 보통 공산당 팔로군八路軍의 주류가 자리 잡은 화베이 지역이었다. 대머리가 흠모해 마지않는 무정 장군도 그곳에 있다고 했다.

천지곡마단은 상하이에서 곧 난징으로 들어갔다.

상하이 같은 대도시에서는 천지곡마단의 규모와 수준으로 관객들을 사로잡을 수가 없었다. 단장은 배가 불룩하게 나온 배불뚝이로서 금희처럼 옌볜 출신이었다. 약삭빠른 사람이었지만 나쁜 사람은 아니었다. "돈을 좀 더 벌면 화인국 본토로 너희를 데리고 갈 거야. 걔들한테 말하고 싶어. 너희가 곡마단을 아느냐, 그렇게. 그러니 쉴 때도 연습을 해, 연습을. 세계제일의 곡마단이 돼야지. 이름도 천지잖아. 천하제일의 곡마단." 배불뚝이는 호기롭게 말하곤 했다. 본래 곡마단에서 말을 타고 재주를 부리던 말잡이 출신이었다.

호기와 달리 배불뚝이는 돈을 잘 버는 것 같지는 않았다. 난징에선 공터를 임대할 땅세가 없어 지주 앞에 무릎 꿇고 앉은 배불뚝이를 보기도 했다. 땅을 먼저 빌려주면 공연을 성공시켜 후불로 치르겠다고 머리 조아려 사정을 하는 장면이었다. 단원들이 밥을 굶을 때도 많았다. "물을 많이 마셔둬. 위장이 쭈그러져 접 붙으면 큰일 나. 먹을 물이 있으면 사는 거지. 우물도 시체로 다 메워진 세상이잖아. 조금만 참아. 내년엔 화인국 본토로 가 우리 곡마단의 본때를 저들에게 보여주게 될 테니." 끼니를 거르고 무대에 오르는 단원들에게 바가지 물을 떠다 돌리면서도 배불뚝이는 흰소리를 마다하지 않았다. 그래도 배불뚝이에게 대들지 않는 건 단원들이 한 끼를 굶을 때 배불뚝이는 두 끼를 굶는다는 걸 모두 알고 있기 때문이었다. 배불뚝이는 그런 사람이었다.

유리의 재주 중 압권은 혀를 이용해 접시를 돌리는 일이었다. "타고났어." 사람들은 말했다. 유리는 금희 몰래 오래 그것을 연습해왔고, 그리고 성공했다. 양손과 두 발은 물론 혀를 사용해 접시를 돌리는 재주를 처음 관객에게 선보인 건 난징 공연에서였다. 관객들은 일제히 환호했다. 일찍이 어떤 사람도 해 보인 적이 없는 마술이었고, 다른 곡마단에선 보지 못했던 재주였다. 관객의 오 할이 유리의 혀 접시돌리기를 보러 온다고 해도 과언이 아닐 만큼 그는 단연 천지곡마단의 보물이 되었다.

혀는 근육의 덩어리였다.

뿌리는 목뿔뼈舌骨에 부착되어 있고 혀끝은 안과 밖을 자유로이 넘나들 수 있는데 길이가 보통 십 센티미터 전후였다. 그러나 유리의 혀는 그보다 두 배 이상 가늘고 길게 늘어났다. 혀를 넓고 평평하게 만드는 수직근筋과 좁고 길게 만드는 가로근이 특별히 발달되어 있기 때문이었다. 가로근육에 힘을 주면 혀는 강력한 수축을 통해 좁아지면서 앞으로 쭉 밀려나가 위로 솟았다. 화살 끝이 느린 그림으로 허공을 향해 나아가는 것 같은 이미지였다.

혀가 길고 날카롭다고 해도 그것으로 접시를 돌리는 건 물론 한계가 있었다. 그래서 유리는 내밀어진 혀끝에 고깔 모양의 깔때기를 고안해 씌우고 그것으로 접시를 돌렸다. 접시를 돌릴 때 가까운 사람들은 유리의 혀가 꽈배기를 꼬듯이 움직이는 걸 관찰할 수 있었다. 경이로운 기술이었다. "너를 사랑해. 정말이야." 처음 혀로써 접시를 돌리던 날 배불뚝이는 감격한 얼굴로 유리를 껴안으며 속삭였다.

난징 다음 공연지로 결정한 곳은 푸저우福州였다. 큰 어선을 여러 척 가진 배불뚝이의 친구가 모든 편의를 봐준대서 공연지로 결정된 곳이었다. 그곳에서의 공연을 끝으로 천지곡마단은 다시 멀고 먼 북행길에 오를 터였다. 푸저우 바닷가에선 날씨 좋은 날 아스라이 태평양 가운데의 섬 하나가 바라보였다. 거대한 바다와 마주 보고 있어 유리는 그 섬을 바람의 섬風流島이라고 불렀는데 사람들은 그 섬을 타이완臺灣, 혹은 아름다운 섬이라는 뜻을 담아 '포르모사'라고도 불렀다. 수로국이 그렇듯이 화인국은 총독부를 따로 두어 그 섬을 지배하고 있었다.

어떤 날 공연이 끝났는데 노신사 한 분이 유리를 찾아 대기실로 들어왔다. "자네 접시돌리기를 보고 눈물이 다 났네그려."

노신사는 그러면서 가방에서 신문지에 돌돌 말린 무엇인가를 선물로 주었다. "광둥의 포산佛山에 갔다가 친구한테 받은 것이네만." 몇 년 전 임시정부가 잠시 머물렀던 곳이 포산이었다. "이것이 무엇입니까?" 유리가 물었고, "풀어보게나." 노신사는 빙그레 웃었다. 그것은 놀랍게도 바싹 말린 굴비였다. 대지국에선 볼 수 없는 생선이었다.

철이 돌아오면 조기를 사다가 울타리 위에 죽 널어놓고 말리던 어머니 생각이 났다. "집구렁이가 조기 잡아갈라. 네가 잘 지켜야 한다." 어머니는 말하곤 했다. 굴비는 꼬리가 제일 맛이 있었다. 밥상에 올라온 굴비는 세 조각으로 나누어져 몸통은 아버지, 꼬리는 유리, 살이 별로 없는 머리통은 어머니가 차지했다. 유리네 밥상에서 가장 화려한 반찬이 바로 굴비였다.

"이걸 어떻게……" 유리는 목이 메어 말을 잇지 못했다. 멋쟁이 노신사가 유리의 어깨를 다독다독 해주었다. "여기에도 우리 수로국 사람들이 사니까. 굴비를 여기 사람들은 '취페이'라고 하고 '屈非'라고 쓰지. 구부러질 굴, 아닐 비. 구부러지지 않는다, 그런 뜻일세. 굴비는 부러질지언정 구부러지지 않거든. 세계에서 이런 식으로 조기를 말려 굴비로 먹는 민족은 아마

우리 수로인들뿐일 걸세. 구부러지지 않는 민족이다 해석할 수
도 있겠는데, 자네는 참 잘도 구부러지더군. 한 수 배웠으이."
노신사가 안경을 고쳐 쓰고 나갔다. 눈물을 훔치면서 유리가
굴비를 든 채 노신사의 뒤를 쫓았다. "누구십니까?" 유리가 묻
고 "나 조소앙이란 사람이네. 임시정부에 올 일 생기면 나를 찾
게." 기다리고 있던 젊은 청년과 함께 노신사가 아름드리 이팝
나무 너머로 사라지는 걸 유리는 오래 보았다. 임시정부의 외
무대신을 맡고 있으며, 화인국을 향한 선전포고문과 광복군포
고문을 쓴 사람이 '조소앙趙素昂'이라는 걸 유리는 그 당장엔 알
지 못했다.

돈 한 푼 받지 못하고 화인군들만을 위해 공연을 해야 되는
경우도 있었다. 총동원령이 내려진 상태였다. 군부는 모든 걸
동원할 수 있는 권리가 있었다. 장내를 가득 메운 화인군 중엔
수로인 청년도 끼어 있었고 만주국이나 대지국 청년도 끼어
있었다.

군인이라지만 그들의 행색 역시 난민과 다름없었다. 먹지 못
해 바싹 마른 군인들도 있었고 절룩거리거나 피 묻은 붕대를
동여맨 군인들도 많았다. 태평양과 맞닿은 남쪽 어디에선 화

206

인군들이 공공연히 인육을 먹었다는 소문까지 돌 지경이었다.
"윗대가리들 잘못 만난 저놈들도 불쌍하긴 매한가지구나." 배
불뚝이는 탄식했다. 배불뚝이가 말한 윗대가리의 최상부엔 군
부 내각과 함께 화인국의 천황이 있었다.

행군하는 국민군이나 공산군을 만나 즉석에서 공연하는 일
도 다반사였다. 더러 약간의 돈을 받기도 했으나 대부분은 밥
한 끼 얻어먹는 공연이었다. 합작을 말하면서도 두 정파는 여
전히 곳곳에서 충돌했다. 합작은 명분에 지나지 않았다. 화인
군에게 빼앗기고 불태워지는 것도 모자라 자기 나라의 다른
정파 사이에서 이리 차이고 저리 차이는 나날이 대지국 인민
들의 일상이었다.

후덕한 지주가 초대를 하는 게 제일 좋았다. 그런 날은 배불
리 먹고 따뜻한 방에 허리를 닐 수도 있었다. 물론 돈이나 식량
을 털리는 일도 있었다. 화적패들이나 질 나쁜 동네 왈짜패들
한테 걸리는 게 제일 안 좋은 경우였다. 유리가 나서서 간사한
말과 화려한 혀 접시돌리기로 위기를 모면한 일도 있었다.

"이해할 수 없는 건, 이렇게 우리나라가 큰데 어떻게 조그만

섬나라 놈들한테 잡아 먹히냐 그거야." 공산군과 엇갈려 지나
간 뒤 금희가 말했다. "국민군하고 공산군으로 쪼개져서 그런
가." "아니." 유리가 고개를 저었다. "너희 나라 인민이 멍청해서
그래. 우리 수로국도 그렇고. 멍청해서 못된 지배자들한테 너
무 오래 관용을 베푼 탓이야." "그게 무슨 말이야?" "너희 나라
쑨원孫文이란 사람이 말했잖아. 민족, 민권, 민생주의. 제 나라는
제 민족이 다스려야 한다는 게 하나, 모든 힘은 인민으로부터
나온다는 게 둘, 인민이 잘 먹고 잘 살아야 한다는 게 셋이야.
그래야 제대로 된 나라라고 할 수 있어. 그런데 너희 나라나 우
리나라나 다스리는 자들이 그걸 무시하며 제 욕심만 채우려
했고 멍청한 인민들은 보고만 있었으니 섬나라한테 당해도 싸
다, 뭐 그런 말이야." "그러니까 내가 발 하나와 손 두 개로 돌
리는 접시 위에 고것, 말하자면 민자民子 돌림 세 가지를 올려놓
고 어울리게 돌리면 좋은 나라가 된다, 그런 말?" "맞아!" 유리
는 금희와 눈을 들여다보며 웃었다.

금희와 유리는 마구간이나 야외 풀밭에서 가끔 몸을 섞었다.
벌거벗은 채 부둥켜안고 있으면 말들이 히잉, 하고 울거나 슬
금슬금 다가와 두 사람의 맨살을 핥아주기도 했다. 그럴 때 그
녀는 키득거리면서 그의 품속에서 물고기처럼 몸을 퍼덕였다.

다리 하나를 쓰지 못할 뿐 그녀는 다부진 육체를 갖고 있었다. 스스로 일찍이 말했던 것처럼, 그녀는 자기 몸 위에 유리를 올려놓고 전후좌우 마음대로 돌릴 수도 있었다. 이따금 유리는 그녀의 접시가 된 기분이었다. 어지럼증을 느끼기도 했다. "나는 네 접시야." 유리가 말하면 그녀는 대뜸 큰 소리로 장단을 맞췄다.

"맞아. 넌 내 접시야!"

정이 더 깊은 걸로 치면 금희 쪽이었다. 그녀의 말에 따르면 그러했다. "네가 나를 좋아하는 것보다 내가 너를 좋아하는 게 훨씬 깊어." 그녀는 말했다. "난 잘 모르겠어. 사랑이 키처럼 대봐서 길고 짧은 게 결정된다곤 생각하지 않지만 네가 그리 여긴다면 그런 게지." 유리는 고개를 끄덕거려주었다. "너는 뭔가, 다른 남자들과 달라." "뭐가?" "그냥 시인 같다니까. 눈을 보고 있으면 먼 별 같을 때도 있고." "별이면 붙잡을 수 없잖아?" "그래서 슬플 때가 있어. 예전엔 남자랑 자는 거, 정말로 접시돌리기 한바탕하는 거나 다름없다고 생각하고 살았는데." "그런데?" "단지 접시돌리기는 아니라는 거, 너 때문에 알았어."

단원 중에서 그녀와 전에 몸을 섞은 남자가 여럿이라는 걸 유리는 알고 있었다. 그러나 금희는 유리를 만난 이후 다른 남자를 받아들이지 않았다. 다른 남자들도 그녀의 변화를 이해하는 눈치였다. "우리 금희가 진짜 연애를 시작한 거야." 배불뚝이가 말했다. 배불뚝이도 그녀와 몸을 섞은 일이 있었는지는 알 수 없었고, 또 그런 게 궁금하지도 않았다. 다른 남자와의 관계를 끊으라고 그녀에게 요구한 일도 물론 없었다.

너나없이 길에서 길로 떠도는 인생이었다. 유리는 금희가 생각하는 것 이상으로 그녀를 사랑했지만 사랑이라는 명목으로 그녀를 독점할 권리가 있다고 생각하진 않았다. 독점적 소유 개념은 사랑의 본질을 오히려 훼손할 가능성이 많다고 유리는 생각했다. 그렇다고 그녀에게 다른 남자와 관계를 가져도 좋다고 말할 생각도 없었다. 그것은 전적으로 그녀의 선택이자 권리였다. 금희가 혹시 다른 남자와 관계를 맺더라도 그것 때문에 그녀를 향한 자신의 본심이 흔들리는 일은 없을 거라는 점만 유리는 믿고 있었다.

중요한 프로그램의 중간 중간에 무대에 올라 사람들을 웃기고 들어가는 꼽추가 있었다. 피에로였다. 피에로 꼽추는 원숭이 관리도 맡았다. 서쪽 끝에서 사막을 넘어온 사람이었다. "사막은 두렵지 않아. 배가 고픈 게 제일 두렵지." 꼽추는 배불뚝이를 하늘처럼 숭상했다. 가끔 끼니를 거를 때도 있지만 어쨌든 밥을 먹여주는 사람이 배불뚝이였기 때문이었다.

원숭이는 두 마리였다. 한 마리는 늙었고 한 마리는 젊었다. 젊은 원숭이는 장난이 많고 사람들을 많이 따랐다. 특히 유리를 좋아해 저를 맡아 관리하는 꼽추보다 유리 곁에 와 있는 시간이 훨씬 길었다. "저놈은 네가 맡아!" 꼽추가 짜증을 내기까지 했다. 젊은 원숭이를 유리는 '소호리素狐狸'라고 불렀다. 희고 꾸밈이 없는 여우라는 뜻으로서 두만강에서 헤어진 은여우가 생각나 붙인 이름이었다. 어디서든 "소호리!" 하고 부르면 젊은 원숭이는 냉큼 달려와 유리의 어깨 위로 올라왔다. "너는 나의 수호천사 은여우." 유리는 말했고, "아냐, 난 원숭이야. 얼다 대고 여우래. 자존심 상하게." 젊은 원숭이는 그리 말하려는 듯 입술을 뽀로통 내밀고 앞발로 유리의 머리를 툭툭 쳤다.

어떤 날 저녁, 유리는 금희와 강가 나무 밑 풀밭에 벌거벗은 채 누워 있었다. 달이 밝은 밤이었다. "혀를 더 깊이, 내 목구멍까지 넣어봐." 그녀가 요구했고, "숨을 못 쉴 텐데." 유리가 혀를 입안 깊이 밀어 넣었다. 그녀의 목구멍 안쪽까지 자신의 혀가 미끄러져 내려가는 걸 유리는 선연히 느낄 수 있었다. 난데없이 피에로 꼽추가 나타난 건 숨이 막힌 그녀가 유리의 어깨를 막 두드릴 때였다.

꼽추는 두 사람의 머리맡에 털썩 주저앉았다. 술 냄새가 났다. "나도 끼고 싶어!" 꼽추의 첫마디였다. 유리는 무슨 뜻인지 몰라 가만히 있었고, 그녀는 몸을 가릴 생각은 안 하고 "너, 미쳤어?" 앙칼지게 소리쳤다. 그녀의 젖가슴에서 달빛이 미끄럼을 타고 있었다. "네가 미워, 이 난쟁이 새끼야!" 꼽추의 다음 말은 분명히 유리에게 하는 말이었다. "네가 온 다음에 난 한 번도 금희를 안아보지 못했어. 혼자 독차지하겠다는 게 아니야. 나도 끼고 싶다고. 예전엔 내게도 기회가 있었으니까." 꼽추의 눈가에 번질번질 물기가 번져 나왔다. 자신에게도 원천적 권리가 있다는 주장이었다. 그의 입장에서 보면 충분히 할 수 있는 말이었다. "끼고 싶다면, 뭐 껴도 좋아요, 나는." 유리는 말했고, "금희가 원한다면"이라고 그다음에 덧붙이려 했다. 그러나 유리가 후렴구를 덧붙이기도 전에 금희가 갑자기 유리의 뺨을 호되게 후려갈겼다. "개자식! 원숭이만도 못한 자식!" 그녀가 씹어뱉었다.

그날 이후 금희는 유리에게 한동안 말을 하지 않았다. 눈을 마주치는 일도 없었다. 어떤 마을에서 공연할 때는 몇 차례나 접시를 떨어뜨리기도 했다. 피에로 꼽추의 신명도 전 같지가 않았다. 당연히 원숭이 두 마리도 신명을 내지 못했다.

무슨 일이 있다는 걸 눈치채고 배불뚝이가 세 사람을 불렀다. 먼저 이실직고한 것은 마음이 약한 꼽추였다. 자초지종을 고하고 난 꼽추가 울면서 말했다. "내가 잘못했어요, 단장님. 다시는 그런 일 없을 거예요." 배불뚝이는 그러나 유리를 향해 먼저 발길질을 날렸다. "나쁜 새끼!" 배불뚝이가 씨근벌떡 외쳤다. "불쌍해서 거두었더니 그렇게 나쁜 새끼였어?" 금희가 밖으로 뛰쳐나갔고 유리는 가만히 앉아 있었다. "여자 마음을 그렇게 모르냐." 배불뚝이가 중얼거렸다. 이해 못할 말은 아니었으나 받아들일 생각은 없었다.

사람들은 사랑을 고정관념에 가두려는 못된 속성을 갖고 있다고 유리는 생각했다. 허울에 불과한 건 오히려 육체가 아닌가. 육체의 독점적 소유를 사랑의 징표라고 여기는 건 부동심을 갖지 못한 자들의 핑계에 불과했다. 그것은 명목名目에 사랑을 통째로 맡기려는 무책임한 습관이었다. 육체가 아니라 영혼

속에 집을 짓는 일이 그가 지향하는 사랑이었고, 그런 점에서 가슴속엔 이미 금희라는 이름의 집이 들어서 있었다. 육체는 떠돌이가 아니던가. 떠돌이 같은 육체를 믿는 건 바보 같은 짓이었다. 마음속에 지은 금희라는 집이 이미 아주 단단히 자리 잡고 있다는 걸 사람들이 알아주지 않아 유리는 슬펐다.

다음 날부터 꼽추가 보이지 않았다. 스스로 떠난 것이었다. 유리는 두고두고 마음이 아팠다. 떠나도 좋을 사람은 굶주림이 유일한 두려움인 꼽추가 아니라 바로 자신이라고 그는 생각했다. 금희라는 집이 이미 마음속에 들어서 있기 때문이고, 여러 날 굶어도 비굴해지지 않을 만큼 자신이 딴딴해졌다고 믿기 때문이었다.

금희와 나란히 강가에 앉아 있을 때였다. "곡마단 일을 그만두고 싶어." 해가 지고 있었다. 고장 난 트럭의 부품을 구하지 못해 곡마단은 벌써 이틀째 항저우杭州 외곽에 발이 묶여 있는 상태였다. "곡마단 일이 좋다지 않았어?" 유리가 반문했고, "예전엔 그랬는데." 그녀는 대답했다. 갈대들이 바람에 나부끼는 소리가 들렸다. "잘 모르겠어. 너를 만나고부터 조금씩 키가 커온 것 같아. 그런저런 감정의 키. 뭐랄까, 떠돌이로 사는 게 지

겹고, 언제까지 이 짓을 해야 하나 싶고.""붙박이로 살고 싶어졌다는 거야?""내 속에도 여자가 들어 있었나봐. 왜 그런 거 있잖아. 머물러 살며 남자를 위해 요리도 하고 아이도 낳고 기저귀도 갈고, 그런 거." 침묵이 왔다. 끊어진 다리 같은 어색한 침묵이었다.

따뜻한 남쪽을 찾아가는 철새들이 횡대를 이루고 놀빛 속을 날고 있었다. 유리는 자신의 가슴 깊은 곳에서 그 순간 실밥 같은 것이 우두둑 터지고 있다고 느꼈다. 곡마단을 떠날 때가 왔다는 강력한 암시였다. 금희는 꾀꼬리를 죽여 박제로 만들겠다는 말을 하고 있었다. 그 멍청한 욕망에 동참하고 싶지 않았고, 만주로 다시 돌아가고 싶지도 않았다. 천지곡마단은 이제부터 오로지 북상, 옌지에 가서 겨울을 나게 될 터였다. 횡격막 안쪽으로 진중한 통증이 느껴졌다.

화인군은 그 무렵 인도차이나반도 끝까지 골골을 휩쓸며 내려가고 있었다. 전선은 하루가 다르게 확대됐다. 화인국과 동맹을 맺은 나치 군대가 아시아 북부 대륙으로 동진해오고 있었고 화인군은 그들과 손을 잡으려는 듯 서진과 남진을 계속해 마침내 그 전선이 태평양 서쪽 끝에 닿았다. 연합군이 연달아 무너지고 있다는 소식이 계속 들려왔다.

미국도 별로 힘을 쓰지 못한다고 했다. 이른바 대동아공영권
大東亞共榮圈의 건설이 곧 이루어질 거라고 말하는 사람들이 많았
다. 수로국과 대지국, 나아가 인도차이나반도까지를 하나의 새
로운 질서로 묶어 거대 블록을 건설함으로써 서구세력을 몰아
내고 아시아의 정치경제적 안정을 이루어내자는 게 이른바 대
동아공영권의 요체였다. 그것은 제국주의적 야욕을 감추려는
정치적 속임수에 지나지 않았다. 전쟁의 참화는 끔찍했다. 죄
없는 주검들이 도처에 널려 있었고 유랑하는 사람들이 수억에
달했으며 불타는 집, 불타 없어진 마을이 부지기수였다. 대동
아공영권은 야만적 광기狂氣의 다른 이름이었다.

떠나더라도 배불뚝이 단장에겐 인사를 하고 가는 게 도리였
다. 배불뚝이는 유리의 속뜻을 금방 이해했다. "곡마단 입장에
선 네 재주가 탐난다만 붙잡진 않겠다. 금희 그것을 어릴 때부
터 안아 키웠는데, 널 만난 다음부터 피차 이득 될 것 없는 헛
꿈에 혼을 빼앗긴 것 같아. 떠나되 조건이 하나 있다. 그 애한
테 말하지 말고 떠나라는 것. 오늘 밤 개 잠들면 그냥 가거라."
배불뚝이는 얼마간의 노잣돈을 괴춤에 찔러주고 쩝, 입맛을 다

216

시며 돌아앉았다.

가지고 온 게 없으니 가져갈 것도 없었다.

반달이 뜬 가을밤이었다. 동료들은 모두 잠들어 있었다. 닳아빠진 바랑 하나를 메고 유리는 곡마단의 숙소에서 빠져나왔다. 금희는 잠들어 있었다. 항저우가 멀지 않았다. 빼어난 시후西湖가 있는지라 일찍부터 문인묵객文人墨客을 많이 배출한 도시였다. 상하이를 떠난 임시정부가 두 번째 머문 곳이기도 했다. 화인군이 들이닥쳤을 때 김구金九 선생이 지하 통로를 통해 시후로 빠져나가 배를 탔다는 이야기를 듣기도 했다. 길은 어디로든 이어져 있으니 걱정할 건 없었다. 일단 항저우로 가서 시후 주변이나 어슬렁거리다가 어디로든 길을 잡으면 될 터였다.

달빛을 등지고 걷는데 뒤에서 자꾸 무슨 기척이 느껴졌다. 돌아보면 달빛뿐인데 그러나 마치 누군가 계속 따라오는 것 같았다. 젊은 원숭이 소호리였다. 두어 시간 이상 걸은 다음에야 어느 틈에 저만큼 앞서가 있는 소호리와 부딪쳤다. 한숨이 절로 나왔다. "돌아가. 너를 데리고 갈 수 있는 여정이 아니야." 유리의 말에, "네 뒷모습이 너무 외로워 보여 따라온 거야. 혼자 걷는 거보다는 둘이 걷는 게 나을 거야. 길은 둘이 걸어야 더 예뻐!" 소호리는 대답했다. 항저우의 불빛이 성큼 다가들고 있었다.

'혹부리' 마름을 만난 게 바로 그곳 항저우였다.

항저우로 들어오고 일주일쯤 지난 후였다. 시후 쪽으로 이어진 복잡한 시장골목을 지나는데 누가 유리의 소매를 잡았다. 뻐드렁니가 삐어져 나온 중늙은이 남자였다. 누구인지 생각이 나지 않았다. "나 모르겠소, 도련님?" 도련님이란 칭호를 쓴다면 유리가 한때 자작어른의 아들이었다는 걸 알고 있을 사람이었다. 떠난 지 십여 년이 넘는 오래전의 운지산 골골이 재빨리 눈앞을 스쳐갔다. "아이고, 자작어른 모시던 뻐드렁니 광필이요." 아버지의 수족노릇을 하던 혹부리 마름은 늘 대여섯 명의 힘센 수하를 거느리고 다녔다. 그중 한 명이었다.

놀라운 건 '뻐드렁니'가 '혹부리'와 함께 있다는 사실이었다. 혹부리는 시장통 짐꾼들을 거느린 왈짜로 그곳에서 살고 있었다. 아버지를 죽이고 도망칠 때 부딪쳤더라면 누구 하나 죽이든 죽든 해야 할 사이였으나 이역만리에서 만나자 피차 저절

218

로 손이 앞으로 나갔다. 뒷골목 주점에 진을 치고 있던 혹부리는 낮술로 벌써 얼굴이 불콰해진 상태였다. "도련님을 여기서 만나다니." 혹부리는 감격에 겨워 눈시울까지 붉혔다. 유리가 떠나고 이태 후에 간도로 왔다가 이러저러해서 본토로 넘어온 지 벌써 육 년이나 됐다고 했다. 상하이를 거쳐 항저우로 와 짐꾼들의 우두머리가 된 건 사 년여 전부터였다.

"여기서 이제 나를 건들 놈 없소!" 혹부리는 흰소리를 늘어놓았다. "내가 도련님에게 무슨 억하심정이 있었겠나. 그때야 나로선 자작어른을 모셔야 하는 입장이었고. 생각하면 자작어른, 못된 양반이긴 했지만." 혹부리가 술을 따르며 말했다. 소호리는 탁자 밑에 바짝 엎드려 있었다. "도련님이라고 부르지 마세요. 그냥 유리라고 불러요. 말도 편히 놓으시고." "유리라, 대지국에 들어와 새 이름을 지었는가보네그려. 하기야 나도 뭐이름을 새로 지었지만." "어떻게 여기까지?" "하이고, 말도 마. 구구절절 사연을 얘기하려면 밤을 새워도 모자라. 예전 감정일랑 다 풀고 오늘은 나하고 진하게 한잔하세." 고생이 자심했겠으나 혹부리는 여전히 건장한 모습 그대로였다.

유리가 볼 때 혹부리는 왈짜패 두목이지만 그는 자신을 가

길 219

리켜 "조합장"이라고 말했다. 시장에서 짐을 지거나 수레를 끄는 모든 사람들을 수하로 둔 조합장이었다. 상인연합회와 계약을 맺고 하는 일이었다. 짐꾼 중엔 수로인들도 있었고 대지국인이나 인도차이나에서 올라온 인부들도 있었다.

　짐을 나르는 건 물론이고 시장 안의 쓰레기 수거, 청소, 간단한 수리도 전적으로 혹부리가 맡아 한다고 했다. 수하가 이백여 명이나 되는 큰 조직이었다. 수입이 적지 않을 것이었다. "크게 구별해서 칠 떼기 장사로 보면 되네." 혹부리가 말했다. "칠 떼기라니요?" "상인연합회가 하나, 주둔군이 둘, 주재소가 셋, 국민군정부의 관리가 넷, 공산당 지부가 다섯, 우리 임시정부가 여섯, 이 혹부리가 일곱일세. 수입을 일곱으로 나누어 그중 칠 분지 일만을 내가 차지해 수하들 먹이면서 이 자리를 유지한다 그 말이야. 임시정부는 보험 드는 셈으로 챙기는 거고, 나머지는 살기 위해 어쩔 수 없이 갖다 바치는 거지." "그렇게 여러 군데 뜯겨야 합니까?" "잘게 쪼개면 훨씬 많아. 자작어른은 총독부에만 바치면 만사형통이었지만 여긴 사정이 달라. 한 군데만 소홀히 해도 하루아침에 날라 가는 판이야. 이나마도 빼앗아갈려고 하는 놈들이 얼마나 많은지. 천지가 다 도둑놈들 세상일세."

뻐드렁니가 피투성이 된 채 술집으로 들어섰다. 조합원이 아닌 사람이 짐을 가로채려는 걸 보고 막으려다가 시비가 붙었다고 했다. 한 놈인 줄 알았는데 이 골목 저 골목에서 같은 패거리들이 뛰쳐나왔던가보았다. 인도차이나에서 온 난민 조직이었다. "이 새끼들이 일부러 시비를 붙으려고 함정을 판 거야. 지난주부터 벌써 세 번째라고. 뭔가, 나름 끈을 잡고 하는 지랄인데, 이 새끼들이 어떤 끈을 잡고 있는지를 아직 몰라서." 설명을 끝낸 혹부리가 각목을 들고 일어서 밖으로 나갔다.

주점 밖에는 뻐드렁니가 거느린 짐꾼 여럿이 혹부리의 하명을 대기하고 있었다. "병신 같은 새끼들, 그놈들 몇 명을 못 당해 얻어터지고 와!" 혹부리가 각목으로 사정없이 이 사람 저 사람을 후려치기 시작했다. 완전히 미친 것 같았다. 삽시간에 팔이 부러지거나 얼굴이 찢어지거나 머리가 터져 피투성이 된 짐꾼이 여럿 생겨났다. 아무도 반항하는 사람은 없었다. 반항하기는커녕 모두 무릎을 꾼 자세로 혹부리의 무차별 폭력을 감당하고 있었다.

"다들 일어서!" 혹부리가 이윽고 소리쳤다. "나는 너희들 때린 적 없어. 우리 식구를 내가 왜 때리겠어? 내 말, 맞지?" 혹부리의 말에 감히 대꾸하는 사람은 없었다. "그 새끼들한테 얻어 터져 이 꼴이 된 놈들이 왜 나한테 와? 주재소로 가야지. 빨리 가, 새끼들아! 몇 놈은 주재소로 가고 몇 놈은 국민당으로 가라 고. 가서 울고, 짖어! 전쟁 중이라지만 이런 무법천지가 세상에 어디 있느냐고 짖어대란 말이야!" 흑부리의 의도를 유리는 비 로소 눈치챘다. 일을 크게 벌여 주재소나 관리들의 힘을 빌려 는 수작이었다.

피투성이 수하들을 보내고 나서 흑부리가 여기저기 전화를 하기 시작했다. 주재소를 비롯한 요로에 억울한 사정을 설명하 는 전화였다. "이제 곧 저놈들이 어디에 끈을 대놓았는지 알게 될 걸세." 흑부리가 빙긋이 웃었다. 능수능란한 솜씨였다.

밤이 되었다. 긴 하루였다. 흑부리는 자신이 머무는 집의 문 간방을 유리에게 내주었다. "머물고 싶으면 계속 머물러도 좋 아. 온통 똥자루들뿐이니 자네 같은 먹물이 하나쯤 곁에 있으 면 나도 좋고." 흑부리가 유리의 등을 토닥토닥했다. "나한테 묻고 싶은 게 많을 텐데." 유리는 가만히 있었다. 궁금한 건 많 았지만 물어서 좋을지는 미지수였다. 아비를 죽이고 떠난 고향 이 아닌가. 아비를 죽였으니 고향으로 돌아갈 수 없는 몸이었다. 고향 소식을 묻지 않은 건 그 때문이었다.

"하기야, 세월이 아무리 지나도 그렇지, 자네 마음이 어찌 아무렇지 않겠는가마는." 혹부리의 말이 드디어 거기에 이르렀다. 총을 맞은 큰아버지가 연못으로 쑤셔 박히는 순간의 놀빛이 선연히 떠올랐다. "나는 언제나 자작어른의 편이었네. 그땐 그랬어. 그분을 지키고 싶었지." 혹부리의 눈이 가늘어졌다. 세월 저쪽을 유리도 보고 있었다. 큰아버지-아버지가 쓰러지고 나서 마지막으로 시선이 부딪친 건 부엌문을 밀고 나오다가 비명을 지른 그 여자 '백합'이었다.

마침내 혹부리의 말이 백합에게 닿았다.

"그 여자처럼 간사한 악종은 내 처음 보았네." 큰아버지가 죽은 후 혹부리는 나름대로 아버지의 재산을 지키려고 최선을 다했다고 했다. 그러나 폐병으로 시도 때도 없이 피를 쏟던 자작의 외아들, 그러니까 유리의 사촌형이 죽고 나자 상황은 급변했다. 백합과 군수영감이 감추고 있던 발톱을 공공연히 드러낸 것이었다. 화인국인이었던 군수영감과 그자가 집에 들인 백합은 단순한 인척 사이가 아니었다. "큰도련님이 죽고 나자 완전 무주공산이라, 화인국 그 어린 년이 자작어른의 미망인 행세를 쩍지게 하면서 재산을 빼돌리기 시작했어. 군수영감이 바람막이를 하고 나서니 주재소장이나 총독부 관계자들도 다 그쪽 편이고." 흑부리는 이를 부득부득 갈았다.

바람막이 정도가 아니라 군수영감이 바로 수탈의 주체였다. 날강도나 다름없었다. 모든 전략이 애당초 군수의 머리에서 나왔을 가능성이 많았다. "그것들이 결국 배까지 맞추더라고. 어느 날부터 군수 놈이 아예 그년하고 자작어른 쓰시던 안방에서 동침을 하기 시작했으니." 수확한 과실이 컸을 테니 배를 맞추었을 법했다. "쳐 죽일 연놈들. 처음부터 그것들이 각본을 써가지고 들어왔던 게야. 그것도 모르고 그년을 들인 우리 자작어른, 구천에 가서도 아마 눈을 감지 못하실 걸세." 흑부리의 목에서 핏줄이 터질 듯 곤두섰다.

유리는 가슴 한쪽을 움켜쥐었다.

오랫동안 쌓아올린 탑 하나가 한순간 허물어져 내리는 아픔이었다. 시간에 의해서도 결코 마모되지 않는 기억들이 있었다. 총을 맞은 채 가슴을 쥐며 정자 기둥에 비스듬히 기대고 선 큰아버지-아버지의 모습도 그러했지만 처음 만나던 날 백합의 모습도 그러했다. 눈부신 가을햇빛, 만개한 국화꽃, 모자를 벗어드는 흰 손가락들, 달려 나오는 강아지, 하얀 종아리, 그리고 나붓하게 쭈그려 앉아 강아지를 향해 손짓할 때 환청처럼 들렸던 그녀의 목소리, "애야, 이리 온!" 등이 그러했다. 얼마나 그 손끝을 향해 달려가고 싶었던가. 만주사변이 나던 그해, 열일곱 살 가을의 한 허리를 베어내던 기억들이었다.

혹부리가 군청, 도청, 총독부 등 여러 경로로 진정을 냈지만 아무 소용이 없었다. 아들이 없는 상속재산은 미망인이 받는 게 당연하다는 대답이었다. 화인국인 군수영감이 다발째 뇌물을 바치는 판이니 결과는 보나마나였다. 군수영감과 백합은 아버지의 방직공장 주식과 본토로 쌀을 실어 나르던 상선을 총독부에 바치는 대신 수많은 전답을 고스란히 차지했다. 울분을 참지 못한 혹부리와 수하들이 군수영감을 죽이겠다고 들이닥친 건 군수와 백합이 한방을 쓰기 시작한 직후였다. 군수는 그러나 그 정도에 당할 위인이 아니었다. 매복하고 있던 순사들에게 몇은 총을 맞거나 잡혔고, 살아서 도망친 사람은 겨우 혹부리와 뻐드렁니뿐이었다.

한 계절을 유리는 혹부리의 집에서 머물렀다.

유리는 시장 짐꾼들의 조합을 근대적인 조직으로 만드는 데 기여했다. 이를테면 짐꾼들에게 제공되는 품삯의 공평한 분배를 위한 규정을 초안한 것도 유리였고, 다른 시장의 짐꾼조직과 연계해 관리들이나 주재소에서 마음 내키는 대로 횡포를 부릴 수 없도록 틀을 만든 것도 유리였으며, 상인연합과 대등한 계약을 체결하도록 조종한 것도 유리였다. 시도 때도 없이 내둘려야 할 처지이긴 했지만 그나마 안정적인 조직으로 만드는 데는 유리의 머리가 기여한 바 없지 않았다.

주재소장과 지역 헌병대장을 직접 만난 적도 있었다. 잘 차려 입은 유리를 짐짓 고개를 조아리는 척하며 혹부리가 뒤를 따랐다. 혹부리는 수로국의 아무개 "자작어른 아들"이라고 유리를 소개했다. 유리는 여러 명의 자작 이름과 그 가계를 소상히 알고 있었고 수로국 총독부 고위관리나 만주에 주둔하는 관동군 장성들의 이름도 두루 꿰고 있었다.

전쟁 중이라서 먼 이역으로 파견 나와 있는 관리들은 유리에 비해 정보가 턱없이 부족했다. 이를테면 유리는 곧잘 "사카

모토 소장께서"라거나 "외무부 미즈노 국장님은" 하는 식으로 말머리를 풀었는데, 그런 식으로 고위층 이름이 나오면 현지의 관리들은 사카모토 소장과 미즈노 국장의 존재 여부도 모른 채 무조건 머리부터 조아렸다. "미즈노 국장께서도 바다 건너 오시면 늘 우리 집 사랑채에서 주무시고 가시는데, 그 어른 주량이 참 대단합디다." 유리는 유창한 화인국 말로 말하곤 했다.

그 대신 유리는 한 계절을 충분히 먹고 충분히 쉴 수 있었다. 임시정부가 상하이에서 이곳 항저우로 왔던 건 윤봉길 의사가 야채상으로 위장, 화인국 왕의 생일을 기념하는 잔칫날 폭탄을 터트려 시라카와 대장 등을 폭사시킨 후였다. 유리는 한때 임정 건물이 있던 곳을 시작으로 시후 둘레를 매일 걸어 다녔다. 십오 킬로나 되는 호수를 두 바퀴씩 걷는 날도 많았다. 젊은 원숭이 소호리와 동행하니 외롭지 않아 더욱 좋았다. 소호리도 늘 낯빛이 밝고 맑았다. 행복한 휴면의 시기라 할 만했다.

바람 부나 비가 오나 원숭이와 함께 매일 호수 둘레를 걷는 키 작은 유리를 사람들은 '주유장사株儒壯士'라고들 불렀다. 난쟁이 장사라는 뜻이었다. 소동파蘇東坡가 쌓았다는 둑도 있고 백거이白居易가 쌓았다는 둑도 있었다. 유리는 물안개가 피어오르는 날의 시후를 제일 좋아했다. 호수는 잔잔했고 호수의 허리를 가린 난빙산南屛山 정수리는 둥 떠서 흘렀으며 물가의 겨울철새들은 언제나 지지배배 꾸잉꾸잉, 낮은 목소리로 시를 읊었다.

"네가 시를 아느냐?" 어깨 위에 올라앉아 있는 소호리에게 유리는 곧잘 물었다. "여기 시후가 곧 시라고 할 테지." 소호리는 아는 체를 했다. 절세의 미녀 서시西施의 여러 전설과 함께 소동파, 백거이 등 문객들의 목소리가 날것으로 들릴 것 같은 나날이었다. 배 위에서 한잔 술에 취한 소동파는 일찍이 〈음호상초청우후飮湖上初晴後雨〉라며 이렇게 노래했다.

수광렴염청방호水光瀲灩晴方好(물빛은 빛나고 맑으니 때마침 좋고)
산색공몽우역기山色空濛雨亦奇(비와 어우러진 산 빛깔 또한 기이하구나)
욕파서호비서자欲把西湖比西子(서호를 서시와 구태여 비교한다 하면)
담장농말총상의淡粧濃抹總相宜(옅은 화장과 짙은 분칠이 모두 아름답도다)

혹부리에게게서 수상한 이야기를 들은 건 이른 봄이었다.

"흑두건이 이번엔 우리 항저우에서 일을 벌였네." 혹부리가 말했고, "흑두건?" 유리가 반문했다. "허어, 주유장사는 몰랐었

나보네그려. 아 지난달인가, 상하이에서 악질 주재소장의 목을 딴 사람들 말일세. 검은 복면을 쓰고 일을 치르는데 바람같이 나타났다가 바람처럼 사라진다고들 하네." 그들이 이번에 죽였다는 사람은 항저우 일대에서 세도를 누려온 토박이 군벌 조직의 후계자였다. "양다리를 걸쳐온 자야. 항저우 사람들은 다 아는 사실이지. 국민당 사람인 척해왔지만 사실은 공산당에 줄을 대고 있다는 거. 왕밍인가 왕명인가, 그 사람을 적극 후원한다는 말도 있고." 왕밍王明이라면 들어본 이름이었다. 천사오위陳紹禹 등과 함께 공산당 내에서 정통마르크스주의를 대표하는 인물 중 한 명으로, 이른바 소련파였다.

대외적으로는 국민당과 공산당이 합작, 화인국과 대결하고 있었으나 대내적으로는 정파 간에 헤게모니 싸움이 치열한 시점이었다. 국민당과 공산당 사이의 헤게모니 싸움만이 아니었다. 같은 당 안에서의 내부투쟁도 치열해지고 있었다. 장제스의 국민당에선 힘 있는 군벌들끼리의 갈등이 상존했고 마오쩌둥의 공산당에선 이른바 소련파와 국내파의 갈등이 치열했다. 공산당의 세력이 국민당과 대등할 만큼 아주 커진 시점이었다.

마오쩌둥은 그 무렵 혁명이념에 관한 여러 저작을 연달아

내놓고 있었다. 제국주의를 분쇄할 혁명을 완성하기 위해선 대지국의 특별한 상황과 고유한 정신문화적 전통에 맞는 전략전술이 필요하다는 것이었다. '마르크스주의의 보편적 진리를 혁명의 구체적 실천과 완전히 통일시켜야 한다'고 마오쩌둥은 역설했다. 이는 라이벌인 소련파를 압박하기 위한 말이었고 '레닌주의'를 '마오쩌둥주의'로 바꿔야 한다는 말이었다.

공산당 내부를 휩쓸고 있는 '정풍운동'이란 것도 알고 보면 국내파와 소련파 사이의 내부투쟁이 불러온 필연적인 산물이었다. 소련파들은 그때까지 국제공산당 연합체인 코민테른의 레닌주의를 철저히 추종하고 있었다. 세부적인 명령까지 소련에서 내려오는 판이었다. 당원 기초교육에서조차 레닌이나 스탈린의 책들로만 교재를 삼고 있을 정도였다. 마오쩌둥을 중심으로 한 국내파는 그런 소련파를 가리켜 "비굴하다"고 비판했다. 주관주의를 바로잡아 학풍學風을 고치고, 종파주의를 바로잡아 당풍黨風을 쇄신할 것이며, 형식주의를 바로잡아 교조적 인식이 지배하는 문풍文風을 제자리에 돌려놓지 않고선 혁명을 완성할 수 없다고 했다. 때마침 코민테른의 해체가 임박했다는 소문이 지식인 사이에서 돌고 있으니 조만간 소련파는 몰락의 길을 걸을 가능성이 많았다.

"복면 쓴 그 사람들은 어디에 속한 단체랍니까?" 유리가 물었고, "그걸 누가 알겠나." 혹부리가 고개를 가로저었다. 그들이 처음 출현한 건 지난가을 초엽 난징에서였다고 했다. 소련파 코민테른 정치국 위원 중 한 명이 백주에 암살당한 사건이었다. 그다음 사건을 일으킨 곳은 상하이였고, 이번이 세 번째였다. 그들이 죽인 세 사람 중 두 명은 이른바 소련파의 심복이었다.

"비밀암살단인 모양인데 소속은 오리무중이야. 하기야 그런 암살조직이 어디 한두 개인가." 화인군은 물론 국민당이나 공산당 안에도 정파에 따른 수많은 조직이 암약 중이었고, 식민지를 갖고 있던 서구 열강의 다양한 첩보 라인과 유리처럼 고향을 떠나온 민족들의 수십 수백 개에 달하는 비밀결사체도 있었다. 수로인의 독립 단체만 해도 수십에 이르렀다. "검은 두건을 쓰고 나타나 전광석화 해치우는 바람에 소문이 널리 퍼진 거지, 암살단이야 수백 개가 넘을 걸세. 막말로 내게 누구를 죽여달라며 거금을 준다 하면 거절할지는 솔직히 모르겠어. 사람 목숨을 파리 목숨만큼도 여기지 않는 세상이잖아. 나라가 앞장서서 내 편 네 편 가릴 것 없이 수백 수천씩 떼로 죽이는 판인데." 혹부리는 혀를 찼다.

당연히 걸식이 선뜻 떠올랐다. 검은 복면을 썼다는 말 때문이었다. 걸식 형이 혹시 살아있단 말인가. 유리는 곧 고개를 가로저었다. 화인군이 대대적으로 동원되어 모든 출구를 봉쇄한 채 삼광작전을 전개하고 그것도 모자라 동굴 자체를 완전히 폭파한 그 와중에서 누군가 살아나왔다는 건 상상조차 할 수 없었다. 검은 두건을 쓰는 것쯤 아무나 쉽게 상상할 수 있는 일이기도 했다. 만주에서의 흑두단 소문을 우연히 듣고 어떤 조직이 모방한 것일는지도 몰랐다.

그러나 흑부리의 그다음 말은 유리를 단번에 긴장시켰다. "그들이 쓴 무기 말이야. 총이 아니래요. 시체에 바늘이 꽂혀 있더래. 주재소장한테 직접 들은 말일세." 흑부리가 말했고, "바늘요?" 유리의 목소리가 한 음계 올라갔다. "아마 독침이겠지. 천장 위로 침투했다나봐. 천장 위로 숨어 들어와 잠든 놈에게 독침을 날린 모양이야." 환기구를 뚫고 천장으로 들어가는 건 유리걸식단에서도 자주 사용한 적이 있는 단골 침입 루트였다. 천장에서 방 안으로 '아구 활'을 이용해 독침을 불어 날리는 방식이었다.

'아구 활'은 걸식이 고안한 무기로서 이름을 붙인 것 또한 걸식이었다. 독을 묻힌 여러 개의 바늘을 좁은 대나무 통에 쟁여 입으로 힘껏 불어 날리는 방식이었다. 독침을 날리기 위해선 숨을 입안에 가득 쟁여야 되므로 볼이 아구처럼 부푼다 하여 '아구 활'이었다. 가까운 곳에서 공격하면 치명적이었다. 바늘이 아예 살 속이나 혈관으로 파고들어가 살인 증거를 찾지 못하는 경우도 있었다. "상하이에서도 그 수법을 썼다나봐. 귀신들 같았다고들 해." 검은 복면과 달리 '아구 활'은 아무나 고안할 수 있는 살인 도구가 아니었다.

유리의 가슴이 후끈 달아올랐다.

시후를 두 바퀴 돌고 났더니 땅거미가 내리기 시작했다. 소동파가 쌓았다는 둑을 막 돌아 나왔을 때였다. 주재소 차가 앞길을 막았고 건장한 세 명의 사복 차림이 곧 유리를 에워쌌다. "쓰기야마 자작님의 아드님이시지요?" 그중의 한 사내가 물었다. 쓰기야마가 누구인지 얼른 생각나지 않았다. 혹부리의 말에 따라 만나는 사람마다 아무개 자작의 아들이라고 자신을 소개했는데 때에 따라 떠오르는 대로 이름을 둘러대온 터였으니 언제 누구에게 그 이름을 팔았는지 알 수 없었다.

어물쩍하는 사이 사내들이 유리를 재빨리 차 안으로 집어넣었다. "오, 소호리!" 유리의 입에서 그런 비명이 저절로 나왔다. 얼결에 친구를 잃은 젊은 원숭이 소호리가 필사적으로 차 꽁무니를 따라오고 있었다.

취조실은 곧 고문실이었다.

고문 도구들이 즐비했다. 사내들은 불문곡직 유리의 두 팔을 줄로 묶어 허공에 매달았다. 혹부리에게 연락할 방법도 없었다. 잠시 후 뿔테안경을 쓴 중늙은이 남자가 들어왔다. "네 본래 이름이 뭐야?" "유리요!" "그거 말고 진짜 수로국 이름." "유리라니까요!" 가죽잠바를 걸친 다른 사내가 기다렸다는 듯 유리의 등을 향해 가죽채찍을 강력히 날렸다. 뼛속까지 통증이 퍼지는 채찍질이었다.

"네 이름은?" '안경잡이'가 또 묻고 "유, 유리!" 유리는 신음과 함께 또 대답했다. 다시 무차별로 채찍이 날아왔다. 옷이 찢어졌고 살갗이 터져 피가 흘렀다. "네 본래 이름?" 안경잡이의 어조는 변함이 없었다. "유, 유리!" 그들이 원하는 대답이 아니라는 걸 알았으나 다른 이름은 도무지 생각이 나지 않았다. 유리는 그냥 유리였다. "유리라니까요!" 이번엔 몽둥이였다. '가죽 잠바'가 휘두르는 몽둥이가 채찍질로 터진 곳을 무차별로 난타했다.

"안 되겠어, 이놈." 안경잡이가 이윽고 말했다. 안경잡이는 피곤한지 입이 찢어져라 하품을 했다. 몽둥이를 집어던진 가죽 잠바가 많은 고문 도구들 중 끝이 날카로운 집게를 하나 찾아 들고 다가왔다. 손목은 이미 단단히 결박되어 있었다. "발보다 손을 먼저 만져주는 게 낫겠지." 안경잡이의 말이었다. 가죽잠 바가 익숙한 손놀림으로 집게의 끝을 가운뎃손가락 손톱 사이에 쑤셔 넣었다. 생손톱을 뺄 모양이었다. "천천히 빼. 이놈 참 을성이 얼마나 되는지 보게." 안경잡이가 코털을 뽑아 입으로 훅 불어 날리고 말했다.

유리는 눈을 감았다. 손톱이 천천히 생살을 찢으며 뽑혀져 나가는 게 여실히 느껴졌다. "아하!" 유리는 참지 못하고 비명을 내질렀다. 손톱만의 통증이 아니었다. 전신의 생살이 저며지는 극단의 통증이었다. 유리는 일시적으로 정신을 놓았다.

차가운 바께스 물이 얼굴로 날아온 뒤에야 유리는 실신에서 겨우 깨어났다. 도대체 무엇이 어디에서부터 잘못된 것인지 알수 없었다. "유, 유리라고요!" 유리는 소리쳤다. "아무리 독한 놈이라도 다섯 개 이상은 못 넘겨." 안경잡이가 흐흐 웃었다.

가죽잠바는 무표정한 얼굴이었고 전혀 말이 없었다. "손톱을뺀 자리를 전기로 지지는 게 그다음 순서지. 이 친구가 제일 좋아하는 고문이 그거야. 거기까지 가면 네놈, 살아도 병신 돼. 얼른 바른 말을 하는 게 좋아. 양윤서 자작님 알지? 요우 인즈이자작님." 안경잡이의 입에서 구체적인 이름이 하나 나왔다. 낯설면서 귀에 익은 듯한 이름이었다. 양윤서? 하고 유리는 입속으로 중얼거려보았다. 춘양정 정자 위에서 포물선을 그리며 연못으로 떨어지는 어떤 남자의 실루엣이 얼핏 눈앞을 스쳐지나갔다. 아, 하고 유리는 입을 벌렸다. 양윤서는 아버지, 아니 큰아버지의 이름이었다. 벼락 치듯 그 이름이 떠올랐다.

"너는 쓰기야마 자작님의 아들이라고 했다지만 우리가 확인한 바 쓰기야마 자작님은 아들이 없다. 너는 요우 인즈이 자작의 아들이고 그분을 죽이고 도망쳤다는 정보를 받았어. 이래도모른다고 할 텐가?" "몰…… 몰라요. 나는 쓰기야마 자작의 양, 양아들이 맞아요!" 유리는 부르짖었다. 어차피 이판사판이었

다. 어디서 그런 소리를 들었는지 모르지만 수로국은 먼 곳이
니 정보를 구체적으로 확인하려면 오래 걸릴 터였다. 우선 뻗
대고 견디는 게 상수였다. "내 탓이 아니다. 모든 건 네 탓이야."
안경잡이가 퉤 하고 침을 뱉었고, 가죽잠바의 집게가 이번엔
다른 손가락 손톱 사이로 박혀들었다. 채찍과 몽둥이질로 이미
온몸이 너덜너덜해진 상태였다. 그러나 유리는 두렵지 않았다.
유리는 자신의 죽음을 오래전부터 알고 있었다. 육체적인 고통
은 육체가 알아서 실신하고 깨어나기를 반복하며 조절해줄 것
이었다. 너희에게 먹히지 않을 거야. 유리는 생각했다.

세 개의 손톱이 빠져나갈 동안 유리는 세 번 실신했다.

'흑두건'이라는 말이 안경잡이의 입에서 흘러나온 건 그다
음이었다. 가죽잠바는 아주 무료해 미치겠다는 표정을 짓고 있
었다. "자작이든 뭐든, 수로국놈 죽은 건 뭐 그렇다고 치고, 흑
두건단에 대해 알고 있지?" 안경잡이가 목소리를 낮추었다. '흑
두건단'은 아마 흑부리가 말해준 얼굴을 검은 복면으로 가리고
활동한다는 그 암살단을 말하는 것 같았다. 대체 안경잡이가
진짜로 원하는 게 무엇인지 알 수 없어 유리는 잠시 당황했다.
"몰……라요." 유리는 간신히 대답했고, "넌 알아. 알고 있어. 네

나라 임시정부의 5지대 광복군 알지? 나월환 대장 말이야." 안경잡이가 거듭 물었다.

나월환羅月煥은 최근 신문에서 본 이름이었다. 광복군에서 활동하다가 대원끼리의 갈등 때문에 살해됐다는 기사였다. 나월환은 임시정부와 일정한 거리를 두고 활동하던 독자적인 독립단체 '수로청년전지공작대'를 이끌던 사람인데 광복군에 편입한 후 그것에 반감을 가진 동료들과 내부갈등이 많았던가보았다. 아나키스트들이 주축인 '전지공작대'가 하루아침에 광복군에 편입되어 일어난 비극이라 할 수 있었다. "대, 대지국 신문에서 이, 이름은 본 거 같아요." 유리는 더듬더듬 대답했다.

신문엔 작은 별이 세 개나 박힌 국민군 제복에 까만 장화를 신은 깡마른 청년 나월환의 사진이 실려 있었다. 무정부주의를 표방하던 전지공작대가 어떻게 갑자기 광복군으로 편입됐는지는 알려진 게 없었다. 흑두건단과 광복군과 나월환 사이에 어떤 관계라도 있단 말인가. 아니 저들은 흑두건단에 대해 작은 실마리라도 얻으려고 의심 가는 사람들을 지금 차례로 쑤셔보는 단계인지도 몰랐다. 살아남은 나월환의 수하들을 흑두건단이라고 짚었을 수 있었다. 근거가 있는 정보를 갖고 있다면 질문이 저리 두리뭉실할 리 없었다. 분명한 건 단지 큰아버지-아버지 때문에 자신이 끌려온 게 아니라는 사실이었다. 어디서 얻어들은 정보인 줄 모르나 큰아버지 문제를 미끼로 다른 것에 대한 구체적인 첩보를 얻으려는 수작임이 확실했다. 혹부리도 끌려 들어왔을 수 있었다.

"전기로 지지면 넌 끝나. 손톱빼기와는 달라. 사지가 타고 뇌가 오그라들어. 그런 지옥을 정말 보려고?" 안경잡이의 눈짓을 받은 가죽잠바가 벽에 걸린 전깃줄을 끌어왔다. 전기고문으로 프로그램을 바꿀 모양이었다. "여기 신, 신문에서 본 거뿐이라고요!" 유리가 말했다. 온몸은 전기가 잘 통할 수 있게 이미 흠씬 젖어 있었다. 전깃줄 끝의 집게가 핏물이 흐르는 손가락 끝에 물렸다. "내가 제일 싫어하는 말이 그거야. 모른다. 그 값으로 그럼 우선 맛 좀 봐." 안경잡이가 또 하품을 했으며, 유리는 실신할 마음의 준비를 했다.

고문을 받을수록 자신이 강해지고 있다는 놀라운 확신이 유리를 사로잡고 있었다. 원한다면 언제든 실신할 수 있었다. 그것은 손바닥 뒤집기보다 쉬운 일이었다. 육체는 아무것도 아니라고 그는 생각했다. 구부리면 구부러질 것이고 그들이 지지면 불탈 것이었다. '몸은 하나의 연장, 정신의 종일 뿐이야.' 유리는 속으로 말해두었다. 실신은 육체의 고통에 대한 아주 합리적 대응방법이었다.

다른 한 남자가 들어와 안경잡이에게 귀엣말을 건넨 게 그때였다. 안경잡이가 고개를 끄덕거렸다. "밥이 왔다네." 안경잡이가 흐흐 웃고 자리에서 일어서더니 가죽잠바와 함께 밖으로 나갔다. 유리는 여전히 팔목이 묶인 상태로 허공에 매달려 있었다.

밤이 꽤 깊은 것 같았다. 창이 전혀 없는 방이었다. 온몸이 너덜거리는 상태인데도 잠이 쏟아졌다. 비몽사몽 할 때 천장 쪽에서 무슨 소리가 들렸다. 천장 귀퉁이에 설치된 환기구 철제 가림틀이 위로 들려 올라가는 게 먼저 눈에 들어왔다. 헛것을 보는가, 머리를 가로저으며 유리는 눈을 부릅떴다. 젊은 원숭이 소호리였다.

보통사람 같았으면 불가능했을 탈출이었다. 그러나 유리는 머리만 들이밀 수 있는 구멍이면 얼마든 빠져나갈 수 있는 유연성을 갖고 있었다. "왜 이제 왔어?" 유리가 볼멘소리를 했고,

"꼴이 이게 뭐야. 이 아저씨, 아주 걸레가 됐네." 소호리가 눈살을 찌푸렸다. 손목을 묶은 밧줄을 소호리가 앞니로 갉아 풀었고, 탁자 위에 의자를 두 개 올려놓고 나서야 유리는 겨우 환기구 안으로 몸을 욱여넣었다. 함석을 접은 사각의 틀이었다. 손가락 끝과 함께 함석 틀에 닿는 피부들이 벗겨지는 듯 아팠다. 유리는 풀쐐기처럼 근육을 움직여 함석 틀 안을 전진해 지붕 위로 간신히 빠져나왔다. "자네, 원래 우리 같은 종족이었나봐!" 소호리가 그의 재주에 감탄해했고, "그럼 형이라고 부르든지." 유리는 가볍게 응수했다.

걸식이 살아있을 가능성이 현실로 다가오는 느낌이었다. 금이빨을 도와 유리걸식단 식구들을 죽음으로 내몬 털십자가의 말이 생각났다. "사, 살려주시게! 제, 제발…… 걸, 걸식 대장은……" 털십자가의 마지막 말이었다. 유리의 발뒤꿈치가 머리통을 박살내 그는 더 이상 말을 할 수가 없었다. 유리의 가슴속에서 야수가 분별없이 폭발하던 그 순간 털십자가는 무슨 말을 덧붙이려 했을까. "제, 제발…… 걸, 걸식대장은…… 살아있네." 그 말일 수도 있었다.

유리는 바다가 내다보이는 항저우 외곽의 어느 굴속에서 며칠을 보냈다. 근처의 인가에서 훔쳐온 옷과 음식으로 연명하며 며칠 버티고 나자 손톱이 빠진 곳과 몽둥이로 맞아 터진 자리가 아물기 시작했다. 일단 난징에서 '흑두건'의 정체에 대해 수소문한 뒤 시안西安으로 갈 생각이었다.

광복군 본부가 시안에 자리 잡고 있었다. 정말 걸식이 살아서 흑두건단을 다시 꾸렸다면, 안경잡이와 흑부리에게서 얻은 정보를 종합해볼 때 그의 본거지는 난징이나 시안, 아니면 공산당 본부가 자리 잡고 있는 옌안延安일 가능성이 많았다. 시안까지 간다면 옌안은 지척이었다. 무정 장군을 찾아간 대머리도 그 근처 어디에 있을 터였다.

다시 먼 길이 유리를 기다리고 있었다.

추적에 대비해 유리는 가급적 도시를 피해 걸었다. 몸이 완전히 회복된 건 아니지만 걷는 건 얼마든 할 수 있었다. 난징에서 유리는 열흘을 머물렀다. 흑두건단이 난징에서 죽였다는 사람 역시 공산당 소련파였다. 흑두건단은 장제스 쪽이 아니라 마오쩌둥 주석 라인에 줄을 댄 국내파의 암살조직일 가능성이 농후했다. 나월환의 추종자들을 왜 의심하는지 알 것도 같았다. 임시정부의 광복군은 장제스의 국민당과 연대하고 있었다.

난징에서 시안까진 먼 길이었다. 내륙으로 갈수록 산이 첩첩
했다. 유리는 오히려 산길이 좋았다. 전쟁은 주로 도시에서 도
시로 이어졌다. 화인군이 점령한 것도 대도시에서 대도시로 이
어진 길에 불과했다. 더러 국민군이 주둔한 곳도 있고 공산군
이 스쳐간 곳도 있었지만 전쟁이 났다는 사실조차 모르는 사
람들이 사는 마을도 있었다. 문제는 가난이었다.

이제 막 봄이 오고 있어서 도무지 얻어먹고 말고 할 게 없었
다. 그래도 대부분의 사람들은 자신들이 먹어야 할 것의 일부
를 기꺼이 나눠주었다. 때마침 봄꽃들이 피기 시작하고 있었
다. 그는 길이 거느린 빼어난 풍경들을 가슴에 담으며 걸었다.
물이 흐르면 헤엄쳐 건넜으며 산이 막혀 있으면 순종하는 마
음으로 넘어갔다.

참된 에너지는 윤색되지 않은 그 풍경에 있었다.

두 주일 만에 허난성의 신양信陽을 지나갔고 다시 열흘 만에
난양南陽에 닿았다. 소호리가 있어 하나도 외롭지 않았다. 때론

그의 품안에서 소호리가 자고 때론 소호리의 품안에서 그가 잠들었다. 밤 짐승이 다가오면 "형!"이라고 부르며 소호리가 그를 깨웠다. 그는 분명히 소호리의 말을 알아들었다. 생사고락을 함께하는 참된 동행자라면 어째서 원숭이인들 말이 통하지 않겠는가. 원숭이는 고사하고 그는 때로 날아가는 새떼들과 들짐승, 심지어 어둔 땅을 온몸으로 기어가는 파충류들과도 대화를 나누었다. 접신接神이 된 것 같은 느낌을 받는 순간도 있었다.

비극이 일어난 것은 허난성의 경계를 넘어 산시성으로 막 들어섰을 때였다. 외진 산속 마을이었다. 가파른 굽잇길을 돌아가자 그 마을이 나왔다. 모두 피난을 떠난 것인지 한낮인데도 인적이 없었다. 전쟁의 참화가 휩쓸고 지나간 티가 역력했다. 불타다 만 집도 여러 채였다. 소호리가 지붕에서 지붕으로 뛰어 다니면서 방정맞게 놀고 있었다. "여기 좀 봐. 햇볕이 참 좋아!" 말하는 순간 그것이 소호리를 향해 날아왔다. 화살이었다. 화살을 맞고 지붕에서 굴러 내려온 소호리의 몸이 유리의 발치에 툭 떨어졌다. 눈 깜짝할 사이에 일어난 일이었다. "오우, 소호리!" 유리는 울부짖었다.

몇 명의 남자들이 이 골목 저 골목에서 나와 소호리를 부둥

244

켜안은 유리를 에워쌌다. 재래식 활을 든 남자, 식칼을 든 남자, 낫을 든 남자도 있었다. 눈빛만 이상한 광채에 싸여 있을 뿐 하나같이 뼈만 남은 모습이었다. 화살이 소호리의 심장을 꿰고 있었다. "여기까지 함께 온 것만 해도, 우리, 멀리 온 거야." 소호리가 눈을 감으며 마지막으로 말했다. 손톱이 빠져나갈 때보다 더 극심한 고통이 유리의 가슴을 찢었다.

"남은 곡식도 그놈들이 다 빼앗아가고, 우리는 열흘이나 아무것도 먹지 못했네." 활을 든 남자가 입을 열었다. 그까짓 몇 명의 시골 남자쯤 유리는 얼마든 당해낼 수가 있었다. 그러나 남자의 그다음 말이 유리의 가슴을 화살처럼 찌르고 들어왔다. "우리 집 노모는 굶어서 지금 거의 죽기 직전이야." 낫을 든 남자가 말했고, "우리 애는 어제부터 걷지를 못해." 칼 든 남자가 덧붙였다. "자네를 잡아먹는 거보다, 원숭이를 잡아먹는 게 낫지 않겠나." 그것은 활을 든 남자가 한 말이었다. 활 든 남자가 죽은 소호리를 슬그머니 잡아당기고 있었다. 유리는 멍한 채로 가만히 서 있었다. 소호리의 표정은 아무런 정한도 없는 것처럼 평화스러웠다. 사람들이 모두 짐승이 되고 나니 짐승들이 나서서 사람노릇을 하는 세상이었다.

시안은 천년 넘게 여러 왕조의 도읍을 거친 바 있는 고도였다. 오래전 어떤 왕조 때는 성안에만 백만 명이 넘게 산 적도 있었다. 성은 이곳저곳 부서져 내리고 있었으나 고풍한 기개는 여전했다. 유리는 한 달여 동안 시안의 곳곳을 흘러 다니며 흑두건단의 존재 여부에 대해 집요하게 탐문했다. 광복군의 사람들과 두루 접촉했고 수로국 여러 독립 단체들도 만났다.

광복군은 나월환 사건 이후 제5지대를 2지대로 통합해 재편한 상태였다. 나월환이 죽은 후 잠시 후임을 맡았던 송호성宋浩成이란 사람도 보았다. "저 사람이 얼마 전까지 나월환 대장의 후임을 맡았던 송호성이야." 누가 말해주었다.

허름한 국민복 차림의 늙수그레한 남자가 송호성과 함께 위강의 한적한 지류를 따라 걷고 있었다. 키가 크고 동그란 뿔테 안경을 쓴 사람이었는데 낯이 익었다. "저기, 송호성 옆에 있는 분은 누굽니까?" 유리는 물었다. "김구 선생도 몰라? 백범 김구 선생이잖아. 충칭 임시정부에 있다가 어제 여기로 건너 오셨다네." "아!" 유리는 비로소 고개를 끄덕였다. 임정의 수반인 백범 김구였다. 잎이 돋아나기 시작한 개천가 수양버들을 가리키며 막 웃고 있는 선생은 표정이 유순한 게 꼭 어린애 같았다.

흑두건단의 정체에 대해 확실히 아는 사람은 없었다. "옌안 사람일 가능성이 많아." 그 말을 들은 게 전부였다. 옌안에 있다는 건 공산당 내의 조직이 아니겠느냐는 말과 다름없었다. 공산당 본부가 자리 잡은 곳이 바로 옌안이었다. 좌익들이 주축이 된 '수로의용대'도 옌안에 본부가 있었다. 시안의 가설극장에서 가극 〈아리랑〉을 보고 그동안 지나온 먼 길을 돌아보며 울기도 했다. 광복군의 청년훈련반에 들어오라는 요청을 여기저기에서 받았으나 유리는 고개를 저었다. 훈련반 삼 개월을 마치면 국민군 소위로 임관될 수 있었는데도 유리는 관심이 전혀 없었다.

유리가 걸식을 다시 만난 건 바로 옌안이었다.

여름이었다. 옌안 중심지 다리 밑에서 여러 날째 노숙을 하고 있는 참인데 건장한 청년 몇이 불시에 들이닥쳤다. "당신이 흑두건에 대해 쑤시고 다니는 그 난쟁이야?" 그들은 대답을 들을 것도 없이 무조건 어느 동굴 집으로 유리를 끌고 갔다. 공산당의 조직들은 그 무렵 흔히 동굴 집을 거점으로 사용하고 있었다. 걸식 형이 바로 그곳에 있었다. 자신들의 정체를 수소문하고 다닌다는 수상쩍은 '키 작은 남자'를 잡아오라는 명령을 한 장본인이 걸식이었다. 만주를 떠나고 이 년 반이 지난 시점이었다. 감격적인 해후가 아닐 수 없었다. "죽은 줄 알았는데." 걸식이 눈시울을 붉혔다.

"금이빨이 나를 살렸다" 걸식은 말했다. 그때까지도 걸식은 금이빨의 배신으로 유리걸식단이 최후를 맞았다는 걸 모르고 있었다. 놀라웠다. "은거지에 함께 들어오고 그다음 날인가, 금이빨이 아무래도 불안하다면서 새로운 은거지를 빨리 물색해야 된다고 너스레를 떨더라." 걸식은 설명했고, 어처구니가 없어 유리는 고개를 숙이고 있었다. "네가 온 뒤에 함께 찾아보자고 했지만 내 말을 듣지 않았어." 장로인 털십자가가 나서서 금이빨의 말에 짝을 맞췄다. 화인군 토벌대가 도착하기 전 금이빨과 털십자가를 따라 걸식이 은거지를 떠난 건 그 때문이었다.

걸식은 금이빨, 털십자가와 함께 대지국 최북단의 국경 근처까지 다녀온 뒤에야 그사이 은거지가 소탕된 걸 알았다. 유리가 죽어라고 그곳으로 달려갈 즈음이었다. "돌아왔을 땐 동굴의 흔적조차 찾을 수 없었어." 걸식은 눈물을 주르륵 흘렸다. 결과적으로 금이빨이 걸식을 살린 셈이었다. 새로운 은거지를 찾자면서 금이빨이 걸식만을 빼돌린 결과에 따른 운명이었다.

놈에게 일말의 인간적 온정이 남아 있어 그런 건지, 걸식을 대동하지 않고선 은거지를 빠져나올 길이 없어 그런 건지는 알수 없었다.

걸식은 원래 남을 의심할 줄 모르는 성격이었다. "금방 따라온다고 했으니 유리도 여기 와 식구들과 함께 죽은 게 확실해." 은거지가 토벌된 걸 알고 나서 금이빨이 그렇게 둘러댄 모양이었다. 걸식은 당연히 금이빨의 말을 믿었다. "나는 이제까지 유리 너도 거기 와 죽은 줄만 알았어. 아, 모든 게 내 탓이야!" 걸식은 금이빨을 믿었던 자기 과오에 대해 치를 떨었다. "금이빨은 내가 처단했어. 털십자가랑 육손이도." 유리는 말해주었다.

은거지가 토벌된 걸 확인한 뒤 금이빨과 털십자가는 엔지로 갔고, 걸식은 혼자 내륙 쪽으로 길을 잡았다고 했다. 유리가 하얼빈까지 올라갔다가 금이빨을 처단하고자 하는 일념으로 다시 엔지 시내로 내려올 무렵에 걸식은 남행길에 올랐던가보았다. "임시정부가 있다는 충청으로 내려가다 여기서 그분을 만나 군사학교에 들어갔다." 걸식이 말했고, "그분이라니 누구?" 유리가 반문했다. "특별한 분이야. 네가 내 일에 합류하겠다면 그분에게 소개할게." 걸식의 눈빛에 광채가 번뜩이는 걸 유리는 보았다. 경배의 눈빛이었다. 걸식이 다녔다는 군사학교는 공산당 팔로군 소속이었다.

유리는 흑두건단에 합류해달라는 걸식의 제안을 물론 거절했다. 공산군이든 국민군이든 소속될 마음은 추호도 없었다. 심지어 광복군이나 다른 독립무장 단체도 마찬가지였다. 정치적인 집단 안에 들고 말면 집단 이데올로기를 따르지 않을 수가 없었다. 개인의 꿈과 눈물과 한숨은 감상으로 치부되기 십상이었다.

"나하고 함께하지 않으려면 내 신분에 대해서도 깊이 묻지마." 걸식이 쐐기를 박았다. "지금의 나는 이름도 없고 계급도 없고 당파도 없다. 오직 그분의 명령을 따를 뿐이다." 만주에서와 너무도 다른 걸식을 보는 느낌이었다. '그분'에 대한 맹목적인 추종이 걸식을 지배하고 있었다.

"만주에서, 우리는 아무 단체에도 소속되지 않았잖아. 유리 걸식단원이었을 뿐. 심지어 독립 단체들과도 연대하길 거부했어. 그게 걸식 형이야. 형은 그런 게 어울려." 유리가 말했고, "지금은 상황이 다르다." 걸식은 고개를 저었다. "뭐가 다른데?"

"대지국은 거대한 나라야. 대지국이 혁명을 완성하면 화인국을 물리칠 힘이 생길 거고, 그럼 우리 수로국도 독립할 수 있어. 우리도 고향으로 돌아가 유리걸식하지 않고 살 수 있는 세상이 되는 거라고. 만주에서 여기까지 올 때 깨달은 게 그것이다. 유리걸식단 같은 소박한 집단으론 절대로 우리를 지킬 수 없다는 것." 걸식은 그러면서 품안에서 종이 한 장을 꺼내 보여주었다. 마오쩌둥이 유격전을 펼칠 때 대원들에게 강조한 여덟 가지 행동수칙이 적혀 있는 종이였다. "전쟁 중인데, 이런 걸 지키려는 군대가 여기 말고 세상에 어디 있겠냐." 감동한 눈빛으로 걸식이 유리를 바라보았다. 거기엔 이렇게 쓰여 있었다.

"첫째, 말할 때는 부드럽게 해야 한다. 둘째, 물건을 사고 팔 때는 공평히 해야 한다. 셋째, 빌린 물건은 반드시 되돌려주어야 한다. 넷째, 물건을 파손하면 꼭 배상해야 한다. 다섯째, 사람을 때리거나 욕하지 않아야 한다. 여섯째, 덜 익은 농작물에 피해를 입히지 않아야 한다. 일곱째, 부녀자를 희롱하지 않아야 한다. 여덟째, 포로를 학대하지 말아야 한다."

그것은 마오쩌둥이 이른바 홍군紅軍을 거느리고 유격전을 전개하던 오래전의 수칙이었다. 글을 읽을 수 있는 사람도 거의 전무한 농민 출신의 오합지졸들을 유격대원으로 교육하기 위한 고육지책이 담긴 문건이었다. "이것 때문에 감동해 여기 머물러 군사학교에 들어간 거였어?" 유리가 묻고, "그것만이 아니라, 수로국 독립을 위해서……" 만주에서의 그에 비해 걸식은 정치적인 논리로 무장하고 있었고 거기에 정파적 충성심까지 보태고 있었다. 그러나 유리가 보기에 걸식의 논리는 순진하기 이를 데 없었다. 기초적인 유격전법이나 가르치던 시절의 마오쩌둥 수칙에 매료된 순진함에도 감탄이 절로 나왔다.

그때의 '홍군'은 '팔로군'으로 개명되었으며, '정풍운동'을 빙자해 지금 내부적인 헤게모니 싸움에 몰두하고 있다는 걸 걸식은 잘 모르는 것 같았다. 마오쩌둥이 우선 쓰러뜨려야 할 적으로 설정한 건 화인군이 아니라 장제스의 국민군이었다. "형, 내가 다른 문건을 하나 보여줄게." 유리는 오는 길에 주워온 선전지를 꺼냈다. 시안으로 올 때 길에서 만난 공산군 장교가 떨어뜨리고 간 문건이었다. 거기엔 마오쩌둥의 말을 인용하여 이렇게 쓰여 있었다.

"대지국과 화인국의 전쟁은 우리 당이 발전할 수 있는 절호의 기회이다. 그러므로 우리는, 칠 할을 우리 자신의 힘을 기르는 데 쓰고, 국민당과 타협하는 데 이 할의 힘을 쓸 것이며, 나머지 일 할은 화인군과 대적하는 데 쓸 것이다. 국민당이 통제하고 있는 지역에선 놀고, 화인군과 싸우고 있는 지역에선 국민군을 공격할 것이며, 국민군이 이길 공산이 큰 전쟁에선 화인군과 합세, 국민군을 협공하는 걸 망설이지 말라."

당파를 이루면 이념을 앞세워 제도를 만들고 제도는 사람의 영혼과 삶을 가두고 옥죄기 마련이었다. 유리는 이념적 체계와 제도에 소속되는 게 삶의 보편적 가치를 지키는 길이라는 논리에 동의하지 않았다. 그것은 헛소리에 불과했다. 지배자가 되는 것도, 피지배자가 되는 것도 유리는 싫었다. 할 수 있다면 사람을 당파적인 체계 안에 편입시켜 지배하려는 모든 것을 때려 부수고 싶기도 했다. 화인국 천황을 죽이고 장제스를 죽이고 마오쩌둥을 죽이고 하느님과 부처까지 죽이고 싶었다. 그들이 지어내는 명목과 체계는 존재의 고유성을 오직 그들에게 복속시키려는 허울로서 작용할 뿐이라는 게 그 무렵 유리의 생각이었다. 걸식에게 보여준 마오쩌둥의 교시 역시 당파주의에 따른 반인간적 폐해를 보여주는 징표의 하나였다. 대지국의 혁명을 통해 수로국의 독립을 추구한다는 논리도 그 범주 안에 들어 있었다. 그런 단순 논리야말로 오히려 싸구려 감상이었다.

유리걸식단을 이끈 걸 후회한 적도 있었다. 물론 자연발생적으로 생긴 공동체였으므로 그것은 공산당이나 국민당 같은 당파적 집단과는 달랐다. 국가라는 괴물과 견주어 비교하는 것도 무리였다. 인간주의적 룰밖에 없었고 기본적인 행복을 추구하려는 목표밖에 없었던 공동체였다. 하지만 그것 역시 나름대로 집단을 이루었기 때문에 비극을 맞이한 셈이었고 그러므로 책임의 반이 자신과 걸식에게 있다는 게 유리의 생각이었다. 단지 사람답게 살고 싶어 모여든 사람들을 무참한 죽음으로 내몬 죄가 가볍다고 할 수는 없었다.

구태여 필요하다면 유리걸식단보다 훨씬 더 느슨한, 훨씬 더 자연스러운 공동체였다. 어떤 테두리도 갖지 않는, 저절로 아귀가 맞춰지는, 지배와 지배자의 체계가 드러나지 않는 공동체가 필요했다. 사람을 비롯한 모든 존재는 그 자체로 자연이고, 당연히 자연법에 따라 자유롭게 살 본원적인 권리가 있었다.

그러나 지금은 짐승의 시대였고, 국가주의 당파주의가 자연으로서의 존재를 말살하기로 작정한 벼랑 끝이었다. 모든 테두리가 지워진 이상적인 공동체가 생길 틈새는 전혀 없었다. "나는 유리야!" 유리는 그래서 자신에게 말해두었다. 이 벼랑 끝에서 어떤 이념이나 체계의 소모품이 되지 않는 것, 저들의 강압과 요구에 끝까지 부응하지 않는 것이 유리의 노선이라고 할 수 있었다. 유리걸식단이 비극적인 최후를 목격한 후부터 다져온 실존적이고 실천적인 노선이었다. 유리가 지닌 유일한 에너지는 그 실존의 빛이었다.

유리와 달리 걸식은 너무도 깊은 당파적 충성심에 빠져 있었다. 그 역시 유리걸식단의 무참한 마지막에서 받은 충격이 불러온 결과일 터였다. 유리가 화인군을 대적하는 일보다 당파 싸움에 더 힘을 쏟는다는 식으로 공산당을 비판하자 걸식은 금방 불같이 화를 냈다. 임시정부의 광복군에 대한 비난도 격렬히 쏟아냈다. 국민당과 연대하고 있다는 이유 때문이었다.

걸식이 신봉해 마지않는 '그분'이라는 사람은 마오쩌둥 휘하인 어느 고위 장교인 게 확실했다. 걸식이 수하를 데리고 암살한 셋 중 두 명은 공산당 내의 소련파였다. 화인군에 맞서는 전투가 아니라 장제스와 마오쩌둥의 헤게모니 싸움에 매몰된 꼴이었다. 당파적인 이념을 지킨다는 명목으로 동족의 정적을 죽일 수 있는 권리를 도대체 누가 부여할 권리가 있단 말인가. 걸식은 분명히 맹목적인 광신狂信에 빠져 있었다. 그는 자신이 마우쩌둥 체제의 소모품에 불과하다는 걸 전혀 인식하지 못하는 상태였다. 설득할 틈도 전혀 없었다.

정률성鄭律成의 노래를 직접 들은 것은 옌안에서였다. "저분이 〈팔로군 행진곡〉을 작곡하고 노래 부른 정률성인데 우리 수로 사람이야. 나의 저분하고도 가깝게 지내." 눈을 빛내면서 걸식은 말했다. 정률성은 유리보다 고작 한 살이 많은 혁명 전사이자 음악가였다. 난징의 수로혁명간부학교를 다녔으며 노신魯迅예술학교에서 피아노와 성악을 익힌 청년이었다. 그가 작곡한 〈팔로군 행진곡〉은 행진곡이면서 공산당의 당가나 다름없었다. 옌안의 모든 인민들이 그 노래를 알고 있었다. 옌안 풍경을 묘사한 〈옌안송頌〉도 그러했다. "우리 민족이 낳은 천재야!" 걸식은 덧붙였.

마오쩌둥을 비롯한 공산당 중요 간부들이 공연장 맨 앞줄에 앉아 있었다. 유리는 먼빛으로 마오쩌둥을 보았다. 생각보다 볼품이 없는 중늙은이 남자였다. 마침내 〈팔로군 행진곡〉이 합창과 함께 연주되기 시작했다. 장중하게 시작하여 빠르게 휘몰아치다가 장중하게 끝나는 곡이었다. 수많은 음악가들이 옌안에 몰려들어 있었으나 정률성처럼 짧은 기간에 그만한 성과를 발휘한 예술가는 없었다. 음악성도 훌륭하고 독립을 향한 신념과 혁명정신도 뛰어나다고 사람들은 칭송했다. 태양을 안을 듯두 팔을 높이 든 무대 위의 정률성은 충분히 아름답고 힘차 보였다. "전진, 전진, 전진, 우리의 대오는 태양을 향한다"라고 시작, "최후의 승리를 향해! 조국의 해방을 향해!"로 끝나는 노래였다. 수많은 마오쩌둥의 인민들이 모두 일어나 수로 청년 정률성의 선창에 따라 그 노래를 합창하고 있었다.

옌안을 둘러싼 보탑산寶塔山으로 들어가 걸식과 함께 여우 바비큐를 해먹던 날이 옌안에서 가장 행복했던 순간의 기억이었다. 오래전의 은여우가 생각나 잡지 말라고 했는데도 걸식은 유리를 보신시켜야 한다면서 기어이 여우를 잡았다. 걸식의 사냥 솜씨는 여전했다. 모처럼 예전의 걸식을 만난 기분이었다.

짐승의 생고기를 씹어 먹으며 산맥을 따라 북진하던 시절의 이야기가 종일 이어졌다. 호랑이를 때려잡은 산신령 이야기를 할 때는 아득한 눈빛이었고, 금광을 털던 이야기를 할 때는 신명난 얼굴이었으며, 두만강 얼음장 밑으로 수장된 동행자들 이야기가 나왔을 때는 피차 슬픈 표정이 되었다. 시간 가는 줄을 몰랐다. 산속에서 둘이 함께 자기도 했다. 깨어나니 유리의 몸이 걸식의 품안에 깊이 들어가 있었다. 따뜻하고 듬직한 품이었다. 얼마나 속정이 깊은 사람이었던가. 유리는 차라리 걸식이 잠에서 오래오래 깨어나지 않기를 바랐다.

며칠 후 걸식과 끝내 갈라진 것도 그곳이었다.

"정률성은 혁명정신이 투철한 음악가야." 걸식이 말했고 "혁명정신이란 말은 빼는 게 좋겠네. 음악가는 그냥 음악가면 되는 거지." 유리는 웃으며 대꾸했다. "지금 나를 비웃는 거냐?" "아니. 사실을 사실대로 말하는 거야." "예전의 유리가 아니구나." "형도 내가 아는 그 걸식 형이 아니고. 대체 우리가 지금 왜 싸우는 거지?" "너 아니라도 이기적인 회색분자들이 쌔고 쌨는데, 왜 하필 네가!" 걸식의 말이 그쯤 비약했다.

국민당과 공산당이 화제가 되었고 광복군과 임정에 대한 여러 이야기도 오고 갔다. 국민당엔 장제스가 있었고 공산당엔 마오쩌둥이 있었으며 광복군엔 김구가 있었다. 유리는 그 누구에게든 소속될 마음이 없었다. "우리는 본래 각자 자유롭게 태

어났어." 유리는 말했고, "게다가, 여긴 남의 나라야. 나는 마오
쩌둥 아저씨가 혁명으로 우리의 자유를 지켜줄 거라고 생각하
지 않아." 유리는 또 덧붙였다. 차마 마오쩌둥의 소모품이라는
말까지는 할 수 없었다. "넌 그럼 장제스 편이네?" "그런 식으로
가르지 마. 형은 너무 닫혀 있어!" "안 닫히면 무엇으로 너를 지
킬 건데?" 걸식이 드디어 화를 냈다. 설득하려 하면 할수록 오
해가 커질 뿐이었다. 마음에 없는 말까지 마구 칼춤을 추며 튕
겨 나왔다.

옌안의 불빛들이 내려다보이는 황막한 공터였다. 악을 쓰고
소리치는 것도 모자라 누가 먼저랄 거 없이 먹살을 잡고 주먹
질까지 오간 건 오밤중이었다. 미친 싸움이었다. 유리는 눈가
가 찢어졌고 걸식은 입술이 터졌다. 서로의 목을 조르면서 한
참씩 황토로 된 비탈길을 굴러 내려가기도 했다. 독한 술을 빠
르게 비웠으나 취해서 생긴 사달이 결코 아니었고 서로를 비
판했으나 미워서 생긴 일도 결코 아니었다. 사랑하면서, 가는
길이 다르기 때문에 생긴 광기의 싸움이었다.

완전히 지쳐 흙구덩이 속에 누워 있다가 비틀비틀 비탈길
을 내려오다 돌아보았을 때 걸식은 저만큼 무릎 사이에 얼굴

을 묻고 앉아 있었다. "형, 나, 떠나!" 목이 메어 유리는 소리쳤고 걸식은 끝내 고개를 들지 않았다. 결코 붙잡지 않겠다는 뜻이었다. 바람이 거칠게 부는 여명이었다. 비탈길을 휩쓸고 내려온 자욱한 흙먼지가 걸식을 조금씩 잡아먹고 있었다.

"혀엉!"

소리는 그러나 더 이상 입 밖으로 터져 나오지 않았다. 한없이 외로워 보이기로는 걸식도 마찬가지였다. 흙먼지가 삽시간에 걸식을 싸안아 지웠다. 유리의 기억에 남은 걸식의 마지막 모습이었다. 싫으면 그냥 떠나올 일이지 왜 그렇게 물고 뜯고 싸웠는지, 유리는 두고두고 그것을 후회했다.

길은 사방으로 뚫려 있었지만 가고 싶은 길이 없었다.

다시 또 유리 할아버지

"옌안을 떠난 후 나는 방향을 생각하지 않았다. 갈 곳이 따로 없었기 때문이었지. 내가 걷고 있는 길이 어디를 향하는지 묻지 않았으며 갈 곳을 생각해본 적도 없었다. 몸과 영혼에서 심지가 쑥 빠져나간 것 같았어. 나는 혼자였고 발길 닿는 대로 걸었다. 그야말로 유리걸식이었구나. 어디 가든 버려진 주검들이 도처에 널려 있었다. 옷이 해지거나 신발이 찢어지면 죽은 자들의 그것을 벗겨 입거나 신었고, 배가 고프면 풀과 그 뿌리를 먹었다. 독초를 잘못 먹어 여러 날 고생을 하기도 했고."

나의 할아버지 유리는 말씀하셨다.

"여름이 그렇게 지나갔다. 무이산 생각이 난 것은 어느 산속을 헤매다가 물가에 앉아 있을 때였어. 불현듯 운지산 굴속의 신비한 샘 생각이 났고, 샘에서 본 나의 주검이 생각났고, 붉은 댕기가 생각났다. 그러자 베이징으로 넘어오던 길에서 만나 이틀 밤을 함께 보낸 창춘 출신 남자가 해준 말이 자연스럽게 떠오르지 뭐냐. 무이산 어느 깊은 골에 '위안소 출신의 여자들만 사는 마을'이 있다는 말. 봄이면 사방에 복사꽃이 만발하는 또 다른 도원동 이야기."

미스터 유리, 할아버지의 표정이 발그레해졌다.

"복사꽃 마을이면 거기도 도원동 맞네!" 내가 맞장구를 쳐주었고 "그래, 도원동!" 할아버지 어조가 활달해졌다. "짜잔! 이제부터 미스터 유리의 이야기, 무이산 도원동편이 시작되겠습니다!" 내가 징을 치는 시늉을 했다. 걸식과 헤어지는 대목에서 한없이 무거웠던 할아버지의 얼굴에 밝은 기색이 돌아와 다행이었다. "수선스럽기는." 할아버지는 칼을 고쳐 쥐었다.

우리는 마주 앉아 밤을 까먹는 중이었다.

"그곳에서 붉은댕기를 만난 거죠?" 내가 노래하듯 물었고, "서둘지 마라." 할아버지가 미소를 지었다. "장제스, 마오쩌둥, 김구 이야기는 너무 무거워요." 나이가 든다는 건 그만큼 '가시 같은 기억'들을 많이 축적하는 셈이라는 걸 할아버지로 인해 깨닫게 된 후라서 위로 삼아 한 말이었다. 미스터 유리는 당장 이마를 찡그렸다. "네 목숨도 바로 그 무거운 역사에서 비어져 나왔다." "밝은 역사 이야기라면 좋아요." "밝은 걸 지향하는 사람이 무거운 걸 감당하는 법이다. 봐라, 이 밤." 미스터 유리는 하얀 속살이 비어져 나온 밤 한 톨을 내게 보여주며 말을 이었다. "얘도 무거운 갑옷을 입었으니 속이 이리 환하지 않냐." 내 칼끝에서도 밤의 속살이 오동통 비어져 나오기 시작했다. 지난 가을 할아버지가 손수 주워 항아리에 재놓은 밤이었다.

할아버지의 머릿속에 무이산이 떠오른 곳은 장시성江西省의 난창南昌 부근이었다. 여름 내내 수천 리 길을 걸어온 후였다. 양쯔강 본류와 이어진 큰 호수가 난창에 있었다. 포양후鄱陽湖. 길이 정해졌으니 발걸음도 가벼웠다. 붉은댕기를 만날 수 있다고 믿은 건 아니었지만 최소한 방향을 잡을 핑계가 생겼으니 발걸음이 가벼울밖에 없었다.

서둘지 않았다. 할아버지는 포양후 주변을 돌아다니며 유유자적, 나머지 여름을 보냈다고 했다. 바다처럼 큰 호수였다. 일찍이 주원장朱元璋이 이십만 군으로 진우량陳友諒의 육십 만 대군을 꺾고 새 왕조를 세웠던 곳이었다.《삼국지》의 적벽대전에서 조조가 꽁지를 빼고 도망가는 그 장면이 바로 주원장의 '포양후 대전'에서 비롯된 거라고 할아버지는 덧붙여 설명해주었다.

미스터 유리는 이어서 말씀하셨다.

"물이 아름다운 것은 땅이 있기 때문이고 땅이 이로운 것은 물을 품고 있기 때문이다. 호수 북면에 우뚝 솟은 산이 여산廬山인데 늘 구름이 껴 있어 도무지 봉우리를 보여주지 않는다. 참된 건 쉽게 제 속살을 보여주지 않아. 내 삶도 그래. 돌아보면, 참된 봉우리 하나 찾아 수많은 골짜기를 헤매고 헤매어 왔지만 그것의 코빼기조차 볼 수 없었던 게 인생이었구나. 소동파도 여산의 봉우리를 보고자 여러 날 이 호숫가를 헤매다가 끝내 보지 못하고 이런 시를 남겼단다."

"횡간성령측성봉橫看成嶺側成峰, 가서 보면 산마루요 옆에서 보면 봉우리라. 원근고저각부동遠近高低各不同, 멀고 가깝고 높고 낮은 데 따라 모두 다르도다. 불식여산진면목不識廬山眞面目, 여산의 참모습은 여전히 알지 못하고. 지연신재차산중只緣身在此山中, 이 몸은 아직도 산속을 헤매고 있구나."

나의 할아버지, 미스터 유리가 무이산에 당도한 건 가을이었다. "그처럼 수려한 봉우리 수려한 계곡은 처음이었어." 당신이 깐 밤을 내 손에 쥐어주며 할아버지는 말했다. 칼질이 서툴러 나는 아직 밤의 반도 까지 못하고 있었다. "생긴 건 깐 밤톨 같은 녀석이, 칼질이 그래서야 언제 그게 입으로 들어갈꼬?" 할아버지가 내 솜씨를 비웃었고, "칼은 질색이에요." 나는 칼을 내려놓았다.

할아버지는 거의 한 달간 무이산 곳곳을 돌아다녔다고 했다. 절벽 끝에 매달린 제비집 같은 사원에서 머문 적도 있었고 도교의 오래된 전각에서 여러 날 밤을 새운 적도 있었다. "무이산은 차茶가 명물이야." 차 한 잔 얻어 마시고 옥빛으로 굽이치는 물가에 나와 앉아 있으면 그곳까지 흘러온 모든 이력이 전생의 그것 같았다.

구곡계곡과 용천계곡을 지나 옥룡계곡으로 갔다. 인적은 드물었고, 선인들이 도를 닦던 퇴락한 전각들만 여럿 남아 있었다. 살아서 신선이 되고 싶은 사람들이 많이 찾아오는 산이었다. 장생불사長生不死의 세상을 염원하는 도교의 성지라고 할 수 있었다. 어떤 이는 신선이 되어 만리장천萬里長天으로 날아갔다고 했고, 또 어떤 이는 길을 묻다가 앉은 채 죽어 물이 되었다고 했다. "나도 덩달아 신선이 되는 기분이었지." 할아버지의 말에, "도원동과 붉은댕기는 언제 나와요?" 나는 앙살궂게 토를 달았다. 할아버지는 내 말을 듣지 않는 것 같았다. 눈빛에 광채가 서려 있었다.

나의 할아버지 미스터 유리는 또 말씀하셨다.

"어떤 도교사원에서 만난 노인은 수염이 세 자가 넘었다. 평생 혼자 살아온, 장제스도 마오쩌둥도 화인국도 모르는 노인이었어. 옥황상제에게 제사를 드리고 있던 그 노인은 티끌 하나 없이 맑은 눈이었고 얼굴이 백옥처럼 흰 게, 영락없이 신선이었어. 내가 물었지. '사람이 죽은 다음엔 어떻게 되나요?' 잘살면 죽어 신선이 될 수 있다는 식의 대답을 듣고 싶어 물어본 것이었는데, 노인은 별걸 다 묻는다는 듯 히죽이 웃고 나서, '그야 죽으면 썩어 문드러지지' 하더라. 대실망이었다. 도인으로

서 그게 할 소리냐. 뭐 틀린 말은 아니다만."

"여자들만 사는 마을에 대한 실마리를 만난 건 무이산 옥룡 계곡을 둘러보고 난 다음이었어. 찻잎을 따던 한 노파가 여자 들만 산다는 마을로 가는 길을 알고 있었다. 노파가 일러준 길 을 따라 폭포를 지나고 가파른 벼랑을 여러 시간 올라가자 좁 은 암벽 틈이 나오더라. 옆걸음질로 가야 겨우 전진할 수 있는 은밀하고 오묘한 틈이었다. 캄캄한 굴을 한참 더듬어가니 거대 한 벼랑으로 둘러싸인 분지가 갑자기 발아래로 내려다보였지. 무이산 도원동이 나타난 거야."

"맑은 물이 넘쳤고, 복숭아를 비롯한 가지가지 유실수가 열 매를 주렁주렁 매달고 있었으며, 열대의 꽃들이 지천으로 피어 있었어. 화인군은 물론 장제스도 마오쩌둥의 입김도 닿은 적 없는 그야말로 숨겨진 무릉도원이었지. 어디선가 낮닭이 우는 소리가 났다. 그곳이 바로 위안소 출신 여자들만 모여 사는 마 을이었단다."

내가 얼른 상반신을 일으켰다.

"드디어 찾았네요, 할아버지!" "할아버지라고 부르지 말랬거늘." 할아버지가 혀를 찼고, "아, 미스터 유리!" 나는 혀를 날름해 보였다. 햇빛이 창에 닿고 있었다. "좀 부축해다오. 산에 가봐야겠다." "지금요?" "그래, 지금!" "붉은댕기 이야기를 먼저 해주세요. 그곳에 있었나요?" "그 아이는 거기 없었다." 할아버지가 고개를 저었다. "피, 무슨 이야기가 그리 싱거워요. 그렇다면 무이산 이야기, 그냥 건너뛸걸." "이야기의 길은……" 할아버지가 내 눈을 들여다보았다. "날아서 가는 게 아니다. 땅바닥에 몸을 붙이고 뱀처럼 기어나가는 게 진짜 이야기지." "그래서요?" "소식은, 붉은댕기 소식은 거기서 들었다는 말이다." "정말요?" 내 목소리가 절로 솟구쳐 올랐다. 할아버지는 말없이 내 어깨를 짚고 상반신을 일으켜 세웠다.

봄이 다가오고 있었다.

할아버지는 산속으로 길을 잡았다. "네가 오기 전에는 매일 다니던 길이다." 길은 없는 것과 한가지였다. 얼핏, 할아버지보다 앞서 바위 뒤로 사라지는 누런빛이 내 시선에 닿았다. 뱀의 꼬리인 것 같았다. "어머, 뱀!" 할아버지의 소맷자락을 잡았다. "녀석 참, 무서워할 건 없다. 그놈, 내 친구야." 할아버지가 웃었다. "친구는 무슨." 내가 볼통하게 중얼거렸다. 그것은 누런 구렁이였다. 너럭바위 위에 똬리를 틀고 앉아 해바라기하는 구렁이를 본 일도 있었다. 뱀은 겨울잠을 자는 게 아니냐고 묻자, "사람도 자다가 가끔 깨지 않니." 할아버지는 설명했다. "친구가 보고 싶어 잠깐 잠자리를 벗어나 나오는 수도 있고."

암벽이 곧 다가왔다. 할아버지는 청년처럼 민첩해졌다. 걷는 것도 불편한 몸인데 어디서 그런 힘이 솟아나는지 모를 일이었다. 쩔쩔 매는 건 내 쪽이었다. "무서우면 돌아가 있어라." 나를 돌아보며 할아버지가 또 웃었고, "안 무서워요. 아무려면 노인인 미스터 유리보다 못할까봐서." 내가 데퉁스럽게 받아쳤다. 한 단락의 비스듬한 암벽을 다 오르자 능선 너머로 도시 한 귀퉁이가 건너다보였다. "그만 쉬자, 애야." 도시는 뿌연 스모그에 싸여 있었다. 할아버지와 나는 나란히 앉아서 햇빛 아래의 도심을 한참이나 건너다보았다.

미스터 유리는 그곳에서 다시 말씀하셨다.

"그 마을에 위안소 출신의 여자들이 모여 산다는 건 사실이었다. 수로국 여자가 열여덟, 대지국 여자가 둘, 풍류국 여자와

베트남, 미얀마, 필리핀 여자가 각각 하나, 놀랍게도 프랑스 여자도 그곳에 있었어. 베트남에서 살다가 화인군에 납치돼 위안소로 끌려갔었다고 했다."

"일종의 가족공동체라고 할까. 제일 일찍 그곳에 들어온 여자를 사람들은 자연스럽게 '엄마'라고 불렀고 또 나이 많은 다른 여자를 모두 '아버지'라고 불렀다. 오해하지 마. 동성애자들이었다는 게 아니야. 고향이 그립고 가족이 그리운지라 가상의 가족공동체를 꾸린 거지. '삼촌'도 있고, '고모' '이모'도 있었고, 첫째 둘째 셋째 넷째 다섯째 딸도 있었다. 들어온 순서에 따라 맞춤하게 엄마, 이모, 삼촌, 언니라고 그들이 서로를 부르는 걸 보니 눈가가 뜨거워지더라. 얼마나 가족이 그리웠으면 그럴까. 여자들만 사는 마을이었지만, 암튼 여자들만의 마을이 아닌 셈이었어. 대가족이 그곳에 모여 살고 있었다."

나의 할아버지 유리는 계속 말씀하셨다.

"며칠 동안 그 마을의 객사에서 머물렀구나. 열이 들끓어서 몸을 가누기 어려웠거든. '엄마'를 비롯한 여러 딸들이 나를 극진히 간호해주었다. 위안소에서 구사일생 도망쳐 나와 제일 먼

270

저 그곳에 자리 잡은 여자가 이른바 '엄마'였고, 인도차이나반도로 끌려가던 중 낙오돼 그곳으로 들어온 키가 큰 여자가 '아버지'였다. 베트남 여자는, 그 마을에서 유일하게 위안소 출신이 아니라 군 간호사 출신이었다. 엄마와 아버지인 두 여자가 먼저 자리 잡은 후, 해마다 길 잃은 새가 둥우리에 깃들 듯이 두셋씩 합류해 공동체를 이룬 마을이었어. 국적이나 나이나 얼굴색은 아무 문제도 되지 않았다. 그들은 정말이지 그냥 대가족이었다."

"보편적 가족의 규범들이 공동체의 질서를 가능하게 한 거였어. '엄마' '아버지'의 권위는 거의 절대적이었지. 엄마 역할을 하는 여자는 키가 작고 이마가 반듯했으며 눈 밑엔 점이 있었다. '눈물 점'이라고 했다. 이름도 '점순이'였고. 까무잡잡한 얼굴에 영민하고 야무진 게 영락없이 붉은댕기를 닮았더라. 공장에 취직시켜 준다는 말에 속아 부모가 자청해 동네 구장의 손에 딸려 내보낸 것이 고통의 시작이었다. 구장은 먼 대처로 기차를 태워 보냈고, 여자는 낯선 곳에서 공장이 아닌 화인국 헌병대의 군속에게 인계됐던 게야."

미스터 유리는 계속 말씀하셨다.

"그곳에 있는 여자들은 모두 가슴속 깊이 대못 같은 기억들을 박고 살았어. 처녀사냥꾼에게 붙잡혀 온 여자도 있었고, 순사나 화인군 군졸에게 강간당하고 끌려온 여자도 있었고, 굶는 게 싫어 가출해 온 여자도 있었고, 사랑하는 남자가 돈 받고 팔아넘긴 여자도 있었지. 사연도 가지각색인 여자들이 모여 역할을 정하고 대가족처럼 모여 사는 공동체 마을이었어. '효녀'도 있었고 말썽꾸러기 '딸'도 있었고, 엄한 '삼촌'도 있었다. 여느 씨족부락과 다를 게 없는 마을이었다고나 할까, 말썽을 일으키는 딸은 '부모'나 '삼촌'이나 '언니' 들의 질책을 받았고 심하면 '엄마'나 '아버지'에게 회초리도 맞았다."

"그들 사이에서 반드시 지켜야 할 엄한 계율이 있다면 남자 문제. 원칙적으로 남자는 그 마을에 들어올 수 없었으며, 들어오더라도 객사에 머물렀다가 곧 떠나야 했다. 그게 그 마을이 정해놓은 제일의 법도였다. 마을로 들어오는 길이 험해 외지 사람이 접근하는 경우도 없었다만 그래도 가끔 사고가 일어났다. 한번은 약초를 따러 돌아다니는 남자와 관계를 맺고 만 '딸'이 있었는데, 그 딸은 마을 총회의 결의에 따라 즉각 외지로 내쳐졌다고 했다. 그렇다고 그들이 남자를 무조건 증오하는 건 아니었다만."

"남자가 야만적 속성을 갖고 있다는 데 암묵적으로 동의한 여자들이었다. 그들은 전쟁을 일으킨 것도, 전쟁을 수행하는 것도 남자라고 생각했어. 가령 '큰딸'은, '복숭아나무를 볼 때도 남자는 오직 그 열매를 생각할 뿐'이라고 지적했다. 대학 입학을 앞두고 있다가 '처녀사냥꾼'에게 붙잡혀 온 똘똘하고 속이 깊은 여자였지. 여자들은 남자와 다르다는 것이었지. 이를테면, 여자들은 열매와 꽃과 잎, 나아가 햇빛, 바람, 물, 어둠까지 한통속으로 버무려 이해하는 특별한 감성을 갖고 있다는 말이다. 그 모든 게 더불어 하나의 원만한 전체를 이루고, 그 전체는 무한한 추상의 가치를 내포하고 있으며, 그걸 이해하는 능력은 오로지 여자들만 갖고 있다는 건데, 한마디로 줄이자면 추상의 가치를 이해하지 못하기 때문에 남자들이 전쟁을 일으킨다는 게 큰딸의 주장이었다. '여자를 보면 구멍만 떠올리고 복숭아나무를 보면 열매만 욕망하는 남자들은 한마디로 멍청이예요. 그런 멍청이는 우리에게 필요 없어요.' 큰딸이 내게 했던 말이다."

소나무 숲으로 둘러싸인 능선길이 나왔다.

겨우 한 사람이 걸어갈 수 있는 산의 어깨를 돌아나가자 거의 직벽에 가까운 암벽이 나왔다. 보기만 해도 아슬아슬했다. "설마 이 바위를 올라가겠다는 건 아니겠지요?" 내가 말했고, "너는 잠깐 여기 있으렴." 할아버지는 미소 지었다. 나의 할아버지 유리가 시야를 벗어난 건 눈 깜짝할 사이였다. "미스터 유리!" 나는 벼랑 아래에서 소리쳐 불렀다. 할아버지가 사라진 곳은 다복솔이 있는 급경사 암벽의 허리쯤이었다. 공포감이 나를 사로잡았다. 까마득해서 벼랑 아래는 보이지도 않았다.

할아버지가 돌아온 건 한참 후였다. "뭐예요, 할아버지!" 내가 소리쳤고, "나 죽었을까봐 운 게냐?" 할아버지는 웃었다. "안 울어요. 내가 왜 할아버지 때문에 울겠어요." 할아버지라고 무심코 부른 걸 미스터 유리가 나무라지 않은 건 그때가 처음이었다. "저기로 올라가면 다시 평평한 데가 나와. 길이 없어 뵈지만 길이 있다." "거기 뭐가 있는데요?" "저 너머에…… 긴 굴도 있어. 또 다른 길인 셈이지. 구렁이 친구도 거기 살고." "그래서요?" "비좁아 한참 기어 들어가야 하지만 조금 가면 네 활개를 펴고 걸을 수 있는 길고 큰 굴이다. 세계로 가는 통로지. 무한대의."

할아버지의 눈빛에 아득한 기운이 서렸다. 우리는 소나무 숲이 내려다보이는 바위에 나란히 등을 기대고 앉았다. 햇빛이 밝았다. 도시를 휘돌아 흘러가는 강이 흰빛으로 눈에 들어왔다. 할아버지가 암벽 위를 손가락질했다.

미스터 유리는 그곳에서 또 말씀하셨다.

"저기…… 저 위에 내가 마지막으로 갈 길이 있다. 봄이 오면 갈 길이야. 젊은 너희는 시멘트 발라놓은 걸 길이라고 부르지만, 우리는 앞서 간 사람이 있으면 그것을 길이라고 부른다. 아니 몸뚱어리가 가는 길만 있는 건 아니야. 가령 엄마가 그리울 때 네가 어미에게 가는 길은 어떠냐. 그것도 길이야. 아무도 모르는, 너만 아는 생각의 길. 상상의 길. 저 너머 굴도 그래. 나만 아는 내 길이다. 운지산이나 걸식 형이 머물던 보탑산이나 큰 마님의 유사현이나 위안부 여자들이 살았던 무이산까지 모두 연결된."

"내가 붉은댕기에 대한 이야기를 들은 건 마을을 떠나기 직전이었어. 작별인사를 하려고 엄마 노릇을 하는 여자와 마주 앉아 있을 때였지. '사실은…… 어떤 여자를 찾아 이곳에 왔답니다. 운명선과 감정선과 생명선이 한 번도 만나지 않고 각각 나뉘어 흐르는 손금을 가진 여자지요. 목덜미에는 세 개의 보랏빛 점이 있고.' 내가 그렇게 물었다. 뭐 그냥 해본 말이었어. 붉은댕기가 그곳에 없다는 걸 확인하고 난 뒤끝이었으니까. 그러나 그 여자, 그러니까 '엄마'의 반응은 놀라웠다. 낯빛이 갑자기 어두워지더니 잠시 후, '그런 손금을 가진 애가 여기 있었지요' 하고 말했거든. 전혀 예상하지 못했던 답변이었다. '정말이오? 정말…… 그런 손금을 가진 여자가 있었단 말인가요?' 놀라서 나는 다잡아 물었고, '네, 목덜미 세 개의 점도 있는' 하면서 그 여자-엄마가 선선히 고개를 끄덕거리는 거야!"

정말 봄이 오는 것 같았다.

할아버지는 실눈을 뜨고 먼 곳을 바라보았다. '세 개의 선이 나뉘어 흐르는 손금' 때문에 생이별한 어머니와 아버지를 영원히 다시 만날 수 없을 거라고 말하던 운지산 시절의 붉은댕기를 보고 있는 눈치였다. 털이 숭숭 박힌 그녀의 목덜미 점을 보고 있을지도 몰랐다. 그런 손금, 그런 점을 가진 여자가 그녀 이외에 또 있다고 누가 상상하겠는가. 그 여자-엄마는 '목덜미 세 개의 점에 털이 박혀 있었지요'라는 말까지 덧붙이더라고 했다. 할아버지는 그 순간 가슴이 뜨거워지는 걸 느꼈다고 했다. 붉은댕기가 우주적 신호를 보내서 자신을 강력히 무이산으로 이끌었다고 생각했기 때문이었다.

"어디로 간다고 했나요?" 할아버지가 당연히 그 여자-엄마에게 다잡아 물었고, "그 아이는 자기의 죽음을 알고 있다 했어요. 자신이 죽을 곳은 이상한 옷을 입은 사람들이 사는 사막의 마을이라면서." 그 여자-엄마가 대답했다. 그 여자가 문갑 속에서 종이 한 장을 꺼낸 건 그다음이었다. "그 애가 내게 준 거예요." 그 여자는 종이를 펼쳐놓았다. 붉은댕기가 그려 남긴 그림이었다.

서툴게 그린 그림이었다. 장삼 같은 치렁한 흰옷에 꽃을 수놓은 대접 모양의 모자를 머리에 얹은 사람들이 죽어가는 한 여인을 에워싸고 있는 그림이었다. 보자기에 싸인 갓난아이가 죽어가는 여인 옆에 놓여 있었다. "그 애는 글을 쓸 줄 몰랐어요. 그래서 그림으로 남긴 거지요. 자신의 죽음을 그린 거라 했어요. 어렸을 때 자신의 죽음을 보았다면서." 그 여자-엄마는 말했다.

나의 할아버지 미스터 유리는 붉은댕기가 남겼다는 그 그림을 보고 또 보았다. 무조건 먼 곳으로 가고 싶다던 열다섯 살 시절 붉은댕기의 목소리가 유리의 고막을 쾅쾅 울렸다. "나는 내 운명을 알고 있는걸. ……내가 죽는 곳은 낯선, 그러니까 아주 먼 곳 사막이야. 이상한 옷을 입은 사람들이 죽는 나를 빙 둘러싸고 있어." 그 말을 할 때 그 애의 눈에서 바람 소리가 들렸던 것도 할아버지는 기억했다. "내가 그걸 어찌 잊을 수 있겠냐. 모든 운명은 운지산에서 시작됐던 거야. 그 애의 소식을 그 먼 곳, 무이산 깊은 골짜기에서 듣게 된 것 역시." 할아버지가 덧붙이고 있었다.

나의 할아버지 미스터 유리는 이어 말씀하셨다.

"그 여자-엄마는 붉은댕기가 그린 그 그림을 나에게 주었다. 그 애를 꼭 찾고 싶다면 그림을 가져가라고. 아니 꼭 찾으라면서. 가눌 수 없는 어떤 회한이, 그 여자-엄마의 눈 속에 드리워 있었다. 그 여자와 붉은댕기가 그린 그림을 나는 번갈아 바라보았다. 그림 속의 갓난아이가 누구냐고 물어야 할 참이었지. 붉은댕기의 아이인가 하는 것을."

"그러나 물을 필요도 없었다. 그 여자-엄마가 갑자기 눈물을

278

주르륵 쏟으면서 먼저 말했거든. '이 그림을 그려 내게 보여줄 때…… 그 애는 이미…… 임신상태였어요.' 나는 놀랐고, 또 충격을 받았다. 위안부였던 붉은댕기가 임신을 했다면 그것은 당연히 화인군의 씨앗일 터였다. 사람을 죽이고 돌아오는 화인군들에게 열 번 스무 번 몸을 내주어야 하는 게 위안부의 일이었어. 일반화된 피임 방법도 없었지. 가슴이 무너지는 것 같았다."

"대지국 서쪽, 사막 끝에 이런 차림을 한 사람들이 사는 곳이 있다는 말을 들었다고 그여자-엄마가 덧붙이는 것이었어. '내 잘못이 커요. 그 애가 가는 길에 죽었다면, 그건 바로 나 때문이에요.' 그 여자의 말이었어. 나는 그 여자-엄마의 눈가에 맺힌 회한의 눈물을 보았다. 마을에 들어올 때 붉은댕기의 자궁 속엔 이미 새 생명이 터를 잡고 있었다는 것이었고, 배가 불러오기 시작할 때쯤 마을에서 쫓겨났다는 것이었다. 붉은댕기를 마을에서 쫓아내기로 최종 결정을 한 것이 바로 그 여자 자신이었다고 했다."

"배가 불러오기 시작해 더 이상 감출 수 없다는 생각이 들자, 붉은댕기는 제일 먼저 그 여자-엄마에게 임신 사실을 털어놓았던 모양이다. 그 여자-엄마는 당연히 '아버지'와 상의했고,

아버지는 또 당연히 '삼촌'과 상의했겠지. 삽시간에 모든 여자들이 붉은댕기의 임신 사실을 알게 되었지. 붉은댕기가 마을로 들어오고 불과 두 달째였다. 마지막 들어왔으므로 붉은댕기는 순번에 맞춰 '막내'라고 불렸다고 했어. '막내가 애를 배서 들어왔어!' 누구는 말했고, '간악한 화인군놈들!' 누구는 주먹을 쥐었고, '짐승의 씨앗이야!' 또 누구는 치를 떨었다. 비극적인 결말이 그렇게 다가왔던 거야."

할아버지가 가슴을 움켜잡았다.

그렇게 고통스런 할아버지를 보는 건 처음이었다. 나도 모르게 내 손이 할아버지의 어깨로 갔다. "내게 기대요, 미스터 유리." 황혼이었다. 암벽 너머로 붉은 기운이 가득했다. "나머지 이야기는 집에 가서 들을게요." 키 작은 할아버지의 이마가 겨우 내 팔뚝에 닿고 있었다. 나는 할아버지의 어깨를 싸안았다. 새떼들이 연방 들까불며 머리 위로 지나고 있었다. "남동생 같아요, 할아버지." 나는 짐짓 밝은 어조로 말했다

자학

비가 오는 밤이었다. 객사 맞은편 공터에 모든 마을 사람들이 모여 있었다. 대나무로 엮어 지은 정자가 있었지만 겨우 몇 사람이 들어가 앉을 정도였다. '엄마'와 '아버지'가 정자에 앉아 있었고, 정자 밖 공터에 붉은댕기가 두 손으로 아랫배를 감싸 안고 서 있었다. 남포 불이 꺼지고 나자 곧 횃불이 정자 기둥에 걸렸다. 마을의 모든 여자들이 붉은댕기를 둥그렇게 에워싸고 있었다.

선 채로 비에 젖어 모두가 하나같이 그로테스크한 모습이었다. 빗줄기가 점점 더 굵어졌다. 정자 안도 비에 젖기로는 마찬가지였다. 지붕이라야 댓가지를 겹으로 짜서 얹은 것에 불과했다. 바람이 심하게 불지 않는 게 그나마 다행이었다. 무거운 침묵이 흘렀다. "그동안 네가…… 어디서 어떻게 살았는지는 묻지 않겠다." 아버지 노릇을 하는 여자가 먼저 운을 뗐다. "그것이 여기 법도니까. 다만," '아버지'는 그러고 나서 험, 하고 헛기침을 한 번 했다. 권위를 세우려는 헛기침이었다. "다만, 뱃속 아이에 대한 너의 생각을 듣고 싶구나!"

칠흑 같은 밤이었다. 계곡의 물소리가 톤을 높였다. 유학의 지형도를 바꾸었다고 알려진 주희가 세속의 인연을 끊고 은거했다고 전해지는 구곡계의 물소리였다. 침묵이 왔다. 대답 여하에 따라서 어떤 처분을 할지는 결정되어 있는 것이나 다름없는 분위기였다. 붉은댕기는 그렇게 생각했다. 어제까지 가족이었던 그들과 붉은댕기 사이엔 오늘 밤 쉽게 합치될 수 없는 어두운 단층이 존재했다. 맺어져 있지 않은 사람은 붉은댕기 자신뿐이었다. 고독한 순간이었다.

붉은댕기는 마른침을 삼켰다. 가슴을 적시며 흘러내린 빗물이 배를 감싸 안은 손등을 타고 주르르 흘렀다. "아이를 낳기라도 하겠다는 것이냐?" 이번엔 그 여자-엄마가 물었다. 앓아누웠을 때 밤을 새워 머리맡을 지켜주던 엄마, 미음을 떠먹여주던 엄마, 댓가지로 바구니 만드는 법을 가르쳐주던 엄마였는데, 다정했던 어제의 그것과 달리 엄마의 목소리는 차디찼다. "대답을 해봐, 막내야. 모든 가족이 여기 모여 있다." 엄마가 재촉했다. 생물학적 나이와 상관없이 제일 늦게 들어왔으므로 마을에서 붉은댕기의 역할은 '막내딸'이었다. 모든 사람의 눈이 막내인 붉은댕기에게 화살처럼 꽂혔다. 피해 갈 길이 없었다.

"내 아이예요. 나는…… 좋은 엄마로 살고 싶어요."

떨리긴 했으나 단단한 목소리였다. 횃불이 출렁거렸다. 질끈 묶어 올린 붉은댕기의 머리꼭대기가 횃불의 불빛을 받아 이글이글했다. 어떤 회유와 압박에도 지지 않겠다는 붉은댕기의 결기가 그 머리꼭대기에 담겨 있었다. 대화는 더 이상 무위해 보였고, 둘러선 사람 모두 그것을 알고 있었다.

"말도 안 돼!" '이모'라고 불리는 여자가 말했고, "더러운……" '둘째딸'이 중얼거렸고, "그러니까 여기서…… 우리 도원동에서 아이를 낳기라도 하겠다는 것이냐?" 성미 괄괄한 '삼촌'이 되물었다. 붉은댕기는 고개를 끄덕거렸다. "아기를 낳고 나서 떠나라면 떠날게요. 그때까지만 여기 있게 해주세요!" 엄마는 붉은댕기의 시선을 피해 차갑게 돌아앉았다. 결코 허락할 수 없다는 강력한 의지의 표현이었다. "어림도 없는 소리야. 뱃속 아이는 짐승의 새끼다. 죽여야 한다!" 삼촌이었다. 암묵적으로 이미 결정해둔 판결을 성정에 못 이겨 삼촌이 내뱉고 만 것이었다.

붉은댕기는 무의식적으로 한 발 물러섰고, 둘러선 사람들이 한발 다가들었다. "맞아, 짐승의 새끼는 도려내야 해!" 누군가 말했고, "우리 모두 그래왔어. 화인군놈의 씨앗이야. 죽여!" 누군가 말했고, "죄의 씨앗이야, 네 아이가 아니야!" 또 누군가 말했다. 숨가쁜 살의가 그곳을 지배하고 있었다. 무서운 살의였다. 붉은댕기는 아랫배를 더 힘 있게 안았다. "안 돼요. 말했잖아요, 내 아이라고! 화인군의 아이가 아니라고! 짐승의 새끼가 아니라, 내 아이라고!" 사람들이 더 다가들었고 뒷걸음질 치던 붉은댕기는 돌에 걸려 털썩 자갈밭에 주저앉았다.

"제발요." 붉은댕기는 부르짖었다. "아이를 낳게 해줘요. 내 아이는…… 새로운 세상을 살 거예요! 그때까지, 내가 굳세게 지킬 거예요!" 그러나 그녀의 외침은 천둥소리에 먹혀 제대로 들리지도 않았다. 귀담아 들으려는 사람도 없었다. 뇌성벽력이 쳤다. 번갯불에 계곡의 물굽이가 허옇게 솟았다가 꺼졌다. 천상의 경치라 일러 일찍부터 수많은 시인묵객이 시와 노래로 칭송해 마지않았던 구곡계九曲溪의 한가운데였다.

선법仙法의 창시자로서 팔백 년을 살았다고 전해지는 팽조彭祖가 무이산에 은거할 때 그의 두 아들이 홍수피해로 고통 받는 백성들을 구하기 위해 아홉 구비 강을 팠는데 그것이 바로 서른여섯 개의 빼어난 봉우리를 거느린 여기, 구곡계였다. 팽조가 그토록 오래 산 것은, 그가 첫째로 몸과 마음을 닦는 수신修身에 힘쓰고 둘째로 물질과 향락을 멀리하는 양성養性을 가졌고 셋째로 자연의 이치에 따르는 자연스러운 생활양식을 고수했고 넷째로 절제를 마다하지 않았기 때문이었다.

무이산 깊은 골에 상처받은 이들이 하나 둘 모여들어 일군 도원동 사람들의 공동체적인 삶도 알고 보면 팽조의 그것과 다르지 않았다. 적어도 어제까지는 그러했다. 항상 정결히 하도록 애썼고 넘치거나 모자라지 않게 생활했으며 일과 휴식을 적절히 섞었고 무엇보다 사랑과 우애를 버리지 않았다. 그 여자-엄마는 진짜 어머니보다 더 자애로웠고, 그 여자-아버지는 진짜 아버지보다 더 엄격했으며, 그 여자-삼촌은 삼촌대로 그 여자-이모는 이모대로 그 여자-고모는 고모대로 그 여자-큰언니는 큰언니대로 그 역할에 맞게 처신했다. 그것이 깨지지 않고 지속돼온 우애의 요체라 할 수 있었다. 단란한 가족을 한 번도 경험하지 못했던 상실감이 불러온 간절함이 모여 만든 평화였다.

그러나 그날 밤은 달랐다.

'배 속 아이'가 그들의 마음속 최저층에 은닉돼 있던 비정상적 증오를 불러들이는 하나의 불씨로 작용했기 때문이었다. 잊고 싶고 지우고 싶었던, 아니 지웠던 기억들의 발화가 문제였다. 피 묻은 총구가 국부에 박혀들던 기억도 있었고, 짐승 같은 화인군에게 머리채를 붙잡혀 끌려다닌 기억도 있었으며, 항문을 찢기던 기억도 있었다. 임신했다는 이유만으로 군홧발에 마구 채이던 기억도 물론 있었고, 영원히 임신할 수 없게 한 불임수술을 강제로 받은 기억도 있었다. 꽃다운 나이에 끌려와서 집단으로 불임수술을 받자 죽으려고 자살한 동료의 기억도 있었다. 동료들끼리도 차마 털어놓고 말하지 못했던 끔찍한 기억들이었다.

임신 경험을 한 여자도 물론 여럿 있었다. 하루에도 열 번 스무 번, 사람들을 죽이고 돌아온 피 묻은 화인군의 정액을 받아내는 일이었다. 거부권은 없었고, 개인적인 사정은 받아들여지지 않았다. 아무리 주의를 기울여도 걸핏하면 애가 들어섰다. 의료진의 도움을 받는 경우도 있었지만 대부분은 낙태를 위해 온갖 민간요법이 다 동원됐다. 부적을 붙이기도 하고 높은 곳에서 뛰어내리거나 독초를 먹었다가 죽다 살아나는 경우도 많았다. 화인군은 임신한 상태라는 걸 알아차려도 계속 일을 시켰다. 관계를 하다가 임신한 걸 안 화인군이 군도로 배를 찌른 경험을 한 여자도 있었다. 위안부에게 아기는 극단의 고통이었고 본능적인 증오였으며 또 죽음이었다.

"간단한 일이야, 막내야. 우리 모두, 경험이 많아. 여기 간호사 출신도 있어. 죄의 씨앗을 도려내줄게." 삼촌이 말했고, 둘러선 사람들이 바싹 다가들었다. 붉은댕기는 앉은뱅이 자세로 비비적비비적 젖은 자갈길을 쓸며 뒤로 물러났다. 어디를 어떻게 다쳤는지 아랫도리는 이미 피에 젖어 있었다. 빗줄기가 굵어져 앞이 잘 분간도 되지 않는 상태였다. "그럼. 식은 죽 먹기보다 쉬워!" 이모의 말에 "잠깐이면 돼. 너를 위한 일이야!" 큰딸이 토를 달았다. 붉은댕기의 등이 정자의 젖은 대나무 기둥에 닿았다. 더 이상 물러설 곳이 없었다.

"저리 가!" 붉은댕기는 필사적으로 소리쳤다. "다가오지 마.
이 아이는…… 내 아이야. 새 세상에서 살. 나는…… 보지 못하
겠지만…… 내 아이는 살아서…… 새로운 세상을 봐야 해. 절
대로…… 내 아이를 죽일 수 없어. 부탁이야!" 그것이야말로 붉
은댕기의 마지막 꿈이고 숨겨온 희망이었다. 다음, 또 다음의
기회를 붉은댕기는 믿지 않았다. 그녀는 그때 이미 중병에 시
달리고 있었다. 인간 이하였던 위안소의 삶이 그녀의 육체를
분별없이 부서뜨려왔기 때문이었다.

그러나 붉은댕기의 피어린 말에 동조하는 사람은 없었다. 동
조는커녕 그 말은 둘러선 사람들의 잠재의식 속에 박혀 있던
대못을 더 크게 흔든 꼴이 되었다. 화인군의 아이를 두고 어떻
게 '내 아이'라고 부를 수 있단 말인가. 아프고 고통스럽기는
붉은댕기나 그들이나 모두 매한가지였다. 아니 배 속의 그것이
'죄의 씨앗, 짐승의 새끼'가 아니라면, 누구보다 앞장서 목숨을
버려서라도 그 아이를 지킬 사람들이었다. 하지만 붉은댕기의
뱃속에 든 아이는 그들에겐 명백히 '죄의 씨앗, 짐승의 새끼'였
다. 붉은댕기조차 막상 아이를 낳으면 후회하거나 그 아이를

죽여버리고 싶을 거라고 그들은 생각했다. 아이를 제거하는 건 그러므로 '막내'인 붉은댕기를 위해서라도 반드시 결행해야 할 소명이 아닐 수 없었다.

"혼동하지 마. 태어나면 그 아이는 바로 총을 들고 사람들을 죽이러 갈 거야. 짐승의 새끼니까!" 삼촌이 말했고, "나도 임신한 적이 있어. 화인군놈들이 달려들어 내 가랑이를 벌려놓고 아이를 생짜로 끄집어내려 했었어. 그런 놈들이야. 네 배 속 그것은 짐승 새끼, 맞아!" '이모'가 덧붙였다. 젖은 머리칼이 얼굴을 가려 이모는 마치 악귀 같았다.

군 간호사 출신 베트남 여자가 바로 발 앞에 다가 와 서 있었다. "아니에요. 아니에요! 아니에요!" 붉은댕기는 비명을 질렀고, 또 뇌성벽력이 쳤다. 베트남 여자의 손에 들린 주삿바늘과 가위를 그녀는 보았다. 살해의 도구들이었다. 번갯불에 찰나적으로 드러난 가위의 날은 하얗게 갈려 있었다. "고통 없이, 내가 간단히 도려내줄게!" 남자처럼 키가 큰 베트남 여자가 어둠 속에서 말했다. 베트남 여자만 문제가 아니었다. 그들은 배 속 아이를 죽일 수 있는 갖가지 방법들을 알고 있었다. 어떤 여자에겐 아이를 죽이는 게 화인군의 정액을 받아내는 것보다 훨씬 쉬운 일이었다.

"우리는…… 가족이잖아!"

그녀가 항변할 수 있는 마지막 말은 그것뿐이었다. "엄마이
고…… 언니이고 삼촌이잖아!" 그녀는 애원했다. 엄마와 이모
와 언니들 사이에서, 아버지와 삼촌들 축복을 받으며 아이를
낳으면 얼마나 행복할 것인가. 그런 아이는 사랑으로 자라 큰
나무가 되어 어쩌면 세상을 구할는지도 몰랐다. 충하가 없고
가름이 없고 살육이 없는 도원동의 행복한 공동체가 도미노로
퍼져나가 세상 끝까지 동여매는 환한 꿈을 붉은댕기는 꾸고
있었다. 어떤 고통 속에서도 버린 적이 없는 꿈이었다.

처음으로 임신한 것도 아니었다. 위안소에 있을 때 몇 번이
나 임신한 적이 있었으나 임신한 상태로도 계속 일을 해야 했
기 때문에 아기는 언제나 핏물이 되어 스스로 자궁 밖으로 나
왔다. 그럴 때마다 붉은댕기는 말할 수 없을 만큼 상처를 받아
왔다. 손금 하나 때문에 어려서 부모를 잃고 수만 리 먼 길을
흘러온 붉은댕기였다. 그녀는 배 속의 아이가 자신과 다른 손
금을 갖고 있을 거라고 굳게 믿었다. 사랑하는 가족과 헤어짐

당하지 않을 운명의 손금일 것이고, 짐승의 시대를 넘어서 새 세상의 주인이 될 손금일 것이었다. 그런 꿈조차 없었다면 무엇으로 그 모진 세월을 견디었겠는가.

자신이 죄인이 아니므로 아이도 당연히 죄인이 아니었다. 아이는 순결하고 자유로운 존재였다. 그녀는 그렇게 생각했다. 아이를 죽이는 걸 받아들인다면 그때야말로 자신이 씻을 길 없는 죄의 심지가 될 터였다. 그러나 소용없었다. 비정해서가 아니라, 끔찍한 기억들을 조종하는 광적인 자학이 그 순간의 그들을 지배하고 있기 때문이었다. 붉은댕기와 그들 사이에 도사린 단층은 무섭고 비정상이었으며 개선의 여지가 전무했다.

뇌성벽력이 또 쳤다. 그것은 화인국 짐승들을 향한 잠재적 증오심의 폭발을 알리는 징소리였다. 삼촌의 손짓에 따라 '언니들'과 '이모'와 '고모'가 달려들어 붉은댕기의 두 팔과 두 다리를 잡아 짐짝처럼 정자 위로 올려놓은 것은 그다음이었다.

"다리를 벌려!" 삼촌의 첫소리가 들렸다. 횃불이 눈앞에서 이글거리고 있었다. "안 돼!" 붉은댕기는 악을 썼다. "이러는 너희가…… 바로 짐승이야! 제발……" 그러나 그들은 꿈쩍도 하지 않았다. 여러 사람이 다리를 붙잡아 붉은댕기의 가랑이를 강제로 벌렸다. 빗줄기가 피 묻은 그녀의 사타구니에 흘러들고 있었다. "간단해." 베트남 여자가 속삭였다. "그 짐승 새끼를 나는 아주 쉽게 죽일 수 있어!"

팔짱을 낀 채 서 있는 그 여자-엄마가 그때 눈에 들어왔다.

얼마나 자애로웠던 '어머니'였던가. 붉은댕기는 생각했고, 그러자 눈물이 마구 쏟아졌다. 친엄마의 기억은 단편적인 것뿐이었다. 운지산 도원동에 살 때는 모든 아낙을 어머니라고 불렀다. 그러나 빈자리는 언제나 남았다. 밤이 되면 아낙들은 각자의 집으로 돌아가 제 몸으로 낳은 자식들만을 끼고 누웠다. 붉은댕기에겐 어머니의 젖을 만지면서 잠든 기억이 없었다. 무이산 마을로 들어왔을 때 비로소 처음 경험했던 게 따뜻한 어머니의 젖가슴이었다.

어찌어찌 무이산으로 처음 찾아들어 왔을 때 붉은댕기는 열에 들떠 있었다. 고열이었고, 열은 사흘이나 내리지 않았다. 그 여자-엄마가 당신 방에 데려다 뉜 그녀를 지극정성 돌보지 않았으면 그때 이미 저세상 사람이 됐을는지도 몰랐다. 그 여자-

엄마는 미음도 떠먹여주었고 열을 씻어내주었고 정성으로 머리맡을 지키며 손을 잡아주었다. 사흘 내내 비몽사몽, 악몽의 연속이었다. 꿈속에서 어렸을 때 헤어진 어머니의 모습이 아련히 보일 때도 있었다. "엄마!" 그녀가 소리치면 머리맡을 지키던 도원동의 그 여자-엄마가 얼른 손을 잡아주었다.

사흘째였던가, 매몰차게 등을 보이고 가뭇없이 멀어져 가는 어머니의 꿈을 꾸면서 '엄마!'를 소리쳐 부르다가 잠을 깼는데, 부드러운 살이 붉은댕기의 손에 잡혔다. 바로 도원동의 엄마, 그 여자의 젖가슴이었다. "괜찮아, 나를…… 엄마라고 불러." 그 여자-엄마가 그녀를 당겨 안으며 속삭였다. 눈물이 돌연 비 오듯 쏟아졌다. "엄마! 엄마! 엄마!" 붉은댕기는 목메어 불렀다. 엄마의 젖가슴은 모자람이 없이 원만했다. 붉은댕기는 그 골짜기에 코를 부비고 오래 울었다. 멀고 먼 길을 돌아온 풍진의 세월이 다 씻기는 기분이었다.

바로 그 엄마였다. 엄마가 눈앞에 있었다. 마지막 희망은 그 여자-엄마뿐이었다. 엄마가 아닌가. 악마의 새끼를 잉태했다고 하더라도 그것을 품어서 기꺼이 살려내고 사랑으로 돌보는 것이 엄마였다. 엄마는 나를 구할 것이다, 라고 붉은댕기는 생각했다. "어, 엄마!" 그녀는 소리쳐 불렀으며, 상반신을 붙잡은 누군가의 팔을 호되게 물어뜯고 죽어라 기어가 엄마의 바짓가랑이를 부둥켜안았다.

"엄마, 제발 내 아이를…… 살려주세요……" 붉은댕기는 울면서 애원했다. "제발요. 이 아이…… 엄……마의…… 손주잖아요!" 그러나 소용없었다. 그러나 그 여자-엄마는 싸늘하게 고개를 가로저었다. "그 아이는…… 내 손주가 아니야. 괴물의 새끼지!" 엄마는 말했다. 횃불이 춤을 추고 있었다. 지붕을 뚫고 들어온 빗방울이 엄마의 다리를 싸쥔 그녀의 손목에 후두두둑 떨어졌다. 남은 것은 절망뿐이었다.

밤은 길고 길었다. 잔인한 밤이었다. 언니들이 우르르 달려들어 다시 붉은댕기의 사지를 붙잡았다. 이제 주삿바늘이 자궁을 찌르고 들어올 차례였다. 우르릉 쾅, 벼락이 쳤고, 횃불 중 하나가 일렁거리다가 확 꺼졌다. 붉은댕기는 필사적으로 몸부림을 쳤다. 죽는 건 무섭지 않았지만 아이도 함께 죽을 테니 혀를 깨물 수도 없었다. 아비규환의 순간이었다.

"잠, 잠깐만!" 참을 수 없었던지 그 순간 소리치고 나선 건

그 여자-아버지였다. 울림이 간절한 외침이었다. 엄마가 흐느
껴 울면서 아버지의 어깨에 머리를 내려놓았다. 절규에 가까운
아버지의 외침은 반전의 강력한 신호탄과 같았다. 정지된 화면
속 그림처럼 모두가 딱 스톱모션으로 멈추고 만 것이었다.

그 여자-엄마와 그 여자-아버지와 그 여자-삼촌과 그 여
자-이모가 따로 숙의에 들어갔다. 그사이 붉은댕기는 대나무
기둥에 묶여 있었다. 침묵이 흘렀다. 계곡의 물소리뿐이었다.
침묵 속에서 그들은 각자 자신들이 어느 자리에 서 있으며, 지
금 무슨 짓을 하려고 하는지 생각했을 터였다.

마지막 판결이 나온 건 잠시 후였다. 엄마가 떨리는 목소리
로 최종판결을 발표했다. "짐승의 새끼를 이곳에서 낳을 순 없
어!" 그 여자-엄마는 말했다. "그러나 우리는…… 또 막내를 사
랑한다. 내 딸이고…… 여러분의 조카, 동생이야. 사실이다!"
엄마의 목소리에 울음이 섞였다. 막내인 붉은댕기를 영원히 도
원동에서 추방한다는 게 엄마의 목소리에 실려 나온 최종 판
결이었다. 이의를 제기하는 사람은 아무도 없었다.

"우리도…… 짐승이 될 수는 없다!"

그 여자-엄마가 눈물을 닦으며 마지막으로 한 말이었다. 광기의 자학에 갇힌 그들 모두의 감옥에서 빗장이 풀어져 나오는 시그널 같은 말이었다고 할 수 있었다. 그 말에 제일 먼저 주저앉으며 울음을 터뜨린 건 큰딸이었다. 둘째와 셋째와 다섯째가 "언니!" 하면서 동시에 큰딸의 품으로 무너졌고, 이모가 엄마를 안고 소리쳐 울었으며, 삼촌이 제 가슴을 두드리고 눈가로 손을 가져갔다. 광기의 자학이 그랬듯이 참고 참았던 서러움의 발화도 돌림병과 같았다. 아버지도 울었고 고모도 베트남 여자 프랑스 여자도 울었다.

그렇다고 한번 내려진 판결을 수정하거나 뒤집을 수는 없었다. 판결은 즉시 시행되었다. 아이를 강제로 죽여 없애는 것보다 나았지만 병까지 깊은 그녀에게는 그 최종판결 역시 가혹했다. 간단한 먹을 것과 옷가지를 싼 보퉁이를 큰딸이 들었고, 길을 잘 아는 이모가 앞장섰으며, 둘째 셋째 넷째가 붉은댕기의 후미를 맡았다. 외부로 나가려면 급경사의 길을 한참이나 오른 뒤 바위틈 좁은 굴을 지나가야 했다. 그곳까지 붉은댕기를 데려다주는 게 그들의 임무였다.

사위는 캄캄했고 바위는 젖어 있었다. 이모가 아니면 길을 찾을 수도 없을 터였다. 기진할 대로 기진해 붉은댕기는 젖은 바위를 오를 처지도 아니었다. 발이 미끄러져 뒤따라오던 둘째 셋째 넷째와 함께 벼랑으로 쑤셔 박힐 뻔한 순간도 있었다. 이모가 짐짝처럼 그녀를 앞에서 끌었고 둘째와 셋째가 뒤에서 합세해 그녀를 밀어 올렸다.

"엄마는 울고 계셔. 아마 밤새 울 거야. 너를 많이 좋아했잖아." 이모가 말했고, "나도 마찬가지야. 너를 미워하지 않아. 너는 특별한 애였어." 큰딸이 말했고, "네가 처음 우리 마을에 왔던 날이 생각나. 이쯤이었나, 쓰러져 있는 너에게 다가갔더니, 열이 펄펄 끓는데도 괜찮다면서…… 너는 웃으려고 애썼어. 언제나 웃는 낯이었지." 둘째가 말했고, "우리 중 네가 손재주 일등이었어. 배우고 일주일도 안 돼 댓가지로 바구니를 짠 건 네가 첨이야. 손이 얼마나 빠르고 야무진지." 셋째가 말했고, "지난번 곰이 나타났을 때 그 곰을 쫓은 게 막내 너였잖아. 용감한 소년 같았지." 넷째가 말했고, "우리 모두…… 너를 참 좋아했어." 이모가 덧붙여 말했다. 그들은 모두 울고 있었다.

여러 번 넘어지고 미끄러진 끝에 이윽고 외부로 나가는 바위틈에 다다랐다. 보퉁이와 함께 엄마가 주었다면서 얼마간

의 노잣돈을 이모가 쥐어주었다. 비는 그칠 기미가 없었다. "정
말…… 새 세상이 올 거라고 믿니?" 큰딸이 물었다. "아까 네가
말하는 거 듣고 놀랐어. 네 아이…… 새 세상에서 살아가게 될
거라는 말. 나는 한 번도 새 세상이 올 거라고 생각해보지 않
았거든." 붉은댕기는 대답하지 않았다. "새 세상이 온다고 해
도…… 짐승의 새끼는 짐승이야. 죄는 안 없어져!" 볼통한 어조
로 셋째가 토를 달았다. 이제 이별해야 할 시간이었다.

  "아침이 될 때까지 이 굴에 있어. 굴 밖으로 나가면 죽을지도
몰라." 이모의 말에 큰딸이 달려들어 붉은댕기를 안아주었다.
붉은댕기가 살아서 애를 낳을 수 있을지는 의문이었다. 그녀는
이미 한 걸음도 제대로 떼어놓기 어려운 상태였다. "나는……
죽지 않아, 언니……" 붉은댕기가 간신히 대답했다. "그래. 넌
죽지 않아. 죽지 않을 거야! 새 세상의…… 아이를 낳아야 하니
까……" 둘째 셋째 넷째가 차례로 붉은댕기를 안았다. "아이가
혹시 잘못되면…… 다시 찾아 와. 너 혼자라면…… 엄마 아버
지도 너를 다시 받아들일 거야." 둘째가 말했으며, "만약 애를
낳으면…… 피갈이를 시켜. 아이 말이야. 큰 병원에 가면……
피를…… 갈아 넣을 수도 있다는 말을 들었어!" 넷째가 울면서
속삭였다.

번개가 번쩍했다. 굽이굽이 휘돌아 흐르는 구곡계와 계곡을 둘러싼 연봉들과 엄마 아버지 삼촌 고모 자매들이 어둠 속에 엎드려 울고 있을 도원동 마을이 순간적으로 내려다보였다. 짧은 한때나마 대가족과 더불어 평화롭고 행복하게 살았던, 진정한 무릉도원 마을이었다. 너무 찰나적으로 드러났다가 꺼지고 말았으므로 그것은 그 순간 지구에는 존재하지 않는 우주의 신기루 같았다.

붉은댕기는 그렇게 내쳐졌다.

밤새 잠을 이루지 못한 큰딸과 둘째와 셋째는 여명이 트고 나자 곧장 붉은댕기를 두고 온 암벽 틈 굴로 올라갔다. 붉은댕기가 죽었을지 모른다고 생각했기 때문이었다. 그러나 놀랍게도 붉은댕기는 그곳에 없었다. "그 빗속에서 굴을 떠났다고?" 둘째가 중얼거렸고, "밤에 여기를 떠났다면…… 정말 죽었을걸." 셋째가 중얼거렸다. 세 여자는 나란히 앉아 안개 속에서 제 모습을 드러내기 시작한 마을을 내려다보았다. 닭이 우는 소리가 연이어 들렸다. 간밤의 모든 일이 꿈이었다는 듯 하늘은 쾌청했고 굽이굽이 휘돌아가는 물굽이는 투명했으며 우뚝한 연봉들은 하나하나 귀하고 의연했다.

주희가 무이정사武夷精舍에 머물며 '별천지'라고 칭송해 마지않
던 그 풍경을 그들은 보고 있었다. 일찍이 주희는 이르길, '하
늘 위에 뜬 달은 하나이지만 그 빛이 수많은 강에 비추면 결국
수많은 달을 보게 된다. 그렇다고 달이 여러 개인 것은 아니다'
라고 설파했다. 사람에겐 본래 선한 리理가 있으나 불손한 기氣
를 만나면 본성이 흐려진다는 게 주희의 생각이었다. 짐승의
시대는 이를테면 불손한 기운이 선한 이치를 누르고 있는 형
세라 할 수 있었다. 그것이 뒤집어질 때 비로소 '새 세상'이 도
래할 터, 붉은댕기의 배 속에 든 아이 또한 그 형세에 따라 '새
세상의 주인'으로 살거나 아니면 '짐승'으로 살거나 할 것이었
다. 주희는 무이산에 은거하면서 〈서시〉를 포함 열 편의 시를
지어 〈무이도가〉로 남겼는데 그 여덟 번째 시는 이러했다.

구곡장궁안활연九曲將窮眼豁然(구곡에 다다르니 눈앞이 홀연 트이고)

상마우로견평천桑麻雨露見平川(뽕과 삼나무에 비이슬 내리는 들판 평천
이 보이는구나)

어랑갱멱도원로漁郎更覓桃源路(사공은 무릉도원 가는 길을 다시 찾건만)

제시인간별유천除是人間別有天(여기 말고 인간세상에 다른 별천지가 어
디 있으랴)

맨발의 혀와 귓구멍 속 허공의 길

유리는 곧 무이산을 떠났다.

다시 먼 길이 발 앞에 놓여 있었다. 다행히 길동무가 없는 건 아니었다. 유리의 길동무는 캠벨러시안 종 햄스터였다. 위안부 마을을 떠나고 나서 붉은댕기의 흔적을 느껴보려고 마을의 관문인 바위틈에서 짐짓 하룻밤을 묵었는데, 바랑을 열자 그것이 툭 튀어나왔다. 호주머니에 쏙 들어갈 정도로 작은 동물이었다. 녀석은 빨간 눈에 흰색 검은색이 섞인 예쁜 옷을 입고 있었다.

생전 처음 보는 작고 귀여운 동물이었다. 위안부 마을에서 누가 기르고 있었던가본데 허락도 구하지 않고 바랑 속에 녀석이 숨어 들어와 있었던 것이었다. 무이산에서 함께 떠나왔으니 '무이'라는 이름이 어울렸다. 길가에 나앉은 어떤 노인이 '무이'를 보고 "햄스터구먼" 하고 말해 유리는 녀석이 캠벨러시안 햄스터라는 걸 알았다. "캠벨러시안은 주로 사막에서 살아. 서부사막이나 만주에서 왔을 걸세. 이놈들, 본래 그쪽이 고향이거든." 노인은 말해주었다.

'무이'는 체구가 작았으나 성질머리는 아주 고약했다. 떠나려 하지 않으면서도 도무지 친절하지도 않았다. 손가락을 물린 일도 있었다. "성질머리하고는." 유리는 중얼거렸고, "내 주인 행세를 하려고 들진 마. 그럼 또 물 거야!" 무이가 대꾸했다. 말이 통한 건 그게 처음이었다. 함께 걷기 시작하고 나서 일주일 만이었다. "사막으로 가려 한다는 말을 듣고 따라온 거야. 사막이 내 고향이니까." 무이가 덧붙였고, "나도 뭐 네 주인 노릇할 생각은 전혀 없어. 주인이 되면 너를 감시하려고 눈을 뜨고 자야 하니 아주 불편한 일이거든." 유리가 대답했다. "나는 사막 전문가야. 함께해서 네게도 나쁠 건 없다고 봐, 친구로서." 무이의 어조가 비로소 부드러워졌다.

위안부 마을의 그 여자-엄마에게서 넘겨받은 붉은댕기의

그림이 가슴 속에 들어 있었다. 그 그림처럼 이상한 옷을 입은 사람들이 사는 곳은 대지국의 맨 끝 서쪽 지방으로, 사막이었다. 먼 곳으로 가면 애를 많이 낳고 그 아이들을 결코 버리지 않는 '굳센 엄마'가 될 거라던 오래전 붉은댕기의 말을 오로지 생각했다. 유리는 그래서 계속 서쪽을 향해 걸었다.

우한武漢에 이르렀을 때 이윽고 봄이 왔다. 새로운 대지국을 선포한 신해혁명이 일어난 곳이었으나 머물 생각은 없었다. 북서쪽 길을 따라 우당산武當山을 넘어 산시성陝西省으로 들어갔다. 풍경은 여일했지만 인심은 아침과 저녁이 다른 세상이었다. 서구 열강들이 '빨대'를 꽂았던 자리를 화인군이 불태우며 지나가고 또 그곳을 공산군, 국민군이 번갈아 휩쓸고 가는 식이었다. 곳곳이 모두 아비규환이었다.

산시성에 닿았을 때, 무조건 항복한다는 화인국 천황의 목소리를 라디오로 들었다. 전쟁이 드디어 끝난 것이었다. 거리로 쏟아져 나와 만세를 부르는 사람들 사이를 유리는 담담히 지나쳤다. 거대한 야수가 마침내 쓰러진 꼴이었으나 이상하게도 특별한 기쁨이 없었다. 서쪽 끝으로 가는 먼 길이 남아 있을 뿐이었다. 안캉安康과 한중漢中을 넘어 간쑤성甘肅省으로 들어갔다. 여러 번 죽을 고비를 넘기기도 했다.

둔황敦煌에 당도한 건 다시 겨울이었다.

무이산을 떠나고 일 년 만이었다. 오랜 세월 동서 교류의 거점이 되었던 곳이었다. 쿤룬崑崙 산맥과 톈산 산맥이 둘러쳐져 있고 광대한 타클라마칸 사막이 그 너머에서 시작됐다. 유리는 그곳에서 무이와 함께 겨울 동안 머물렀다.

화인국이 패망했다 하나 아무런 변화도 없는 춥고 건조한 곳이었다. 유리는 매일 모래로 이루어진 명사산鳴沙山을 오르고 초승달처럼 생긴 월아천月牙泉을 순례하며 지냈다. 사막 한가운데에서도 수천 년간 마르지 않는 월아천 맑은 물에 달이 뜨면, 명사산 모래들의 울음소리가 귓구멍을 파고들었다. 전쟁으로 죽은 수만의 억울한 영혼들이 내는 피울음소리 같았고, 진혼의 꽹과리소리 같았고, 수천의 기마병이 지쳐 들어오는 소리도 같았다.

모래바람을 맞으며 채색불화들이 들어찬 석굴에도 자주 갔다. 천여 개의 석굴에는 영겁을 희구하는 불화들이 가득 차 있

었다. 수천리 길을 걸어온바, 발뒤꿈치는 더욱 단단히 여물었
고 가슴은 나날이 깊어졌다. 찰나적으로 허물어졌다가 다시 쌓
이는 모래언덕을 유리는 오래오래 바라다보았다.

　나는 무엇을 찾아 여기까지 왔는가.

　생각이 자주 거기에 닿았다. 붉은댕기를 찾아왔으나 그리운
것이 단지 그녀라는 생각은 들지 않았다. 그녀는 단순한 핑계
거리에 불과한 건 아닐까. "아하!" 그런 생각이 들 때마다 고통
에 찬 비명이 이 사이로 빠져나왔다. 나는 무엇이 그리워 이처
럼 헤매고 있단 말인가. 탄식이 터져 나오는 날엔 종일 불화 앞
에 무릎 꿇고 앉아 있었다. 석가모니불은 물론이고 삼세불과
칠세불과 십방제불十方諸佛과 현겁천불賢劫千佛을 보았고, 문수, 보
현, 미륵, 지장보살도 보았다. 극한의 사막이라서 사람들의 갈
망이 더 깊었던 것인지, 보살들은 하나같이 만세萬歲의 어머니
를 표상하고 있었다. 어머니가 그리워 유리는 부처 앞에 무릎
꿇고 앉아 울었다.

　전쟁이 다시 난다는 소문이 돌았는데, 이번엔 내전이었다.

화인군이 물러났다고 해서 안정적 평화가 곧 도래하는 건 아니었다. 국민당 정부와 공산당 사이에는 화인군이 철수 지역과 그들이 남긴 전쟁 물자를 선점하기 위한 치열한 싸움이 시작되고 있었다. 국제사회의 중재도 소용없었다. 만주를 비롯한 동북의 광대한 지역은 공산군이 대부분 장악했으며 그 여세를 몰아 내몽고로 진격해 들어오고 있다는 소문을 유리는 둔황에서 들었다.

둔황을 비롯한 서부 지역은 그 무렵 국민당 정부에 줄을 대고 있는 군벌의 하부조직이 장악한 상태였다. 평판은 좋지 않았다. 그들은 오만방자했으며 필요하면 약탈과 다름없는 짓도 서슴지 않았다. 장제스의 국민당 정부가 가진 가장 고질적인 문제는 부패였다. 전 왕조에서부터 기득권을 누려온 군벌조직들은 통제도 잘 되지 않을 뿐 아니라 사욕을 채우는 데 익숙한 집단이었다. 민심은 자연히 공산당으로 기울고 있었다.

황량한 둔황에서, 유리는 붉은댕기가 그린 그림을 펼쳐 보이며 사람들에게 묻곤 했다. "이런 옷차림을 한 이들이 모여 사는 곳이 어디 있을까요?" 어떤 농부는 고개를 갸웃하며 반문했다. "이 모자를 쓴 사람들이 여인이란 말인가?" 죽어가는 붉은댕기를 둘러싸고 있는 여인들은 치렁한 장삼 차림에 여러 빛깔의 대접 같은 모자를 쓰고 있었다. 남자들이나 쓰는 챙 없는 모자였다. "말도 안 돼. 이런 불경不敬이 어디 있겠소. 여자들이 얼굴을 다 내놓고 감히 남자의 모자를 쓰다니." 둔황의 무슬림 여자들은 보통 머리카락과 얼굴과 목덜미를 모두 가리는 '가이터우'를 뒤집어쓰고 있었다. "이곳에서 여자가 이런 차림을 한다면 당장에 사막으로 내쫓기든지 할 거요." 농부는 단언했다.

단서를 처음 얻은 것은 한 양치기 노인에게서였다. "그 사람들을 본 적이 있소." 양치기 노인은 말했다. "사막에서 길을 잃고 헤매다가 죽을 지경이 되었을 때 나를 구해준 사람들 차림이 이랬지. 그들이 나를 여기까지 데려다주었소. 여자 남자가 똑같은 모자를 쓰고 있더라고." "그 사람들의 마을이 어디 있습니까?" "저기." 노인이 실눈을 뜨고 막 놀빛이 닿고 있는 사구를 가리켰다. 부드럽게 융기된 모래언덕들이 놀빛을 받아 황홀하게 떠오르고 있었다. "저 너머에 있다는 말은 들었소만." "길이 있습니까?" "길은 무슨. 저쪽 방향으로는 사막을 넘어가본 사람이 없을 거요. 낙타도 못 가는 길이야. 모래수렁이 많거든."

어느 밥집에서도 그와 비슷한 말을 하는 남자를 유리는 만났다. 전 왕조에서 천자天子의 후처로 살다가 돌아온 여자가 다스리는 오아시스 마을이 사막 한가운데 있다는 것이었다. 한번 본 사람은 누구나 저절로 무릎 꿇고 경배 드리게 되는 절세의 미녀라고 했다. "그 여자는 몸에서 향기가 난다고 들었으이. 한때는 그 여자를 보겠다며 저쪽으로 길을 잡아 떠난 사람들이 더러 있었지. 그러나 돌아온 사람은 없었네. 죽음의 사막이야." 모두 뜬소문뿐이었다. "에서 사흘쯤 가면 작은 마을이 하나 있어. 거기서 물어보면 더 자세한 이야기를 들을 것일세. 그곳까진 그 사람들이 가끔 다녀간다는 말을 들었네만." 남자는 덧붙였다. 그 남자가 말해준 마을은 실크로드의 관문인 옥문관玉門關의 서북쪽 사막에 자리 잡고 있었다.

모래바람이 주인인 사막에도 봄은 찾아왔다.

임시정부의 요인들이 수로국으로 환국했다는 소문을 들은 것은 봄이 올 무렵이었다. 미국 군정의 공식적인 인정을 받지 못해 개인 자격으로 입국한 모양이었다. 수로국에선 수많은 정당, 사회단체들이 다투어 생겨났다고 했고, 신탁통치를 반대하는 궐기대회가 전국을 휩쓸고 있다고 했다. 수로국의 북쪽 지역은 소련군이, 남쪽 지역은 미군이 점령한 상태라는 소식은 충격적이었다. '삼팔선'이라는 게 생겨났다는 말을 유리는 3월에 비로소 들었다. 이해가 되지 않는 말이었다.

화인군이 물러났는데 어째서 남의 나라 군대들이 들어와 저희들 마음대로 나라를 쪼개 다스린단 말인가. 남쪽 지역엔 미국의 지지를 받는 이승만이 있고 북쪽 지역엔 소련의 지지를 받는 김일성이 있다는 말도 들렸다. 만주에 있을 때 김일성이란 이름을 귓등으로 들은 적은 더러 있었으나 북쪽 지역의 수장으로서 회자되는 김일성이란 이름은 생경했다. 내전의 불길이 타오르기 시작한 대지국이나 남북이 쪼개진 수로국이나 고통스럽긴 마찬가지였다. 화인군이 불태우고 지나간 자리를 이제 정파와 이데올로기라는 괴물이 휩쓸어갈 모양이었다.

걸식은 어떻게 되었을까.

옌안의 공산당에 속했던 많은 이는 만주나 북쪽 지역으로 들어갔고 그들 중 일부는 남쪽으로 들어갔다고 했다. 고향은 남쪽인 셈이지만 충성심으로 미루어보건대 걸식은 북쪽 지역으로 들어갔을 가능성이 많았다. 어느 쪽으로 갔든 결과는 마찬가지일 게 뻔했다. 역사의 경계에서 일찍이 제 민족 스스로 평화롭게 문제를 해결한 적은 한 번도 없었다. 소련과 미국이 이미 수로국의 땅을 반으로 쪼개지 않았는가. 이승만과 김구가 합치고 김일성과 김책金策이 합쳐도 이 수상한 물줄기를 되돌리지 못할 터였다.

또 다른 미친바람이 반도의 조국 수로국을 들이칠 거라는 예감이 가슴에 사무쳤다. 수로국의 산하가 새로운 피에 젖어 반 토막 나는 꿈을 꾸기도 했다. 그들은 총질을 하면서도 그들 자신이 무슨 짓을 하는지조차 모르고 있었다. 내전의 상황에서 더 많은 피를 부르고 있는 대지국의 오늘이 그 증좌였다.

"내 나라로 돌아가고 싶지 않아." 유리는 중얼거렸다. 아버지를 죽일 때 자신은 이미 조국을 부정한 셈이었다. 역사는 범죄와 재난의 기록이었다. 길이 끝나지 않는 게 유리의 유일한 사랑, 유일한 희망이었다. 붉은댕기를 만나도 좋고, 설령 만나지 못한다고 하더라도 상관없었다. 길의 부름을 듣는 것이 유리에겐 삶의 시작이자 끝이었다. 모래로 지은 사막의 길이 유리를 기다리고 있었다.

유리는 마침내 사막의 길로 떠났다.

둔황의 남자가 일러준 작은 마을에서 유리는 훨씬 많은 정보를 들었다. "최소 일주일은 가야 할 게요. 그쪽으로 가다가 죽은 사람이 많소만." 어떤 사람은 말해주었고, "나는 죽지 않아요." 유리는 미소 짓고 대답했다. "정말, 저 사막으로 들어가겠다는 거야?" "가야지." 유리의 대답에 무이는 냉큼 혀를 찼다. "자네 마침내 미쳤네그려!"

모래수렁은 끔찍했다. 발을 디디면 끝없이 모래 사이로 빠져드는 함정이었다. "조심해, 모래수렁이야!" 무이가 말해주지 않았으면 유리는 며칠을 견디지 못하고 모래무덤 속에 파묻혔을 터였다. 한낮엔 햇빛이 타는 듯했고 밤엔 바람이 칼날 같았다. 폭풍이 불어 모래무덤에 묻힌 적도 있었다. 죽은 척하고 있으나 사막은 놀랄 정도로 역동적이었다. 바람의 심지, 햇빛의 뼈, 죽음의 아가리가 바로 사막이라고 할 수 있었다. 지금까지 걸어온 수만 리 그 어느 길과도 닮지 않은 길이었다.

가져온 물이 완전히 떨어진 건 닷새 만이었다. 이제 꼼짝 없이 햇빛에 타죽어야 할 처지가 되었다. "난…… 죽지 않아." 유리는 중얼거렸고, "쯧, 넌 죽을 거야!" 무이는 약을 올렸다. "죽으면 내가 모래에 묻어줄게. 모래에 묻히면 썩지 않아. 살은 바람에 씻겨가고 뼈는 부서져 모래가 돼." 살을 바르고 뼈를 부술 만큼 잔인한 햇빛이 계속됐다. 살갗은 허물을 벗었으며 머리칼은 불에 탄 것처럼 쉽게 부서졌다. 신기루도 자주 보았다. "저, 저기…… 오아시스……" 유리가 중얼거리면 "신기루야. 널 잡아먹으려는 사막의 술수!" 무이는 이내 희망의 우듬지를 잘랐다.

유리가 쓰러져 모래언덕을 끝없이 굴러 내려간 건 마실 물이 떨어진 그다음 날이었다. 잘 보이지 않아 경사로로 한 발 내딛자마자 몸이 기울어 데굴데굴 굴러 내려가게 된 것이었다. 모래들이 목구멍까지 밀고 들어왔다. 이제 이렇게 죽는구나. 그게 마지막이었다. 유리는 곧 혼절했다.

차가운 무엇이 입술과 얼굴에 닿는 바람에 유리는 선뜻 눈을 떴다. 암벽 아래의 구덩이 속으로 처박혔던가보았다. 바위 아래로 비스듬히 파여 들어간 구덩이였다. 실신했다가 깨어난 유리는 자신의 몸이 축축하다는 사실에 먼저 놀랐다. 유리는 모래가 잔뜩 묻은 옷을 만져보았다. 그것은 오, 물에 젖어 있었다. 무이가 젖은 발을 입에 물려주었다.

"어, 어떻게……" 숨을 몰아쉬며 유리는 물었고, "내가 오아시스를 찾았거든." 무이는 뽐내듯 응답했다. "저쪽이 모래수렁이야. 저쪽으로 굴렀으면 너는 이미 죽은 목숨일걸. 물길을 어떻게 찾았느냐고?" 무이가 설명했다. "모래수렁이 생기는 이유의 하나는 물길 때문이야. 지하 깊은 곳을 흐르는 물이 위로 솟아 상층부의 모래를 적시면 수렁이 되는 거라고. 하이고, 죽는 줄 알았네. 내 발 좀 봐, 친구. 널 살리려고 필사적으로 모래를 팠더니 너덜너덜해졌잖아. 이제부터 네가 파." 유리는 미친 듯이 젖은 모래를 더 파내려갔다. "네가 운이 좋은 거지. 모래수렁이 있다 해도, 진짜로 물이 나오는 경우는 처음 봤어." 무이가 고개를 갸웃했다.

한참 더 파내자 모래층에 물이 조금씩 고이기 시작했다. 무이의 설명은 소박한 논리에 불과했다. 지하수 때문에 만들어지는 모래수렁도 있고, 너무 가늘어 모래와 모래의 마찰력이 떨어져 생기는 마른 모래수렁도 있었다. 사막에서의 모래수렁은 대부분 마른 수렁이었다. 지진 따위로 지반이 크게 흔들리는 드문 경우를 제외하고 지하수가 표면 가깝게까지 올라오는 경우는 거의 없었다. 나중에 안 사실이었다.

그러나 무이는 지하수 때문이라고 계속 주장했다. "귀를 대

고 들어봐. 저 아래에서 물소리가 들리는 것 같지 않니." 무이
처럼 모래구덩이에 귀를 대봤지만 유리에겐 아무 소리도 들
리지 않았다. 설령 물길이 있다고 해도 아주 깊은 지층 아래일
터, 물소리가 들린다는 건 어불성설일 수밖에 없었다.

어쨌든 유리는 그 구덩이 때문에 살아났다. 한낮이 되자 구
덩이는 금방 다시 말랐다. 거짓말 같았다. 일시적으로 솟구친
지하수가 다시 제 길을 찾아나간 모양이었다. 하기는 물이 있
더라도 자유롭게 마실 형편도 아니었다. 혀가 찢어지는 듯 아
팠다. 입안에 온통 피가 엉겨 붙어 있었다. 모래언덕을 구를 때
콧구멍과 입안 가득 모래가 들어찼었는데, 모래알갱이들이 그
때 혀를 찢고 들어가 박힌 것 같았다. "혓바닥을 신경 쓸 때가
아니야. 내일까지 마을을 찾지 못하면 넌 결국 죽을 거야." 무
이가 오금을 박았다.

마을이 눈에 들어온 건 다음 날 밤이었다.

한밤중이었고, 만월이었다. 기다시피 해서 모래언덕 하나를
올랐을 때, 유리는 발아래로 갑자기 나타난 희미한 불빛 몇 개
를 보았다. 모래언덕과 가파른 바위 들로 둘러싸인 움푹 파인

너른 분지였다. 달빛에 젖은 숲이 보였고 가로세로 늘어선 집들도 보였다. 작지 않은 마을이었다. 신기루야. 유리는 생각했다. 이런 사막 한가운데 어떻게 숲이 있을 수 있겠는가. 달빛이 빚어내는 신기루도 있는 모양이었다.

때마침 바람 한 점 없는 고요한 밤이었다. 모래언덕을 흘러내린 달빛이 마을로 고여 들고 있었다. 달빛을 길어 올리는 우물이 있다면 아마 그 마을 같은 모습을 하고 있을 터였다. 헛것을 본다고 생각해서 유리는 눈을 부비고 다시 아래를 내려다보았다. 모든 게 그대로였다. 모래능선들은 부족함 하나 없었고, 마을은 유순한 길손의 어깨처럼 고요했으며, 달빛은 천지만물을 가름 없이 한통으로 결합해내고 있었다. "헛것이 아니야." 나직한 목소리로 무이가 속삭인 그 순간, 무슨 소리가 마을 쪽에서 들려왔다.

아주 가늘고 날카롭고 긴 울림이었다.

팽팽히 당겨진 현악기의 현이 바람에 저절로 울리는 듯한 소리였다. 우물처럼 쏙 들어가 박힌 지리적 특성 때문에 흩어지지 못한 소리가 분지 안을 맴돌고 있었다. 고운 노랫가락 같기도 했으나, 듣기에 따라 살을 저며 내는 듯, 고통에 찬 비명인 것 같기도 했다. 이승의 소리가 아니라 초월의 깊은 골짜기에서 울려나오는, 선악이 없고 안팎도 없는 소리였다. 뼛골보다 흰 달빛이 모래언덕을 적시고 마을을 적시고 정체불명의 그 소리를 흠뻑 적셨다. "마을이 가라앉고 있어." 무심결에 유리는 중얼거렸다. 그 날카롭고 가는 정체불명의 소리가 마을을 조금씩, 통째로 모래 밑으로 끌고 내려가는 느낌이었다. 흠칫, 온몸이 떨렸다.

그렇게, 유리는 유사현流沙縣으로 들어갔다.

왕조의 지배를 실효적으로 받은 적이 거의 없었기 때문에 현이랄 것도 없었다. 암산과 모래언덕으로 사방이 가려져 있을 뿐 아니라 모래수렁이 수없이 은폐된 사막을 여러 날 지나야 닿을 수 있는 외진 곳이었다. 그렇다고 작은 마을은 아니었다. 수천의 사람들이 그곳에 살고 있었다. 아주 오래전 한 시절, 비단이나 향료를 실은 대상들이 그 마을을 떼 지어 지나다닌 적이 있다고 했지만 그때를 기억하는 사람은 아무도 없었다. 누가 구태여 모래수렁으로 둘러싸인 이쪽의 험한 모랫길을 택하겠는가. 길은 당연히 더 지름길인 천산남로天山南路와 더 편안한 천산북로天山北路를 따라 발전했다.

"저 사막을 걸어서 넘어온 사람은 처음 보네." 마을 어귀 평상에 앉아 있던 흰 수염이 긴 노인이 말했다. 아이들과 몇몇 마을 사람들이 사막을 넘어온 유리를 신기한 듯 둘러싸고 있었다. 어떤 아낙이 바가지로 물을 떠다가 주었다. 낯선 사람에게 보일 수 있는 경계심 따위는 전혀 없었다. 경계심은커녕 혼자 사막을 넘어온 유리에게 일종의 경외감을 갖는 눈치였다. 모든 이가 따뜻하게 대해주었고 친절히 응대해주었다. 사막 가운데 이런 오아시스 마을이 있을 줄 몰랐다는 유리의 말에, 노인이 손뼉소리를 내면서 "나는 이 마을에서 태어났네" 하고 말했다. 묻지도 않았는데 노인은 마을의 내력을 소상히 이야기해주었다.

본래 있던 샘이었다. 사람들은 샘을 찾아왔고 그래서 자연스럽게 마을이 형성되었다. 노인이 태어나기 오래전에 형성된 마을이었다. "그런데……" 그 대목부터 노인의 얼굴에 그늘이 졌다. 노인은 챙이 없는 하얀 모자를 머리에 얹고 있었다. "언제부터인가…… 그러니까 내가 어렸을 때, 갑자기 마을의 샘이 조금씩 마르기 시작했었네." 수십 년 전의 일을 노인은 어제처럼 기억하고 있었다.

사막 가운데서 샘은 목숨 그 자체였다. 샘물이 줄어들기 시작한 것은 결정적인 재난의 신호였다. 마을 사람들은 우왕좌왕했다. 샘물이 어디에서 시작되어 어느 길을 따라 흘러오는지, 왜 갑자기 물이 마르기 시작한 것인지 아는 사람은 아무도 없었다. "먹을 물조차 곧 떨어질 참이었어." 노인은 회상했다. 일부 사람들은 짐을 꾸려 서둘러 마을을 떠났으며, 차일피일 미루고 남아 있는 사람들은 앞날에 대해 극심한 공포감을 느꼈다.

"바로 그때쯤 수운마님이 마을로 돌아왔지."

노인의 얼굴이 환해졌다. 노인만이 아니었다. 둘러선 사람들 모두 노인의 말이 '수운마님'에 이르자 금방 박수라도 칠 것 같은 눈빛이 되었다. 극적반전이었다. "우리는 모두 그분을 그냥 큰마님이라고 부른다네." 수운水雲은 처음 이 마을로 들어올 때의 큰마님 이름이라 했다. 큰마님의 집안이 대를 물려 다스려 온 마을이었다.

현감에겐 딸이 하나뿐이었다. 여자가 대를 물려야 할 처지가 되었지만 그곳은 무슬림 마을이었다. 현감의 직위를 여자가 이어받는 것은 법도에 맞지 않았다. 게다가 열 살 때쯤이었을까,

어느 날 현감의 외동딸이 감쪽같이 종적을 감추는 일이 생겼다. 현감과 마을 사람들은 목숨을 걸고 백방으로 어린 딸을 찾았으나 허사였다. 현감의 집안은 대가 끊겼고, 마을은 날로 피폐해졌다.

언제부터인가 우물이 조금씩 마르기 시작했다. 사람들이 하나씩 둘씩 보따리를 쌌다. 사막을 건너가다 모래수렁에 빠져 죽는다고 해도 앉아서 죽음을 기다릴 수는 없었다. 어렸을 때 자취를 감추었던 현감의 외동딸이 홀연히 마을로 돌아온 건 사람들의 공포감이 극도에 이르렀을 무렵이었다. 얼굴은 남달리 희고 눈엔 빛이 흐르는 여자였다.

현감은 물론 오래전에 죽고 없었다. 돌아온 현감의 딸은 자신의 이름이 '수운'이라 했다. 남자보다 키가 컸고 게다가 절세미녀였다. 천자의 후궁이었다는 뜬소문이 난 건 그녀의 미모가 출중했을 뿐 아니라 품위가 남달랐기 때문이었다. 그녀는 말하지 않고도 이쪽 편을 승복시키는 고요한 힘을 갖고 있었다. 북인도에 있다가 히말라야를 넘어 돌아왔다고 말하는 사람도 있었고, 티베트 고원에서 도를 깨우치고 돌아왔다는 소문도 있었다. 모두 믿거나 말거나였다. 소녀 시절 사라졌던 현감의 외동

딸 수운마님이 어디에서 무엇으로 어떻게 지내다가 돌아왔는
지를 확실히 아는 사람은 아무도 없었다.

"떠나지 말아요. 물길이 돌아올 거예요!"

마을로 돌아온 '수운마님'의 첫마디 말은 그것이었다. "내 이
름이 수운인걸요. 내 말을 믿으세요!" 그녀의 나이 서른 살 무
렵이었다. 감미로운 목소리였고 당당한 눈빛이었다. 그녀에게
서 향기가 난다고 말하는 사람도 많았다. 유난히 영특했던 여
자의 어린 시절을 기억하는 사람도 있었다. 떠나려고 짐을 꾸
리던 사람들은 반신반의했다. "며칠만 더 기다려봐요. 보름달
이 뜰 때쯤…… 우물이 가득 찰 거예요!" 수운마님은 단호히
덧붙였다. 소수의 사람들은 마님의 말을 듣지 않고 떠났으며
다수의 사람들은 마님의 말을 믿고 달이 찰 때를 기다렸다.

믿을 수 없는 일이 곧 벌어졌다. 달이 반쯤 될 때부터 불어나
기 시작한 샘물이 달이 완전히 찰 때쯤 정말로 수조에 가득 찬
것이었다. 가로가 서른 자㎡ 세로가 예순 자는 되는 너른 샘이
었다. 사람들은 보름달이 뜨는 날 모두 샘가에 모여들었다. 맑
은 물이 수조를 가득 채우고도 모자라 넘쳐흐르는 걸 사람들

은 보았다. 경이로운 일이었다. 사람들은 기꺼이 무릎 꿇고 수
운마님에게 경배했다. 마님의 얼굴이 달처럼 하얗게 빛나고 있
었다.

사람들은 자연스럽게 수운마님을 신처럼 떠받들었다. 대를
물려 마을을 다스려온 법통 역시 마님이 갖고 있었다. 대대로
'알라'를 모셔온 무슬림 마을이었다. "알라야. 알라 신의 현신이
야!" 사람들은 말했다. 수운마님이 마을을 구하기 위해 온 알라
의 현신이라는 걸 의심하는 사람은 아무도 없었다. 수운마님을
'큰마님'이라고 부르기 시작한 게 그때부터였다. 더러 '수운마
마'라고 부르는 사람도 있었다.

'큰마님'은 얼마 후 마을회의를 소집해 구역별 대표자를 뽑
자고 했으며 땅을 더 개간하자는 제안을 했다. "물이 있으니 외
부에 의존하지 않고 우리끼리 살 수 있어요!" 토관을 묻어 곡
식과 면화를 심을 수 있는 땅에 손쉽게 물을 공급하자는 제안
이었다. 이른바 '칸얼징'으로서 사막 특유의 관개방식이라 할
수 있었다.

거역하는 사람은 아무도 없었다. 곳곳으로 물길이 생겼고,

밭에서 쓰는 물은 물값을 따로 거두기 시작했다. 염소들은 풀을 뜯어먹었고 아이들은 수조에 나와 자유로이 멱을 감고 놀았다. 수조는 늘 넘칠 지경이었다. 물값을 거둔 돈으로 토관을 묻는 작업도 일사천리 진행됐다.

그렇다고 큰마님이 일방적으로 명령하거나 위세를 부리는 일도 없었다. 그녀는 언제나 자애로웠으며 솔선수범했다. 부모를 잃은 아이들을 데려다 먹였고 누워 있는 노인들을 정성으로 돌보았다. 모든 중요한 결정은 대표자회의의 자율에 맡겨 처리했다. 소소한 마을 규칙을 하나씩 정해 나간 것도 표면적으로는 대표자들의 원만한 합의에 의한 것이었다.

물론 큰마님의 권위는 절대적이었다. 무엇을 지시하거나 하지 않았으므로 아주 '고요한 권위'라고 할 수 있었다. 집안의 후광에 의해서가 아니라, 저절로 얻어지고 단단해진 권위였다. 사람들은 곡식과 야채를 재배했고 양과 염소를 길렀으며 목화씨를 뿌렸고 옷감도 짰다. "수운마님은 이름 그대로 물과 구름의 신이야. 모래에 손가락을 꽂으면 그 자리가 곧 샘이 될걸." 남자들은 말했고, "큰마님이 화를 내면 샘의 물이 다시 마를지도 몰라." 아낙들은 후렴구를 달았다. 큰마님은 화를 내거나 얼굴을 찡그리는 일이 전혀 없었다. 떠났던 마을 사람들이 하나씩 둘씩 되돌아온 건 물론이었다. 유리가 당도했을 때 그 마을의 인구는 거의 삼천이었다.

마을 사람들의 복식은 붉은댕기가 그린 그림 속의 그것과 똑같았다. 옷차림에서 남녀구별은 없었다. 남녀가 모두 치렁한 옷을 걸쳤는데 그들은 그것을 '준바이'라고 불렀다. 아라비아에서 온 말이었다. 햇빛을 가리기 좋은 옷이었고, 기본적으로는 무슬림들의 전통복장에 가까웠다. 다만 남녀 간에 차별은 두지 않았다. 다른 지역의 무슬림처럼 가이터우를 쓰거나 얼굴을 가리는 여자도 전혀 없었다.

"그야, 큰마님이 오기 전까지는 여자들이 다 얼굴을 가리고 살았었지." 흰 수염의 노인은 회상했다. 여자가 얼굴을 드러내고 다니면 매를 맞거나 조리를 돌렸었다고 했다. 무슬림의 절대적 규칙이었다. 여자는 마을에서나 가정에서 발언권이 전혀 없었고, 찻집에 드나들 수도 없었다. 심지어 여자들은 염소와 양하고 같은 취급을 받기까지 했다. 대대로 그렇게 살아왔으므로 그것이 잘못됐다고 생각하는 사람도 없었다.

"언제부터 여자들이 가이터우를 벗게 됐는지는 생각이 안 나네." 노인은 말했다. "암튼 하루아침에 그리된 건 아닐세. 뭐랄까, 표시나지 않게 바뀌어 오다가 마을 대표자회의에서 결정한 셈인데, 그러나 지금 생각해보니 암, 그건 모두 큰마님의 뜻이었어." 처음엔 얼굴을 가리는 '가이터우'를 벗었고, 몇 년 지나서 남녀가 차별 없이 옷을 입었고, 또 몇 년 지나서 남녀가 똑같이 마을 대표자회의에 참석하게 됐다고 했다.

옷차림이나 모자만이 아니었다. 이제 어디서든, 여자들이라고 해서 불평등한 처우를 받는 경우는 없었다. "오랜 세월에 걸쳐서, 일테면 우리 자신도 느끼지 못하는 식으로 그리된 거야." 노인은 설명했다. 남자가 누리던 모든 권리를 이제 여자들도 똑같이 누릴 수 있었다. 아니 오히려 여자들의 권위가 더 높다고 말해도 좋을 지경이었다. 여자들은 모자에 여러 가지 수를 놓아 썼는데 그 점이 남자와 유일하게 다른 점이었다. 수십여 년 사이에 조금씩, 아주 자연스럽게, 스며들듯이 바뀌어온 전통이었다.

다만 한 가지, 옷차림에서 세대를 구분하는 표식은 있었다. 노인의 말에 따르면 그것 역시 큰마님이 만든 전통이라 했다.

예컨대, 어린아이는 녹색의 모자를 썼고, 결혼하기 전까진 원칙적으로 남녀 함께 푸른 모자를 썼다. 결혼한 후부터 삼십 대까지는 기본 색이 불그스름했고, 사십 대 오십 대는 노란색이었으며, 육십 대가 되면 흰색만을 사용했다. 흰색 모자를 쓴 사람이 지나가면 누구나 일어서서 예를 표시하는 걸 유리는 보았다. 노동을 감당할 수 있는 역량을 고려한 구분이라 했다. 붉은색 모자들이 가장 힘든 노동을 하고, 노란색 모자들은 그보다 덜 힘든 일을 했으며, 흰색 모자들은 일을 하지 않아도 된다는 말이었다.

마을 사람들은 한결같이 친절하고 호기심이 많았다. 키 작은 유리를 보러 수십 명이 한꺼번에 모여든 일도 있었다. 여자들은 활달했고 남자들은 신중했다. 태양을 여자의 상징물로 보고 달을 남자의 상징물로 여기는 것 역시 독특한 세계관이라 할 수 있었다. 큰마님의 가르침으로 비롯된 세계관이었다.

큰마님은 당신의 동굴집 안에 학교도 처음 세웠다. 양 치는 법도 가르쳤고 별자리도 가르쳤고 토관을 만드는 법도 가르쳤다. 마을 사람들은 너나없이 층하를 두지 않고 살았다. 저물녘 공터에 남녀가 모여 앉아 춤추고 노는 걸 보는 건 흔한 일이었다. "당신은 달님, 나는 해님. 달님과 해님은 본래 둘이 아니라네!" 사람들은 노래했다. 가무歌舞를 태생적으로 좋아하는 사람들이었다.

주막과 찻집도 있고 빵 굽는 상점, 일상용품을 파는 가게도 있었다. 춤추며 놀다가도 시간이 되어 일제히 엎드려 기도하는 모습은 여느 무슬림과 다를 바 없었다. 사람들은 해가 뜰 때를 비롯해 하루 다섯 번 메카를 향해 일제히 엎드려 기도했다. 금요일 정오엔 공터에 모두가 모여 예배하는 전통도 그대로였다. 다른 무슬림들과 다른 게 있다면 불공평한 풍습이나 비합리적이었던 생활습성의 변화뿐이었다. 설교 역시 총의에 의해 뽑힌 마을 대표자들이 돌아가며 공평히 했다. 예배가 끝나면 사람들은 양꼬치와 국수와 만두를 넉넉히 만들어 이웃들과 흔연히 나누어 먹었다. '낭'이라고 불리는 넓적한 빵이 그들의 주식이었다.

사흘 후 유리는 큰마님을 만날 수 있었다.

특별한 문장紋章이 새겨진 모자를 쓴 청년들이 유리를 안내했다. 큰마님은 붉은빛이 나는 서쪽 절벽의 '동굴집'에서 살고 있

326

었다. "큰마님인가, 그 여자 조심해!" 바랑 속에 납작 엎드린 무이가 속삭였다. 동굴 입구로 들어서자 곧 샘이 나왔다. 서늘했다. 토관을 통해 온 물이 원형의 샘에 흘러들고 있었다.

카펫이 쫙 깔린 통로를 유리는 바랑을 맨 채 걸어 들어갔다. 중앙 홀을 중심으로 여러 개의 방으로 나뉘어 있는 구조였다. 유리걸식단의 은거지와 비슷했다. 넓은 원형의 방이 나왔다. 특별한 장식은 없는 방이었다. 바닥에 깔린 카펫과 간소한 의자들, 다탁, 벽에 걸린 페르시아풍의 그림을 유리는 보았다. 어둡지는 않았다. 향긋한 냄새가 방 안을 부드럽게 휘돌고 있었다.

홀에 세 명의 여자가 앉아 있었다.

왼쪽의 붉은모자를 쓴 여자는 젊었고, 오른쪽의 노란모자를 쓴 여자는 볼이 할쭉했으며, 가운데 앉은 여자는 흰색 옷에 흰색 면사로 얼굴을 가리고 있었다. 이곳에 와서 얼굴을 가린 여자를 보기는 처음이었다. 몸집이 유난히 컸다. 유리는 그녀가 '큰마님'이라는 걸 단박에 알아보았다. 면사로 얼굴을 가리고 있어 표정은 뵈지 않았다. 푸른 모자를 쓴 소년과 소녀가 찻물을 날라 왔다. 그들은 유리의 행색을 보고 키득키득 웃었다. 자

유로운 분위기였다. 큰마님은 차를 우려내는 중이었다. 방의
장식과 달리 차 주전자를 비롯한 다구茶具는 모두 황실에서나
썼음 직한 우아한 것들이었다.

"어디서 오셨나요?" 처음 말을 건넨 건 노란 모자를 쓴 여자
였다. "무이산에서 왔습니다." 유리의 대답에, "먼 곳에서 오셨
네!" 붉은 모자를 쓴 젊은 여자가 밝은 목소리로 끼어들었다.
스무 살을 갓 넘겼음 직했고 눈빛은 호기심으로 빛나고 있었
다. "그 전엔?" '노란모자'가 다시 물었다. 면사로 얼굴을 가린
큰마님은 말없이 차를 따르고 있었다. "항저우, 상하이, 시안 등
에서 지낸 적도 있었습니다만……" 노란모자가 이마를 살짝
찡그렸다. "고향을 묻는 거예요." 붉은모자가 웃음을 참는 듯한
목소리로 설명을 보탰다. "수로국 사람으로서 만주를 거쳐 본
토로 들어왔습니다." 유리는 담담히 대답했다.

큰마님이라고 여겨지는 그 여자가 찻잔을 유리 앞으로 밀어
놓아주며 그때 고개를 들었다. 깊은 시선이 느껴졌다. "여기까
지 뭐 하러, 어떻게 왔나요?" 노란모자가 묻는 중이었다. 노란
모자의 질문엔 분명한 의도가 있었다. 마을 사람들로부터 유리
에 대해 이미 많은 말을 들었을 터였다. 노란모자의 말이 일종

의 심문처럼 느껴졌다. "그게, 그러니까……" 유리는 잠시 말을 더듬었다. 찻잔에서 향긋한 냄새가 나고 있었다. 아니 어쩌면 둔황에서 들었던 것처럼 큰마님의 몸에서 나는 향기일는지도 몰랐다. "마을 사람들 말로는, 어떤 수로국 여자를 찾아왔다고들 하던데 사실인가요?" 노란모자는 처음부터 그것을 알고 싶었던 것 같았다. 유리도 마침 묻고 싶었던 참이었다.

유리는 품안에 간직해둔 붉은댕기가 그린 그림을 꺼내 그녀들 앞에 펼쳐 보였다. 사막에서 죽어가는 여자 옆에 갓난아이가 누워 있는 그림이었다. "이 그림 속에서 죽어가는 여자가 수로 여자인데요. 둘러싸고 있는 사람들은 보시다시피 여기, 유사현 사람들의 옷차림을 하고 있어요. 이런 수로 여자가 여기 온 적이 있나요?" 노란모자는 쌀쌀한 표정으로 고개를 가로저었다. "수로국 여자가 여기 온 일은 없습니다." "그래도 그림이……" "누가 그린 건데요?" "그림 속의 이 수로 여자가…… 자신의 죽음을 미리 그려놓은 그림이에요. 서녘에서 남녀가 같은 모자를 쓰는 곳은 여기밖에 없다고 알고 있습니다만." "자신의 죽음을 미리 그려놓다니, 무슨 말인지 모르겠네요. 알라가 아니고, 누가 자신의 죽음을 미리 볼 수 있단 말인가요?" 설명하기가 난감했다. 설명해도 노란모자는 믿지 않을 게 뻔했다.

"이 먼 곳까지 찾아온 걸 보면, 정인인가봐요." 붉은모자가 또 끼어들었다. "누이입니다." 긴 말은 하고 싶지 않았다. 그들이 속내를 숨기고 있다고 유리는 생각했다. 뭔가 알고 있으면서도 말하지 않는 것 같은 느낌이 들었다.

면사로 얼굴을 가린 큰마님이 유리의 바랑을 가리킨 게 그 다음이었다. "거기 들어 있는 게 무엇인가?" 큰마님은 기습적으로 물었다. 거구에 어울리지 않게 나긋한 목소리였다. 예민한 감각이 느껴졌다. 무이는 바랑 속에서 여전히 숨소리조차 내지 않고 있었는데 그녀는 단번에 바랑 속 무이의 존재를 알아차린 것이었다. "동물인 모양인데?" 그녀가 다시 말했고, "동물이 아, 아니라……" 유리가 머뭇머뭇했다. "동물이 아니면?"

"친구입니다. 동행자지요."

유리는 마지못해 바랑에서 무이를 꺼내 들었다. 무이는 가만히 있었다. "오, 햄스터네!" 큰마님의 목소리가 환하게 상승했다. "햄스터를 두고 동물이 아니라 친구라니, 그렇게 말하는 사람은 내 처음 보았네!" 한결 더 너그러워진 말씨였다. 유리의 대답이 아주 마음에 든 것 같았다. 큰마님이 얼굴을 가린 면사를 벗고 갑자기 앉은 자리에서 일어선 것이 그때였다.

　주름살이 많은 얼굴이었다. 살결은 백옥처럼 희고 머리칼은 완전한 백발이었다. 키가 일곱 자는 되는 듯했고 허리는 오래된 항아리처럼 둥글었으며 볼과 턱살은 금방이라도 터질 듯 부풀어 올라 있었다. 몸을 움직일 때마다 감춰져 있던 살이 사방으로 확장돼 나오는 느낌이었다. 팔뚝만 해도 유리의 허리보다 굵었다. 보는 것만으로 백 살은 된 것 같았고 예순 살을 막 넘긴 것도 같았다. 나이를 종잡을 수 없는 얼굴이었다.

　"걱정 마시게. 이놈, 사납다는 거 알고 있으니." 말리고 말고 할 새도 없었다. 큰마님의 커다란 손이 탁자를 넘어와 무이를 덥석 쥐었다. 눈치 빠른 무이는 온순한 얼굴을 하고 가만히 있었다. "안녕, 햄스터!" 무이와 눈을 맞춘 큰마님이 허헛, 웃었다. 남자에 가까운 웃음이었다. 웃음에 밀려 얼굴 전체로 거대한 너울이 번져 나오는 듯했다. 깊은 주름살로 구획된 살의 하얀 덩어리 덩어리들이 물결처럼 밀려나오고 있었다. "그대의 친구, 이름이 뭔가?" 큰마님이 묻고, "무이입니다." 유리가 대답했다.

　그날 이후 유리는 큰마님의 '손님'이 되었다.

큰마님의 동굴집 식구는 수십에 달했다. 굴에서 굴로 이어진 큰 동굴집이었다. 돌볼 사람들이 없는 노인과 역시 돌볼 사람이 없는 어린이들이 모두 그곳에 기거했다. 노인들과 어린이를 돌보기 위한 인원도 적지 않았다. 마을에 찾아오거나 나그네들을 위한 객사도 있었고 학교도 딸려 있었다. 일테면 마을 양로원과 고아원과 객사와 학교가 굴의 복도를 따라 기능적으로 배치돼 있는 구조였다.

큰마님의 손님이 된 셈이었으므로 유리는 당연히 객사에 머물렀다. 소박하지만 정갈하고 서늘한 방이었다. 식사는 푸른모자를 쓴 소년의 안내에 따라 식당에서 혼자 했다. 아니 정확히 말하면 무이와 함께하는 식사였다. 큰마님의 배려에 의해 무이에게도 특별한 음식이 배정됐다. 큰마님은 사막에서 사는 햄스터의 식성을 잘 알고 있었다. "내 입맛에 딱 맞아." 무이가 만족스런 표정으로 말했다. "아까 큰마님이 나를 덥석 잡았을 때, 아이고, 그 손바닥이 얼마나 넓고 부드러웠던지 더 있었으면 내가 아주 잠들 뻔했네." 무이가 너스레를 떨었다. 오랜만에 어머니의 집으로 돌아온 것 같은 표정이었다.

그 소리가 울려나오기 시작한 건 모두가 잠자리에 든 다음이었다. 유사현 마을을 처음 발견한 순간, 모래언덕 위의 달빛 속에 엎드려 유리가 처음 들었던 소리였다. 모래언덕에서 들었던 것과는 느낌이 또 달랐다. 가늘고 날카롭고 애간장을 태우는 듯한 긴 울림이었다. 아니 그것은 분명히 울림이라기보다 고통에 찬 비명이었다. "저것은…… 비명소리야." 무이가 중얼거렸다. 가장 깊은 곳에 자리 잡은 큰마님의 침실에서부터 울려나오는 소리였다. 다급하게 달려가는 사람들의 발소리가 났다.

"큰마님에게 귓병이 있나봐." 사람들의 발소리를 따라 나갔던 무이가 돌아와 말했다. 무이는 체구가 작고 민첩해서 사람들이 알아채지 못하게 얼마든 동굴집 여기저기를 돌아다닐 수가 있었다. "귓병이라니?" "여자들이 큰마님의 귀를 파내고 있어. 피고름이 묻어나오는 것 같더라고. 사지를 버둥거리는 큰마님, 정말 목불인견이었네." 무이는 혀를 찼다. 비명은 계속되고 있었다. 듣는 이의 가슴을 할퀴고 쥐어뜯는 듯한 비명이었다.

언제부터 큰마님에게 귓병이 생겼는지 정확히 아는 사람은 없었다. 낮엔 아무 일도 일어나지 않았다. 깊은 밤, 특히 달이 가장 뚱뚱해지는 날 한밤중에 고통이 절정에 이른다고 했다. 통증보다 가려움증이 문제였다. 피가 날 만큼 귓속을 파내도

가려움증은 멈추지 않았다. 귀를 파내다가 피를 사발로 쏟은 적도 있다고 했다. 큰마님은 거구인데다 늙었어도 힘이 장사였다. 가려움증이 극한에 이르면 큰마님을 제어할 사람이 아무도 없었다. 파도치듯 몸을 떨거나 데굴데굴 구르면서 큰마님은 밤새 비명을 질렀고, 그것은 흩어지지 않고 분지 안에 오보록 자리 잡은 마을의 모든 집을 휘젓고 다녔다.

"확실한 것은……" 흰 수염의 노인이 말해주었다. "큰마님의 귓병을 고치지 못하면 우물이 결국 말라붙을 거라는 사실일세." 최근에 수조의 물이 반도 채워지지 않는 건 사실이었다. 전에 없던 일이었다. 밭으로 나가는 물을 줄이고 아이들이 멱을 감는 것도 금지시켰지만 수조의 물은 불어나지 않았다. "모든 게 큰마님의 귓병 때문이야!" 노인은 말했다. 수십 년 전 큰마님에 의하여 돌아온 물길이 최근에 다시 졸아들기 시작한 건 순전히 큰마님의 귓병 때문이라고 사람들은 믿었다. "큰마님의 귓병을 고치지 못한다면 마을은 다시 끔찍한 옛날로 돌아갈 공산이 크네. 다들 다시 짐을 싸야 할는지 몰라." 큰마님의 비명은 당연히 모든 마을 사람에게 극심한 공포감을 불러왔다. 그것은 돌이킬 수 없는 대재앙의 시그널이라 할 수 있었다.

큰마님의 귀이개만 전담해 만드는 대장장이가 있었고, 귀를 파내는 면봉만을 만드는 여자도 있었으며, 귀를 파내는 일만 전담하는 여자도 있었다. 잘못 건드려 마님의 귀에서 피를 사발로 쏟게 만든 어떤 여자의 경우, 자신의 실수를 무겁게 느끼고 스스로 마을을 떠난 일까지 있었다. 귀를 파내는 일을 최근에 전담하는 여자는 큰마님을 처음 만날 때 자리에 함께했던 붉은모자였다. 사람들은 그녀를 '멘타오'라고 불렀다. '국수'라는 뜻이었다. 그녀는 본디 국숫집 딸이었다.

면봉으로 한계를 느낀 멘타오는 국수가닥으로 귓구멍 속 가려움증을 완화할 길이 있지 않을까 하고 상상했다. 외지는 물론이고 아라비아 대상들에게서 어렵게 구해온 가려움증 특효 약재들이 모두 동원됐다. 멘타오가 갖가지 차진 재료에 약재를 비벼 넣어 구부러지지만 쉽게 끊어지지 않는 국수를 개발한 건 달포 전이었다. 큰마님의 귓구멍이 얼마나 깊은지 국수가닥이 한 뼘이나 들어가더라고 말하는 사람도 있었다. 멘타오는 그것으로 큰마님의 귓구멍을 씻었다. 효과가 없진 않았다. 멘타오의 국수가닥은 무엇보다 진물을 어느 정도 가라앉혔다. 귓구멍 속에서 진물은 더 이상 나오지 않았고, 그러자 큰마님은 비로소 잠도 잘 수 있게 되었다.

그러나 아쉽게도 효과는 며칠뿐이었다. 다음 달 달이 다시 차오르자 병은 냉큼 도졌다. 멘타오가 밤을 새워 국수가닥을 큰마님 귓구멍에 비벼 넣었지만 더 이상 효과는 없었다. 버둥거리는 큰마님의 좁은 귓구멍 속으로 국수가닥을 밀어 넣는 것 또한 문제였다. 처음과 달리 국수가닥은 반도 들어가기 전에 끊어졌고, 큰마님의 비명은 더 높아졌으며, 수조의 샘물은 눈에 띄게 줄었다.

그동안 마을 사람들의 노력이 없었던 건 아니었다. 사람들은 일구월심 노력했다. 마을 대표자들이 모래수렁의 위험을 무릅쓰고 먼 곳으로 나가 가려움증에 탁월하다는 명의를 데려오기도 했고, 만병의 근원을 끊어낼 수 있다는 술사를 데려오기도 했다. 흑마술을 한다는 스님을 초청해 온 적도 있었고, 먼 나라의 무당을 데려온 사람도 있었다. 그러나 백 가지의 술수, 백 가지의 약이 별무효과였다. 큰마님의 귓병은 날이 갈수록 심해졌으며 샘의 수위는 그에 따라 더 줄어들었다. 먹는 물도 제한해야 할 처지였다. 유리가 마을에 들어온 게 그럴 무렵이었다.

달이 차오르기 시작하자 마을 사람 모두가 다시 뜬눈으로 매일 밤을 밝혔다. 무엇보다 다가오는 파국에 대한 불안과 공포가 사람들을 사로잡고 있었다. 샘이 마르는 건 명백히 모든 이의 죽음을 의미했다. 큰마님의 비명을 처음 들었을 때 그 흐드러진 월광月光 아래에서 유리가 본 이미지, 마을 전체가 모래무덤으로 빠져드는 게 현실로 나타날 날이 다가오고 있는 셈이었다.

큰마님의 동굴집에 있는 대부분의 사람들은 거의 모두 큰마님을 '어머니'라고 불렀다. "노인은 말할 것도 없고요, 부모가 죽거나 하면 아이를 모두 여기로 데려와요. 큰마님이 어머니 노릇을 하는 거지요. 큰마님은 우리 모두의 어머니예요." 붉은 모자가 설명해주었다. 막 이십 대가 된 그녀 자신도 큰마님이 어렸을 때 데려와 키웠다고 했다. 대여섯 살밖에 되지 않은 아이도 있었고 갓난아이도 있었다. 그들 모두가 큰마님의 '자식'이나 한가지였다.

달이 점점 뚱뚱해지기 시작했다. 큰마님의 가려움증도 당연히 절정으로 치달았다. 멘타오는 거의 손을 놓은 상태였다. 참지 못하고 자신이 손가락으로 마구 쑤시는 바람에 큰마님의 귓구멍은 매일 밤 피투성이였다. "참혹하기 이를 데 없어." 무이가 말했다. 모든 처방을 다 써본 다음이라 뾰족한 대책을 세

울 수 없다는 게 유사현 사람들의 고통이었다. 사람들 역시 큰
마님과 함께 밤을 새우며 공포심에 떨었다. 멀쩡한 귓구멍을
쑤셔 큰마님처럼 피를 쏟는 사람도 있다 했고, 꼬챙이를 집어
넣어 제 스스로 고막을 터트리는 사람도 있다 했고, 공포감을
이기지 못해 옆 사람의 귀를 물어뜯은 사람도 있다고 했다.

참지 못한 유리가 손님의 신분을 잊고 큰마님의 방으로 달
려간 건 보름날이었다. 달빛은 최고조에 이르렀으며 사막은 터
질 듯 부풀어 올라 있었다. 큰마님의 방은 동굴집의 제일 안쪽
이었다. "안 돼요!" 노란모자와 붉은모자 멘타오가 앞을 가로막
았다. 처음 큰마님을 만날 때 마님을 대신해 이것저것 묻던 볼
이 할쭉한 여자가 노란모자였다. 큰마님을 가장 가까이에서 보
좌하는 일종의 집사 격으로서 사람들은 그 여자를 '무쓰린'이
라고 불렀다. 신에게 순종하는 사람이란 뜻으로서 무슬림의 그
들다운 발음이었다.

"남자는, 더구나 외지사람은 큰마님의 방에 들어갈 수 없어
요. 우리의 규칙입니다!" 무쓰린이 단호하게 말했다. 금요일 예
배를 제일 자주 이끄는 사람이 바로 무쓰린이었다. 큰마님의
후계자가 될 거라고 사람들은 말했다. 큰마님은 계속 비명을

지르고 있었다. 유리는 가슴이 타들어가는 듯한 고통을 느꼈다. 귀를 막고 싶었다. "내가 큰마님의 병을 고쳐보겠습니다." 유리는 소리쳤다. 유리는 그 순간 큰마님과 자신이 알 수 없는 그 무엇에 의해 강력히 맺어져 있다고 느꼈다. 큰마님의 고통이 시시각각 그대로 전이돼 왔기 때문이었다.

"고쳐보겠다는 말로 큰마님 방에 들어갈 수는 없어요." 무쓰린이 차갑게 대꾸했다. 그동안 수많은 사람들이 고칠 수 있다면서 방으로 들어갔지만 고치지 못했으므로 무쓰린의 말을 이해 못할 바는 아니었다. "반드시 고칠 수 있다고 알라를 걸고 약속한다면 몰라도." 무쓰린이 덧붙였다. "약속할게요. 약속할 테니 길을 열어주세요!" 유리가 대답했고, "만약 못 고친다면?" 무쓰린이 즉각 되물었다. "못 고친다면 그야 마을을 바로 떠나야겠지요." "그것만으로는 곤란해요." 무쓰린은 고개를 가로저었다. "알라에게 한 약속이에요. 말로 건넨 약속의 책임은 혀에게 있으니 사람들은 알라를 기만한 당신의 혀를 자르라고 할 거예요. 그래도 약속할 수 있습니까?" 짧은 침묵이 흘렀다.

큰마님의 비명은 그사이에 더 고조되고 있었다. "예, 무쓰린님." 유리가 이윽고 고개를 끄덕였다. "못 고치면…… 내 혀를 잘라도 좋아요. 그 대신 나도 조건이 있어요. 내가 큰마님을 치료하는 동안, 아무도 그것을 보아선 안 된다는 겁니다. 당신도요." 무쓰린 역시 고개를 끄덕여주었다.

"다들 들었지요?" 철저한 여자였다. 몰려선 사람들을 둘러보며 무쓰린이 큰소리로 말했다. "수로국에서 온 이 남자와 우리는, 방금 계약을 맺었어요. 큰마님의 병을 고치면 손님으로 여기에 계속 머물 수 있지만 고치지 못하면 혀를 내놓고 마을을 떠나는 계약이요!" 사람들이 일제히 "써랴무!" 하고 외쳤다. 곧 신의 뜻에 따르겠다는 뜻이었다. 큰마님의 방문이 비로소 열렸다.

놀랍게도 큰마님의 비명이 그쳤다.

유리가 큰마님의 방으로 들어가고 두어 시간이 경과한 다음이었다. 조금씩 잦아들던 비명이 완전히 그치고 나자 남은 건 마을을 감싼 고요한 달빛뿐이었다. 사람들도 너나없이 고개를 갸웃했다. 유리가 도대체 무슨 수로 큰마님의 비명을 멈추게 했는지 아는 사람은 전혀 없었다.

여명이 틀 때쯤 문이 열려서 큰마님의 방으로 들어간 무쓰린은 자신의 눈을 믿을 수가 없었다. 큰마님은 아주 평화로운 얼굴로 누운 채 깊은 잠에 빠져 있었다. 그렇게 곤히 잠든 큰마님을 보는 건 정말 오랜만이었다. 땀투성이 유리가 비틀거리며 어둔 통로를 걸어 나가고 있는 걸 무쓰린은 놀란 눈으로 돌아다보았다.

아침에 유리는 큰마님의 부름을 받았다.

큰마님은 조금 지친 표정이었다. "그대는 올 때보다 혈색이 많이 좋아졌네그려." 그녀는 미소 짓고 말했다. "잘 돌봐주신 덕분이지요. 큰 감사를 드립니다." "우리에겐 손님을 후하게 대접하는 전통이 있네. 입안의 상처는 다 아물었는가?" 상처는 아물었으나 혀끝을 찢고 들어가 박힌 모래알 몇 개는 끄집어 낼 도리가 없었다. 혀끝이 오돌토돌했다.

잠시 말이 끊겼다. 큰마님은 간밤에 있었던 일을 구체적으로 말하고 싶지 않은 것 같았다. 유리도 마찬가지였다. "우리 사이, 알지 못하는 그 무엇으로 깊이 맺어져 있다고 생각했네." 한참 만에 큰마님이 입을 뗐다. 유리는 고개를 끄덕거렸다. 전적으로 옳은 말이었다. 누군가의 고통이 그처럼 철저히, 온전하게 자신에게 전이돼 온 건 큰마님의 경우가 유일했다. 지난밤 유리는 큰마님과 자신이 한 몸인 것 같은 느낌을 느꼈다. 알 수 없는 일이었다. 귓병이 아니었으면 모르고 비켜갔을 큰마님과 자신의 비밀스런 운명이 유리의 가슴을 헤집고 들어왔다.

무이는 어느새 큰마님의 품안에 들어가 있었다. "생각했던 것보다 붙임성이 많은 녀석이야." 큰마님이 무이를 쓰다듬으며 말했고, "변덕이 많은 친구예요." 유리는 무이를 살짝 깎아내렸다. 눈치가 빨라 누구의 비위를 잘 맞춰야 살기 편한지 충분히 아는 녀석이라 무이가 얄밉기도 했다. "수로국의 이야기를 듣고 싶네. 수로국의 산천은 어떤가?" 호기심이 많은 여자였다. 큰마님의 표정엔 어느덧 편안한 일상이 돌아와 있었다.

모처럼 편안한 마음으로 유리는 말했다.

"우리 수로국은 산이 많으나 천지가 다 물길로 통해 있습니다. 그래서 예로부터 금수강산 수로국이라 불렀지요. 산은 산대로 높아 지고한 품새를 이루고 물은 물대로 희고 푸르러 순정한 깊이를 얻습니다. 산 하나에도 수백수천의 물길이 깃드는데 옥처럼 푸르고 빙천수氷泉水처럼 맑고 찹니다. 사람은 그들이

342

기대 사는 산과 물을 닮는다 했습니다. 그런 땅에 사는 수로인들은 여기 유사현 어른들처럼 주로 흰옷을 입습니다. 백민白民이라 불리기도 하지요. 수로인들은 하늘과 땅을 의미하는 궁극窮極의 빛깔을 흰색으로 봅니다. 깊이가 따로 없고 넓이가 무궁한 빛깔이지요. 유사현 사람들이 흰옷을 입는 걸 보고 마치 고향에 온 듯 반가웠습니다. 역대 왕조에서 백의금지령白衣禁止令을 내린 적도 많았지만 우리 수로인들은 따르지 않았지요. 우리들 본원에 궁극의 흰 영혼이 들어 있기 때문입니다. 화인군들이 아무리 불을 지르고 칼을 휘둘러도 굴하지 않는 수로인들의 본원이 그것입니다."

곧 끝나리라 생각하고 시작한 이야기로 한나절이 금방 지났다. 큰마님은 호기심이 많았고 유리는 말재간이 있었다. 풍경을 묘사할 땐 유려했으며 사람살이를 말할 땐 구수했고 세상의 구조에 이야기가 이르면 날카로웠다. 큰마님은 유리의 말솜씨에 홀딱 빠진 눈치였다.

행복한 한나절이었다고 할 수 있었다. "그대는 보통사람이 아니야." 큰마님은 말했다. "이 햄스터를 두고 친구라고 할 때부터 알아보았지만." "언제든 불러주시면 기꺼이 밥값을 하겠습니다." "내일은 만주 이야기를 해주게." "수로인은 이야기를 좋아하는 민족입니다. 아직 남은 이야기가 많습니다." "그럼 처음 한 달은 수로국 이야기만 들어야겠네그려." 큰마님은 허허 웃었다.

그날 저녁도 달이 뜨면서부터 유리 혼자 큰마님의 머리맡을 지켰다. 무쓰린은 유리가 큰마님 방으로 들어가 있을 때 아무도 들여다보아선 안 된다는 부대조건을 잘 지켜주었다. 달이 휘영청 떠올랐는데도 큰마님의 비명이 들리지 않게 되자 사람들은 사랑하는 이들의 손을 맞잡고 키스를 했다. 그 기쁨 속엔 마르기 시작한 샘이 머지않아 다시 찰 거라는 희망도 담겨 있었다.

다음 날부터 아침녘 큰마님은 꼭 유리를 불렀다.

세 살이 되었을 때 글자를 깨우치고, 다섯 살일 때 감미와 슬픔의 본색을 이해했으며, 일곱 살에 머리맡 책꽂이의 모든 책들을 틀린 데 없이 읽고 쓴 유리였다. 유리는 큰마님이 궁금해하는 모든 것에 대해 막힘없이 이야기했고, 큰마님은 유리의 모든 말을 달게 받아먹었다. 유리의 입장에서도 이처럼 훌륭한 청중을 만난 건 생애 처음이었다. 유리는 세상에서 가장 긴 혀를 가진 남자, 마님은 세상에서 가장 넓고 깊은 귀를 가진 여자였다. 이야기를 듣는 큰마님의 눈이 빛나고 이야기를 하는 유리의 눈도 빛났다. 이야기야말로 안과 밖, 하늘과 대지, 현상의 유한有限과 초월의 무한無限을 단단히 잇는 대로大路였으며 유장한 물길이었다.

"우리가 무엇으로 어떻게 맺어져 있는지 이제 알 거 같네." 며칠 후 큰마님은 밝은 어조로 말했다. "세상의 모든 사물은 다 아귀 맞는 짝을 만나야 제 역할을 하는 법일세. 이를테면 칼은 좋은 도마를 만나야 춤추고 부엌은 맑은 우물을 만나야 빛나지. 그리 만나면 만병이 없다네." 큰마님의 얼굴은 궁극의 만월 그대로였다. 원융한 아름다움이었다. 유리는 온몸이 긴장되는 걸 느꼈다. 말로 형용할 수 없는 깊고 오묘하고 무한한 품을 가진 여자가 큰마님이었다.

유리는 손끝이 떨리는 걸 느꼈다. 영원성이 있다면 그럴 것이었다. 큰마님의 무한한 품으로 투신하고 싶은 욕망이 유리를 한순간 사로잡았다. "내가 왜 귓병이 생겼다고 여기시는가?" 큰마님이 고요히 물었고, "들을 만한 말을 너무 오래 듣지 못한 건 아닙니까?" 유리는 대뜸 대답했다. "옳거니!" 큰마님이 손뼉을 쳤다. 유리와 큰마님이 무엇으로 맺어져 있는지 피차 완전히 확인한 순간이었다.

큰마님의 비명을 듣지 않고 밤을 보낸 사람들은 아침에 서로 손을 맞잡고 환한 미소로 인사했다. "써랴무!" 사람들은 말했고, "아라이쿠무싸이랴무!" 사람들은 큰 소리로 화답했다. 신을 찬미하는 말이었다. 큰마님의 비명이 멈춰진 게 수로국에서 온 키 작은 남자의 공덕이라는 걸 모르는 사람은 없었다. 다만 무슨 방법으로 큰마님의 병을 치료하는지에 대해선 의견이 분분했다. 수로국에서 신묘한 약재를 가져왔다고 말하는 사람도 있었고 유리가 본래 수로국의 도술가였다고 말하는 사람도 있었다. 비명만 멈춘 게 아니었다. 큰마님의 얼굴은 하루가 다르게 더 좋아졌다.

달은 기울었다가 다시 차올랐다. 과연 보름날이 다시 떠도 큰마님의 비명은 들리지 않을 것인가. 사람들은 긴장해서 밤을 기다렸다. 만삭의 달이었다. 달은 중천 높이 떠올랐고 사막은 부푼 흰빛이었다. 꽉 찬 달이 차가운 음기로 쌓여 정精의 결정을 이루는 것을 사람들은 보고 있었다.

큰마님의 비명은 물론 들리지 않았다.

달이 가장 높이 떠올랐을 때, 큰마님의 내실엔 큰마님과 유리뿐이었다. 내실의 문은 잠겨 있었으나 암벽 한쪽으로 조그맣게 뚫린 환기구엔 달빛이 가득했다. 희고 부드러운 달빛이었다. 유리는 꿇어 엎드린 자세였으며 큰마님은 편안히 누운 자세였다. 어느덧 그녀는 잠들어 있었다. 주름살이 많았지만 잠든 그녀의 얼굴엔 어디서 오는지 알 수 없는 흰빛이 어렸했다. 희고 고요하고 원만한 표정이었다.

유리의 시술은 고요했으나 감미로웠고, 움직임이 크지 않았으나 격렬했다. 혼신의 힘을 다한 뒤끝이었다. 할 일을 다 끝낸 유리는 평생의 갈망이었던 탑을 완성한 장인 같은 표정으로 잠든 큰마님을 오래 내려다보았다. 아름답고 환한 비단길이 큰마님의 얼굴에 드리워 있다고 생각했다. 그것은 삭(朔)에서 만월로 이어진 길, 멸망에서 생성으로 이어지는 길이었다. 흰 달의, 둥근 모래언덕의, 가없는 허공의 길이기도 했다. 그처럼 웅숭깊고 고요한 얼굴을 유리는 이전에 본 적이 없었다. 큰마님의 너른 얼굴에 코를 부비며 울고 싶은 심정이었다.

사람들의 찬사가 쏟아졌다. 유리에게 달려들어 "써라무!" "아라이쿠무싸이라무!" 하면서 얼싸안아주는 사람들도 많았다. 무릎 꿇은 자세로 유리에게 최상의 예를 올리는 사람도 있었다. 큰마님을 구한 것은 마을을 곧 구한 것이라는 사실에 이의를 제기하는 사람은 없었다. 유리는 그렇게, 먼 동방의 나라 수로국에서 온 '선지자'가 되었다.

물론 불만을 가진 사람이 전혀 없는 건 아니었다. 노란모자 무쓰린과 붉은모자 멘타오가 그들이었다. 그녀들도 물론 불만을 표현하진 않았다. 큰마님의 뜻에 따라 유리를 최고의 손님으로 모시는 일에 소홀히 하는 법은 없었다. 그러나 유리는 그들의 불만을 알고 있었다. 최측근으로 큰마님을 보좌하던 그들의 입지가 최근처럼 흔들린 적은 없었기 때문이었다. 그녀들이 오직 바라는 것은 어서 빨리 큰마님이 완치되고, 그에 따라 유리가 마을을 떠나는 일이었다.

"마님에게 뭘 어떻게 한 거야?" 무이가 물었고, "넌 몰라도 돼!" 유리는 빙그레 웃었다. "마님의 비명소리가 그쳐 다행이지만 그래도 그렇지, 어떻게 혀를 걸고 도박을 하나. 나는 네 혀가 잘리게 될 줄 알았어." "어떻게 한 것도 없어. 그냥 마님과 내가 서로 말을 통한 거지. 내 혀와 마님의 귀가 통한 거라고 보면 돼. 말이 통하는 것보다 큰 기쁨은 없거든!" 사실이었다. 치료의 탄탄한 기반은 물론 말言語이었고, 시술의 기술적인 보완은 긴 혀가 맡았다. 유리에겐 식은 죽 먹기처럼 쉬운 일이었다.

유리는 큰마님에게 들려줄 새로운 이야기를 무궁히 가지고 있었으며 큰마님 역시 그의 말을 기쁘게 담을 큰 귀를 갖고 있었다. 큰마님으로서 그처럼 맞춤한 이야기를 그처럼 지속적으로 들려준 사람은 없었다. 말하는 사람이나 듣는 사람이나 그것은 한마디로 황홀경이었다.

그렇다고 그것만으로 치료의 효과를 다 얻었다고 할 수는 없었다. 기반을 닦았으면 그곳에 쌓인 얼룩과 상흔을 닦아내는 사실적인 처치가 필요했다. 이를테면 상처 난 부위를 째고 고름을 빨아내고 소독하고 약품을 바르는 일이 그것이었다. 유리의 긴 혀는 그 마지막 과정에서 가장 훌륭한 도구로 활용됐다. 유난히 길뿐 아니라 오래 훈련된 유리의 혀는 깊고 주름지고 구부러진 환부를 얼마든지 장악할 수가 있었다. 모래알이 박힌 혀의 오돌토돌한 돌출부는 상처를 갈라 독을 뺄 수도 있으며 늘어난 혀의 가로근육과 세로근육은 부드러운 그 상처를 소독하고 봉합하는 데 효과가 그만이었다.

큰마님의 귓구멍은 구절양장九折羊腸이었다.

어디는 좁아터져서 바늘구멍 같았고, 어디는 무이구곡처럼 가파르게 구부러졌으며, 또 어디는 기화요초琪花瑤草 만발한 구릉을 이루었다. 유리가 여태껏 걸어온 길과 흡사했다. 혀가 가는 길은 그러므로 유리 자신이 걸어온 맨발의 길이라고도 할 수 있었다. 익숙한 길이었다. 좁은 통로에서는 세필細筆로 나아가고 굽잇길에선 휘어져 나아가고 텅 빈 구릉을 지날 때는 원만하게 퍼져 낮은 포복 자세로 나아가면 되는 게 길이 아니던가.

높은 곳과 낮은 곳, 헌칠한 곳과 구석진 곳, 밝은 곳과 어두운 곳의 막장까지 유리는 혼신의 힘을 다해 나아가고 이내 구부러져 되돌아왔다. 융기된 언덕은 부드럽게 두드려 노래를 만들고, 골지거나 꺾인 곳은 정성으로 다독여 그것들이 저항할 틈을 주지 않았다. 어떤 약재, 어떤 술수도 필요 없었다.

어떤 날 밤에 큰마님이 불현듯 눈을 뜨고 일어났다. 눈빛에

서기가 흘렀다. "이리 따라오게." 큰마님이 등불을 들었다. 갑작스런 행동이었다. 침상 머리맡에 놓인 서가를 밀자 놀랍게도 비밀스런 통로가 나타났다. 그 길은 더 안쪽의 작은 방으로 이어져 있었다. "나만 아는 방일세." 큰마님이 말했다. 정밀한 고요가 쌓인 텅 빈 방이었다. 작은 불상 하나가 놓여 있는 게 보였다.

불상이라니, 뜻밖이었다. 부조리한 풍속은 대부분 개혁됐다고 할 수 있겠으나 마을 사람 모두 여전히 무슬림이었다. 큰마님조차 무슬림 식으로 엎드려 기도하는 걸 본 적도 있었다. "아무도 몰래 내가 명상하는 방이라네." 큰마님이 가부좌를 틀고 앉으며 말했다. "저분은 아발로키테스바라, 손과 눈이 천 개인 천수관음보살이시네." 큰마님의 말에, "무함마드를 경배하지 않습니까?" 유리가 반문했다. "그야, 경배하지. 하고말고. 알라도 모시고 부처도 모신다면 더 좋은 것 아니겠나." 큰마님의 표정은 온유했다. "타시딜레!" 큰마님은 이어 말했다. 티베트의 인사말이었다.

"나는 티베트에서 비구니로 살다 왔다네!"

놀라운 고백이었다. "티베트는 허공의 나라야. 히말라야가 높다 하나 모두 허공 아래 엎드려 있잖은가." 비구니로 살았다는 고백도 놀라웠고 그럼에도 불구하고 무슬림의 문화 속에 원만히 적응해 살고 있는 것도 놀라웠다. 부처의 마음으로 무함마드의 껍질 속에 들어와 수십 년을 살다보니 미상불 귓병이 생긴 것인지도 몰랐다. 티베트는 평균 고도가 사천이 넘는 고원, 그야말로 허공의 나라였다. "그곳은 환희불의 궁전이 존재한다는 땅일세. 사람들은 말하지. 그곳의 문은 항상 열려 있고 늘 광명이 비치고 있다고. 그걸 믿고 젊은 날을 나도 그곳에서 보냈지만." 큰마님의 눈빛이 아득해졌다. "오늘 저녁은 내혀가 말하는 이야기를 자네의 큰 귀로 들어주시게." 큰마님이 덧붙이고 있었다.

큰마님은 불과 열 살에 비구니만 기거하는 오래된 절로 들어갔다고 했다. 그녀가 들어간 절은 아발로키테스바라, 바로 천수관음보살을 모시는 곰파였다. 스물여덟, 그곳을 떠날 때까지 그녀는 해발 사천 미터 까마득한 절벽 끝에 매달린 그 절을 벗어난 적이 없었다. 처음 오 년은 청소와 빨래를 했고 다음 오년은 밥을 지었으며 나머지 팔 년은 눕기도 어려운 작은 방에 스스로 갇혀서 오로지 엎드려 간구하는 시간을 보냈다. 팔 년

동안 한 번도 그 작은 방을 벗어난 적이 없었다. 영원으로 나아가는 길은 하나였다. 보일 듯 보일 듯 보이지 않는 길을 그녀는 일구월심 뚫고 나아갔다.

팔 년이 지났을 때 그녀의 이마에 마침내 달이 떠올랐다. 캄캄한 밤중에도 그녀의 이마가 환히 빛나는 걸 보고 동료들은 환호작약했다. 동료들은 그녀가 수행의 가장 중요한 요체, 정견正見과 명상과 행위를 통해 마침내 깨달음의 큰 바다에 닿았다고 느꼈다. 그녀는 잠긴 문을 열고 나왔고 동료들은 엎드려 그녀를 맞았다. 그녀는 이제 전생의 업을 이기고 나온 활불이자 큰스승이었다. 동료들은 기꺼이 그녀를 그렇게 모셨다.

그러나 정작 그녀는 그때까지도 무명을 완전히 떨치지 못하고 있었다. "부처님은 말씀하셨네. 맑은 하늘에 떠 있는 달이 해맑은 호수에 비치는 듯하지만 달은 저 호수에 다다른 적이 없다고. 내 공부가 그 짝이었어." 큰마님의 눈빛에 고통스런 기색이 떠올랐다. 그녀는 동료들에게 아직 어둠이 다 걷히지 않았다고 소리쳤다. 동트기 직전 같은 근본적인 순수는 아직도 멀다는 고백이었지만 그녀의 말을 받아주는 동료는 없었다. "스님의 이마에 달이 떴어요. 우리들의 큰스승이 되어주세요!"

동료들은 엎드려 간청했다. "아니에요. 나는 아직……" 그녀가 아무리 손을 저어도 헛일이었다. 동료들은 오직 그녀의 이마에 뜬 달만을 보았다. "우리들에겐…… 큰스승이 필요해요." 동료 스님들은 간구했다. 스승을 통하지 않고선 앞으로 나아갈 길을 찾을 수 없는 것이 티베트를 중심으로 한 탄트라 불교의 핵심적인 수행법이었다. 그들은 그것을 '모귀'라고 불렀다. 스승에서부터 제자로 또 그로부터 다른 제자로 이어지는 은밀하고도 먼 시간의 길이 바로 모귀였다.

큰마님은 그래서 동료들의 '달라이 라마'가 되었다.

그 일대엔 그 무렵 기근이 아주 심했다. 기근은 삼 년이나 지속됐다. 귀리나 유채를 심어 간신히 연명하던 대중들이 굶어 죽어가는 일이 다반사로 생겼다. 스님들도 마찬가지였다. 비구니들만 모여 있는 절은 불자들의 관심을 받기도 어려웠다. 영양실조에 걸려 자리보전하고 눕는 비구니들이 하나둘 늘어났다. 노승들은 더욱 그러했다. 누운 채로 차례차례 굶어죽어야 할 참이었다. 풀 한 포기조차 캐어 먹을 게 없을 지경이었다.

황금 열 쌈으로 만들어진 천수관음보살이 불단의 한가운데

354

앉아 있었다. 절이 생긴 이래 한 번도 그 자리를 떠나지 않은 보물이자 근원적 광명의 표상이었다. 애당초 절이 그곳에 지어진 것도 그 천수관음보살상을 모시기 위해서였다. 몇 세기 전 몽골의 공주가 시주한 황금보살이었다. 그러나 큰스승으로 옹위된 그녀는 한 번 결심하고 나자 조금도 망설이지 않았다.

"저 보살의 팔을 떼어내야겠다!"

그녀는 소리쳤다. 큰스승의 결정은 곧 부처의 결정이었다. 천수관음보살의 팔들이 가차 없이 떨어져 나와 저잣거리로 팔려 나간 건 전적으로 그녀의 뜻이었다. 천 개의 손을 가진 황금관음보살은 팔이 없는 보살이 되었고, 그 소문은 이내 근동으로 번졌다.

티베트 불교는 크게 봐서 네 개의 종파, 닝마, 카규, 샤가, 겔룩파로 나눌 수 있지만 그 사이 사이로 수십의 종파가 분파되어 있었다. 포탈라 궁을 차지한다고 해서 모든 종파가 거기 무릎 꿇는 것은 아니었다. 종파와 종파 사이를 가르는 이념과 지배권 싸움에 수백수천 번 법당이 피로 물드는 참담한 역사가 은닉된 곳이 바로 티베트였다.

천수관음보살의 팔을 떼어 곡식으로 바꿔 간다는 소문은 당연히 큰 사달을 일으켰다. 불교의 왕국 티베트에서 그런 일은 있을 수 없었다. 환생불이라 추앙받는 라마가 수십 수백이나 되는 땅이었다. 환생불의 하나로 행세하던 어떤 종파의 수장이 그 소문을 들었다. 환생불이라고 했으나 기실은 가짜인 얼치기 종파의 수장이었다. 그는 진즉부터 그 절과 천수관음보살상을 탐내온 참이었다. "천인공노할 짓이다!" 가짜 환생불은 목에 핏줄이 붉거져 나올 만큼 큰소리로 외쳤다. 수하들도 덩달아 분노했다.

대지국 안에서는 혁명의 불길이 나날이 번지고 있었으나 티베트 고원에선 아직 전 왕조인 청나라 권세가 지배적인 시절이었다. 청의 권세가들과 뒷배를 맞춘 가짜 환생불과 수하들의 절을 비우라는 요구가 빗발쳤으나 그녀는 버텼다. 그녀의 생각으로 황금불상은 부처가 아니었다. "부처는 우리 마음속에 있어요!" 그녀는 설파했다. "천수관음보살은 부처님의 형상을 금으로 빚은 거뿐이에요!" 그녀의 말은 더 큰 화를 불러왔다. 무장한 가짜 환생불과 그 수하들에게 명분을 제공한 셈이었다. 가짜 환생불이 마침내 진군의 나팔을 불었다. 청 왕조의 세력을 뒷배로 삼은 왈짜패 같은 도당들이었다.

동료 비구니들은 맨몸으로 큰스승인 그녀를 싸안아 지켰다. 그러나 중과부적이었다. 쳐들어온 그들은 무장을 하고 있었고 모두 힘이 좋은 비구였다. 어떤 비구니들은 대들다가 절벽 아래로 가차 없이 던져졌고 어떤 비구니들은 그들의 몽둥이에 맞아 머리가 터지거나 팔이 부러지거나 눈알이 튀어나왔다. 동료들에게 달라이 라마로 추앙받던 그녀도 예외가 아니었다. 몽둥이를 든 가짜 환생불의 수하들이 팔 없는 천수관음보살 앞에 꿇어 엎드린 그녀를 붙잡아 손발을 묶었다. "나는 손발이 묶인 채 절벽 아래로 던져졌네. 부처의 이름을 팔아 하는 짓이었어." 큰마님은 처연한 낯빛을 하고, 이어 말했다.

"아버지는 애당초 내가 떠나는 걸 원하지 않았었어. 그러나 나는 저 물기라곤 없는 사막이 싫었었네. 어린 나이였는데도 매일 그 무엇인가가 끝없이 그리웠지. 샘물은 어디서 흘러오는 가, 모래바람은 또 어디서 불어오는가, 새들은 무슨 수로 사막을 넘어 오고 사막을 넘어가는가, 매일 그런 생각을 했었어. 무엇보다 사막을 넘어가보고 싶었던 게야. 그래서 어느 날 낙타를 타고 온 한 떼의 장사꾼들 꽁무니를 따라 마을을 떠났는데 되돌아갈 길을 찾을 수가 있어야지. 다음 날은 다른 대상을 따라가고 또 다음 날은 다른 낙타떼를 따라가고, 그렇게 저렇게 일 년여에 걸쳐 흘러간 곳이 티베트였네. 거지꼴로 굶주려 쓰러진 나를 그 절의 비구니가 거둔 게 인연의 시작이었어."

"어떻게 여기로 돌아올 수 있었나요?" 유리가 물었다. "내가 어떻게 살았는지는 나도 모르겠어. 부처님 뜻이었는지. 절벽 기슭에는 제대로 키가 크지 못한 반신불수 같은 나무들이 몇 있었는데, 정신을 차리고 보니 그 나무 하나에 내 몸이 걸쳐져 있었네. 때마침 지나던 목동이 나를 안아 내렸지. 놀랍게도 팔 하나가 부러졌을 뿐이었어." 큰마님의 눈이 빛나고 있었다. "그런데 말일세. 실신했다가 깨어난 순간, 스무 해 가깝도록 산, 동료스님들이 죽어간 그 절보다 앞서, 홀연히, 밑도 끝도 없이, 오래 잊고 살았던 이 마을이 생각났네. 그리움이 폭풍처럼 몰려왔고." 큰마님은 계속해 말을 이었다.

"인연이란 끊겠다고 해서 끊어지는 게 아니야. 모든 길은 카르마를 따라 이어지네. 절벽으로 내동댕이쳐진 직후인 셈인데, 부처님도 아니고 절도 아니고 동료스님도 아닌, 내가 싫어서 버리고 떠난 여기 이 마을, 이 동굴집이 어떻게 떠오를 수 있단 말인가. 모래폭풍, 검은 바윗길, 저 샘물, 이런 거. 나는 꿇어 엎드려 오래 울었네. 먼 길을 죽을 둥 살 둥 걸어갔다고 여겼는데 내 영혼은 그래, 여기 이곳에서 실상은 한 발자국도 더 가지 못했다는 걸 깨닫는 순간이었지. 팔 년이나 면벽을 하면서 계속 제자리걸음을 했다는 것을. 그길로…… 티베트를 떠났어. 여기 와서 죽자고 생각했던 거 같아. 이 년 동안을 헤맨 뒤 간신히 이 마을, 고향으로 돌아왔네. 샘은 말라가고 사람들은 짐을 싸고 있을 때였어."

"큰마님이 샘물을 다시 불러왔다고 하던데요?" 유리가 물었고, "사실이지." 그녀는 고개를 끄덕거렸다. "이 동굴집은 우리 가문에서 대대로 살아온 곳이야. 이리 와보게." 큰마님이 천수관음보살상을 안아 내리고 그쪽의 벽을 밀자 뜻밖에 아래로 내려가는 비좁은 계단통로가 눈에 들어왔다. 어두워서 끝이 보이진 않았지만 방향으로 보면 동굴 입구의 반대편으로 뚫린 비밀통로인 것 같았다. "이곳으로 한참 나가면 이 암산의 배후로 이어지는 출구를 만나. 평소엔 모래로 막혀 있지만 손으로도 쉽게 길을 열 수 있어. 이걸 내가 만들었다고 생각하는가?" "오래전에 생긴 길 같아요." "맞아. 누가 언제 만들었는지는 알수 없어. 만일의 경우에 대비해 비밀통로를 누군가 만들어둔 거지. 옛날 사람들이라고 해서 그냥 먹고 잠만 잔 건 아니야." 유리걸식단의 만주 은거지에 있을 때 자신이 직접 고안해 만들었던 탈출구를 유리는 생각했다. 그것과 같은 방식이었다.

"목숨줄이 바로 부처라네. 사람이라면 누구나 앉아서 죽진
않아. 이렇게 살 궁리를 해두지." 큰마님은 빙그레 웃으며 근처
에서 작은 상자 하나를 꺼내왔다. "마을의 샘만 해도 그래. 샘
에 흘러드는 저 물은 먼 산에서 온 거야. 길은 두 가지네. 물이
저 스스로 만든 물길이 첫째고 사람이 수고해낸 물길이 둘째
야. 자네는 내가 만나본 사람 중 가장 공부가 깊은 사람이었어.
그러니 칸얼징이 무엇인지도 알 거라 믿네. 수백 년간 조금씩
사람들이 만들고 이어온 물길이야. 이 일대만 해도 그렇다네.
알고 보면 모래밭 아래 수천 킬로의 지하수로地下水路 칸얼징이
묻혀 있어. 오랜 세월을 지나다보니 더러 메워지고 잊혀진 곳
도 있지만, 중요한 건 그거야. 물길. 물길을 아는 것. 이곳에선
그것이 곧 권력일세."

큰마님은 해지다시피 한 종이 한 장을 상자에서 꺼냈다.

"나는 이 부근의 물길을 모두 알고 있어. 이게 그 물길의 지
도일세. 아버님은 언젠가 내가 고향집으로 돌아올 거라 믿었던
가봐. 나만 찾을 수 있는 곳에 이걸 감춰두신 걸로 보면. 우리

마을 주변에 배치된 물길의 매듭들이 여기 표시돼 있어. 자네가 여기 올 때, 기진해 쓰러졌다가 암벽 아래 구덩이의 젖은 모래 때문에 살아났다고 하지 않았나. 그 지점이 바로 여기야. 그곳이 마을로 물이 들어오는 칸얼징의 한 매듭일세. 그곳의 모래층을 대엿 자 파고 내려가면 암벽의 뿌리 쪽에 숨겨진 이런 통로가 나올 게고, 그 통로를 열고 내려가면 물길이 나올 게야. 요즘 우리 마을의 샘물이 줄어드는 것은 거기가 막혔기 때문이라고 봐. 자네가 실신해 있었던 곳의 모래가 젖었다는 게 그 증거지. 막히니까 물이 잠시 위로 솟구쳤던 거야. 내일이라도 그곳의 막힌 데를 열면 물길은 돌아올 걸세. 내가 옛날에 했던 대로. 나는 지혜로운 자네가 그 일을 은밀히 해주기 바라네. 그래서 여기로 자네를 부른 걸세."

"어째서, 어째서 그 물길의 매듭을 마을 사람들에게 말해주시지 않나요?" 유리는 묻고 싶은 것을 물었다. 큰마님 또한 권력을 장악하고 유지하기 위한 도구로 물길의 정보를 독차지하고 있었던가 생각했기 때문이었다. 그것은 동의할 수 없는 전략이었다. "자네다운 질문일세." 큰마님은 유리의 질문에 담긴 속뜻을 이내 알아차린 눈치였다. "그러나 내가 먼저 물어보고 싶은 게 있네. 만약 저 물길의 매듭을 누구나 알게 된다면,

아니 진즉에 내가 물길의 지도를 공개했다면 우리 마을은 어떻게 되었겠는가." "글쎄요." 유리는 잠시 침묵했다.

큰마님이 마을로 돌아와서 곧장 물길의 지도를 공개했다면 큰마님에 대한 마을 사람들의 경배는 오래가지 못했을 것이었고, 그렇다면 당연히 변화도 없었을 것이었다. 여자들은 가이터우를 쓰고, 남자들은 계속 여자들을 가축이나 다름없이 부리려 했을지도 몰랐다. 잘사는 사람과 못사는 사람이 나뉘고 힘 있는 사람과 힘없는 사람이 나뉘고 청년과 노인이 나뉘고 공산군과 국민군으로 나뉠 수도 있었다. 지금이라고 해서 다를 것이라고 장담할 일도 아니었다. 공짜로 얻는 관용과 평등이 없다는 걸 유리 역시 모르지는 않았다.

"글쎄요, 생각해보니 그 지도가 공개된다면, 여자들에게 다시 얼굴을 가리라고 요구하는 남자들이 생겨날지 모르겠네요." "역시 자네는 지혜로운 사람이야. 놀라운 혀뿐만 아니라 지혜로운 귀를 가졌어." 큰마님은 만족스럽게 고개를 끄덕였다. "언제까지나 그럴 거라고 생각하진 않아. 사람들이 지금 같은 관용을 더 지속적으로 경험하고 나면 이 지도가 공개되어도 혼란이 없을 거라고 봐. 나는 그때를 기다려왔네." "아직도 때가 되지 않았다는 말인가요?" "공산군과 국민군의 저 싸움을 보게. 환란은 끝나지 않았어. 우리 마을 사람들도 저 불길에 휩쓸리지 않는다고 장담할 수도 없네." 큰마님의 눈가에 그늘이 지나갔다.

"생각해보게. 수백 년간 얼굴을 가리고 살아온 여자들에게서 내가 어떻게 가이터우를 벗겼겠는가. 남녀가 유별하지 않고 세상의 모든 신이 공평하다는 걸 무슨 힘으로 저들에게 가르쳤겠는가. 물길을 바로 공개했다면 나는 저들을 절대 변화시키지 못했을 거야. 여자들은 계속 얼굴을 가려야 하고 신은 여전히 알라 하나뿐이었겠지. 알라가 아닌 건 파괴하거나 죽일 테고. 우리 유사현은 지금 남녀가 공평하고 종파나 신분에 의해서 다른 이를 미워하지 않는 서녘 일대의 유일한 마을이 됐네. 시간의 시험을 오래 거쳤기 때문에 희생 없이 얻은 결과라고 생각해. 권력이랄 수도 있겠지. 눈에 잘 드러나지 않는 착한 권력 말이네. 내일 아침 동굴의 입구에 서서 마을을 내려다보게. 타르초가 보일 거야. 그 조화의 실현이 나의 꿈일세."

'타르초'는 티베트 사람들이 그들의 간절한 소망을 빌기 위해 특별한 장소에 거는 일종의 깃발인데, 녹색, 파란색, 노란색,

빨간색, 흰색의 연접으로 이루어져 있었다. 절은 물론이고 집 앞이나 험준한 고갯마루를 넘어갈 때 티베트 사람들은 간구의 뜻을 담아 그 깃발을 걸었다. 녹색은 바람, 파란색은 물, 노란색은 땅, 빨간색은 불, 흰색은 하늘을 상징한다고 했다.

"만물을 이루는 것이 이 다섯 가지 요소야. 사람이든 세상이든 이것이 균형을 이루어야 평안하고 건강한 법인데 지금은 화기火氣만 충천한 세상일세." 큰마님은 말했고, 유리는 속으로 무릎을 쳤다. 마을 사람들이 일상적으로 쓰고 있는 모자가 다섯 가지 빛깔이었다. 어린아이는 녹색, 십 대는 파랑, 이십 대 삼십 대는 빨강, 사십 대 오십 대는 노랑, 노인은 하늘을 상징하는 흰색 모자를 썼다. 유일신 알라를 앞세워 다른 문화와 민족에게 배타적이었던 마을 사람들에게 큰마님은 모자의 빛깔로서 조화로운 세상에의 꿈을 얹은 셈이었다.

"일찍이 대지국을 통일한 쿠빌라이 칸도 말했어. 당신이 숭배하는 네 명의 대선지자가 있다고. 예수, 무함마드, 모세, 석가모니가 그 네 분이야. 쿠빌라이는 무슬림을 이용해 수많은 사람들을 죽이고 대지국을 장악했는데도 이 네 분을 똑같이 경배한다면서 각 종파의 의식에 공평하게 참여했네. 나 역시 쿠빌라이 칸이 되고 싶으이. 아니 쿠빌라이 칸과 달리 어떤 희생도 치르지 않고 거기에 도달하고 싶어. 그러려면 아, 더 시간이 필요해. 가이타우 하나를 벗기는 데 십 년이 걸렸네. 저절로 스며들게 하지 않고 서둘렀다면 원망이 모래언덕처럼 쌓였을 게야. 아직 때가 다 여물진 않았어. 타르초가 보여주는 그런 세상이 오면 이 지도를 공개할 생각이네. 그런데 이 사람, 나는 나이가 너무 많아. 죽음이 성큼성큼 다가오고 있는 게 눈에 보여.”

유리는 뜨거운 것이 가슴속에서 회오리치는 걸 그 순간 느꼈다. 큰마님은 진실로 자애로운 어머니였고 큰스승이었다. 풀한 포기 자라지 않는 사막 한가운데에서 그분은 진정한 오아시스를 만드는 ‘착한 권력’의 꿈을 꾸고 있었다. 불과 물과 바람과 땅과 하늘이 조화롭게 어우러진 곳이야말로 참 오아시스가 아닌가.

다음 날부터 마을에 새로운 소문이 퍼졌다.

큰마님이 그랬듯이, 이번엔 큰마님의 병을 고친 유리가 마르기 시작한 물길을 다시 되돌려올 거라는 소문이었다. 큰마님의 주변으로부터 퍼져 나온 소문이었다. 아니 큰마님이 낸 소문이라고 해도 과언이 아니었다. "자네하고 큰마님하고 둘이서 짰지?" 무이가 물었고, "짜긴 뭘……" 유리는 얼버무렸다. 무이는 눈치가 정말 빠른 놈이었다. 그 소문에 유리 역시 당연히 말로써 적당히 짝을 맞췄다.

"다음 달 삭일朔日에 샘물이 돌아오기 시작할 거요."

유리는 마을을 돌며 만나는 사람마다 은근슬쩍 말해두었다. 수십 년 전 큰마님이 귀향하며 마을 사람들을 사로잡았던 방식의 재탕이었다. 다른 게 있다면 보름달과 삭일의 차이뿐이었다. 사람들은 반신반의했다. 삭일은 지구와 태양 사이에 놓여 달이 전혀 보이지 않는 날이었다. 그날이 되면 샘물이 돌아온다는 유리의 장담은 사람들에게 은연중 하나의 계약처럼 느껴졌다. 유리와 마을 사람 전체 사이에 성립된 계약이었으며 큰마님이 계획한 '착한 권력'의 지혜로운 전술이었다. 권력이 존재하지 않는 공동체는 불가능하다는 게 큰마님의 생각이었다. "필요한 건 허虛로서의 권력일세." 큰마님은 지적했다.

허란 자신을 드러내지 않는 것, 이를테면 자기가 없어지는 경지를 가리키는 말이었다. 지식과 강압으로 가르치는 것이 가장 하수이고, 몸과 마음을 닦아서 얻는 제蔡로써 백성을 가르치는 것이 그다음이며, 자기를 드러내지 않는 허허실실로써 가르치는 것이 가장 상수라고 말한 건 오래전 대지국에 살았던 어떤 성현이었다. 큰마님에게 배운 소중한 덕목이 바로 그것, 착한 권력의 효용성이었다.

유리가 물길이 돌아올 거라고 한 삭일이 다가왔다. 물길이 돌아오지 않는다면 이번엔 진짜 유리의 혀가 잘릴는지 몰랐다. "내일이 삭일이야, 친구!" 무이는 말했고, "내 혀가 잘리는 꼴 보지 않으려면 무이 너도 나를 도와야 할 거야." 유리는 대답했다. 이 마을로 들어오기 직전 유리가 모래언덕에서 굴러떨어졌던 바위 아래의 물길을 찾으면 되는 일이었다. 큰마님은 검은 바위 아래를 몇 자만 파고 들어가면 비밀의 물길을 찾을 거라고 했다. "거기가 막혀 있을 걸세. 그걸 뚫으면 돼." 큰마님은 단언했다.

새벽에, 유리는 남 몰래 무이와 함께 그곳으로 떠났다.

삭일이 되었을 때 사람들은 드디어 샘이 물이 차오르는 걸 보았다. 거짓말 같은 광경이었다. "물길이 돌아왔어요!" 사람들은 외쳤다. 유리의 예언대로 된 것이었다. "저분은 그냥 사람이 아니야. 우리를 위해 알라가 보내셨어!" 큰마님의 귓병을 고친 데다 물길까지 돌려왔으니 유리가 경배를 받는 건 당연했다. 굉장한 경배였다. 큰마님은 흔연히 미소 지었다. 모든 것이 다 큰마님이 원하고 큰마님이 계획한 대로의 결과였지만 비밀을 아는 사람은 아무도 없었다. 마을은 노래와 춤을 되찾았고 사람들 얼굴에선 다시 생기가 넘쳤다.

유리를 양아들로 삼는다는 큰마님의 발표가 있었다.

물길이 돌아오고 열흘 만이었다. 그것은 유리가 큰마님의 후계자가 된다는 뜻이었지만 이의를 제기하는 사람은 없었다. 큰마님의 귓병을 고치고 물길을 돌아오게 한 것은 사람의 능력이 아니었다. 유리는 마을을 구하기 위해 먼 동방의 나라 수로국에서 온 알라의 현현이라 할 수 있었다. "쎠라무!" 사람들은 말했고, "아라이쿠무싸이랴무!" 유리 앞에 무릎 꿇어 경배를 보내는 사람까지 있었다.

축제의 날이 왔다. 큰마님이 유리를 정식 아들로 맞아들이는 날이었다. 축제는 성대했으며 아름다웠고 풍요로웠다. 사람들은 모두 나와 술을 마시고 음식을 나누며 춤추었다. 다섯 가지 색깔의 모자를 쓴 사람들이 옹기종기 모여 있는 광경을 높은 곳에서 내려다보면 영락없이 티베트의 타르초였다. 큰마님이 비밀의 방에 뚫린 환기구를 통해 아래를 내려다보고 있다는 걸 유리는 알고 있었다.

유리 역시 마을 곳곳을 방문해 사람들과 골고루 어울렸고 골고루 감사의 인사를 나누었다. 큰마님의 공식적인 후계자 신분으로 드리는 인사였다. 사람들은 다투어 유리에게 달려와 그 손과 발에 기꺼이 입을 맞추었다. 바람은 불지 않았고 나무들은 푸르렀으며 아이들은 호호 깔깔, 샘가에서 천진하게 멱을 감고 놀았다.

큰마님은 그 무렵 몸이 좋지 않다. 풍성했던 몸집은 줄었고 눈자위는 나날이 깊어지고 있었다. 유리를 후계자로 삼기 위한 작업을 다급히 진행한 것도 그 때문이었다. 귓병이 나으면서 살집이 시시각각 빠져 달아나기 시작했다. 달빛보다 희었던 피부 역시 어느덧 젖은 모래의 빛깔로 변색돼 있었다. 줄지 않은 것은 뱃살뿐이었다. 배는 더 부풀어서 만삭의 임산부 같았다. "여기 물이 가득 차 있네. 내가 보름달만 한 호수를 밴 거야." 당신의 배를 가리키며 큰마님은 웃었다. 기괴했고 그로테스크했다.

축제가 끝난 다음 날이었다. 큰마님이 유리를 불렀다. 천수관음보살이 모셔진 방이었다. "아들아!" 불상 앞에 앉아서 큰마님은 처음으로 유리를 그렇게 불렀다. "네, 어머니!" 양팔을 벌린 큰마님의 품으로 유리는 들어갔다. 이마가 겨우 큰마님의 가슴께에 닿고 있었다. 메말랐으나 여전히 열 명의 자식들도 능히 먹이고 남을 만큼 너르고 푸짐한 젖가슴을 큰마님은 갖고 있었다. 근원에 대한 갈망일까, 너무도 목마른 어떤 그리움 때문에 유리는 깨금발로 키를 높여서 큰마님의 가슴에 코를 비비었다.

"어머니!"

콧날이 빙 하고 울고 있었다. 고향 집을 떠나고 십칠 년 만이었다. 불과 서른넷이었으나 유리 역시 주름살이 많아져 나이를 가늠하기 어려운 얼굴이었다. 구겨져 물결치는 큰마님의 가슴살이 유리의 얼굴에 덮힌 수많은 주름 사이로 물처럼 스며들어왔다. "나는 얼마 살지 못할 것이다." 큰마님이 유리의 머리를 쓰다듬으며 말했다. 목이 메었다. 바느질감을 들고 앉아 있는 운지산 아래 고왔던 젊은 어머니가 그리워 그런 건지, 멀고 먼 이역에 맨발로 와서 만난 보살로서의 새 어머니가 벅차게 가슴속에 들어와 그런 건지 알 수 없었다. '어머니, 사랑합니다!' 그렇게 목청껏 외치고 싶은 심정이었다.

사랑하는 어머니가 어찌 두 어머니일 수 있겠는가. 그 순간의 유리에겐 운지산의 어머니가 유사현의 어머니였고 유사현의 어머니가 곧 운지산의 어머니였다. "너는 이곳 사람들을 사랑하게 될 거야." 큰마님이 말했고, "이미 사랑하고 있습니다!" 유리가 젖은 목소리로 대답했다. "우연한 일은…… 아무것도 없다. 나는 오랫동안…… 여기서 네가 오기를 기다렸던 게야. 내가 죽기 전에 와주어…… 고맙다, 아들아!" 큰마님의 뺨을 타고 내려온 눈물이 유리의 이마에 떨어졌다. 억겁의 세월이 그물코를 이루어 큰마님과 유리를 한 보자기로 싸매놓은 것 같았다.

"네가 떠날까봐…… 그동안 사람들 입단속을 시켜왔다만……" 그 말을 한 것은 한참 후였다. 유리는 눈가의 물기를 훔치면서 큰마님을 바라보았다. "네가 찾아왔다는 그 수로 여자." 그녀의 말이 이윽고 거기에 이르렀다. 유사현에 들어오고 어느덧 이 년이 가까워지고 있었다. 붉은댕기의 모습이 섬광처럼 떠올랐다. "붉은댕기?" 유리는 목소리가 위로 솟았다. "네가 찾는다는 사람이…… 그 여자인 줄은 모르지만, 아기를 가진 수로 여자가 저기…… 마을 어귀까지 온 적이 있었던 건 사실이다." 큰마님의 눈이 바로 앞에 있었다.

"네가 오기…… 일 년쯤 전이었던가, 한 여자가 마을 앞의 저기……모래언덕을 넘다가 아기를 낳았다. 수로 여자였지. 나는 보지 못했으나 무쓰린은 그 여자를 보았다. 아기를 거두어 온 게 무쓰린이니까. 그 수로 여자가 어떻게…… 만삭의 몸으로 여기까지 왔는지는 아무도 몰라. 사람들이 달려갔을 때는 이미 아이가 자궁 밖으로 나온 다음이었다고 했어. 황혼이었구나. 핏빛 같은 놀이 빛나는 모래언덕에서…… 여자는 혼자 애를 낳았다 죽었다고 들었다. 우리 마을의 입장에선 손님이었으니까 장사는 후하게 치러주었어. 강보에 싸서 무쓰린이 내게 데려온 아이의 온몸에 묻어 있던…… 모래 생각이 나는구나. 여자아이였어. 모래가 낳은 은혜로운 아이라고 생각해 내가 이름을 사은(沙恩)이라고 지었다. 너도 그 아이를 보았을 것이지만."

"오……" 유리는 부르짖었다. 동굴집에 사는 여러 아이들 중 사은이라고 불리는 여자아이를 유리는 알고 있었다. 모래의 운명을 타고 난 듯 눈빛이 유난히 초롱초롱한 아이였다. 붉은댕기처럼 가무잡잡한 피부를 가졌으며 곱슬머리였다. "곱슬머리 사은……" 유리는 감격에 차서 중얼거렸다. 붉은댕기 역시 곱슬머리였다. "나는 내 곱슬머리가 좋아!" 붉은댕기의 목소리가 들리는 것 같았다. 운지산 계곡의 물가에 앉아 자주 머리를 땋던 열다섯 살 붉은댕기의 모습이 눈이 선했다. 곱슬곱슬 구부러져 내려와 햇빛을 만나 빛나던 길고 탐스런 그녀의 머리칼도 물론 잊을 수 없었다.

"어린 사은이가 상처받을 일 생길까봐…… 내가 처음부터 함구령을 내려두었어. 그 애의 출생에 대해선 모두 입을 다물라고. 네가 여기 오던 날 사은에 대해…… 수로 여자에 대해 아무도 말하지 않은 것도 내 함구령 때문이었다……" 큰마님은 힘겹게 말했다. "그 여자가 지니고 있던…… 유품도 있어. 고인이 소중히 여겼던 듯해 버리지 않았다만." 큰마님이 손가락으로 선반의 상단을 가리켰다. 먼지 낀 상자에 든 붉은댕기의 유품은 소소한 것들이었다. 유리의 눈을 끈 것은 딱 두 가지였다. 하나는 색이 바래 회색빛이 된 댕기였고 다른 하나는 작은 돌멩이였다.

주재소 순사들의 습격으로 풍비박산이 난 도원동 마을을 찾
아갔다가 혼자 남은 붉은댕기를 만나 자신의 죽음을 보여주는
샘에 다녀온 날이었다. 다음 날 스스로 주재소에 찾아가겠다면
서 "주재소로 가면 먼 곳으로 갈 수 있거든" 하고 그녀가 말할
때 우연히 눈에 띈 돌멩이였다. 병 주둥이 같은 운지산 봉우리
를 쏙 빼닮은 모양새였다. "가려거든 이거라도 갖고 가. 운지산
꼭대기가 이렇게 생겼잖아." 그 돌멩이를 집어주면서 유리가
그때 한 말이 그랬다. "정말이네, 오라버니. 운지산은 절대 잊지
않을 거야!" 눈물을 그렁그렁 매단 붉은댕기가 대답했다. 세월
이 지나도 지워지지 않는 기억이었다. 바로 그 돌멩이가 붉은
댕기의 유품 속에 들어 있었다. 그녀는 죽을 때까지 운지산을
잊지 못한 것이었다.

'사은'은 자연스럽게 유리를 따랐다.

건강했지만 살은 별로 찌지 않았다. 먹는 건 잘 먹는데 살이
찌지 않는다고 아이를 돌보는 여자들은 말했다. 그날 이후 유
리는 큰마님에게 그랬듯이 아이에게도 많은 이야기를 해주었
다. 알아듣든 말든 상관없었다. 수로국의 산하와 역사, 운지산
의 사계에 대해서도 이야기해주었고, 운지산 도원동 사람들이

어떻게 살았는지에 대해서도 이야기해주었다. 수로국의 말도 틈나는 대로 가르쳤다. 사은이가 맨 처음 입에 담은 수로국 말은 '아버지'였다.

무쓰린 역시 붉은댕기의 마지막을 명확히 기억하고 있었다. "내가 모래언덕에 당도했을 땐 아기를 이미 분만한 다음이었어요. 모래가 온통 피로 젖어 있었지요." 무쓰린은 말해주었다. 사막에서의 놀은 압도적인 붉은빛이었다. 붉은 피로 물든 황량한 대지 위에 작은 수로 여자, 붉은댕기가 누워 있었다. 무쓰린은 붉은댕기의 마지막 모습을 똑똑히 기억했다.

"아이의 탯줄도 그 여자 스스로 앞니로 물어 끊었어요. 붉은 모래언덕이 아이를 받은 셈이지요. 탯줄을 끊고, 여자는 이렇게 말했어요. '내 아이예요. 새 세상에서 살 내 아이……' 내가 들은 그 여자의 마지막 말이에요. 그다지 나쁜 죽음은 아니었다고 생각해요. 눈을 감은 뒤에도 여자는 아주 순하고 해맑은 소녀 같은 표정을 하고 있었으니까요."

내전이 본격적으로 시작됐다는 소문이 들렸다.

유리가 지나쳐온 동북 지방은 화인군이 물러난 뒤 공산군이 대부분 장악하고 있었다. 공산군의 정치적 본부는 옌안에 있었고 군사적 중심은 산둥 지역의 기몽산구近蒙山區였다. 국민군은 먼저 옌안을 공격해서 공산군의 지휘부를 와해시키고 그 여세를 몰아 기몽산구를 진격해 동북지방의 공산군을 섬멸하려 했던가보았다. 그러나 장제스의 국민군은 덩치만 클 뿐이었다. 막강한 화력을 갖고 있었지만 아무 소용이 없었다.

요컨대 사람의 문제였다. 내전이 깊어질수록 공산군은 더 단단해졌고 국민군은 더 쪼그라졌다. 싸움 한번 해보지도 않고 마오쩌둥의 공산군에게 투항하는 국민군 지휘부가 속출하고 있다고 했다. 전쟁의 승패는 이미 드러나고 있었다.

공산군 일부가 서쪽으로 뻗은 천산북로와 천산남로를 장악하기 위해 출정했다는 소문이 전해진 건 이듬해 가을이었다. 전쟁의 참화가 마침내 이 사막의 끝에도 당도할 모양이었다. 큰마님은 모든 마을 사람들의 외부출입을 단속했다. 유사현의 장점은 자급자족으로 살아갈 수 있는 구조가 잘 갖춰져 있다는 점이었다. 고립된 채 오래 견뎌온 마을이었다. 샘이 마르지만 않는다면 세상과 절연해도 얼마든 살아갈 수 있었다.

376

사은은 유리를 '아버지'라고 불렀다. 아버지가 무슨 뜻인지 아는 사람은 그곳에 없었다. 사은이가 아버지라고 부르자 다른 아이들도 덩달아 유리를 아버지라고 불렀다. 유리는 그래서 동굴집에 사는 모든 아이의 '아버지'가 되었다. 어미를 닮아 사은은 아주 야무지고 장난기가 많았다. 붉은댕기가 하던 그대로, 유리는 자주 사은의 곱슬머리를 꼼꼼히 땋아주었다. 유리의 품에서 사은이가 천진하게 잠드는 날도 있었다.

"아버지!" 사은은 불렀고, "우리 딸 사은이!" 유리는 대답했다. 무이가 유리와 사은 사이에서 질투를 많이 했다. 사은을 할퀸 적도 있었다. "너와 나는 친구야. 아버지와 친구라면 우리 수로국에선 삼촌, 혹은 작은아버지라고 불러. 아버지와 같은 반열이라는 뜻이지. 사은을 나처럼 보살펴줘야지 샘을 내고 미워한다는 게 말이 돼?" 유리는 나무랐고, "그럼 사은에게 삼촌이란 말도 가르쳐줘." 무이는 요구했다. 유리는 그래서 사은에게 '삼촌'이란 말도 가르쳤다. "작아도 무이는 내 친구야. 그러니 삼촌이라고 불러!" 영특한 사은은 유리의 말을 곧 알아들었다. 사은은 곧 무이를 "삼촌!" 하고 불렀고, "그래, 우리 조카님!" 무이는 허흠, 헛기침을 날렸다. 가족이 된 셈이었다.

비극적인 상황이 닥친 건 늦가을쯤이었다.

서부 지역을 장악하려고 출정한 공산군에게 쫓긴 국민군 패
잔병 일부가 낙타떼와 함께 사막을 넘어 어느 날 유사현으로
들어왔다. 오십여 명쯤 되었고, 대포도 두 문이나 있었다. 지휘
자가 중교中校 계급장을 달고 있는 걸로 볼 때 여러 부대원들 중
항복을 끝까지 거부한 병사들의 통합부대인 것 같았다. 내전
을 통해 죽은 대지국 병사만 해도 수억이 될 거라는 소문도 돌
던 때였다. 알아서 투항하는 부대가 많았다지만 결사항전의 길
을 좇는 국민군이 전혀 없는 건 아니었다. 죽음의 사막을 넘어
유사현까지 들어온 걸로 보아 그들은 일종의 결사항전파라 할
수 있었다. 부상당한 병사도 여럿이었다.

유리가 마을 대표로 그들을 맞았다. 유사현은 어떤 사람이든
죽음의 사막을 넘어온 손님이라면 후대하는 오랜 전통을 갖고
있었다. "무엇을 도와드릴까요?" 유리가 물었고, "모든 동굴집
을 다 비우시오!" 중교 계급장을 단 지휘관이 말했다. "모든 동
굴집을 비울 수는 없습니다. 군인들이 머물 곳은 마련하겠습니
다만." 큰마님의 동굴집 주변으로 이십여 가구 이상의 동굴집
이 있었다. 유리는 그중의 일부를 비우겠다고 했으나 지휘관은

고개를 저었다. "부탁이 아니야. 이 마을은 오늘 자로 국민당 정부군이 공식적으로 접수했네. 이건 명령일세. 전시 중 명령에 불복하는 자는 총살이라는 거 몰라? 마을 사람들을 다 죽이고 싶어?" 지휘관의 눈은 충혈되어 있었다.

유리는 무릎 꿇고 사정했다. 동굴집엔 큰마님과 아이들만 있는 게 아니었다. 돌보는 가족이 없는 노인도 여럿 있었다. "이곳엔 노인과 환자와 아이들이 있습니다. 학교도 겸하고 있고요. 나머지 동굴집은 비워드리고, 아울러 먹을 것도 충분히 준비하겠습니다만." 유리는 말했고, "낙타도 충분히 먹이시게. 나중에 정부에서 다 보상할 거야!" 지휘관이 고개를 끄덕였다. 겨우 노인과 아이들이 함께 사는 큰마님의 동굴집 하나를 지킨 셈이었다.

다른 동굴집에 살던 사람들은 인척이나 이웃집으로 짐을 옮겼다. 무쓰린은 유리의 결정을 반대했지만 그녀도 방도가 없기로는 마찬가지였다. 마을 사람들은 집 안에 주로 머물렀고 군인들은 샘과 동굴집을 중심으로 방어진지를 구축했다. 지휘관은 그나마 상식이 통하는 사람이었다. 군인들은 마을 사람들이 기도하는 걸 막지도 않았고 특별히 문제를 일으키지도 않았다.

군인들과 마을 사람들이 이웃처럼 모여앉아 세상 이야기를 주고받는 경우도 있었다.

가을이 깊어지고 있었으나 햇빛은 여전히 살인적이었다. 얼마 동안은 아무 일 없이 지나갔다. 원래부터 낙관적인 기질을 타고 난 사람들이었다. 아무리 신념과 응집력이 뛰어난 공산군이라도, 교역로의 중심인 천산남로와 천산북로를 장악했으면 됐지 뭐 하러 얼마 되지 않는 국민군 패잔병을 쫓아 목숨 걸고 사막을 넘어 여기까지 오겠는가. 조금만 기다리면 마을로 들어온 군인들은 당연히 떠나게 될 것이라고 사람들은 믿었다. 국민군이든 공산군이든 어쨌든 그들은 모두 대지국 백성이었다. 마을 사람들은 그래서 식량은 물론이고 부상자를 위한 약품도 기꺼이 내놓았으며 그들이 타고 온 낙타도 정성껏 돌보았다.

나쁜 예감이 든 건 마을에서 노란모자 무쓰린과 붉은모자 멘타오가 돌연 사라진 후였다. 유리가 큰마님의 후계자가 된 것에 대해 억하심정을 가질 만한 사람이 있다면 그 둘뿐이었다. 무쓰린은 여남은 살부터 가장 가까운 거리에서 큰마님을 보좌해왔고, 멘타오는 부모를 잃은 후 큰마님이 거두어 키웠으며 큰마님 귓병을 책임지고 보살펴온 여자였다. 갑자기 등장한 유리의 존재는 필연적으로 그녀들에겐 상처가 됐을 터였다. 유리는 그녀들의 소외감을 알고 또 이해했다. 그녀들에게 특별히 신경을 써서 자애심을 더 발휘해온 건 그 때문이었다. 그런데 홀연 그녀들이 마을에서 자취를 감추었으니 불안한 예감이 들 수밖에 없었다.

햇빛이 작열하는 하오였다. 모래언덕에 올라 보초를 서던 초병이 다급하게 손짓하며 언덕을 구르다시피 뛰어 내려오는 걸 유리는 보았다. 하염없이 동굴 밖을 내다보던 중 우연히 그 장면이 눈에 들어왔다. 가슴이 철렁, 곤두박질을 쳤다. 마치 거대한 암막이 내려와 마을 전체를 뒤덮는 듯한 예감이었다.

잠시 후였다. 모래언덕 위로 낯선 병사들과 낙타들이 시시각각 솟아올라왔다. 국민군을 쫓아온 공산군이었다. 마을을 점령하고 있는 국민군보다 훨씬 많은 숫자였다. 대포도 여러 문 보였다. 모래언덕에 둘러싸인 채 우물처럼 내려앉은 마을은 죽음 같은 정적에 감싸여 있었다.

사구들은 부드러운 능선 아래로 불길하고 음흉한 속내를 철저히 감춘 모습이었다. 포위된 국민군은 재빨리 전열을 정비

했다. 언덕 위의 공산군 진영에서 확성기 소리가 곧 들려왔다. "항복하라고 하고 있어." 무이가 속삭였다. "항복하지 않으면 이거, 한판 세게 붙겠는데." 날 선 정적이 흘렀다. 마을에 들어와 있는 국민군의 지휘자는 성미가 곧은 사람이었다. 항복할 기미는 없었다.

큰마님은 당신의 침실에 있었고 노인들과 아이들은 그 반대편 중앙 홀에 모여 있었다. 분지 안을 맴돌며 퍼지는지라 인민해방군의 선무방송은 우렁우렁 울릴 뿐 그 내용이 분명하지 않았다. 머리를 천으로 감싼 무쓰린을 공산군 사이에서 언뜻 보았다고 느낀 순간, 갑자기 모래들이 바람에 날리기 시작했다. 분명히 무쓰린이었다. "배신자!" 무이가 씹어뱉었다. 무쓰린이 앞장서 공산군을 안내하여 온 게 틀림없었다. 쑤와아, 허공으로 치솟는 모래와 그것들이 몸을 부딪쳐 내는 쇳소리가 공산군의 확성기 방송을 냉큼 잡아먹었다. 활대를 한껏 당긴 듯한 긴장이 분지 안을 맴돌고 있는데도 순진한 마을 사람 몇몇은 길가에 서서 멍하니 모래언덕 위의 공산군을 올려다보고 있었다.

한 방의 총소리가 울린 게 바로 그때였다.

총소리가 울린 건 샘가 부근이었다. 단 한 방의 총소리가 울린 걸로 보아 명령에 따른 일사불란한 총격은 아니었다. 매복해 있던 국민군 쪽 누군가가 언덕 위의 인민해방군 쪽으로 흥분해 얼결에 방아쇠를 당긴 눈치였다. 그것은 팽팽히 조여진 정적의 균형을 일시에 무너뜨리는 신호로 충분했다. 총을 맞았는지 어쨌는지, 언덕 위의 낙타 한 마리가 길길이 날뛰기 시작한 것과 낙타를 타고 있던 공산군 병사가 허공으로 튕겨져 올랐다가 모래언덕 아래로 쑤셔 박힌 것은 거의 동시였다. 공산군 쪽에서 보면 국민군의 명백한 선공이었다.

곧 총소리가 어지럽게 울리기 시작했다.

"아버지!" 겁에 질린 사은이가 소리치면서 달려 나왔다. 벼락이 치는 듯한 굉음이 그 순간 유리의 귀청을 찢었다. 총소리가 아니었다. 동굴집의 천장과 벽이 요동을 치고 있었다. 인민해방군 쪽에서 대포를 발사한 것 같았다. 천장에서 잔돌들이 우르르 떨어졌다.

사은을 품에 안은 채 유리는 전력을 다해 먼저 큰마님의 방으로 달려갔다. 동굴 속이 안전하다고 여긴 건 착각이었다. 대포 몇 발에 폭삭 주저앉고 말았던 유리걸식단의 동굴이 떠올랐다. 몰살을 피하려면 동굴을 나가는 게 나았다. 어머니와 아이들을 살려야 돼. 생각은 그뿐이었다. 동굴의 안쪽 방들은 다행히 아무렇지도 않았다. "어머니!" 유리가 불렀고, "나는 괜찮다!" 뼈만 남은 큰마님이 침상에서 몸을 일으켰다. "먼저 아이들을…… 피신시켜!" 큰마님이 천수관음보살상이 모셔져 있던 방 안쪽을 가리키며 소리쳤다. 비밀의 길이 그 방에 있었다.

사은을 내려놓고 유리는 나머지 아이들을 데리러 가기 위해 몸을 돌렸다. 바로 그 순간, 엄청난 폭음과 함께 동굴집 전체가 요동치며 천장에서 돌들이 우박처럼 떨어졌다. 유리는 본능적으로 사은을 쓸어안았다. 포탄이 동굴집 안으로 날아 들어와 폭발한 것 같았다. 머리 어디가 찢어졌는지 뜨거운 핏물이 눈으로 확 들어왔다. 앞이 캄캄해졌다.

"어머니!"

아무 대답도 들리지 않았다. 유리는 사은을 품에 안은 채 돌더미 위를 기고 더듬어서 큰마님을 찾았다. 아이들이 모여 있는 중앙 홀 쪽 통로는 이미 거대한 돌덩이들로 꽉 막힌 상태였다. 동굴이 완전히 무너진 듯했다. 어느 방향이든 길은 막혀 있었다. "아, 어머……니!" 유리는 울부짖었다. 겨우 누군가의 손끝이 닿았다. 큰마님이었다.

유리는 손으로 큰마님의 얼굴과 몸을 더듬어 만졌다. 큰마님의 허리 아래를 거대한 바위가 누르고 있었다. "나는…… 틀렸다." 큰마님이 겨우 말했다. "떠날 때가…… 온 게야. 이런…… 날이…… 오리라는 것 알고 있었다……" "안 돼요, 어머니!" 유리가 울부짖었다. "소용없다, 아들아. 몸뚱어리는…… 그저 자루 같은 것…… 나는…… 자루에서 벗어나 훨훨…… 날아갈 테니…… 아들아, 너는 당장…… 저쪽…… 내가 가르쳐준 통로로…… 절대 돌아보지 말고 무조건…… 동쪽…… 해…… 뜨는 곳으로……" 큰마님의 마지막 말이었다. 그녀가 숨을 거두었다는 걸 유리는 본능적으로 알아차렸다.

포탄 소리가 계속 나고 있었다. 돌들이 다시 쏟아졌다. "아, 아버지!" 사은이 소리치고 있었다. 사은을 옆구리에 낀 채 손으로 더듬어 유리는 필사적으로 안쪽을 향해 기었다. 큰마님이 비밀의 길이라며 얼마 전 가르쳐준 지하통로 방향이었다. 사은을 끌고, 유리는 어둠 속을 죽어라 온몸으로 기었다.

다시 또 나의 유리 할아버지

나의 할아버지 미스터 유리는 말씀하셨다.

"나는 총과 대포 소리를 등지고 동쪽으로, 동쪽으로 걸었다. 돌아보지 말라던 큰마님의 목소리가 계속 나를 따라왔어. 혼자였다면 그곳을 결코 떠나지 않았겠지만 내겐 사은이가 있었다. 사은을 살리라는 고도의 계시가 나를 이끌었던 건지도 몰라. 물 한 모금 챙겨오지 못했지. 아이가 아니라 불덩어리를 업은 것 같았다. 햇빛을 견디지 못하고 사은이 기진했을 때는 손가락을 깨물어 내 피를 먹였구나. 제정신이 아니면서도 사은은 엄마의 젖을 빨듯 내 손가락을 죽어라 빨더라. 서녘에서 돌아오는 대상을 만나지 못했으면 꼼짝없이 사은과 나는 사막에서 죽었을 게야."

"무이는요, 할아버지?" 내가 물었고, "무이는, 내 주머니 속
에서 멀쩡했다." 할아버지는 비로소 미소를 지었다. "어떤 상황
에서도 제 목숨은 보전할 놈이거든." "얄미워요, 무이!" "얄미운
만큼 그 녀석, 제 역할을 했어. 길잡이도 해주고, 힘들 때마다
피에로처럼 사은과 나를 웃겨주고, 앞서가 은신할 만한 데를
찾아놓기도 했지. 큰마님의 말대로 나는 오로지 동쪽으로 갔
어. 먼 길이었다. 무이가 없었다면 중간에 길을 잃거나 죽었을
지도 몰라. 푸젠성福建省의 취인저우泉州에 이르러야 풍류국 생각
이 났구나. 타이완. 동쪽으로 가라던 큰마님의 말씀이 나를 지
배하고 있었던 것 같아." "거기서 배를 타고 타이완으로 간 거
예요?" "나와 사은은 배를 탔다만." 할아버지의 눈이 먼 데를 보
았다.

할아버지가 무이와 헤어진 게 바로 취인저우였다.

풍류국으로 들어가는 배에 오르기 직전에야 무이는 고개를
저으며 말했다. "이 양반아, 나는 섬나라에서 못 살아!" 원래 살
던 무이산 위안부의 마을로 돌아가겠다는 건 전적으로 무이의

선택이었다. 무이의 뜻은 굳세었고 할아버지는 무이를 충분히 이해했다. "녀석은 너무 말라 쥐새끼 같았는데, 그래도 내 험한 꼴을 보며 계속 킥킥거렸어. 말이 좀 많은 놈이냐. 배 타고 가다가 물에 빠지면 헤엄쳐 무이산으로 오라는 둥, 처음부터 내가 뭐 별로였다는 둥. 말로써 이별의 슬픔을 감추려 하던 그때의 무이가 눈에 선하구나." 산맥을 따라 먼 길을 함께 북상해왔다가 두만강가에서 헤어진 은여우의 모습을 무이에게서 보았다고 할아버지는 회상했다.

미스터 유리와 나는 다시 암산에 오르는 중이었다.

그 무렵 할아버지는 매일 산에 가겠다고 고집을 부렸다. 할아버지는 막상 떠나고 싶을 때 당신이 걷지 못하게 될까봐 두려워하고 있었다. "봄이 오면 마지막 길을 꼭 가야 해. 그러니 무릎을 계속 단련해야 한다." 가는 길은 매양 똑같았다. 오두막에서 나와 골짜기 하나를 지나면 주름진 암벽의 길이 나왔고 그 암벽을 넘으면 거대한 다른 암산이 나왔다. 할아버지가 '나의 길'이라고 명명한 동굴의 입구가 있는 곳이었다.

할아버지가 먼저 소나무를 잡고 몸을 끌어올렸다. 바위에 뿌리를 박은 소나무였다. "네 차례다." 할아버지가 위에서 말했다. 나는 손을 뻗어 소나무 줄기를 움켜잡았다. 거기서부턴 처음 올라가보는 길이었다. 손이 파르르 떨렸다. "아래를 바라보지 마라." 할아버지에게 약한 모습을 보이는 건 죽기보다 싫었다. 나는 소나무를 잡고 힘껏 몸을 끌어올렸다. 다시 한 평쯤 될까 싶은 평평한 너럭바위가 나왔고, 그 너럭바위 끝 또 다른 직벽 아래 할아버지가 말한 굴이 있었다.

"아, 미스터 유리!" 내가 비명을 내질렀다. 구렁이 한 마리가 굴 어귀에서 해바라기를 하고 있다가 슬그머니 몸을 풀고 옆으로 빠져나가고 있었다. 지난번 보았던 그 구렁이였다. 황금색 비늘들이 햇빛을 받아 번쩍했다. "괜찮아!" 할아버지가 내 손을 잡았다. "놀랄 거 없다. 이 굴은, 본래 저 녀석 집이었어." "그럼." 생침을 삼키고 내가 물었다. "저 구렁이하고도 말이 통하시겠네?" "통하고말고!" 나는 비웃으려고 한 말인데 할아버지는 진지하게 고개를 끄덕거렸다. "내 혀가 왜 길어졌겠냐. 고향에서…… 기어 다닐 때부터 집구렁이하고만 놀았기 때문이다." 할아버지의 백발이 햇빛을 받아 구렁이 비늘처럼 반짝이고 있었다.

미스터 유리, 할아버지는 그곳에서 또 말씀하셨다.

"풍류국, 그러니까 타이완에 도착하고 나서 나는 곧 그곳에
온 걸 후회했다. 사정을 알았으면 나는 결코 그곳에 가지 않았
을 게야. 풍류국-타이완은 전 왕조 시절에도 상당한 자치를 보
장 받은 곳이었고 화인국 식민 시절도 마찬가지였다. 수로국과
는 사정이 달랐지. 대륙으로 가는 관문인 수로국에 비해 풍류
국은 조금 느슨하게 다루어졌다고나 할까. 거기도 총독부가 있
었으나 수로국 총독부처럼 악독하진 않았다는 말이야. 내가 그
곳으로 간 것 역시 그걸 고려했기 때문이다. 내전을 통해 다시
살상의 역사가 되풀이되고 있는 본토보다는 최소한 나을 거라
고 생각했지. 그러나 그건 큰 오해였어. 섬이라 오히려 비극적
인 상황이 더 집중적으로 나타났다고 할까. 화인군이 떠난 자
리를 국민당 관료들이 들어와 장악했는데, 화인군 이상으로 독
했어."

할아버지를 찾아오기 전까지 내가 살았던 곳이 바로 풍류국,
나의 타이완이었다. 나는 그곳에서 자랐고 그곳에서 여기로 할
아버지를 찾아왔다. 내 모국에 대한 역사를 할아버지에게서 듣
는 일은 민망하기 그지없었다. "2·28사건이라고 들어봤냐." 할

아버지가 물었다. 어렴풋했다.

  내전이 끝나고 나서 풍류국-타이완으로 몰려 들어온 대지
국 본토 사람, 이른바 외성인外省人들은 대부분 국민당 정부 관료
들과 군인, 군속들이었다. "끔찍한 사건이었지. 전쟁이 끝나면
살기가 좋아질 줄 알지만 백성들의 처지는 늘 그 반대야." 할아
버지는 혀를 찼다. 불평등한 대우를 참다못해 본래부터 풍류
국-타이완에서 살아온 본성인本省人들이 일으킨 시위를 국민군
이 무차별로 진압한 사건이 '2·28사건'이었다.

  나의 할아버지 유리는 이어 말씀하셨다.

  "화인군이 패망한 뒤 국민당 정부는 즉각 행정장관 겸 경비
사령관을 타이완으로 보냈어. 그들은 탐욕스러웠다. 화인국 총
독부가 놓고 간 모든 것은 대부분 본토에서 온 외성인들 차지
가 됐지. 좋은 집 좋은 땅 알짜배기 기업을 다투어 그들이 차지
했고 고위관리 역시 그들이 점령했다. 식민지배가 끝나면 살기
가 좋아질 줄 알았던 본성인들에겐 청천벽력일 수밖에. 식민지
시절보다 차별이 더 심했을 정도니까. 그들은 일종의 점령군이
었어. 관리들은 착취에 여념이 없었고, 본성인들은 늘 비밀경

찰의 감시를 받았다. 생존권 차원으로 시위가 벌어졌던 거지."

"다급한 경찰이 시위대를 향해 총을 쐈고 분노한 시위대역시 무장을 하기에 이르렀다. 풍류국 전역을 휩쓴 불길이었어. 쌓이고 쌓인 본성인들의 분노가 폭발했던 셈이지. 현지 경찰 병력만으로는 어떻게 해볼 도리가 없을 지경이 되었을 때 본토에서 지원 병력이 도착했다. 상황은 돌변했어. 파견된 국민군은 정예부대였고 시위대는 뜨거운 열정뿐이었다. 무차별적인 학살과 약탈이 자행됐다. 섬 전체가 거의 초토화됐어. 수만의 본성인이 그 통에 죽었다. 유사 이래 없던 큰 비극이었지."

처음 본 굴의 입구는 납작했다.

"굴 안에 들어가보지 않겠냐?" 할아버지가 말했고, "좋아요!" 나는 마지못해 고개를 끄덕거렸다. "내가 떠날 먼 길의 입구다!" 할아버지가 먼저 배를 바닥에 대고 비비적거려 굴 안으로 들어갔고 내가 뒤를 따랐다. 기분이 언짢은 길이었으나 할아버지에게 무시당하기 싫어 나는 죽어라 배를 밀었다. 조금 들어가고 나자 굴은 앉은걸음으로 갈 수 있을 정도가 되었고, 앉은 걸음으로 한참 가고 나자 서서 걸어도 좋을 만큼 천장이 높아졌다. 캄캄하고 서늘했다.

"조금 기다려봐." 할아버지의 말이 들린 순간 홀연 눈앞이 밝아졌다. 할아버지가 램프를 밝혔기 때문이었다. 골방 같은 곳이었다. 자주 왔었는지 캠핑용 램프, 타다 만 양초, 등산용 깔개가 있었고, 낡은 슬리핑백도 하나 있었다. 특이한 건 안쪽 벽허리춤에 모셔져 있는 작은 부처상이었다. "천수관음보살님이야. 큰마님, 아니 어머님이 여기 함께 있는 셈이지. 어머님도 이런 동굴방에 천수관음상을 모시고 있었거든." 할아버지 눈빛에 그리움이 담뿍 담겨 있는 걸 나는 보았다.

"여기가 끝이 아니다." 굴은 안쪽으로 더 이어지고 있었다. "저 안으로 들어가면 이보다 큰 방도 나온다." "더 들어가볼 맘은 없어요." 나는 차갑게 대꾸했다. "구렁이집이라고 하셨잖아요. 구렁이집을 미스터 유리가 약탈한 셈이네 뭐." "약탈은 아니야. 동거지." 할아버지는 웃었다. 수백 광년 떨어진 어느 우주의 어느 별에 가면 그런 느낌일 터였다. 낯설었고 고요했다. "아늑하지 않냐. 이 길을 통해 나는 어머님에게, 큰마님에게 갈 것이다." "조금도 아늑하지 않아요!" 나는 고개를 돌리고 볼멘 소리로 메어붙였다. 내 목소리가 동굴 안을 우렁우렁 맴돌고 있었다.

　미스터 유리는 바닥에 주저앉아 말씀하셨다.

　"내가 바람의 나라, 풍류국으로 들어간 건 국민당 정부가 정식으로 자리 잡은 직후였어. 계엄령 상태였지. 내전의 패배에 따른 후유증이 풍류국-타이완을 옥죄고 있었다. 바람처럼 살고 싶었던 본성인들의 꿈은 좌절되었다. '먼저 타이완을 보위하고 그다음 대륙을 공격한다'라는 '반공대륙反攻大陸'이 그 시절 국민당 정부의 구호였어. 내전을 반대하는 자, 평화를 주장하거나 민생문제를 말하는 자는 공공연히 간첩으로 취급받았다. 정파에 따른 집단의 본성이 본래 그런 거야. 어디에서든 그 불길을 피할 길이 없었다."

　"나는 정치적 집단주의가 눈에 뵈는 타이베이가 싫었다. 모래에서 태어난 사은에게도 그때의 타이베이는 괴물 같은 도시였을 것이다. 남쪽으로 정처 없이 내려가다 타이난臺南 부근의 아름다운 평원에서 한 수로 여자를 만났구나. 파인애플 농장을 하는 여자였어."

"만주에서 살다가 어찌어찌 흘러와 그곳 남자와 결혼해 정착한 수로국 여자였는데 내가 도착했을 때는 남편이 죽은 다음이었다. 2·28사건 때. 그 여자의 남편은 그냥 순박한 농부였어. 파인애플을 팔러 시내로 나갔다가 시위대 중 도망치지 못한 노인을 군인들이 칼로 찌르려는 걸 보고 만류하려던 게 그만 화를 불러왔다. 남자는 여러 번 군도에 찔린 채 자신이 농사지은 파인애플 더미 위로 넝마처럼 던져졌다고 했다. 핏물로 칠갑이 된 남편의 주검을 그 여자도 직접 보았겠지. 항의하면 그녀도 죽을 판이었다. 여자는 누가 볼세라 남편의 주검과 파인애플이 실린 수레를 끌고 십 리 길 햇빛 속을 걸어왔다. 햇빛과 바람이 유순하기 그지없는 삼월 어느 날의 일이었다."

"내가 갔을 때 파인애플 농장은 폐허나 다름없이 방치되어 있었어. 그 여자는 정신이 나간 사람 같았고, 네덜란드인들이 지배할 때부터 쌓은 옛 성벽이 멀지 않은 곳이었지. 나는 농장에 머물며 그 여자의 농사를 도왔다. 누가 돕지 않으면 그녀도 말라 죽고 말 것 같았거든. 처음 한 달은 헛간에서 잤고 다음 달엔 안방으로 잠자리를 옮겼다. 같은 수로국 출신이라 서로 의지가 됐던 게야. 그 여자에겐 사은만 한 딸 하나가 있을 뿐이었다. 함께 살았지만 피차 정은 없었어. 그 여자는 자기 남

편에 대한 사랑을 떨치지 못했고 내 가슴속엔 큰마님이 떠나
지 않고 존재하고 있었으니까. 부서진 성벽에 기대고 앉아 늘
먼 바다를 바라보며 지냈다. 바다는 정말 아름다웠지. 내 나라,
수로국에서 전쟁이 벌어졌다는 소식을 그곳에서 들었다."

미스터 유리는 기운차게 이어 말씀하셨다.

"수로국의 전쟁 소식은 나에게 불을 질렀다. 정말이다. 예
감을 느낀 적은 있었지만 막상 전쟁이 났다니까 미칠 것 같더
라. 동족 간의 전쟁이라니! 그때까지…… 나는 내 조국을 부
정하고 있었다. 가고 싶지 않다고 생각했지. 아비를 죽인 몸으
로…… 어찌 고향에 가겠느냐. 유랑의 운명은 큰아버지가 내
총질에 거꾸러질 때 결정된 것이었어."

"그런데 수로국에서 전쟁이 났다는 소식을 듣자…… 내 가
슴에서 불길이 확 솟구치더라. 은닉된 조국에 대한 그리움의
불길이었고, 억울하고 분해서 온몸의 핏줄이 곤두서는, 그런
불길이었다. 화인국은 물러나고 대지국 내전도 끝난 참인데 왜
형제끼리 죽고 죽인단 말인가. 분노가 나를 사로잡았다. 애당
초 소련과 미국이 이 나라를 저희들 입맛대로 나누어 점령하

는 바람에 생긴 전쟁 아니냐. 이데올로기의 전 세계사적 구조가 만만한 우리의 목을 졸라서 생긴 전쟁이었지. 거대한 폭탄이…… 죄 없는 우리 땅에 우연히 떨어져 일어난 전쟁으로 나는 느꼈다."

"풍류국의 국민군 정부가 수로국 남쪽으로 지원부대를 보낸다는 소문이 들리더라. 공산당에게 쫓겨나온 국민정부로선 당연한 선택이지. 나는 여자에게 사은을 맡기고 타이베이로 올라왔다. 어떡하든…… 내 나라 수로국에 가봐야 되겠다고 생각했어. 그러나 유엔은 타이완의 참전을 반대했다. 전쟁이 대지국의 공산당 정부와 전면전으로 확대될까봐서. 국가 차원에선 참전할 길이 없었다. 그러나 공산군에게 가족을 잃은 일부 열혈 장교들은 한사코 수로국 전쟁에 참가하기를 바랐다. 국민당 정부도 심정은 마찬가지였겠고. 군사교관단 일부가…… 캄캄한 수로국 남부 해안에 상륙한 건 전쟁이 난 이듬해 봄이었구나. 계급장도 신분증도 없었지. 어느 공식기록에도 남지 않는…… 극비리의 파견이었다. 나는 겨우 통역관 신분으로 그 대열에 합류했구나. 꼭 이십 년 만의 귀국이었어."

그것을 본 건 할아버지가 거기까지 말한 뒤였다.

굴 안벽에 여러 가닥의 전선이 지나고 있었다. 전선들은 소시지가 들어갈 만하게 뚫린 바위 구멍 속으로 잠입해 들어가 사라지고 있었다. "저게 뭐예요?" 나는 할아버지의 말을 끊고 냉큼 물었다. "네가…… 알 건 없다." 할아버지는 많이 지쳐 있었다. 가슴이 두근두근하기 시작했다. 그것은 분명 인위적으로 설치한 일종의 폭파장치였다. 영화에서나 보았던 소시지같이 생긴 다이너마이트가 눈앞을 스쳐 지났다.

"이야기를 듣는 태도가 그게 뭐냐?" 할아버지가 불현듯 짜증을 부렸다. "내가, 어때서요?" 나도 짜증스럽게 맞받았다. "진지한 대목이다. 그 전쟁은…… 민족 최대의 비극이었으니까." "우리는 록을 들으며 공부해야 머리에 잘 들어오는 세대예요. 미스터 유리처럼 바른 자세를 취해야 진지하다고 여기는 건 촌스러워요." "그래도 내 앞에 앉아봐라. 네…… 눈을 보고 싶어 그런다." 할아버지의 말이 어딘지 모르게 슬프게 들렸다. 나는 비로소 할아버지와 눈을 맞추었다.

나의 할아버지 유리는 내 눈을 보며 또 말씀하셨다.

"휴전이란…… 말이 소문처럼 오고가던 때였다. 북진을 계속 주장하던 맥아더 장군이 해임됐다는 말을 얼마 후 들었다. 휴전은 오로지 큰 나라들의 입맛에 맞게 조리되는 것에 불과했어. 전선은…… 소강상태였다. 나는…… 미군에 배속되어 대지국 포로를 심문할 때 통역을 했지. 사령부를 따라 이동하며 필요할 때마다 불려 나가 통역하는 일이 전부였다. 끔찍한 장면을 많이 보았다만…… 일일이 말하고 싶진 않구나. 최전선에 나가 있는 병사의 입장에서 볼 때…… 전쟁이란…… 무의미한 살육의 죄업을 쌓는 일에 불과해. 내가 통역한 어떤 대지국 어린 병사는 자신이 왜 전쟁에 참여했는지, 자신이…… 어디에와 있는지도 몰랐다. 심지어 제가 붙잡혀 온 곳이…… 만주 어디인 줄 알고 있었으니까."

할아버지의 말이 갑자기 심하게 느려졌다.

혀가 급속히 굳어가는 것 같았다. "그만 굴을 나가는 게 좋겠어요." 나는 할아버지의 팔을 잡아 일으켰다. 굴을 나서자 찬바람 끝이 이마를 치고 왔다. 봄이 온다지만 구체적 징조는 아직 찾을 수 없었다. "전쟁이 끝나고 풍류국으로 곧 돌아가시지 않은 거네요?" 굴을 벗어난 뒤 나는 다시 물었고, "아무렴!" 할아버지는 고개를 끄덕거렸다. "인천으로 갔지."

지친 할아버지의 눈가에 달무리가 내려앉아 있었다.

"그 시절은…… 풍류국으로…… 돌아갈 방도가 없었어. 사은
이가 그리워 바닷가 인천으로 간 거야. 거기에선 바다 넘어 사
은이가…… 보일 듯해서……" 나뭇잎들이 바람에 날아올랐다.
"그래도 뭐 먹고…… 살아야 했지." 할아버지의 목소리가 더욱
고즈넉해졌다. 우리는 굴 밖으로 나와 너럭바위에 앉아 있었다.

대지국 식당에서 접시를 닦는 일로 인천생활을 시작했다고
했다. 할아버지는 처음엔 접시를 닦았고 다음엔 조리법을 배웠
다. 타고난 총명함과 남다른 말재간이 있어 할아버지는 금방
사람들의 마음을 사로잡았다. 누가 고향을 물으면 '대륙의 서
쪽 간쑤성 유사현'이라고 대답했다. 수로국 말보다 대지국 말
이 더 유창할 지경이었다. 아비를 죽이고 떠난 몸으로 수로국
인이라고 말하고 나설 처지도 아니었고, 설령 말한다고 하더라
도 확인해줄 사람이 없었다. 이름 또한 여전히 '유리'였고, 그렇
게 등록도 되어 있었다. 할아버지는 간쑤성이 본향이고 풍류국
타이베이로 건너와 살다가 수로국으로 들어온 온전한 타이완
인이었다.

대지국인들이 인천으로 대거 들어온 건 임오군란 이후부터
였다. 수로국의 정세가 위태로워졌을 때 대지국 전 왕조에선
산둥에 있던 수천 명의 군사를 파견했고 상인들도 이때 함께
왔다. '제물포조약'에 따라 인천이 개항되고 조계가 설치되면
서 대지국인의 유입은 더 급속히 늘었다. 산둥과 인천을 오가
는 정기선이 있을 정도였다. 무역과 해운업이 성행했으며 대지
국 음식점이 다투어 생겼다. 비단장사는 돈을 긁는 사업이었고
산둥 음식에서 유래한 자장면은 수로인들도 가장 즐겨먹는 음
식이 되었다. 사람들은 그들을 '화교'라고 불렀다. 고유의 근면
함과 두터운 신뢰를 기반으로 화교들은 금방 알부자로 성장했
다. 깐쇼새우, 탕수육, 양장피, 월병, 포춘쿠키 등은 수로인들에
게도 익숙한 말이 되었으며, 치파오 차림의 여자도 쉽게 볼 수
있었다.

휴전이 되고 난 얼마 후 할아버지는 인천 중심가로 나가 대
지국 음식점을 처음으로 열었다. "성공했지." 할아버지는 말했
다. 대지국 음식을 수로인들 입맛에 맞도록 조금씩 바꾼 게 성
공의 비결이었다. 손님의 태반이 수로인들이었다. "나는 대지
국인들도 잘 알고 수로국인들 심리도 잘 알고 있었어. 그게 뭐
밑천이라면 밑천이었던 게지." 할아버지는 당연히 매장을 늘렸

고, 무역상도 열었다. 중요 품목은 비단과 수은이었다. 대지국비단을 대량으로 수입하는 대신 그만큼의 수로국산 사금을 수출했다. "돈 버는 일이 내가 해본 일 중 가장 쉬웠어." 할아버지는 말했다. 군사혁명이 날 때까지 나의 할아버지 미스터 유리는 그렇게 승승장구했다.

할아버지와 나는 다시 암산을 내려오기 시작했다. "쟤가 따라와요, 미스터 유리!" 굴 어귀에서 만났던 그 구렁이였다. 저만큼 떨어진 곳에서 구렁이가 느릿느릿 우리를 따라오고 있었다. "냅둬라. 내가 저 녀석 집에 드나들듯 쟤도…… 내 집에올 권리가 있지." "징그러워요." "이놈아, 들었지? 우리 손녀딸이…… 네가 징그럽단다. 그만 돌아가거라!" 할아버지가 구렁이를 향해 말했다. 구렁이가 쓰윽 몸을 돌렸다. 할아버지의 말귀를 알아들은 모양이었다.

오두막은 이제 지척이었다. "오늘은 그만 말하세요, 미스터유리!" 할아버지의 얼굴은 거의 흙빛이었다. 금방이라도 쓰러질 것 같았다. "내 혀가…… 많이…… 굳은 건 사실이다." 하나의 문장을 말하는 데도 한참씩 걸리는 형편이었다. "그래도 할말이…… 남았는데…… 너는 참을성이…… 바닥난 게냐?" "아

402

뇨. 나는 얼마든 더 들을 수 있어요. 미스터 유리의 혀보다 내 귓구멍이 더 깊을 거라고 봐요!" "그럼…… 들어라!" 할아버지는 마음이 다급한 눈치였다.

"나는 중심가에 있는 삼 층짜리 건물도 한 채 구입했다. 큰 식당도…… 내 것이었고, 서울 홍천동에…… 상가부지도 사두었어. 짧은 시간 안에…… 나만큼 재산을 모은 사람은 많지 않았다. 왜 그리…… 피나게 돈 버는 일에 매달렸는지 원. 하나의 이유는…… 사은이야. 그 애를 데려와 호의호식시키려면 돈이 필요하니까. 그러나…… 그건 작은 핑계였을 뿐이었다. 애 하나 데려와 키우는 데 무슨 돈이…… 그리 많이 들겠니. 그럼…… 왜?"

나의 미스터 유리는 힘주어 계속 말씀하셨다.

"그때는 몰랐지만 지금은 알아. 죽어라 돈을 벌고 있을 때에도 나는 이를테면…… 계속 맨발로 걷고 있었다고 봐. 휴전선으로 갈라졌지만 전쟁은 끝났고…… 내 나라에 돌아왔지만…… 고향엔 갈 수 없었다. 미칠밖에. 수로국은…… 휴전선과 바다로 둘러싸인 감옥이었다. 그 감옥에서…… 사람들은 오직 돈을 좇아 혈안이 된 모습을 하고 살았어. 감방에 갇힌 줄도 모르고 욕망을 좇아 지랄 발광을 떠는 꼴이었어. 나도 그 대열에 끼어 있었고. 군사혁명 후는…… 더 그랬지. 그들 역시 다른 정파를 깨부수자는 구호로 유지되는 하나의…… 정파였거든. 바글대는 사람들을 향해 혁명의 주체란 자들은…… 거대한 채찍을 시시때때 휘둘렀다. 개발이란 말…… 반공이란 말…… 새마을이란 말이 다 채찍이었다. 그러니 어디로 가는 줄도 모르고…… 우리 모두…… 냅다…… 달려간 것이었어. 돈의 아수라장으로."

오두막으로 들어온 다음이었다.

미음을 끓여 오려는 나를 할아버지가 한사코 막았다. "먹는 건…… 필요 없다. 너는…… 내 혀가 굳기 전…… 내 이야기를…… 다 들어야 한다." "들을 거예요. 하지만 점심도 거르셨잖아요!" "몸무게를…… 줄인다고 하지 않았느냐." "충분히 줄이셨어요." "아직도 쓸데없는…… 근육이…… 너무 많다!" "미스터 유리는 고집불통 사고뭉치 영감태기예요!" 내 말이 뾰족해졌고, "역시 이야기를…… 들을…… 참을성이 바닥난 게야, 너는." 할아버지가 어깃장을 놓았다. "맞아요. 미스터 유리의 이야기, 이제 재미없어요!" "넌…… 나하고 계약을…… 맺었다."
"재미있는 한 들어주는 걸로 계약을 맺은 거예요." "정 그렇다
면…… 계약을 파기하고…… 지금 당장…… 여기를 떠나도 좋
다." 할아버지가 끙, 돌아누웠다. 살이 다 빠져 달아난 할아버지
의 뒷모습은 삭은 재 같았다.

나는 숲으로 나가 한참이나 소리 없이 울었다.

나는 '곱슬머리'였다. 그것은 오직 타고난 것일 뿐이었다. 내
곱슬머리를 어디로부터 부여받았는지 깨닫게 될 날이 올 거라
고 생각한 적은 그동안 한 번도 없었다. 이제 겨우 나는 내 곱슬
머리가 어디로부터 온 것인지 알았고, 나는 그것이 슬퍼 견딜
수가 없었다. 나는 눈물 젖은 눈으로 할아버지가 쓰러져 누운
오두막을 오래 바라보았다. 할아버지의 삭은 재 같은 몸을 품고
오두막이 땅 밑으로 조금씩 가라앉고 있었다. "할아버지!" 나는
울면서 입속으로 불렀다. 밤새들이 꾹 꾹, 울고 있었다.

무국적자

유리는 자신의 표현처럼, '돈의 아수라장'으로 달려갔다.

남들은 성공했다고 말했지만 행복한 삶은 아니었다. 풍류
국-타이완으로 돌아갈 방법은 전무했다. 휴전선이 가로막혀
있으니 남쪽 조국은 섬나라가 된 셈이었으며, 전쟁 후라 풍류
국으로 가는 비행기도 없었다. 독립이 됐지만 남북으로 동강
난 조국은 더욱더 수렁에 빠진 상태였다. 쓰레기통을 뒤지고
다니는 전쟁고아들이 수두룩했고, 집을 잃은 사람들은 아무데
나 말뚝을 박고 가마니때기를 깐 채 잠을 잤으며, 국수 한 젓가
락, 빵 한 조각에 칼부림을 하는 사람도 적지 않은 세상이었다.

배고픈 사람들을 위해 자장면을 무료로 나누어주는 무료급
식을 시도한 적이 있었다. 굶주린 사람들을 보다 못해 시작한
일이었다. 점심 한 끼 공짜로 먹겠다는 사람들의 줄이 끊어지
지 않아 저녁까지 이어진 경우도 있었다. 매출이 줄어드는 건
상관없으나 그 일로 인해 종업원들이 자꾸 그만두는 게 문제
였다. 전쟁 통에 팔이나 다리를 잃은 사람들이 수시로 몰려와
행패를 부리는 일도 많았다. "가난은 나라님도 구하지 못하는
일이거늘." 어떤 사람은 충고했고, "당신은 화교잖아, 제 민족도
아닌데 뭘 어찌하겠다고." 어떤 사람은 또 비웃었다. 사건이 벌
어진 건 무료급식을 계획 실행에 옮긴 지 채 두 달이 지나지 않
았을 때였다.

팔 하나가 없는 사람이 새치기를 해서 벌어진 일이었다. "나
라를 위해 팔 한 짝을 내준 사람이야. 새치기할 권리가 있어."
외팔이가 말했고, "뭔 나라?" 얼굴에 화상자국이 흉측한데다가
애꾸눈을 한 남자가 받았다. 전쟁 통에 팔과 눈을 각각 잃어버
린 사람이었다. "당신 아까 줄 서서 자장면, 타갔잖아!" 외팔이
의 지적이 한발 더 나갔다. 애꾸눈의 얼굴이 금방 단풍잎으로
물들었다. "맞아. 이 사람 아까 저 앞에 줄 서 있는 걸 나도 봤
는데." 다른 사람이 끼어들었다.

외팔이가 애꾸눈의 허리춤을 오지게 잡았고, 애꾸눈의 옷 속에 감춰져 있던 벤또가 그 순간 길바닥에 떨어지며 쩍 갈라졌다. 자장면이었다. 집에서 굶주리고 있을 가족을 생각해 애꾸눈은 한 번 받은 자장면을 남이 안 볼 때 벤또에 담아 감추고 두 번째로 줄을 선 것이었다. 비극적인 사건이었다. 애꾸눈이 급기야 지니고 있던 칼로 외팔이와 외팔이의 편을 든 다른 사람을 찔렀기 때문이었다. 외팔이는 거의 즉사했고 다른 한 사람은 어깨에 깊은 자상을 입었다.

유리는 이 사건으로 경찰에게 불려가 여러 날 조사를 받았다. 죄목은 선동이었다. '혹세무민'이라고 경찰은 말했다. 굶주린 사람들을 위해 자장면을 무료로 나누어준 것이 혹세무민이라고 하니 유리로선 유구무언이 아닐 수 없었다. "더구나 당신은 화교잖아. 빨갱이야? 남의 나라에 와서 왜 백성들을 선동하고 그래!" 근처의 다른 음식점들이 다투어 무료급식을 막아달라고 청원서를 냈다는 것도 유리는 그제야 알게 되었다. 잘못했다가는 화교 출신 빨갱이로 몰릴 판이었다. 유리는 그래서 무료급식의 뜻을 접었다.

모든 게 전쟁의 후유증이었다.

자장면 한 그릇 때문에 사람을 죽이는 걸 어찌 수로인의 본성이라 할 것인가. 전쟁의 후유증은 도처에서 사람으로서의 본성을 박멸하고 짐승으로서의 본성을 회복시킨 나쁜 결과로 나타나고 있었다. 대지국 천하를 흐르면서 수많은 죽음과 야만을 겪었지만 감정의 상처로 보면 돌아온 내 나라에서 겪는 이런 일들이 훨씬 더 끔찍하고 아팠다. 전쟁 중 거제도에서 경험한 대머리의 죽음도 그중의 하나였다.

　큰아버지를 죽이고 도망치던 길에서 처음 만난 폭약전문가 대머리는 만주에서 분이와 함께 수로혁명단에 가입, 가열한 무장투쟁을 전개했으나 본래 유순하고 착하기 이를 데 없는 사람이었다. 산맥을 종주하다가 걸식 등과 함께 금광을 털 때 만난 분이와 연을 맺어 살림을 꾸리고 산 것 역시 그가 남달리 가슴이 뜨거워 생긴 일이었다. 해방조국이 없다면 영원한 뜨내기일 뿐이라는 게 평소 그의 지론이었다. 분이와 아이를 만주 옌지에 남겨둔 채 혼자 대지국 본토로 내려온 것 역시 오로지 조국의 독립에 헌신하기 위해서라고 했다.

　대머리를 대지국에서 마지막으로 본 것은 천지곡마단을 따라다니던 시절 상하이의 어느 거리 귀퉁이에서였다. 대머리는 그때 뿔뿔이 흩어진 수로혁명단 동지들을 쫓아 본토로 왔다면서, 무정 장군을 찾아 태행산으로 갈 거라고 말했다. 무정 장군은 마오쩌둥과 대장정을 함께한 수로인으로서 팔로군에서 포병부대를 최초로 창설한 전설적인 혁명가였다. "태행산으로 갈 거야. 거기 가면 무정 장군을 진짜 만날지도 몰라." 어린아이처럼 설레는 눈빛으로 말하던 대머리의 모습이 마지막이었다. 그 대머리를 유리는 거제포로수용소에서 다시 만난 것이었다.

통역관 신분으로 거제포로수용소에 갔을 때였다. 전쟁은 소강상태였다. 대지국 인민군 포로 중에 최상급의 군인으로서 상교上校가 있다고 했다. 우리의 대령쯤 되는 계급이었다. 유엔군에 매우 협조적인 사람이었던가보았다. 그가 있어 대지국 포로들의 막사에선 그때까지 거의 소요가 없었다는 말이 들렸다. 그러나 그 무렵 북쪽 진영의 포로들 동향은 대지국 포로들과 전혀 딴판이었다.

북쪽 진영 포로들은 두 패로 나뉘어 있었다. 유엔군을 지지하는 반공포로들이 그 하나이고 여전히 북쪽의 공산당체제를 지향하는 친공포로들이 그 둘이었다. 친공포로 집단은 거의 매일 소요를 일으켰다. 명목상으로는 처우개선 등을 내걸었으나

410

속으로는 전향자라고 할 수 있는 반공포로에 대한 협박을 위한 소요였고, 친공포로 집단의 악명 높은 진원지는 76수용소였다. 자고 나면 인민재판에 의해 무자비하게 처형당한 포로들 시체가 여러 구씩 내던져져 있는 일이 상시적으로 벌어지고 있었다.

대머리는 대지국 인민군 포로의 우두머리 격이었다. 유리는 처음 통역관 신분으로 그를 만났다. "유리?" 대머리 쪽에서 유리를 먼저 알아보았고, 두 사람은 누가 먼저랄 것 없이 달려들어 서로를 껴안았다. 유엔군 장교가 멍하니 그들을 보고 있었다. 대머리는 태행산에서 무정 장군을 만나진 못했던가보았다. 대머리는 그곳에서 팔로군에 들어갔다고 했다. 걸식이 그랬듯이, 공산군 군대에 의해 화인국을 몰아내는 날이 오면 당연히 수로국이 독립될 거라고 믿었기 때문이었다.

내전이 끝나고 나서, 마오쩌둥의 인민해방군에 소속돼 있던 수로인들은 각자의 선택에 따라 일부는 남쪽으로, 또 일부는 북쪽으로 들어갔다. 대머리는 어느 쪽으로도 가고 싶지 않았다. 인민해방군에 계속 머물렀다. 분이와 아이가 옌지에서 살고 있기 때문이기도 했지만 남쪽이든 북쪽이든 그 체제를 믿지 못했기 때문이었다. "만주에서 먼빛으로 여러 번 보기도 하고 연설도 들은 적 있지만 뭐, 솔직히 김일성 그 간나도 믿을 수가 있어야지." 대머리는 말했다.

대머리는 여전히 옛날 그대로 유순한 표정을 갖고 있었다. 유리가 만났을 때 그는 이미 전향의 수순을 끝낸 상태였다. 대지국 내전에서 공산당의 속내를 철저히 보고 겪은 게 가장 큰 이유였다. "세월이 지나다 보면 분이를 만나러 옌지에 갈 수 있는 날도 오겠지. 고향 아닌가. 남쪽 땅에 남아 이제부터 내 민족에게 봉사할 다른 길을 찾고 싶네." 대머리는 눈가를 닦았다. 그동안 대지국 포로 막사에서 소요가 일어나지 않은 건 전적으로 그의 공이라 할 만했다.

그것이 대머리의 마지막이었다.

다음 날 아침, 대지국 포로 막사 근처에 쓰고 버린 걸레처럼 내던져져 있는 시체 한 구가 발견되었는데 바로 대머리였다. 수십 군데 칼에 찔린 자국이 발견되었다. 유엔군이 며칠 동안 사건조사를 했으나 살인집단은 찾을 길 없었다. 북쪽 친공포로들의 사주를 받은 하수인들이 암살했다는 말도 있었고 전향한 대머리에게 불만을 품은 대지국 하급장교들에게 의해 공개처

형을 당한 것이라는 말도 있었다. 거제도 포로 수용소장인 프랜시스 로드 준장이 친공포로집단에게 납치, 감금되는 사태가 벌어지기 얼마 전에 일어난 일이었다. 유리가 통역관 일을 그만두고 인천으로 들어오게 된 배경이 된 사건이었다.

대머리를 떠올리면 유리는 언제나 잠을 이룰 수 없었다. 산맥을 종주할 때 처음 만난 대머리의 유순한 표정이 늘 가슴에 남아 있었다. 구사일생 만주 땅에 들어와서 유리와 걸식을 버리고 제 소신껏 스스로 독립운동 단체로 들어간 사람이었다. 금광을 털 때 광업소장의 정액받이 처지였던 분이를 데리고 나온 것도 그였으며, 죽을 때까지 그녀 곁을 지키고 살았던 것도 대머리였다. 애국을 위해 평생 모든 걸 바친 사람이었다. 남의 나라 군인 신분으로 수십여 년 만에 조국 땅을 밟고 나서, 집단이데올로기의 사슬에 걸려 무참히 살해된 그를 생각하면 가슴이 늘 찢어지는 것 같았다.

전쟁 중 납북된 인사들 명단에서 조소앙이라는 이름을 보기도 했다. 선생을 만난 건 푸저우에서였다. 천지곡마단 공연이 끝나고 났을 때 대기실로 찾아와 광둥의 포산에서 친구한테 받았다면서 신문지로 싼 굴비 한 마리를 선물하고 표표히 사라진 이가 바로 조소앙 선생이었다.

"자네 접시돌리기를 보고 눈물이 다 났네그려." 선생은 그때 말했다. "굴비를 여기 사람들은 '취페이'라고 하고 '屈非'라고 쓰지. 구부러질 굴, 아닐 비. 구부러지지 않는다, 그런 뜻일세. 굴비는 부러질지언정 구부러지지 않거든. 세계에서 이런 식으로 조기를 말려 굴비로 먹는 민족은 아마 우리 수로인들뿐일 걸세. 구부러지지 않는 민족이다 해석할 수도 있겠는데, 자네는 참 잘도 구부러지더군. 한 수 배웠으이." 어머니가 구워주던 굴비를 두고 그런 표현을 한 사람은 선생이 유일했다. "나 조소앙이란 사람이네." 선생에게서 들은 마지막 육성이었다.

임정의 외무대신이며, 〈광복군포고문〉을 쓴 사람이 선생이라는 걸 그때 당장엔 알지 못했다. 선생은 평생 나라 독립에 헌신한 최고 수준의 지식인이었다. 정치와 교육과 경제가 모두에게 균등하게 분배되어야 한다는 '삼균주의三均主義'를 제창했던 선생은 한때 '육성교六聖教'라는 이름의 교단을 만들기도 했다는 데 그 강령이 재미있었다. 단군의 독립사상, 석가모니의 자비제중慈悲濟衆, 공자의 충서일관忠恕一貫, 소크라테스의 지덕합치知德合致, 예수의 애인여기愛人如己, 마호메트의 신행필용信行必用을 일체화함으로써 참된 평화의 가치를 실현할 수 있다는 것이었다. 그것은 유리가 영원한 어머니로 숭배해 마지않는 큰마님의 이상이기도 했다. 북으로 끌려가며 선생은 어떤 생각을 했을까.

음식장사는 계속 번창했다. 그러나 조소앙 선생과 큰마님이 꿈꾸던 이상적 공동체는 어디에도 없었다. 길은 어디에 있는 가. 길을 물어야 할 사람들은 하나같이 곁에 없었다. 게다가 유 일한 사랑으로 남은 사은이는 갈 수 없는 머나먼 풍류국-타이 완에 있었다. 나라가 해방되면 모든 것이 본래의 제자리로 돌 아갈 줄 알았는데 오히려 더 날카로운 가시로 둘러싸인 비좁 은 감옥에 갇힌 꼴이 되고 만 것이었다.

한번은 또 신문에서 낯익은 얼굴을 보았다.

국회의원에 당선된 사람들 중 하나였다. 이마 한쪽에 콩알만 한 사마귀가 달려 있어 유리는 금방 그를 알아보았다. 큰아버 지의 양자로 살던 시절 가끔 만나고 했던 주재소장의 아들 '사 마귀'였다. 도청 내무국장 아들이었던 '키다리'가 사마귀 얼굴 위로 오버랩 되어 떠올랐다. 화인국에 붙어서 온갖 악행을 일 삼던 자들을 아버지로 두었던 동료들이었다. "아버지들이 문 제야. 우리는 대대로 화인인의 노예처럼 살걸." 키다리의 말에 "살부계를 만들어야 해! 살부계는 원시시대에도 있었대" 하고 초를 치고 나섰던 사마귀를 유리는 선연히 기억했다. 계를 무어 나라를 배신한 아버지들을 죽이자면서 심지를 뽑아 제일 첫 번째 결행하기로 지목된 자가 바로 사마귀였다.

사마귀는 물론 끝끝내 제 아버지를 죽이지 못했다. 아비인 주재소장이 너무나 강했기 때문이었다, 하기야, 세월이 많이 흘렀으니 사마귀가 국회의원에 당선되는 게 특별히 이상하다고 할 수도 없는 노릇이었다. 문제는 사마귀가 경무국 고위층의 아들로 소개된 대목이었다. 독립군을 고문할 때마다 생손톱을 여럿 직접 뽑기도 했다는 소문이 돌던 이가 바로 사마귀의 아버지 주재소장이 아니던가.

그 시절의 주재소장은 고을에서 저승사자나 다름없었다. 붉은댕기가 살던 도원동 마을에 불을 지르게 하고 마을 사람들을 징용으로, 위안부로 내몬 장본인이 바로 주재소장이었다. 그런데 신문에 소개된 주재소장의 이력은 놀라웠다. 미군정 때는 경무국 간부로서 치안의 파수꾼 역할을 했다는 기술이 나왔다. 경무국을 치안국으로 개편한 후엔 잠시 치안국장에 오르기도 했다고 했다. 독립군의 손톱을 빼던 자가 어떻게 독립된 조국에서 치안국장까지 오를 수가 있단 말인가. 기사는 사마귀가 국회의원에 당선됨으로써 대를 물려 나라에 애국을 바치게 됐다는 말로 마무리되고 있었다. 유리는 온몸에 소름이 돋는 걸 느꼈다.

유리는 계속 맨발로 쫓기는 꿈을 꾸었다.

화인국인은 물러났으나 그들에 붙어 단물을 빼먹던 일부 사람들은 여전히 지배계층으로 엄존했다. 유리는 분노보다 공포감을 느꼈다. 내무국장 아들인 키다리 역시 어디선가 막강한 권세를 누리면서 살고 있을 터였다. 치안국장, 국회의원은 물론 모모한 자리를 갖가지로 나누어 차지하고 저들은 대를 물려 그 권세를 주고받을 게 뻔했다.

무서운 일이었다. 유리는 사마귀와 주재소장에게 납치당해 잔인하게 죽는 꿈을 자주 꾸었다. "네가 죽어줘야 되겠어. 너같은 증언자 하나 땜에 우리 집안이 대대로 누릴 복록을 날릴 수는 없거든." 꿈속에서 사마귀는 말했다.

돈이 아니면 무엇을 쫓아 달리겠는가. 운영하는 음식점이 커져서 두 개로 늘어났고, 그렇게 번 돈으로 땅을 사들이고 하는 것이 그가 독립된 조국에서 유일하게 할 수 있는 일이었다. 유리는 물론 그것에 아무런 희열도 느낄 수 없었다. 돈이 많아질수록 꿈자리는 더 사나워졌다. 막막하고 무위한 날들이 계속됐다.

가끔은 '백합'의 꿈을 꾸기도 했다. 꽃다운 열일곱 살에 군수 영감의 천거로 들어와 살다 얼마 지나지 않아 큰아버지의 침실로 잠자리를 옮겼던 화인국 여자가 바로 '백합'이었다. 항저우에서 만난 마름 출신 '혹부리'의 말을 유리는 상기했다. "그년처럼 간사한 악종은 내 처음 보았네." "큰도련님이 죽고 나자 아 글쎄, 화인국 그 어린 년이 자작어른의 미망인 행세를 쩍지게 하면서……" "어느 날부터 군수 놈이 아예 그년하고 자작어른 쓰시던 안방에서 동침을……" 따위의 말들이었다. 큰아버지의 그 많은 재산을 군수와 백합이 농간을 부려 총독부와 반타작을 했다는 이야기를 혹부리에게 들은 것 역시 항저우였다. 가슴이 쓰라렸다.

관능으로서 보면, 첫사랑이자 유일한 사랑이었다.

에푸수수한 시간이 속절없이 흘러갔다. 운지산 풍경들이 더러 떠오를 때도 있었으나 찾아가보고 싶은 마음은 들지 않았다. 큰아버지를 죽이는 순간 모든 기억의 회로가 끊긴 건 차라리 다행이었다. 큰아버지의 가슴에 두 발의 총알을 날리고 나서 찰나적으로 마주쳤던 백합의 눈빛조차 유리는 한사코 부정했다. 백합은 화인국으로 쫓겨 돌아갔을까. 해방됐을 때, 한패거리였던 군수영감과 함께 소작농이나 머슴들에게 붙잡혀 사지가 찢겼을지도 몰랐다. 화인국 여자가 아닌가.

'혹부리'를 다시 만난 건 인천 부두에서였다.

성황 중인 인천의 음식점을 그대로 두고 서울시청 맞은편쪽에 새로 대지국 음식점을 막 열기 직전이었다. 당시엔 북창동이 아니라 홍천동이라 불리던 곳이었다. 인천 대지국인 거리처럼 홍천동에도 대지국인들이 많이 모여 살고 있었다. 새로운 음식점 개장을 앞둔 어느 날 가게를 나오다가 골목 안쪽 리어카 위로 쓰러져 잠든 혹부리를 우연히 보았다. 침이 흐르는 혹부리의 입가에 파리떼가 새카맣게 앉아 있었다. 주름살투성이가 되어 있었지만 유리는 단번에 혹부리를 알아보았다. 혹부리는 그곳에서 리어카를 끌며 생계를 유지하고 있었다. 다리를 절었고 행색은 한없이 초라했다.

"그때 항저우에서……" 혹부리는 처음 목이 메어 말을 제대로 하지 못했다. 다리를 절게 된 게 바로 유리 때문이라고 했다. 원숭이 소호리의 도움으로 유리가 항저우 주재소에서 탈출한 직후 그로 인해 혹부리는 곧 연행되어 극심한 고문을 받았다고 했다.

"지옥이 따로 없었네." 혹부리는 울었다. 유리의 소재를 대라는 고문이었다. 유리가 항저우 외곽 어느 동굴에서 간신히 몸을 누이고 있을 무렵이었다. 푸대 자루처럼 거꾸로 매달린 채 종일 구타가 이어졌고 전기고문도 받았던가보았다. 무릎이 부서진 건 전기고문 때문이었다. "말도 마시게. 그 일로 결국 항저우에서 쫓겨나고, 죽을 고비를 밥 먹듯 넘겼다네. 다리병신이 되어 상하이로 나가 거렁뱅이로 살다가 어찌어찌 흘러 여기로 왔네." 혹부리는 연신 눈가를 훔쳤다.

유리는 혹부리에게 한없는 미안함을 느꼈다. 자신을 만나지 않았으면 지금쯤 항저우에서 소문난 큰 세도가가 됐을 사람이었다. 맞잡은 혹부리의 손을 놓을 수가 없었다. 자신으로 인해 다리와 함께 모든 걸 잃었으니 그 빚이 가볍지 않은 건 물론이고, 운지산 시절부터 수십 년에 걸쳐 미운 정 고운 정을 쌓아온 처지니, 피붙이를 다시 만난 느낌이었다.

새로 개업한 홍천동 음식점도 대성공이었다. 상호는 '유사현
반점'이었다. 워낙 눈썰미가 깊고 세파를 타 넘어오는 데 많은
요령이 축적되어 있는바 혹부리는 금방 음식장사 물리를 터득
했다. 처음엔 허드렛일을 시키다가 곧 계산대 일이 맡겨졌고,
일 년이 채 지나지 않아 급기야 사장 행세까지 하기에 이르렀
다. 정식 직함은 총지배인이었다.

유사현반점은 인천 가게보다 매출이 두 배 이상이나 되었다.
유리는 유사현반점을 혹부리에게 맡기고 주로 인천에 머물렀
다. 서울은 여간해서 정이 들지 않았다. 유일한 그리움은 풍류
국-타이완에 떼어놓고 온 사은뿐이었다. 인천의 부둣가에 있
으면 바다 너머 풍류국의 사은이가 보이는 것 같았다.

어느 날이었다. 시청 앞을 지나다가 우연히 입간판에서 '운
지방직'이란 상호를 보았다. 면직물을 대량생산하는 회사였다.
그제야 세세히 살펴보았더니, 자신이 입고 있는 옷감도 운지방
직 제품이었다. 운지라, 하고 유리는 생각했다. 백열등이 켜지
듯 운지산과 큰아버지와 그 여자, 백합이 떠올랐다.

물론 운지방직이 그 여자, 백합과 관계있으리라곤 상상조차 하지 않았다. 우연의 일치라고 여겼다. 혹부리를 만났을 때 부지불식간에 '운지방직'이란 말이 입에서 튀어나온 것도 우연의 일치라고 믿었기 때문이었다. "운지방직이라는 회사가 있던데?" 유리는 물었고, 그 말에 혹부리의 눈이 획 옆으로 돌아갔다. "그 나쁜 년!" 혹부리가 씹어뱉었다.

'백합'을 생각하면 늘 하얀색 양산이 먼저 떠올랐다. 배롱나무 붉은 꽃그늘 아래로 흰 백합꽃 한 송이가 고요히 흐르는 이미지였다. 흰 햇빛, 흰 원피스가 그다음이었다. 살풋 주저앉을 때 날리는 치맛자락 사이로 언뜻 드러난 종아리와 달려드는 강아지를 향해 애야, 이리 온, 하는 듯 뻗어 나오던 손가락들의 흰빛 역시 잊을 수 없었다.

"애야, 이리 온!" "애야, 이리 온!"

복원된 기억들은 너무도 강력했다. 햇빛 사이로 뻗어나오던 여자의 손가락들은 여전히 바로 유리 자신의 심장을 향하고 있었다. "애야, 이리 온!" 그 여자의 목소리 역시 너무도 또렷이 들렸다. 푸른 물결 위에 흰 백합꽃 한 송이 둥실 떠내려오는 것 같은 하얀 목소리였다.

운지방직의 주인이 바로 그 여자, 백합이었다.

알고 보니 운지방직만 있는 게 아니었다. 운지식품도 있고 운지무역도 운지건설도 있었다. 사람들은 너나없이 '운지기업'이라고 불렀다. 굴지의 기업군群 꼭대기에 바로 백합이 앉아 있는 셈이었다. "자네가 마음을 다칠까봐 그동안 말을 못했네만." 혹부리는 이를 갈았다.

다리병신이 되어 돌아온 혹부리는 유리와 달리 제일 먼저 운지산 큰아버지가 살던 곳을 찾아갔던 모양이었다. 큰아버지 옛집 근처까지 도시가 팽창해 있더라고 혹부리는 설명했다. 유리의 총을 맞고 큰아버지가 쓰러진 춘양정은 옛 모습 그대로였지만 백합과 군수영감은 물론 그곳에 없었다. "나도 처음엔 그것들이 화인국으로 쫓겨 달아난 줄 알았지." 혹부리의 목소리가 사뭇 떨려나왔다. 운지방직의 주인이 백합이라는 사실을 알게 된 건 것은 한참 후였다고 혹부리는 설명했다. "어마어마한 재산이야. 모두 자작어른의 재산을 불려 만든 거지. 눌러 앉았으면 자네 것이 되었을 재산." 혹부리는 혀를 찼다.

그러나 정말 혀를 찰 일은 그것만이 아니었다. 그사이 무슨 일이 있었는지, 백합이 완전히 수로국인으로 둔갑해 있다는 사실을 알고 혹부리는 더욱더 놀랐다고 했다. 백합은 운지기업 운지식품 운지건설을 거느린 굴지의 '운지기업' 총수 '송 아무개 사장'이 되어 있었다. 화인국인이 아니라, 수로국인이었고, 성씨도 분명히 송씨였다.

운지기업은 할아버지가 세우고 큰아버지가 키운 방직회사가 모기업이었다. 경영수업을 시키려고 큰아버지-아버지가 도회지에 자리 잡은 그 방직회사로 유리를 데려간 적도 있었다. 경비원들이 직공처녀들의 온몸을 마구 더듬어 검사하던 공장 정문 앞의 풍경이 아직 선연했다. 경비원이 여자직공의 머리채를 잡고 경비실 안쪽으로 질질 끌고 가던 광경이었다.

눈발이 막 날리는 이른 겨울이었다. 체구가 우악스러운 경비원이 앞에 서 있던 여자 직공의 머리채를 갑자기 휘어잡았다. 여자는 단번에 쓰러졌고, 이내 경비원 손에 질질 끌려가기 시작했다. 큰아버지의 차는 이만큼 멈춰져 있었다. 유리는 차 속에서 그것을 보았다. 열대여섯 살쯤이나 됐을까, 횟배를 앓는 듯 얼굴이 누렇게 뜬 어린 여자애였다. 바닥에 질질 끌려가느

424

라 여자애가 입고 있던 몸뻬바지가 아래로 벗겨져 내려왔다. 지나던 직공들 모두 공포에 질린 채 그 광경을 짐짓 외면하고 있었다. 차마 눈뜨고 볼 수가 없어 유리는 자신도 모르게 고개를 반대편으로 돌렸다. 큰아버지-아버지의 억센 손아귀가 유리의 머리를 잡아 여자애 쪽을 보도록 똑바로 돌려놓은 건 그 다음이었다. "저년 배 좀 봐라!" 큰아버지가 속삭였다. 벗겨진 몸뻬 위로 드러난 여자애의 허리에 광목이 동여매져 있는 게 보였다. 광목을 훔쳐 허리에 칭칭 두르고 나오다가 경비원에게 들킨 것이었다. "수로년들 도둑년이 태반이다." 큰아버지-아버지가 말했다. "나중에 네가 이 공장을 맡을지 모르니, 똑똑히 봐둬라. 손버릇 나쁜 년은 저리 요절을 내야 한다!"

큰아버지-아버지가 죽고 나서 백합과 군수영감이 손발을 맞춰 총독부에 다급히 뇌물로 바쳤던 방직회사였다. 백합은 방직회사 대신 큰아버지의 수많은 전답을 고스란히 챙겼으며, 그것으로 배를 불린 다음 뇌물로 바쳤던 방직공장을 몇 년 후 다시 사들여 '운지방직'이라고 상호를 바꾸었다. 운지기업의 모기업이 바로 운지방직이었다. 헐벗던 시절이었다. 화인국을 뒷배로 삼고 운지방직은 나날이 성장했고, 그에 따라 백합도 큰 기업인으로 성장했다.

위기는 잠깐뿐이었다. 해방되고 나서 백합과 내연의 관계였던 군수는 한몫을 챙겨가지고 재빨리 화인국으로 달아났으나 큰아버지의 미망인으로서 이미 국적을 완전히 수로국으로 세탁한 백합은 태연자약 주저앉았다. 뇌물을 바치면 안 되는 일이 없기로는 화인국이 지배하던 시절이나 군정치하나 마찬가지였다. 남쪽만의 단독정부가 들어선 후에도 백합은 계속 탁월한 수완을 발휘했다. 심지어 전쟁 중에까지 군수품을 납품해 재산을 크게 불려온 모양이었다. 운지기업을 가리켜 사람들은 언제부터인가 자연스럽게 민족기업이라고 부르기 시작했다.

"자작님의 미망인으로 등재해놓았으니까 당연히 수로국인이 된 거겠지만." 혹부리는 말했다. 국가에 기여한 게 많아 특별히 수로국 국적을 취득했다고 말하는 사람도 있었고 본래부터 수로국 여자였다고 믿고 있는 사람도 있었다. 그 여자와 내연관계였던 화인국인 군수영감 역시 화인국으로 넘어가 회사를 차려 크게 성공했다고 했다. 큰아버지의 재산을 약탈해간 자금으로 화인국에 껌 생산 공장을 세웠는데 그것이 대성공을 거두었다는 것이었다.

대통령이 기업인을 초대해 간담회를 하는 뉴스에서 그 여자

백합이 제일 앞자리에 앉아 있는 사진을 유리는 신문에서 보았다. 경제건설에 이바지한 공이 컸다면서 대통령이 직접 훈장을 수여하는 자리였다. 유리는 화교의 신분이었고, 백합은 전후의 수로경제에 크게 이바지한 굴지의 수로국인 기업가였다. 유리는 그 이후에도 대통령과 나란히 앉거나 서 있는 백합의 사진을 신문에서 보았다.

요지경 속 세상이 아닐 수 없었다. 신문에서 백합을 본 순간 유리의 가슴속에 둥, 북소리가 다시 들렸다. 그 여자를 처음 볼 때 가슴을 울리던 북소리와는 전혀 다른 북소리였다. 날조와, 그것의 공고화를 통한 우상의 역사가 울어서 내는 북소리였다.

유리는 여러 차례 운지기업 빌딩으로 찾아갔다. 중심가의 고층빌딩을 모두 운지기업이 쓰고 있었다. "뭡니까?" 수위가 물었고, "그게, 그러니까……" 유리가 더듬거리자 수위가 대뜸 손가락으로 유리의 가슴을 쿡 찔렀다. "여긴 당신 같은 사람이 올 곳이 아니야. 썩 나가!" 당신 같은 사람이 어떤 사람인지 반문하고 싶었으나 유리는 아무 말도 할 수 없었다. 신문사로 운지방직의 내력을 자세히 써서 우편으로 보낸 일도 있었는데, 신문사에선 아무런 회답도 없었다.

"그러다가 큰일 나요!" 혹부리가 손사래를 쳤다. 혹부리는 자신이 이미 다 해본 짓이라고 고백했다. 백합을 만나게 해달라고 수위들에게 이 악물고 대든 적까지 있었던가보았다. "순사놈들한테 끌려가 구류를 산 게 한두 번이 아니야. 어디 그뿐인지 아나. 한번은 밤에 왈패 같은 놈들에게 끌려가 캄캄한 지하실에서 죽도록 두들겨 맞은 적도 있었다네. 다시 얼쩡거리면 나를 죽여서 현해탄에 버리겠다면서. 그놈들 기세로 보아선 열 번이라도 나를 죽일 거 같았어." 혹부리의 표정에 공포감이 깃들어 있었다. "만약 자네가 이렇게 살아있다는 걸 알면 저들은 백 번 천 번이라도 죽이려 할 거야. 경찰 언론 깡패들도 다 저들 편이야. 우리 같은 놈이 하는 말을 믿어줄 사람도 없어. 맘만 먹으면 죽여 암매장 하면 끝나. 자네는 더구나 풍류국인, 화교로 돼 있으니까 권력을 시켜 당장 추방할는지도 모르고."

운지기업에서 펴낸 《사사社史》를 구해보고 유리는 소스라치게 놀랐다. 온몸이 마구 떨렸다. 《사사》엔 할아버지, 큰아버지의 일대기와 함께 운지기업이 어떻게 성장해왔는지 상세히 진술되어 있었다.

백성들이 초근목피로 연명하며 개돼지나 다름없이 산 것은 오로지 기울어가는 왕조의 무능과 호사와 가렴주구 때문이라 여기고, 명목만 남은 나라보다 차라리 나라를 바쳐서라도 굶어 죽어가는 목숨들을 살리자는 실용주의적 기개로 화인국에 협력해서 할아버지가 자작의 칭호를 얻었다고 기술한 대목 역시 통탄할 노릇이지만, 할아버지의 매국적 족적을 일거에 뒤집는 큰아버지의 일대기는 정말 파렴치한 날조가 아닐 수 없었다. 큰아버지-아버지의 일대기가 《사사》에서 가장 중심이었다.

'통절한 반성으로서의 서릿발 결단'이라는 《사사》의 소제목을 유리는 읽었다. 큰아버지는, 나라를 팔아 얻은 자작의 칭호와 함께 당신의 아비가 부끄럽고 치욕스러워 권총으로 장렬히 당신의 목숨을 '척결'했다고 《사사》는 쓰고 있었다. 한 발의 총알로 숨이 끊어지지 않자 기어코 두 번째 총알을 자신의 가슴에 발사하는 장면 묘사는 아주 사실적이었다. 피어린 확신과 결단이란 말도 나왔다. 큰아버지-아버지는 아울러 선대의 죄과를 반성하는 의미로 자결하기 전 전답의 대부분을 소작농들에게 미리 분배해주었다고 했다. 손끝이 떨리는 걸 유리는 느꼈다. 큰 아버지-아버지를 향해 러시아제 볼트액션 방아쇠를 당기던 순간보다 더 떨리는 느낌이었다. 상상을 뛰어넘는 놀라운 반전으로 날조의 극치였다.

운지기업의 창업자로 되어 있는 큰아버지의 이야기는 극적일 뿐 아니라 선대의 죄업을 상쇄할 만큼 충분히 감동적으로 짜여 있었다. 《사사》엔 운지방직을 민족기업으로 키워 나라의 경제적 기반이 되게 함과 아울러 세세연년 어려운 동족들의 살 길이 되게 하라는 큰아버지의 유서도 사진으로 실려 있다. 화선지에 붓으로 쓴 유서였다. 날조된 것이겠지만 강력한 증거자료 중 하나가 그것이었다. 큰아버지-아버지의 자결을 증명하는 자료들은 그 외에도 여럿이 더 있었다.

날조가 우상을 낳고 그것이 벌어들인 돈이 다시 우상을 공고히 하는 역사의 아이러니를 유리는 뼈아프게 보고 쓰라리게 확인했다. 아무것도 믿을 수가 없었다. 힘 있는 자들의 날조가 시간을 통해 우상이 되고, 우상이 더 큰 우상을 부르며, 그 가짜 우상의 힘으로 대를 물리거나 떼를 만들어 배를 불리는 구조의 맨살을 유리는 뚜렷이 보았다. 대지국에서 보고 겪었던 수많은 일들도 그러했고, 지금 독립조국에서 보는 수많은 일들도 또 그러했다. 남쪽에선 남쪽 체제의 가짜 우상들이, 북쪽에선 북쪽 체제의 가짜 우상들이 지금에도 온갖 명목을 통해 확장되거나 공고화되고 있었다.

바람의 나라 타이베이로 날아간 것은 군사혁명 직후였다.

밀입국과 다름없이, 아무런 공식기록에도 남지 않는 통로를 통해 남해로 상륙해 들어온 후 십여 년 만의 일이었다. 항공편도 없는데다가 비자조차 받을 길 없어 몽매에 그리워도 가보지 못한 길을 유리는 먼 홍콩을 돌아 그해 겨울 타이베이로 들어갔다. 서울을 떠나고 일주일 만에 타이베이에 겨우 닿았다.

사은을 만날 생각으로 그 일주일은 잠도 오지 않았다. 사은을 맡긴 파인애플 농장 여자에게 그동안 시시때때 돈은 충분히 보내온 터였다. 그 돈이라면 일가족이 사는 데 조금도 지장이 없었을 터였다. 어미를 닮았으면 얼마나 귀엽고 야무질까. 살아있는 운지산 시절의 '붉은댕기'를 만나러 가는 것 같았다. 첫사랑의 여자를 찾아가는 심정이 아마 그럴 것이었다. 사은은 그 무렵 타이베이에 나와 살고 있었다. 파인애플 농장주인 그 여자 역시 당연히 타이베이에서 산다고 했다. 서신을 통해 알고 있던 사실이었다. 간간히 사은의 사진을 받아본 적도 있었다. 사은의 나이 그때 만 열다섯이었다.

"아, 아버지!"

만나고 한참이 지나서야 사막을 도망쳐 나올 때의 단편적인 기억이 떠올랐는지 사은이 울음을 쏟아놓으며 가슴으로 쏟아져 들어왔다. 유리는 사은의 '아버지'였다. 피가 섞이지 않았다고 어찌 아버지가 아닐 수 있겠는가. 사은이가 비명처럼 "아, 아버지!" 하고 불렀을 때 가슴에서 뜨거운 것들이 목젖을 치고 올라왔다. "내 딸……사은아!" 유리는 사은과 함께 울었다.

무이산 속 위안부 여자들의 마을에서 배 속의 아이를 가리키며 "짐승의 새끼가 아니라, 내 아이라고!" 소리치던 붉은댕기와, 사막 끝에서 모래 묻은 탯줄을 앞니로 물어 자르던 붉은댕기와, 굳센 엄마가 될 거라던 소녀 시절의 붉은댕기 모습이 다투어 눈앞을 스쳐지나갔다. 죽어가던 큰마님의 손짓에 따라 어린 사은을 안고 무조건 동쪽으로 내달리던 순간도 선연히 기억났다. 조국에 전쟁이 난 걸 알고 무국적 배를 타고 풍류국-타이완을 떠날 때 어린 사은은 잠에 빠져 있었다. 그날 보았던 사은의 가지런한 속눈썹과 붉은 입술도 잊을 수 없었다.

"미안하다, 애야. 애비가 너무 늦게 왔구나!"

유리는 소리쳤다. 핏줄이 무슨 소용인가. 큰아버지를 죽이고 만주로 도망친 후 유리가 수십 년의 세월을 이기고 살아남은 건 언젠가 붉은댕기를 만날 수 있다는 끈 하나를 오직 붙잡고 서였으며, 사은은 그녀가 새 세상에의 확신을 갖고 목숨을 버려 낳은 유일한 아이였다. 붉은댕기가 없었다면 그처럼 먼 길을 어찌 맨발로 걷고, 사은이가 없었다면 그처럼 아비규환의 전쟁터 조국에서 무슨 낙으로 살아남았겠는가.

보호자 격인 파인애플 농장주 여자에게 목돈을 계속 보내주었는데, 막상 만나본 사은의 꼴은 버려진 아이와 다름없었다. 그 여자는 타이베이로 올라오자마자 한 남자를 만났는데, 상습적인 노름꾼이었던 모양이었다. 파인애플 농장을 정리한 돈은 물론 유리가 보내준 돈 역시 그 남자 밑구멍으로 들어간 눈치였다. 그렇다고 여전히 밑바닥 삶에서 빠져나오지 못한 여자를 상대로 노발대발할 수도 없었다. 여자 역시 남루하기 이를 데 없는 차림새였다.

그해, 유리는 사은을 데리고 인천으로 돌아왔다.

아담한 집을 장만했고, 화교들이 다니는 중산학교에 사은을 편입시켰다. 어미를 닮아 영민한 아이였다. 반년이 지나자 본래의 건강한 얼굴색을 되찾았고 학습도 일취월장했다. 아무리 바빠도 유리는 집에 일찍 돌아와 사은과 함께 많은 시간을 보내려고 애썼다. 사은이가 먹을 요리는 늘 직접 했다. "아버지는 왜 그리 키가 작아?" "어젯밤 잠든 아버지 발을 보았는데, 사람 발이 아니었어. 곰 발바닥 같아. 왜 그래?" 사은은 스스럼없이 아무거나 물었고 유리는 그때마다 그냥 웃었다. 씩씩하고 영절한 말투도 영락없이 제 어미였다. "아주 옛날, 어렴풋하게 떠오르는 건데, 사막 같은 데, 우리 그런 데서 살았었지?" 그렇게 물은 일도 있었다.

신통한 건 무이를 기억하고 있다는 사실이었다.

구하긴 힘들었으나 사은을 위해 캠벨러시안 햄스터를 한 쌍 구해왔다. "네 삼촌이다." 유리가 말했고, "애개, 이 쪼꼬만 녀석이 무슨 삼촌이야, 내가 누나라면 모를까." 사은은 펄쩍 뛰었다. "우리가 사막에 살 때, 예전의 그 햄스터는 네가 삼촌이라고 불렀는데." 유리는 그 시절이 그리울 때가 많았다. 유랑하면서 동행자가 돼주었던 동물들이 다 그리웠다. 어렸을 때 유일한 친구였던 집구렁이는 물론이고 은여우, 젊은 원숭이 소호리, 캠벨러시안 무이는 모두 옛 친구 이상이었다.

그러나 옛날은 다시 오지 않았다. 흐르는 길에서 만났던 구렁이, 은여우, 원숭이 소호리, 캠벨러시안 무이와는 선선히 말이 통했는데 사은을 위해 어렵게 구해온 햄스터와는 말이 도무지 통하지 않으니 씁쓸했다. 말만 통하지 않는 게 아니라 감정도 마찬가지였다. 구렁이, 은여우, 원숭이, 햄스터와는 말하지 않아도 마음속의 말까지 저절로 서로 알아듣지 않았던가. 하지만 인천에서의 햄스터와는 아무것도 통하지 않았다.

새로 구해 온 캠벨러시안 햄스터도 이름을 옛날처럼 '무이'라고 지었다. "이놈, 무이야!" 유리는 불렀고, "무이 삼촌!" 사은 역시 그렇게 불렀다. 햄스터는 그러나 언제나 멀뚱하게 있을 뿐이었다. "너는 사막을 잘 알지 않니?" 사막을 두고 고향이라고 부르던 예전의 무이 생각이 나서 이렇게 물어봐도 헛일이었다. 인천의 햄스터는 단순히 우리에 갇힌 애완동물일 뿐이었다. "네가 나 같구나!" 유리는 중얼거렸다. 자신과 햄스터가 우리에 갇혀 있다는 점에서 다를 게 없다고 유리는 생각했다.

군사혁명에 따른 계엄령 상태는 계속됐다.

민주정부는 완전히 해체됐고, 혁명주체들이 만든 '국가재건

최고회의'가 정부의 모든 기능을 대신했다. 입법, 행정, 사법부를 장악한 국가재건최고회의의 의장은 키가 작달막한 육군 소장 '박통'이었다. 통일에 대한 굳은 신념을 갖고 태어났기 때문에 이름이 아예 '박통'이라고 해석하는 사람들도 있었다. 농어촌고리채정리법, 부정축재처리법 등이 연달아 발표됐으며, 군사혁명재판소와 혁명검찰부가 들어섰고, '반공법'도 제정됐다. 많은 사람이 숙청되거나 감옥에 갇혔다. 머리가 긴 남자들은 붙잡혀가 즉각 머리가 잘렸고 치마가 짧은 여자들은 거리에서 곧장 집으로 압송됐다.

그 무렵의 인상적인 뉴스 하나는 '백합'의 운지기업이었다. 그 여자 백합이 난데없이 전 재산을 '새로운 국가 건설을 위해' 국가에 헌납하겠다고 선언했다는 뉴스였다. 사람들은 일제히 백합에게 박수갈채를 보냈다. 헌납을 하겠다는 성명서를 읽고 있는 백합은 '반공'이라고 쓰인 천으로 이마를 묶고 있었다. 손가락을 깨물어 혈서로 쓴 것이라 했다. 이례적으로 국가재건최고회의 박통 의장이 직접 나서 백합의 애국심을 여러 말로 칭송했다. 운지기업이야말로 참된 민족기업이라는 말이 여기저기에서 들렸다.

박통 의장은 경제건설과 반공을 국가시책의 최우선으로 설정했다. 그것은 양날의 칼과 같았다. 경제건설로 보다 잘 먹고 잘살 수 있다는 환상을 심고 반공이데올로기로 집단적 신념체계를 설정, 일사불란하게 국가를 지배하겠다는 것이 그 속내라 할 수 있었다.

　한 손엔 '경제' 다른 한 손엔 '반공'의 팻말을 들고서 아침 훈시를 하는 군 장교가 화제가 된 후엔 모든 부대, 모든 직장에서 그런 일이 상시적으로 벌어졌다. 가령 국기게양대는 보통 세 개로 한 조를 이루었는데 가운데 국기를 중심으로 오른쪽엔 새마을깃발이, 왼쪽엔 반공깃발이 나부껴야 국가재건최고회의의 단속을 피할 수 있었다. 사람들은 출근하면서 먼저 국기에 경례를 하고 그다음엔 새마을깃발, 또 그다음은 반공깃발에 차례로 경례를 부쳤다.

　사람과 사람이 만날 때에도 새 인사법이 생겼다. 한 사람이 "새마을!" 하면 다른 사람이 "반공" 하고 맞받아 인사했다. 쌍둥이를 낳아 '새마을'과 '반공'이라고 이름 붙인 가장이 박통 의장의 표창장을 받는 장면이 신문에 대문짝만하게 실린 적도 있었다. 그 대신 개한테 '새마을'과 '반공'이라는 이름을 붙인 어떤 청년은 선동죄로 즉각 처벌됐다. 박통 의장에게 자신들의 이름을 새마을과 반공으로 바꿀 수 있게 해달라고 청원서를 보낸 신혼부부가 화제가 되기도 했다. 국가재건최고회의에선 이 신혼부부의 개명을 곧장 허락했고, 박통 의장은 박 새마을 군과 이 반공 양의 결혼식에 화환과 금일봉을 보냈다. 신랑 박 새마을 군은 아이를 낳으면 '통일'이라고 짓겠다고 선언해 갈채를 받았다.

수로국에서의 경제기반은 뭐니 뭐니 해도 토지였다. 화교들도 예외가 아니었다. 근검절약이 몸에 밴 화교들은 허투루 돈을 쓰는 법이 없었다. 화교들이 금괴를 사서 쌓아놓았다거나 전국의 노른자위 땅이 이미 화교들 수중에 대부분 들어갔다는 소문이 돌던 시절이었다. 과장된 소문이었지만 화교들의 성향으로 볼 때 일리가 있는 소문이었다. 유리 역시 홍천동을 비롯한 여러 곳의 땅에 이미 자금의 대부분을 투자해놓은 상태였다.

박통 의장이 그런저런 소문을 들었는지는 알 수 없었다. '외국인토지법'을 만들고 그 시행령을 공포한 게 바로 박통 의장이 이끄는 혁명정부였다. 말은 외국인라고 했으나 외국인이 소유한 토지의 대부분이 화교 소유였으므로 실제적으론 화교들을 겨냥한 법이나 다름없었다.

외국인토지법 시행령은 강력했다. 대부분의 대도시는 외국인이 토지를 구매할 경우 국방부장관의 허가를 따로 받아야 되는 제한구역으로 설정됐다. 사실상 토지 취득의 봉쇄라고 할 수 있었다. 화교 사회에 큰 파란이 일었다. 가만히 있다가는 소유한 토지를 모두 빼앗길지 모른다는 불안감이 화교들을 지배했다. 아내가 수로인인 화교들은 명의변경이라도 할 방도가 있겠지만 유리의 경우는 그런 길도 막혀 있었다. 아니 명의변경조차 쉽지 않았다.

유리는 그러나 묵묵히 사업에 매진했다. 유리는 당연히 수로국인이었다. 혹부리가 그것을 증언할 수도 있을 터였다. 그래서 유리는 외국인토지법 공포에 따른 심리적인 충격을 다른 화교들보다 덜 받았다고 할 수 있었다. 설마 하는 심정이었다. 화교 중엔 벌써 몇 대째 수로국에서 살아오는 사람도 많았다. 그들은 정서, 문화적으로 이미 수로국인이라 할 수 있었다. 돈 버는 수완은 남달랐으나 국가적인 정체성은 본래 느슨한 사람들이 화교들이었다. 그들은 새로 제정된 외국인토지법 때문에 자신들이 수로국인이 아니란 사실을 비로소 뚜렷이 느꼈으며,

그 사실에 크게 당황했다. "내가 대지국 사람이란 걸 이번엔 알았네그려!" 그렇게 말하는 사람도 있었다. 귀화의 길조차 거의 없었다.

수로국과 화인국 사이에 전쟁의 후유증을 청산하기 위한 협상이 시작됐다. 혁명정부는 경제건설을 최우선과제로 삼았다. 혁명정부는 화인국과의 협상으로 경제개발의 종잣돈을 얻어낼 심산이었다. 굴욕외교라는 말이 금세 퍼졌다. 반대시위가 회오리쳐 일어났지만 소용없었다. 많은 사람들이 그 과정에서 붙잡혀 감옥에 유폐되었다. 언론은 검열을 받았고 정치인은 입을 다물었다. 불온인사들의 입을 봉하는 특수 호치키스를 혁명정부에서 직접 생산하고 있다는 말도 들렸고, 공업용 미싱으로 비판적인 언론인의 주둥이를 실제로 박아버린 사례가 있다는 말도 되지 않는 소문도 들렸다.

나라를 위한 박통 의장의 추진력과 일사불란한 전략은 기실 만주 신징新京군관학교로부터 배운 것이라 할 수 있었다. 공개적으로 말하는 사람은 없었지만 박통 의장은 만주에서 화인군관학교를 최우수 성적으로 졸업한 사람이었다. 화인인 수로인 만주인 할 것 없이 우수한 청년들을 데려다가 제국주의적 이

440

념의 근간인 '대화혼大和魂'으로 무장시키는 학교였으며, 항抗화인국 세력을 박멸시키는 첨병을 기르자는 목적으로 설립된 학교였다. 박통은 처음 만주 지역 화인군 특설부대에 자원입대했으며, 우수분자로 인정받아 군관학교에 뽑혀 들어갔고, 졸업 후엔 화인국 장교로 복무했다.

박통 의장이 젊은 날 가장 존경했던 사람 중 하나가 '이시하라 간지'였다는 말을 들은 적이 있었다. 교묘한 책략으로 사변을 일으켜 대지국 군벌조직을 물리친 뒤 꼭두각시 만주국을 만든 장본인이 바로 이시하라 간지였다. 만주에 있을 때 유리 역시 이시하라 간지라는 이름을 많이 들었다. 수로인들의 입장에서 보면 먼저 척결해야 할 군국주의 원흉 중 한 사람이 이시하라 간지였는데, 수로국의 강력한 새 지도자로 등극한 박통은 젊은 날 '수로인 이시하라 간지'를 감히 꿈꾸면서 화인군의 길로 매진해갔다는 것이었다.

군관학교에서 소중히 지켜야할 덕목으로 '군인칙유軍人勅諭'가 있었다. 그것의 첫 번째는 "군인은 충절을 본분으로 삼는다"는 맹세였다. 충절은 물론 화인국에 대한 충절이고 천황에 대한 충절이었다. 화인국기 앞에 부동자세로 서서 '덴노 헤이카 반자이' 천황폐하만세를 외치는 젊은 박통을 상상하는 건 어려운 일이 아니었다. 박통은 군관학교에서 아주 우수한 성적을 거두 었다. 군관학교를 지원할 때 젊은 박통이 '盡忠報國 滅私奉公'이 라고 직접 쓴 혈서를 모병관에게 보냈다는 일화를 듣기도 했 다. 그가 혁명에 성공한 것도 아마 그곳에서 배운 투지에 의지 해서였을 것이고, 그가 반공과 경제건설의 두 깃발을 들고 나 선 전략적 배경 또한 화인군 칙유로부터 그 원리를 습득했을 가능성을 배제할 수 없었다.

혹시, 하고 유리는 간혹 생각했다. 혹시 박통에게 화인국은 경계하고 척결해야 할 대상이 아니라 배우고 의지해야 할 이 웃사촌 격인 건 아닐까. 주재소장이었던 사마귀의 아버지가 치 안국장을 거쳐 최고의 애국자로 떠받들리는 세상이니 그럴 수 도 있겠다고 생각했으나, 유리는 곧 고개를 저었다. 불온한 생 각이었다. 과거의 경력만을 가지고 최고 지도자를 헐뜯었다간 반역으로 취급받을 가능성이 농후했다.

박통 의장은 군복을 벗고 '박통 대통령'이 되었다. 새로운 헌 법이 발효됐으며 화인국과 정식 국교수립을 위한 본격적인 회 담이 열렸다. 굴욕외교반대투쟁이 다시 회오리쳤고 비상계엄령이 선포됐다. 박통 대통령은 초지일관 밀어붙였다. 일부 사람들 사이에 그 무렵의 인사법이 이렇게 바뀌기도 했다. 이쪽에서 "박통!" 하면 저쪽에서 "대통!" 하는 식이었다. 그렇게 인사하는 것 역시 대통령에 대한 모욕죄로 처벌받았다.

운지기업은 승승장구했다. 전 재산을 국가에 헌납한다는 백합의 말이 어떻게 실행됐는지 곧이곧대로 묻는 사람은 없었다. 그런 질문 자체가 박통 정부에 대한 불경이었다. 박통 대통령과 백합의 관계에 대해 이러쿵저러쿵하다가 선동죄로 체포돼가는 사람들도 있다고 했다. 박통 대통령이 늦은 밤 백합의 집에 들어가는 걸 직접 보았다고 말하고 다닌 사람이 빨갱이로 붙잡혀 갔다는 소문도 들었다. 빨갱이는 사형언도를 받을 수도 있었다. 어쨌든 박통 정부와 운지기업은 중요한 파트너였다. 수로국과 화인국의 국교를 맺는 데 백합이 로비스트로 큰 기여를 했다는 소문도 돌았으나 언론에 보도되는 건 전혀 없었다.

수로국과 화인국 사이에 통로가 생기자 제일 먼저 달려온 것이 '운지껌'이었다. 화인국에서 껌의 생산과 판매로 이미 성공한 자는 백합과 한 조를 이루었던 군수영감이었다. 운지식품은 군수영감의 화인국 회사와 기술제휴를 맺었고, 재빨리 수로국에 껌 생산 라인을 갖추었다. 두 기업은 속으론 한통속이나 다름없었다. 친親화인국 인사들이 박통 정부에서 다투어 요직에 올랐다.

운지식품에서 출시한 '운지껌'은 이내 선풍적인 성공을 거두었다. 겨우 풍선껌 정도를 알던 사람들 입에 낯설고 상큼한 여러 가지 서양식 껌 이름이 쉽게 회자됐다. 운지식품이 운지방직을 넘어 주력 기업으로 자리 잡았다. 백합이 국가에 헌납한 건속 빈 공룡이었던 운지방직뿐이었다. 유리의 내적인 동력을 떨어뜨리는 데 크게 한몫을 한 일이 바로 운지껌의 신화적 성공이었다. 운지건설의 성장도 눈부셨다. 몇 년 후 유리가 땅을 가진 홍천동 일대의 개발을 맡은 것 역시 바로 '운지건설'이었다.

사은은 꽃다운 처녀가 되었다. 그러나 뒤늦게 인천에 들어왔으므로 좋은 대학에 들어갈 처지는 되지 않았다. 언어가 제일큰 장애였다. "타이베이로 대학을 가고 싶어요, 아버지." 사은은 말했고, 유리는 고개를 끄덕거렸다. 풍류국-타이완에선 화교에게 대학진학 우대정책을 쓰고 있었다. 외국인으로 등록된수로국에선 직업을 선택하는 것도 제한적이었으나 풍류국에선 그런 제한도 없었다. 사은은 타이베이로 가 대학에 입학했다. 다시 헤어지게 된 것이었다. 사은이 떠나던 날에도 우리 속의 캠벨러시안 햄스터는 맹한 표정 그대로였다.

그 무렵의 유리는 죽어라 돈을 벌던 때와 많이 달라져 있었다. 무력감이 유리를 사로잡고 있었다. 도둑질한 재산으로 화인국과 수로국 양쪽에서 운지기업이 승승장구하는 걸 보고만 있어야 하는 게 가장 큰 절망이었다. 도대체 무엇을 위해 돈을 벌어야 한단 말인가. 욕조에 들어앉아 뒤꿈치를 오래 바라보기도 했다.

뒤꿈치의 굳은살은 많이 풀려 있었다. "이제 내겐 말굽이 없어!" 유리는 중얼거렸다. 광야를 달리는 말로부터 우리 속에 갇힌 무력한 햄스터 신세로 전락한 셈이었다. 햄스터와 말이 통하지 않았던 것 역시 햄스터 때문이 아니라 자기 자신 때문이라고 유리는 생각했다. 변한 건 바로 자신이었다. 말굽을 달고 산맥과 대지를 종횡으로 누비던 날들은 지금 어디에 흘러가 부식되어 있단 말인가.

자고 나면 산 하나가 통째 없어지고 또 자고 나면 숲 하나가 통째 사라지는 개발의 나날이었다. 간첩단 사건도 연이어 터졌다. 반공이 아니면 적으로 취급받았고, 박통 대통령의 권한은 더 강화되었다. 매일 곳곳에서 박통 대통령에 대한 찬미미사가 집전됐으며 최고의 지식인 문화인들이 기꺼이 그 전위에 섰다. 초가지붕은 슬레이트로 덮였고, 사람들은 새벽마다 〈새마을노래〉로 눈을 떴으며, 기업들은 공룡처럼 몸을 불렸다. 박통 대통령의 사진을 신당에 모시는 무당들이 다투어 생기기도 했다.

사실 박통 대통령은 큰무당이자 만신이었다. 해가 뜰 때는 전국 방방곡곡에서 〈새마을노래〉가 울려 퍼졌다. 새마을운동 노래가 나오면 새마을체조를 따라 하는 게 기본이었다. 모두 박통 대통령이 만들고 고안한 것이었다. 박통 대통령은 직접 아침마다 무대에 올라 '새마을체조'를 선도했다. 일반 보건체조와 춤을 적절히 혼합한 동작이었다.

모든 국민이 아침마다 〈새마을노래〉에 맞춰 새마을체조를 해야 한다는 법이 국회에 상정되어 있다는 소문까지 돌던 시기였다. 새마을체조 시간이 되면 박통 대통령은 언제나 예전의 군복을 차려입고 대통령궁 정원의 무대로 나왔다. 수많은 사람들이 박통 대통령을 기다리고 있었다. 〈새마을노래〉가 흘러나오면 박통 대통령은 핫 둘! 핫 둘! 하고 노래 위에 구령을 얹었다. 몰아의 경지라고 할 수 있었다. 키가 작고 배가 볼록한 체형이라 박통 대통령은 허리를 굽힐 때 펼 때가 크게 다르지 않았다. 박통 대통령의 새마을체조 중 허리운동을 보다가 웃음을 참지 못해 불경죄로 감옥에 간 사람도 있을 정도였다.

어떤 날 유리는 신문을 보다가 아연실색했다. 눈에 잘 띄도록 박스로 처리된 기사엔 강원도 어느 산간마을의 닭들 사진이 곁들여 실려 있었다. 〈새마을노래〉가 확성기를 통해 나오자 닭들이 일제히 박통 대통령이 고안한 새마을체조를 따라 하기 시작했다는 기사였다. 허리운동을 하고 있다는 설명이 달렸지만 사진 속의 닭들은 그저 모이를 쪼아 먹는 자세였다.

더 놀라운 일이 그다음 날 벌어졌다. 이번엔 제주도 돼지농장의 사진이었다. 수십 마리 돼지들이 일사불란하게 새마을체조에 동참했다고 기사는 쓰고 있었다. 그다음 날에는 전라도 농장의 소들이, 그다음 날엔 경상도 개들과 체조하는 충청도 고양이들의 기사가 동시에 실렸다. 대부분의 신문과 방송이 박통 대통령의 신격화를 위해 성의를 다 바쳤다. 날아가는 새들이나 물고기가 새마을체조를 했다는 기사가 실리지 않는 게 그나마 다행이었다. 체조에 동참한 동물들에게 특별히 명예

시민증을 발급하겠다는 계획을 밝힌 시市나 군郡도 있었고, 하루도 빠짐없이 체조를 해온 동물들에겐 훈장을 내려야 한다는 사설을 게재한 신문도 있었다. 박통 정부는 너무 많은 동물들이 새마을체조에 참여하고 있는 실정이라 일일이 훈장을 내릴 수는 없다고 재빨리 발표했다.

"애야, 너도 해봐. 새마을체조." 유리는 우리 속의 햄스터에게 말했다. "전국의 닭과 돼지와 소와 개가 다 하는 체조를 너는 왜 안 하는 거야? 불경죄로 감옥에 가고 싶어? 신고해도 좋아?" 햄스터는 멀뚱히 유리를 바라볼 뿐이었다. 대통령에 대한 불경죄는 누구나 신고할 의무가 있었다. 국회 상정 중이라는 법이 통과되면 새마을체조를 하지 않는 것만으로 처벌받게 될 터였다. "무이! 무이!" 아무리 불러봐도 햄스터는 여전히 말이 통하지 않는 애완동물에 불과했다.

"어머니……"

그런 날 유리는 꿈속에서 불렀다. 어머니는 어머니였고, 동시에 또 큰마님이었다. 꿈속의 큰마님은 면사로 얼굴을 가리고 있었다. "네가 이상한 나라의 이상한 불길 속에 있구나." 꿈속에서 큰마님은 슬픈 목소리로 말했다. 큰마님의 슬픔이 그대로 전이돼 유리는 그럴 때마다 눈가를 닦았다. 물과 불과 흙과 바람과 하늘이 조화롭게 배합되어야 한다던 큰마님의 꿈은 무위한 것에 지나지 않았다. 새마을체조를 하는 닭들에게 어느 지방의 군수가 명예군민증을 수여했다는 기사를 유리는 그날 보았다.

자유인

한 남자가 어느 날 유리를 찾아왔다. 구레나룻이 긴 남자로 낯이 익었다. "우리 집 단골고객 아니십니까." 유리가 묻고, "아뇨. 최근에 몇 번 와서 사장님을 보고 가긴 했소만." 남자는 대답했다. "무슨 일로 보자 했나요?" 방 안에는 그 남자, '구레나룻'과 유리 둘뿐이었다.

구레나룻은 한동안 이편의 눈치를 살피며 말을 끊었다. "사람을 찾아왔으면 용건을 말씀하셔야지, 이 무슨······" 기다리다 못해 유리가 언짢은 표정을 짓고 앉은 자리에서 일어서자 "사장님을 아는 분이 한번 찾아뵈라 해서요." 구레나룻이 목소리를 한껏 낮췄다. "아는 분이라니, 누구 말인가요?" 유리가 볼통하게 뱉었고, "그게 그러니까……" 구레나룻이 한참 더 뜸을 들이고 난 뒤 마침내 말의 아퀴를 지었다. "저기…… 북에 계신 분이오."

북에 계시다니, 하고 유리는 눈을 크게 떴다. 구레나룻이 무엇을 말하는지 도무지 알 수 없었다. 구레나룻은 분명히 북쪽을 가리키고 있었다. "걸……식이라고, 옛날 이름을 말하면 사장님께서 알 거라 하셨소." 구레나룻의 말이 거기에 이르렀다. "걸…… 걸식? 걸식 형님?" 유리의 목소리가 한 옥타브 솟아났고, 구레나룻이 쉬 하는 듯 손가락을 입술에 댔다. "말소리를 좀 낮추세요. 만주에 함께 있었던 걸식이라 하면 알 거라고 했소이다." 구레나룻이 속삭였다.

남자의 말을 앞뒤로 맞추자면, 걸식은 북쪽에서 별 두 개로, 장성급이었다. 걸식 형이 살아있다는 사실에 유리는 일단 감격했다. 형이 살아있구나. 피차 질긴 목숨 질긴 인연이었다. 눈앞이 뿌얘졌다. 보고 싶어 가슴이 울렁거리기도 했다. 태평양전쟁이 끝나고 난 뒤 걸식은 기어코 북으로 들어갔던가보았다. 옌안의 황막한 공터에서 죽어라고 울부짖으면서 싸우고 헤어진 것이 벌써 아득한 옛일이었다. 걸식은 그때 철저한 공산주의 이념으로 무장하고 있었다. 걸식의 입장에선 북으로 들어간 게 당연한 선택이었을 터였다.

그러나 감상적 감격은 잠깐뿐이었다. 북쪽의 장성급 군인 이라니, 위험하기 짝이 없는 이름이었다. 그쪽에서 어떻게 유리를 찾아냈는지도 알 수 없었다. 그 점에 대해 구레나룻은 아무 말도 하지 않았다. 자신을 찾아내어 사람을 보낸 걸 보면 걸식은 어쩌면 남쪽 지역에 몰래 구축해놓은 대남전선의 수장쯤 될는지도 몰랐다. 머리털이 쭈뼛 곤두서는 느낌이 들었다.

"부담되는 일을 부탁하러 온 게 아니오." 구레나룻은 이어 말했다. "소장 동무의 뜻은 공화국에 와서 함께 살자는 것, 그것 뿐이오. 그 말을 전하러 찾아왔소. 형제 이상의 형제라 하시면서, 북에 와 남은 인생을 꼭 함께 살자 하셨소. 그것이 전부요." 구레나룻이 덧붙였고, "그 형님도 이런 식으로, 이를테면 남쪽에 내려온 적이 있나요?" 유리가 간신히 물었다. "그건 우리도 모르오. 알아도 대답할 수 없고, 선생이 월북을 결심하면 그다음은 우리가 움직일 거외다. 두려워할 건 없소. 안전한 루트를 우리가 갖고 있은즉." "그걸 말이라고 합니까?" "말이 아니면?" "당장에 당신을 신고할 수도 있소!" 유리는 무심결에 소리쳤으며, 구레나룻은 그 말에 냉큼 자리를 박차고 일어섰다.

"그게 그리 간단한 일일 것 같습니까." 구레나룻이 비웃는 듯한 어조로 다시 말머리를 놓았다. "참 순진하시네. 내가 앉아붙잡힐 것 같소? 신고하면 그 당장 당신만 북쪽 소장 동무의 형제로 지목되어 끌려갈 거요. 남쪽 정보부 새끼들, 얼마나 독종인지는 아실 테고. 냉큼 잡아다가 당신의 뼛골을 우선 부러뜨려놓겠지. 사업이고 뭐고 이런 것도 다 끝장나겠지. 아니 목숨을 건지기도 어려울걸." 구레나룻이 오히려 큰소리였다. 유리는 진땀이 나는 걸 느꼈다. "진정하시구려. 나는 소장 동무의 애간장이 타는 형제애를 전한 거뿐이오. 결정은 당신이 하시오. 만약 소장 동무의 뜻을 따르고 싶다면 내일모레 정오 이 방의 저 커튼 두 개를 한데 묶어놓으시오. 안 그러면 뜻이 없는 걸로 알고 소장 동무에게 당신은 뿌리까지 이미 반동이 됐더라고 보고하겠소."

횡, 구레나룻이 재빨리 방을 나갔다.

번뇌는 필요 없었다. 보고 싶은 건 사실이지만 걸식을 찾아 휴전선을 넘어갈 마음은 추호도 없었다. 마지막 만났을 때 걸식은 이미 뼛골까지 공산주의자였다. 대지국 혁명으로 우리 수로인의 자유가 지켜질 거라고 믿느냐는 유리의 말에 "넌 그럼 장제스 편이네?" 했던 걸식이 아닌가. 옌안의 황막한 공터에서 드잡이도 모자라 주먹질까지 오가던 밤이 또렷이 떠올랐다. 죽일 듯 서로 목을 조르면서 황토 언덕을 데굴데굴 내려오던 것이 엊그제 일인 것 같았다.

찢어져 살아야 할 운명이 그때 그곳에서 이미 결정된 것이었다. 사랑이 없어 찢어진 게 아니었다. 세계의 이원적인 체제가 찢어놓은 것이 아니던가. 남쪽과 북쪽의 전쟁에 참여하고 소장까지 올랐다면 보나마나 이념에 대한 걸식의 광적인 집착은 더욱 깊어졌을 터, 형제애가 진한들 아무것도 통할 수 없을 게 뻔했다.

구레나룻은 이후 다시 볼 수 없었다. 커튼을 묶어놓지 않은 유리의 뜻이 제대로 전달된 모양이었다. "그래도 살아있어서 좋아, 형!" 걸식이 떠오를 때마다 유리는 중얼거렸다. 생각하면 걸식이나 자신이나 참으로 질긴 목숨이었다. 베트남전쟁에 참여한다는 뉴스가 신문을 장식하고 있을 무렵이었다.

타이베이로 돌아간 사은에게선 자주 소식이 끊겼다.

예민한 십 대 후반을 인천에서 보냈으므로 막상 되돌아간 타이베이에서의 대학 생활에도 제대로 적응하지 못하는 눈치였다. 수로국에서의 여러 사정이 워낙 급박해 타이베이로 쉽게 가볼 처지도 아니었다. 어차피 함께 살 운명이 아니라면 선택은 전적으로 사은의 몫이라고 유리는 생각했다. 타이베이에 이미 집도 사둔데다가 생활비나 학비 등은 충분히 대주고 있었다.

외국인토지법의 재개정이 이루어진 게 그 얼마 후였다. 엎친데 덮친 격이었다. 새로 개정되어 공포된 외국인토지법은 그전에 비해 훨씬 더 강력하고 비인간적이었다. 대를 물려 이 땅을 고향이라고 여기고 살고 있는 화교들의 입장에선 그러했다.

가장 강력한 것은 외국인토지법 제5조였다. 모든 외국인은 거주를 목적으로 이백 평 미만의 주택만 소유할 수 있다는 조항이었다. 상업 목적의 토지 역시 오십 평을 초과할 수 없었다. 임대조차 제한되었다. 외국인이 오백만 원 이상의 부동산을 취득하면 사형, 무기징역, 십 년 이상의 징역에 처할 수 있었다. 무서운 제한이었다.

오십 평 이상인 유리의 음식점은 당연히 불법이 되었다. 음식점을 줄이든지 접는 수밖에 없었다. 음식 값도 문제였다. 차별화는 원칙적으로 허용되지 않았다. 투자를 많이 해 고급식당을 만들어도 자장면 값은 무조건 똑같이 받아야 했다. 변두리 작은 식당의 자장면 값과 도심의 호화음식점의 자장면 값은 법에 의해 통일되었다. 심지어 대지국식당에선 쌀밥을 팔 수 없다는 조항도 있었다. 유흥음식세, 영업세, 영업부가세, 소득세, 면허세, 특별행위세 등의 세금은 그대로였다. 동일한 장소에서 오래 음식점을 한 경우에 적용되는 중과세제도도 있었다. 인천식당이 거기에 해당됐다.

관세법은 물론이고 출입국 관리도 엄격해졌다. 허가된 기간이 만료되기 이전 재입국하지 않으면 거주허가가 무효화됐다. 은행 대출도 전혀 안 됐고 화교 명의로는 자동차도 살 수 없었다. 떠나라는 말과 다름없었다. 수많은 화교들이 보따리를 쌌다. 많은 이들이 풍류국-타이완으로 갔고 더러는 미국으로, 더러는 제3국으로 갔다. 재산의 반만 건져도 다행이었다. 대를 물려 살면서 이미 수로국을 조국으로 여기고 있던 사람들이었다. 화교들은 가슴을 치고 울었다. 원망 속에도 사랑이 있었고 사랑 속에도 상처와 원망이 깃들어 있었다.

때맞추어 도시계획법이 새로 제정됐다. 개발이 결정되면 그나마 헐값에 땅을 빼앗기지 않을 도리가 없었다. 그 통에 몸집이 불어나는 건 개발을 통째 위임 맡은 재벌기업뿐이었다. 홍천동의 대지국 마을 역시 하루아침에 공중 분해되었다. 유리의 땅도 헐값에 수용됐는데, 홍천동 일대의 개발권을 따낸 기업은 공교롭게도 운지건설이었다. 백합의 운지건설이 유리의 땅을 먹어간 셈이라고 할 수 있었다.

게다가 그 땅값조차 유리에게 돌아온 게 아니었다. 다급한 마음에 명의를 혹부리로 해놓은 것이 문제가 되었다. 백 평이 넘는 인천의 식당은 더 말할 나위도 없었다. 사은과 살던 주택부지도 이백 평이 넘어 외국인토지법에 저촉됐다. 그것 또한 혹부리 명의로 돌려놓은 것이 몇 달 전이었다.

새로운 외국인토지법이 공포되고 나자 혹부리는 한동안 눈에 보이지 않았다. 진즉부터 먹었던 마음이 있었던 것 같았다. 혹부리가 인천과 홍천동 땅의 합법적 주인이었다. 혹부리가 통째 삼키려 한다면 화교 신분인 유리로서는 속수무책이었다. 재산을 되찾을 길이 점점 멀어지고 있는 걸 유리는 온몸으로 느꼈다.

혹부리가 다시 나타난 건 서너 달 후였다. 포마드를 발라 빗어 넘긴 머리에 최고급 양복 차림이었다. 어깨가 떡 벌어진 청년 둘이 혹부리를 호위하고 있었다. 유리의 전 재산을 몽땅 차지하기로 마음을 굳게 다진 표정이 역력했다. "허어, 내가 자리를 비웠더니 가게가 이거 완전 나간 집 같네." 혹부리가 짐짓 혀를 차는 시늉을 했다. 말을 붙여볼 여지가 전혀 없었다. 막무가내, 안면몰수였다. 혹부리는 대놓고 말했다.

"자네가 주인이라고 나서도 아무 소용 없어. 내 앞으로 명의가 되어 있는 걸 자네가 무슨 수로 빼앗아가겠는가. 나라도 내 편, 법도 내 편인데. 우리 수로국은 법치국가야. 이런 날이 올 줄 알고 진즉부터 여러모로 대비를 해두었네. 자작어른의 재산을 차지해 반은 뇌물로, 반은 제 몫으로 챙긴 운지기업 그년한테 귓등으로 배운 게 많아. 시청에 가든 경찰, 검찰청에 가든 자네 맘대로 해보게나. 내가 이미 자갈을 쫙 깔아놨으니 자네 말을 믿을 사람은 아무도 없을 걸세. 그냥 두면 어차피 몰수될 재산인데 내가 갖는 게 그래도 낫지 않은가. 생각하면 자네 때문에 다리병신이 됐으니 나도 이만한 보상을 받을 수 있다고 보네. 현실을 받아들여. 조용히 있으면 딸내미랑 살던 주택만은 팔리는 대로 자네와 반타작을 할 생각이야. 반만 해도 큰돈이지 않은가."

　뒤꿈치의 굳은살이 예전 같진 않더라도 꼭 죽여야 한다면
흑부리를 죽일 수도 있었다. 그러나 유리는 흑부리의 말을 듣
고 히힛, 웃었다. 이상하게도 웃음이 나왔다. "그래. 어이없어
웃음이 나오겠지. 허헛. 나도 그러네. 예나 이제나 요지경 속 세
상이야." 흑부리도 따라 웃었다. 남이 그 광경을 보았으면 정이
깊은 형제쯤으로 보았을 터였다.

　평소 알고 지내던 경찰과 만나 흑부리문제에 대한 해결의
방안이 혹 있을까 타진하고 돌아오는 길이었다. 한때 번성했
던 '대원한약방'은 비어 있었다. 그곳을 지나면 '인천기독교회'
였고 맞은편 골목으로 들어서면 곧 쿵푸도장 '의선당'義善堂이 나
왔다. 인천의 대지국거리가 시작되는 지점이었다. 대지국식당
'자금성'과 '화교협회'와 일상용품을 파는 '복래춘'이 연이어 이
어졌다. 검은색 지프차가 앞을 가로막고 선 건 막 의선당 앞을
지나려 할 때였다.

　건장한 젊은 남자 서넛이 차에서 나와 유리의 양팔을 잡았
다. 강력한 악력이었다. "뭐, 뭡니까?" "일단 차에 좀 탑시다!"

삽시간이었다. 저항하고 말고 할 새도 없었다. 순식간에 차에 태워졌으며 곧 눈이 가려졌다. 항저우에서 화인국 순사들에게 붙잡혀 갈 때의 정경이 재빨리 눈앞을 스쳤다. 단순히 깡패들의 몸짓이 아니었다. 기관의 냄새가 물씬 풍겼다.

"오한구를 언제 만났어?" 말라깽이 중년 남자가 물었고, "오한구라니요?" 유리는 당연히 반문했다. 어디서인지 비명소리가 들려오고 있었다. 생살을 찢는 듯한 비명이었다. "오한구 말이야. 모른다고 하려고?" "모릅니다." '말라깽이'가 순간 호되게 뺨을 후려갈겼다. 눈가가 번쩍했다. "이래도 몰라?" "모, 모르겠습니다!" 유리는 힘주어 말했고 말라깽이의 손바닥이 다시 반대쪽 뺨을 쳤다. 이쪽 편을 모욕 주기 위해 금방 가래침이라도 뱉을 기세였다. "다시 묻겠다. 오한구, 오한구를 왜 만났어?" "정말입니다. 처음 듣는 이름입니다." 사실이었다. 한 번도 들어보지 못한 이름이었다. "이 친구가 내 참을성을 시험하네." 말라깽이가 옆에 선 젊은 남자에게 눈짓을 했다. 본격적으로 고문을 시작할 모양이었다.

지하실인 것 같았다. 물이 가득 채워진 욕조 하나가 있을 뿐 아무런 장식도 없는 방이었다. 비명소리는 간헐적으로 들려왔다. "넌 그자를 만난 일이 있어." 말라깽이 옆에 서 있던 젊은 남자가 그제야 사진 한 장을 보여주었다. 유리 자신의 음식점 앞에서 어떤 남자와 악수를 하고 있는 사진이었다. 구레나룻이 확 눈에 들어왔다. 언젠가 걸식의 소식을 들고 찾아왔던 그 남자였다. 가슴이 철렁했다.

"이 사람, 내, 내가 운영하던 식당 단골손님이었는데." 유리는 말을 더듬었고, "손님?" 말라깽이는 히죽이 웃었다. 항저우에서 고문하던 남자의 그것과 닮은 웃음이었다. "화교라고 봐줄 것 같은가. 저 비명소리 안 들려?" 말라깽이가 쉰 듯한 어조로 다그쳤다. 고약한 함정에 빠진 셈이었다. 대규모 간첩단 사건이 연이어 터지던 시점이었고, 박통 대통령이 장기 집권할 수 있는 길을 여는 개헌안 때문에 유독 시위가 많은 때이기도 했다. 박통 대통령이 장기 집권해야 하는 명분의 하나는 반공이었다. 옌안의 새벽, 걸식과 죽일 듯이 싸웠던 이념의 가름이 바야흐로 다시 목을 조이고 있었다.

유리는 밤낮으로 심문받았다. 핵심은 구레나룻 오한구와 무슨 일로 접촉했느냐 하는 것이었다. 유리는 끈질기게 버티었다. 그들은 구레나룻을 검거하지 못한 눈치였다. 걸식에 대한 말은 죽어라 하지 않았다. 말라깽이는 그러나 유리의 말을 믿지 않았다. "더!" "더"라고, 말라깽이는 물었다. 끈질기고 집요한 심문이었다.

몽둥이찜질을 당하거나 물고문을 받기도 했다. 하지만 손톱을 생으로 빼던 항저우에서의 고문에 비하면 견딜 만한 과정이었다. 화교라는 신분을 고려한 것 같았다. 잠을 잘 수 없는 게 가장 큰 고통이었고, 다른 방의 비명을 계속 들어야 하는 일이 그다음의 고통이었다. 실신할 지경에 이르면 즉각 귀뺨을 후려치거나 찬물이 날아왔다. 백열등이 얼굴을 강하게 압박하고 있었다. 유리는 자신이 잔인한 햇빛 속의 사막을 걷고 있다고 상상했다.

며칠이 지났는지 알 수 없었다. 정신을 잃지 않기 위해 노력했지만 뜻대로 되지 않았다. 항저우에서 고문 받던 때에 비해 많이 약해졌다는 자각이 제일 마음 아팠다. 물고문으로 혼수상태가 오기도 했다. 그런 상태에서 "소호리!"라거나 "무이야!" 하고 부른 적도 있었다. 곡마단을 따라 흘렀던 수만 리 머나먼 길이 컨베이어벨트처럼 흘렀고, 접시를 돌리고 있는 금희의 얼굴, 포탄이 터지는 동굴 속의 큰마님, 바느질감을 들고 앉은 어머니의 모습도 보였다. 그곳이 만주인 것도 같고 사막의 끝인 것도 같았고 또는 항저우의 어두운 취조실인 것도 같았다. 포탄이 마구 터지는 유사현의 꿈을 꾸다가 소스라친 적도 있었다.

"나는 화교가 아닙니다!" 유리가 그렇게 소리친 건 잠 한숨 자지 못하고 사흘인가 나흘인가를 견디고 난 다음이었다. 혼미한 상태였으며 자포자기의 심정이었다. "나는 본래 수로국인이었습니다!" 유리는 말했고, "무슨 개소리야!" 말라깽이는 웃었다. "나는…… 큰아버지, 아니 양아버지를…… 죽였습니다. 만주사변이 나던 해…… 나의 큰아버지는 자작이었습니다." 거침없는 고백이었다. 고향집 주소와 할아버지, 큰아버지, 아버지 이름이 돌연 줄줄이 떠오르는 게 신기했다. 그 이름 하나 하나가 풀려난 용수철처럼 솟아나 유리를 후려치고 있었다.

"나는…… 수로국 핏줄이란 말입니다!"

유리는 할아버지와 큰아버지와 아버지의 이름을 차례차례 피어린 목소리로 불렀다. 놀랍게도 어머니의 이름까지 생각났다. 망각 속에 철저히 은폐되어 있던 그 이름이 섬광처럼 뻗어나와 유리를 사로잡았다. "어, 어머니의 이름은……" 그 순간

폭풍처럼 눈물이 쏟아졌고, 갑자기 정신이 번쩍 들었다. 선글라스를 단번에 벗어 내동댕이친 것 같은 느낌이었다.

"정말입니다!" 유리는 부르짖었다. "나는…… 수로…… 수로국인이고…… 큰아버지를 죽인 살인자…… 그리고 어머니…… 어머니가 나를…… 버렸습니다. 운지…… 운지기업…… 회장이 압니다……그 여……자를 데려오세요……" 말라깽이는 계속 웃고 있었다. 옆에 선 젊은 남자가 이맛살을 찌푸렸다. "이 친구 이거, 아주 돌았는데." 젊은 남자가 말했고, "아이, 씨팔!" 말라깽이가 책상을 탁 쳤다. "정말이에요. 믿어……주세요. 제발. 운지기업……" 얼굴을 비추던 백열등이 그 순간 탁 꺼졌다. 아무것도 보이지 않았다.

유리가 풀려난 것은 엿새 만이었다.

연행된 사실을 일체 발설하지 않겠다는 서약을 받고 난 다음이었다. "간첩죄는 최고 사형이오. 화교라도 마찬가지지. 이만한 걸 감사히 여기고 여기서 있었던 이야기는 아무에게도 하지 마시오. 발설하면 정말 간첩죄를 적용받을 테니." 말라깽이가 부드럽게 타일렀다. "화교가 아니라니까요!" 유리는 또박 또박 말했다. "나는 본래 수로국인이에요. 운지기업 회장은 본래…… 내 큰아버지의 첩이었고요!" 고백을 통해 맛본 개안^{開眼}과 다름없는 명쾌한 희열을 잃고 싶지 않았다. 큰아버지-아버지를 죽인 죗값은 받으면 될 일이었다.

왜 진즉 고백하지 못했을까.

그동안 어둠 속을 헤맨 것이 다 그것 때문이라고 유리는 느꼈다. 이제 수로국인으로 되돌아가야 할 시간이었다. "내가 운영하던 음식점 혹부리 사장에게 물어봐요. 그 사람은 다 알아요. 애초 큰아버지, 그러니까 자작어른의 마름이었으니까." 서늘한 찬물이 온몸으로 흘러드는 후련함이 유리를 사로잡고 있었다.

그러나 말라깽이는 인자한 사람처럼 미소했다. "혹 달린 그 사람, 우리도 만나봤소. 아무리 다급해도 그렇지, 갑자기 수로인이라 하면, 말 한마디로 뭐 국적이 바뀝니까?" 말라깽이는 유리의 정신이 오락가락한다고 여기는 눈치가 역력했다. "제발, 운지기업……" 유리는 간절했다. "그만합시다!" 말라깽이가 드디어 미간을 찡그렸다. "운지기업 회장의 첫 남편께서 자작이었던 건 맞지만 내참, 당신 총에 맞아 죽다니. 그분은 선친께서 한 짓이 부끄러워 장렬히 자결한 분이오. 훌륭한 결단이지. 온 국민이 다 아는 얘기오. 쯧쯧, 정신 좀 차리시오!" 말라깽이가 혀를 차고 있었다.

무릎이 좋지 않았다. 자백을 강요할 때 그들이 무릎과 무릎 사이에 각목을 엇갈려 끼운 채 너무 오래 방치했기 때문이었다. 항저우에서는 그 모진 고문을 견디고도 아무런 후유증이 없었는데 해방된 내 조국에서의 고문으로 기어코 다리를 절게 될 모양이었다. "시간이 지나면 괜찮을 거요." 말라깽이가 어깨를 두드려주었다.

정보부에서 풀려난 후 유리는 곧장 기차를 탔다. 아버지를 죽이고 걸어서 도망쳐 나온 고향으로 가는 기차였다. 고문은 하나의 각성을 주었다. 자신의 삶이 어디에서 시작되었는지를 또렷이 느끼고 확인하는 각성이었다. 꽉 막혔던 혈관의 어딘가가 일시에 봇물처럼 터져 흐르는 듯했다. "그래, 고향!" 유리는 중얼거렸다. 삼십여 년이 넘은 시간의 간격은 이제 아무런 장애가 되지 않았다. 모든 게 명백히 기억났다. 큰아버지, 할아버지의 이름이 기억났고 무엇보다 망각으로 폐기처분되었던 자

466

신의 이름이 명백히 떠올랐다. 유리는 자신의 이름을 되뇌고 되뇌었다. 이 나라 어딘가에 어머니가 살아있을지도 몰랐다. 까마득히 망각했던 어머니의 이름도 또렷했다.

기억난 자신의 이름은 단독으로 떨어져 있는 게 아니었다. 수직선을 따라 아버지 이름이 있고 할아버지의 이름이 있고 할아버지의 할아버지 이름이 있었다. 사람들은 그것을 가계家系라고 불렀다. 가계는 수많은 가계로 이어졌고 그것의 전도全圖는 민족이었다. 수로국은 모국이었으며, 유리로선 모국을 되찾을 권리와 책무가 있었다. 날조된 우상들을 깨박치고 참된 자신을 되찾는 게 나머지 인생의 할 일이라고 유리는 느꼈다.

운지산은 그대로였다. 봉우리 하나하나가 다 그대로였다. 아름답고 의연했다. 유리는 숨을 몰아쉬며 오래 운지산 봉우리들을 올려다보았다. 큰아버지-아버지가 쓰러진 뒤 봇짐 하나를 지고 숨가쁘게 내달렸던 그 옛날 굽잇길들이 눈에 보이는 것 같았다. 유리는 절룩거리며 운지산을 향해 걸었다. 변하지 않은 건 운지산 봉우리들뿐이었다. 도시가 고향 들판까지 확장돼 있어 도무지 어디가 어디인지 알 수 없었다. 도시의 외곽은 지금도 버짐처럼 격렬히 번져나가는 중이었다. 트럭들이 먼지를

피워 올리며 연달아 지나갔고 위태롭게 솟은 아파트 골조들이
햇빛을 튕겨내고 있었다.

어머니가 늘 바느질감을 들고 앉아 있던 단칸집을 어림짐작
조차 할 수 없었다. 오염된 검은 물이 구토하듯 흐르는 걸 유리
는 보았다. 술에 취한 아버지가 쑤셔 박혔던 그 수로인 것 같았
다. 잡초들이 자라난 지붕과, 나팔꽃이 타고 오르던 울타리와,
항상 어두웠던 이간장방과, 방 가운데의 횃대가 연방 떠올랐
다. 치마를 걸면 방이 두 개로 나누어지도록 횃대를 고안해 만
든 건 어머니였다. 횃대는 유리의 키에 맞춰 자유롭게 높이를
조절할 수 있었다. "자다가 혹 무슨 소리가 나더라도 일어나지
말고 그냥 자거라." 어머니의 목소리도 선연했다.

기억의 문 너머로 마침내 큰아버지-아버지의 대머리가 보
였다. 문을 열고 막 토방으로 내려서던 대머리에 만월의 달빛
이 닿고 있었다. "자네 모자를 살릴 길을 찾고 있으니 조금 기
다려주게." 괴춤의 매무새를 고쳐 쥐며 대머리 큰아버지가 했
던 말이었다. 술에 절어 살던 아버지가 죽고 난 이듬해였던가.
큰아버지-아버지가 말한 '모자'에는 물론 유리가 포함되어 있
었다.

만약 아버지가 할아버지에게 순종적이었다면, 만약 살림살이를 돌본다는 명목으로 젊고 고왔던 어머니를 큰아버지가 범하는 일이 없었다면, 만약 어머니에게 어린 자식 유리가 딸려있지 않았다면 지난 인생의 모든 프로그램은 다르게 진행됐을 터였다. 어머니가 대처로 떠나고 유리가 큰아버지의 양자로 들어간 것은 역시 어머니와 큰아버지 사이에 맺은 그날 밤의 계약에서 비롯됐다. 유리의 키가 그날 이후 자라지 않게 된 것도, 큰아버지의 심장에 총알을 박아 넣는 순간 자신의 이름을 잊어버린 것 또한 그러했다. 유리가 넘어다볼 수 없도록 어머니가 횃대의 높이를 용의주도하게 조정해놓기만 했어도 결코 생기지 않았을 일이었다.

어머니가 그리웠지만 어머니보다 더 그리운 건 구렁이였다. 싸릿대 울타리 위에 몸을 걸치고 늘 해바라기하고 놀던 구렁이는 색깔이 유난히 누래서 황제의 면포를 뒤집어쓰고 있는 것 같았다. 유리의 유일무이한 친구가 바로 구렁이였다.

그 시절의 어머니는 나팔꽃을 특히 좋아했다. 싸릿대 울타리를 타고 오른 나팔꽃이 피기 시작하면 하루도 빠지 않고 구렁이가 울타리 위로 나왔다. "안녕!" 구렁이가 말했고, "안녕. 햇빛이 좋네!" 유리도 구렁이처럼 혀를 날름거려 대답했다. 구렁이가 긴 혀로 나팔꽃에 맺힌 이슬을 핥아먹으면 울타리 밑에 앉은 유리 역시 긴 혀로 그것을 핥아먹었다. 붉은댕기를 처음 본것 역시 그곳에서 구렁이와 놀고 있을 때였다.

종종걸음 치는 몸뻬바지의 아랫단이 눈에 들어온 건 구렁이가 막 지붕위로 올라갔을 때였다. 몸뻬바지는 울타리를 따라 사뿐사뿐 걸었다. 유리는 그때 울타리 안쪽 흙 마당에 누워 있었다. 햇빛을 퉁, 퉁, 퉁, 퉁겨내는 듯한 걸음새였다. 사립문을 열고 내다보니 바랑을 멘 소녀가 동자꽃들이 피어 있는 산초나무 사이로 멀어지고 있었다. 울타리 사이로 내다볼 때 소녀는 귀여운 복사뼈로 햇빛을 퉁겨냈었는데 문 열고 보니 소녀는 뒤꼭지 머리를 오지게 묶은 댕기 끝으로 햇빛을 퉁겨내는 중이었다. 닭 벼슬처럼 붉은 댕기였다. 붉은댕기를 처음 만나던 날의 그림이었다.

그러나 단칸방 그 옛집은 찾을 길이 막막했다. 다행인 건 큰아버지-아버지의 저택이 그대로 남아 있다는 사실이었다. 솟을대문 앞에 '시립미술관'이라는 현판이 달려 있었다. 운지기업에서 기증받은 건물을 시에서 시립미술관으로 꾸려 개관했다는 설명을 유리는 읽었다. 저택은 원형을 유지하고 있었다. 큰아버지가 총을 맞고 쓰러지던 춘양정 건물과 연못도 그대로였다. 두 번째 총을 맞고 출렁하는 듯 연못으로 날아가던 큰아버지의 모습이 눈에 선했다. 그 순간 마지막 눈길이 부딪쳤던 백합도 생각났다. "얘야, 이리 온!" 달려오는 강아지를 향해 손짓하던 백합의 모습도 여전히 잊을 수 없었다.

유리는 춘양정 기둥에 기대어 한동안 움직이지 않았다. 후회는 없었다. 다시 그때가 온다고 하더라도 자신은 볼트액션의 방아쇠를 결연히 당길 것이었다. 살고 죽는 건 오래전부터 예비되어온 운명의 트랙 안에서 실현되는 결과물의 하나에 불과했다. 가령 화인국이 수로국을 집어삼킨 순간, 할아버지가 자작 칭호를 수여받고 그 칭호를 큰아버지에게 대물림한 순간, 아니 단칸집 토방에 내려서던 큰아버지의 달빛에 젖은 대머리를 본 순간, 유리의 키가 더 이상 자라지 않고 멈춘 순간, 총알은 장전되어 있었던 것이었다. "그러니 큰아버님, 편히 잠드세요." 유리는 소리 내어 중얼거렸다.

붉은댕기가 살던 도원동 자리엔 큰 절이 들어서 있었다. 새전각을 짓는 공사가 한창이었다. 폭포의 물은 말라 있었으며 자신의 주검을 보았던 샘으로 이어진 동굴 입구는 서서 걸어 들어갈 만큼 확장된 상태였다. 절주가 아예 그 동굴을 제 마음에 맞게 뜯어고친 모양이었다. 붉은댕기가 '네가 변하지 않을 친구라고 믿어질 때' 보여주겠다고 약속했던 신비의 샘이 있던 동굴이었다. 붉은댕기를 따라 자벌레처럼 기어들어갔던 그곳을 유리는 이제 혼자 확장된 터널을 따라 걸어서 들어갔다.

어디일까. 가슴이 두근거리는 걸 느끼며 샘 자리를 먼저 눈으로 찾았다. "저 꼭대기에 샘이 있어." 붉은댕기의 목소리가 들리는 것 같았다. '변하지 않을 친구'라고 믿어질 때 보여주겠다던 비밀의 장소가 그곳이었고, 붉은댕기와 유리가 처음이자 마지막으로 먼 훗날의 자기 죽음의 운명을 여실히 본 샘 자리가 그곳이었다. 사방에서 맑은 물이 흐르던 원통 바위꼭대기의 그 샘을 유리는 또렷이 기억하고 있었다.

오, 하고 유리는 곧 신음했다. 샘은 사라지고 없었다. 물은 흐르지 않았고, 샘이 있던 자리엔 샘 대신 황금색 부처만이 하나 덩그렇게 놓여 있었다. 운지기업에서 시주한 부처였다. 고귀한 추억의 자리에는 어디든 운지기업의 깃발이 나부끼고 있었다. 유리는 비틀 주저앉았다. 시멘트 위에 싸구려 페인트칠을 한 벤치였다.

"참을성이 없다면 자기 운명을 보지 못해."

열일곱 살이 되던 그해, 샘에 기어오르는 유리를 향해 붉은
댕기가 한 말이었다. "지금 보는 그것은…… 그것은 오라버니
의 죽음이고…… 그러므로 비밀이야. 누구에게든 지금 본 그
것에 대해 말하면 안 돼. 나한테도. 앞으로도 절대로! 그걸 말
하고 나면…… 오라버니는 자신의 운명대로 살 수 없게 될 거
야!" 그녀의 말이 계속 고막을 울렸다. 천년을 산 것 같은 주름
살투성이 늙은 남자가 가부좌 자세로 구렁이와 나란히 앉아
있는 걸 유리는 그날 그 샘에서 보았다. 유리 자신의 주검이었
다. 붉은댕기에서 사온에게까지 이어지는 질긴 인연도 그걸 보
는 순간 결정된 셈이었다.

유리는 다시 그곳에 찾아온 걸 후회했다. 그 어떤 고귀, 어떤
신비, 그 어떤 감미도 남아 있지 않았다. 그곳은 그저 돈으로
범벅된 천박한 관광지에 불과했다. 확성기를 통해 염불 소리
가 울려 나왔지만 부처는 그곳에 없었고, 붉은댕기 또한 그곳
에 없었으며, 자신의 죽음도 그곳에 없었다. 사막화의 긴 시간

이 지났다고 유리는 생각했다. 이승과 저승, 별과 별 사이보다 더 먼 시간이었다. 해야 할 일이 점점 더 또렷해지는 느낌이 들었다.

국회의원인 사마귀를 찾는 건 어렵지 않았다.

열일곱 살 시절 살부계殺父契를 논의했던 동료였고, 현직 국회의원 신분이었다. 전화를 먼저 걸었다. 여러 번의 시도 끝에 연결된 사마귀의 반응은 시큰둥했다. 이름을 말해주어도 모르는 것 같아 운지산 시절을 상기할 수 있게 여러 말을 덧붙여 설명했는데도 사마귀의 반응은 부정적이었다. 요컨대, 잘 모르겠다고 했다. "시간을 좀 내주시게. 얼굴을 보면 알아볼 걸세. 우린 뜻을 함께했던 친구였지 않은가." 거기까지 말했을 때 전화가 툭 끊어졌다. 사마귀의 도움을 받으려는 것은 단 한 가지, 자신이 본래 수로인이며 큰아버지 자작어른의 수양아들이라는 사실의 확인이었다. 국회의원인 사마귀가 증언만 해주면 나머지 과정은 훨씬 수월할 터였다.

다음 날 유리는 국회의원 사무실로 사마귀를 직접 찾아갔다. 문간에서 중년의 신사와 딱 마주쳤다. 말끔한 차림새였다.

유리는 금방 사마귀를 알아보았다. 얼굴은 변했으나 사마귀는 예전 그 자리에 그대로 있었다. "어이, 친구!" 유리가 먼저 덥석 손을 잡았다. "누구세요?" 사마귀가 물었고 "날세. 어제 전화를 걸었던, 자작어른 양아들. 모르겠는가?" 유리가 말했다. 만난 횟수가 많은 건 아니었지만 나라를 반역한 아비를 죽이자며 살부계로 맺었던 동지였으니 설명을 하면 알아보지 못할 리가 없다고 유리는 확신했다. 그러나 헛된 기대였다. '살부계'란 말이 나오자 사마귀의 눈빛에 풍랑이 한순간 지나갔다.

"자네 아버님, 그때 주재소장······" 말이 끝나기도 전에 사마귀는 유리의 손을 매몰차게 뿌리치고 뒤도 돌아보지 않고 사무실로 들어갔다. 보좌관들이 따라 들어가려는 유리를 막아섰다. "의원님 고향친구예요. 잠깐만 뵈면 돼요." 보좌관들은 그러나 끝내 길을 열지 않았다. 미친 사람으로 취급하는 눈치였다. "거울도 안 봐요? 노인네가 우리 의원님을 친구라고 하다니, 원." 보좌관 중 한 명이 말했다. 하기야 사마귀에 비해 유리의 얼굴이 많이 늙어 보이긴 할 것이었다. 역사의 풍상이 만든 수많은 주름이 유리의 얼굴에 그물망을 씌우고 있었다. 곧 경비경찰이 달려왔다.

"거기가 어디라고 찾아가 행패예요, 행패가!" 젊은 순경이 말했다. 의원회관 경비경찰대 사무실이었다. "내가 좀 늙어 뵈긴 하오만, 그 양반과 친구라오. 예전 운지산 아래 살 때……" 설명은 쉽지 않았다. 젊은 순경이 몸수색을 했고 다른 늙수그레한 경찰은 유리의 신원을 확인하려고 여기저기 부리나케 전화를 걸었다.

화교 신분증이 나왔다. "어디 와서 감히 뼁을 치려고." 젊은 순경이 눈을 부라렸다. "화교 아닙니다. 수로인이오. 대지국에 오래 살다보니 그렇게 된 거요. 설명을 하리다. 자작어른을 죽이고 만주로 간 게 만주사변이 나던 해였소. 호적을 뒤져보면 다 나올 거요. 그해 가을 러시아제 소총으로 내가……" 늙수그레한 순경의 손바닥이 그때 돌연히 뺨으로 날아왔다. 고개가 확 돌아갈 만큼 모진 손매였다. "뭔 개소리야. 자작어른의 양아들은 그해 사냥을 나갔다가 절벽에서 떨어져 죽었다는데." 늙수그레한 경찰이 말했고, "그럴 리가 없소!" 유리가 소리쳤다.

유리는 유치장에서 이틀을 보냈다. 아무리 설명해도 소용없었다. 호적엔 유리가 그해 가을 사고사를 당한 것으로 정리되어 있었다. 백합이 국적을 완전 세탁한 솜씨로 보아 그 정도의

476

조작은 식은 죽 먹기였을 터, 화인국 치하에서의 일이었다. 유리는 다시는 사마귀한테 접근하지 않겠다는 각서를 쓰고서야 간신히 풀려났다. "요즘 미친놈들이 왜 이리 많은지, 원." 늙수그레한 경찰이 혀를 찼다. 사마귀는 그다음부터 어떤 경로로도 연락이 되지 않았다. 다시 만난다고 해도 사마귀가 진실을 말할 여지는 전무했다.

유리가 바라는 건 잃어버린 이름을 되찾겠다는 것뿐이었다. 백합에게 내가 상속자요, 하고 말할 생각도 없었고 혹부리에게 강탈당한 재산을 되돌려 받겠다는 마음도 없었고, 사마귀의 아버지가 악질 주재소장이었다고 까발릴 계획도 없었다. 이름을 되찾는 일이야말로 잃어버린 국적을 되찾는 일이고 아버지와 할아버지를 되찾는 일이고 어머니를 되찾는 일이었다. 정체성에 따른 원형의 복구가 바로 자유라고까지 유리는 생각했다.

나를 찾지 못하고 어떻게 자유를 찾을 수 있겠는가.

운지기업으로 찾아갔다. 수위들이 당연히 빌딩 현관에서 막았다. "송 회장님을 만나게 해주세요" 유리는 공손히 말했고, "감히 회장님을……" 수위들이 신분증을 요구했다. 화교 신분증밖에 없었다. "잘 아는 사이예요. 원래 화교가 아니라오, 나는. 내 이름을 말하면 회장님은 틀림없이 만나주실 것이오." 어디론가 전화를 하고 난 젊은 수위 두 명이 유리를 빌딩 뒤편으로 끌고 갔다. 구둣발이 사정없이 정강이와 무릎에 꽂혀 들어왔다. "돌았으면 딴 데 가 행패를 부릴 일이지 어디 여기로 찾아와서……" 무슨 말을 해도 소용없었다.

먼 거리에서 여러 날을 기다려봤으나 백합의 그림자도 볼 수 없었다. 유리는 그러나 단념하지 않았다. 주먹질 정도는 얼마든 견딜 수 있었다. 다음 날, 또 다음 날 유리는 운지빌딩으로 찾아갔다. 파출소에 붙잡혀 와 구류를 또 살았고, 경비실 본부로 끌려가 이가 빠지도록 또 두들겨 맞기도 했다. 끈질긴 싸움이었다. 석유를 끼었고 분신을 해버릴까 생각도 해봤으나 백합의 과거를 까발리는 것이 목표가 아닌 이상 무위한 생각이었다.

한 주일쯤 흘렀을까, 운지빌딩이 보이는 길가에 서 있는데 정체불명의 청년들이 불시에 덮쳐 유리를 지프차에 강제로 태웠다. 밤이었고, 상대편은 폭력배들 같았다. 백합이 결국 자신의 명줄을 끊어 역사의 간악한 날조를 보존하려 한다는 걸 유리는 본능적으로 느꼈다. 그러고도 남을 여자였다. 눈이 가려진 상태로 유리는 짐짝처럼 차에 실려 여러 시간 끌려갔다. 유리에게 들으라는 듯, 한 남자가 칼을 쓸 거냐고 동료에게 물었고, 옷에 피가 묻을 테니 차라리 생매장이 좋지 않겠느냐고 다른 남자가 반문했다. 두렵지는 않았다. 아직 죽을 때가 오지 않았다는 걸 유리는 알고 있었다. 유리가 오직 고통스러운 것은 이 너른 세상에서 말이 통하는 길이 전혀 없다는 사실의 철저한 확인이었다.

"어이, 꼰대!" 안대를 풀어주고 나서 젊은 남자가 불렀다. 차에서 내려진 곳은 댐이었다. 두 손은 앞으로 모아져 노끈에 의해 묶여 있었다. 남자가 든 손전등 불빛에 저 아래 검은 호수의 아가리가 보였다. "우리가 밀어줄까, 당신이 알아서 뛰어내릴 건가?" 남자가 물었다. "자네들은 날 죽이지 못할 걸세." 유리는 담담히 받았다. "미쳤어도 그렇지, 이 꼰대야. 왜 하필 거기로 와서? 당신 같은 꼰대 천 명이 찾아와도 눈 하나 깜짝하지 않을 여자가 운지기업 총수야." 남자가 칼을 목에 대고 지그시 눌렀다. 더 이상 물러설 곳이 없었다. 칼끝이 생살을 파고 들었다. 한 발이 삐끗했다고 느낀 순간 유리의 몸이 쏜살같이 아래로 쑤셔 박혔다.

앞니로 물어 손목의 포승줄을 푸는 건 어렵지 않았다. 유리는 모처럼 자신의 오관이 예민하게 살아나는 걸 물속으로 가라앉으면서 느꼈다. 우주의 어느 한 지점, 아니 어머니의 자궁 안에 있는 것 같기도 했다. 죽음으로 이어진 길이 산 사람들에게 이어진 길보다 훨씬 더 넓고 부드러워 눈가가 뜨겁게 부풀어 올랐다.

신문사에도 여러 번 찾아갔지만 귀를 기울이는 기자는 없었다. "왜 하필 그런 민족기업을 가지고 시비요?" 어떤 기자는 노골적으로 힐난했다. 여름엔 식중독을 비롯해 보건사회부 사건이 많으니 보사부 출입을 하고 싶고 겨울엔 입시관계 사건이 많으니 교육부 출입기자가 인기 있다던 시절이었다. 제일 좋은 건 물론 청와대였다. 이른바 '춘지' 순이었다. 언론 역시 그 지경으로 내닫는 판이니 유리의 말을 귀담아 들어줄 기자가 있을 리 없었다.

인천으로 가서 혹부리를 다시 만났다.

남은 길은 이제 그 혹부리뿐이었다. 혹부리는 혈색이 아주 좋았다. "나는 수로 사람이오!" 유리는 다짜고짜 말했다. "아저씨도 알고, 나도 알고, 돌아가신 아버지, 큰아버지도 아는 사실이에요. 그렇지 않나요?" 혹부리는 아량이 넓은 늙은이처럼 순하게 웃었다. "자네는, 대지국 간쑤성 태생일세. 그리 등록돼 있더군. 거긴 사막이라지?" "아뇨. 고향에 가봤더니 큰아버지 집은 미술관이 됐습디다. 아시잖아요, 운지산 자락이 내 고향이라는 거." "이 사람, 나이가 들어가면 누구나 조금씩 쓸쓸해지는 법일세. 그 먼 사막에서 왔으니 자네는 더 쓸쓸할 거야. 그 심정을 내가 왜 모르겠는가마는, 그렇다고 태생을 바꿔서야 쓰겠는가." 말씨가 따뜻해서 혹부리는 마치 달마대사의 현신 같았다.

"재산을 되찾겠다는 게 아니에요. 이름 때문이에요. 믿어주세요." 유리는 공손히 말했다. 이름을 되찾지 못하면 자유도 없었다. "제발 좀 도와주세요. 이름이 생각났으니 그 이름 자리에 나를 앉히고 싶을 뿐이라고요. 간쑤성은 큰마님의 고향이라는 거 아시잖아요." "큰마님이 누군지도 모르겠네. 쓸데없는 희망은 몸에 해로워. 대체 무슨 증거가 있어 자네가 수로인이라고 주장한단 말인가." "아저씨가 있잖아요. 할아버지부터 큰아버지까지, 대를 물려 마름을 하셨으니." "예끼, 이 사람!" 혹부리는 펄쩍 뛰었다. "다시 말하지만 이 몸은 평생 마름 따위, 한 적이 없네!" 혹부리는 애련한 표정을 지었다. 세상이 혹부리를 탁월한 배우로 기른 모양이었다. 혹부리는 계속 말했다.

"나는 내 나라를 떠나기 전 오직 농사를 짓고 살았네. 만주에 간 것, 그것도 어디 내 뜻이었겠는가. 화인국 놈들이 하도 악독해서 그놈들 싫어 간 거지. 독립운동만 한 건 아니네만, 만주 베이징 상하이 항조우를 떠돌면서 나도 뭐, 나라를 위해 최선을 다했네. 아, 돈 벌어 독립군 군자금을 댔잖나. 독립운동가로 등재해달라, 정부에 신청서를 낼 요량인데 자네가 증인 좀 서주게. 자네도 봤잖아, 항저우에서."

화인국인의 앞잡이가 되어 저지른 혹부리의 죄는 너무도 많아 실감이 나지 않을 정도였다. 수많은 소작인들을 착취할 때 앞잡이 노릇을 도맡아 한 게 혹부리였고 남자는 징용, 처녀들은 위안소로 끌어가게 도왔던 장본인이 바로 혹부리였다. 붉은 댕기가 살던 운지산 도원동을 쑥밭으로 만든 장본인이 아니던가. 혹부리는 그러나 그 모든 죄업을 지우고 그 위에 감히 독립투사로서의 명예를 덧씌우고 싶은가보았다. 하기야 운지기업이 큰아버지의 이력을 조작해 하나의 전설로 만든 것에 비하면 혹부리의 그것은 식은 죽 먹기보다 쉬운 일일 터였다.

"나는 수로국인입니다!"

유리는 혹부리 앞에 털썩 무릎을 꿇었다. "이렇게 빌게요. 재산에 대해선 아무 말도 하지 않을 거에요. 음식점도 땅도 다 아저씨가 가지세요. 다만, 나를 내 자리로…… 내 이름으로 돌아가게 도와주세요." 가슴이 뻐근해졌다. 아버지, 할아버지, 증조, 고조할아버지, 또 그 위의 수많은 할아버지, 할아버지들로 면면히 이어진 연줄이 한눈에 응축돼 보이는 기분이었다.

영광보다 서러움과 비탄과 죄와 갈망으로 이어진 질긴 연줄이었다. 반도의 모든 운명이 깃든 연줄이었으며 뿌리치거나 끊어낼 수 없는 연줄이었다. 왜 그것을 이제야 느낀단 말인가. 죄는 죄대로, 오욕은 오욕대로, 정한은 정한대로, 꿈은 꿈대로 한통속이 되어 엮이는 흐름이 역사라 할진대, 그것을 거부하고 얻는 자유가 과연 어디 있겠는가. 오관이 타는 것 같았다. 멀고 먼 길을 돌아와 이제야 겨우 무릎 꿇어 앉은 자신이 부끄러워 유리는 짐짓 눈가를 닦았다.

혹부리는 바늘로 찔러도 피 한 방울 나지 않을 위인이었다. "억울한 모양이나 어쩌겠나, 자네는 화교이고 나는 수로 백성인데." 혹부리는 웃으며 고개를 저었다. "나의 아버지는……"
유리가 다시 말했고, "자네 아버지 역시 간쑤성 사람이겠지."
혹부리가 냉큼 말허리를 끊고 들어왔다. "아니에요. 나의 큰아
버지는……" "자네 큰아버지 또한 대지국 간쑤성 사람이겠고."
"어머니는……" "어머니도 깐수성 사람." "아시잖아요, 나의 할
아버지……" "암, 자네 할아버지 역시 간쑤성 사람일 테고." "죽
기 전에 나를 찾고 싶어요." "뿐인가, 자네 할아버지의 할아버
지도 깐수성." "제발, 아저씨……" "그게 핏줄인 게야, 이 친구
야. 핏줄을 부정하면 못써!" 혹부리가 간곡히 일렀다.

사지가 오그라드는 심정이었다. "나는……나의 아버지, 할
아버지, 할아버지의 할아버지…… 모두…… 수로인이에요!" 혹
부리는 그러나 일관성을 유지했다. "우길 걸 우겨야지. 이 동네
사람 누구든 붙잡고 물어보게. 자네가 화교라는 거, 죄다 알고
있잖아!" "아뇨, 나는…… 본래 수로국 사람이에요!" 유리가 급
기야 혹부리의 멱살을 잡았다. "하이고, 이 사람!" 혹부리가 희
극배우처럼 과장된 제스처를 썼다. "여기 대지국 사람이 나, 수
로인을 치겠소그려!" 건장한 종업원들이 즉각 달려와 유리의
팔과 옆구리를 잡았다. 그사이 종업원은 혹부리가 채용한 낯선
사람들로 모두 교체되어 있었다.

"나는…… 나는 수로인이야!" 종업원들에게 끌려 나오며 유리는 외쳤고, "나는, 수로인이야! 아버지도 수로인, 할아버지도 수로인이야!" 그들에게 패대기쳐져 아스팔트 위로 나가떨어진 상태에서 유리는 또 외쳤다. 입술이 찢어져 피가 주르륵 흘러나왔다. "차라리 옛정을 생각해 돈을 달라고 하게!" 혀를 차며 혹부리가 마지막으로 하는 말이 명확히 들렸다. 유리의 긴 혀는 무용지물이었다. 진실한 말을 듣는 진실한 귓구멍은 어디에도 없었다.

귓병이 생긴 게 바로 그날부터였다.

처음엔 그냥 귓속이 가려웠다. 면봉으로 닦아 봐도 가려움증이 가라앉지 않아 손가락을 넣어 후볐다. 진물이 났고 시원했다. 그러나 잠시뿐이었다. 상처 난 자리에 딱지가 앉을 정도가 지나자 귓속은 다시 견딜 수 없을 만큼 가려워졌다. 귀이개로 파내고 면봉으로 후비고 손가락을 넣었다. 진물에 피가 섞여 나왔다.

밤이 깊어 세상이 적막해지면 가려움증은 더 고조되었다. 한밤이 문제였다. 달이 차오르는 깊은 밤엔 더욱 그랬다. 온몸의 세포들이 죽고 귓속의 곰팡이들만 피어린 정한으로 깨어 일어서는 것 같았다. 면봉은 근본처방이 되지 못했다. 참을 수 없을 지경이 되면 비명이 저절로 잇새를 빠져나왔다. 유사현의 달밤이 생각났다. 사막엔 지금쯤 모래폭풍이 불고 있을까. 큰마님의 고통에 찬 비명이 들리는 것 같았다.

"손을 대는 게 문제예요." 이비인후과 의사는 말했다. "가려워서 견딜 수가 없어요!" 유리는 하소연했다. 의사는 딱하다는 듯 고개를 저었다. "이게, 말하자면 귓구멍 속에 곰팡이가 집을 지은 건데요. 곰팡이 아시지요? 요놈들의 집을 부수고 아주 쫓아내려면 참을성이 필요해요. 긁으면 안 돼요. 진물이야말로 애들한텐 제일 좋은 보양식이거든요." 의사는 자신의 표현에 만족한 듯 어깨를 으쓱해 보였다.

곰팡이를 죽이는 약을 바르고 곰팡이들이 힘을 쓰지 못하게 볕을 쪼였다. 하지만 겨우 하루 이틀이었다. 밤이 깊어지면 어김없이 곰팡이들이 떼 지어 일어나 귓구멍 속에서 설레발을 쳤다. 수천의 다족류 벌레들이 각개약진하는 느낌이 그럴 것이었다.

가려움증은 귓구멍 속으로 한정되지 않았다. 고요하면 고요할수록, 달이 차오르면 차오를수록 곰팡이들은 새끼를 쳐서 파죽지세 번졌다. 다족류의 벌레들은 귓속 어둔 길을 따라 목구멍 눈구멍 콧구멍으로 재빨리 전파되었고, 어떤 때는 두개골, 갑상선, 기관지, 폐, 심장과 작은창자, 큰창자와 오줌통을 넘어 요도까지 제 맘대로 영역을 넓혀 각개약진 기어 다녔다. 뼈의 대롱 속까지 가려운 날도 있었다. 모든 처방이 다 무용지물이었다.

너무 후벼 파다가 귓구멍에서 피를 쏟는 날도 많았다. "허어, 손대지 말라니까!" 의사는 혀를 찼다. "도저히 견딜 수가……" 유리는 비지땀을 흘렸다. 데굴데굴 밤새 굴러야 할 참이었다. "무조건 대결은 피하세요. 곰팡이를 너그러이 받아들이라고요. 놈들은 참을성을 시험하는 거예요. 참을성이야말로 놈들이 가장 무서워하는 무기인데." 의사는 계속 태평한 소리를 했다. 귓구멍 속에다 석유를 붓고 라이터를 켜대고 싶은 심정이었다.

"혹시 무슨 병이 있습니까?" 아파트 관리인이 찾아와 물었다. "아닌데요." 유리는 대답했다. 한낮은 곰팡이들이 잠자고 있어 다행이었다. 관리인이 찾아온 건 한낮이었다. "이웃에서 신고가 자꾸 들어와서요. 밤 깊으면 선생님 집에서 이상한 비명이 자꾸 들린다고." "도둑고양이들이 베란다에 와서 내는 소리일 거예요. 나도 뭐 그놈들 비명 때문에 더러 잠을 설쳐요." 유리는 천연스럽게 둘러댔다. "하긴." 관리인은 풋, 하고 웃었다. "발정 난 고양이 소리라고 말하는 사람도 있었습니다만." "맞아요. 그것들이 글쎄, 왜 하필 우리 집 베란다에 와서 짝을 부르는지, 원." "사장님이 싱글이라서 그런가." "그렇다고 고양이 때문에 아무에게나 장가를 들 수도 없는 노릇이고." "그야 그렇지요." 관리인은 고개를 갸웃했고, 유리는 슬프게 웃었다.

한 계절이 가고 나서야 유리는 놀라운 사실을 알게 되었다. 처방이 전혀 없는 게 아니었다. 미치게 가려워 발작적으로 집을 나와 아파트 건너편 숲을 걸었더니 가려움증이 참을 만한 정도가 되었던 것이었다. 혹시 바람 때문인가. 유리는 걸음을 빨리해보았다. 바람이 쌕쌕쌕 귓바퀴를 스쳤다. 가려움증의 농도가 한결 엷어졌다. 바람은 동쪽에서 불어오고 있었다. 유리는 바람을 향해 동쪽으로 뛰었고, 곧이어 오호, 쾌재를 불렀다. 귓바퀴에 부딪쳐 소용돌이친 바람이 귓구멍 속으로 파고들자 가려움증이 딱 멈췄기 때문이었다.

어떻게 된 노릇인지 선풍기 바람으로는 효과가 없었다. 숲을 품은 대지에 흐르는 바람이 가장 효과적이었다. 바람을 더 일으키려면 달려야 했다. 바람이 귓바퀴에 부딪쳐 회오리치는 느낌도 참 좋았다. 그래, 하고 유리는 생각했다. 내가 원래부터 알고 싶고 잡고 싶었던 건 그래, 바람이었어. 바람이 있으면 바람 속을 달리면 되고 바람이 불지 않으면 바람을 일으키기 위해 달리면 된다는 결론이 나왔다. 유리는 그래서 근처의 공원을 혼자 달리기 시작했다. 귓구멍 속으로 바람을 잡아들이면 해결되는 일이었다.

소문은 입에서 입으로 재빨리 전이되었다. 한밤중이면 한 키 작은 사내가 공원 숲길을 매일 뛰어서 돌고 돈다는 소문이었다. 처음엔 낮에 바쁜 사람이라 한밤중 달리기를 하는 모양이라고 치부했다. 그러나 소문은 이내 새끼를 쳤다. 달이 최고조에 이르는 날이면 날이 셀 때까지 달려야 하기 때문이었다. "밤을 꼬박 새워 달린다는 거야." 어떤 사람은 그런 말을 했고, "정말?" 어떤 사람은 되물었으며, "마라톤 선수일는지도 몰라." 어떤 사람은 고개를 갸웃했다. "난쟁이에 가깝다는데 선수는 무슨." 어떤 사람은 또 덧붙였다.

소문은 사실이었다. 공원 숲 지대를 휘도는 길을 달이 질 때까지 뛰어서 돌고 도는 유리를 아파트 사람들은 누구나 볼 수 있었다. "미쳤나?" 그렇게 말하는 이도 있고, "조심해. 키는 작아도 힘으로는 삼손이래." 그렇게 말하는 이도 있었다. 흥미진진한 화제였다. 한 시간 두 시간이 지나도 속도가 줄지 않는다는 사실에 사람들은 혀를 내둘렀다. 소문을 확인하려고 뜬눈으로 밤을 밝힌 남자도 있었다. "맞아!" 남자는 말했다. "밤새 속도를 줄이지도 쉬지도 않고 달리던데, 아이구, 사람이랄 수가 없어!" 남자는 호들갑을 떨었다.

매일 달린다는 건 과장이었다. 달이 뜨지 않거나 다급한 일이 생겨 뛰지 않는 날도 있었다. 그러나 비명을 지르지 않고 견디려면 어쨌든 달려야 했다. 더러 유리를 쫓아 달리는 사람도 있었다. 그런 사람은 유리의 모습에 보통 넋을 잃었다. 달리는 유리가 맨발이라는 사실을 그제야 발견하기 때문이었다. "맨발이야!" 사람들은 탄성을 질렀다. "맨발장군일세!" 어떤 이의 말에, "저 뒤꿈치 좀 봐. 말굽 같지 않아?" 어떤 이는 이렇게 토를 달았다. 달리는 유리를 구경하려고 밤 깊어 짐짓 공원으로 나오는 사람까지 여럿 생겼을 정도였다.

신문기자가 찾아온 적도 있었다. "왜 이렇게 밤마다 달리시

나요?" 기자는 허겁지겁 뒤를 쫓아오며 물었다. "그냥요!" 유리
의 대답은 간단명료했다. "건강 때문인지요?" "그냥요!" "맨발
로 뛰는 특별한 이유가 있습니까?" "그냥요!" "발바닥에 물집
같은 건 생기지 않나요?" "그냥요!" 문답은 중단됐다. 두 바퀴
를 채 돌지 않아 기자가 지쳐 유리를 따라올 수 없었기 때문이
었다. "잠깐만요. 멈춰봐요. 발 사진을 찍고 싶어요." 헐떡이며
기자가 숨넘어가는 목소리로 말했고, "그냥요!" 기자와 사이를
벌리면서 유리는 대꾸했다. 밤새 달려도 정말 숨이 차지 않았
다. "혹시…… 지적장애나…… 언어……장애가 있나요? 계속
그……냥요만 하시니까." 기자의 마지막 질문이었다. "그냥요!"
유리는 역시 성실히 대답했다.

텔레비전 팀이 찾아온 건 초겨울이었다. 유리는 달빛에 젖은
채 달렸다. 달빛이 귓구멍을 따라 기관지, 갑상선, 폐 등 곰팡이
가 다니는 길을 따라 온몸으로 번졌다. 뼛골을 타고 달빛이 흐
르는 걸 유리는 환히 느낄 수 있었다. 그것은 말할 수 없는 희
열을 주었다. 텔레비전 팀은 유리의 맨발을 정밀하게 촬영해
방영했다. '맨발장군'이라는 제목이 달렸다. 날이 갈수록 맨발
장군을 구경하러 오는 사람들이 많아져 문제였다. 유리가 공원
의 숲길을 벗어나 달리기 시작한 건 그것 때문이었다.

공원을 벗어나면 곧 해안이었다. 해안길은 훨씬 더 바람이 풍부했다. 그토록 잡고 싶었던 바람의 육체를 껴안고 뛰는 느낌이 들었다. 바람은 자유의 다른 이름이 아닌가. 희열은 배가 되었다. 가끔은 자신이 곧 바람이 된 것 같기도 했다. "내가 바로 바람이야!" 유리는 소리쳤다. 바닷길은 다른 마을로 이어졌고 마을은 다시 다른 도시로 이어졌다.

길이 없는 곳은 없었다. 정해진 길이 무슨 상관이랴. 누군가 걷거나 달려가면 그것이 곧 길이 되는 걸 유리는 진즉부터 알고 있었다. 코스는 그러므로 날로 확장됐다. 바다에서 언덕으로, 언덕에서 마을로, 마을에서 도시로, 도시에서 숲으로, 숲에서 또 다른 큰 도시로 유리는 달렸다. 한 번도 가보지 않은 낯선 도시에서 아침을 맞는 일도 있었다.

뒤꿈치는 당연히 전성기의 기개를 되찾았다. 곰팡이들은 기를 펴지 못했다. 참을성에서도 곰팡이에게 질 생각이 이제 없었다. 가려움증만 좋아진 게 아니었다. 몸속의 모든 기관들이 속속 제자리를 찾아 들어앉는 느낌이었다. 오랫동안 해체되어 무력하기 짝이 없었던 견갑골, 갑상선, 큰골, 작은골, 폐, 심장, 십이지장, 간, 이자, 쓸개, 온갖 실핏줄이 모두 집결해 어떤 중심선으로 모여드는 것 같았다.

두 번의 계절이 더 지나갔다. 밤새 달리고 난 어떤 새벽, 낯선 해안가 모래언덕에 도달했을 때 해가 떠올랐다. 유사현의 모래언덕들이 눈앞에 선뜻선뜻 살아나는 기분이었다. 만신의 큰마님이 가부좌를 틀고 앉아 있는 게 뚜렷이 느껴졌다. "어머니!" 유리는 양팔을 벌리고 서서 큰 소리로 불렀고, "오냐, 내 아들!" 큰마님이 물결처럼 팔 안으로 밀려들어오며 대답했다.

해가 더 높이 떠올랐다. 바다는 만삭의 임부였다. 수천수만의 물비늘을 매단 그것이 내부의 포만을 이기지 못해 한껏 뒤채는 걸 유리는 보고 있었다. 옹골차고 충만했다. 유리의 입에서 그 순간 한 소리가 막힘없이 터져 나왔다.

"나는 미스터 유리, 자유야!"

이듬해 유리는 타이베이로 날아갔다. 사은이 임신했다는 연락을 받았기 때문이었다. 임신이라니. 사은은 겨우 대학 3학년에 재학 중이었다. 공항에 마중 나온 사은은 이미 배가 부른 상태였다. "어떻게 된 게냐?" 유리는 물었고, "커자이지엔을 내가 너무 좋아하잖아요!" 사은은 아무렇지도 않게 대답했다. 어미 없이 혼자 자랐는데도 그만큼이나마 밝게 커준 게 고마웠다.

아이의 아버지는 스린土林 야시장에서 커자이지엔, 굴전 가게를 하는 동갑내기 남자였다. 고등학교만 졸업하고 가게를 시작한 모양인데 지금은 야시장에서 제일 유명한 가게가 되었다고 했다. 굴전을 먹으러 다녔을 뿐인데 아기가 생겼다고 사은은 짐짓 능청을 떨었다. 인천에 있을 때에 비해 사은의 얼굴과 눈빛은 훨씬 행복해 보였다. 유리는 사은이가 하나의 새 세상을 얻었다는 걸 그 눈빛을 보고 알았다.

굴전을 부치고 있던 청년이 앞치마를 입은 채 수줍게 고개를 숙여 인사했다. 스린 야시장은 젊은 혈기로 넘쳐나고 있었다. 사방 어디에서든 까르르까르르 웃는 젊은이들의 웃음소리가 들렸다. 그것은 유리가 관통해온 짐승의 역사를 떠난 새로운 세상, 새로운 역사였다.

"이 가게로 우리 사은일 먹여 살릴 수 있겠나?" 유리가 물었고, "더 열심히 하겠습니다." 앞치마를 입은 청년은 밝게 대답했다. 준수한 얼굴이었고 눈빛에 맑은 광채가 흘렀다. 대학을 갈 수도 있었으나 좋아하는 일로 젊은 날을 보내고 싶어 굴전을 부치기 시작했다는 대답도 마음에 들었다. "나도 커자이지엔, 잘 만들 수 있어, 아버지!" 사은이 역시 앞치마를 두르고 나왔다. 두 사람 사이에 학력과 이념 따위는 아무 문제도 되지 않았다. 붉은댕기의 손금이 떠올랐다. "사은이 어미는 특이한 손금을 지니고 있었는데." 유리는 중얼거렸다. 사은의 삶은 그러나 붉은댕기가 지닌 손금의 운명에서 이미 훌쩍 비켜나 있었다. 그들은 자유로운 청춘이었다.

목젖이 뜨거워졌다. "봐, 네 딸이 이렇게 자랐어." 유리는 젊은 그들 몰래 허공에 대고 입속으로 말했다. 붉은댕기의 영혼이 바싹 다가서 있는 걸 유리는 충분히 느낄 수 있었다. "이 아이는, 새 세상에서 살아갈, 내 아이예요!" 폭우 쏟아지던 무이산 깊은 산중, 짐승의 아이니 죽여야 한다면서 몰려든 위안부 마을의 여자들을 향해 외치던 붉은댕기의 절규가 들리는 듯했다. 그녀의 소망대로 사은은 마침내 새 세상으로 당당히 편입해 들어간 셈이었다. 유리는 그래서 짐짓 큰 소리로 말했다.

"어디, 자네들이 만든 굴전 맛 좀 보세!"

또 나의 할아버지, 미스터 유리

나의 할아버지 미스터 유리는 이제 전처럼 빨리 말할 수 없었다. "혀가…… 빨리…… 굳어가고 있다……" 미스터 유리는 백 살을 목전에 두고 있었다. 그렇다고 할아버지의 표정이 더 어두워진 건 아니었다. 어두워지기는커녕 할아버지의 얼굴엔 언제부터인가 어떤 서기 같은 게 조금씩 솟아나고 있었다. 어둠 속에서 보면 더욱 그랬다. 환하고 부드럽고 충만했다.

나의 할아버지 미스터 유리는 말씀하셨다.

"사은의 출산을 기다리며…… 몇 달 간…… 바람의 나라 풍류국에 머물렀다. 타이베이는 잠깐 있었고, 나머지는 해안과 산맥을 따라 그냥 떠돌았어. 사은을 맡겼던 그 여자가 살던 곳, 타이난臺南 근교의 파이애플 농장, 자주 거닐던 오래된 성벽에도 가보았다. 최남단의 도시 가오슝高雄을 지난 다음엔 동쪽 해안을 따라 매일 걸었지. 동쪽 해안은 사람이 드물어 좋았다. 배고프면 농가로 내려와 일을 거들거나 얻어먹었고 배고프지 않으면 해안가 양지바른 곳에서 잤다. 대부분 노숙이었어."

"여러 달 만에 타이베이로 돌아와 사은이 아이를 낳는 걸 기다렸다. 사은은 제 어미를 꼭 닮은 딸을 낳았어. 건강하고 예쁜 아이였다. 그때쯤 귀가 다시 가렵기 시작했구나. 풍류국은 좁은 나라 아니냐. 다시 떠날 때가 왔다는 걸 깨달았다. 그 무렵 대지국 본토는 문화혁명으로 몸살을 앓고 있었단다."

미스터 유리와 나는 불을 끈 채 나란히 누워 있었다.

"문화혁명 때의 대지국으로 들어간 거예요?" 내가 물었다. "말만 들었어요, 문화혁명." "그것이……" 미스터 유리는 말하다 말고 오래 기침을 했다. 깊은 밤이었다. "이놈아, 내가 이야기할 때 말을 끊지 말라니까!" "미안해요, 할아버지. 아니 미스터 유리!" "문화혁명은, 말로야…… 전근대적 자본주의 문화를 타파한다 어쩐다 했지만 실제로는 그 역시 공산당 내부의 당 파싸움에서 비롯된 거야. 마오쩌둥, 그 늙은이가 제 욕심과 버릇을 버리지 못해서…… 암튼 끔찍했다. 학교는 폐쇄됐고, 지식인들은 처단되었으며, 문화재 역시 마구 파괴되었다. 정파집단이 만든 미치광이놀이에…… 굶어죽는 사람도 속출했고."

할아버지는 이어서 말씀하셨다.

"타이베이에서 밤배를…… 타고…… 대지국으로 들어갔다. 문화혁명이 여러 해째 진행되고 있던 터라 키 작은 나 같은 건 아무도 관심 있게 보지 않았다. 홍위병이 된 제자들에게 돌로 맞아죽는 교수도 보았다. 곳곳에서 자아비판을 빙자한 살육과 약탈이 벌어지고…… 차라리 화인국이 휩쓸던 시대가 나았다는 탄식이 대지국 전역에 퍼져 있었다. 나는 그 옛날 두 번이나 오갔던 길을 따라 둔황으로 갔어. 멀고 먼 길이었지."

"둔황에서 일 년을 머물렀구나. 물론 큰마님의 유사현을 찾아보았지. 마을이 자리 잡았던 분지는 켜켜로 모래가 덮여 있었다. 모래구릉이 있을 뿐이었어. 그곳에 마을이 있었다는 걸 기억하는 사람도 없었다. 마을 사람들, 국민군, 공산군이 뒤섞여 수천 명이 떼죽음으로 묻힌 모래무덤에 불과했지. 기록에도 남지 않았으니 죽은 그들은 결과적으로 모래먼지나 다름없는 셈이야. 숨을 거두면서 무조건 동쪽으로 가라던 큰마님의 목소리가 들리는 것 같았다만."

"일 년여를 머물고 나서 나는 서쪽으로, 서쪽으로 갔다. 고비 사막을 넘으며 한 달, 톈산 산맥을 넘으며 두 달, 티베트를 지나며 한 계절, 그런 식이었어. 먹을 걸 얻을 수 있으면 먹었고 먹을 게 없으면 굶었다. 키는 작은데다가 얼굴은 새카맣고 두 눈만 살아있었을 테니 사람들이 볼 때 나는 굶주린 늑대나 하이에나 같았을 게야. 파미르 고원과 힌두쿠시 산맥을 넘어 아프가니스탄, 카프카스, 그루지야, 아르메니아, 터키를 헤매다가 아라비아 고원까지 나아갔다. 죽을 고비를 수없이 넘겼고 국경 수비대에 붙잡혀 간 것도 수십 번이 넘었어. 낯선 나라에서 옥살이를 하기도 하고."

"그러나 나는…… 죽지 않았다. 죽지 않을 거라는 생각 때문에 두려움을 느낀 적이 한 번도 없었어. 난쟁이 거지꼴이라 사람 취급을 받지 못하는 형편이 오히려 여러 번 나를 살렸다. 뭐 살려고 미친 척한 적도 있었고, 살려고 남의 음식을 훔친 적도 있었으며, 정말 살려고 죽은 자의 핏물을 마신 적도 있었구나. 집단주의 정파주의 인종주의에 따른 살상은 도처에 있었다. 어디였던가, 내전의 전투가 휩쓴 곳을 지나갈 때 너무 굶주려 나는 죽은 지 오래되지 않은 자의 팔을 베어 그 피를 빨아먹었다. 식지 않은 피를."

나는 고개를 저었다.

"그만요. 그런 이야기 듣고 싶지 않아요, 미스터 유리!" 내가 낮게 부르짖었다. 할아버지는 한동안 입을 다물었다. 바람 소리가 나고 있었다. "물 한 모금만 갖다다오." 한참 만에 할아버지가 말했다. 창밖으로 무엇인가 희끗희끗한 것이 나부끼는 게 눈에 들어왔다. "할아버지, 눈이 와요!" 내 목소리가 청랑하게 솟았고, "봄눈이네." 유리의 눈가에 주름살이 싱그럽게 퍼졌다.

미스터 유리는 그 무렵 기다리고 있었다.

할아버지가 기다리는 건 턱밑으로 다가온 봄이었다. 나는 할아버지가 무엇을 기다리는지 알고 있었다. 봄이 오는 날 '나는 죽는다'라고 한 당신의 말을 나는 또렷이 기억했다. "봄눈이 어디 있담. 눈이 오면 그게 겨울이지." 내 목소리가 앙바틈해졌고, 할아버지는 물을 달게 마셨다. 할아버지의 표정은 고요한 서기로 둘러싸여 있었다. 유순한 소년 같은 표정이었다. "자요, 여기!" 나는 할아버지에게 내 다리를 쑥 내밀어 보였다. "베개 해드릴 테니 여기 머리를 내려놓으세요." 할아버지가 내 다리에 머리를 내려놓았다.

미스터 유리는 젊은 목소리로 이어 말씀하셨다.

"아라비아…… 고원까지…… 가는 데 오 년여가 걸렸다. 아니 오 년이 훨씬 넘는 세월 동안 나는 바람 속에 있었구나. 참혹할 때도 많았지만 내 입장에선 자유로운 여정이기도 했어. 귓병 같은 건 아예 생각조차 나지 않는 세월이었다. 내가…… 바람이고 허공이라고 느꼈다. 국적도 이념도 계급도, 그 어떤 자의식의 얼룩도 없었지. 나는…… 어떻게 그 먼 길 낯선 시간 속을 흐르면서 살아남았을까. 편견과 가름과 증오에 따른 폭력은 어디에서나 들끓고 있었는데, 그 한복판을 맨주먹으로…… 수년에 걸쳐 지나가면서…… 나는 대체 무엇으로…… 어떻게 죽지 않고…… 목숨을 보전했던가 하는."

"바로…… 사람이란다, 얘야. 사람 때문에…… 사람에 의해서…… 살아남은 것이었어. 폭력이 들끓는 곳에서도, 증오에 따른 살육의 전쟁터에서도, 그 밑바닥에는 사람이…… 사람의 마음이…… 이를테면 인정의 강이 흐르고 있었던 게야. 어느 고을에서든 내가 굶주리면 먹을 걸 나누어 주는 사람이 있었고, 어느 나라에서든 내가 아프면 약을 주는 사람이 있었고, 어느 전쟁터에서든 목말라 죽을 지경이 되면 물을 먹여주는 사람이 나타났다. 더럽고 냄새나는 거지꼴인 나를 피하거나 멸시하는 사람이 많았지만, 혀를 차고 동정하는 사람은 더 많았다. 인종과 국적과 문화는 달라도…… 그 점은 똑같았다. 그 인정이…… 나를 살린 거지."

나는 가만가만 할아버지의 머리칼을 쓰다듬었다.

"내 가슴엔…… 그런저런 중에도 늘 붉은댕기가 있었구나……" 할아버지의 목소리가 아련해졌다. 내가 궁금한 것은 붉은댕기가 아니라 곱슬머리로 태어났다고 한 사은의 운명이었다. 만약 살아있다면 사은은 그때에도 타이베이 스린 야시장에서 커자이지엔을 굽고 있었을까. 그러나 나는 이미 알고 있었다. 사은은 이미 오래전부터 이 세상 사람이 아니었다.

"아직도 눈발이 날리냐?" 할아버지가 물었고, "그쳤었는데." 내가 대답했다. 바람 소리가 계속 났다. "다시 눈이 흩날리기 시작해요, 미스터 유리." "쌓인다고 해도 봄눈은 금방이다!" "피, 겨울눈이라니까 그러시네!" 살이 쏙 빠진 할아버지는 작은 짐승처럼 가벼웠다. "커자이지엔 이야기…… 왜 더 안 해요?" "커자이지엔…… 커자이지엔 말이냐?" "타이베이 스린 야시장은 나도 자주 다녔거든요." 차마 사은이라는 이름을 들이댈 용기가 나지 않아 던진 질문이었다. "아하!" 할아버지가 그 대목에서 한숨을 쉬었다.

미스터 유리는 한참 후 다시 말씀하셨다.

"아하, 그것만…… 생각하면…… 아……직도 이리 가슴이 무너진다. 사……은이 죽음. 나는 그 애가 죽는 것도 모르고 있었어. 내가 곁에 있었으면…… 그 애를 살릴 수 있었을까. 내가 떠난 것이 그 애의 죽음을 불러온 단초가 된 건 아닐까. 그런 생각을 해볼 때도…… 많았다."

"어디서였는지 잊었다마는 타이베이를 떠나고 일 년 사이두 번쯤 사은과 통화한 게 소식의 전부였다. 그 애가…… 이미 새 세상 사람이 되어 한 가족을 이루었으므로 내 할 일은 다했다는 마음이었어. 그 애한테 부담이 될 수도 있다고 여겼고, 무엇보다 가족, 혹은 가족적 문화에 나는 익숙하지 않았다. 떠돌이에게 그런 게 무슨 필요냐, 그랬던 거 같아. 아라비아 고원을 돌아…… 이슬람권의 대도시로 내려왔을 때 어찌어찌 스린 야시장 사은의 가게로 전화를 걸었으나…… 다른 사람이 받았다. 사은 부부가 가게를 접었나보다고 생각했다. 달리 연락할……
방법도 없었고."

"타이베이로 돌아온 후에야…… 겨우 사은의 남편인 그 청년을 수소문해 만났다. 타이베이 시내에서 혼자 딸을 키우며 다른 가게를 하고 있었어. 내가 떠나기 직전 출생한 아이였다. 내가 떠나고 나서 얼마 후 둘째 애가 들어섰는데, 둘째가 자궁 속에 거꾸로…… 들어서 있었다고 했다. 병원에도 늦게 당도한 모양이었고…… 아이도…… 어미인 사은이도…… 끝내 목숨을 건지지 못한 거지. 폭풍이 몰아치는 한밤중…… 사은은…… 마지막으로 나를 부르면서, 아버지…… 하면서 숨을 거두었다고 들었다."

"훗날 따져보았더니…… 어쩌면…… 그 애가 나를 부를 때,

아라비아 사막 어느 모퉁이에서 내가 모래폭풍을 만나 헤맬 무렵이 아니었던가 싶더라. 굉장한 모래폭풍이었구나. 폭풍이 지나간 후면 얼마나 깊은 고요가 찾아오는지…… 그 고요의 심연에서 수없이 많은 별똥별이 떨어지는 걸 보았었는데, 지금 생각하면 그중 하나가 사은이…… 또 하나가 사은과 함께 떠난 어린것은 아니었을까 상상해봐. 그 순간 그리 가슴이 아팠거든. 모래폭풍이 사은을 데려간 거라 생각해. 그 애는 죽어…… 모래가 됐을 거야. 애당초 모래 속에서 태어났으니까. 그 애의 죽음은 내게 너무나 모진 형벌 같았지만 어쩌겠니. 큰마님은 늘 말했었어. 육체란 한낱 자루에 불과하다고. 여기, 내 가슴속…… 여기…… 붉은댕기의 묘지도 있고…… 사은의 묘지도…… 또 세상을 끝내 보지 못하고 떠난 사은의 둘째 딸…… 묘지도 있다……"

  나의 할아버지 미스터 유리는 눈을 감고 있었다.

  가슴으로 울고 있는 것 같았다. "그다음 언제 다시 수로국에 들어왔어요?" 내가 물었다. "그게…… 그러니까, 박통 대통령이 정보부장 총에…… 맞아 죽던 해였던가. 타이베이에 있다가 불현듯 들어와 이후 돌아가지 않았구나. 어디에 살든 그게 무슨 대수일까마는 그래도 여기는 본디 내 나라이고…… 그래서 그냥 눌러 산 거야." "들어와서 곧바로 여기 사신 건 아니지요?" "처음 몇 년은 이 일 저 일…… 이제 폐광이 된 예전의 그 금광에도 가보았고…… 안 해본 일 없이…… 노숙자처럼 떠돌며 살았다." 미스터 유리가 또 기침을 했다. 나는 할아버지의 등을 가만히 쓰다듬어주었다. 마른 등뼈가 꼭 부지깽이 같은 느낌이었다.

이번엔 내가 슬그머니 할아버지의 팔을 베었다. "잠이 와요, 미스터 유리!" "눈이…… 쌓였냐?" 할아버지는 동문서답을 했다. "아주 조금요." 할아버지의 날숨과 들숨이 오르락내리락하는 느낌이 자못 감미로웠다. "눈이 쌓이면…… 산으로 가는 게 힘들 텐데……" "산은 그만 가요, 할아버지." "한 번은……" 할아버지의 목소리가 한결 낮아졌다. "한 번은…… 더…… 가야 한다." "눈이 석 달 열흘 왔으면 좋겠어요!" 배차기로 내가 응수했다. "녀석, 심술은……" 할아버지의 손가락이 내 머리를 쓰다듬고 있었다. "백합과…… 혹부리를 보기도 했구나……" 할아버지의 목소리가 한결 멀리 들렸다.

미스터 유리는 이어 말씀하셨다.

506

"정권이 바뀌고⋯⋯ 전 정권의 실세들과 연루된 일로 백합이 재판을 받고 법원에서 나오는 날이었어. 휠체어를 타고 있었지. 그 전해던가, 운지건설에 의해 집을 철거당한 철거민 중한 명이 출근하는 그 여자를 겨냥해 석궁을 쏘았는데 무릎 어디에 맞았는지 이후 다리 한쪽을 못쓰게 됐다는 소문은 들은 일 있었다만, 직접 그 여자를 본 건 그때가 처음이자 마지막이었다."

"예전의 모습은 물론 온 데 간 데 없었어. 지병이 있었던지 피골이 상접한 게 꼭 해골 같았다. 다투어 몰려든 기자들 등쌀에 그 여자, 백합의 선글라스가 그만 벗겨지는 민망한 순간이었지. 밖에 서 있던 나와 현관을 나오려던 백합의 눈이 딱 마주쳤다. 유리창을 사이에 둔 상태였지만⋯⋯ 나는 또렷이 그 여자의 눈을 볼 수 있었다. 공포감에 찬 여자의 눈빛은 뭐랄까, 참 간절하고 애처로웠다. 제발 좀 도와주세요, 하는 눈빛이었거든. 그 여자가 죽었다는 뉴스를 본 게 그 이듬해였다."

"내 재산을 강탈해간 혹부리는 요양병원에 입원해 있었다. 돌보는 사람도 없이 혼자였어. 치매가 깊어 나를 알아보지 못했다. 부종이 심해서 얼굴과 몸이 거대한 풍선 같은 모습이더

라. 고기반찬을 안 준다고 때마침 화를 내고 있을 때 내가 찾아
갔었지. '틀니를 끼워 고기를 씹지도 못하는 양반이……' 하면
서 간병인이 혀를 찼어. 내가…… 무슨 짓을 했겠냐. 이래봬도
나 뒤끝 있다. 잠든 걸 내려다보다가 간병인 자리 비운 사이 그
친구 틀니를 빼들고 나와 병원 앞 시궁창에다 버렸다. 허헛, 복
수를 한 게지 뭐."

봄눈이라 그런지, 눈은 더 이상 쌓이지 않았다.

"네게 해줄 이야기가 이제…… 얼마…… 남지 않았구
나……" 할아버지가 말했고, "그만 주무세요." 나는 짐짓 잠이
오는 양 하품을 했다. "남겨두었다가 조금씩 들을게요." "남은
마지막 이야기는…… 그러니까 그게…… 러브스토리다." "정말
요?" 내가 다시 상반신을 일으켰다. "허헛!" 할아버지는 웃었다.
"왜 사람들이 러브스토리를 좋아하는지 아냐?" 미스터 유리의
눈엔 밝은 기색이 가득 찼다. "살면서…… 목 놓아 울어야 할
게 사랑밖에…… 없기 때문이다……"

나의 할아버지 미스터 유리는 말씀하셨다.

"어느 날…… 신문에서 그 기사를 보았다. 어떤 신문 사회면 한 귀퉁이에 자그마하게 실린…… 화인국 대사관 앞에서 분신을 시도한 어떤 여자의 기사였어. 그것도 한참 날짜가 지난 낡은 신문이었지. 여백에 끼워 넣은 듯한 작은 기사였는데, 그 속에 위안부……라는 낱말이 나와 깜짝, 내 주의가 끌렸다. 대사관 앞에서 피켓을 들고 서 있다가 경찰이 단속하려고 하자…… 석유를 끼얹고 불을 질렀는데, 위안부 출신의 여자였다고 기사는 쓰고 있었다. 위안부라는 말이…… 무슨 뜻인지도 잘 모르는 사람들이 많던 시절이었어."

"한참 전에 발행된 신문이었기 때문에…… 그 여자를 찾는 게 힘이 들었다. 기사를 쓴 기자를 찾아가면 될 줄 알았는데, 그 기자는 내가 찾아가기 하루 전날 모종의 시국사건에 연루되어 붙잡혀 간 후였다. 파출소도 가보았고 경찰서도 가보았지. 경찰은 무조건 나를 좋지 않게 생각하는 눈치였어. '이런 용공분자를 왜 찾아?' 어떤 순경놈은 말하더라. 화인국 대사관 앞에서 분신을 시도했다는 사실만 가지고도 용공분자가 되는, 그런 세상이었다. '대머리 장군'이 박통 시해사건의 수사를 빌미로 권력을 장악한 후, 무고한 광주시민 수백이 무차별 죽임을 당하는 과정을 거쳐 새 대통령에 취임한 지 이삼 년쯤 됐을 때였다."

"간신히 그 여자가 입원했다는 병원을 찾아갔을 때…… 그
여자는…… 이미 그 병원에 없었다. 간호사에게 직계가족이라
고 거짓말하고 사정사정해서 그 여자 주소를 간신히 받았는데,
그 여자의 주소가 바로…… 여기였다. 이 동네에서 넝마주이를
하며 살아왔던 거야. 그러니까 여기 이 오두막…… 원래 그 여
자가 살던 오두막이었어. 집도 리어카도 뭐, 그 여자한테 물려
받은 셈이지. 그 여자가 누구냐 하면…… 네가 기억할는지 모
르겠다만…… 바로 무이산 위안부 마을에서 '엄마' 역할을 하
던…… 그 점순이였다!"

미스터 유리의 말이 마침내 거기에 이르렀다.

나는 깜짝, 숨을 몰아쉬었다. 눈가에 점이 있어 이름도 점순
이라던 여자, 정신 줄을 놓은 붉은댕기를 정성으로 돌보아 살
려낸 여자, 동료들에게 강제로 낙태시술을 당하기 직전 그녀를
추방하도록 주도했던 여자, 그 여자-엄마가 바로 점순이었다.
붉은댕기가 서쪽 사막으로 갔을 거라고 일러주었을 뿐 아니라
그녀가 남긴 자기 주검의 그림을 할아버지에게 전해주었다는

510

그 여자-엄마의 이야기를 나는 기억하고 있었다.

할아버지가 격정적인 묘사를 곁들여 설명해주었던 폭우가 치던 날 밤의 무이산 위안부 마을 전경이 떠올랐다. '아이를…… 살려주세요…… 엄마……의 손주잖아요……' 하던 붉은댕기와, '내 손주가 아니야…… 괴물의 새끼지' 하며 매몰차게 돌아서던 그 여자-엄마와, 살기를 내쏘면서 에워싸고 있던 그 여자-아버지, 그 여자-삼촌, 그 여자-이모, 그 여자-언니들의 모습이 생생했다. 주삿바늘을 들고 있었다던 간호사 출신 베트남 여자까지. 임신한 붉은댕기를 즉각 추방하기로 한 판결을 내릴 때 그 여자-엄마가 모든 가족들에게 했다는 말도 잊을 수 없었다.

"짐승의 새끼를 이곳에서 낳을 순 없어! 그러나 우리는…… 또 막내를 사랑한다. 내 딸이고…… 여러분의 조카, 동생이야. 사실이다! 그러니 막내의 배 속에 든 아이를 강제로 죽이진 않기로 했다. 우리도…… 짐승이 될 수는 없다!"

나는 할아버지 미스터 유리의 마른 손을 잡았다. "점순이와…… 나의 만남은 결코 우연이 아니야!" 할아버지가 말을 이었다. "그건 위안부라는 말이 이어준 필연적인 인연이었어. 붉은 댕기, 그 아이가 끌어다가 맺어준 인연······" 그 여자-엄마-점순이는 눈가에 점이 있었고 붉은댕기는 목덜미에 점이 있었다.

사랑

오다가다 함께 살게 된 남자는 전쟁 때 몸을 다쳐 팔 한쪽이 펴지지 않는 곰배팔이로서 반공포로였다. 국군으로 싸우다가 그리됐다고 말하고 다녔으나 점순이는 '곰배팔이'가 거제도 포로수용소 출신이라는 걸 알고 있었다. 사고무친한데다가 팔 한쪽을 쓸 수 없는 위인이라 곰배팔이는 차츰 일보다 술에 빠져 살았다. 아이도 생기지 않았다. 위안부로 있을 때 강제로 불임 시술을 받은 게 원인이었다. 생계는 전적으로 점순이의 차지가 되었다.

사고무친하기로는 점순이도 한가지였다.

해방이 되고 나서 어찌어찌 수로국으로 들어왔을 때, 점순이가 처음 찾아간 곳은 물론 고향이었다. 바닷가 마을이었다. 다행히 오빠 한 분이 살아있었다. 부모는 해방이 되던 해 앞서거니 뒤서거니 폐병을 앓다 죽었다고 했고 하나 남은 여동생은 대처로 시집을 갔다가 난리 통에 폭격을 맞아 죽었다고 했다. 오빠는 고깃배를 두 척이나 소유한 어엿한 선주였으며 마을 사람들의 신망이 두터운 유지로 살고 있었다. "아이고, 우리 점순이!" 죽은 줄 알았던 누이동생이 돌아왔다면서 오빠는 점순이를 부둥켜안고 통곡했다. 육친의 정이 느껴지는 진한 눈물이었다.

사달을 불러온 건 소문이었다. 점순이가 정신대 위안부로 끌려갔다가 돌아왔다는 소문은 치명적인 결과를 불러왔다. "몸 팔다가 돌아온 게야!" 어떤 사람은 고개를 돌렸고 "더러워. 화인군 놈들의 정액받이를 한 게 어떻게 감히." 어떤 사람은 침을 뱉었다. 소문은 삽시간에 퍼져서 읍내까지 번졌다. "동네 창피해 고개를 쳐들고 나갈 수가 있나 원!" 읍내가 친정인 올케언니가 대놓고 볼멘소리를 날렸다. 심지어 학교 다니는 조카들이 점순이와 말을 섞는 것조차 금지했다. 착실하던 오빠가 술을 자주 마시게 된 것은 그다음부터였다.

부모처럼 뜨거웠던 오빠의 속정도 한번 무너지자 속절없었다. 술만 먹으면 점순이의 머리끄덩이를 붙잡고 조리를 돌렸다. "네년이 나를 망치려고 왔지!" 주먹질도 서슴없이 했고, "이 더러운 년아, 양잿물이라도 마시고 콱 뒈질 일이지 무슨 낯짝으로 살아왔냐!" 하면서 발길질도 멈추지 않았다. 목을 맨 적도 있고 물에 뛰어든 적도 있었지만 죽는 것조차 매양 뜻대로 되지 않았다. 점순이는 결국 맨몸뚱어리로 고향을 떠나고 말았다.

곰배팔이를 만난 건 그러고도 여러 해 지난 다음이었다. 뼈 빠지게 일해서 먹여 살릴지라도 남정네가 있는 게 낫다고 점순이는 생각했다. 아이가 생기지 않는다는 곰배팔이의 타박이 심해지지만 않았다면 그럭저럭 어수선한 세월을 계속 견디었을 터였다. 아니 아이가 생기지 않는다는 타박보다 더 심각한 문제는, 언제부터인가 점순이가 가끔 사지를 버르적거리며 죽어 넘어가는 일이 생긴 데 있었다. 유신헌법에 따른 박통 대통령의 장기집권 프로그램이 막 진행되고 있을 무렵이었다.

처음엔 당연히 간질인 줄 알았다. 발작은 금방 잦아들었다. 점순이는 다시 일하러 다녔고 곰배팔이는 그녀가 벌어오는 돈으로 술을 먹었다. 그때까지만 해도 돈을 더 달라고 쌍욕을 하거나 살림을 부수는 정도였다. 오빠처럼 때리는 일은 없었다. 천성이 악독한 사람은 아니었다. 문제가 생긴 건 점순이가 세 번째로 발작을 일으켜 넘어졌을 때였다. 사람들이 점순이를 큰 병원으로 데려갔는데, 보호자라며 찾아온 곰배팔이에게 의사가 이렇게 말했던 것이었다.

"간질이 아니고요, 정확히 설명하자면 이 발작은 매독균 때문에 일어나는 거예요. 매독 아시지요? 한때는 발진이나 피부 궤양 같은 증상이 있었을 거예요. 그때 내버려두었든지 치료하다가 말았든지, 암튼 긴 잠복기를 거치며 이것이 뇌까지 침투한 걸로 보여요. 이 정도가 됐다 하면 오랜 세월이 지났을 텐데요, 솔직히 치료는 장담 못해요."

청천벽력이었다. 곰배팔이의 손찌검이 시작된 게 그때부터였다. 손찌검이 습관적으로 진행되기까진 채 일 년이 걸리지 않았다. 술을 마셨을 때나 안 마셨을 때나 곰배팔이는 점순이를 때렸다. "걸레 같은 년!" 그 말이 제일 치욕스러웠다. 곰배팔이가 점순을 버리지 않는 건 오로지 그녀가 벌어오는 돈 때문이었다. 학대는 끔찍했다. 더러운 걸 닦아내야 한다면서 국부에 걸레를 집어넣은 일도 있었고 소독한다면서 강제로 머큐롬

516

을 쏟아부은 적도 있었다.

혼인한 사이도 아니라 눈에 보이지 않으면 그만인 관계였다. 도망을 치기도 했다. 그러나 곰배팔이는 생각보다 용의주도한 인간이었다. 도망치고 나서 얼마 가지 않아 추적해 온 곰배팔이에게 붙잡혀 다시 끌려온 것도 한두 번이 아니었다. 곰배팔이를 벗어나려면 죽는 수밖에 없었다. 술에 취한 곰배팔이가 대로를 건너오다가 모래를 실은 트럭에 치여 즉사한 것은 목매 죽을 생각으로 셔츠를 찢어 끈을 만들던 날 한밤중이었다.

곰배팔이의 장례를 치른 후 점순이는 처음으로 화인국 대사관 앞으로 갔다. 무슨 일을 도모하고자 간 것도 아니었다. 그냥 미친 듯 걷다보니 그곳, 화인국 대사관이 나왔다. 화인국 깃발이 나부끼고 있었다. 화인국 대사관이라는 간판을 보자 갑자기 피가 거꾸로 곤두섰다.

마침 점심시간 직후였다. 점심을 먹고 돌아오는 직원들이 초라한 행색의 점순이를 힐끗힐끗 돌아보며 대사관 안으로 들어가고 있었다. 하나같이 잘 차려입은 건강한 얼굴들이었다. 수많은 화인군인들 모습이 그 장면에 오버랩되었다. 경비경찰이 화인국 대사관 직원들에게 거수경례를 척척 붙이는 걸 점순이는 보았다. 경례를 붙이는 젊은 경찰은 모두 수로인이었다. 점순이는 그 광경을 도무지 이해할 수가 없었다.

물론 점순이라고 모르는 건 아니었다. 화인국은 오래전에 이 땅에서 물러났고 수로국은 어엿한 독립국가가 되었다. 삼억 불의 보상금과 삼억 불의 차관을 들여오는 조건으로 화인국과 수로국 사이에 외교협정이 맺어진 건 오래전이었다. 침략 사실은 물론 전쟁 범죄에 따른 어떤 사죄나 보상도 없는 협정이었다. 시위가 벌어졌으나 그 당시 박통 정부는 눈 하나 깜짝하지 않았다. 위안부라는 말을 꺼내는 관리도 전혀 없었다. 화인국 음식점이 다투어 생겼고 화인국 껌과 화인국 기계들이 쏟아져 들어왔고 화인국 술집도 속속 들어섰다. 화인국의 모든 걸 사람들은 선진문화라며 선망했으며 박통 정부가 앞장서 그것을 도왔다. 화인국이 지배하던 시절을 모두 잊어버린 것 같았다. 점순이로선 한 번도 상상해보지 않은 이상하고 이상한 '새 세상'이었다.

점순이가 현관으로 다가오던 화인국 대사관의 젊은 남자 직원 소맷부리를 잡은 건 발작적이었다. 무엇을 하려는지 그녀

자신조차 알지 못했다. 그저 누군가를 붙잡고 소리쳐 말하고 싶은 욕망이 그녀를 발작적으로 밀어낸 것이었다. 주체할 수 없을 만큼 강력한 욕망이었다. "나는……" 점순은 젊은 직원의 소맷부리를 앙세게 붙잡고 말했다. "나는…… 위안부였어요!" 부지불식간에 내뱉어진 비명과 같은 말이었다. 대사관의 남자 직원이 손을 뿌리쳤고 점순은 가로에 쓰러졌으며 경비경찰들이 재빨리 달려들었다.

두 팔을 결박하듯 붙잡은 경찰이 점순이를 질질 끌고 갔다. 행인들은 영문을 몰라 멈춰 섰고, 화인국 대사관 직원은 히죽 웃고 있었다. 점순이를 미친 여자로 생각하는 눈치였다. 점심 시간이 막 끝나가는 시점이었다. 잘 빼입은 행인들은 손에 손에 음료를 들고 있었다. 점순이가 끌려가면서 한 번 더 소리쳤다.

"나는…… 화인국이 강제동원한…… 위안부였어요!"

피맺힌 목소리였으나 불행하게도 그녀의 말을 제대로 알아 듣는 사람은 거의 없었다. "뭐래는 거야, 저 여자?" 둘러선 행인 중 누가 중얼거렸고, "잘 모르겠어. 위안부였다는데, 위안부가 뭐야?" 누군가 반문했고, "작부 같은 게 아닐까?" 누군가 대답했고, "뻔뻔하게, 위안부라고 스스로 나서 광고를 하다니." 또 누구는 바닥에 침을 탁 뱉었다.

점순이는 일주일이나 구류를 살고 나왔다. 그러나 이미 발화된 가슴속 불길은 꺼지지 않았다. 얼마 후 점순이는 다시 화인국 대사관 앞으로 갔다. 이번엔 각목에 판자를 대고 못을 박아 만든 팻말을 들고서였다. 소리쳐 말할 기운도 없었다. 그녀는 팻말을 든 채 대사관 맞은편 인도에 섰다. 팻말에 검은 매직으로 꾹꾹 눌러쓴 건 단지 '나는 화인국이 강제동원한 위안부였어요!' 그것뿐이었다.

두 번째는 집시법에 따라 감옥에 수감되었다.

남의 나라 대사관 앞에서의 시위는 엄격히 금지되어 있었다. "이봐요, 아줌마. 위안부가 무슨 자랑이라고 그걸 광고하고 다녀요!" 어떤 형사는 충고했고 "위안부였으니까 뭐? 훈장이라도 달라고?" 어떤 형사는 혀를 찼다. 그렇지만 감옥에 가두어도 소용없었다. 위안부가 무엇이었는지도 모르는 사람이 더 많은 세상을 점순이는 도대체 이해할 수가 없었다. 아버지 어머니 언니 오빠 이모 고모 사촌 오촌들이 하나같이 자신을 혐오

하는 태도도 그랬다. 스스로 선택해 위안부가 된 것이 아니었다. 변변히 대가를 받은 적도 없었다. 최소한 아버지 어머니라면, 최소한 언니 오빠 이모 고모 사촌 오촌이라면, 아니 최소한 수로국인이라면 위안부가 무엇인지는 알아야 한다는 게 점순이의 생각이었다.

수시로 감옥을 드나드는 사이 정권이 바뀌었고, 정권이 바뀐 다음에도 점순이는 감옥에서 풀려 나오면 곧장 다시 팻말을 만들어 들고 화인국 대사관 앞으로 갔다. 그러나 여전히 신문에는 한 줄의 기사도 나지 않았으며, 많은 사람들은 여전히 위안부가 무엇인지도 잘 몰랐다. 세상과 말이 통하지 않는다는 사실 때문에 미칠 지경이 되었다. 그녀는 고독하고 고독했다. 하다 하다 사이다 병에 석유를 담아들고 간 건 절상의 그 고독감 때문이었다. 몸에 불을 질러 죽어서라도 위안부가 무엇인지 사람들에게 알리고 싶은 마음뿐이었다.

점순이는 제 몸에 불을 질렀다.

죽지는 않았다. 몸의 반쪽 일부는 불에 그슬렸으나 반은 멀쩡한 상태로 점순은 깨어났다. 머리에 석유 병을 쏟아붓는 순간 인도와 차도 사이의 경계에 걸려 쓰러진 것이 불행 중 다행이었다. 석유는 당연히 몸의 오른쪽만을 집중적으로 적셨다. 경비경찰이 소화전을 재빨리 가지고 나온 것도 도움이 됐다. 불길은 정수리부터 얼굴 오른쪽과 어깨, 팔, 허리춤 일부를 태우고 꺼졌다. 그로테스크한 형국이었다.

유리가 병원에서 받은 주소를 들고 물어물어 간신히 그 여자의 오두막에 찾아갔을 때, 제일 먼저 맞아준 것은 고양이 한 마리였다. 오두막 앞 뽕나무 그늘에 앉아 있던 고양이가 유리를 보자 대뜸 날을 세웠다. 혼자 사는 제 주인을 지키려는 듯한 그 의지가 가상했다. "이놈아, 나 나쁜 사람 아니다!" 유리는 말했다. 갈색에 흰점이 드문드문 박힌 고양이였다.

점순이는 불도 안 켠 방에 혼자 누워 있었다.

마을 사람들은 모두 점순이를 잘 알고 있었다. 그곳에서 넝마를 주워 팔며 생계를 꾸려온 게 여러 해째라고 했다. 보통 사람들이 모여 사는 비교적 온후한 동네였다. "표정으로만 보면야, 우리 동네에서 제일 행복한 사람이 그 여자였을걸!" 어떤 가게 주인은 말했다. 리어카를 끌고 다니며 누구를 만나든 "안

넝하세요!" 큰 소리로 인사하던 점순이의 모습을 모르는 사람
은 없었다. 어린 학생과 마주쳐도 "안녕하세요!" 먼저 소리쳐
인사하는 게 점순이였다. 사람들은 그녀를 '안녕아줌마'라고들
불렀다. 무거운 짐이 있으면 들어주고 허리 꼬부라진 노인은
팔을 잡아주었으며 바쁘게 돌아가는 가겟집을 지날 때면 아예
종업원처럼 굴었다. 오로지 밝고 순한 여자였다고 마을 사람들
은 그녀를 기억했다.

그러나 병원에서 나온 점순이는 예전의 그녀가 아니었다. 죽
기로 작정한 귀가였다. 마을 사람들은 대부분 점순이가 집으로
돌아온지도 모르고 있었다. 마을과 떨어진 외딴집에 살았기 때
문이기도 했고, 더 이상 그녀가 나돌아다닐 형편도 아니었기
때문이었다. 유리가 찾아갔을 때도 그녀는 여전히 혼절한 듯
누워 있었다.

점순이는 물론 유리를 받아들이지 않았다.

만주나 대지국에서 만났던 위안부 이야기를 해도 묵묵부답
이었다. 듣거나 말거나 유리는 만주 이야기와 대지국 이야기와
풍류국 이야기를 했다. 자신이 평생 떠돌며 살아온 길에 대한

이야기였다. 거동조차 어려운 점순이로선 유리를 강제로 쫓아낼 길도 없었다.

찾아간 날부터 유리는 마당을 치우고 고양이를 돌보고 그 여자, 점순의 일상을 도왔다. 위안부 출신 여자들만 모여 살던 무이산 도원동 이야기를 할 때 그녀가 처음으로 고개를 돌리고 울었다. 그때까지 유리는 그녀의 얼굴을 제대로 본 적이 없었다. 그녀는 항상 얼굴을 보자기로 싸매고 있었다. 일주일이 그렇게 지나갔다.

숲에 둘러싸인 외딴집이었다. 유리는 뽕나무 밑에 박스들을 여러 겹 깔고 잤다. 마당 한편엔 온갖 잡동사니들이 쌓여 있었다. 비닐을 대충 얽어매자 텐트 형국이 되었다. 노숙이라면 이골이 난 상태였다. 점순은 거의 몸을 움직이지 못했다. 누운 채 똥을 싸 뭉개놓은 일도 있었다. 몸부림을 치며 그녀는 거부했으나 유리는 개의하지 않았다. 어차피 넘어가야 할 단계라고 유리는 생각했다. 몸부림치는 여자를 억지로 안아 뉘고 유리는 그 뒤처리를 꼼꼼히 해주었다.

화상의 후유증 이외에도 지병이 있는 눈치였다. 그러나 마음을 열지 않으니 상태를 물어볼 수도 없었다. 낮에는 그녀 대신 마을을 돌며 폐지나 빈병들을 모아왔고 때가 오면 돌아와 그녀에게 먹을 걸 가져다주었다. 목에 입은 화상 때문에 그녀는 사실 밥도 잘 먹지 못했다. 말소리에도 헛바람이 섞여 나와 신경을 써 들어야 비로소 그 뜻이 전달되는 형편이었다.

"나한테…… 왜…… 이러는지 모르지만…… 나를 놔두고 제발…… 그냥…… 가세요……" 점순이가 바람 새는 소리로 말하면, "다른 뜻은 전혀 없소. 일찍이 내 누이 하나도 위안부로 끌려가 살아 돌아오지 못했은즉, 그 누이를 돌보려는 마음과 매한가지요. 때늦은 신문기사를 보고는 저절로 발길이 이곳으로 향합디다. 나도 뭐 집도 절도 없는 신세고 하니." 유리는 정성껏 설명했다. 진실이 통하는 데는 시간이 필요하다는 걸 유리는 알고 있었다.

소문이 금방 마을에 퍼졌다. 안녕아줌마 점순이에게 남자가 생겼다는 식의 소문이었다. 저절로 난 소문이니 거두어들일 방도도 없었다. 이장이 찾아오기도 했다. 유리는 이장과 여러 이야기를 나누었다. 이장은 점순이가 대사관 앞에서 저지른 사건을 대강 아는 눈치였다. "나라에서도 나 몰라라 하는 참에, 정말 좋은 일 하시는 거요. 부디 떠나지 마시구려." 이장은 말했다. 징용에 다녀온 경력이 있는 사람이었고 사려가 깊은 사람이었다.

점순이가 유리에게 마음의 빗장을 풀어 보인 것은 그러고도 며칠 후였다. 위안부 출신만 모여 살던 무이산 도원동 이야기가 매개 역할을 했다. 무이산에 대해 말하자 그녀가 갑자기 오열을 시작한 것이었다. "지난번…… 처음…… 무이산 이야기를 할 때…… 그때 이미 알아보았지요. 옛날…… 그 마을로…… 그러니까 임신해서 쫓겨났던…… 막내를 찾아왔던 사람이라는 것을요." 점순이는 고백했고, 유리는 놀라서 한참이나 벌린 입을 다물지 못했다. 점순이가 지칭한 '막내'는 붉은댕기였다. 오랜 세월이 지났으나 유리는 여전히 그곳에서의 모든 일을 똑똑히 기억하고 있었다.

'그런 손금을 가진 애가 있었지요' 하고 처음 고백하던 순간, 무이산 마을의 그 여자-엄마였던 점순이 얼굴엔 회한이 가득했었다고 유리는 기억했다. 붉은댕기가 그렸다는 그림을 꺼내주면서 점순이는 그때 엄마 입장이 되어 울었다. 어찌 그걸 잊을 수 있겠는가. '그 애를 꼭 찾으세요' 하던, '내 잘못이 커요.

임신한 몸으로…… 가는 길에 그 애가 죽었다면 모두 내 잘못이에요……' 하던 여자가 바로 점순이었다.

"나를 두고…… 그냥 떠나시라고…… 계속 모르는 척했던 거예요." 점순이는 말했다. 뜨거운 감회가 가슴을 적셨다. 유리가 사막의 이야기, 모래언덕에서 아기를 낳고 죽은 붉은댕기 이야기, 큰마님의 이야기, 수천 명이 거의 몰살당한 유사현의 이야기, 사은의 이야기를 했다. 밤을 새워도 끝나지 않는 긴 이야기였다. "그 아이…… 막내가 낳은 아이가 살아있다니." 점순은 울었고, "어미를 닮아 애가 얼마나 야무진지……" 사은이가 그리워 유리의 목소리에도 물기가 묻어났다.

유리는 그날부터 방 안으로 잠자리를 옮겼다.

피부의 표피층 밑에는 모낭과 땀샘이 자리 잡고 있으며 더 밑으로 내려가면 혈관 림프관 신경 등이 지나는 지피층이 나왔다. 화상이 제일 깊은 곳은 머리와 얼굴 어깨 부위였다. 피부이식을 해야 할 일이나 점순은 세차게 고개를 저었다. "어차피…… 다른 병들도 깊어…… 나는 얼마 못 살아요." 그 때문에 입원한 병원에서도 도망치듯 뛰쳐나온 것이었다. 충분히 동의 할 수 있는 고백이었다. 그녀의 지병은 신부전증이었다. 심한 화상은 당연히 면역력을 저하시켜 신장의 기능을 급속히 떨어뜨리게 마련이었고, 신부전증은 그래서 더욱더 돌이킬 수 없도록 깊어졌다. 사실상 살릴 방법이 전무한 형편이었다.

점순이의 모습은 아주 괴이했다. "나…… 괴물 같지요?" 처음으로 얼굴을 가린 보자기를 풀어 보이며 점순은 말했다. 그러면서도 그녀는 웃고 있었다. 코를 중심으로 반면만 타버린 얼굴과 머리가 제일 끔찍했다. 아직도 진물이 나고 있었다. "살이 썩고 있어요." 피부가 괴사하면 체내의 열이 급속도로 빠져나가게 마련이었다. 그녀는 자주 저체온증을 겪었고 오줌을 잘 싸지 못했으며 파상풍까지 앓았다. 의사는 진통제와 이뇨제만을 처방해주었다. "매일 드레싱을 해 주세요." 의사가 일러주었다. 경찰이 가끔 와서 점순이의 상태를 살피고 갔다. 그녀는 여전히 형 집행정지 상태였다.

똥오줌의 뒤처리는 물론 하루에 두 번은 꼭 드레싱을 했다. 상처 부위를 깨끗이 씻어낸 뒤 소독을 한 다음 항균거즈를 덮고 나서 습윤을 위한 나머지 조치를 보태는 일이었다. 살이 썩는 냄새는 더 진해졌다. 화상은 구토증을 유발하기 때문에 그녀는 자주 먹은 걸 게워 냈으며, 그래서 방 안은 언제나 부식의 냄새로 가득 차 있었다. "냄새가 날 텐데…… 차라리…… 밖에서 자지 그래요, 미스터 유리." 그녀가 말했고, 유리는 웃으며 고개를 저었다. "대지국을 떠돌 때 시체들과 함께 지낸 날이 하도 많아서 아예 냄새를 못 맡게 됐소. 내 코는 머저리 바보 병신이오." "거짓말!" "거짓말 못하는 게 내 유일한 단점인데." 그럴 때면 둘이 마주보고 웃었다. 태생이 밝은 여자였다. 통증이 심할 때에도 점순은 눈만 마주치면 순하게 웃었다.

오두막에 찾아오고 거의 두 달이 가까워지고 있었다.

더러 마을 사람들이 먹을 걸 가져다주기도 했다. 사정을 알고 있는 이장은 특히 각별한 관심을 쏟았다. 유리의 이력을 듣고 나서 손을 맞잡고 피차 눈시울을 붉힌 적도 있었다. 징용에 끌려가 고생한 이야기를 듣기도 했다. 이장은 스무 살 때 끌려가 탄광 막장에서 일하다가 해방을 맞은 사람이었다. "거길 지날 때면 나도 그곳, 대사관에다가 매번 불을 싸지르고 싶었소." 점순이가 듣지 않게 이장은 목소리를 낮춰 고백했다.

한쪽 눈은 일그러져 실명 상태였으나 한쪽 눈이 살아있어 다행이었다. 바로 눈물점이 있는 눈이었다. 유리는 점순이의 눈을 들여다보는 것이 참 좋았다. 붉은댕기를 닮은 눈이었다. 쌍꺼풀은 없었고 속눈썹은 아직도 긴 편이었으며 눈동자는 속세를 떠난 듯 맑았다. 잔주름이 자글자글한데도 그 속에서 그처럼 맑은 눈을 간직해두고 있다는 게 신기할 정도였다. "그런 험한 세상을 지나오면서 여태껏 어떻게 그 속눈썹을 지키셨소?" 유리는 묻고, "위안부 하는 일, 속눈썹하곤 관계없어 그런가……" 점순이는 흐흣, 웃었다. "속눈썹만이 아니라, 그 나이에 이만큼 맑고 예쁜 눈은 처음 보오. 눈은 영혼이라던데, 악독한 세상도 그대의 영혼엔 생채기 하나 내지 못한 거지." 성한 곳은 그 눈이 있는 얼굴의 반면뿐이었다.

화상은 머리꼭대기에서 콧잔등을 거쳐 턱 아래까지 유연한 곡선을 이루고 있었다. "내가 어떻게 보이나요, 미스터 유리?" 점순이가 먼저 물었다. "나 미스터 유리에겐, 그대의 얼굴이 태극기로 보이는데." 유리는 밝은 목소리로 대답했다. "태극기라니?" "보구려!" 유리는 쪽거울을 대주었다. "그 화상자국이…… 얼굴에 영락없이 태극기를 그려놓은 꼴이잖소" "정말이네!" 점순이는 또 흐흣, 웃었다. "그럼 나, 점순이, 애국자네요?" "그렇고말고. 상 애국자지!" 두 사람은 한참이나 낄낄거렸다. 얼룩고양이가 두 사람을 보고 있었다.

원래 산에 살던 길고양이였는데 밥을 챙겨주고 하다가 유일한 식구가 됐다고 점순이는 설명했다. 영특한 녀석이었다. 드레싱을 할 때면 손에 닿지 않는 곳에 있는 거즈를 앞발로 쓱 밀어주는 경우도 있었다. "고맙다, 설리야!" 유리는 말했다. 설리_{雪里}는 점순이의 고향 이름이었다. 바닷가지만 눈이 많이 내리는지라 붙여진 이름이라 했다. "눈이 어떻게 많이 오는지, 쌓인 눈 때문에 문이 열리지 않을 때도 있어요. 경치로 봐도 뭐 무이산보다 못할 게 없는 곳이지요." 고향 이야기를 할 때마다 점순은 아득히 먼 데를 보았다.

구장어른 이웃집에 살았다고 했다. 점순보다 한 살 위인 구장 아들 영철은 키가 크고 어깨가 실팍했다. 애들이 짓궂은 장난을 할 때마다 영철은 항상 점순이를 보호해주었다. "눈이 아무리 많이 와도 그 오라버니와 우리 집 사이엔 늘 길이 나 있었어요. 오라버니가 그 길 먼저 다 치우거든요." 영철과 고향이야기만 나오면 밤을 새워야 했다. 이야기가 끝나지 않기 때문이었다.

영철과 점순네 사이에는 흙담이 있었다. 그 담벼락에 주먹이 들락거릴 만한 구멍을 낸 건 영철이었다. 영철이가 감이나 다른 과일을 그 구멍에 넣어준 적이 있었고 점순이가 답례로 어른들 몰래 누룽지를 그 구멍에 넣어준 적도 있었다. 종이를 말아 구멍에 끼워놓고 입과 귀를 대고 전화하듯이 한참씩 귀엣말을 나누기도 했다. "내가 스무 살이 되면 이따위 담벼락 구멍은 필요 없게 될 거야." "무슨 말이야, 오라버니?" "이 바보, 그것도 몰라? 네가 내게 시집을 와봐. 우린 함께 살 텐데 이런 게 왜 필요하겠어?" "시집은 무슨." "다른 애들도 다 그리 생각하고 있어. 나한테 시집오면 너는 애를 열하나쯤 낳아야 할 거야. 축구단을 만들 거거든." "몰라. 축구단 만들려고 시집가진 않을 거야, 나는." 그런 식의 대화였다. 그런 날은 가슴이 두근거려 매번 밤새도록 잠이 오지 않았다.

점순이가 고향을 떠난 건 열여섯 살 때였다. "언니가 먼저 가 있으니까 걱정 붙들어 매라." 토방 아래에서 고무신을 고쳐 신는 점순에게 아버지가 헛, 헛기침을 쏟아놓고 말했다. 연년생 언니가 방직공장으로 떠난 건 지난해 가을이었다. 구장어른이 처녀들과 총각들을 모아 이십 리 밖 읍내 정거장까지 호위해 데려가는 일이 그동안에도 종종 있었다. 신원확인 절차를 밟을 때면 여러 마을에서 나온 사람들로 정거장 앞 지서는 온통 북새통을 이루었다. 타야 할 기차는 새카만 화물칸이었다.

점순은 구장어른을 따라 걸어 나왔던 그날의 산굽잇길을 언제나 잊을 수가 없었다. 동네를 돌아다보며 우는 친구도 있었지만 점순은 이십 리 산길을 걷는 내내 가슴이 설렜다. 영철이가 함께 가기 때문이었다. "어쩌면 우리, 같은 공장에 있게 될지도 몰라." 영철은 말했다. "뭐 같은 공장이 아니라도 그렇지, 너도 쉬고 나도 쉬는 날 시간 약속해 만나면 돼. 월급 받으면 네 시계부터 사줄게." 황홀한 말이었다. 영철과 함께라면 지옥이라도 못 갈 것이 없었다. "약속 맞추려면 오라버니도 시계가 있어야겠지. 그건 내가." 점순이도 짝 맞춰 대답했다. 몸단장을 하고 영철을 만나러 가는 상상으로 눈앞이 어릿어릿할 지경이었다.

때마침 봄이었다. 읍내로 나가는 굽잇길엔 봄꽃들이 지천으로 피어 있었다. "요건 개별꽃이고 저건 제비꽃이야." 영철은 모르는 게 없었다. 시냇물 소리가 노랫소리 같았다. "저기 좀 봐!" 영철이가 손가락질을 했다. 구불구불한 산길 너머 동구에 몰려나와 오보록이 모여선 어른들의 모습이 장난감처럼 보였다. 바다는 새파랬다. 허리 꾸부정한 아버지 어머니가 손을 내젓고 있었다. "우리 한번 불러보자." 영철이 말했고, 점순은 손나팔을 했다. "아버지이! 엄마아!" 그것이 살아서 본 아버지 어머니의 마지막 모습이었다.

"그 뒤로 영철이는?" 유리가 물었다. "가는 길 중간의 큰 역에 기차가 섰을 때 순사들이 왔어요. 남자들은 여자들과 가는 길이 다르다면서." 예상하지 못했던 이별이었다. 영철도 그런 줄 미리 몰랐던 것 같았다. 차마 발길이 떨어지지 않는지 플랫폼에 내려 직수굿이 서 있던 영철의 등을 순사가 거칠게 밀었다. "오라버니!" 기차 속에서 점순이가 불렀고, 플랫폼에 쓰러진 영철이가 고개를 돌리고 소리쳤다. "설날에 고향집으로 꼭 와. 우리, 그때 만나면 되는 거야!" 그러나 영철은 다시 볼 수 없었다. 설이 오고 추석이 오고 또 설날이 되고 추석날이 되어도 고향집으로 갈 수 없었기 때문이었다.

점순은 일남삼녀 중 둘째였다. 구장어른은 언니가 다니는 방직공장에 갈 거라고 말했지만 점순이는 언니가 있다는 도시의 정거장은 보지도 못했다. 태평양 전쟁이 시작될 무렵이었다. 기차를 바꿔 타고 이틀인가 사흘인가 더 간 뒤에 도착한 곳은 만주 어디였다. 구장어른이 읍내 지서로 데려가고 지서 순경이 기차를 태워 보내면 현지의 군인이나 군속이 그들을 인수하는 식이었다. 점순이는 그곳이 만주인지도 몰랐다고 했다. 언니가 있는 방직공장으로 가는 줄로만 알고 있었다. "지금도 처음 도착한 그곳이 어디인지…… 정확히 몰라요. 군인들이 엄청 많은 곳이었어요. 기차에서 내렸더니…… 순사와 군인이 와서 곧장 어디론가 데려갔는데…… 어느 구락부였어요, 군부대에 딸린. 한번 들어가면 부대 밖으로 나올 기회가 없는 곳이에요."

점순은 삼 년 동안 위안부로 그곳에 있었다.

끝없이 새로운 부대가 오고 며칠 있으면 그 부대가 가고 또 새로운 부대가 오는 정거장 노릇을 하는 주둔지였다. 전방에서 부상당한 군인들이 후송되던 중 머물고 가는 경우도 있었다. 팔다리가 없는 군인을 상대하는 날도 많았다. 정신이 돈 부상 병이 위안부를 칼로 난자해 죽인 일도 있었지만 그걸 문제 삼는 사람은 없었다. 칼에 찔려 죽은 위안부는 점순이와 가장 친하게 지냈던 여자였다. 그곳에서 점순은 '사유리'라고 불렸다. 작은 백합이란 뜻이었다.

부대가 다급히 떠나야 하는 상황이 오면 위안소 여자의 방들 앞에 병사들이 길게 줄을 서곤 했다. 눈이 퀭한 먼지투성이 젊은 군인들이었다. 피 냄새가 났다. 울기만 하다가 시간에 쫓겨 끌려 나가는 군인도 있었고, 방에 들어오자마자 사랑한다고 소리치는 군인, 고향에 두고 온 누이가 생각난다면서 멍하니 앉아 있다 나가는 군인, 다짜고짜 '천황폐하만세!'라고 외치는 군인도 있었고, 국부에 라이터를 켜대는 미친 군인도 있었다. 살아 돌아오는 군인보다 죽어 버려지는 군인이 많았던 시절이었다.

위안소가 딸린 부대의 지휘관은 볼 일을 보고 방을 나가는 군인들의 등에 대고 언제나 '천황폐하를 위해 멋지게 죽어주세요!'라고 인사하라고 시켰다. 위안부들은 앵무새처럼 소리쳤다. '천황폐하를 위해 멋지게 죽어주세요!'에 대한 반응은 각양각색이었다. 어떤 군인은 떠나면서 울었고, 어떤 군인은 뒤돌아서 만세를 불렀고, 어떤 군인은 그 말에 머리꼭지가 돌아버리기도 했다. 점순이와 친했던 위안부가 칼에 찔려 죽은 것도 그 인사말 때문이었다.

오고가는 부대가 많을 때엔 하루에 서른 명이 넘는 군인을 상대하기도 했다. 위안부의 방에 들어오면서 '돌격!' 하고 외치는 군인들도 있었다. 부대에서 나누어 주는 콘돔의 이름도 '돌격'이었다. 밥을 먹는 일, 똥을 싸는 일, 심지어 잠자리에 드는 일도 그들에겐 돌격이었다. '천황폐하를 위해 멋지게 죽어주세요!'에 대한 최상의 대답도 당연히 '돌격!'이었다.

밑바닥 군인들의 신세는 위안부들과 크게 다를 게 없었다. 그들은 굶주렸고 소모품이었으며 언제나 죽음의 공포에 사로잡혀 있었다. 어떤 화인군은 점순이의 귀에 대고 말했다. "너희가 똥간이라면 우리는 구더기, 너희가 걸레라면 우린 버러지야. 걸레가 나은가, 버러지가 나은가?" 걸레가 되는 것, 버러지가 되는 것이 모두 천황폐하를 위해서였다.

"언제나 군인들만 상대한 건 아니었어요." 오가는 부대가 없는 날의 주둔군 병영은 고요했다. 사나흘이나 그런 날이 계속될 때도 있었다. 그렇다고 쉴 수 있는 건 아니었다. 주둔하는 군인들의 빨래와 청소가 위안부들 차지였고 성병 검사를 받거나 응급간호술을 배웠으며 총검술도 익혔다. "천황폐하를 위해 죽는 것보다 더 큰 영광은 없다!" 지휘관은 군도를 들고 외쳤다. 차라리 군인들의 정액을 받아내는 일이 더 낫다고 말하는 위안부도 있었다.

위안소 관리인이 수로인인 경우도 많았다. 당꼬바지를 입고 옆구리에 칼을 찼다고 다 화인국인인 건 아니었다. 처녀사냥꾼이라고 찍힌 인간들 중에도 수로인도 많았고 포주 역시 그러했다. 점순이가 겪은 가장 악독한 관리인은 헌병대 소속 수로인이었는데, 그 밑에서 포주 노릇을 하던 여자는 바로 그자의 아내였다. 군인들이 다녀가면 점호를 한다면서 부부가 꼭 방검사를 했다. 불쌍하다고 군표나 기타 기념품을 주고 가는 군인들이 더러 있었기 때문이었다. 돈이든 군표든 기념품이든 무조건 압수였다. "군인들의 것은 모두 천황폐하의 것이야. 우리가 모아서 폐하에게 다시 바칠 테니 그리 알아!" 관리인은 말했다.

그자가 관리를 맡았던 반년은 정말 혹독했다. 위안소 관리를 맡고 나서 그자가 처음 한 일은 위안부들에게도 가짜 계급장을 달게 한 것이었다. 빨강 바탕에 금줄이 세 개 쳐진 표식을 찬 위안부가 제일 위의 서열이었다. 그 밑으로 금줄이 두 개인 위안부, 금줄이 한 개인 위안부, 금줄이 없는 위안부가 적당히 나뉘어 소속됐다. 조에서 문제가 생기면 연대책임을 져야 한다고 했다. 서로를 감시하고 서로를 물어뜯고 서로를 증오하도록 만드는 관리방법이었다.

도망치려고 철조망을 넘다 붙잡힌 위안부가 있었다.

정거장에서 거금의 선금을 준다는 말에 속아 얼결에 들어온 열일곱 소녀였다. 먼 곳에서 온 소녀도 아니었다. 강 건너편 산비탈 마을이 소녀의 고향이었다. 정거장에서 받은 선금은 위안소로 들어온 뒤 즉각 압수됐다. 소녀는 보일 듯한 제 집으로도 돌아갈 수 없었고 빼앗긴 선금을 돌려받을 수도 없었다. 길이 낯설지 않을 터, 철조망만 넘으면 집까지 못 갈 것도 없다고 소녀는 생각했다. 결과는 그러나 끔찍했다. 붙잡혀 온 소녀의 처벌을 동료들에게 맡긴 것이었다. 이른바 멍석말림이었다.

가마니때기에 소녀의 몸이 돌돌 말렸다. "자, 실시!" 당꼬바지에 헌병들이 쓰는 모자를 쓴 관리인은 명령했다. "도망은 천황폐하에 대한 반역이니 연대책임이 당연하다. 계급순대로 실시한다!" 화인군들이 둘러선 채 흥미롭게 그 광경을 보고 있었다. 위안부들은 시늉으로 가마니때기에 고치처럼 말린 소녀를 향해 몽둥이를 내려쳤다. "이것들이 지금!" 관리인은 즉각 불같이 화를 냈다. "더 힘껏, 죽을힘을 다해서 치란 말야! 이렇게!"
관리인이 먼저 시범을 보였다.

소녀의 비명 때문에 관리인은 자못 흥이 오르는 눈치였다.
"멍석말림은 수로인 고유의 문화야. 화인군 애들이 보고 있잖
아! 너희들 전통문화를 보여줘. 더 세게, 모범적으로, 천황폐하
를 지킨다는 각오로 쳐! 다시 실시!" 군도를 빼들고 설치는 판
이라 다른 길이 없었다. 금줄이 세 개인 위안부가 공포에 질려
힘껏 몽둥이질을 했고 금줄이 두 개, 금줄이 한 개인 위안부가
뒤를 이었다. "더! 더 세게! 더! 더!" 성에 차지 않으면 관리인
의 군홧발이 즉시 몽둥이질을 한 위안부에게 날아갔다. 가마니
에 말린 소녀는 들어온 지 얼마 되지 않아 아직 금줄도 없었다.
몽둥이질은 소녀가 비명도 지르지 못하게 된 상태에서도 한참
이나 더 지속됐다.

멍석말림을 당한 소녀가 결국 숨을 거두어 제 집이 보이는
철조망 아래 매장되었다. 비극은 그러나 그것으로 끝난 것이
아니었다. 이틀 후 소녀에게 제일 먼저 몽둥이질을 해야 했던
금줄 세 개인 위안부가 목을 매 죽은 것이었다. 자신이 소녀를
죽였다는 가책을 견디지 못해 벌어진 일이었다.

헌병대에 소속된 대위는 헌칠한 체격에 얼굴이 단아한 사람이었다. 헌병대 대위는 부대 안에 독립된 숙소가 있었다. 어느 날 불러서 갔더니 점순이가 꼭 본토에 두고 나온 자신의 아내를 닮았다면서 그날부터 제 숙소에 머물라고 했다. 낮에는 빨래를 하거나 청소를 하고 밤에는 대위의 몸시중을 드는 일이었다. 헌병들의 세도는 특별했으므로 다른 군인을 받는 일은 당연히 제외됐다.

점순은 그 헌병 대위를 위해 따로 성병 검사를 정밀히 받았고, 따로 수술에 들어갔다. "너를 위해서야!" 대위는 말했다. 난관을 묶어 영원히 임신할 수 없도록 하는 불임수술이었다. 점순은 그것이 무슨 수술인지도 잘 몰랐다. 불임수술이었다는 건 나중에 안 사실이었다. 그녀의 나이 겨우 열여덟 살 때였다.

헌병 대위는 점순에게 기모노를 사 입혔고 목걸이도 선물해주었으며 화인국 여자들의 걷는 법도 가르쳤다. 결혼하고 육 개월 만에 본토를 떠나 만주로 들어왔다고 했다. 밤이 되면 점순을 부둥켜안고 울면서 그는 속삭였다. "사랑해, 미쯔꼬!" 미쯔꼬는 그의 젊은 아내 이름이었다. 아내처럼 말하게 가르쳤고 아내처럼 걷도록 가르쳤고 아내처럼 밥 먹도록 가르쳤다.

화를 낼 때도 더러 있었지만 순정이 깊은 사람이었다. 설거지를 해주는 날도 있었고, 밤을 새워 어린 시절의 이야기를 해주는 날도 있었다. 때로는 그가 바로 구장 아들 영철이 같기도 했다. "오라버니!" 부지불식간 그렇게 부른 적도 있었다. 정말 그의 아내가 된 느낌이었다.

신혼의 나날이었다. 대위는 그 유명한 박가분朴家粉을 사다주었고 화인국 부인들이 신는 나막신도 구해주었다. "사랑해, 미쯔꼬!"라고 그가 말하면 "나는 오직 후지타, 당신 것이에요." 점순이는 무조건 그렇게 대답해야 했다. 후지타가 그의 이름이었다. 그러면 그는 "오, 내 사랑 미쯔꼬!" 하면서 점순이를 격정적으로 안았다. 배우가 돼야 할 참이었다.

함께 술을 마시기도 했고 춤을 추는 날도 있었다. 술에 취할 때마다 화인국이 패망할 거라면서 그는 울었다. "살아 돌아가면, 반드시 천황폐하의 가슴에 내가 총알을 박아넣을 거야!" 그런 말을 하기도 했다. 울면 젖가슴을 입에 물려주는 것도 점순이가 해야 할 일이었다. 그의 아내가 해준 대로였다. 울면서 대위는 아이처럼 젖을 빨았다. 대대로 사무라이 집안이었던 모양이었다. "내 꿈은 목수가 되는 것이었는데, 가문 때문에 목수가 될 수 없었어." 대위는 탄식했다. "널 버리지 않을 거야, 미쯔꼬. 전쟁이 끝나도 결코 너를!" 그렇게 맹세한 적도 있었다.

그러나 가짜 신혼은 겨우 두 달뿐이었다. 두 달여가 지났을 때 그는 대지국 본토로 가라는 통지를 받았다. 전쟁은 확대일 로였다. 군복을 차려입고 칼을 옆구리에 찬 그의 모습은 여태껏 보던 표정과 딴판이었다. "덴노 헤이까 반자이!" 그가 절도 있게 소리쳤다. 천황폐하만세라는 뜻이었다. "너는 폐하의 군수품이야. 나도 그렇고. 나는 죽으러 갈 테니, 너도 네 자리로 돌아가 네가 할 수 있는 애국을 해!" 눈가가 번질번질했다. 마치 딴 사람을 보는 것 같았다.

헌병 대위가 떠나고 점순은 즉시 위안소로 귀속됐다. "그동안 호강했으니까 너는 오늘부터 손님을 두 배로 받도록!" 관리인은 말했다. 부상당한 군인들이 팔다리에 붕대를 감은 채 점순의 방 앞에 줄을 서 있었다. 그가 선물한 모든 건 물론 압수되었다. 그가 남긴 진짜 선물은 영원히 아이를 밸 수 없는 불임 수술이었다.

"그러니까, 언니는 끝내 못 만난 거네?" 유리가 물었고, "언니는……" 그 대목에서 점순이는 한참을 울었다. 언니는 점순보다 앞서 돈 벌러 간다면서 고향을 떠났다. 방직공장 주소로 된 편지가 오고 돈을 부쳐온 적도 있었으니 언니는 계속 방직공장에 있을 거라고 생각했다. 그러나 순진한 상상에 불과했다. 어떻게 된 노릇인지는 알 수 없었지만 점순이의 언니 역시 그 무렵 만주의 어느 위안소에 와 있었다. "언제, 어떻게, 또 어디에 있었는지는 몰라도……" 점순은 울면서 말했다.

태평양 전쟁이 고조되면서 만주에 머물던 많은 화인군 부대가 대지국 본토는 물론 인도차이나반도까지 속속 내려갔다. 지휘관들은 '대동아공영권'의 위대한 완성이 코앞에 와 있다는 말로 화인군들을 부추겼다. 죽을 줄 알면서도 갈 수밖에 없는 길이었다. 위안부들의 운명도 마찬가지였다. 군부대의 트럭에 위안부들을 싣고 함께 떠나는 경우도 있었고, 부대장이 위안부들을 도시의 유곽에 팔아넘기거나 아예 집단으로 사살해버리는 극단적인 경우도 있었다. 다행히 점순은 부대와 함께 이동하는 그룹에 꼈다. 무개트럭에 실려 부대를 따라 이동하는 일이었다.

유리도 그 길을 알고 있었다. 먼지가 뽀얗게 피어난 비포장

자갈길이었다. 행여 붉은댕기를 만날까 하고 매일 그 길을 서성거린 적도 많았다. 위안부를 잔뜩 실은 트럭에서 색이 바랜 댕기가 하나 날아와 손에 잡혔던 기억이 새삼스러웠다. 수없이 눈앞을 지나갔던 트럭 위의 위안부 중 한 명이 바로 점순이었는지도 몰랐다. 군인과 대포를 실은 트럭이 매일 수백 대씩 지나가고 그 사이로 위안부들을 태운 무개트럭도 딸려 지나가던 시절이었다.

"어디로 가는지는 몰랐어요. 어느 날 무조건 트럭에 타라고 해서……" 점순은 말했다. 무개트럭의 좌우엔 긴 벤치가 있었다. 무장한 군인들이 그 벤치에 앉고 가운데 바닥에는 위안부들이 앉았다. 트럭의 행렬은 끝없이 이어졌다. 대포나 군인들만 실은 트럭도 많았지만 점순이네처럼 위안부와 군인들이 섞여 탄 트럭도 있었다. "언니를…… 언니를…… 그 길에서 만난 거예요." 점순의 말이 거기에 이르렀다.

잔인하고도 참혹한 우연이었다.

먼지가 뽀얗게 솟아올라오는 들길이었다. 햇빛이 눈부셔 고개를 외로 꼬고 앉아 있던 점순의 귓가에 어떤 목소리가 날아

와 닿은 건 한여름 정오쯤이었다. "점……순아……" 하는 소리
였다. 차 소리 때문에 아득했다. 자신을 부르는 소리라곤 꿈에
도 생각하지 않았지만 점순은 본능적으로 소리 나는 방향을
향해 고개를 돌렸다. 저만큼 다른 무개트럭이 앞서 가고 있었
다. 역시 군인들과 여자들이 섞여 앉은 트럭이었다.

한 여자가 트럭의 꽁무니에서 위태롭게 서서 손을 흔들고
있는 게 선뜻 눈에 들어왔다. "점순아…… 점순아아!" 분명히
자신의 이름이었다. 상반신이 저절로 들렸다. 여자는 키가 작
았고 말랐으며 왼쪽 귀 위로 머리를 묶어 올리고 있었다. 머리
를 땋는 게 귀찮다면서 고향집에 있을 때 늘 그렇게 묶고 있던
언니가 떠오르는 순간 가슴이 뒤집히는 것 같았다. "언니?……
언니이!" 이번엔 점순이가 부르짖었다. 언니가 탄 트럭은 손에
잡힐 듯 바로 코앞을 달리고 있었다.

자리에 앉으라는 뜻이었을 터였다. 트럭 벤치에 앉아있던 군
인이 총부리로 언니의 옆구리를 쿡 찌른 것과 트럭이 쭐렁 춤
을 춘 것은 거의 동시였다. 언니의 몸이 기우뚱하는 걸 점순은
햇빛 속에서 보았다. 순식간에 벌어진 일이었다. 점순이가 탄
트럭의 범퍼가 거꾸로 떨어져 내리는 언니를 받아친 게 그다

음이었다. 브레이크 소리가 났고, 트럭에 부딪친 언니가 붕 날아가 길가 먼지 낀 플라타너스에 부딪쳤다가 떨어지는 게 헛것처럼 보였다. "언니! 언니이!" 단말마의 비명이 솟아 나왔다. 그러나 아무리 몸부림쳐도 소용이 없었다.

하루가 다르게 전선이 달라질 때였다. 이동명령은 촉박하고 준엄했으며 트럭들은 줄지어 달리고 있었다. 멈추는 듯하던 트럭이 호루라기 소리와 함께 다시 굉음을 쏟으며 속력을 내기 시작했다. 여러 명의 동료들이 몸부림치는 점순을 끌어안고 있었고 군인들이 총을 겨누고 있었다. 가로수에 부딪치고 떨어진 언니의 주검은 다른 트럭들에 의해 냉큼 지워졌다. 아무도 돌보지 않고 아무런 기록도 남지 않는 거짓말 같은 죽음이었다. 더 이상 쓰지 못할 걸레를 그냥 길가에 휙 버린 꼴이었다.

언니의 이야기를 듣던 날 밤에 유리는 처음으로 점순의 썩어가는 살을 혀로 핥았다. "무슨 짓이에요!" 그녀가 기겁을 했으나 유리는 상관하지 않았다. 너는 이렇게 대접 받을 권리가 있어, 라고 유리는 속으로 소리쳤다. 여전히 유리의 혀는 길었고 자유자재 구부러지고 펴졌으며 강력한 소독제로 무장하고 있었다. 땀을 흘리면서 유리는 그녀의 썩은 살을 혀로 쓰다듬어주었다. 부풀어 오른 곳은 씻어냈고 썩은 부위는 뜯어냈으며 고름은 빨아냈다. 화상의 찌꺼기들이 입안에 들어찼지만 상관하지 않았다. "이래봬도," 유리는 말했다.

"……내가 대지국에서 혀로 접시를 돌렸던 사람이야!"

그날부터 유리는 점순이가 우울한 날 시나브로 혀로써 접시를 돌려 보였다. 옛날 같진 않았지만 접시 하나쯤 아직 돌릴 수 있었다. "정말 신기한 재주네!" 점순은 감탄했다. 유리는 혀가 자랑스러웠다. "사람 같지 않아." 고양이 '설리'의 말을 알아들은 것은 그날이 처음이었다. "말을 하네, 얘가." 유리의 목소리가 절로 상승했다. 무이와 헤어지고 나서 다시 동물과 말이 통한 건 그때가 처음이었다. "얘라니, 우리 고양이 세계에선 내가 상늙은이인데." 설리의 말에 "맞아. 우리 다…… 노인이야!" 점순이가 토를 달았다. 점순이와 유리와 설리가 한 가족이 된 날이었다.

그날부터 유리는 소독약을 거의 쓰지 않았다. 점순이가 잠들어 있을 때마다 유리는 그녀의 상처를 혀로 핥고 닦아주었다. 썩어가는 곳도 마다하지 않았다. 어느 정도 효과가 있었다. 살이 썩어가는 냄새도 훨씬 줄어들었고 저체온증이나 구토증도 나아졌으며 얼굴색도 어느 정도 제자리로 돌아왔다. 세 끼 거르지 않고 부드러운 음식을 챙겼고, 기저귀를 갈아주었고, 오줌도 받아냈다. 더럽다고 생각한 적은 한 번도 없었다.

점순이를 리어카에 싣고 마을로 나간 일도 있었다. 점순이가 원해서였다. 그녀는 마을 사람들에게 마지막 인사를 하고 싶다고 했다. "마지막은 무슨." 유리는 말했고 점순이는 그냥 웃었다. 유리도 물론 점순이의 명줄이 얼마 남지 않았다는 걸 알고 있었다. 마을 사람들 또한 그걸 아는 눈치였다. 날씨는 연일 좋았고, 마을 사람들은 모두 친절했다. 큰마님이 살아있을 때의 유사현 마을로 되돌아간 것 같았다.

"안녕하세요!" 점순이가 말을 자유롭게 못하니까 이번엔 마을 사람들이 큰 소리로 점순이에게 인사했다. "아이고, 우리 안녕아줌마!" 넝마가 아니라 음식이나 헌옷을 리어카에 담아주는 사람이 많았다. 경사진 길에서 아이들이 몰려와 리어카를 밀어주기도 했다. "안녕아줌마!" "안녕아줌마!" 아이들은 예전의 점순이 목소리를 흉내 내며 재잘재잘 웃었다.

내색하진 않았으나 마을 사람들은 이제 점순이의 사연을 대강 모두 알고 있었다. 그렇지만 위안부가 뭐냐고 묻는 사람은 없었고 눈살을 찌푸리거나 침을 뱉는 사람도 없었다. 넥타이를 매고 활보하는 도심의 사람들과는 딴판이었다. 그렇게 된 데는 이장의 역할도 한몫했다. 이장이 지나가는 점순이와 유리에게 두 손가락을 번쩍 들어 보였다.

점순이를 바람 쐬어주려고 두 번째 마을로 나갔을 때 이장이 말했다. "두 사람 천생연분이오." "연분은 무슨." 리어카를 잡은 유리와 리어카 위에 얼굴을 가리고 앉은 점순은 동시에 얼굴을 붉혔다. "그래도 예법이 있은즉, 법식을 따라 살아야 그 연분이 열매를 맺지." 유리는 처음 그 말의 뜻이 무엇인지 몰랐다. "옳거니! 여자의 인생이 그렇잖아. 족두리는 한번 써봐야지." 슈퍼 주인이 추임새를 넣고 나서야 유리는 비로소 이장의 말뜻을 알아들었다. 떡집 여주인이 옆에서 박수를 치고 있었다.

유리가 손을 내젓고 점순이도 펄쩍 뛰었지만 소용없었다. 이장을 비롯한 마을 사람들 사이에 사발통문이 다 돈 다음이었다. "그냥 좋은 사람들 모여 그 핑계로 술이나 한잔 하자는 거니 사양할 거 없소." 그쯤 되고 나니까 손을 내젓는 것이 오히려 어색할 지경이 되었다. "별……" 설리가 쯧쯧쯧 혀를 찼다.

이장이 좋은 날을 받아왔다.

사양하고 말고 할 새도 없었다. 떡집에선 떡을 두 말이나 했고 슈퍼 여주인이 술과 음료를 댔으며 꽃집에선 꽃 장식을, 한복집에선 새 옷을 장만했다. 식장은 마을회관이었다. 동네 복판에 늘 나와 있곤 하던 풍선장수가 마을회관 문짝과 천정 등에 공짜로 오색 풍선을 달아주었다. 풍선장수는 베트남전에 파견되어 나갔다가 다리 한쪽을 잃고 돌아온 사람이었다. "날아온 돌이 박힌 돌을 뺀다더니 영락없이 그 짝이네!" 고양이 설리만이 계속해 심통을 부렸다.

볕 좋은 날이었다. 마을회관에 식장이 차려졌다. 신랑인 유리가 치마저고리를 입은 점순을 담쏙 안아들고 입장했다. 면사로 얼굴을 가리긴 했으나 연지곤지를 찍은 그녀의 눈가가 속절없이 젖는 걸 유리는 보았다. 장난처럼 엮인 일이지만 가슴이 뜨겁기로는 유리도 마찬가지였다. 수많은 풍상의 길들이 가뭇없이 눈앞을 스치고 있었다. 혼례라니, 한 번도 꿈조차 꾸어보지 않은 일이었다. 서른 명 남짓 모여든 하객들이 유리와 점순을 위해 짝짝짝 박수를 쳤다.

한복집에서 가져온 나무기러기 한 쌍이 상 위에 놓여 있었
고, 청실홍실과 밤 대추도 제법 격식을 맞추어 놓여 있었다. 약
식이지만 전안례奠雁禮를 끝내고 부축을 받으며 신랑신부가 맞
절을 하고 나자 합근례合卺禮의 순서였다. 유리와 점순이가 순서
에 따라 잔을 주고받았다. 술잔을 입에 대지도 못하고 점순은
눈물만 흘렸다. "아따, 울어 쌓으면 딸 낳아!" 슈퍼 주인의 일갈
에 장내는 웃음바다가 되었다.

유리는 선물로 머리끈을 준비했다. 한복집에 부탁해서 만들
어온 머리끈은 노란색이었다. 댕기를 준비하고 싶었으나 혼례
식 자리라 머리끈을 만들어 온 것인데, 물론 속으로는 붉은댕
기가 생각나 준비한 선물이었다. 붉은댕기 머리꼭지에서 나풀
대던 댕기를 유리는 잊은 적이 없었다. 합근례가 끝난 뒤 유리
는 자청해 그것으로 점순의 머리를 묶어주었다. 반이 타버려서
남은 머리칼은 얼마 되지 않았다. 그래도 유리는 정성껏 점순
의 머리를 간추려 묶고 마지막은 리본 형태로 매듭을 지었다.
"아따, 영락없이 노랑나비일세그려!" 한복집 여자의 말에 절로
박수가 나왔다.

주례 격인 이장이 먼저 축하의 말을 했고, 그에 따라 갖가지 추임새가 이어졌다. "참고 미루었던 혼례인지라 하이고, 오늘 밤 그 집 구들장 꺼지겠네!" 점순의 치마폭에 대추를 던져주는 사람도 있었고, "더도 말고 덜도 말고 아들딸 한 죽만 낳아!" 유리의 주머니에 밤을 밀어 넣어주는 사람도 있었다. 묘기가 있는 사람은 묘기를 보여주고 소리가 좋은 사람은 노래로 구성을 맞추었다.

이장의 고등학생 손녀딸이 나서 뽕짝 메들리를 불러 젖힌 게 하이라이트라고 할 수 있었다. 이제 막 여고생이 됐다는데 하는 짓은 사내들보다 더 활달했다. 장구를 들고 나온 떡집 여자가 〈사철가〉를 부를 때는 좌중의 모든 사람이 다 울었고, "도라지 도라지 백도라지……" 한복집 여자의 도라지타령에선 모두가 춤이었다. 그들에겐 희로애락 사이 아무런 단층도 없었다. 한나절이 기울도록 그들은 웃고 노래하고 춤추었다.

역사적인 첫날밤이 찾아왔다.

방 안은 전에 없이 깨끗했고 방문은 형형색색 풍선으로 장식되어 있었다. 외다리 풍선장수의 배려였다. 법적으로 볼 때 점순은 처녀 신분이었고 유리는 역시 총각 신분이었다. 처녀와 총각이 혼례를 올렸으니 자축이 없을 수는 없었다. 밤까지 유일한 하객으로 남은 건 고양이 설리였다. 떡도 있고 술도 있었다. 점순은 전과 달리 벽에 등을 대고 앉아 있을 정도로 컨디션이 좋았다.

"신랑이 신부를 위해 노래라고 한 곡조 빼봐." 고양이 설리의 말이었고, "노래는 못하네. 아는 게 〈팔로군 행진곡〉 하나뿐인데 첫날밤 그걸 어찌 하겠나." 유리의 대답이었다. "그럼 뭐 개다리춤이라도 추든지." "떡 접시를 혀로 돌려 보여주지!" 유리가 불끈 일어섰다. "또 그놈의 접시돌리기!" 설리가 비웃었고 "떡이 얹힌 떡 접시를 돌리겠다잖아!" 점순이가 설리에게 타박을 했다.

그러나 떡 접시돌리기는 실패였다. 시루떡이 담긴 접시를 올려놓자 혀는 단번에 기울었고, 그 바람에 떡 접시가 방바닥으로 떨어졌다. "큰소리치더니." 설리가 혀를 찼다. 유리는 할 수 없이 빈 접시를 돌렸다. 빈 접시 하나쯤은 아직 돌릴 수 있었다. 점순이가 박수를 치며 좋아라 했고 설리는 입을 삐죽거렸다.

고양이 설리가 신랑 신부를 위해 재주를 보일 차례였다. 설리는 텀블링에 재주가 있었다. 압도적인 것은 천장 가까운 선반 위로 올라가 공중회전을 곁들여 바닥에 내려앉는 일이었다. 설리는 떨어지면서 공중회전을 두 번이나 하고 바닥에 가볍게 내려앉았다. 놀라운 묘기였다. "뭐 이런 건 다른 고양이도 하겠지만." 설리가 뻐기는 투로 덧붙였다. "장담컨대 요건 다른 고양이들은 못할 걸세." 설리가 보여준 두 번째 재주는 한 발로 제자리 서기였다. 발 하나만 방바닥에 딛고서 몸을 곧게 펴 보이는 재주를 설리는 갖고 있었다. 유리가 열렬히 박수를 보냈다.

유리 역시 손 하나로 짚고 물구나무를 서 보였는데 설리는 고개를 저었다. "뭐야, 그게! 나는 세 발을 공중에 들었는데 자네는 겨우 두 발을 들었을 뿐이잖아!" "나는 발이 두 개뿐이잖아. 자네는 네 발 중 세 발을 들었고 나는 두 발 중 두 발 다 들었어. 내가 낫지." "무슨 소리. 겨우 두 발만 든 주제에. 내가 이긴 게 맞아!" 설리는 어떻게든지 유리에게 지지 않으려고 기를 썼다.

유리가 이번엔 팔과 다리를 최대한 오그려 작은 라면박스 안에 몸을 집어넣는 재주를 시도했다. 예전 같았으면 충분히

될 일인데 이제는 어림없었다. 유연성이 젊을 때와 비교도 되
지 않았다. 하기야 혀로 접시를 돌릴 때도 채 일 분이 지나지
않아 접시를 떨어뜨리기 일쑤였다. 혀를 꺼내 귓속을 쓰다듬는
일도 예전처럼 되지 않았다. "내가 이거…… 늙어서……" 유리
가 중얼거렸고, "나도 마찬가지야. 작년만 해도 천장에서 뛰어
내릴 때 세 번 공중회전을 했었어. 지금은 겨우 두 번 돌지만.
나이 먹는 게 그래. 세월 이길 장사 없지." 설리가 쓸쓸히 대꾸
했다.

"뽀뽀해봐!" 설리가 박수를 치고 말했다. "뽀뽀는 무슨……"
유리가 구시렁거렸고 점순은 홍당무가 돼 고개를 외로 꼬았다.
"첫날밤이잖아. 무조건 뽀뽀해. 뽀뽀해! 뽀뽀해!" 설리는 막무
가내였다. 유리와 점순의 눈이 마주쳤다. 점순의 눈에 눈물이
가득 고여 있었다. 유리는 점순을 안아 먼저 자신이 가장 좋아
하는 그녀의 눈에 입을 맞췄고 다음으로 그녀의 입술에 입을
맞췄다. 반이나 타버린 입술이었다. 타지 않은 그녀의 입술은
운지산 외딴집 울타리에 기어올라 핀 그 나팔꽃 맛이었다. 어
머니가 심어 올린 나팔꽃에 이슬이 맺혀 있듯이 점순의 입술
엔 흘러내린 눈물이 맺혀 있었다. 유리는 그녀의 눈물을 달게
마셨다.

그날 밤은 셋이서 한 이불을 덮고 잤다.

점순이가 가운데 눕고 설리와 유리가 좌우로 누웠다. 꿈에 붉은댕기가 보였다. 그녀는 점순의 품 안에 있었다. 처음 무이산 도원동에 들어왔을 때, 혼절하다시피 했던 붉은댕기를 사흘이나 안아 재운 '엄마'가 바로 점순이였다. 그 장면이 꿈속에서 재현된 것이었다. "엄마!" 붉은댕기는 비몽사몽 엄마를 불렀고 "으응, 엄마야. 여기 있어!" 점순은 그녀를 부드럽게 안아 들이고 있었다.

잠을 깨는 순간 유리는 자신의 이마가 점순이의 가슴 속에 들어가 있다는 걸 알았다. 맨살이었다. 그녀의 젖가슴은 따뜻하고 부드러워 심연 같았다. 콧날이 찡 울었다. 그녀는 잠을 이루지 못하고 있는 눈치였다. 그녀의 손가락들이 유리의 뒤통수를 가만가만 빗질하고 있었다.

점순의 몸은 다음 날부터 급속히 나빠졌다. 하룻밤에 저체온증이 두 번이나 온 적도 있었다. "나는…… 화인국이 동…… 원한 위안부였어요!" 거의 혼절한 상태에서 점순이가 중얼거린 말이었다. "나……는 화인국이…… 강제……동원한…… 위안부였어요!" 유리는 그녀가 여전히 어떤 불길 속에 있다는 걸 알았다. 뼈저린 정한이 담긴 비명 같은 말이었다. 나의 신부가 아닌가. 이대로 그녀를 보내고 말면 그 정한이 바로 자신의 가슴속에 대못으로 들어와 박힐 것이라고 유리는 생각했다.

사과나 배상을 요구하는 말도 아니었고 증오나 분노의 말도 아니었다. 그저 그런 역사가 있었다고, 위안부라는 게 있었다고, 그들 자신의 과오에 의해서가 아니라 국가라는 괴물이 앞장서 총칼로 강제한 일이었다고, 단지 그것을 세상에 대고 소리쳐 말하고 싶은 욕망이 그녀가 가진 마지막 정한이었다. 아버지와 어머니가 그 말에 고개 끄덕여주길 바라는 것이었고, 삼촌 이모 고모 언니 동생 사촌 오촌들이 그 말을 합창해주기 바라는 것뿐이었다.

다음 날부터 유리는 점순이의 임종에 대비했다.

골똘히 생각하고 치밀하게 연구했으며 정성껏 실천했다. 폭약을 다스리는 기초적인 기술도 알고 있었고 웬만한 작업은 도구 없이 완성할 손재주도 있었다. 유리는 풍선장수를 먼저 찾아갔다. "그 정도야 얼마든 만들 수 있지." 풍선장수가 흔쾌히 고개를 끄덕거렸다. 그 무렵 날씨와 바람의 향방에 대해서도 유리는 연구를 아끼지 않았다. 계획은 치밀했다. 장담할 수는 없지만 실패하더라도 최소한 절반의 성공은 거둘 수 있는 계획이었다.

고양이 설리도 작전의 동지였다. 설리 역시 늙어가는 중이라 하나를 일러주면 열을 알아들었다. 풍선장수와 설리도 말을 통할 정도로 가까워졌다. 날씨는 연일 좋았고 바람은 부는 듯 안 부는 듯 알맞게 흘렀다. 그 무렵의 유리는 매일 시간마다 바람을 체크해 기록했는데 다행히 큰 변화는 없었다. 설리와 풍선 장수 역시 충분히 연습을 끝내둔 터였다.

앞산 정상의 왼쪽 위성봉 암벽에 이르면 화인국 대사관을 비롯한 도심이 환히 내려다보이는 바위 하나가 있었다. 군인들이 지키는 정상에서 비스듬히 아래쪽이었고 사람들의 보행로에서도 먼 곳이었다. 풍선장수가 제작해 온 풍선에 면밀히 계산된 일정한 길이의 도화선을 단 것은 유리였다. 가스를 주입해 띄우는 건 풍선장수와 설리의 몫이었다. 아무도 모르게 준비해온 삐라가 수천 장 풍선 속에 들어 있었다.

마침내 좋은 날이 왔다.

유리는 아침 일찍부터 정신이 오락가락하는 점순의 상처를
핥고 빨아서 정성껏 씻어냈다. 피고름이 거의 한 종지나 올라
왔는데 그것 역시 모두 입으로 빨았다. 황홀한 예감이 유리를
사로잡고 있었다. 혼례식날 입었던 치마저고리를 입히자 점순
이가 비로소 눈을 떴다. 왜…… 이 옷을……" 점순이가 물었고,
"오늘 날이 좋아서 함께 바람 쐬러 가려고." 유리는 미소를 지
었다. 점순이를 업고 마을로 나가 버스를 탄 건 정오를 얼마쯤
앞둔 시각이었다. 풍선장수와 설리가 짐을 챙겨들고 미리 정해
둔 암벽으로 이동하는 게 버스 차창으로 언뜻 내다보였다.

도심 복판이었다. 이순신장군의 동상이 저만큼 바라보였다.
"정신줄 놓지 마. 자네를 위해 준비한 선물이니." 유리가 말했
으며 등에 업힌 점순이가 고개를 끄덕거렸다. 빌딩에 걸린 대
형 모니터에선 대머리 대통령이 뭐라고 연설하고 있었고, 거
리엔 점심을 먹으러 나온 수많은 사람들이 넘쳐흐르고 있었
다. 선남선녀들 사이에서 볼 때 점순이와 유리는 참으로 기이
한 한 쌍이었다. 사람들이 유리와 점순이를 자꾸 돌아다보았
다. 난쟁이나 다름없는 주름살투성이 남자가 얼굴을 수건으로

싸맨 한복 차림의 여자를 업고 서성거리는 모습은 구경거리가 되기 충분했다.

예상대로 바람은 맞춤하게 불고 있었다. 헬륨 가스를 주입한 풍선이 바람에 밀려 도심의 허공에 도착할 때쯤 미리 불을 붙인 도화선이 타들어가 풍선이 터지도록 면밀히 설계한 건 물론 유리였다. 풍선장수와 설리가 풍선을 날릴 시각이 다가왔다.

"이렇게 등이…… 넓을 거라곤 생각…… 못했어요. 키도 작은 양반이라……" 점순이가 바람 빠지는 소리를 냈다. "임자 덕분에 나도 뭐 총각 귀신을 면하게 됐으니 고맙네." "고맙기로야…… 내가 더…… 그나저나…… 붉은댕기라고 불렀다는…… 그 애…… 막내하고 혼인하고 싶었을 텐데……" "허참, 질투는. 걔는 그냥 길에서 만난 누이동생이라니까!" "저승 가기…… 무서워요. 그 애한테 뭐라고 말해야 할지……" "만나거든 찍지게 올케 노릇 해!" 설리와 풍선장수가 가 있을 능선 쪽에서 풍선 하나가 슬며시 떠오른 게 그때였다.

정오가 막 지난 시각이었다.

"저기 좀 봐." 유리는 턱짓을 했다. 대형 풍선이 도심을 향해 천천히 흘러오고 있었다. 바람은 계산한 방향대로 알맞게 불고 있었다. 축구공만 했던 풍선이 금방 농구공만 해졌고, 농구공만 했던 풍선이 곧 맷방석만 해졌다. "눈부셔요……" 점순이가 말했다. 유리는 마른침을 삼켰다. 햇빛도 참 좋은 날 정오쯤이었다.

"무슨 짓을…… 하려는 거예요?" 점순이의 말에, "그저…… 말…… 말을 하려는 거야. 세상에 대고 임자가 하고 싶은 말!" 유리는 대꾸했다. 행인들이 하나씩 둘씩 다가오는 풍선을 향해 고개를 들었다. "저기 봐!" 손가락질하는 사람도 있었고, "오늘 무슨 축제 같은 거 있나." 고개를 갸웃하는 사람도 있었다. "엿은 씹어야 맛이고 말은 뱉어내야 제 맛이지. 말을 하지 않으면 병이 깊어져. 나도 그것 때문에 귓병을 앓은 적이 있네. 이제 곧 임자 가슴속에 쟁여둔 말이…… 말이 폭죽처럼 터질 걸세!" 풍선에 단 도화선이 치직거리며 타들어가는 게 보이는 것 같았다. 가슴이 뻐근해졌다.

빅뱅의 순간이 그렇게 다가왔다.

거리의 모든 사람들이 한순간 깜짝 놀라 스톱모션이 된 건 머리 위로 다가온 풍선이 터져서가 아니었다. 터진 풍선에서부 터 오색 종이 다발이 와르르 쏟아져 나와 나부끼기 시작했기 때문이었다. "저거 삐라야, 삐라!" 옆에 선 젊은 남자가 소리쳤 다. 화려한 풍경이었다. 수천 장의 오색 종이가 제 몫몫 바람에 쫄렁대면서 순백색 햇빛을 갖고 노는 풍경을 사람들은 보고 있었다. 쫄렁거리는 놈도 있었고 활강비행을 하는 놈도 있었고 거의 직진으로 낙하하는 놈도 있었다. 수천 장의 줄 끊어진 연 이 도심 상공을 뒤덮은 꼴이었다. 아니 그것은 곧 수천 마리 나 비떼였다.

빨주노초파남보의 나비들이 떼 지어 날고 있었다.

"황홀해요……" 점순이가 말했고, "저건…… 그대의 말이야!" 유리는 속삭였다. 화인국 대사관 지붕 위에도 점순이의 가슴에 쟁였던 말, 그 나비떼들이 춤추며 내려앉고 있었다. 이순신 장 군 어깨, 광화문 지붕, 대통령궁, 수많은 빌딩들과 달리는 차들 위도 마찬가지였다. 경찰들의 호루라기 소리와 차들이 내는 경 적소리가 다급히 들렸다. 나비떼의 하강은 여유롭고 아름답고 유연하기 그지없었다. 옆에 섰던 젊은 남자가 떨어진 삐라를 줍기 위해 허리를 굽힐 때 노랑나비 하나가 이윽고 유리의 어깨 위에도 안착했다. 점순이가 목이 멘 목소리로 그 삐라에 박힌 문장을 소리 내어 읽었다. 그것은 단 한 문장에 불과했다.

  "나는 화인국이 강제동원한 위안부였다!"

나의 영원한 할아버지 미스터 유리

할아버지와 나는 다시 그 암벽 끝에 앉아 있었다. 간밤에 내렸던 눈은 흔적도 없었고 햇빛은 순은의 빛깔이었다. 바위틈에 바람꽃이 하나 꽃망울을 맺고 있는 게 눈에 들어왔다. 봄의 전령이었다. 할아버지의 친구 황구렁이가 바람꽃 사이에 몸의 일부를 걸치고 있었다. "봐라, 지난밤 내린 눈은 흔적도 없지 않느냐. 봄눈이라 그렇다." 할아버지가 말했고 나는 대꾸하지 않았다. 불과 한 달여 사이 주름투성이 할아버지를 이렇게 사무치도록 좋아하게 될 줄은 정말이지 전혀 예상하지 못한 일이었다. 이제 남은 길은 하나뿐이었다.

할아버지, 나의 미스터 유리는 말씀하셨다.

"점순이가 그날 그곳에서 죽었다. 얼굴의 반면은 티끌 하나 없이 깨끗했고 유순했지. 내가 그리 좋아하던 속눈썹도 가지런했고. 오두막으로 바로 돌아가진 않았어. 경찰 놈들이 올 텐데 내가 왜 거기로 가겠냐. 풍선장수가 삼륜트럭을 몰고 와서 우리는 함께 점순이의 고향으로 갔단다. 설리로."

"점순이의 시신을 그곳의 오빠에게 맡겼구나. 오빠라는 양반, 그리 서럽게 울더라. 바다가 잘 보이는 양지바른 언덕에 점순이를 묻었다. 고양이 설리가 제 이름과 같으니 그 마을에 남겠다고 굳이 고집을 부려 장례를 치른 뒤 우리는 거기서 이별했다. 설리가 점순이 옆에 남은 셈이었지. 풍선장수는 남녘의 도시로 갔고 나는 해안선을 따라 걸어서 북행길에 올랐다. 이 오두막으로 다시 돌아온 거지. 마을 사람들은 따뜻이 맞아주었고, 그다음 날부터 나는 점순이가 끌던 수레를 끌고 온 동네를 돌아다녔다. 점순이처럼…… 넝마주이가 된 거야. 나하고 적성이 잘 맞는 일이었다. 비로소…… 떠돌이 신세를 면했다고나 할까. 지난 삼십여 년, 이 마을에서…… 나는 세월이 흐르는 걸 직접 눈으로 보면서 살았다. 시간의 지도를 그리는 나날이었다고나 할까."

집에 돌아온 할아버지는 앞치마를 찾아 입었다.

"오늘 저녁은…… 내가…… 준비하마!" 최후의 만찬을 준비하겠다는 말이었으나 나는 그저 무릎 사이에 얼굴을 묻고 있었다. 붉은댕기가 사은 할머니를 낳고 사은 할머니가 나의 어머니를 낳은 것은 이제 명백했다. 나는 모래의 혼을 받아 태어났으며 위안부의 핏줄이었다. 어리석게도 나는 '곱슬머리'라는 말이 나오기 전까지 할아버지의 이야기 속에 나오는 붉은댕기가 나의 상할머니라곤 상상도 하지 않았다. 붉은댕기의 이야기를 남의 이야기처럼 나는 들었다. 멍청한 일이었을 뿐 아니라 그것은 죄에 가까웠다. 할아버지가 앞치마를 두르고 나서는데 내가 고개조차 들지 못했던 건 그 때문이었다.

할아버지가 해온 음식은 두 가지였다. 하나는 타이베이식 커자이지엔, 일종의 굴전이었고 다른 하나는 수로국식 빈대떡이었다. 커자이지엔은 타이베이의 스린 야시장에서 나도 자주 먹어본 음식이었다. 스린 야시장에 가면 밀집된 가게들의 어디에서든 커자이지엔을 먹을 수 있었다. 사은 할머니를 사랑에 빠뜨린 음식이 바로 커자이지엔이었다.

그리고 할아버지는 또 느릿느릿 말씀하셨다.

"나는 두 가지 음식을 평생 잊지 못하고 살았구나! 하나
는…… 아주 옛날, 운지산 도원동에 갈 때마다 붉은댕기랑 그
마을 사람들이 부쳐주던 요것, 빈대떡이고…… 다른 하나는 타
이베이 야시장에서…… 사은이랑 그 청년이 부쳐준 요것, 커자
이지엔이다. 온 마을 사람들이 둘러 앉아 빈대떡을 부쳐 먹던
운지산 사람들도 그랬지만…… 똑같은 앞치마를 두르고 서로
찧고 까불면서…… 내게 대접할 커자이지엔을 부치던 스린 야
시장의 사은 부부, 그 젊은 한 쌍 모습이 그리 예뻤다. 그들 자
체가…… 새 세상이었어."

나는 커자이지엔도 한입 먹고 빈대떡도 한입 먹었다.

할아버지가 긴장한 눈빛으로 물끄러미 나를 바라보고 있었
다. "맛이…… 어떠냐?" 할아버지가 물었고, "좋아요, 미스터 유
리!" 나는 슬픔과 회한을 눌러 쟁이고 짐짓 명랑하게 대답했다.
"맛있어요! 정말로요!" "네게 칭찬받을 때도 있구나!" 할아버지
의 표정이 환해졌다. "사은……이랑 그 청년이 부쳐준 커자이
지엔 맛은 어땠는데요?" "뭐 솔직히 말하면, 운지산 도원동에서

먹던 빈대떡보단 못했다!" 할아버지가 헛, 소리 내어 웃었다.

　슬픔이 드디어 목울대를 타고 넘어왔다. 굴전과 빈대떡을 아무리 입안에 밀어 넣어도 억제할 수 없는 슬픔이었다. 아니, 갈비뼈 아래, 횡격막 아래, 구중궁궐 깊은 내 몸 안에서 파죽지세로 터져 나오려는 그것은 기실 슬픔이 아니었다. 슬픔에 밀려 솟아올라오는 그것은, '사랑해요!' 그 한마디였다. 사랑해요! 사랑해요! 사랑해요! 소리치고 싶어 나는 거의 미칠 지경이 되었다. 하나의 사랑은 기실 피 한 방울 섞이지 않은 나의 할아버지, 미스터 유리를 향한 것이었고, 하나의 사랑은 붉은댕기, 사은 할머니, 어머니, 나로 이어지는 러시아 인형 같은 그 필연적 내림을 향한 것이었다.

　"놀라운 참을성으로…… 너는 내 이야기를 다 들어주었다. 칭찬받을 참을성이다. 네 귀가…… 큰마님을 닮은 게야." 할아버지가 말했고, "붉은댕기가 아니고요?" 내 안의 아우성을 견디기 위해 나는 퉁명스럽게 대꾸했다. "암튼, 이제 나를…… 할아버지라고 불러도 된다. 상이다!" "네…… 할아버지……" 참았던 눈물이 터져 나오고 만 것이 그 순간이었다. 폭풍같이 터져 나온 눈물이었다.

"할⋯⋯아버지!"

나는 소리쳐 부르며 할아버지의 마른 가슴 속으로 젖은 창호지처럼 무너져 들어갔다. 미안해요, 할아버지. 모든 걸 너무 늦게 깨달았어요. 차마 입 밖으로까지 내뱉어지지 않는 말이었다. "할아버지⋯⋯ 할아버지!" 나는 울면서 불렀고, 할아버지의 갈퀴 같은 손이 때맞추어 내 머리칼 사이로 자맥질해 들어왔다. 나의 머리는 붉은댕기처럼, 사은 할머니처럼, 어머니처럼 곱슬머리였다. 사랑이라는 말이 아우성을 치고 있었다. 내가 진실로 그 순간 하고 싶은 말은 그것뿐이었다. 용암 같은 것이 목울대를 넘어 솟아나왔다. 참을 수 없는 뜨거운 덩어리였다.

"사랑⋯⋯해요, 할아버지!"

상을 물리고 난 뒤 할아버지와 나는 나란히 누웠다. "제 엄마를 본 건 언제였나요, 할아버지?" "네 엄마는⋯⋯ 그게⋯⋯ 태어났을 때 보았고⋯⋯ 그러니까⋯⋯ 다시 수로국에 들어오기 전에 보았고⋯⋯ 네 엄마가 네 애비 손을 잡고 여기 수로국에 왔을 때도⋯⋯ 그때가 몇 살 때였는지⋯⋯" 할아버지는 기억이 가물가물한 모양이었다. 가까운 기억일수록 할아버지의 기억에 오류가 많다는 걸 나는 금방 눈치챘다. 할아버지의 기억은 대부분 내가 경험하지 않은 먼 시간에 가 있었다.

할아버지는 보기에 따라 백 살은 돼 보였고 또 보기에 따라 칠순을 막 넘긴 것도 같았다. 깊은 주름살들이 할아버지의 얼굴을 뒤덮고 있었다. 그 마을에서 넝마주이로 살던 삼십여 년, 누가 나이를 물으면, "몰라요. 잊어버려서." 할아버지는 대답했다. 사람들은 '안녕아주머니'를 물려받은 할아버지를 그냥 '안녕할아버지'라고 불렀다. '안녕할아버지'는 누가 보아도 태어날 때부터 넝마주이였던 것 같았다. 누구를 만나든지 간에 할아버지는 점순이가 그랬듯이 "안녕하세요!" 하고 큰 소리로 인사했다. "안녕하세요!" "안녕하세요!" 아이들이 리어카를 밀어주며 노래처럼 그 말을 합창하는 풍경도 그 마을에선 언제나 볼 수 있었다.

할아버지가 "안녕하세요!" 하면 "안녕하세요!" 하면서 어떤 이는 헌옷을 챙겨주었고, 할아버지가 "안녕하세요!" 하면 "안녕하세요!" 하면서 어떤 이는 먹을 것을 싸주었으며, 또 할아버지가 "안녕하세요!" 하면 "안녕하세요!" 하면서 어떤 이는 빈 박스들을 수레에 직접 실어주었다. 변화의 물결이 세상을 포악하게 휩쓸고 갈 때도 그 마을은 큰 변화가 없었다. 고향이 어디냐고 묻는 사람이 있으면 "모르겠소. 잊어버려서." 할아버지는 대답했고, "연세가 어떻게 되세요?" 묻는 사람이 있으면 할아버지는 또한 "모르겠소. 잊어버려서!" 하고 웃었다. '안녕하세요'와 '모르겠소' 사이에서 산 삼십여 년의 세월이었다. 거의 평생을 떠돌아다닌 할아버지의 마지막 삼십여 년은 그 마을을 거의 떠난 적이 없었다.

시간은 그사이에도 빠르게 지나갔다. 빌딩들이 하루가 다르게 높아졌고 자동차는 날로 빨라졌으며 '글로벌'이란 말이 상시적으로 쓰이는 세상이었다. 할아버지의 혼례식을 꾸려주었던 이장과 슈퍼아주머니와 한복집, 떡집여자와 풍선장수가 세상을 떠난 건 오래전이었다. 살아있는 건 할아버지뿐이었다.

매주 정해진 날 화인국 대사관에서 위안부들을 위한 집회가 열리기 시작한 일만 해도 벌써 오래전부터였다. 그 집회를 처음 주도한 여러 사람 중 한 명이 바로 이장의 손녀였다. 점순이와 할아버지의 혼례식날 뽕짝 메들리를 거침없이 불러 좌중을 사로잡았던 그녀는 이제 서른 살을 목전에 두고 있었다. 얼굴의 반이 불에 탄 점순이의 사진을 세상에 널리 퍼뜨린 것도 그녀였다. 위안부라는 말을 모르는 사람은 이제 없었다.

나의 할아버지는 이어 말씀하셨다.

"젊은 날…… 무엇을 찾아 그리 떠돌았었느냐고 묻진 마라. 돌아보면…… 나는 아무것도…… 찾지 못했다. 만주에서…… 대지국 곳곳에서…… 풍류국에서…… 톈산 산맥, 티베트, 아라비아 고원에서, 내가 찾아 헤매던 것을…… 나는 그전부터…… 본래부터…… 그러니까 말하자면…… 자유를…… 원래 갖고 태어났다는 걸 깨닫는 데 오래 걸리긴 했다만…… 후회는 없다. 그 무엇에도 소속되지 않은…… 세월이었다고 느끼니까. 나부끼는 바람에게만 오직…… 소속되어 살았다고 할까. 어떤 필연…… 어떤 우연에도 속박되지 않는."

"내일 아침에 나는 백 살이 된다. 내 얼굴의 주름살 좀 보렴. 여기…… 주름살 하나하나 각각 다른 이야기들이…… 깃들어 있다. 요즘 사람들이야 악을 악을 쓰고 살지만, 뭐 너나없이 다람쥐 쳇바퀴…… 돌리는 푼수라 별 이야기도 없겠고. 허엇, 늙어서…… 제가 지닌 주름살마다 이야기를 가득 채우고 있으면 죽는 게…… 친구 같아진다. 그게 성공이고 그게 자부심이라고 봐. 내가 이리 오래 산 것 또한…… 그 때문이겠지……"

적막하고 부드러운 봄밤이었다.

나는 할아버지의 품에 이마를 댔다. 밤새들이 계속 울고 있었다. "새들은 잠이 없나봐요." "자는 놈도 있고 노는 놈도 있는 게지." 할아버지가 내 머리를 쓰다듬었다. "너는…… 네 길을 찾은 게냐?" "역사를…… 공부하고 싶어요." 나는 이제 겨우 스무 살, 이야기로 채울 주름들이 차례로 생겨날 먼 시간이 내 앞에 남아 있었다. "오, 역사!" 할아버지 목소리가 부드럽게 상승했다. "역사는…… 무거워 싫다면서?" "무겁게 안 해요. 우리는요, 카페에서 음악을 듣고 채팅하며 공부해요. 세상에서 제일 가벼운 역사학자가 될 거예요." "옳거니!" 할아버지가 말을 이었지만 그다음은 들리지 않았다. 잠이 속수무책 나를 어스레한 터널로 끌어당기고 있었다.

나는 잠들었다. 내 곱슬머리를 간헐적으로 쓰다듬는 할아버지의 손길을 밤새 느꼈다. 할아버지에게선 할아버지만 가진 냄새가 났다. 마른 삭정이가 타는 냄새 같았고 오월 풀밭을 쓰다듬고 가는 바람 냄새도 같았다. 자유의 냄새가 있다면 아마 그

걸 것이었다. 나는 잠 속에서도 자꾸 큼큼 코를 실룩거리며 할아버지의 심연으로 파고들었다.

내 머리를 받치고 있던 할아버지의 팔이 슬그머니 빠져나간다고 느꼈을 때, 나는 이별의 시각이 왔다는 걸 직감했다. 할아버지의 입술이 이마에 가만히 닿았다가 떠나고 있었다. 당신 가슴속에 붉은댕기와 사은 할머니의 묘지를 품었다고 했으니, 할아버지가 떠나는 건 할머니들이 함께 떠나는 셈이었다. 이별의 준비는 되어 있었다. 나는 할아버지가 오두막 문을 열고 나간 뒤에야 조용히 일어나 창밖을 내다보았다.

여명이 트는 시각이었다.

소나무숲 사이 정갈한 비탈길로 할아버지가 흰옷을 차려입은 채 봄을 향해 걸어가고 있었다. 어제보다도 건강한 걸음새였고 맨발이었으며 하얀빛이었다. 황금색 머플러를 목에 두르고 있다고 생각했는데, 다시 보니 할아버지의 목에 두른 그것은 머플러가 아니라 구렁이였다. 친구와 함께 가는 길이라 안심이 되었다. 나는 손을 한 차례 들었다가 내려놓으며 소리 내어 말했다.

"잘 가요, 미스터 유리, 나의 할아버지!"

할아버지는 나에게 몇 가지 유품을 남겼다. 붉은댕기 할머니가 남긴 색 바랜 댕기도 있었고 손수 그렸다는 붉은댕기 할머니의 주검을 그린 그림도 있었다. 폭탄이 쏟아지는 유사현의 동굴집을 탈출할 때 사온 할머니 팔에 묶여 있었다는 댕기를 나는 들여다보았고, 붉은댕기 할머니가 그렸다는 그림도 나는 오래 들여다보았다. 희미해진 그림 속의 붉은댕기 할머니는 다섯 가지 색깔의 모자, 바람의 녹색, 하늘의 흰색, 땅의 노란색, 불의 붉은색, 물의 푸른색이 교합된 티베트의 '타르초'에 둘러싸여 있었다.

할아버지가 따로 남긴 것도 있었다.

하나는 지도였고 다른 하나는 할아버지가 최근에 그린 당신의 주검이었다. 오래전 붉은댕기 할머니의 안내를 받아 들어간 동굴의 샘에서 당신 스스로 본 할아버지의 주검을 나는 그 그림을 통해 구체적으로 보았다. 주름살에 뒤덮인 할아버지가 동굴 암벽을 등지고 가부좌를 튼 채 흰빛에 둘러싸여 앉아 있는 그림이었다. 구렁이가 할아버지 무릎에 앉아 있었다. 눈은 뜨고 있는 것도 같고 감고 있는 것도 같았다. 마침내 할아버지가 허공이 되었다고 나는 생각했다.

지도는 만주의 수로인들 자치주인 옌지시 외곽의 어느 유적지를 그린 것이었다. 젊은 할아버지가 맨발로 누비고 다닌 만주 벌판이 신기루처럼 눈앞에 떠올라 보였다. 지도는 섬세했다. 표시된 곳에서 다른 표시된 곳까지의 거리는 발걸음으로 일일이 기재되어 있었다. 가령 고목나무에서 비석까진 열두 걸음, 이런 식이었다.

지도 뒷면에 쓴 할아버지의 마지막 편지를 나는 읽었다.

"네가 길을 찾았다니 다행이다. 길을 찾았다면, 그래서 끝까지 그 길을 가고자 한다면 너는 이미 자신의 주검을 이미 본 셈이다. 그러니 너 또한 앞으론 두렵지 않을 게야. 나 때문에 슬퍼할 건 없다. 나는 존재 자체를 뛰어넘는 길로 가고 싶다. 거의 평생 단독자로 살았다만, 그 역시 주체라는 허울에 감싸인 에고의 감옥은 아니었는지 모르겠다. '회색분자'라고 나를 비난하던 걸식 형님의 말을 생각해본다. 목에 걸린 가시처럼 남아 있는 말이 그것이야. 그러나 걸식 형님도 알 것이다. 우리 앞엔 여전히 혁명은 남아 있다는 것. 가는 길은 다를지라도 얘야, 한순간도 내가 그것의 완성을 꿈꾸지 않은 적은 없었다. 늘 파괴의 신 '시바'가 되고 싶었었지. 앞으로도 그럴 테고."

"고맙다, 아가야. 너는 참을성 많은 아주 깊은 귀를 가졌어. 중간에 참지 못하고 떠날까 염려하지 않은 건 아니다만 헐, 이야기를 끝까지 들어준 손녀가 있어 나의 마지막 길이 이리 환하구나! 네가 가르쳐준 말로다, 헐이다!"

유리걸식단이 폭사하기 전의 마지막 거사는 옌벤 일대에서 취합한 금괴를 창춘의 중앙은행으로 옮기는 수송차량을 턴 일이었다. 그 일을 위하여 대머리를 불러들인 것이 유리걸식단의 비극적인 최후를 맞은 계기가 되었다. 거사에 성공한 뒤엔 대원들이 각자의 배낭에 금괴를 나누어 담아 약초꾼으로 위장, 옌지 시내로 흩어져 잠입해 들어왔다. 유리걸식단이 최후를 맞은 건 옌지 시내를 거친 대원들이 은거지로 합류한 다음이었다. 은거지가 처참히 토벌될 때 할아버지는 뒤처리를 위해 혼자 옌지 시내에 남아 있었다. 할아버지는 그 일을 상기시키면서 편지의 말미에서 이렇게 덧붙였다.

"그때 내 배낭에 담은 금괴는 일 킬로짜리 다섯 개였다. 유리 걸식단이 위험에 처한 걸 알고 은거지로 달려가기 직전 금괴를 땅에 묻은 자리를 여기, 지도로 그려 표시해두었다. 철기시대의 중요한 유적지 중 한 곳이니까 개발되지 못했을 터, 그걸 찾으면 네가 역사를 공부할 밑천이 될 거라 믿는다. 역사를 무겁게 이해하는 태도는 낡은 관습이라는 걸 네게서 배웠다. '세계에서 가장 가벼운 역사학자'가 될 나의 손녀에게 이 할아비가 주는 마지막 선물이다!"

나는 할아버지를 처음 만나던 한 달 전을 회상했다.

숲속 오두막에 앉아 나를 맞아준 할아버지의 눈동자엔 사구砂丘의 그림자가 아련히 들어앉아 있었다. 거칠고 웅혼한 이야기들이 그물코를 이루고 있는 모습이었다. 그때만 해도 나는 그처럼 긴 이야기를 할아버지에게서 듣게 될 줄 몰랐다. 이야기가 길이라는 걸 가르쳐준 것도 나의 할아버지 미스터 유리였다. 할아버지는 그때 이런 말로 당신의 이야기를 시작했다.

"세 살이 되었을 때 나는 읽을 줄 알았고, 다섯 살이 되었을 때 갖가지 악기의 소리를 들었으며, 그것들의 감미와 슬픔을 온몸으로 이해했다. 일곱 살이 되었을 때, 내 머리맡엔 열 줄의 책꽂이가 놓여 있었고 나는 그곳의 책들을 틀린 데 없이 읽고 썼다. 열세 살이 되었을 때 서가는 몇 배로 늘어났고, 나는 말재간으로 사람들을 자유자재 웃기고 울릴 줄 알았다. 사람들은 내 혀가 유난히 길다고 말했다. 그리고 열일곱이 되었을 때 나는 마침내 또렷이 보았다. 내가 본 그것은, 나의 죽음이었다."

어머니가 돌아가실 무렵 내가 겪었던 고통은 내 길을 볼 수 없다는 것이었다. "유리 할아버지를 찾아가봐. 그분을 만나면 네 길을 보게 될 게야." 죽어가면서 어머니는 말했다. '길'이라는 말이 그때 나를 사로잡았다. 길을 찾을 수만 있다면 아무리 먼 곳이라 하더라도 상관없었다. 나는 젊었고, 젊었으므로 갈망에 차 있었다. 나의 할아버지 미스터 유리와 처음 마주 앉았을 때 내 심정은 그러했다. 길을 찾지 못한 채 끝없이 걸어가야 하는 게 인생이라면 차라리 즉각 죽는 게 낫다고 생각했을 정도였다.

처음 만나던 날 할아버지는 말했다. "나는 한 달 후쯤 죽을 것이다. 봄이 오는 날이다…… 네가 내 죽음의 비밀을 알고 싶다면 한 달만 내 곁을 지키면 된다. 네가 과연 그럴 정도의 참을성이 있는지 모르겠다만." 할아버지는 내게 참을성을 요구했고, "지금부터 한 시간 동안 나를 붙잡을 수 있을 정도로 이야기가 재미있다면 나도 참을성을 발휘할 수 있어요!" 나는 할아버지에게 감동을 요구했다. 그때 내가 할아버지에게 제시한 유일한 조건이었다. 이야기를 하려는 자와 이야기를 들으려는 자, 혀와 귓구멍의 수평적 계약이 그렇게 맺어졌다.

그것은 할아버지와 내가 맺은 영원한 이별의 계약이었다.

해가 뜰 때 나는 나의 할아버지, 미스터 유리가 진정한 당신의 본원을 찾아 세상을 박차고 떠나는 소리를 들었다. 할아버지가 '나의 길'이라고 불렀던 동굴이 폭파되는 소리였다. 동굴에 구멍을 내서 미리 폭약을 쟁여둔 것은 할아버지 자신이었다. 도화선에 불을 붙이고 구렁이와 앉아 있는 할아버지의 모습이 눈에 보이는 것 같았다. 할아버지는 아무것도 깃들지 않은 텅 빈 표정을 하고 있었다.

옛날, 호랑이가 담배를 멀리하던 시절,
나의 할아버지, 미스터 유리가 맨발로 다시 길을 떠난 것이었다.

배낭을 메고 마을을 빠져나온 나는 할아버지의 암벽동굴이 주저앉아 있는 걸 보았다. 무너진 암벽에서 아직도 먼지가 피어오르고 있었다. 뜨거운 덩어리가 목울대를 타고 넘어왔다. 할아버지의 죽음이 서러워서가 아니었다. 내게 남긴 편지의 마지막에 할아버지가 꾹꾹 눌러쓴 세 글자, 바로 서명 때문이었다.

나의 할아버지, 유리는 당신의 이름을 마침내 찾았으며, 그러므로 유리로서 생을 마감한 게 아니었다. 세상에 대고 피맺히게 외치고 싶었을 당신의 진짜 이름, 나의 영원한 할아버지 미스터 유리는, 편지의 마지막에 이렇게 쓰고 있었다.

"할아버지, 梁炯國 씀."

작가의 말

'이야기하는 바람'에의 남은 꿈

　내 귓구멍 속에 곰팡이가 산다. 면봉이나 손가락으로 후비면 단박에 진물이 흐른다. 이해 안 되는 말을 들어야 할 때나 글을 써야 하는데 쓸거리가 익지 않았을 때는 더욱 그렇다. 오래전 〈내 귀는 낙타등허리〉라는 단편을 쓴 적도 있다. 진물이 흐르고, 딱지가 앉고, 또 진물이 흐르는 악순환의 지속으로, 고질병이다.

　나의 오랜 귓병이 이 소설《유리》를 만들었다.

　'유리流離'는 1915년 태어나 2015년에 죽는다. '걸식乞食'과 함께, 풍운의 근대 백 년, 동아시아를 숨가쁘게 내닫는 맨발의 사나이 유리의 백 년 인생을 그리면서 내가 자주 맞닥뜨린 건 내 안에 은닉되어 있는 꿈의 실체이다. 애초 착한 지향을 가졌다 해도 집단으로 묶이면 죄악을 수반한다. 그러므로 무엇으로 어떻게 살든지 간에 아나키즘의 삶을 지향하는 사람들이 있다. 《유리》는 은닉돼 있던 내 꿈의 사실적인 변용이라고 할 수도 있겠다.

무겁게 쓰지 않으려고 했다. 오로지 재미있는 '이야기'를 하고 싶었다. 아시아전도가 늘 책상 앞에 붙어 있었다. '길은······ 우리를 속여왔다'는 생텍쥐페리의 문장을 잊지 않으려고 애썼고, 앞서가는 사람이 길을 만든다는 식의 잠언에 속지 않으려고 주의를 기울였다. 그러면서도 나는 거침없이 썼다. 이야기는 절로 아귀가 맞춰졌고 문장은 손끝에서 스스로 완결되는 느낌이었다. '행복한 글쓰기'에 도달했다고나 할까, 퇴고 과정에서 오백여 매나 되는 원고를 더 써보탠 지난여름에도 내내 그러했다.

'자유의 문'에 다가서는 기분이었다.

매일 상승하고 매일 추락하는 일. 끔찍한 생성 황홀한 멸

망의 나날. 유리에게 '맨발'이 있듯이 내겐 오래 제련해온 "나의 문장"이 있다. 그리고 유리처럼 나 역시 일찍이 나의 '주검'을 여실히 본 적이 있는바, 이외 다른 길을 상상한 적은 한 번도 없다. 당연히 나는 어제-오늘-내일도 이야기하는 바람으로 살기를 바란다. 기억해주기를. 나는 '이야기하는 바람'이다. 앞으로도 그럴 것이다. '이야기'로서 나는 당신을 잡을 수 있지만 당신은 '바람'인 나를 결코 잡을 수 없을 거라고 상상하면 짜릿하다.

오랜 시간 이 길을 여일하게 걸어올 수 있도록 허용해준 지난 시간에게, 함께 걸어준 독자들께, 그리고 좋은 책으로 엮어준 은행나무출판사에게 머리 숙여 깊은 감사를 드린다.

시간의 절벽에 이를 때까지 이 걸음으로 계속 나아갈 수 있을까. 나의 문제는 여전히 내가 누구인지 잘 모르겠다는 것이다. 그것이 고통이다. 더 헌신하는 마음으로 그 고통의 심지에 지속적으로, 가열차게 다가가고 싶다.

2017년 늦가을 바람 부는 저녁
박범신

유리
—어느 아나키스트의 맨발에 관한 전설

1판 1쇄 발행 2017년 11월 28일
1판 4쇄 발행 2021년 3월 15일

지은이 · 박범신
펴낸이 · 주연선

(주)은행나무
04035 서울특별시 마포구 양화로11길 54
전화 · 02)3143-0651~3 | 팩스 · 02)3143-0654
신고번호 · 제 1997-000168호(1997. 12. 12)
www.ehbook.co.kr
ehbook@ehbook.co.kr

잘못된 책은 바꿔드립니다.

ISBN 978-89-5660-565-4 03810